Nora Roberts

Ein Meer von Leidenschaft/ Schatten über dem Paradies

Bild der Frau BESTSELLER

Titel der nordamerikanischen Originalausgaben:
Treasures Lost, Treasures Found
Night Moves

Erschienen bei: Silhouette Books, Harlequin Enterprises Ltd., Toronto
Published by arrangement with
Harlequin Enterprises II B.V./S.àr.l.

Konzeption & Herstellung: fredebold & partner gmbh, Köln
Umschlaggestaltung: pecher & soiron, Köln
Umschlagmotiv: Getty Images, München
Satz: D.I.E. Grafikpartner, Köln
Druck und Bindearbeiten: GGP Media GmbH, Pößneck

Printed in Germany
ISBN 978-3-89941-447-9

Deutsche Hardcover-Erstausgabe 2007
Cora Verlag GmbH & Co. KG,
Valentinskamp 24, 20350 Hamburg

Nora Roberts

Ein Meer von Leidenschaft

Roman

Aus dem Amerikanischen von
Claire Marcks

Bild der Frau BESTSELLER

1. KAPITEL

Ein versunkener Schatz vor der Küste von Ocracoke. Kathleen Hardesty ließ den vergoldeten Füllfederhalter sinken und faltete ihre schlanken Hände über dem Notizbuch, das geöffnet vor ihr auf dem großen Schreibtisch aus massivem Eichenholz lag. Das Licht der Schreibtischlampe fiel auf ihre ineinander verschränkten Finger, an denen weder Brillantringe noch Nagellack von der zarten weißen Haut ablenkten.

Kate seufzte und blickte über die vielen Seekarten und Aufzeichnungen, die sie vor sich ausgebreitet hatte. Jeder Buchstabe der steilen klaren Handschrift ihres Vaters verriet die feste Überzeugung, die Edwin J. Hardesty dazu getrieben hatte, einem Schatz nachzuspüren.

Nichts an dem ruhigen, zurückgezogenen Leben ihres Vaters hätte Kate jemals auch nur vermuten lassen, dass er von versunkenem Gold träumte. Fantastereien von Schiffen, die vor zwei-, dreihundert Jahren mit ihrer ganzen wertvollen Ladung im Meer untergegangen waren, passten nicht zu seinem ernsthaften Wesen.

Nachdenklich schaute Kate vor sich hin.

Sie hatte ihrem Vater nachgeeifert und ebenfalls den Beruf des Erziehers gewählt. Mit Leib und Seele war sie Lehrerin und konnte sich nichts vorstellen, was sie mehr ausfüllte, als heranwachsende Menschen mit der Schönheit der englischen Literatur vertraut zu machen. Ihr Vater impfte ihr einst die Bedeutung von Erziehung und Bildung ein. Für ihn schien es nichts Wichtigeres im Leben gegeben zu haben. Bildung hatte Edwin Hardesty stets als unabdingbare Voraussetzung für eine zivilisierte Gesellschaft betrachtet.

Und so war Kate inmitten von Büchern aufgewachsen und in der sanften, aber bestimmten Art eines engagierten Pädagogen erzogen worden. Er erwartete von ihr, dass sie außergewöhnliche Leistungen in der Schule erbrachte. Sie enttäuschte diese Erwartungen nie. Und später folgte sie in beruflicher Hinsicht dem Beispiel ihres Vaters. Jetzt war sie achtundzwanzig Jahre alt und hatte gerade ihr erstes Jahr als Dozentin am renommierten Yale College abgeschlossen.

Äußerlich entsprach Kate dem althergebrachten Klischee einer Lehrerin. Sie trug ihr langes hellbraunes Haar aufgesteckt. Ihre Lesebrille aus Horn hob sich stark von dem hellen Teint ihres Gesichtes ab. Hohe Wangenknochen verliehen ihr ein etwas hochmütiges Aussehen, das jedoch von ihren sanften rehbraunen Augen gemildert wurde. Kate hatte ihre Kostümjacke über den Stuhl gehängt und die Manschetten der adretten weißen Bluse hochgeschlagen. Außer einer schmalen Armbanduhr und geschmackvollen goldenen Ohrsteckern trug sie keinen Schmuck. Die Ohrstecker, ein Geschenk ihres Vaters zu ihrem einundzwanzigsten Geburtstag, waren das einzige Zeichen persönlicher Zuneigung, das sie je von ihm erhalten hatte.

Seit jenem Tag waren sieben Jahre vergangen. Und heute, eine Woche nach dem Begräbnis ihres Vaters, saß Kate an seinem Schreibtisch. Im Raum hingen noch der milde Duft seines Rasierwassers und der Geruch des würzigen Pfeifentabaks, den er nur hier in seiner Bibliothek zu rauchen pflegte.

Kate hatte nichts von der Krankheit ihres Vaters gewusst, nichts von den regelmäßigen Arztbesuchen, den Untersuchungen, den EKG-Befunden oder den kleinen Tabletten, die er stets bei sich trug. Erst nach dem tödlich verlaufenen Herzanfall hatte Kate sie in der Innentasche seines Jacketts gefunden.

Nein, ich brauche mir keine Vorwürfe zu machen, sagte sie sich. Er wollte nicht, dass jemand von seiner Krankheit erfuhr – oder von der Existenz der Seekarten und Forschungsunterlagen.

Jetzt habe ich unvermittelt von beidem erfahren, und mit einem Mal ist das Bild, das ich mir von Vater gemacht habe, ins

Wanken geraten, grübelte sie weiter. Sie war sich nicht mehr sicher, den Mann jemals richtig gekannt zu haben, der sie nach dem frühen Tod ihrer Mutter allein aufgezogen hatte.

Kate lehnte sich in dem Sessel zurück und schob ihre schwache Lesebrille auf der Nase zurecht. Mit Daumen und Zeigefinger rieb sie ihre Nasenspitze und versuchte sich ihren Vater vorzustellen.

Edwin Hardesty war ein großer Mann gewesen, mit einem schmalen Gesicht und sorgfältig geschnittenem Haar. Stets hatte er den Eindruck eines drahtigen, gesunden Menschen gemacht. Am liebsten trug er dunkle Anzüge und weiße Hemden. Nur einen einzigen Luxus gönnte er sich: den wöchentlichen Gang zur Maniküre.

Kate hatte ihren Vater nie böse oder zornig erlebt. Nie hatte er sie angeschrien oder gar geschlagen. Dessen bedurfte es auch niemals. Er brauchte nur mit Blicken oder Gesten seine Unzufriedenheit, seine Enttäuschung auszudrücken. Das genügte, um Kate ein schlechtes Gewissen zu bereiten und sie zur sofortigen Änderung ihres Verhaltens zu bewegen.

Jedermann hatte Edwin Hardesty als unermüdlichen und eifrigen Menschen gekannt. Doch all sein Streben galt seinem Beruf.

Es versetzte Kate einen Stich, dass sie im Nachhinein von ihrem Vater lediglich sagen konnte, er sei ihr gegenüber niemals böse oder zornig gewesen. Ein unerklärliches Schuldgefühl bemächtigte sich ihrer.

Nein, sie hatte ihn niemals enttäuscht. Er hatte es ihr selbst gesagt, nachdem sie die Aufnahme in den Fachbereich für Englisch im Yale College geschafft hatte. Kate war sich des nächsten unausgesprochenen Wunsches ihres Vaters durchaus bewusst. Er hätte es als Krönung ihrer Karriere und seiner Erziehung angesehen, wenn sie innerhalb der kommenden zehn Jahre zur Leiterin dieses Bereiches aufsteigen würde.

Ob er sich jemals klar gemacht hat, wie sehr ich ihn geliebt und wie sehr ich mich bemüht habe, seinen Idealen zu entsprechen? überlegte Kate und schloss einen Augenblick lang die Augen. Es hatte keine Gelegenheit mehr gegeben, Antwort auf diese quälenden Fragen zu erhalten. Als sie im Krankenhaus angekommen war, war ihr Vater bereits tot gewesen.

Jetzt saß sie allein in dem kleinen Haus auf Cape Cod, in dem sie so lange mit ihrem Vater gewohnt hatte. Die Reinemachefrau kam mittwochmorgens, der Gärtner kümmerte sich samstags um den Garten. Ihr, Kate, blieb die Aufgabe überlassen, sich mit den Dokumenten zu befassen, sie zu sortieren und auszuwählen.

Das würde nicht schwierig sein. Kate lehnte sich weiter zurück. Praktische Dinge bereiteten ihr keinerlei Probleme. Was aber sollte mit diesen Karten geschehen? Und was sollte sie mit den sorgfältig gezeichneten Plänen und den Notizbüchern beginnen, in denen viele Hinweise, Anleitungen und Informationen standen?

Einerseits neigte Kate dazu, sie irgendwo abzulegen und zu vergessen, andererseits spürte sie, wie ihre Fantasie angeregt wurde, wie sie sich in Träumereien verlor. So wie sie die Schönheit eines Gedichtes gefangen nahm, fesselten sie auch die Aufzeichnungen ihres Vaters.

Und er musste von der Richtigkeit seines Tuns, vom späteren Erfolg seiner Nachforschungen überzeugt gewesen sein. Kate beugte sich erneut über den Schreibtisch. Ja, zweifellos hatte ihr Vater an einen Sinn seiner Arbeit geglaubt, sonst hätte er kaum Zeit damit verschwendet zu suchen, zu kommentieren und Theorien aufzustellen. Dem Umfang der Unterlagen nach zu urteilen musste er Monate, ja Jahre damit verbracht haben, Informationen über den Verbleib eines englischen Handelsschiffes zu sammeln, das vor mehr als zweihundert Jahren vor der Küste von North Carolina untergegangen war.

Versunkene Schätze! Ein Thema für Hollywood-Filme oder Romane. Unwillkürlich tauchte vor Kates geistigem Auge das Bild des einbeinigen Piraten aus Stevensons Roman „Schatzinsel“ auf, der besessen nach der sagenumwobenen Insel suchte.

Insel. Diese Vorstellung zog eine weitere Erinnerung nach sich. Ocracoke. Kate hatte alle Gedanken an jenen Sommer vor vier Jahren verdrängt. Jetzt, da sie eine Entscheidung über das Erbe ihres Vaters treffen musste, kehrten Bilder aus dieser Zeit auf der Insel vor der Küste von North Carolina mit schmerzhafter Deutlichkeit zurück.

Sie hatte gerade mit ihrer Doktorarbeit begonnen, als ihr Vater zu ihrer Überraschung ankündigte, dass er den Sommer auf Ocracoke verbringen wolle. Natürlich folgte Kate seiner Aufforderung, ihn zu begleiten. In ihrem Gepäck befanden sich eine tragbare Schreibmaschine, unzählige Bücher und stapelweise Schreibpapier. Kate hatte nicht damit gerechnet, dass weiße Sandstrände und der Ruf der Möwen sie ablenken würden. Außerdem war sie nicht darauf gefasst gewesen, sich Hals über Kopf zu verlieben.

Kate schüttelte leicht den Kopf, während sie an ihre hoffnungslose Liebe zu Dominic Silver dachte. Sie waren so verschieden wie Tag und Nacht. Dennoch hatte sie sich, jung und unerfahren, ganz dem Zauber jenes Sommers mit ihm hingegeben.

Sie sah Dominic wieder vor sich, wie er am Steuer des von ihrem Vater gemieteten Bootes gestanden hatte. Sie glaubte sein Lachen zu hören, sein schwarzes, vom Wind zerzaustes Haar zu fühlen. Auch erinnerte sie sich an das unbeschreiblich schöne Gefühl der Schwerelosigkeit, das sie beim gemeinsamen Tauchen in den warmen Küstengewässern genossen hatte.

Ich bin zu sehr von dem gefesselt gewesen, was in mir vorgegangen ist, um das plötzliche Interesse Vaters am Bootfahren und Tauchen befremdlich zu finden, dachte sie. Ich habe mich hinreißen lassen von meinen Empfindungen für Dominic. Die Verwunderung darüber, dass ein Mann wie er sich zu mir hingezogen fühlte, hatte mich nicht stutzig werden lassen, als Vater sich währenddessen intensiv mit Ebbe und Flut beschäftigte, anstatt wie andere Urlauber zu angeln oder zu baden.

Jetzt lagen diese jugendlichen Träumereien hinter Kate. Sie wusste nun, dass ihr Vater in den vielen Stunden, in denen er sich in sein Hotelzimmer zurückgezogen hatte, Nachforschungen betrieb. Auch in den folgenden Sommern war er nach Ocracoke zurückgekehrt. Ohne Kate, die diese Insel nie wieder betreten hatte – wegen Dominic Silver.

Dominic hatte verlangt, dass sie sich von ihrem Vater löste. Das konnte sie trotz aller Verliebtheit nicht, und daran war ihre Beziehung gescheitert.

Kate schloss das Notizbuch ihres Vaters, faltete die Seekarten zusammen und schob sie zur Seite. Sie würde wieder nach Ocracoke fahren, um zu vollenden, was ihr Vater begonnen hatte. Mehr als das Haus und den antiken Schmuck ihrer Mutter empfand sie diese Aufzeichnungen nun als das wirkliche Erbe ihres Vaters. Mit ihnen hatte er ihr die Aufgabe übertragen, sein Werk fortzuführen.

Entschlossen nahm Kate ihre Brille ab und legte sie auf das Notizbuch. Ja, sie würde zu der Insel zurückkehren und sich an Dominic Silver wenden. Die Vorstellungen und Erwartungen ihres Vaters hatten sie damals von ihm fortgetrieben, nun führten sie sie wieder zu ihm.

Kate öffnete die obere Schublade des Schreibtisches und entnahm ihr ein blütenweißes Blatt Leinenpapier. Sie schraubte die Schutzkappe von ihrem Füllfederhalter und begann zu schreiben.

Dominic beschleunigte seine Fahrt und hielt sein Gesicht dem Wind entgegen. Er liebte den Rausch der Geschwindigkeit, so wie er auch einen ganzen Nachmittag faul in der Hängematte liegend verbringen konnte. Diese Ungezwungenheit und Freiheit machte ihm das Leben lebenswert.

Obwohl am Meer aufgewachsen, atmete er den Geruch des salzigen Meerwassers dennoch ganz bewusst ein. Die Bewegung des Bootes unter seinen Füßen war ihm vertraut, doch er spürte sie jedes Mal wieder. Für Dominic galt nichts als selbstverständlich. Mit allen Sinnen nahm er jede Einzelheit in seiner Umgebung wahr.

Die kleine, ruhige Inselstadt betrachtete er seit jeher als sein Zuhause. Zwar war er schon weit gereist und wollte sich auch weiterhin die Welt anschauen, aber er vermochte sich keinen anderen Wohnort vorzustellen. Ihm sagte das Leben hier zu – die Freiheit des Meeres und die Vertrautheit der kleinen Inselgemeinschaft.

An die Anwesenheit von Touristen im Sommer hatte sich Dominic gewöhnt. Sie bildeten eine neue Einnahmequelle, halfen den Bewohnern, ihren Lebensunterhalt zu verdienen. Er zog allerdings die Wintermonate auf der Insel vor, wenn heftige, kalte Stürme bliesen und nur ganz Mutige die Überfahrt mit der Fähre nach Ocracoke wagten.

Dominic ging häufig fischen. Er entnahm dem Meer jedoch nur das, was er selbst verzehren konnte. Wenn er tauchte, nach Muscheln zum Beispiel, geschah es zu seinem Vergnügen. Im Sommer lud er hin und wieder Touristen auf sein Boot ein und fuhr sie hinaus zum Fischen oder Tauchen, weil er sich zuweilen nach Gesellschaft sehnte. An anderen Tagen wiederum stand ihm der Sinn nicht danach. Dann wollte er das Meer ganz für sich allein haben. Wie an dem heutigen sonnigen Nachmittag.

Im Frühjahr war Dominic zweiunddreißig Jahre alt geworden, aber er war alles andere als ein gesetzter Mensch. Er lebte frei und ungebunden, ohne Rücksichten und Verpflichtungen.

Und er hatte vor, auch in Zukunft zu tun, wonach ihm der Sinn stand.

Nur über die Richtung, die sein Leben nehmen sollte, war er sich noch nicht ganz klar.

Im Augenblick hatte er sich für den blauen Himmel über ihm und für das endlose Meer entschieden. Die Sonne brannte heiß, und der Wind verschaffte angenehme Kühlung. Der Motor des Bootes lief einwandfrei, und die Kühltasche enthielt einige Fische, die er sich zum Abendessen zubereiten wollte.

Von der Küste aus mochte es aussehen, als nähere sich ein Pirat dem Ufer. Das Haar reichte Dominic über die Ohren und hing etwas im Nacken herab. Es hatte eine tiefschwarze Färbung, die Dominics Abstammung von sizilianischen Einwanderern verriet. Seine Augen waren dunkelgrün, so wie sich das Meer an einem bewölkten Tag darbot. Durch die ständige Bewegung im Freien war seine sonnengebräunte Haut fest und straff.

Wenn Dominic lächelte, nahm sein Gesicht den verwegenen Ausdruck eines Abenteurers an, den Frauen unwiderstehlich fanden. Aber selbst wenn er nicht lächelte oder seine Augen kalt und hart wirkten, wie die eines Raubtiers vor dem Sprung, fühlten sich die Frauen zu ihm hingezogen, wie er schon früh festgestellt hatte.

Dominic drosselte die Geschwindigkeit und ließ das Boot langsam an seinen Platz im Silver Lake Hafen gleiten. Er schaltete den Motor ab, sprang auf den Anlegesteg und machte die Leinen mit den geschickten erfahrenen Bewegungen eines Mannes fest, der am Meer aufgewachsen ist.

„Hast du etwas gefangen?"

Dominic richtete sich auf und wandte sich dem Sprecher zu. „Es reicht. Ist nicht viel los im Restaurant?" fragte er dann und sah seinen Bruder abwartend an.

Marsh lächelte, und flüchtig wurde die Familienähnlichkeit

besonders deutlich, obgleich Marshs Augen braun waren und er sein Haar adrett geschnitten trug.

„Fürchtest du um deine Geldanlage?“ scherzte er.

„Das brauche ich nicht, weil du dich um sie kümmerst.“

Marsh erwiderte nichts. Die beiden Brüder verstanden sich auch ohne viele Worte. Ihre gegensätzlichen Charaktere, die Tatsache, dass der eine von ihnen ruhelos, der andere ausgeglichen war, hatte dieses Einverständnis niemals getrübt.

„Linda möchte, dass du heute Abend zum Essen ins ‚Roost‘ kommst. Sie macht sich Sorgen um dich.“

Wie kann es auch anders sein, dachte Dominic belustigt. Seine Schwägerin kümmerte sich mit Hingabe um die Familie und ließ sich auch nicht durch die Tatsache, dass sie fünf Jahre jünger als Dominic war, davon abhalten, ihn zu bemuttern. Ihre Fürsorglichkeit, Marshs Geschäftssinn sowie Dominics Kapital und geschmackvolle Renovierungen hatten das „Roost“ innerhalb kürzester Zeit zu einem sehr beliebten Restaurant werden lassen. Dominic überließ die Geschäftsführung seinem Bruder und seiner Schwägerin. Er hatte zwar nichts dagegen, sich hin und wieder mit der Gewinn- und Verlustsituation zu befassen, aber tagtäglich im „Roost“ nach dem Rechten zu schauen kam für ihn nicht in Frage.

Nachdem alle Leinen festgezurrt waren, rieb Dominic die Handflächen an seiner Jeans ab. „Was gibt es denn zum Abendessen?“ erkundigte er sich.

„Seezunge.“ Marsh steckte seine Hände in die Hosentaschen und wiegte sich auf seinen Fußsohlen leicht vor und zurück.

Dominic lachte, holte die Kühltasche aus seinem Boot und zeigte seinem Bruder den Fang. „Linda kann ganz beruhigt sein. Ich werde schon genug essen.“

„Damit wird sie sich nicht zufrieden geben.“ Marsh warf Dominic einen raschen Seitenblick zu. „Sie meint, du seist zu viel allein.“

„So kann nur jemand empfinden, der nicht gern allein ist.“ Dominic wollte nicht streiten, da noch die schöne Erinnerung an die Bootsfahrt und das weite Meer in ihm lebendig waren. Aber er hatte noch nie mit seiner Meinung hinterm Berg gehalten. „Vielleicht solltet ihr beide euch ein weiteres Baby anschaffen, dann wäre Linda zu beschäftigt, um sich um deinen großen Bruder zu sorgen.“

„Gönn mir bitte eine Pause. Joy ist gerade erst achtzehn Monate alt.“

„Du musst noch neun Monate hinzuzählen“, erinnerte Dominic ihn leichthin. Er vergötterte seine Nichte, obwohl – oder gerade weil – sie ein kleiner Teufel war. „Jedenfalls sieht es so aus, als liege der Erhalt unserer Familie in deinen Händen.“

„Hm.“ Marsh kreuzte die Füße, räusperte sich und schwieg.

Diese Haltung war eine Angewohnheit aus seiner Kinderzeit, und Dominic amüsierte sich meistens darüber. Heute jedoch nicht. Es schien etwas Außergewöhnliches vorgefallen zu sein. Dominic spürte förmlich, dass irgendetwas in der Luft lag.

„Warum verrätst du mir nicht endlich, was du auf dem Herzen hast?“ sagte er schließlich. „Ich möchte nach Hause gehen und den Fisch säubern.“

„Du hast Post bekommen. Der Brief wurde irrtümlich in unseren Briefkasten geworfen.“

Das geschah häufig, und es bestand eigentlich kein Grund für Marshs geheimnisvolles Verhalten. Ohne ein Wort zu erwidern, streckte Dominic die Hand aus.

„Dominic ...“ Hilflos brach Marsh ab, zog den Brief aus der Hosentasche und reichte ihn seinem Bruder.

Genau wie vier Jahre zuvor wusste er nicht, was er Dominic sagen sollte.

Dominic erkannte die Handschrift sofort. Er brauchte den Briefumschlag nicht umzudrehen, um nachzuschauen, wer der

Absender war. Unvermittelt stürmten Erinnerungen auf ihn ein, und er starrte auf das Papier.

Sein Gesicht wirkte wie versteinert, als er den Umschlag schließlich in die Gesäßtasche seiner Jeans steckte. „Danke." Er nickte Marsh kurz zu und nahm die Kühltasche und sein Angelzeug vom Boden auf.

„Dominic ..." Erneut hielt Marsh inne. Dominic hatte ihm den Kopf zugewandt und blickte ihn fast ungeduldig an. „Wenn du deine Meinung wegen des Abendessens ändern solltest ..."

„Dann sage ich euch Bescheid", vollendete Dominic den Satz und ging über den Anlegesteg an Land.

Auf dem Weg zu seinem Haus versuchte Dominic, Ordnung in seine Gedanken zu bringen und die Bilder der Vergangenheit zu verarbeiten, die ihn nie ganz losgelassen hatten.

Kate. Vor vier Jahren war sie in ihrer kühlen, beherrschten Art aus seinem Leben gegangen. Sie hatte ihn an eine zerbrechliche Porzellanpuppe erinnert – ein wenig geziert und hochmütig. Dominic mochte keine gekünstelten Manieren, dennoch hatte er Kate vom ersten Augenblick an begehrt.

Zunächst hatte er sich eingeredet, dass ihn ihr Anderssein fesselte. Es war wie eine Herausforderung erschienen, sie zu erobern. Es bereitete ihm Spaß, ihr das Tauchen beizubringen und zu verfolgen, wie sie sich in ihrer gewissenhaften Art Schritt für Schritt mit der Materie vertraut machte. Ihren Anblick in dem eng anliegenden Taucheranzug würde er nie vergessen – ihre schlanke, fast knabenhafte Figur und ihr herrliches Haar.

Als sie zum ersten Mal den Knoten im Nacken löste und Dominic ihr dichtes langes Haar sah, hatte er sie fasziniert angestarrt. Wie gern hätte er damals die Hand nach den weichen Locken ausgestreckt und sie berührt. Doch die Gegenwart von Kates Vater ließ ihn davor zurückschrecken.

Doch seit jenem Moment hatte er nach Gelegenheiten gesucht, mit Kate allein sein zu können.

Die boten sich ihm dann. Kate fand großen Gefallen am Tauchen. Während ihr Vater sich mit seinen Büchern zurückzog, fuhren Dominic und sie aufs Meer hinaus. Er führte sie in die stille, traumhafte Welt unter Wasser ein, die sie wie ihn verzauberte.

Dominic erinnerte sich noch deutlich daran, wie er Kate zum ersten Mal geküsst hatte. Sie standen auf dem Deck seines Bootes, nass und erfrischt vom Tauchen. Hinter ihr konnte er den Leuchtturm und die Küste von Ocracoke sehen. Kates dichtes Haar war tropfnass, und er streckte die Hand aus und strich leicht über ihren Kopf.

„Was soll das?"

Heute noch, vier Jahre später, glaubte Dominic ihre klare, reine Stimme zu hören. Mit ihren sanften braunen Augen hatte sie ihn verwundert angeschaut.

„Ich werde Sie jetzt küssen."

„Warum?"

„Weil ich Lust dazu habe."

So einfach war das für ihn. Er hatte diesen Kuss eben gewollt.

Als er Kate in seine Arme zog, spürte er die Steifheit ihres Körpers. Bevor sie widersprechen konnte, verschloss Dominic ihren Mund mit seinen Lippen. Wenig später wich jegliche Zurückhaltung von ihr. Sie erwiderte seinen Kuss mit all der in ihr angestauten Leidenschaft. Dominic war erfahren genug, um ihre Unschuld zu erkennen, was ihn ebenfalls faszinierte. Er verliebte sich mit Haut und Haaren in Kate.

Sie blieb ihm stets ein Rätsel, trotz der vielen Stunden, die sie miteinander verbrachten, und trotz ihrer langen Gespräche. Dominic bewunderte ihren Wissensdurst und ihre Art, jede Erfahrung gründlich zu erforschen und zu verarbeiten.

So war es auch mit dem Tauchen gewesen. Es genügte Kate nicht, frei und schwerelos im Wasser zu schweben. Sie wollte wissen, wie die Sauerstoffflaschen funktionierten, weshalb sie so und nicht anders gebaut waren. Dominic beobachtete, wie sie alle seine Antworten in sich aufnahm, und glaubte fest daran, dass sie keine einzige jemals vergessen würde.

Oft gingen sie nachts am Ufer spazieren, und Kate trug aus dem Gedächtnis Gedichte vor, wundervolle Verse von Byron, Shelley und Keats, Dichter, für die sich Dominic vorher nie sonderlich interessiert hatte, deren Werke jedoch plötzlich eine ganz besondere Bedeutung für ihn annahmen.

Wenn Kate begann, über Satzstellung, Hexameter und Pentameter zu dozieren, fand er rasch Mittel und Wege, sie von dem Thema abzubringen.

In jenen drei Sommermonaten drehten sich all seine Gedanken nur um Kate. Damals zog er sogar in Erwägung, sein Leben zu ändern. Seine kleine Behausung am Strand wollte er richtig ausbauen, neu möblieren. Kate würde sich auch nicht wie er mit Fisch, Eiern und Schinken begnügen. Jung und zum ersten Mal richtig verliebt, schmiedete Dominic euphorisch Pläne für eine gemeinsame Zukunft und dachte, sie würden in Erfüllung gehen.

Aber Kate hatte seine Träume zunichte gemacht. Sie hatte eigene Pläne und Dominic darin keinen Platz eingeräumt.

Ihr Vater war im folgenden Sommer nach Ocracoke zurückgekehrt, dann jedes Jahr wieder. Kate war nie mehr gekommen. Dominic hatte erfahren, dass sie ihren Doktortitel erlangt hatte und an einer vornehmen Schule unterrichtete, an der auch ihr Vater beschäftigt war. Sie hatte also genau das erreicht, was sie sich wünschte ...

Dominic stieß die Tür zu seinem Haus auf. Hier hatte er mit Kate leben wollen.

Was soll's? dachte er. Wahrscheinlich wäre es mit uns beiden auf die Dauer ohnehin nicht gut gegangen.

Dominic stellte die Kühltasche auf den Boden in der Küche und öffnete den Kühlschrank. Er holte eine Dose Bier heraus, zog den Verschluss ab und trank einen großen Schluck von der kalten Flüssigkeit. Sie spülte etwas von der Bitterkeit hinunter, die er empfand.

Er fühlte sich jetzt ruhiger und nahm neugierig den Brief aus der Tasche seiner Jeans. Rasch öffnete er den Umschlag. Dann hielt er ein säuberlich beschriebenes Blatt in der Hand und las:

Lieber Dominic,
vielleicht ist dir schon bekannt, dass mein Vater vor zwei Wochen einem Herzanfall erlegen ist. Es kam sehr plötzlich, und ich versuche im Augenblick alle Dinge, die mit seinem Tod verbunden sind, zu erledigen.

Bei der Durchsicht der Unterlagen meines Vaters habe ich festgestellt, dass er Vorbereitungen getroffen hat, auch in diesem Sommer nach Ocracoke zu reisen und deine Dienste in Anspruch zu nehmen. Ich sehe mich nun genötigt, an seiner Stelle zu kommen. Aus Gründen, die ich dir lieber persönlich mitteilen möchte, benötige ich deine Hilfe.

Du hast bereits eine Vorschusszahlung meines Vaters erhalten. Ich werde am fünfzehnten auf der Insel ankommen, dann können wir uns über die geschäftlichen Bedingungen unterhalten. Suche mich bitte im Hotel auf oder hinterlasse eine Nachricht. Ich hoffe, dass wir eine für beide Seiten angenehme Einigung finden werden.

Richte bitte Marsh herzliche Grüße aus. Vielleicht habe ich Gelegenheit, ihn während meines Aufenthaltes zu sehen.
Bis bald!
Kathleen Hardesty

Der alte Mann war also tot. Dominic legte den Brief auf den Küchentisch und führte die Bierdose wieder zum Mund. Er hatte keine besondere Sympathie für Edwin Hardesty gehegt. Kates Vater war ein strenger, humorloser Mann gewesen. Aber Dominic hatte auch keine Abneigung gegen ihn empfunden und sich seltsamerweise irgendwie an seine Gesellschaft während der vergangenen Sommer gewöhnt. Dieses Mal würde Kate kommen ...

Dominic überflog nochmals ihre Zeilen und schaute auf den Kalender.

In zwei Tagen, dachte er, in zwei Tagen wird sie da sein ... um sich über geschäftliche Bedingungen zu unterhalten.

Ein Lächeln umspielte seine Lippen, ein ziemlich freudloses, bitteres Lächeln. Also gut, sie würden geschäftliche Dinge besprechen. Kate wollte die Stelle ihres Vaters einnehmen. Dominic fragte sich, ob ihr bewusst war, dass ihre Worte voller Ironie steckten. Zeit ihres Lebens war sie gehorsam in die Fußstapfen ihres Vaters getreten. Nun ja, warum sollte sich daran nach dessen Tod etwas geändert haben?

Ob Kate sich wohl verändert hatte? Würde sie noch diese faszinierende Aura aus Unschuld und Zurückhaltung umgeben? Vielleicht hatte sie sie im Laufe der Jahre verloren. Vielleicht hatte sich der leichte Anflug von Hochmut in Härte verwandelt. Bald würde er es feststellen können.

Dominic stützte die Hände auf die Spüle und schaute durch das Fenster in Richtung Meer, das er hören und riechen konnte. Kate beabsichtigte seine Dienste in Anspruch zu nehmen, ein Geschäft mit ihm abzuschließen. Sie wollte sein Boot mieten, seine Ausrüstung und seine Zeit beanspruchen. Ein eigenartiges Gefühl stieg in ihm auf, er verdrängte es rasch. Kate sollte ihren Willen bekommen. Sie sollte aber dafür bezahlen. Dafür würde er sorgen.

Dominic verließ die Küche. Die Kühltasche mit seinem Fang stand unangetastet auf dem Boden. Der Appetit war ihm vergangen.

2. KAPITEL

Kate fuhr ihren Wagen auf die Fähre nach Ocracoke und zog die Handbremse an. Es war ein kühler und sehr klarer Morgen. Sie konnte sich allerdings nicht an ihm erfreuen, verspürte nur das Bedürfnis, sich zurückzulehnen und die Augen zu schließen. Aus irgendeinem unerklärlichen Grund hatte sie es vorgezogen, von Connecticut aus mit ihrem eigenen Wagen zu fahren anstatt zu fliegen.

Auf dem Beifahrersitz lag ihre Aktentasche, in der sich alle Aufzeichnungen ihres Vaters befanden. Im Hotel der Insel wollte Kate sie erneut durchsehen. Vielleicht würde sich dann wieder das Gefühl der Gewissheit einstellen, dass sie den richtigen Entschluss gefasst hatte.

Je näher sie der Insel kam, desto quälender wurde die Frage, ob sie nicht einen großen Fehler beging. Es war aber nicht die Nähe zur Insel, die sie unsicher werden ließ, sondern die bevorstehende Begegnung mit Dominic.

Kate blieb nur noch wenig Zeit, ruhiger und ihrer Gefühle Herr zu werden, die bei ihrer Reise in Richtung Süden in Aufruhr geraten waren. Sie sagte sich, dass ihre Aufregung dumm sei. Sie würde nicht zu einem Liebhaber zurückkehren, sondern einen erfahrenen Taucher für eine ganz bestimmte Aufgabe engagieren. Mehr nicht. Frühere persönliche Empfindungen durften keine Rolle spielen. Sie gehörten der Vergangenheit an.

Die Kate Hardesty, die vor vier Jahren auf Ocracoke angekommen war, hatte wenig mit der Frau Doktor Kathleen Hardesty gemein, die heute mit der Fähre auf die Insel übersetzte. Sie war nicht mehr jung und unerfahren. Dominics ungezügeltes wildes Wesen konnte sie nicht mehr beeindrucken, sie würden lediglich Geschäftspartner sein.

Kate spürte die Bewegung der Fähre unter sich, während sie durch die Windschutzscheibe ihres Autos aufs Meer schaute.

Wenn Dominic sich nicht sehr verändert hat, wird ihn die Aussicht, nach einem Schatz zu suchen, faszinieren, dachte sie.

Es war ihr klar, dass sie keinen besseren Taucher finden würde. Dominic verfügte über große Erfahrung und die richtige Ausrüstung. Es schien ratsam, für einen solchen Auftrag den Besten zu wählen.

Etwas entspannter stieg Kate aus ihrem Wagen und stellte sich an die Reling. Sie beobachtete den Flug der Möwen, die die winzigen unbewohnten Inseln bevölkerten. Sie hatte das Gefühl, nach Hause zurückzukehren.

So ein Unsinn! Unwillkürlich schüttelte sie den Kopf. Connecticut war ihr Zuhause. Dorthin würde sie zurückkehren, sobald sie ihre Aufgabe hier erfüllt hatte.

Der Motor der Fähre war zu laut, um irgendwelche anderen Geräusche aus der Umgebung hören zu können. Kate beugte sich vor und betrachtete das Kielwasser. Dann entdeckte sie eine Insel, auf der sich etliche große braune Pelikane tummelten. Sie lächelte, froh, diese an Land so tollpatschig wirkenden Vögel wieder zu sehen.

Die Fähre passierte die spitz zulaufende Landzunge, auf der viele Angler ihre Wagen abstellten und ihr Glück versuchten. Die Wellen schlugen heftig gegen diesen schmalen Landstreifen. An den Stellen, wo das Land tiefer als das Meer lag, trafen die Wellen auf das Wasser der Bucht und bildeten weiße Schaumkronen. All diese Eindrücke hatte Kate nicht vergessen. Auch an die Heimtücke der Strömung erinnerte sie sich.

Tief atmete Kate die salzige Luft ein, bevor sie sich wieder in ihren Wagen setzte. Es war eine aufregende Welt, in der Schönheit und Gefahr dicht beieinander lagen.

Nachdem die Fähre angelegt hatte, dauerte es nicht lange, bis Kate auf die schmale asphaltierte Inselstraße fahren konnte. Auf dieser einzigen Straße auf Ocracoke würde sie bald zu der kleinen Stadt gelangen. Sie war gespannt, ob sich die Stadt in den letzten Jahren verändert hatte.

Kate fühlte sich ruhig und ausgeglichen, zumindest redete sie es sich ein. Sie hatte eine ganz normale, völlig verständliche Aufregung verspürt. Nun war sie bereit, Dominic entgegenzutreten, mit ihm zu sprechen, mit ihm zusammenzuarbeiten, wenn er sich mit ihren Bedingungen einverstanden erklärte.

Kate kurbelte die Fensterscheibe herunter und ließ die warme, feuchte Luft herein. Sie tat ihr gut. Wie lange hatte sie die wohltuende Wirkung von würziger Meeresluft und dem beständigen, gleichmäßigen Rauschen des Meeres entbehrt! Es war richtig gewesen herzukommen. Beim Anblick der ersten Häuser der Ortschaft lächelte sie zufrieden. Sie hatte ihr Ziel erreicht.

Das Hotel, in dem sie bereits mit ihrem Vater gewohnt hatte, lag auf der dem Meer zugewandten Seite des Ortes. Es war klein und ruhig. Zwar fand Kate die Bedienung manchmal ein wenig langsam, dafür hatte man aber einen unvergleichlich schönen Blick auf das Meer.

Kate parkte den Wagen vor dem Hotel und drehte den Zündschlüssel herum. Leise seufzte sie auf.

Als sie aus dem Wagen stieg, sah sie Dominic sofort. Einen Moment lang war sie nicht mehr die selbstbewusste Lehrerin für englische Literatur, sondern nur eine hilflos ihren Empfindungen ausgelieferte Frau.

Dominic hatte sich kein bisschen verändert. Während Kate ihn musterte, kamen ihr jeder Kuss, jedes Streicheln, jeder köstliche Augenblick ihres Zusammenseins ins Bewusstsein. Der Wind blies Dominic das Haar aus dem Gesicht. Sie sah die vertrauten Züge. Die Sonne erwärmte ihre Haut, und es war Kate, als lägen keine vier Jahre zwischen heute und ihrer letzten Begegnung.

Für Dominic kam dieses Zusammentreffen überraschend. Er hatte damit gerechnet, dass Kate erst am Nachmittag eintreffen würde. Soeben hatte er kurz im „Roost“ vorbeigeschaut. Das Restaurant befand sich genau gegenüber dem Hotel, in dem Kate wohnen würde.

Sie sah adrett und etwas zu dünn in ihrer maßgeschneiderten Hose und der kurzärmeligen Bluse aus. Ihr Haar war hochgesteckt und gab so den Blick frei auf die zarte Haut ihres Halses. Durch ihren hellen Teint wirkten ihre Augen noch größer und dunkler, als sie in Wirklichkeit waren.

Sie schien dieselbe geblieben zu sein. Sanft, ein wenig spröde, ruhig. Dominic ignorierte das Pochen seines Herzens. Während er näher trat, begutachtete er Kate offen und ungehemmt. Er lächelte auf seine typisch arrogant-verwegene Art, um Distanz wahren zu können.

„Kate! Da komme ich ja gerade rechtzeitig zu deiner Begrüßung.“

Kate glaubte, dass der Kloß in ihrem Hals sie am Sprechen hindern würde, und bemühte sich um Fassung. Sie schluckte. „Dominic. Wie schön, dich wiederzusehen.“

„Tatsächlich?“

Sie überhörte seine ironische Frage absichtlich und ging zum Kofferraum, um ihr Gepäck herauszuholen. „Ich möchte dich so bald wie möglich sprechen. Ich will dir einiges zeigen und Geschäftliches mit dir bereden.“

„Einverstanden. Für geschäftliche Dinge habe ich immer ein offenes Ohr.“

Dominic sah zu, wie Kate zwei Koffer neben den Wagen stellte, ohne ihr seine Hilfe anzubieten. Er bemerkte, dass sie keinen Ring trug. Diese Feststellung erleichterte ihn, was er sich jedoch nicht wirklich eingestand.

„Vielleicht könnten wir uns heute Mittag treffen, nachdem ich mich ein wenig eingerichtet habe.“ Kate wollte das Unvermeidliche gleich in Angriff nehmen. „Wir könnten zusammen im Hotel zu Mittag essen.“

„Nein, danke.“ Dominic lehnte sich gegen ihren Wagen und verschränkte die Arme vor der Brust. „Du willst etwas von mir, und du weißt, wo ich zu finden bin. Es ist keine allzu große Insel.“

Er steckte die Hände in die Taschen seiner Jeans und verließ Kate, ohne ein weiteres Wort hinzuzufügen.

Obwohl sie sich gegen die Erinnerung wehrte, sah sie Dominic vor sich, wie er das letzte Mal von ihr gegangen war. Sie hatten fast an derselben Stelle gestanden.

Kate nahm ihre Koffer auf und schritt gemessen ins Hotel.

Natürlich wusste Kate, wo sie Dominic finden würde. Wenn er nicht mit seinem Boot über das Meer brauste, war er in seiner kleinen, etwas vernachlässigten Behausung in der Nähe des Strandes. Kate ließ sich Zeit für das Auspacken ihrer Koffer, sie hielt es für unklug, Dominic zu rasch zu folgen.

Auch hier im Hotelzimmer ließen die Erinnerungen sie nicht los. Hier hatte sie eine wundervolle Liebesnacht mit Dominic verbracht. Es war das einzige Mal gewesen, dass sie die ganze Nacht über zusammenbleiben konnten, bis die ersten schwachen Lichtstrahlen den Tag angekündigt hatten.

Wie unbekümmert habe ich diese gemeinsamen Stunden genossen und wie trist ist mir der Morgen vorgekommen, weil er unserem Zusammensein ein Ende bereitet hat, dachte Kate.

Jetzt stand sie an demselben Fenster wie einst und schaute in dieselbe Richtung.

Die aufgehende Sonne hatte den Himmel damals rosa gefärbt, während sie beobachtete, wie ihr Geliebter davonging.

Noch ganz erfüllt von dem Beisammensein mit Dominic und voller jugendlicher Leidenschaft, hatte sie geglaubt, dass der herrliche Zustand andauern würde. Das war natürlich völlig unrealistisch gewesen. Nur wenige Wochen später war ihr das klar geworden. Sie hatte die sorglosen Wonnen ihren Verpflichtungen, ihrer Verantwortung geopfert.

Kate seufzte.

Nach jenem Sommer war niemand an Dominics Stelle getreten. Sie hatte ihre Karriere, ihre Berufung zur Lehrerin und ihre Bücher. Diese heftige und leidenschaftlich zügellose Liebe gehörte jetzt endgültig der Vergangenheit an.

Abrupt wandte Kate sich vom Fenster ab und beschäftigte sich damit, ihre Sachen in Schrank und Kommode zu räumen.

Schließlich gab es nichts mehr zu tun. Sie hielt es nun nicht länger im Hotelzimmer aus, ergriff ihre Aktentasche und verließ den Raum. Kate fuhr nicht mit dem Wagen. Sie wollte zu Fuß gehen. Sie war immer zu Fuß zu Dominic gegangen.

Den ersten Schock des Wiedersehens hoffte sie überstanden zu haben. Sie sagte sich, es sei nur natürlich gewesen, aufgeregt und verlegen zu reagieren. Außerdem war sie ehrlich genug, sich einzugestehen, dass sie zudem Freude empfunden hatte.

Dominic Silver schien sich nicht im Geringsten verändert zu haben. Er war noch immer arrogant, selbstbewusst und anmaßend. Diese Eigenschaften hatten sie einmal fasziniert. Damals war sie so jung gewesen. Heute wollte sie sich klug verhalten und die Kenntnis seines Wesens dazu benutzen, ihn zur Mithilfe zu überreden. Die Jagd nach einem versunkenen Schatz würde Dominics Abenteuerlust wecken.

Ihre Aktentasche in der Hand, schlenderte Kate durch das Städtchen. Sie stellte fest, dass alles beim Alten geblieben war. Das freute sie. Die Einfachheit und Beschaulichkeit des Ortes hatten ihr von Anfang an gefallen. Es gab viele kleine Geschäfte, Restaurants und Bars, alle irgendwie auf den Hafen als Zentrum ausgerichtet.

Kate kam zum Hafen und hielt unwillkürlich nach Dominics Boot Ausschau. Es lag an derselben Stelle wie einst. Die Leinen waren ordentlich vertäut, das Deck war sauber geschrubbt, und die Armaturen glänzten in der Sonne. Das Boot schien frisch gestrichen worden zu sein, und an den Scheiben ließ sich keine einzige Spur von getrocknetem Meerwasser entdecken. Mochte Dominic auch sein eigenes Äußeres oder sein Haus vernachlässigen, seinem Boot widmete er jede erdenkliche Pflege.

Wirbelwind. Kate betrachtete die leuchtenden Buchstaben am Heck des Kabinenkreuzers. Dominic hatte ihn aus zweiter Hand erworben und liebevoll renoviert.

Wie oft habe ich neben Dominic am Steuer gestanden, wenn er lachend schneller und immer schneller gefahren ist, dachte Kate. Der Wind hatte das Haar aus ihrem Gesicht geweht, während sie mit laut pochendem Herzen und rasendem Pulsschlag neben Dominic ausgeharrt hatte.

Er liebte die Herausforderung, den Nervenkitzel. Das wusste Kate, und dies war mit ein Grund für ihr Kommen. Sie umfasste den Griff ihrer Aktentasche fester. Es mochte zwar viele erfahrene Taucher geben, aber es gab nur einen Dominic Silver.

„Kate? Kate Hardesty?"

Als Kate ihren Namen hörte, wandte sie sich um. „Linda!" rief sie aus. Dieses Mal legte sie sich bei der Begegnung mit der Vergangenheit keinerlei Zurückhaltung auf. Nur wenigen Menschen gegenüber zeigte sich Kate so offen wie der jungen Frau, die nun auf sie zueilte. „Wie schön, dich zu sehen!"

Lachend umarmte Kate Linda und hielt sie dann an den Schultern zurück, um sie anschauen zu können. Strahlende braune Augen blickten ihr aus dem von kurz geschnittenen kastanienbraunen Haaren umgebenen Gesicht entgegen. Auch Linda schien noch wie früher zu sein.

„Als ich aus dem Fenster schaute und dich sah, konnte ich es gar nicht fassen. Kate, du hast dich kaum verändert." Linda musterte Kate rasch. Sie tat es schnell, weil sie alle Dinge mit großer Schnelligkeit erledigte, nicht weil sie oberflächlich war. „Du bist ein wenig zu dünn", stellte sie fest. „Vielleicht kommt es mir aber auch nur so vor, weil ich auf deine Figur neidisch bin."

„Du siehst noch genauso fantastisch aus wie früher. Und aus mir spricht ganz gewiss der Neid."

Linda lachte, doch gleich darauf wurde sie ernst. „Es tut mir Leid, dass dein Vater tot ist, Kate. Die letzten Wochen müssen schlimm für dich gewesen sein."

Kate tat Lindas Mitgefühl gut, obwohl sie ihren Schmerz inzwischen überwunden und etwas Abstand gefunden hatte. „Hat Dominic es dir erzählt?" fragte sie.

„Von Dominic erfahre ich nie etwas", erwiderte Linda. „Ich weiß es von Marsh. Wie lange wirst du bleiben?"

„Das kann ich nicht genau sagen. Es gibt für mich einiges auf der Insel zu erledigen."

„Auf keinen Fall solltest du versäumen, ab und zu im ‚Roost' zu essen. Es ist das Restaurant gleich gegenüber deinem Hotel."

Kate schaute zurück zu dem Holzschild über dem Eingang des Restaurants. „Ja, ich habe es schon gesehen. Ist es neu?"

Linda nickte stolz und zufrieden. „Ja. Und es gehört uns."

„Uns?"

„Marsh und mir." Mit einem strahlenden Lächeln hob Linda ihre linke Hand und deutete auf den Ring. „Wir sind seit drei Jahren verheiratet." Dann verdrehte sie die Augen und fügte hinzu: „Es hat mich zehn Jahre meines Lebens gekostet, ihn davon zu überzeugen, dass er ohne mich nicht leben kann."

„Ich bin froh für dich", sagte Kate. „Du hast einen Mann, ein Restaurant! Mein Vater hat mir nie Neuigkeiten von der Insel berichtet. Dabei war ich wirklich sehr neugierig."

„Und wir haben eine kleine Tochter. Joy ist anderthalb Jahre alt. Komischerweise ist sie nach Dominic geraten." Linda schaute nun wieder ernst drein. Sie legte die Hand leicht auf Kates Arm. „Du gehst zu ihm."

Es war keine Frage, sondern eine Feststellung. Der Weg, den Kate eingeschlagen hatte, führte zu Dominics Haus.

„Ja." Kate bemühte sich um Gelassenheit. Sie durfte sich

nicht von der Besorgnis in Lindas Blick beeindrucken lassen. Sie wusste, dass es zwischen Linda und Dominic außer der verwandtschaftlichen Beziehung das Gefühl der Zugehörigkeit zu einer festen Gemeinschaft auf Ocracoke gab. „Mein Vater arbeitete an einer bestimmten Sache, für die ich nun Dominics Hilfe brauche."

Linda betrachtete Kates Gesicht prüfend. „Weißt du, was du tust?"

„Ja", antwortete Kate und verbarg ihr Unbehagen. „Ja, ich weiß es", bekräftigte sie.

„Dann ist es ja gut." Linda zog ihre Hand zurück. „Bitte schau irgendwann mal bei uns rein, entweder im Restaurant oder bei uns zu Hause. Wir wohnen nicht weit von Dominic entfernt. Marsh wird mit dir plaudern wollen, und ich möchte dir gern Joy vorstellen – und unsere Speisekarte", fügte sie lächelnd hinzu. „Beide sind ganz außergewöhnlich."

„Natürlich werde ich kommen." Impulsiv ergriff Kate Lindas Rechte. „Es ist wirklich schön, dich wiederzusehen. Es war nicht nett von mir, nichts mehr von mir hören zu lassen, aber ..." Sie biss sich ein wenig verlegen auf die Lippe.

„Ich verstehe dich", versicherte Linda. „So, jetzt muss ich aber schleunigst zurück. Während der Saison drängeln sich mittags bei uns die Sommergäste." Sie seufzte und überlegte, ob Kate tatsächlich so gelassen war, wie sie vorgab. „Viel Glück", wünschte sie, bevor sie zum Restaurant eilte.

„Danke." Kate würde es brauchen können.

Kate setzte ihren Weg an den kleinen Läden vorbei fort. Heute hatte sie keine Muße, sich die kunsthandwerklichen Gegenstände oder die Antiquitäten anzuschauen. Sie kam an den blau und weiß gestrichenen Holzhäusern am Rande der Stadt vorbei, die wie früher die Straße säumten, umgeben von grünem Rasen und Schatten spendenden Bäumen.

Ein Hund rannte kläffend auf Kate zu, so weit seine Kette

reichte. Da jedoch weder sie noch sein Herrchen eine Reaktion zeigten, hielt er seine Pflicht für getan und trottete zu seiner Hütte zurück. Schließlich hatte Kate die Stadt hinter sich und befand sich auf dem schmalen Pfad zu Dominics Haus. Diesen Weg würde sie immer wiederfinden.

Ihr Herz begann schneller zu klopfen, und erneut stürmten Erinnerungen auf sie ein. Sie bemühte sich, jeden Gedanken an ihre frühere Beziehung zu Dominic zu verdrängen. Nur die Gegenwart zählte! Die Tatsachen ...

Die Tatsachen: Der mit Kies bestreute Weg war kaum breit genug für ein Auto. Büsche rechts und links engten ihn ein. Sie machten den Eindruck eines wild wachsenden Gestrüpps, das zur Landschaft passte. Und zu Dominic.

Dominic hatte Kate einmal gesagt, dass ihm an Besuchern nichts gelegen sei. Suche er Gesellschaft, brauche er nur in die Stadt zu gehen, wo ihm alle Bewohner von Kind an vertraut waren. Diese Einstellung war typisch für Dominic Silver. Er legte Wert auf Abstand zu seinen Mitmenschen und überbrückte die Distanz nur, wenn ihm der Sinn danach stand, wenn er es wollte.

Damals hatte er einen Schritt auf sie, Kate, zugetan. Nervös nahm sie ihre Aktentasche in die andere Hand.

In der Nähe des Hauses blieb Kate stehen. Es wirkte nicht mehr so, als könne es vom nächsten stürmischen Windstoß umgeblasen werden.

Das Dach war neu gedeckt worden. Dominic brauchte also keine Töpfe zum Auffangen der Tropfen mehr aufzustellen, wenn es regnete. Eine Veranda verlief nun an der gesamten Front des Gebäudes. Die ehemals mehrfach geflickte Gittertür hatte Dominic durch eine neue ersetzt.

Kate kam aus dem Staunen nicht mehr heraus. Selbst die Fenster waren geputzt, und an einer Ecke des Hauses entdeckte sie einen Efeustock, der mit Hilfe eines robusten Spaliers begann, eine Hauswand für sich zu erobern.

Ich habe mich also getäuscht, es ist doch eine Veränderung in Dominic vorgegangen, dachte Kate.

Gerade hatte sie den Fuß auf die erste Stufe zur Veranda gesetzt, als sie Geräusche hörte. Sie kamen aus dem Schuppen hinter dem Haus, in dem sich Werkzeuge und Gerümpel befanden, zumindest war das früher so gewesen. Erleichtert darüber, dass sie Dominic nicht in der vertrauten Umgebung seines Hauses entgegentreten musste, ging Kate zu dem kleinen Hinterhof. Deutlich vernahm sie das Rauschen des Meeres, das man in zwei, drei Minuten erreichen konnte.

Ob Dominic wohl noch immer abends den Weg durch hohes Gras und Sanddünen zum Meer ging wie früher? Zum Schauen, zum Riechen, hatte er erklärt.

Manchmal hatte er Treibholz gesammelt oder Muscheln oder sonstige kleine Schätze, die das Meer an den Strand spülte. Einmal hatte er ihr eine strahlend weiße Muschel mit rosafarbenem Innern gegeben, die gerade in ihre Handfläche passte. Nie wieder hatte Kate ein solches Glück, eine solche Freude über ein Geschenk empfunden ...

Energisch schob Kate die Gedanken an die Vergangenheit beiseite und betrat den Schuppen. Er war so hoch und halb so breit wie das Haus. Das Gerümpel war verschwunden, und Kate blickte auf den Rumpf eines Bootes. Mit dem Rücken zu ihr stand Dominic an einem Arbeitstisch und schliff den Mast.

„Du hast es tatsächlich gebaut.“ Wie von selbst kamen die Worte über ihre Lippen. Interessiert betrachtete Kate den Bootsrumpf. Wie oft hatte Dominic ihr das Boot beschrieben, das er eines Tages bauen wollte? Es schien sein einziger wirklicher Ehrgeiz zu sein. Mahagoni auf Eiche. Eine fünf Meter lange Schaluppe sollte es werden, die leicht wie ein Pfeil über die Wellen schießen würde. Mit diesem Boot wollte er von Ocracoke an der Küste entlang nach New England segeln. Die Beschreibungen seines Traumes waren so detailliert, so lebhaft gewesen, dass Kate sich das Boot deutlich hatte vorstellen können. Und nun war es Wirklichkeit geworden.

„Ich sagte es dir doch." Dominic wandte sich von seiner Arbeit ab und sah Kate an.

„Ja." Sie kam sich dumm vor und umfasste den Griff ihrer Aktentasche fester.

„Aber du hast mir nie geglaubt." Er warf das Schleifpapier auf den Tisch. „Es ist dir immer schwer gefallen, über die Gegenwart hinauszuschauen." Ihre adrette, kühle Art verfehlte ihre Wirkung auf Dominic nicht. Er wollte diese Wand durchbrechen.

„Und dir ist es immer schwer gefallen, mit der Gegenwart fertig zu werden."

Dominics Gesicht verriet nichts über seine Gefühle. „Wir hatten beide Probleme." Er trat auf sie zu. „Aber nicht immer miteinander."

Er konnte nicht länger widerstehen, streckte die Hand aus und legte sie auf ihre Wange. Ihre Haut hatte nichts von ihrer Weichheit verloren. Kate bewegte sich nicht. „Du siehst müde aus, Kate."

Sie verspürte ein nervöses Kribbeln in ihrem Magen, doch ihre Stimme blieb ruhig. „Es war eine lange Fahrt."

Mit dem Daumen strich Dominic über ihre Wange. „Du solltest hier ein wenig ausspannen."

„Das habe ich vor." Kate wich einen Schritt zurück.

„Und was sonst noch?" Mit vor der Brust verschränkten Armen lehnte sich Dominic gegen den Türrahmen. „In diesem Brief schreibst du, dass du mir etwas persönlich mitteilen möchtest. Jetzt bist du da. Was hast du mir zu sagen?"

Das arrogante Lächeln auf seinen Lippen bestärkte Kate in ihrem Vorhaben, gelassen und unpersönlich zu bleiben. „Mein Vater hat Nachforschungen betrieben, die ich zu Ende führen will."

„So, so. Und?"

„Dafür benötige ich deine Hilfe."

Dominic lachte auf und ging ins Freie. Die frische Luft würde vielleicht den dringenden Wunsch vertreiben, Kate zu berühren. „Deinem Tonfall nach zu urteilen, ist dir nichts verhasster, als mich darum zu bitten."

„Allerdings." Kate straffte die Schultern.

Abrupt wandte Dominic sich zu ihr um. Sein Blick war ausdruckslos. „Eines sollten wir von vornherein klarstellen, Kate. Du hast die Insel und mich verlassen. Du hast mir vorenthalten, was ich ersehnte."

Sie ließ sich von seinem Vorwurf nicht beeinflussen. „Was vor vier Jahren geschehen ist, hat nichts mit der Gegenwart zu tun."

„Oh doch." Als er wieder auf Kate zutrat, wich sie erneut einen Schritt zurück. „Hast du Angst vor mir?" fragte er.

Leiser Zorn regte sich in ihr. „Nein", erwiderte sie mit fester Stimme. „Ich fürchte mich nicht vor dir, Dominic. Und ich habe nicht die Absicht, über Vergangenes zu diskutieren. Ich gebe zu, dass ich Ocracoke und dich verlassen habe. Jetzt bin ich geschäftlich hier. Ich möchte, dass du dir anhörst, was ich zu sagen habe. Wenn es dich interessiert, können wir über die Bedingungen reden. Weiter nichts."

„Ich bin nicht einer deiner Studenten, Frau Dozentin." Dominics Stimme klang kühl. „Du brauchst mir keine Anweisungen zu erteilen."

„Im Geschäftsleben gibt es gewisse Grundregeln", entgegnete Kate so ruhig wie möglich.

„Niemand will, dass du sie hier anwendest."

„Ich sehe, es war falsch von mir, zu dir zu kommen", sagte Kate. „Verlass dich darauf, ich werde auch einen anderen finden."

Sie strebte fort, doch Dominic hielt sie am Arm zurück. „Nein, das wirst du nicht. Niemals." Sein Blick war finster.

Kate verstand sofort, was er meinte. Und sie musste ihm insgeheim Recht geben. Sie würde keinen anderen Mann finden, der ihre innersten Gefühle derart in Aufruhr versetzen konnte, der in ihr immer wieder das Verlangen nach Liebe und Leidenschaft zu erwecken vermochte.

Mit scheinbar unerschütterlicher Ruhe befreite sie sich aus Dominics Griff. „Ich bin geschäftlich hier und habe keine Lust, mit dir über etwas zu streiten, das nicht mehr existiert."

„Wir werden noch darauf zurückkommen." Es schmerzte Dominic, dass sich Kate mit jeder Minute mehr von ihm zu entfernen schien. Doch er zeigte es nicht. „Wie wäre es, wenn du mir jetzt verrietest, was du in deiner so wichtig aussehenden Mappe mit dir herumträgst, Frau Lehrerin."

Kate holte tief Luft. „Seekarten", erwiderte sie. „Notizbücher mit Informationen, sorgfältig zusammengetragenen Tatsachen und überzeugenden Theorien. Meiner Meinung nach stand mein Vater kurz davor, die genaue Lage der ‚Liberty' zu bestimmen, einem englischen Handelsschiff, das mit unversehrtem Laderaum vor etwa zweihundertfünfzig Jahren vor der Küste von North Carolina gesunken ist."

Dominic hörte ihr aufmerksam zu. Als sie geendet hatte, betrachtete er prüfend ihr Gesicht, ohne eine Regung zu zeigen. „Gehen wir ins Haus", sagte er schließlich und wandte sich dem kleinen Gebäude zu. „Ich bin gespannt, was du zu bieten hast."

Kate zögerte. Sie hatte das Bedürfnis, diesem arroganten Menschen den Rücken zu kehren und in die Stadt zurückzumarschieren. Aber sie würde wirklich keinen besseren Taucher als ihn finden.

„Nun?"

„Okay." Langsam folgte sie Dominic ins Haus.

3. KAPITEL

Dominic führte Kate in die Küche, die ebenfalls renoviert worden war. Kate kannte sie als vernachlässigten Raum mit einem wackligen Regal, einem Holztisch und zwei Stühlen als einzigen Möbelstücken. Der Boden war nun gefliest, und es gab ordentliche Wandschränke. Ein blankes Fenster ließ den Sonnenschein herein, der geradewegs auf den frisch gestrichenen Holztisch fiel. Vor den beiden Längsseiten des Tisches standen jetzt massive Bänke aus Holz.

„Hast du das selbst gemacht?“ erkundigte sich Kate.

„Ja.“ Dominic nickte. „Überrascht es dich?“

Es lag Kate fern, höflich Konversation zu betreiben. Sie legte ihre Aktentasche auf den Tisch.

„Ja“, erwiderte sie. „Ich hatte den Eindruck, du wärst mit einer primitiven Unterkunft und einem Dach über dem Kopf zufrieden gewesen.“

„Ich habe mich einmal mit einer Menge mangelhafter Dinge zufrieden geben müssen. Möchtest du ein Bier?“

„Nein.“ Kate setzte sich und zog die Notizbücher ihres Vaters aus der Tasche. „Bitte, hier. Die Aufzeichnungen sind sehr interessant. Aber du brauchst nicht alles zu lesen. Ich habe das Wesentliche markiert. Wenn du dir das anschaust, kannst du dir gewiss schon ein Urteil bilden.“

„Hm ... vielleicht.“ Dominic schloss die Tür des Kühlschranks, aus dem er sich eine Flasche Bier genommen hatte. Er öffnete sie und ließ sich Kate gegenüber nieder. Während er die ersten Schlucke aus der Flasche trank, fixierte er Kate ziemlich ungeniert. Schließlich griff er nach dem ersten Notizbuch und schlug es auf.

Edwin Hardestys Handschrift war sehr klar und deutlich. Er schrieb nüchtern, ohne irgendwelche romantischen Ausmalungen. Was für andere ein aufregendes Abenteuer gewesen wäre, wurde durch seine Ausdrucksweise zu einer Ansammlung trockener Tatsachen. Trocken, aber verlässlich. Daran bestand für Dominic nicht der geringste Zweifel.

Die „Liberty“ war mitsamt ihrer Ladung, bestehend aus Zucker, Tee, Wein, Stoffen und anderen Waren für die Kolonien, untergegangen. Hardesty hatte die Ladeliste bis auf den letzten Zwieback nachvollzogen. Beim Verlassen des Heimathafens in England hatte das Schiff ebenfalls Gold an Bord. Fünfundzwanzigtausend Goldmünzen des Königreiches.

Dominic hob den Kopf und bemerkte, dass Kate ihn beobachtete.

„Interessant“, lautete sein Kommentar, bevor er nach dem nächsten Notizbuch griff.

Es hatte drei Überlebende des Unglücks gegeben, die sich auf eine Insel retten konnten. Einer von ihnen, ein Besatzungsmitglied, hatte einen ausführlichen Bericht über das Unwetter hinterlassen, das der „Liberty“ zum Verhängnis geworden war. Es handelte sich um eine schauerliche Geschichte. Es sollten fünf Meter hohe Wellen über dem Schiff zusammengeschlagen sein. Die grausige Erzählung von zerberstendem Holz und eindringenden Wassermassen hatte Hardesty mit sachlichen Fußnoten kommentiert.

Der Berichterstatter konnte ebenfalls die zuletzt bekannte Position des Schiffes vor dem Untergang nennen.

Dominic brauchte Hardestys Berechnungen nicht erst nachzuprüfen, um zu wissen, dass das Schiff demnach vier Kilometer vor der Küste von Ocracoke versunken war.

Er überflog die fundierten Theorien, die einleuchtenden Ausführungen, die Kates Vater mit der Aufzählung unzähliger Tatsachen bekräftigt hatte, und schaute sich die Seekarten mit den Markierungen an. Flüchtig erinnerte er sich an Hardestys großes Interesse an den Gezeiten und am Tauchen. Nun wunderte er sich nicht mehr darüber.

Er ist also auf der Suche nach Gold gewesen und hat die ganzen vergangenen Jahre über Forschungen betrieben, überlegte Dominic. Bei jedem anderen hätte er die Unterlagen als Hirngespinst abgetan. Hier auf der Insel und in den Städtchen entlang der Küste erzählte man sich unzählige Geschichten von versunkenen Schätzen. Die Existenz von Piraten, die die Küstengewässer in früheren Jahrhunderten unsicher gemacht hatten, nährte derartige abenteuerliche Schilderungen zusätzlich.

Diese Unterlagen aber stammten von Doktor Edwin J. Hardesty, einem fantasielosen und humorlosen Mann, der keine Zeit mit unsinnigen Träumereien vertan hätte. Und dessen Tochter Kate saß ihm, Dominic, gegenüber und wollte seine Unterstützung. Er spürte, wie seine Neugier und seine Abenteuerlust wuchsen.

Dominic schloss das letzte Notizbuch und griff nach seiner Bierflasche. „Du möchtest also auf Schatzsuche gehen."

Kate ignorierte den ironischen Tonfall. Sie stützte ihre Unterarme auf den Tisch und beugte sich vor. „Ich habe die Absicht, das zu vollenden, was mein Vater begonnen hat."

„Glaubst du an einen Schatz?"

Kate überlegte einen Augenblick. „Ich glaube jedenfalls nicht, dass all die Arbeit und Mühe meines Vaters umsonst gewesen sein sollten", antwortete sie dann. „Ich möchte zumindest versuchen, die ‚Liberty' zu finden. Dazu benötige ich deine Hilfe. Du wirst entsprechend entlohnt werden."

„Was du nicht sagst." Dominic betrachtete die restliche Flüssigkeit in der Flasche.

„Ich brauche dich, dein Boot und deine Ausrüstung für einen Monat, vielleicht auch zwei. Ich kann nicht allein tauchen, weil ich die Gewässer nicht gut genug kenne. Ein Risiko möchte ich keinesfalls eingehen. Außerdem darf ich keine Zeit verlieren. Ich muss Ende August wieder in Connecticut sein."

„Um neuen Kreidestaub an die Finger zu bekommen?"

Kate lehnte sich zurück. „Du hast kein Recht, meinen Beruf zu kritisieren."

„Ich bin sicher, dass die Kreide in Yale ganz hervorragend ist", entgegnete Dominic. „Du willst also in ungefähr sechs Wochen diesen Goldschatz bergen?"

„Falls die Berechnungen meines Vaters stimmen, dürfte es nicht so lange dauern."

„Falls", gab Dominic zu bedenken. Langsam stellte er die Bierflasche auf den Tisch. „Ich habe keinen Stundenplan, der mich verpflichtet. Du möchtest sechs Wochen von meiner Zeit, und du kannst sie haben. Zu einem bestimmten Preis."

„Der wäre?"

„Einhundert Dollar pro Tag und fünfzig Prozent des Fundes."

Kate bedachte Dominic mit einem kühlen Blick und begann die Notizbücher in ihre Aktentasche zu schieben. „Vor vier Jahren mag ich dumm gewesen sein, heute bin ich es nicht mehr. Einhundert Dollar pro Tag sind viel zu viel für einen solch langen Zeitraum. Und fünfzig Prozent kommen überhaupt nicht in Frage." Es war ihr recht, mit Dominic verhandeln zu müssen. So wurde ihre Beziehung eindeutig auf das Geschäftliche beschränkt. „Ich zahle dir fünfzig Dollar und zehn Prozent."

Mit einem aufreizend verächtlichen Lächeln auf den Lippen schüttelte Dominic den Kopf. „Für fünfzig Dollar pro Tag werfe ich nicht einmal den Motor meines Bootes an."

Kate neigte ihren Kopf etwas zur Seite und kniff die Augen leicht zusammen. Das hatte sie auch früher oft getan, wenn Dominic etwas gesagt hatte, worüber sie nachdenken wollte. „Du bist gewinnsüchtiger als damals", meinte sie schließlich.

„Wir müssen alle zusehen, dass wir über die Runden kommen, Frau Lehrerin." Dominic verbarg seinen Frust darüber, dass es Kate so offensichtlich gleichgültig ließ, in dem Haus zu sein, wo sie sich einst geliebt hatten. „Du willst eine besondere Dienstleistung", fuhr er fort, „also musst du sie auch entsprechend bezahlen. Fünfundsiebzig pro Tag und fünfundzwanzig Prozent. Sagen wir, der Vergangenheit zuliebe."

„Nein, dem Geschäft zuliebe." Kate streckte die Hand aus. Als Dominic sie ergriff, bereute sie die impulsive Geste. Seine Hand war fest und stark. Sie wusste genau, wie es war, wenn seine Finger ihre Haut berührten ...

„Abgemacht." Dominic ahnte, dass Kate ihre Impulsivität bereute. Deswegen hielt er ihre Rechte fest und sah sie eindringlich an, bevor er weitersprach: „Es gibt keinerlei Garantie dafür, dass wir den Schatz finden werden."

„Selbstverständlich nicht."

„Gut. Ich werde den Vorschuss deines Vaters von der Gesamtsumme abziehen."

„Einverstanden." Mit der Linken umklammerte Kate ihre Aktentasche. „Wann fangen wir an?"

„Sei morgen um acht Uhr im Hafen." Dominic legte seine andere Hand auf die Kates, die die Tasche hielt. „Lass die Mappe hier. Ich möchte noch einen Blick auf die Unterlagen werfen."

„Das ist nicht nötig."

Der Griff seiner Hände wurde etwas fester. „Wenn du kein Vertrauen zu mir hast, kannst du unsere Abmachung sofort vergessen." Dominics Stimme klang ruhig, gefährlich ruhig. „Und dir einen anderen Taucher suchen", setzte er hinzu.

Sie sahen einander in die Augen.

Kate wurde klar, dass sie Zugeständnisse machen musste. „Na gut, ich lasse dir die Tasche hier. Ich komme dann also um acht zum Hafen."

Er gab ihre Hände frei und setzte sich bequem zurück. „Okay."

Es gab nichts weiter zu sagen. Kate erhob sich. „Bis morgen."

„Bis morgen."

Dominic hob die Flasche hoch und trank den Rest Bier, während die Gittertür hinter Kate zufiel. Er wartete, bis er sicher sein konnte, sie vom Fenster aus nicht mehr zu sehen, sprang dann auf und öffnete es. Die frische Seeluft würde den Duft ihres Parfüms vertreiben. Versunkene Schiffe. Schätze auf dem Meeresboden. Diese Vorstellungen hätten Dominic fasziniert und begeistert, wenn er nicht den unbändigen Wunsch verspürt hätte, in sein Boot zu steigen und hinaus aufs Meer zu fahren – weit fort von Kate. Er hatte nicht gewusst, wie stark sie ihn noch fesseln konnte.

Allerdings hatte er sie nie vergessen, so sehr er sich auch bemüht hatte, die schlanke, intellektuelle Frau mit dem hochmütigen Gesicht und den braunen Rehaugen aus seinem Gedächtnis zu verbannen.

Er betrachtete die zierlichen goldenen Anfangsbuchstaben ihres Namens neben dem Griff der Aktentasche und knirschte mit den Zähnen.

In den vergangenen vier Jahren war es ihm irgendwie gelungen, sich selbst zu täuschen.

Ihr Anblick hat mir bewusst gemacht, dass es reiner Selbstbetrug gewesen ist, dachte er. Ich habe mir eingeredet, dieser Abschnitt meines Lebens gehöre der Vergangenheit an, um nicht zu verzweifeln.

Dominic fluchte leise vor sich hin.

Jetzt war Kate wieder da. Doch sie war nicht zu ihm zurückgekehrt, nein, es ging ihr um etwas anderes. Er strich mit den Fingern über das glatte Leder der Aktentasche. Kate wollte lediglich den besten Taucher und war bereit zu zahlen. Honorar gegen Leistung. Nicht mehr, nicht weniger. Ihre einstige Beziehung bedeutete ihr wenig oder gar nichts mehr.

Zornig ballte Dominic die Hände, bis die Knöchel weiß hervortraten. Gut, er würde die Dienste erbringen, für die Kate zahlte.

Aber wenn sie dieses Mal die Insel verließ, wollte er nicht wieder wie ein Dummkopf zurückbleiben. Sie sollte dann diejenige sein, die sich mit ihren Selbsttäuschungen quälen musste!

Kate rutschte tiefer in das heiße Bad und atmete den süßen Rosenduft der Badelotion ein. Den Raum erfüllte dichter Wasserdampf, und der ovale Spiegel über dem Waschbecken war beschlagen.

Kate hätte nicht sagen können, wie lange sie schon in der Badewanne lag und versuchte, eine vorläufige Bilanz zu ziehen. Sie hatte nun auch den zweiten Schritt getan – und überstanden. Während der Unterredung mit Dominic in seiner Küche musste sie die Erinnerungen an Ausgelassenheit, Glück und Leidenschaft zurückdrängen. Der Anblick der zwar renovierten, aber vertrauten Umgebung hatte sie an die vielen Gelegenheiten denken lassen, bei denen sie früher den Fang des Tages vor seinem Haus gegrillt und ihn sich bei einer Flasche Wein hatten schmecken lassen.

Auf dem Rückweg ins Hotel war die Spannung langsam von Kate gewichen. Morgen würde ihr das Zusammensein mit Dominic leichter fallen.

Mit jedem Tag würde der Abstand zu jenem Sommer, der hier auf Ocracoke wieder so lebendig geworden war, größer werden. Dominics Feindseligkeit würde ihr dabei helfen. Sein Verhalten ließ bei Kate erst gar nicht die romantische Vorstellung aufkommen, dass er versuchen könnte, an ehemalige Gefühle anzuknüpfen. Und was sie selbst anging ... nun, was sich vor vier Jahren ereignet hatte, war die Sommerliebelei einer jungen, unerfahrenen Frau gewesen und gehörte endgültig der Vergangenheit an.

Dominic und sie, Kate, verband nur noch die Suche nach dem Schatz, der auf dem Meeresboden lag. Zumindest redete Kate sich das ein.

Zweihundertfünfzig Jahre. Kate blies in den weißen Schaum, der sich hoch über dem Wasser türmte. Der Zucker und die kostbaren Stoffe, die zur Ladung der „Liberty" gehörten, hatten sich in der Zwischenzeit zweifellos aufgelöst. Würden sie die Messingarmaturen noch finden, oder hatte das Meerwasser sie rosten und zerfallen lassen? Der Schiffsrumpf war gewiss von Schwämmen und Muscheln überwuchert, das Eichenholz morsch. Ob das Logbuch wohl noch existierte? Möglicherweise hatte man es in einem wasserfesten Behältnis untergebracht.

Sie könnte es einem Museum zum Geschenk machen – im Namen ihres Vaters.

Ja, das könnte sie wirklich noch für ihren Vater tun. Vielleicht würde sie anschließend Ruhe vor ihren zwiespältigen Gefühlen ihm gegenüber haben.

Kate stieg aus der Wanne und rubbelte sich trocken. Das Gold hatte sicherlich unversehrt die Jahre überdauert. Die Vorstellung von einer Kiste mit wertvollen Goldmünzen reizte sie. Dennoch, die Suche nach diesem Schatz war das eigentlich Aufregende. Wenn sie ihn finden würde, dann ...

Ja, was dann?

Kate legte das flauschige Badetuch über die Haltestange, schlüpfte in ihren Morgenmantel und band den Gürtel fest um ihre Taille. Der Spiegel war immer noch beschlagen, obwohl das Wasser langsam abfloss.

Sollte sie ihren neu gewonnenen Reichtum in Aktien anlegen? Oder sollte sie lieber eine ausgedehnte Ferienreise in die griechische Inselwelt machen, um zu sehen, was Byron seinerzeit faszinierte?

Mit einem Lächeln auf den Lippen trat Kate aus dem Badezimmer. Sie löste den Knoten in ihrem Nacken und bürstete ihr Haar.

Seltsam, dass sie bisher noch nie darüber nachgedacht hatte, was nach der Schatzsuche sein würde. Aber es war wohl auch besser, nicht zu weit in die Zukunft zu planen.

„Es ist dir immer schwer gefallen, über die Gegenwart hinauszuschauen."

Fast glaubte Kate, Dominics Stimme zu hören, so deutlich traten ihr seine Worte ins Bewusstsein. Wütend warf sie die Bürste auf das Bett. Sie hatte sehr wohl einmal über die Gegenwart hinausgeschaut und erkannt, dass Dominic ihr nicht mehr als eine unsichere Zukunft in einem heruntergekommenen Haus zu bieten hatte. Keine Garantie, keine Verpflichtungen. Welch ein Glück, dass ihr dies rechtzeitig bewusst geworden und sie fortgegangen war!

Dominic sollte niemals erfahren, wie sehr es sie geschmerzt hatte, von ihm zu gehen.

Ich muss Vater für seine vernünftigen Worte dankbar sein, sagte sie sich. Er hatte sie damals auf Dominics Schwächen aufmerksam gemacht, sie an ihre Verpflichtung sich selbst gegenüber, an ihre Zukunft und an ihren Beruf erinnert. Dominics mangelnder Ehrgeiz, seine sorglose Einstellung zum Leben waren keine liebenswerten Eigenschaften eines Sonderlings, sondern Mängel.

Kate nickte, wie um sich selbst davon zu überzeugen, dass sie richtig gehandelt hatte. Sie nahm die Bürste wieder auf und schalt sich selbst, weil sie zu viel über Vergangenes grübelte. Das musste ein Ende haben.

Mit raschen, geschickten Bewegungen schlang sie ihr Haar im Nacken zusammen und steckte es fest.

Ab jetzt wollte sie nur nach vorn schauen, nicht zurück auf das, was war oder was hätte sein können.

Kate sehnte sich nach Abwechslung, und es drängte sie aus dem Zimmer. Entschlossen ging sie zum Schrank und holte ein Kleid hervor. Ihre Erschöpfung spielte keine Rolle mehr.

Kate beschloss, hinüberzugehen zu Linda und Marsh. Sie

wollte Marsh begrüßen und ein ausgedehntes Abendessen einnehmen. Nach ihrer Rückkehr ins Hotel würde sie gewiss zu müde sein, um zu denken oder zu träumen.

Und morgen erwartete sie Arbeit.

Rasch und entschlossen kleidete Kate sich an.

Es war kurz nach sechs, als Kate im „Roost" eintraf. Das Restaurant gefiel ihr auf Anhieb. Es machte keinen eleganten, aber einen sehr gemütlichen Eindruck. Hier herrschte eine andere Atmosphäre als in den vornehmen Restaurants, in denen sie mit ihrem Vater oder mit Kollegen in Connecticut gespeist hatte. Dieser Raum wirkte einladend und anheimelnd.

Gemälde und Drucke von Schiffen aller Art zierten die weiß verputzten Wände. Weiteres Schiffszubehör fand sich als Dekoration im ganzen Restaurant. Ein Kompass, dessen Messingarmaturen glänzten. Ein großes, buntes Dreiecksegel war hinter der Bar drapiert. Unter der Decke hing ein Ausguck, aus dem üppiger Farn wucherte.

Trotz der frühen Stunde waren bereits viele Paare und Familien anwesend, von denen Kate die meisten unschwer als Sommergäste identifizieren konnte. Es roch gut und verlockend, und das leise Geräusch von Stimmen übte eine beruhigende Wirkung auf Kate aus.

Während sie sich umschaute, stellte sie fest, dass hinter der gemütlichen Atmosphäre ein gut organisierter Betrieb funktionierte. Die Kellner und Kellnerinnen waren flink, ohne allerdings zwischen den Tischen zu hetzen. Die Fenster ermöglichten einen herrlichen Ausblick auf den Hafen. Abrupt wandte Kate sich ab, weil sie sich dabei ertappte, wie sie unwillkürlich Ausschau nach der „Wirbelwind" oder ihrem leeren Anlegeplatz hielt.

„Kate!"

Sie erkannte die Stimme sofort. Lächelnd drehte sie sich um.

„Marsh, ich freue mich, dich zu sehen“, begrüßte sie Dominics Bruder.

Auf seine ruhige, überlegte Art betrachtete Marsh sein Gegenüber. „Schön wie eh und je“, meinte er dann. „Linda hat es mir zwar gesagt, aber es gefällt mir natürlich sehr viel besser, es mit eigenen Augen festzustellen.“

Kate lachte. In Marshs Gegenwart fiel es ihr leicht, sich zu entspannen und ausgelassen und fröhlich zu sein, wohingegen die Nähe seines Bruders alle ihre Sinne gefangen nahm. „Wie ich hörte, muss man dir gleich zu mehreren Anlässen gratulieren. Zu deiner Hochzeit, deiner Tochter und deinem Restaurant.“

„Ich nehme alle Glückwünsche dankend entgegen. Darf ich dir als Gegenleistung den besten Tisch des Hauses anbieten?“

„Mit weniger habe ich nicht gerechnet.“ Kate hakte sich bei Marsh ein. „Du machst einen zufriedenen Eindruck“, bemerkte sie, während Marsh sie zu einem Tisch am Fenster führte. „Und einen glücklichen.“

„Das bin ich auch.“ Marsh strich mit den Fingern leicht über Kates Hand. „Es tut mir Leid ... die Sache mit deinem Vater, Kate.“

„Ich weiß. Danke, Marsh.“

Marsh nahm Kate gegenüber Platz. Seine Augen hatten einen viel sanfteren und weicheren Ausdruck als die seines Bruders. Es war Kate immer ein Rätsel geblieben, warum Marsh mit dem verträumten Blick ein praktisch veranlagter Kaufmann war und Dominic die großen Träume hegte.

„Schön, dass du wieder hier bist“, sagte Marsh. „Wir haben dich vermisst – wir alle.“

„Alle?“

„Ja, alle.“

Kate faltete die rot-weiß karierte Stoffserviette auseinander und wieder zusammen. „Es ändert sich vieles im Laufe der Zeit“, meinte sie. „Du und Linda gebt dafür das beste Beispiel ab. Als ich damals fortging, hatte ich den Eindruck, dass du Linda für so etwas wie eine lästige Plage hieltest. Habe ich mich etwa so sehr getäuscht?“

„Daran hat sich nichts geändert“, behauptete Marsh und lachte. Er schaute zu der jungen Kellnerin mit dem blonden Pferdeschwanz auf, die an ihren Tisch getreten war. „Das ist Cindy, sie wird sich gut um dich kümmern. Cindy, das ist Miss Hardesty.“ Er warf Kate einen schelmischen Blick zu. „Oder sollte ich dich lieber als Frau Doktor Hardesty vorstellen?“

„Nein, nein“, antwortete Kate. „Ich habe Urlaub.“

„Miss Hardesty ist unser Gast, ein ganz besonderer Gast“, erklärte Marsh der Kellnerin. „Wie wäre es mit einem Aperitif vor dem Essen, Kate? Oder mit einer Flasche Wein?“

„Weißen Bordeaux“, ertönte eine tiefe männliche Stimme. Unwillkürlich zuckte Kate zusammen. Dann zwang sie sich, gelassen zu Dominic zu blicken, der neben dem Tisch aufgetaucht war. „Die Frau Lehrerin hat eine Vorliebe für weißen Bordeaux, Cindy.“

„Jawohl, Mr. Silver“, antwortete Cindy ehrerbietig.

Bevor Kate Ja oder Nein sagen konnte, war die Kellnerin davongeeilt.

„Hallo, Dominic“, begrüßte Marsh seinen Bruder. „Es ist jedes Mal von neuem erstaunlich, wie du die Bedienung auf Trab bringen kannst.“

Dominic zuckte mit den Schultern und legte die Hand auf die Stuhllehne seines Bruders. „Ich habe Appetit auf Scampi.“

Die Atmosphäre war seit Dominics Erscheinen gespannter geworden, aber die drei Menschen bemühten sich, darüber hinwegzugehen.

„Die kann ich wärmstens empfehlen“, sagte Marsh eifrig zu Kate. „Linda und der Koch haben das Rezept lang und breit diskutiert und sind schließlich zu wahrer Meisterschaft in der Zubereitung der Scampi gelangt.“

„Ich werde sie probieren. Leistest du mir dabei Gesellschaft?“ Sie lächelte Marsh an, als spüre sie den düsteren Blick des Mannes an seiner Seite nicht.

„Das kann ich leider nicht. Linda musste nach Hause, um irgendeine mittelschwere Katastrophe zu verhindern. Joy ist darauf spezialisiert, den Babysitter zur Verzweiflung zu bringen. Deshalb muss ich mich allein um den Betrieb kümmern. Vielleicht schaffe ich es, mich später noch ein Weilchen zu dir zu setzen. Ich wünsche einen guten Appetit.“ Marsh warf seinem Bruder einen warnenden Blick zu, bevor er ging.

4. KAPITEL

Nachdem Marsh verschwunden war, nahm Dominic unaufgefordert den Platz seines Bruders ein. Kate setzte sich kerzengerade hin.

„Was soll das, Dominic? Du hast zwar das Recht, dich im Restaurant deines Bruders aufzuhalten, aber ich bin sicher, dass du meine Gesellschaft zum Abendessen so wenig möchtest wie ich die deine", sagte sie steif.

„Mit dieser Vermutung irrst du, liebe Kate." Er lächelte der Kellnerin zu, die den Wein brachte, und machte sich nicht die Mühe, Kate über die Besitzverhältnisse hinsichtlich des Lokals aufzuklären.

Während Cindy die Weinflasche öffnete und den ersten Schluck in Dominics Glas goss, saß Kate stumm und mit unbeweglicher Miene am Tisch. Sie hielt es für unschicklich, die Diskussion in Gegenwart der Bedienung fortzuführen, und wollte warten, bis diese gegangen war.

Dominic hob das Glas an die Lippen. „Er ist gut", befand er dann. „Danke, Cindy, ich werde selbst eingießen."

Die Kellnerin nickte und stellte die Flasche auf den Tisch. Danach legte sie zwei Speisekarten daneben und zog sich zurück.

Dominic ergriff die Flasche und füllte Kates Glas. „Da wir uns beide für dasselbe Restaurant entschieden haben, können wir uns einem kleinen Test unterziehen."

Kate antwortete nicht. Sie trank von ihrem Wein. Er war kühl und trocken. Sie erinnerte sich noch genau daran, wie sie zum ersten Mal eine Flasche Bordeaux mit Dominic geteilt hatte. Damals hatten sie auf dem Boden im Wohnzimmer seines Hauses gesessen. Es war die Nacht gewesen, in der sie sich zum ersten Mal geliebt hatten. Kate nahm einen zweiten Schluck.

„Was für einen Test?" fragte sie schließlich.

„Wir haben heute Gelegenheit festzustellen, ob wir beide es schaffen, ein zivilisiertes Mahl zu uns zu nehmen. In der Öffentlichkeit zu speisen gehört zu den Dingen, zu denen wir früher nie kamen."

Kate runzelte die Stirn und beobachtete, wie Dominic sein Glas hob. Sie hatte ihn niemals Wein aus einem Weinglas trinken sehen. In seinem Haus hatte es nur Becher gegeben. Das Kristallglas wirkte in seiner Hand sehr zerbrechlich, die Farbe des Weines hell und rein, ganz anders als der unergründliche Ausdruck der dunkelgrünen Augen Dominics.

Ihr Vater hätte es damals nicht gutgeheißen, wenn sie mit einem Mann ausgegangen wäre, den er als eine Art Angestellten betrachtete. Kate hatte das gewusst und sich danach gerichtet. In gewisser Weise war jetzt vieles anders. Dominic war ihr Angestellter, wenn man so wollte. Sie konnte selbst entscheiden, was sie für gut und richtig hielt.

Impulsiv hob auch sie ihr Glas und prostete Dominic zu. „Auf eine erfolgreiche Zusammenarbeit, also."

„Ich hätte es nicht besser ausdrücken können." Dominic stieß leicht mit ihr an und ließ sie keine Sekunde lang aus den Augen. „Blau steht dir ausgezeichnet", sagte er und meinte die Farbe ihres Kleides. „Es ist das Tiefblau einer sternenklaren Nacht, die deine Haut so weiß, so zart wirken lässt wie etwas, das man sehr, sehr vorsichtig berühren muss."

Kate starrte ihn an. Der leise, vertraute Ton seiner Stimme hatte sie immer eigenartig berührt. Nun hatte er mit seinen Worten eine geheimnisvolle Atmosphäre geschaffen, der sie sich nicht entziehen konnte. Daran hatte sich nichts geändert.

„Haben Sie schon gewählt?" erkundigte sich Cindy in diesem Augenblick.

Kate schwieg.

Dominic lächelte und nickte. „Wir nehmen Scampi und für den Salat das Kräuterdressing."

Cindy notierte die Bestellung und verschwand wieder.

Dominic lehnte sich zurück. „Wie schmeckt dir der Wein, Kate? Vielleicht hätte ich mich vorher erkundigen sollen, ob sich dein Geschmack gewandelt hat."

„Der Wein ist hervorragend." Kate nahm erneut einen Schluck und legte anschließend beide Hände um den hohen Stiel, als könne sie an ihm Halt finden. „Marsh sieht gut aus", bemerkte sie. „Es freut mich, dass er und Linda ein Paar geworden sind. So habe ich es mir damals schon vorgestellt."

„Wirklich?" Dominic hob sein Glas gegen das Licht und ließ die flach einfallenden Strahlen der Sonne hindurchscheinen. Er betrachtete das Spiel der Farben. „Er nicht. Aber ..." Dominic brach ab und blickte Kate in die Augen. „Marsh hat immer länger für seine Entscheidungen gebraucht als ich."

„Leichtsinn passt tatsächlich mehr zu dir als zu deinem Bruder", meinte Kate.

„Aber du bist mit deinen Seekarten und Notizen nicht zu meinem Bruder gegangen", brummte Dominic.

„Nein." Sie bemühte sich um einen gelassenen Tonfall. „Das bin ich nicht. Vielleicht habe ich mir gedacht, dass eine gewisse Portion Leichtsinn zuweilen nützlich sein kann."

„Du findest mich also nützlich."

„Dreh mir nicht die Worte im Mund herum", wies Kate ihn zurecht.

Cindy brachte den Salat und stellte die beiden Schüsseln vor Kate und Dominic hin, ohne etwas zu sagen. Dominics düsterer Blick mochte sie davon abgehalten haben, irgendetwas zu äußern.

„Du findest mich also nicht nützlich?"

„Ich habe die Erfahrung gemacht, dass es ganz erheblich Zeit und Ärger erspart, wenn man die am besten geeignete Person mit einer bestimmten Aufgabe beauftragt", wich Kate aus, ließ das Weinglas los und nahm ihre Gabel. „Es gab keinen anderen

Grund für mich, nach Ocracoke zurückzukommen.“ Sie hob den Kopf und fügte hinzu: „Vieles wird für uns einfacher sein, wenn das von vornherein klar ist.“

Dominic spürte, wie Zorn in ihm aufstieg. Doch er beherrschte sich. Wenn er sich auf Diskussionen mit Kate einließ, musste er wachsam bleiben. Sie war stets scharfsinnig gewesen, aber in der Zwischenzeit hatte ihre Schlagfertigkeit an Schärfe hinzugewonnen. Sein Herz krampfte sich zusammen, als er an die frühere, auf alles neugierige Kate zurückdachte.

„Soweit ich mich erinnere, neigst du dazu, die Dinge zu komplizieren, anstatt sie zu vereinfachen“, sagte er. „Ich musste dir Sinn und Zweck, Entstehungsgeschichte und Funktionsweise jedes einzelnen Teiles erklären, bevor du zum ersten Mal getaucht bist.“

„Ich nenne es Vorsicht, nicht Kompliziertheit.“

„Nenn es, wie du willst. Du zählst jedenfalls zu den Menschen, die ihr halbes Leben damit verbringen, die Windrichtung zu bestimmen.“ Dominic trank einen großen Schluck. „Ich ziehe es vor, mich vom Wind treiben zu lassen.“

„Allerdings“, bestätigte Kate. „Keine Pläne, keine Bindungen. Morgen schon könnte sich der Wind drehen.“

„Wenn man zu lange an einer Stelle verharrt, ergeht es einem wie den Bäumen da draußen.“ Er wies mit dem Kopf aus dem Fenster auf eine Gruppe von Zedern, die der beständige Wind vom Meer zu einer Seite gebogen hatte. „Man verkümmert.“

„Trotzdem lebst du auf der Insel, auf der du geboren und aufgewachsen bist.“

Langsam schenkte Dominic Kate und sich selbst Wein nach. „Vielen ist die Insel zu einsam, das Leben hier zu einfach. Ich ziehe sie all den wohl geordneten Gesellschaften mit Partys und Landhäusern vor.“

Nachdenklich betrachtete er Kate. Sie schien hervorragend in eine solche Gesellschaft zu passen, die er gerade verächtlich erwähnt hatte. Vor seinem geistigen Auge sah er Kate in einem kostbaren Abendkleid, mit einem überkandidelten Intellektuellen über englische Dichter des achtzehnten Jahrhunderts diskutierend. Gemessen an ihrer kühlen, abweisenden Art kam Dominic sich plötzlich rau, impulsiv und seinen Gefühlen und Launen zu leicht nachgebend vor.

Das Hauptgericht wurde aufgetragen, und Dominic versuchte sich auf die köstlich zubereiteten Scampi zu konzentrieren.

„Ich habe mir die Unterlagen – die Notizbücher und Seekarten – genauer angeschaut, bevor ich herkam", bemerkte er nach einer Weile.

„So?" Kate unterdrückte die Aufregung, die sich ihrer bemächtigte.

„Dein Vater hat sehr gründlich recherchiert."

„Selbstverständlich."

Dominic lachte kurz auf. „Selbstverständlich", wiederholte er sarkastisch. „Na ja! Ich meine, dass er auf der richtigen Fährte gewesen sein könnte. Du bist dir im Klaren darüber, dass das Gebiet, in dem er das Wrack vermutete, ziemlich gefährlich ist?"

Kate runzelte die Stirn und ließ die Gabel sinken, blickte aber nicht von ihrem Teller auf. „Haie?" fragte sie.

„Haie kann man nicht auf ein bestimmtes Gebiet festlegen. Sie sind überall und nirgends", antwortete Dominic. „Ich meine etwas anderes. Die meisten Menschen haben vergessen, dass sich der Krieg in den Vierzigerjahren bis hier unten hin auswirkte. An der ganzen Küste entlang liegen noch Minen. Wenn wir bis auf den Meeresboden tauchen, dürfen wir das nicht außer Acht lassen."

„Da hast du Recht."

„Danke."

„Bitte."

„Oh Kate ..." Dominic verstummte und griff nach seinem Glas. Er brachte kaum einen Bissen hinunter. Mit allen Sinnen nahm er Kates Nähe auf. Wie früher verspürte er den Wunsch, die Nadeln aus ihrem Haar zu ziehen und die Hände in der weichen Fülle zu vergraben. Er erinnerte sich an das Gefühl von Glück und Zufriedenheit, wenn er Kate in die Arme geschlossen und ihren Körper an seinem gespürt hatte.

Er dachte daran, wie sie ihn sehr ernst angeschaut hatte, bevor die Lust die Oberhand in ihr gewann und sie sich frei und ungehemmt dem letzten ekstatischen Augenblick überließ.

Sollte das, was ihm damals so natürlich erschienen war, verkehrt gewesen sein? Unmöglich!

Aber würde sie sich je wieder wie einst an ihn schmiegen? Wenn sie einander geliebt hatten, flüsterte Kate seinen Namen, als genüge ihr der Klang, um sich zu vergewissern, dass ihre Wonnen, ihre Glückseligkeit kein Traum waren. Wie gerne würde er seinen Namen nochmals aus ihrem Mund hören, während sie eng umschlungen nebeneinander lagen und langsam in die Wirklichkeit zurückfanden!

Schweigend beendeten Dominic und Kate ihr Mahl. Anschließend tranken sie Kaffee.

Dominic beschloss, sich keine Mühe zu geben, dem Verlangen zu widerstehen, Kate erneut zu besitzen. Er brauchte sie. Und inzwischen glaubte er festgestellt zu haben, dass er ihr auch nicht gleichgültig war. Gewiss würde der Augenblick kommen, in dem er seine brennende Begierde nach ihr stillen konnte. Und dann musste er sie für immer stillen. Noch einmal würde das Schicksal sie gewiss nicht zusammenführen.

Kate musterte Dominic verstohlen. Seine Miene verriet nichts. Dennoch spürte Kate, dass er irgendeine Entscheidung getroffen hatte, die sie betraf.

„Ich werde also um acht Uhr am Hafen sein“, sagte sie sachlich, um Dominic zu verstehen zu geben, dass sie nur an ihrer Abmachung interessiert war. „Ich werde Sauerstoffflaschen benötigen, Tauchermaske und Flossen. Meinen Taucheranzug habe ich mitgebracht. Nimm bitte meine Aktentasche und die Unterlagen mit an Bord. Es wird wohl das Beste sein, wenn wir zwischen sechs und acht Stunden täglich auf dem Meer verbringen."

„Hast du noch Übung im Tauchen?"

„Ich weiß, was ich zu tun habe", antwortete sie bestimmt.

„Das bezweifle ich nicht, da du einen sehr guten Lehrer hattest." Mit der für ihn typischen schnellen und ungeduldigen Geste trank Dominic den restlichen Kaffee. „Wenn du aber untrainiert bist, sollten wir ein, zwei Tage lang kürzer treten."

„Ich kenne mich aus."

„Ich verlange von einem Partner mehr als Kenntnisse."

Dominic bemerkte, dass Kates Augen zornig aufblitzten. Es verstärkte seine Sehnsucht nach ihr. Er hätte gern gesehen, wie sie ihre Beherrschung verlor.

„Wir sind keine Partner", berichtigte sie ihn. „Du arbeitest für mich."

„Das ist Ansichtssache", erwiderte Dominic leichthin und stand auf. „Wir werden morgen den ganzen Tag über auf dem Meer sein. Es wäre gut, wenn du den Schlaf nachholen würdest, den du in der letzten Zeit versäumt hast."

„Mach dir nur keine Gedanken um meine Gesundheit, Dominic."

„Ich denke eher an mich", entgegnete er. „Solange du nicht ausgeruht und hellwach bist, gehe ich nicht mit dir unter die Wasseroberfläche. Solltest du morgen mit Schatten unter den Augen zum Hafen kommen, wirst du nicht tauchen. Es wäre zu gefährlich."

Kate schluckte ihren Ärger hinunter. Es hatte keinen Sinn, mit ihm zu streiten, denn er hatte Recht.

„Wenn du müde bist, begehst du Fehler", fuhr Dominic fort. „Jeden Fehler, den du machst, muss ich ausbügeln. Ist das verständlich, Frau Lehrerin?"

„Absolut." Nun erhob sich auch Kate.

„Ich begleite dich zum Hotel."

„Das ist nicht nötig."

Sie spürte den Griff seiner langen Finger um ihr Handgelenk. „Es gehört sich so", sagte er. Sein Tonfall ließ keinen Widerspruch zu. „Du legst doch großen Wert auf gute Manieren."

„Das schon. Nur ..." Sie verstummte und schaute sich um. „Ich möchte mich bei Marsh bedanken."

„Das kannst du morgen tun." Dominic legte ein Trinkgeld für die Kellnerin auf den Tisch. „Er ist sehr beschäftigt."

Kate wollte protestieren, da sah sie, dass Marsh gerade hinter einer Tür verschwand, die vermutlich zur Küche führte.

An Dominics Seite verließ Kate das Restaurant und trat hinaus in die milde Abendluft. Die Sonne stand sehr tief und verlieh den Wolken im Westen eine rosige Färbung. Die Straße wirkte wie ausgestorben. Viele Touristen kehrten mit der letzten Fähre zurück aufs Festland.

Jetzt wäre es schön, aufs Meer hinauszufahren, dachte Kate. Das Licht wirkte weich, und es war fast windstill. Die meisten Boote lagen bereits im Hafen. Man würde das endlos wirkende, weite Meer fast für sich allein haben ...

Kate wandte den Blick vom Hafen ab und ging auf das Hotel zu. Wie töricht, sich solchen Träumen hinzugeben! Der morgige Tag war wichtig, und sie benötigte dringend Schlaf.

Dominic schaute an der Hausfront des Hotels hinauf zu Kates Zimmer. Er wusste, dass sie in demselben Zimmer wie vor vier Jahren wohnte. Damals hatte er sie oft zum Hotel gebracht. Im Gegensatz zu heute hatte sie sich dann bei ihm eingehängt, über die Ereignisse des Tages gesprochen und gelacht. Und bevor sie in das Gebäude geschlüpft war, hatte sie ihn geküsst, lange und hingebungsvoll.

Ähnliche Gedanken mussten auch Kate beschäftigt haben, er sah es ihr an.

„Vielen Dank, Dominic", sagte sie und schob umständlich

den Riemen ihrer Handtasche auf ihrer Schulter zurecht. „Es ist nicht nötig, dass du dir weitere Umstände machst."

„Nein?" Dominic betrachtete sie prüfend. „Hm ... wir hatten immer schon andere Vorstellungen davon, was nötig ist und was nicht." Er legte die Hand in ihren Nacken.

„Nicht", sagte Kate, wich ihm jedoch nicht aus. Sie wollte nicht verletzlich erscheinen, sondern zeigen, dass Empfindungen für ihn nicht mehr existierten. Aber bereits die Berührung seiner Finger weckte sehnsüchtige Gefühle in ihr.

„Da ist noch etwas, das du mir schuldest, Kate." Dominic ließ sich nicht beirren. Er hatte das Bedürfnis, sie zu bestrafen für die langen Jahre der Einsamkeit und der Qual.

Sein Kuss war nicht sanft. Hart und verlangend presste er seinen Mund auf ihre Lippen. Dann zog er Kate fest an sich. Ihre Arme waren zwischen ihren Körpern gefangen, und Dominic spürte, dass sie die Hände zu Fäusten ballte.

Gut. Sollte sie ihn hassen. Mit ihrer Verachtung konnte er eher fertig werden als mit ihrer zurückhaltenden Höflichkeit.

Doch es fiel ihm schwer, sich nicht von seiner Begierde überwältigen zu lassen. Der vertraute Duft von Kates Haut, der süße Geschmack ihrer Lippen hatten nichts von ihrem Reiz eingebüßt.

Kate hoffte, dass mit dieser Umarmung endlich ein Schlussstrich unter die Vergangenheit gezogen würde. Aber schon bald musste sie feststellen, dass die Erinnerungen übermächtig wurden.

Dominics Küsse hatten stets ein prickelndes Gefühl in ihr hervorgerufen. Sein muskulöser Körper, der so gut zu ihrem zu passen schien, übte immer noch eine elektrisierende Wirkung auf sie aus. Und den Geschmack von Meer und Salz, der unzertrennlich mit Dominic verbunden war, nahm sie auch dieses Mal wieder intensiv wahr.

Kate leistete keinen Widerstand, wollte ihm nicht die Genugtuung geben und sich wehren. So sehr sie sich dann aber bemühte, ihre Empfindungen unter Kontrolle zu halten – es gelang ihr nicht.

Leidenschaftlich erwiderte sie Dominics Kuss. Langsam öffnete sie die Fäuste und legte die Hände flach auf seine Brust. Dominic hatte mit seiner Zunge nun ein zärtliches und zugleich ungeduldiges Spiel begonnen.

Er küsste Kate mit ganzer Konzentration. Sie fühlte sich plötzlich um vier Jahre zurückversetzt ...

Heiße Wellen stiegen in Dominic auf, und ihm wurde klar, dass er ihnen Einhalt gebieten musste. Leise stöhnend gab er Kates Mund frei und schaute auf sie hinab. Wie damals nach ihrem ersten Kuss sah sie ihn überrascht und forschend, abwartend an. Das brachte ihn aus dem Konzept.

Wie wenig hatte sie sich verändert, und trotzdem sollte alles nicht mehr so sein wie früher? Er löste seine Umarmung, nickte leicht mit dem Kopf und wandte sich ab.

„Du brauchst mindestens zehn Stunden Schlaf", sagte er bewusst forsch, ohne sich noch einmal nach Kate umzublicken.

An manchen Morgen schien die Sonne langsamer aufzugehen als an anderen, gerade so, als wolle sie ganz bewusst auf dieses alltägliche und trotzdem faszinierende Schauspiel aufmerksam machen. Kate hatte die Vorhänge am Abend nicht vor die Fenster gezogen, um sich von den Sonnenstrahlen und nicht von dem schrillen Klingeln ihres Reiseweckers wecken zu lassen.

Nun stand sie am Fenster und empfand das Farbenspiel des Sonnenaufganges über dem Meer als persönliches Geschenk der Natur. Der kühle Morgenwind strich über ihre Haut und erfrischte sie. Kate genoss die Stille und die Muße, mit der sie diesen Tag beginnen konnte. In dem engen Zeitplan, nach dem sie sich in den vergangenen Jahren gerichtet hatte, war jede Minute kostbar gewesen. Die kurze Frist zwischen Aufstehen und Schulbeginn wurde ausgefüllt mit hastigem Ankleiden und Frühstücken, wobei sie ihre Notizen für den bevorstehenden Unterricht durchlas.

Nach einem tiefen, festen Schlaf fühlte sich Kate heute ausgeruht und gestärkt. Die letzten Tage – seit sie die Aufzeichnungen ihres Vaters gefunden hatte bis zu dem Wiedersehen mit Dominic – waren nur das Vorspiel zu dem eigentlichen Abenteuer, das heute seinen Anfang nahm. Kate wusch sich, kleidete sich an und verließ das Hotel.

Ans Frühstücken dachte sie nicht. Die Aufregung, mit der Schatzsuche beginnen zu können, hielt sie davon ab. Sie musste nach dem Gold suchen, von dem ihr Vater geträumt hatte. Fand sie es nicht, würde sie wenigstens die Genugtuung haben, den Versuch unternommen zu haben. Es würden sie keine Selbstvorwürfe mehr quälen.

Je näher Kate dem Hafen kam, desto klarer wurde die Erinnerung an Dominics gestrigen Kuss. Sie hatte Dominics Verlangen, seinen Schmerz und seinen Zorn gespürt. Er hatte ihr nicht verziehen. Sie hatte seinen Stolz verletzt, als sie in ihre Welt zurückgekehrt war. Wie leicht war es ihm gestern gelungen, die Zeit zurückzudrehen, ihre Sehnsucht wieder aufflammen zu lassen!

Kate steckte die Hände tief in die Taschen ihrer weißen Hose und beschleunigte den Schritt. Dabei nahm sie sich fest vor, Dominic nicht ein zweites Mal zu verfallen. Nein, sie wollte die Insel nicht wieder mit schmerzendem Herzen verlassen müssen.

Dominic stand bereits an Bord der „Wirbelwind“. Von weitem konnte Kate sehen, wie er die Ausrüstung verstaute. Er trug zu Shorts abgeschnittene Jeans und lose darüber ein T-Shirt, das seine breiten Schultern betonte und das Spiel seiner Muskeln erkennen ließ.

Kate hielt den Atem an. Ist es nicht völlig natürlich, dass sich beim Anblick eines gut gewachsenen Mannes ein Kribbeln auf der Haut einstellt? fragte sie sich. Es handelte sich um eine Empfindung, die ganz unabhängig von einem bestimmten Mann war und nicht das Geringste mit Dominic persönlich zu tun hatte, oder?

Wie um sich selbst immun gegen derartige „Schwächeanfälle“ zu machen, ließ sie Dominic nicht aus den Augen, während sie über den Anlegesteg auf sein Boot zuging. Er stand nun an der Reling, sah einem Fischerboot nach, das leise tuckernd aufs Meer hinausfuhr. Es war gewiss kein ungewöhnliches Ereignis. Dennoch konnte Kate seiner konzentrierten Haltung entnehmen, dass er jede Einzelheit dieses Anblicks genau verfolgte. Er stand ganz aufrecht, hatte die Hände leicht in die Hüften gestützt. Der Wind spielte mit seinem schwarzen Haar.

Obwohl Dominic sich nicht bewegte, war es Kate, als strahle er Ruhelosigkeit und Ungeduld aus, als sei er sprungbereit. Sie wusste, dass er lange am Meer sitzen und den Wellen zuschauen konnte, als gäbe es nichts Wichtigeres als das endlose Auf und Ab des Wassers. Selbst dann schien er aber noch in Bewegung zu sein.

Nun blickte auch Kate in die Richtung des Fischerbootes. Sie fragte sich, welche Gedanken Dominic durch den Kopf gehen mochten, wenn er auf das Meer hinausschaute. Sah er in ihm eine ständige Herausforderung? Bedeutete es Romantik für ihn?

Kates Schritte waren wegen ihrer leichten Tennisschuhe unhörbar. Doch kaum hatte sie das Boot erreicht, wandte sich Dominic nach ihr um, als hätte er ihr Kommen gespürt.

„Du bist früh“, sagte er, trat näher und hielt ihr die Hand hin, um ihr an Bord zu helfen.

„Ich dachte mir, dass du es genauso wenig erwarten kannst hinauszufahren wie ich.“ Kate ergriff die dargebotene Hand, doch als sie an Deck stand, zog sie sie sofort wieder zurück.

„Es dürfte eine angenehme Fahrt werden“, verkündete Dominic und ließ den Blick über den Horizont schweifen. „Der

Wind weht aus nördlicher Richtung. Nicht stärker als zehn Knoten."

„Fein."

Kate half ihm, die Leinen loszumachen, und ging anschließend zum Heck. Dies war der größtmögliche Abstand zu Dominic auf der begrenzten Fläche des Bootes.

Dominic ließ den Motor an und manövrierte das Boot aus dem Hafen. Obwohl er zunächst nur langsam fuhr, warf das Kielwasser kleine Wellen gegen die Holzpfähle des Landungsstegs.

Während das Boot mit gleich bleibender Geschwindigkeit das flache Gewässer vor Ocracoke durchquerte, stand Kate am Heck und beobachtete, wie die Entfernung zur Insel immer größer wurde. Das Letzte, was sie deutlich erkennen konnte, war ein kleiner Junge, der mit einer Angel über der Schulter unternehmungslustig auf den Hafen zusteuerte.

Kate wandte sich um und setzte sich auf die Bank. Die Sonne brannte nun schon heiß, und der Wind war warm. Kate schloss die Augen, so dass sie die Sonne hinter ihren Lidern lediglich als hellen Lichtpunkt gewahrte. Sie empfand das gleiche aufregende Gefühl der Freiheit, des Ungebundenseins, das sie bereits vor vier Jahren in seinen Bann geschlagen hatte. Diese Erinnerung hieß sie gern willkommen.

Völlig ruhig saß Kate. Sie merkte, dass Dominic die Fahrt allmahlich beschleunigte. Leicht wie ein Pfeil schoss das Boot über das Wasser. Kate genoss den Nervenkitzel, den Rausch der Geschwindigkeit. Es war der richtige Auftakt für das Abenteuer einer Schatzsuche.

Eigentlich wollte sich Dominic nicht nach Kate umschauen. Aber dann konnte er nicht widerstehen und sah zum Heck. Ein Lächeln umspielte Kates Mund. Sie hatte die Augen geschlossen und das Gesicht zur Sonne emporgehoben. Der Wind wehte einzelne Strähnen ihres aufgesteckten Haares um ihren Kopf. Genauso hatte Dominic sie vor vier Jahren gesehen, und da war ihm bewusst geworden, dass er sich in sie verliebt hatte.

Er wandte sich wieder dem Meer zu, doch das Bild der regungslos und friedlich auf der Heckbank sitzenden Kate blieb vor seinem geistigen Auge. Um sich abzulenken, versuchte er, sie sich im Hörsaal vorzustellen, wie sie zum wiederholten Male geduldig die Besonderheiten dieses oder jenes Gedichtes erklärte.

Es gelang ihm nicht. Er sah sie immer nur, wie sie Sonne und Wind in sich aufnahm.

Kate wünschte, dass dieser Zauber ewig dauern würde. Durch ihre Reise nach Ocracoke hatte sie sich nicht nur räumlich von dem College und ihrem Beruf entfernt. Sie empfand auch deutlich den seelischen Abstand zu ihrem bisherigen Leben. Die Lehrerin, die Kate gern und unter vollem Einsatz war, machte der unbekümmerten Träumerin Platz, die sie in jenem ersten Sommer auf der Insel Ocracoke in sich entdeckt, dann aber verbannt hatte.

Kate öffnete die Augen, und ihr Blick fiel auf den Mann am Steuer. Er hatte ihr damals diese Welt eröffnet und sie geführt. Selbst wenn sie sich einredete, auch ohne Abenteuer leben zu können, musste sich Kate ehrlicherweise eingestehen, dass sie diese Freiheit vermisst hatte. Und Dominic ebenfalls. Sein Kuss hatte ihr bewusst gemacht, wie groß ihre Sehnsucht war. Es mochte, vernünftig betrachtet, eine verrückte, vielleicht sogar gefährliche Sehnsucht sein, aber dieses eine Mal wollte sie sie nicht verdrängen.

Sie passierten das Fischerboot, das vor ihnen den Hafen verlassen hatte. Es hatte seinen Anker und seine Netze ausgeworfen. Es waren Beutelnetze. Kate erinnerte sich an Dominics Erklärungen zu diesen breiten, mit Gewichten beschwerten Netzen, die für den Fang von Heringsfischen benutzt wurden.

Sowohl auf dem Meer als auch an Land bildeten Fischer eine besondere Gemeinschaft.

Vielleicht würde es Dominic gefallen, Tag für Tag auf dem Wasser zu arbeiten, überlegte Kate. Aber nein, er bevorzugte die Einsamkeit und suchte nur selten das Zusammensein mit anderen. Bei manchen Gelegenheiten, so wie der jetzigen, verstand Kate ihn sehr gut.

5. KAPITEL

Etwa eine Stunde nach ihrem Aufbruch ging Kate nach vorn zu Dominic. Sie glaubte, sich nun ganz in der Gewalt zu haben.

„Das Meer ist so wundervoll wie früher", sagte sie.

„Es ändert sich kaum", erwiderte Dominic.

Gemeinsam beobachteten sie die Möwen, die in der Hoffnung auf leichte Beute um das Fischerboot kreisten.

„In diesem Jahr haben die Fischer keinen Grund zur Klage", bemerkte Dominic.

„Bist du häufig auf Fischfang gewesen?"

„Hin und wieder."

„Auf Muschelsuche?"

Dominic lächelte. Er sah Kate vor sich, wie sie mit bis zu den Knien aufgerollten Jeans im Wasser stand und nach seiner Anleitung den Sand nach Muscheln umgrub.

„Ja, auch."

„Ich habe oft versucht, mir vorzustellen, wie die Insel im Winter sein mag."

„Ruhig."

Kate akzeptierte seine knappe Antwort mit einem Kopfnicken. „Ich habe mich auch oft gefragt, was du im Winter treibst."

Dominic warf ihr sofort einen forschenden Seitenblick zu. „Tatsächlich?"

Vielleicht war es nicht richtig gewesen, dieses Thema anzuschneiden. Nun blieb Kate nichts anderes übrig als zu antworten. „Es wäre dumm von mir zu behaupten, dass ich in all den Jahren nicht an die Insel oder an dich gedacht hätte, Dominic. Du hast immer meine Neugierde erweckt."

Dominic lachte. Es war typisch für Kate, die Dinge so auszudrücken. „Du warst neugierig, weil fast alle deine Fragen unbeantwortet blieben. Du denkst zu sehr in den Kategorien einer Lehrerin, Kate."

„Bietet das Leben nicht mehrere Antworten auf eine Frage?" konterte Kate. „Vielleicht sind zwei oder drei Antworten möglich, aber nur eine einzige ist richtig."

„Nein, nur eine einzige ist falsch", behauptete Dominic.

Er bemerkte den nachdenklichen Ausdruck in ihren Augen. Sie wog jetzt das Für und Wider seiner Behauptung gegeneinander ab. Bevor sie ihre Meinung kundtat, würde sie das Problem aus allen möglichen Blickwinkeln betrachten.

„Du hast dich nicht verändert", sagte er leise.

„Das habe ich anfangs auch von dir gedacht. Wir haben beide Unrecht. Keiner von uns ist der Alte geblieben. Das ist auch ganz natürlich." Sie wich seinem Blick aus und schaute über das Meer. „Oh, sieh mal!" rief sie plötzlich aus und legte impulsiv die Hand auf seinen Arm. „Delfine."

Es waren ein Dutzend oder mehr dieser Tiere, die aus dem Wasser schossen und wieder untertauchten. Fasziniert sah Kate ihnen zu. Sie beneidete die Tiere um ihre Freiheit.

„Ist es nicht wundervoll?" flüsterte sie. „Teil zu sein von Luft und Meer. Fast hätte ich es vergessen."

„Was?" Dominic ließ sie nicht aus den Augen. „Was hättest du beinahe vergessen?"

Kate wandte ihm das Gesicht voll zu. Erst jetzt bemerkte sie, wie dicht sie nebeneinander standen. Sie war Dominic unwillkürlich näher gekommen, als sie die Delfine entdeckt hatte. Sein Gesicht, sein Mund befanden sich nur wenige Zentimeter von ihr entfernt. Sie spürte die Wärme seiner Haut unter ihren Fingerspitzen. Die Bedeutung seiner Worte lastete schwer auf ihr.

Kate zog ihre Hand zurück und trat einen Schritt zur Seite. „Alles, was nötig war", erwiderte sie und fügte dann hinzu: „Ich würde mir gern die Seekarten meines Vaters noch mal anschauen. Hast du sie mitgebracht?"

„Deine Aktentasche ist in der Kabine." Dominic blickte nun starr geradeaus und hielt das Steuerruder fest umkrampft. „Ich nehme an, dass du allein hinunterfindest."

Ohne zu antworten ging Kate zu der kurzen, steilen Treppe, die hinabführte.

In der Kabine befanden sich zwei schmale Liegen, deren Decken ordentlich und straff gespannt waren. Außerdem gab es eine Kombüse, und obwohl Kate wusste, dass sie die komplette Einrichtung säuberlich geordnet vorfinden würde, schaute sie nach. Der schmale Raum war rationell ausgenutzt worden.

Auch die Kabine weckte Erinnerungen. Kate sah sich und Dominic in enger Umarmung auf einer der Liegen, während das Boot sanft schaukelte und leise Jazzmusik aus dem Radio erklang.

Hastig griff Kate nach ihrer Aktentasche und öffnete sie. Sie holte vorsichtig eine Karte heraus, breitete sie auf einer der Liegen aus und vertiefte sich in die von ihrem Vater exakt angefertigte Zeichnung. Obwohl es keineswegs sein Metier gewesen war, hatte Hardesty eine derart präzise Seekarte gezeichnet, dass sich jeder Seemann nach ihr hätte richten können. Zusätzlich zu den Linien der Längen- und Breitengrade fanden sich fein gestrichelte Linien, die unterschiedliche Meerestiefen markierten.

„Sechsundsiebzig Grad Nord und fünfunddreißig Grad Ost", murmelte Kate vor sich hin. „Das ist das Gebiet, in dem nach den Recherchen Vaters die ‚Liberty' untergegangen sein muss. Also südöstlich von Ocracoke."

Die Wassertiefe in diesem Bereich würde keine mit Blei beschwerten Stiefel und Helme erforderlich machen. Eine normale Ausrüstung reichte also durchaus.

Kate warf einen letzten Blick auf das große schwarze X, mit dem ihr Vater die Stelle gekennzeichnet hatte, bevor sie die Karte sorgfältig wieder zusammenfaltete. Sie verspürte Aufregung und Abenteuerlust.

In diesem Moment hörte sie am Geräusch des Motors, dass die Geschwindigkeit des Bootes gedrosselt wurde. Gleich darauf schaltete Dominic den Motor ganz ab. Kate stand auf und stieg die Treppe hoch.

Dominic überprüfte die Sauerstoffflaschen, obwohl er das jedes Mal auch schon vor dem Verlassen des Hafens tat.

„Wir gehen hier hinunter“, sagte er zu Kate und erhob sich aus seiner gebückten Stellung. „Wir befinden uns etwa eine halbe Meile von der Stelle entfernt, an der dein Vater im letzten Sommer getaucht ist.“

Mit einer raschen, geschickten Bewegung zog er sein T-Shirt über den Kopf. Sekundenlang konnte Kate ihren Blick nicht von seinem muskulösen, braun gebrannten Oberkörper lösen. Als Dominic nun seine Jeans abstreifte, unter der eine knappe Badehose zum Vorschein kam, wandte sie sich abrupt um und bereitete sich ebenfalls auf das Tauchen vor.

Ihr Herz klopfte wild, und ihr Hals war völlig ausgetrocknet. Kate sagte sich, dass es die Vorfreude auf das Tauchen sein müsse, die sie derart nervös machte, und nicht Dominics fester schlanker Körper. Sie interessierte sich nur für Dominics Kenntnisse und seine Erfahrung. Und er dachte nur an sein Honorar und an seinen Anteil am Fund. So sollte es jedenfalls sein.

Kate entledigte sich ihrer Hose und ihrer Bluse. Darunter trug sie bereits den eng anliegenden Taucheranzug, der ihre langen Beine gut zur Geltung brachte.

Dominic zwang sich, nicht zu ihr hinüberzuschauen. Sie waren auf Schatzsuche, nur das zählte. Während er in seinen Taucheranzug schlüpfte, ging ihm der Gedanke durch den Kopf, dass manche Schätze unwiederbringlich verloren waren. Er presste seine Lippen fest aufeinander und sah nun doch zu Kate, die gerade die Nadeln aus ihrem Haar zog. Weich und schwer fiel es ihr über die Schultern. Dominics Herz krampfte sich zusammen. Mit einem energischen Ruck verschloss er den Reißverschluss seines Anzuges.

„Wir gehen heute eine Stunde lang hinunter“, bestimmte er.

„Aber ...“

„Eine Stunde ist mehr als genug“, unterbrach er ihren Einwand und hob eine Sauerstoffflasche hoch. „Du bist seit vier Jahren nicht mehr getaucht.“

Er half Kate beim Anlegen der Gurte. Sie zog sie stramm, jedoch nicht zu fest.

„Das habe ich dir doch gar nicht gesagt“, bemerkte sie verwundert.

„Nein, aber du hättest mir ganz bestimmt erzählt, wenn es nicht so wäre.“

Als Kate nun verwirrt schwieg, lächelte Dominic in sich hinein und befestigte das Gurtwerk seiner eigenen Ausrüstung. Danach kletterte er auf die Leiter und stieg hinab.

Er reinigte seine Tauchermaske und spülte sie mit Meerwasser aus. Anschließend setzte er sie auf und ließ sich ins Meer fallen.

Es dauerte nicht lange, bis Kate neben ihm im Wasser war. Er wartete einen Augenblick, um sich zu vergewissern, dass ihr nicht schwindlig wurde und sie nicht vergaß zu atmen. Dann schwamm er voran in größere Tiefen.

Während Kate durch das Wasser glitt, erfüllte sie die gleiche Begeisterung wie beim ersten Mal. Welch unglaubliches Gefühl der Freiheit, im Meer tauchen zu können und dabei normal zu atmen!

Sie schaute zu den Sonnenstrahlen auf, die durch die Wasseroberfläche drangen, und hielt eine Hand hoch, um das Spiel von Licht und Schatten zu beobachten. Es faszinierte sie sehr, und fast hätte ihr dieses Erlebnis der Wiederbegegnung mit dem Meer genügt. Doch dann besann sie sich und schwamm weiter hinter Dominic her.

Dominic blickte einem Schwarm Heringsfischen entgegen und überlegte, ob dieser wohl in den Netzen des Fischerbootes landen würde, an dem sie vorbeigefahren waren. Die Fische wichen Dominic aus und schwammen eilig an ihm vorbei. Er sah sich nach Kate um und konnte beruhigt sein. Sie schien keine seiner Anweisungen vergessen zu haben. Ihre Bewegungen waren sauber und akkurat.

Sie hatten sich bisher noch nicht über die Methode unterhalten, wie sie nach dem Schiff suchen sollten. Solange Kate keinen Einspruch erhob, wollte Dominic vorgehen, wie er es für richtig erachtete. Am sinnvollsten schien es ihm, im Halbkreis um die Stelle herumzuschwimmen, an der Hardesty zuletzt getaucht war, und den Halbkreis langsam immer größer zu ziehen. Auf diese Weise würden sie die „Liberty" am leichtesten finden. Vorausgesetzt, Hardesty hatte mit seinen Vermutungen Recht.

Die Sauerstoffflaschen auf ihrem Rücken erinnerten Kate daran, dass sie den Aufenthalt auf dem Meeresboden nicht frei und unbegrenzt genießen konnte. Am liebsten wäre sie stundenlang hier unten geblieben, so herrlich fand sie das Seegras und den weichen, sandigen Boden. Übermütig streckte sie die Hand nach einem Schwarm kleiner Fische aus, die erschrocken auseinander stoben, um sich danach wieder zu einer Gruppe zu formieren.

Welch fantastische Welt! Schade, dass sie sie nicht eingehender erforschen konnte. Aber vielleicht hatte Dominic Recht mit seiner Anordnung, nur eine Stunde zu tauchen. Die zahlreichen neuen Eindrücke hätte sie sonst nicht zu verarbeiten vermocht.

Dominic entdeckte die flache, scheibenförmige Gestalt als Erster. Instinktiv griff er nach Kates Arm, um sie am Weiterschwimmen zu hindern. Es mochte zwar schön sein, den Stachelrochen dabei zu beobachten, wie er dicht über dem Boden nach Nahrung suchte, doch die Berührung mit seinem Schwanz konnte tödlich sein. Dominic schätzte die Größe dieses Rochens auf fast zwei Meter. Vorsichtig schwammen sie in großem Bogen um den imposanten Meeresbewohner herum.

Der Anblick des Rochens brachte Kate zu Bewusstsein, dass nicht alles in dieser Welt unter der Meeresoberfläche schön und traumhaft war. Es gab auch Leid und Tod. In dem Augenblick, da sie den Rochen deutlich sah, schlug das Tier mit seinem Schwanz wie mit einer Peitsche nach einem kleinen Fisch. Einmal, dann ein zweites Mal. Ein ganz natürlicher Vorgang. So war das Leben. Trotzdem wandte Kate sich rasch ab.

Nach einer Weile begegnete ihr Blick durch die Schutzmaske dem Dominics. Kate hatte erwartet, Verachtung oder sogar Belustigung über den Moment der Schwäche in Dominics Augen zu lesen. Stattdessen drückten seine Augen Wärme und Verständnis aus. Er hob die Hand und strich mit seinen Fingerspitzen zärtlich über ihre Wange, wie er es früher getan hatte, um Trost zu spenden und Kate seine Liebe zu zeigen.

Dann allerdings war der Augenblick der Vertrautheit schlagartig vorüber. Dominic drehte sich um und schwamm fort. Mit einer Handbewegung bedeutete er Kate, ihm zu folgen.

Es fiel Dominic schwer, gleichgültig zu bleiben, wenn Kate hinter ihrer Maske aus Tüchtigkeit und Förmlichkeit Anzeichen von Verletzlichkeit offenbarte. Er durfte nicht zulassen, dass sie seine Gefühle und ihn beherrschte. Was immer geschah, er musste Herr der Lage bleiben.

Dominic und Kate entdeckten keinerlei Hinweise auf ein englisches Handelsschiff. Lediglich Wrackteile eines anderen Schiffes fielen Dominic auf. Die verrosteten und mit Muscheln übersäten Metallteile stammten vermutlich von einem Unterseeboot oder einem Kriegsschiff aus dem Zweiten Weltkrieg.

Dominic beschloss weiterzusuchen, obwohl sie allein zwanzig Minuten für die Rückkehr zum Boot brauchen würden. Er wollte das Gebiet, das sie gerade untersucht hatten, ein zweites Mal auf Wracks prüfen und dann erst umkehren.

Es kam ihm vor, als suchten sie die Nadel im Heuhaufen. In den zweieinhalb Jahrhunderten, die seit dem Untergang der „Liberty“ verstrichen waren, hatte es unzählige Stürme gegeben, und auch die Meeresströmungen sowie Seebeben hatten die Lage des Wracks verändern können. Selbst wenn die Position des Schiffes zum Zeitpunkt seines Untergangs bekannt war, gehörte eine große Portion Glück neben den Berechnungen und Vermutungen dazu, das Wrack in einem Umkreis von dreißig Kilometern zu finden.

Dominic verließ sich auf sein Glück, so wie Hardesty sich wohl auf seine Berechnungen verlassen hatte. Eine Mischung aus beidem würden ihn und Kate vielleicht zur „Liberty“ führen.

Dominic schaute sich nach Kate um. Sie zeigte die gleiche Neugierde und das gleiche Interesse am Meer und an dem Leben unter seiner Oberfläche wie damals vor vier Jahren.

Ob sie sich noch an all die Informationen erinnerte, die er, Dominic, ihr gegeben hatte? Sie hatte nach den Auswirkungen des Druckwechsels gefragt, nach der physiologischen Anpassung des Körpers. Dominic war sicher, dass Kate ihm seine Antworten wortwörtlich wiederholen könnte.

Er gab das Zeichen zur Rückkehr und schließlich das zum Aufstieg. Langsam schwammen sie nach oben. Dominic beobachtete, wie die Sonnenstrahlen auf Kate fielen, sich in ihrem offenen Haar verfingen und sie wie eine Nixe wirken ließen. Im Volksmund hieß es, dass man eine Nixe nur dann besitzen könne, wenn man die Welt, in der sie lebte, als seine eigene anerkannte.

Kate bewegte ihre Füße leicht und hielt ihr Gesicht entspannt der Sonne entgegen. Dominic verspürte den Wunsch, ihren schlanken Leib zu umfassen und festzuhalten. Er streckte die Hand aus und berührte ihr Haar, kurz bevor sie gemeinsam die Wasseroberfläche erreichten.

Dort nahm Kate das Mundstück aus dem Mund und schob

die Maske hoch. „Oh, es ist wunderschön. Genau wie damals." Sie lachte übermütig.

Zum ersten Mal nach vier Jahren hörte Dominic wieder diesen hellen Klang ihres Lachens. „Ich hatte den Eindruck, dass du nur spielen wolltest und nicht auf Schatzsuche warst." Er lächelte sie an, froh über ihre gute Laune und ihre Ausgelassenheit, die er vermisst hatte.

„Du hast Recht." Nur widerstrebend griff Kate nach der Leiter, um an Bord zu klettern. „Ich habe nicht damit gerechnet, dass wir gleich beim ersten Mal etwas entdecken würden. Es war einfach herrlich, wieder zu tauchen."

Sie nahm ihre Sauerstoffflaschen ab und überprüfte die Ventile, bevor sie die Flaschen auf die Planken stellte. „Wenn ich am Meeresgrund bin, glaube ich ohne Sonne auskommen zu können, bin ich aber wieder oben, kommt es mir vor, als schiene sie wärmer und heller als je zuvor." Sie streifte die Gummiflossen und die Schutzmaske ab und ließ ihr Gesicht von der Sonne bescheinen. „Es ist ein tolles Gefühl. Unübertrefflich."

„Schnorcheltauchen ist auch fantastisch." Dominic öffnete den Reißverschluss seines Taucheranzuges. „Ich habe es letztes Jahr auf Tahiti ausprobiert und fand es wundervoll, in dem klaren Gewässer zu schwimmen, nur mit Tauchermaske und Gummiflossen."

„Tahiti?" Überrascht schaute Kate zu ihm hin. „Du bist auf Tahiti gewesen?"

„Ja, einige Wochen im Herbst letzten Jahres." Er zog den Anzug aus und legte ihn in den großen Plastikbehälter, in dem er die Ausrüstungsstücke unterbrachte, die gesäubert werden mussten.

„Weil du eine Vorliebe für Inseln hast?"

„Ja – und für Baströckchen", meinte er schmunzelnd.

Kate brach in lautes Gelächter aus. „Ich bin sicher, dass dir ein Bastrock ausgezeichnet steht."

Dominic genoss die ungezwungene und fröhliche Stimmung, die ihn an frühere Zeiten erinnerte. Ausgelassen griff er nach ihrem Haar und zog leicht daran. „Schade, dass ich keine Schnappschüsse gemacht habe." Er drehte sich um und ging die Treppe hinab in die Kabine.

„Warst du zu sehr damit beschäftigt, die Eingeborenen zu bestaunen, statt sie für die Nachwelt auf Zelluloid zu bannen?" rief Kate ihm nach, während sie sich auf die schmale Bank am Steuerbord des Bootes setzte.

„So ähnlich. Und natürlich habe ich so getan, als hätte ich nicht bemerkt, dass die Eingeborenen mich bestaunten."

„Eingeborene in Baströcken ..." Bevor Kate weitersprechen konnte, erschien Dominic wieder und warf ihr einen Pfirsich zu. Sie fing ihn auf und lächelte Dominic an, bevor sie in die Frucht biss.

„Deine Reflexe sind noch genauso ausgezeichnet wie früher", lobte Dominic Kate.

„Besonders, wenn ich hungrig bin." Kate leckte mit der Zunge Saft auf, der auf ihre Handfläche getropft war. „Heute Morgen habe ich nichts gegessen. Ich war viel zu aufgeregt."

„Wegen des Tauchens?"

„Einmal das und ..." Kate hielt inne. Ihr wurde bewusst, dass sie sich miteinander unterhielten, als hätte es nie eine Trennung gegeben.

„Und?" forschte Dominic. Er sprach beiläufig, doch sein aufmerksamer Blick verriet deutlich, wie gespannt er auf ihre Antwort war.

Kate bemerkte es und stand auf, um auf das Meer hinauszuschauen. „Die Morgendämmerung", sagte sie leise. „Die Sonne ging über dem Wasser auf in den herrlichsten Farben." Sie holte tief Luft und fügte hinzu: „Ich habe schon sehr lange keinen Sonnenaufgang mehr gesehen."

Dominic lehnte sich an die Reling und biss in seinen Pfirsich. „Warum nicht?“ wollte er wissen.

„Keine Zeit. Kein Bedürfnis.“

„Bedeutet dir beides das Gleiche?“

Kate überlegte einen Augenblick. „Wenn sich dein Leben um Unterrichtspläne und Schülerklassen dreht, läuft es wohl auf das Gleiche hinaus, denke ich.“

„Und das magst du? Einen täglichen Stundenplan?“

Kate schaute ihm über ihre Schulter hinweg in die Augen. Plötzlich spürte sie die tiefe Kluft zwischen ihnen wieder ganz deutlich. Ihre Welt war ihm so fremd wie ihr seine. „Ich habe dieses Leben gewählt.“

„Eine von deinen vielen möglichen Antworten auf die Frage nach dem Sinn des Lebens?“ konterte Dominic scharfsinnig.

„Kann sein. Vielleicht gibt es in manchen Bereichen des Lebens aber auch nur eine Antwort.“ Sie setzte sich wieder auf die Bank. Sie wollte sich ihre gute Laune nicht durch derartige Gespräche verderben lassen. „Erzähl mir von Tahiti, Dominic“, bat sie. „Wie ist die Insel?“

„Milde Luft, weiches Wasser. Die Farben Blau, Grün und Weiß überwiegen in der Landschaft. Und natürlich gibt es rot, orange, gelb und violett leuchtende Streifen bei Sonnenauf- und untergang.“

„Wie ein Gemälde von Gauguin.“

„Mag sein, nur würde er sich heute über all die Hotels und Ferienanlagen wundern. Es ist keine unberührte Insel mehr.“

„So etwas findet man heute kaum noch.“ Unter Dominics intensivem Blick fiel es Kate zunehmend schwer, ein unverfängliches Gespräch zu führen. Sie biss in ihren Pfirsich und sann nach weiteren Fragen. „Bist du auch in tieferen Gewässern getaucht?“ erkundigte sie sich.

„Ja, manchmal. Dort gibt es Muscheln und Korallen in unvorstellbarer Vielfalt. Ich hätte ein ganzes Boot füllen können, wenn ich gewollt hätte. Die Fische waren so exotisch, wie man sie nur aus Aquarien kennt. Und Haie gab es auch." Er erinnerte sich, wie er nur einen Kilometer von der Küste entfernt einem Hai knapp entkommen war. „Das Meer um Tahiti ist alles andere als langweilig."

Kate kannte den übermütigen, sorglosen Ausdruck seiner Augen. Dominic mochte zwar nicht gerade das Abenteuer suchen, aber er würde niemals versuchen, ihm auszuweichen. Er stellte sich der Gefahr, und dies schien ein weiterer Punkt zu sein, in dem sie sich gewiss niemals verstehen würden. „Hast du auch eine Kette aus Haifischzähnen mitgebracht?"

Dominic nickte. „Ich habe sie Joy geschenkt. Aber Linda will sie ihr nicht geben. Sie sei noch zu jung dazu, meinte sie."

„Da hat sie Recht. Ist es eigentlich ein schönes Gefühl, Onkel zu sein?"

„Ja. Joy ähnelt mir."

„Aha, die männliche Eitelkeit."

Dominic zuckte mit den Schultern. Es freute ihn tatsächlich, dass seine Nichte, auch was ihr Wesen anbelangte, nach ihm geraten war. „Es macht mir ungeheuren Spaß zu beobachten, wie sie Marsh und Linda tyrannisiert. Es gibt sonst nicht viel Unterhaltung auf der Insel."

Kate vermochte sich beim besten Willen nicht vorzustellen, dass Dominic von einem Baby fasziniert sein konnte. „Es ist schon seltsam", sagte sie nach einer Weile, „wiederzukommen und zu sehen, dass Marsh und Linda verheiratet sind. Als ich ging, behandelte Marsh Linda wie seine kleine Schwester."

„Hat dir dein Vater nicht berichtet, was sich auf der Insel ereignete?"

Kate schaute auf ihre Hände. „Nein."

„Hast du dich danach erkundigt?"

„Nein."

Dominic warf den Stein seines Pfirsichs über Bord. „Er hat

dir auch nie von dem Schiff erzählt und gesagt, warum er Jahr für Jahr nach Ocracoke kam."

Kate strich sich das Haar aus der Stirn. Dominic hatte keine Frage gestellt. Es war eine klare Feststellung gewesen. Doch es schien ihr am besten, darauf zu reagieren, damit es nicht aussah, als wolle sie dieses Thema meiden. „Stimmt", erwiderte sie mit fester Stimme, „er hat die ‚Liberty' mir gegenüber nie erwähnt."

„Quält dich dieser Gedanke nicht?"

„Warum sollte er?" fragte Kate ein wenig schnippisch zurück. „Er hatte ein Recht auf ein eigenes Leben, auf eine Privatsphäre."

„Aber du nicht."

Kate warf ihren Pfirsichstein ebenfalls ins Wasser. Sie streckte die Hand nach ihrer Bluse aus, weil ihr plötzlich kalt war. „Ich weiß nicht, worauf du hinauswillst."

„Das weißt du sehr gut, Kate." Dominic ergriff ihre Hände, bevor sie sie zurückziehen konnte. „Du weißt es", wiederholte er ruhig und sah ihr in die Augen. „Du bist nur noch nicht soweit, es dir einzugestehen."

„Lass mich in Ruhe, Dominic." Ihre Stimme zitterte leicht, sie konnte es nicht verhindern. „Lass mich in Ruhe", bat sie noch einmal.

Dominic musste sich überwinden, Kate nicht zu schütteln, sie nicht zu drängen, endlich zu gestehen, dass sie vor vier Jahren gegangen war, weil ihr Vater es so gewollt hatte. Sie sollte ihm sagen, dass sie nicht die Kraft gehabt hatte, sich gegen den Mann aufzulehnen, von dem sie nach seinen Vorstellungen geformt worden war.

Er ließ ihre Hände los und wandte sich ab. „Also gut", meinte er leichthin und ging zum Steuer. „Der Sommer fängt erst an." Er warf den Motor an und schaute Kate in die Augen. „Wir wissen beide, was solch ein Sommer bringen kann."

6. KAPITEL

„Das Wichtigste, was du beim Umgang mit Joy beachten musst, ist die Tatsache, dass sie einen ausgeprägten eigenen Willen besitzt“, erklärte Linda und fing in letzter Minute eine Vase auf, die nach einem Stoß von Joy umzufallen drohte.

Kate beobachtete, wie die pausbäckige, schwarzhaarige Joy auf einen Ohrensessel kletterte, um ihr Spiegelbild in einem ovalen Spiegel zu bewundern. In den vergangenen fünfzehn Minuten, seit Kate Lindas Haus betreten hatte, war Joy keine Sekunde lang ruhig geblieben. Sie war flink und erstaunlich behände. In ihren Augen lag eine wilde Entschlossenheit, ihren Dickkopf auf die eine oder andere Weise durchzusetzen. Dominic hatte Recht gehabt. Seine Nichte war ihm tatsächlich in vielerlei Hinsicht ähnlich.

„Ja, das ist unverkennbar“, antwortete Kate. „Wo nimmst du nur die Energie her, ein Restaurant und einen Haushalt zu führen und nebenbei diesen Wirbelwind zu beaufsichtigen?“

„Von Vitaminen“, offenbarte Linda. „Von unzähligen Vitaminen. Joy, lass die Finger vom Spiegel!“

„Joy!“ rief das Kind aus und schnitt sich Gesichter im Spiegel. „Schön, schön, schön.“

„Das Selbstbewusstsein der Silvers“, meinte Linda trocken. „Es kommt immer wieder durch.“

Kate lachte und sah zu, wie Joy rückwärts von dem Sessel herunterkletterte und auf ihrem mit Windeln gepolsterten Hosenboden landete. Mit wenigen Handstreichen zerstörte die Kleine einen Turm aus Holzklötzen, den sie erst vor wenigen Minuten aufgebaut hatte.

„Sie ist wirklich hübsch“, sagte Kate. „Und wenn sie es selber weiß, zeigt das nur, wie klug sie obendrein ist.“

„An dieser Klugheit zweifle ich besonders dann, wenn sie

Zahnpasta nicht zum Zähneputzen benutzt, sondern eine ganze Tube auf dem Boden des Badezimmers verteilt." Seufzend lehnte sich Linda im Sofa zurück. Sie genoss es, die Montagnachmittage mit ihrer Tochter verbringen zu können. Es waren die einzigen Stunden, in denen das Restaurant nicht ihre Zeit beanspruchte. „Du bist jetzt schon seit einer Woche auf Ocracoke, und wir hatten noch keine Gelegenheit, ausführlich miteinander zu reden."

„Du bist sehr beschäftigt." Kate beugte sich vor, um über Joys schwarzes Haar zu streichen.

„Du auch ..."

Kate hörte die Frage aus Lindas Worten heraus und lächelte. „Du vermutest, dass ich nicht zum Fischen und Sonnenbaden auf die Insel gekommen bin, stimmt's?"

„Also gut, warum soll ich länger taktvoll um den heißen Brei herumschleichen, wenn ich vor Neugierde platze", gestand Linda. „Was machst du mit Dominic denn den lieben langen Tag draußen auf dem Meer?"

„Wir suchen nach einem Schatz", entgegnete Kate wahrheitsgemäß.

„Ach so." Ohne sonderlich erstaunt zu sein, nahm Linda diese Mitteilung zur Kenntnis. „Den Piratenschatz." Sie rettete die aufkeimenden Blüten eines Veilchens vor den neugierigen Tastversuchen ihrer Tochter und gab Joy eine Gummi-Ente. „Mein Großvater weiß noch Geschichten von diesem sagenumwobenen Schatz zu erzählen. Er sollte angeblich das Lösegeld für einen König sein. Ich habe mir immer vorgestellt, dass er irgendwo an Land vergraben ist."

„Wir suchen nicht den Piratenschatz", sagte Kate. Sie kannte die unzähligen Geschichten, die entlang der Küste kursierten und besonders hier auf Ocracoke, die als Pirateninsel aus früheren Zeiten bekannt war. Im Gegensatz zu den Recherchen ihres Vaters hielt sie die Geschichten für Hirngespinste. „Mein Vater hat Nachforschungen nach dem Verbleib eines englischen Handelsschiffes angestellt, das im achtzehnten Jahrhundert vor der Küste gesunken ist."

„Dein Vater?" Linda staunte. Den Edwin Hardesty, den sie in den vergangenen Jahren auf der Insel gesehen hatte, konnte sie sich beim besten Willen nicht als Schatzsucher vorstellen. „Das ist also der Grund, weshalb er Sommer für Sommer herkam." Sie hielt inne, lachte verlegen und fuhr dann fort: „Du musst entschuldigen, Kate, aber dein Vater schien nicht der Typ zu sein, der solche Abenteuer ... na, du weißt schon. Nun, man muss ihm lassen, dass er es verstand, sein Geheimnis zu hüten."

„Ja, sogar vor mir."

„Du hast nichts gewusst?" Lindas Augen weiteten sich.

In diesem Moment ertönte ein unregelmäßiges Trommeln, und sie warf einen Blick auf ihre Tochter, die mit einem ihrer Bauklötze auf den Boden eines Plastikeimers einschlug.

„Ich habe es erst aus den Unterlagen erfahren, die ich nach seinem Tod in seinem Schreibtisch vorfand", sagte Kate. „Ich entschloss mich dann, sein Werk fortzuführen."

„Und zu Dominic zu kommen?"

„Ja." Kate strich den dünnen Baumwollstoff ihres Rockes über den Knien glatt. „Ich brauche ein Boot", fügte sie sachlich hinzu, „und einen Taucher, möglichst von dieser Insel. Er ist der Beste."

Linda schenkte ihr ihre ungeteilte Aufmerksamkeit. Kates Worte klangen logisch, aber ihre Stimme hatte Linda verraten, dass Kate sich diese Logik nicht nur für andere, sondern vor allem für sich selbst zurechtgelegt hatte. „Ist das der einzige Grund, weshalb du Dominic gebeten hast, dir zu helfen?" forschte sie.

Unruhig zupfte Kate an ihrer Bluse und erwiderte leicht gereizt: „Ja, das ist der einzige Grund."

Linda schwieg einen Augenblick. Es betrübte sie, dass ihre

Freundin sich offensichtlich selbst betrog. „Kate, er hat dich nie vergessen.“

„Nein! Nein, das glaube ich nicht“, entfuhr es Kate. Sie schüttelte heftig den Kopf.

„Es stimmt aber. Kate, ich kenne ihn gut und habe ihn sehr gern.“ Linda stand auf, um Joy abzulenken, denn die Kleine hatte gerade festgestellt, dass es ihr viel mehr Spaß bereitete, die Holzklötze umherzuwerfen, als sie aufeinander zu setzen. „Obwohl er manchmal schwierig sein kann. Er ist Marshs Bruder.“ Sie platzierte ihre Tochter vor eine Reihe von Plüschtieren und nahm dann wieder neben Kate Platz. „Dominic ist auch für mich wie ein Bruder. Und du bist der erste Mensch vom Festland, zu dem ich ein enges Verhältnis habe. Deshalb möchte ich ...“

„Ich verstehe“, unterbrach Kate sie. Die Versuchung war groß, ihr Herz auszuschütten, über ihre Gefühle zu sprechen. Doch sie wich aus. „Glaub mir, Linda, was zwischen mir und Dominic war, ist längst vorüber. Das Leben geht weiter.“

Linda räusperte sich. An Kate stellte sie den gleichen Unwillen fest, über sich selbst zu reden, der auch Dominic auszeichnete. So verschieden die beiden in vielen Dingen sein mochten, diese Verschlossenheit war ihnen gemein. „Wie du meinst“, gab sie schließlich nach. „Du siehst selbst, was mir in den letzten vier Jahren zugestoßen ist.“ Sie schaute mit gespieltem Entsetzen auf Joy. „Jetzt erzähle mir, wie es dir ergangen ist. Wie war dein Leben?“

„Ruhiger.“

Linda lachte. „Manchmal habe ich tatsächlich den Eindruck, dass es in jedem Zirkus beschaulicher zugeht als in diesem Haus.“

„Es war nicht leicht, meinen Doktortitel zu erlangen. Ich habe mich ganz auf dieses Ziel konzentrieren müssen“, sagte Kate. „Und wenn man anschließend Lehrerin ist, bleibt auch nicht viel Zeit für irgendetwas anderes.“

Sie stand auf und ging im Zimmer umher, unzufrieden darüber, dass ihre Beschreibung so leer und uninteressant klang. Es war damals ihr fester Wille gewesen zu lernen, weiterzukommen, und sie hatte Freude an ihrer Arbeit mit den Studenten. Jetzt, da sie zu Linda darüber sprach, hörte es sich so an, als sei ihr Leben unerfüllt und hohl.

Kate betrachtete die vielen Spielsachen, die im Raum verstreut lagen. Eine Krawatte war achtlos über die Lehne eines Stuhles gehängt worden, auf dem Lindas Handtasche stand. So unbedeutend diese Gegenstände auch sein mochten, sie wirkten wie Symbole für Familie und Zusammengehörigkeit. Eine eigenartige Furcht vor der Rückkehr in das große Haus in Connecticut erfüllte Kate plötzlich. Abrupt wandte sie sich zu Linda um.

„Dieses Jahr in Yale war faszinierend und schwierig zugleich“, sagte sie und verdrängte den Gedanken, dass ihre Worte wie eine Verteidigung anmuten könnten. „Komisch, obwohl mein Vater ja auch Lehrer war, habe ich bis dahin nicht gewusst, dass dieser Beruf so hart und anstrengend ist wie das Studentendasein.“

„Härter“, meinte Linda nach einer kurzen Pause, „denn du musst die Antworten kennen.“

„Ja.“ Kate ging in die Hocke, um sich Joys Sammlung an Plüschtieren anzuschauen. „Ich betrachte es als ständige Herausforderung. Entweder ich weiß die Antwort auf eine Frage, oder ich ergründe sie, und dann warte ich darauf, dass meine Erklärung verstanden wird.“

„Was nicht immer der Fall ist“, vermutete Linda.

„Richtig.“ Kate lachte. „Aber wenn der Groschen fällt, gehört dies zu den Augenblicken, die mich für die Mühe belohnen. Mutter zu sein stelle ich mir ähnlich vor. Du erteilst tagtäglich Unterricht.“

„Zumindest mache ich den Versuch“, entgegnete Linda trocken.

„Wie bei mir."

„Hm ..." Linda legte den Kopf schief. „Sag mal, bist du mit deinem Leben zufrieden, bist du glücklich?"

Joy drückte einen rosafarbenen Plüschdrachen an sich und hielt ihn dann Kate hin. Gehorsam kam Kate der unausgesprochenen Aufforderung nach und liebkoste das weiche Stofftier. Dies gab ihr Zeit, über Lindas Frage nachzudenken. Sie hatte stets ihr Ziel im Auge gehabt, ohne an Glück und an Erfüllung zu denken. Ihr Vater hatte ihr diese einfache, im Grunde selbstverständliche Frage nie gestellt.

„Ich bin gern Lehrerin", antwortete Kate schließlich. „Ich wäre unglücklich, wenn ich es nicht sein könnte."

„Du weichst dem eigentlichen Thema aus, Kate."

„Manchmal kann man nicht mit Ja oder Nein antworten."

„Dominic!"

Bei Joys Ausruf zuckte Kate unwillkürlich zusammen und fuhr herum.

„Nein, sie meint den Drachen", erklärte Linda, ohne auf Kates heftige Reaktion einzugehen. „Er hat ihn ihr geschenkt, also heißt er Dominic."

„Ach so." Kate sah sich das Tier an, das mit seinem weit geöffneten Maul und den weichen, eckigen Plüschzähnen aussah, als lache es den Betrachter an. Sie gab Joy ihr Lieblingsspielzeug zurück und richtete sich auf. „Es passt zu Dominic, dass er nicht wie alle anderen gewöhnliche Puppen verschenkt."

„Allerdings." Linda blickte Kate fest in die Augen. „Er hat in allem einen ganz besonderen Geschmack."

Kate musste schließlich doch lächeln. „Du gibst nie auf, stimmt's, Linda?"

„Nicht, wenn es um eine Sache geht, an die ich fest glaube." Lindas Antwort verriet ihren Trotz und ihre Ausdauer, die Eigenschaften, die ihr geholfen hatten, so lange zu warten, bis Marsh ihr endlich seine Liebe gestand. „Ich bin fest davon überzeugt, dass du und Dominic ... dass ihr zusammengehört", fuhr sie fort. „Ihr könnt es noch so kompliziert machen, mich täuscht ihr nicht."

„Du hast dich nicht verändert. Vier Jahre sind vergangen, du bist Ehefrau, Mutter und Besitzerin eines Restaurants geworden, aber du hast dich kein bisschen verändert."

„Die Tatsache, dass ich Ehefrau und Mutter geworden bin, bestärkt mich darin, dass meine Einschätzungen richtig sind." Linda verstand es, ihr Selbstbewusstsein einzusetzen, wenn sie es für angemessen hielt. „Aber das Restaurant gehört uns nicht", fügte sie erklärend hinzu.

„Nein?" Überrascht schaute Kate sie an.

„Wir führen das Restaurant und besitzen einen Anteil von zwanzig Prozent." Linda lehnte sich zurück und lächelte Kate an. Sie genoss es, Kate etwas mitzuteilen, das sie vermutlich nie für möglich gehalten hätte. „Das ‚Roost' gehört Dominic."

„Dominic?" Kate vermochte ihre Verblüffung nicht zu verbergen. Der Dominic Silver, den sie zu kennen glaubte, hatte nie etwas anderes besessen als ein Boot und ein wackliges Haus am Strand. Ein Restaurant zu kaufen, selbst ein kleines auf einer abgelegenen Insel, erforderte mehr als Kapital. Es erforderte Ehrgeiz.

„Er hat es dir offensichtlich nicht gesagt."

„Nein, das hat er nicht." Obwohl er Gelegenheit dazu gehabt hätte, erinnerte sich Kate. An dem Abend, an dem sie gemeinsam in seinem Restaurant gespeist hatten, hatte er es ihr erzählen können. „Es passt irgendwie nicht zu ihm", fügte sie leise hinzu. „Ich meine, es wäre nicht überraschend, wenn er sich ein neues Boot gekauft hätte, ein schnelleres oder ein größeres. Aber ein Restaurant ... nicht zu fassen."

„Wir waren alle überrascht, abgesehen von Marsh. Nun, er kennt seinen Bruder besser als jeder andere. Wenige Wochen vor unserer Hochzeit erzählte Dominic uns, dass er das Restaurant gekauft habe und es renovieren wolle. Marsh musste damals jeden Tag mit der Fähre nach Hatteras zur Arbeit fahren, und ich habe während der Saison im Kunsthandwerksladen meiner Tante geholfen. Als Dominic den Vorschlag machte, dass wir uns mit zwanzig Prozent an dem Geschäft beteiligen und das Restaurant als Geschäftsführer übernehmen sollten, erschien es uns als wahres Himmelsgeschenk. Im Nachhinein muss man sagen, dass wir alle wirklich gut mit dieser Lösung gefahren sind."

Kate dachte an die anheimelnde Atmosphäre, das hervorragende Essen und die flotte Bedienung. „Ihr habt etwas Tolles zu Stande gebracht", lobte sie. „Allerdings kann ich mir Dominic nicht als Geschäftsmann vorstellen."

„Dominic weiß, was er will", entgegnete Linda. „Meines Erachtens weiß er bloß nicht immer, wie er es erreichen soll."

Kate wollte sich nicht länger mit diesem Thema befassen. „Ich habe große Lust, am Strand spazieren zu gehen. Kommst du mit?" fragte sie.

„Nichts lieber als das, aber ..." Linda wies mit einer Handbewegung auf ihre Tochter, die in den letzten Minuten sehr ruhig gewesen war. Joy hielt den rosafarbenen Drachen mit beiden Händen fest umschlungen und lag in tiefem Schlummer inmitten der übrigen Plüschtiere.

Kate lachte leise. „Sie hat sich völlig verausgabt."

„Ja, sie ist oft anstrengend, aber wenn sie schläft, habe ich auch meine Ruhe." Vorsichtig hob sie Joy auf und wiegte sie in ihrem Arm. „Ich wünsche dir viel Spaß bei deinem Spaziergang. Wenn du Lust hast, könntest du heute Abend im ‚Roost' vorbeischauen."

„Ja, ich komme", versicherte Kate und strich Joy über den Kopf, über das dichte schwarze Haar, das so sehr dem ihres Onkels glich. „Sie ist wunderhübsch, Linda. Du kannst dich glücklich schätzen."

Kate verließ Lindas Haus und ging durch die ruhige Stadt.

Die Wolken hingen tief, wodurch die Umgebung düster und unheimlich wirkte. Doch der Regen ließ auf sich warten. Kate konnte ihn förmlich schmecken. Der Wind würde die reinen frischen Tropfen vom Meer herübertragen. Es war die Richtung, in die Kate ging.

Auf einer Insel fühlte man sich unwillkürlich mehr zum Meer hingezogen als zum Land. In diesem Punkt hatte Kate volles Verständnis für Dominics Vorliebe.

Es war ihr in Connecticut leichter gefallen, den Erinnerungen auszuweichen, die für sie mit dem Meer verknüpft waren. Obwohl sie die felsige raue Küste von New England liebte, war sie nie hingefahren, um sich nicht den schmerzvollen Bildern der Vergangenheit auszusetzen. Hier auf der Insel ließen sie sich nicht verdrängen. Vielleicht hätte sie zur landzugewandten Seite der Insel gehen sollen, doch sie bevorzugte den Blick aufs offene Meer und konnte nicht widerstehen.

Die Luft war warm, und der Wind spielte mit dem dünnen Stoff ihres Rockes und ihrer Bluse. Kate kam an zwei Anglern vorbei, die mit tief ins Gesicht gezogenen Mützen auf der Mole saßen und darauf warteten, dass ein Fisch anbiss. Die beiden Männer unterhielten sich, aber die Brandung übertönte ihre Worte. Kate konnte sich allerdings sehr gut ausmalen, um welche Themen ihr Gespräch kreiste. Um Köder und vielleicht um den Fang vom gestrigen Tag.

Kate störte die beiden nicht, und auch die Angler sprachen sie nicht an. Die Bewohner der Insel waren nicht unfreundlich oder unhöflich, doch sie drängten sich auch niemandem auf.

Die Farbe des Wassers war so grau wie die des Himmels. Kate faszinierten die unterschiedlichen Launen der Witterung. Wenn sich das Meer so rau und aufgewühlt wie heute zeigte, empfand sie es als Spiegel ihrer eigenen inneren Unruhe, die sie sich selbst allerdings nur selten eingestand.

Höher und höher hinauf schienen die Wellen ihre schäumenden Kronen zu tragen, um sie mit lautem Getöse an den Strand zu werfen. Der Schrei der Möwen klang nicht einsam und klagend, sondern wild und herausfordernd. Das Meer bot bei jedem Wetter ein überwältigendes Schauspiel.

Kate ging bis zum Meeresufer. Ungeschützt dem Wind ausgesetzt, der einzelne Strähnen ihres Haares löste, stand sie am Strand, hob ihr Gesicht und starrte mit weit geöffneten Augen auf die kaum erkennbare Linie des Horizontes.

Es tat ihr gut, die Urgewalt der Natur zu spüren. Das düstere, bedrohliche Licht kurz vor einem Sturm, der beständige Wind aus Osten passten zu ihren Gefühlen. So vieles hatte sie erlebt und erfahren, was sie aus dem Gleichgewicht warf, und sie wollte mit sich selbst ins Reine kommen.

Dominic. Seine Gegenwart wühlte sie auf und machte sie wehrlos und verletzlich. Vor vier Jahren hatte sie sich von ihm in einen Strudel ziehen lassen. Sie war überwältigt gewesen von seiner Art. Später hatte sie erkannt, dass seine Freiheitsliebe niemals auf ihren Lebensstil übertragbar sein würde, weil er sich vom Leben treiben ließ, während sie auf ein festes Ziel zustrebte, ohne nach rechts und links zu schauen.

Vielleicht war er mit dem Kauf des Restaurants nun eine Bindung eingegangen. Offenbar scheute er Verantwortung nicht mehr. Das freute Kate, doch an der Tatsache, dass sie aus zwei verschiedenen Welten stammten, änderte es nichts.

Sie, Kate, hatte sich für ein geordnetes Leben entschieden. Erfolg war ihr Genugtuung. Ohne ihren Beruf konnte sie nicht leben. Er bedeutete nicht nur Arbeit oder Beschäftigung. Als sie mit Linda gesprochen hatte, war ihre Schilderung vielleicht nicht überzeugend gewesen. Wie auch immer, Kate glaubte zu wissen, dass man am Ende mit leeren Händen dastehen würde, wenn man zu viel erhoffte und verlangte. Im Übrigen musste sie sich damit abfinden, dass man das Rad der Zeit nicht zurückzudrehen vermochte. Sie hatte ihrem Leben vor vier Jahren eine bestimmte Richtung gegeben, die es weiterzuverfolgen galt.

Mittlerweile hatte draußen auf dem Meer der Regen eingesetzt. Kate sah den dunklen Vorhang, der allmählich weiter vorrückte.

Dominic verspürte das Bedürfnis, das Meer kurz vor dem Sturm zu sehen, und strebte dem Strand zu. Er hatte nicht vorgehabt, seine Arbeit an dem neuen Boot zu einer bestimmten Zeit zu unterbrechen. Es war eine Laune, die ihn ans Meer führte, eine von jenen Stimmungen, denen er sich hingab, ohne sie rational zu ergründen.

Dominic hörte das Tosen der Brandung. Langsam wanderte er über eine Düne. Er würde den Weg auch bei stockfinsterer Nacht finden. Unzählige Male war er ihn schon gegangen. Oftmals, so wie heute, um die aufgewühlte See zu beobachten.

Er hatte schon zahlreiche tropische Stürme und Orkane erlebt, aber er wusste auch einen relativ friedlichen Sommerregen zu schätzen. Gern ließ er die Tropfen auf sich herabklatschen und beobachtete dabei das Auf und Ab der Wellen. Heute war er dankbar für den angekündigten Regen. So hatte er einen Tag für sich – einen Tag ohne Kate.

Sie hatten sich wortlos auf ein möglichst unpersönliches Miteinander geeinigt, das es ihnen vereinfachen sollte, auf engem Raum zusammenzusein.

Ihm kam der Zustand vor wie die Ruhe vor dem Sturm. Und die ständige Anspannung zerrte an seinen Nerven. Kate zu sehen, in ihrer Nähe zu sein in dem Bewusstsein, dass sie sich von ihm zurückgezogen hatte, war ungleich schwieriger, als Tausende von Kilometern von ihr entfernt zu leben.

Für Kate bin ich lediglich Mittel zum Zweck, ein Werkzeug, das sie so einzusetzen versteht wie ihre Bücher, dachte Dominic bitter. Dennoch konnte er ihr im Grunde keine Vorwürfe machen. Er selbst hatte ihren Bedingungen zugestimmt und musste sich mit ihnen abfinden.

Seit jenem Tag, an dem sie zum ersten Mal getaucht waren, hatte Kate nicht mehr gelacht. Er vermisste den hellen Klang, so wie er auch den Geschmack ihrer Lippen und die Berührung ihres Körpers vermisste. Trotz seiner Bemühungen, sich selbst davon zu überzeugen, dass er auch ohne sie leben konnte, lag er nachts oft lange wach und sehnte sich nach ihr. Ja, zuweilen glaubte er dann sogar, keine Sekunde länger ohne sie sein zu können.

In den vergangenen Jahren hatte Dominic Möglichkeiten gefunden, gegen solche Gefühle anzukämpfen. Kates Fortgang hatte ihm hart zugesetzt und war schließlich der Grund für eine gewisse Veränderung in ihm gewesen. Er wollte sich selbst beweisen. Deshalb hatte er jeden Pfennig, über den er verfügte, in den Erwerb des Restaurants gesteckt.

Der Schritt hatte sich als richtig erwiesen. Ebenso wie der Kauf des Bootes, das er an Sommergäste vermietete. Der Besitz verlieh ihm ein bisher unbekanntes Gefühl von Wert, von Beständigkeit.

Er besaß also ein Restaurant, das Gewinne erzielte, und ein Boot, das bestimmt auch die Investition lohnen würde. Ihm lag aber nichts am Geld. Ihn hatte das Risiko gereizt, der ungewisse Ausgang seiner Käufe. Ganz ähnlich empfand er die Schatzsuche, in die er jetzt verwickelt war.

Was mochte Kate bewegen? Wollte sie das Gold? Oder fand sie diese ungewöhnliche Art, ihre Ferien zu verbringen, reizvoll? Vielleicht war der Grund auch nur ihr blinder Gehorsam ihrem Vater gegenüber, den dieser stets von ihr erwartet hatte.

Während Dominic der langsam heranrückenden Regenwand entgegensah, hoffte er inständig, dass es die Abenteuerlust sei, die Kate nach Ocracoke geführt hatte.

Nur hundert Meter voneinander entfernt standen Dominic

und Kate am Strand und schauten auf das Meer. Er dachte an sie, sie an ihn, aber sie wussten nicht, wie nahe sie einander waren.

Der Wind wurde stürmischer. Die aufgewühlte See spiegelte die innere Unrast der beiden Menschen wider. Doch sie wollten sich beide nicht eingestehen, dass Einsamkeit die Ursache dafür war.

Schließlich wandten sich beide dem Weg über die Dünen zu – und sahen einander.

Kate durchzuckte der Gedanke, wie es möglich sein konnte, dass sie so intensiv an Dominic hatte denken können, ohne zu spüren, wie nah er ihr war. Seit wann mochte er wohl am Strand gestanden haben?

Mit aller Macht zog es sie zu Dominic. Sie vermochte ihre Sehnsucht nach ihm nicht zu leugnen, nicht zu bekämpfen. Sie wusste, wie zerstörerisch ihr Verlangen für sie selbst war, und dennoch konnte sie es nicht unterdrücken. Kate dachte an Flucht, sagte sich dann jedoch, dass sie nicht davonlaufen dürfe, weil diese Reaktion sie verraten würde.

Also ging sie langsam durch den weichen Sand auf Dominic zu.

Ihr dünner weißer Rock wurde vom Wind aufgebläht und dann eng an ihre schlanken Beine gepresst. Kates Gesicht war blass, und ihre Augen wirkten groß und dunkel. Wieder musste Dominic an Wassernixen, an Illusionen und Traumvorstellungen denken.

„Du hast dich immer gern vor einem Sturm am Strand aufgehalten“, bemerkte Kate, als sie vor ihm stand.

„Der Regen wird nicht lange auf sich warten lassen.“ Dominic steckte die Hände in die Taschen seiner Jeans. „Wenn du deinen Wagen nicht dabei hast, wirst du nass werden.“

„Ich habe Linda besucht“, erklärte Kate und schaute nach dem grauen Regenvorhang. „Der Regen macht mir nichts aus.

Solche Unwetter sind so schnell vorüber, wie sie kommen.“ Sie strich sich einige lose Strähnen ihres Haares aus dem Gesicht. „Ich habe Joy kennen gelernt. Du hattest Recht.“

„Womit?“

„Sie gleicht dir.“ Kate lächelte, obwohl ihr nicht danach zu Mute war. „Weißt du, dass sie eines ihrer Kuscheltiere nach dir benannt hat?“

„Den Drachen.“ Dominic nickte und lächelte ebenfalls. Er hatte gelernt, sich zu verschließen. Wenn es aber um seine Nichte ging, trat seine Zuneigung deutlich zu Tage. „Sie ist ein lieber Kerl. Und sie fährt gern Boot.“

„Du nimmst sie mit auf deinem Boot hinaus?“

Dominic entging der überraschte Tonfall in Kates Stimme nicht. „Warum nicht? Sie mag das Meer.“

„Ich kann mir nicht vorstellen, wie du ...“ Abrupt hielt Kate inne und schaute aufs Meer zurück. Dominic, der einem Kleinkind Spielzeugdrachen schenkte und mit ihm Bootsfahrten unternahm, war ihr genauso unvorstellbar wie Dominic, der mit Grundstücksmaklern und Steuerberatern verhandelte. „Du überraschst mich“, gestand sie leichthin. „In vielerlei Hinsicht.“

„Zum Beispiel?“

„Linda erzählte, dass du der Besitzer des ‚Roost‘ bist.“

„Das stimmt, der größte Teil gehört mir“, bestätigte Dominic.

Kates Gesicht nahm einen nachdenklichen Ausdruck an. „Du hast es mir nicht gesagt, als wir dort zusammen gegessen haben“, warf sie ihm vor.

„Warum sollte ich es dir erzählen? Die meisten Menschen interessiert es nicht, wem das Restaurant gehört, solange das Essen gut und die Bedienung freundlich ist.“

„Ich denke nicht, dass ich zu den meisten Menschen gehöre“, sagte Kate leise.

Ihre Worte durchbrachen Dominics aufgesetzte Gleichgültigkeit, und er schaute sie forschend an. „Wieso bedeutet es dir etwas, dass das ‚Roost' mir gehört?"

Kate biss sich auf die Lippe. „Weil alles von Bedeutung ist. Fragen nach dem Warum und Wieso. Weil sich so vieles verändert hat und so vieles gleich geblieben ist. Weil ich ... ich möchte ..."

Dominic kniff die Augen leicht zusammen. „Was?" fragte er und ergriff ihren Arm. „Was möchtest du?"

„Ich weiß es nicht!" fuhr Kate ihn an. Ungestüm brach sich ihre Verzweiflung Bahn. „Ich weiß nicht, was ich will. Und ich begreife nicht, warum ich es nicht weiß."

„Versuch nicht immer, alles zu verstehen." Dominic zog sie näher zu sich heran. „Vergiss, was nichts mit dem Hier und dem Jetzt zu tun hat." Er konnte seine Empfindungen nicht länger verbergen. Zu stark war die Anspannung der letzten Tage gewesen. „Du bist damals von mir fortgegangen, aber ich laufe dir nicht nach, Kate. Trotzdem", fügte er hinzu und neigte langsam den Kopf, „trotzdem wirst du dieses Mal nicht so leicht gehen können. Dieses Mal nicht, Kate."

Wie mit Eisenbändern hielt er sie in seinen Armen gefangen. Sein Mund war nur wenige Zentimeter von ihrem entfernt. Kates Gedanken wirbelten durcheinander. Verstand und Gefühle lagen miteinander im Wettstreit.

Ihre Gefühle trugen den Sieg davon. Nur noch Nähe zählte, sie sehnte sich nach ihm, wollte, dass er sie küsste und liebkoste. Plötzlich war ihr die Zukunft gleichgültig, wollte sie nur für den Moment leben.

„Sag mir, was du möchtest, Kate", wiederholte Dominic. „Sag mir, was du jetzt möchtest."

Jetzt, dachte Kate. Wenn doch immer nur der Augenblick genügen würde! Sie spürte, wie Dominics Atem ihre Haut streifte, und warf nun endlich alle Vorsicht über Bord.

„Dich", flüsterte sie. „Nur dich." Mit beiden Händen zog sie seinen Kopf noch tiefer zu sich herab.

Sie nahm die Härte und Stärke seines Körpers wahr, den leidenschaftlichen, drängenden Druck seines Mundes. Leise stöhnend gab sie sich ihrer Sehnsucht hin. Sie begehrte Dominic und hatte nicht länger die Kraft, sich zu wehren.

Während Kate Dominics Kuss voller Hingabe erwiderte, strich sie mit den Fingerspitzen über sein Gesicht. Sie hatte in den vergangenen Jahren nicht vergessen, wie sich sein Kinn und seine Wangen anfühlten. Höher glitten ihre Finger, berührten sein vom Wind zerzaustes Haar. Dann schlang sie die Arme fest um seinen Nacken.

Dominic spürte, wie das Verlangen Oberhand in ihm gewann. Er drückte Kate an sich. Durch den dünnen Stoff ihrer Bluse hindurch fühlte er ihre warme Haut. Er wusste, dass sie so zart und weich wie das Blütenblatt einer Rose war. Erinnerungen vermischten sich mit der Gegenwart und brachten ihn fast um den Verstand. Er hatte nur noch den einen Wunsch – Kate zu besitzen.

„Ich begehre dich", flüsterte er und vergrub sein Gesicht an ihrem Hals. „Du weißt, wie sehr ich dich brauche. Du hast es immer gewusst. Willst du mich ebenfalls?"

„Ja, ja." Auch ihr Verlangen wuchs.

„Oh Kate ..."

Sie hatte das Gefühl, in einem Strudel zu versinken. Mit rasender Geschwindigkeit würde dieser Strudel sie hinabziehen, und am Ende erwarteten sie höchste Lust und Glückseligkeit ...

Doch Dominic hatte Recht. Sie würde sich danach nicht leicht von ihm trennen können. Durfte sie sich dann zu Dingen hinreißen lassen, die ihr den unvermeidlichen Abschied noch erschwerten?

„Nein, Dominic." Kate versuchte sich aus seinen Armen zu

winden. „Nein." Sie legte die Hände um sein Gesicht und schob seinen Kopf fort. „Es wäre nicht richtig."

Dominics Leidenschaft schlug in Zorn um. Sie erkannte es an seinem Blick und an der Art, wie er jetzt ihre Schultern umklammerte. „Es ist richtig, Kate, und es war damals schon richtig."

„Nein", widersprach sie. „Das ist es nicht. Ich habe mich immer zu dir hingezogen gefühlt. Es stimmt, und es wäre lächerlich, etwas anderes zu behaupten. Aber es ist nicht das, was ich für mich möchte."

Sein Griff wurde noch härter, schmerzte. „Ich habe dich vorhin gefragt, ob du mich willst, und du hast Ja gesagt."

In diesem Moment erreichte sie die Regenwand. Große schwere Tropfen prasselten auf Dominic und Kate herab. Im Nu waren sie durchnässt. Doch sie beachteten den Regen nicht. Sie standen regungslos und schauten einander in die Augen.

„Vorhin hätte ich beinahe nicht widerstehen können. Ich gebe es zu."

„Und jetzt?" fragte Dominic.

„Ich gehe zurück ins Hotel."

„Verflixt, Kate, weißt du überhaupt, was du willst?"

Kate sah den wütenden, unbeherrschten Ausdruck seines Gesichts. Ihr innerer Konflikt brachte sie zur Verzweiflung. Sie musste Dominics Anziehungskraft bekämpfen. Ihre Beziehung hatte keine Zukunft.

„Ja. Etwas, das du mir nicht geben kannst", antwortete sie leise. „Etwas, das wir beide einander nicht geben können."

„Kate ..."

„Ich möchte jetzt gehen."

„Du wirst zu mir zurückkommen", sagte Dominic und nahm die Hände von ihren Schultern. „Früher oder später kommst du zu mir zurück, Kate."

Schweigend wandte sie sich ab und nahm den Weg zur Stadt.

7. KAPITEL

Der Sturm ging vorüber. Am nächsten Morgen war das Meer ruhig, und auf seiner glatten, tiefblauen Oberfläche spiegelte sich das strahlende Sonnenlicht wider. Der Himmel war wolkenlos und die Luft so klar, dass Kate die Redeweise bestätigt fand, der Regen wasche alles rein.

Die Tatsache allerdings, dass sich ein solcher fast windstiller Tag hervorragend zum Tauchen eignete, machte Kate nicht froh. Sie musste sich zwingen, zum Hafen zu gehen und an Bord der „Wirbelwind“ zu steigen. Nur der Gedanke an ihren verstorbenen Vater bewog sie dazu weiterzumachen.

Dominic mochte ihre Anspannung spüren, aber er verlor kein Wort darüber. Er begrüßte Kate knapp und gab beim Ablegen die notwendigen Anweisungen, danach herrschte Stille zwischen ihnen.

Er stand am Ruder und Kate am Heck, während das Boot aufs offene Meer hinausfuhr. Schließlich hatten sie ihr Ziel erreicht. Dominic kontrollierte die Position des Bootes und schaltete den Motor ab.

Schweigend bereiteten sie sich aufs Tauchen vor. Sie legten ihre Taucheranzüge an, schnallten Gürtel mit Gewichten um und setzten die Lampen und Tauchermasken auf. Während Dominic den Tiefenmesser und den Kompass an seinem rechten Handgelenk prüfte und anschließend die Armbanduhr mit den Leuchtziffern an seinem linken Handgelenk befestigte, band Kate die Scheide mit ihrem Tauchermesser wenig unterhalb des Knies an ihr Bein.

Dann vergewisserten sie sich, dass der Druck in den Sauerstoffflaschen ausreichte, streiften die Gurte über und zogen sie fest. Wie gewöhnlich sprang Dominic als Erster ins Wasser und wartete, bis Kate die Leiter hinabgestiegen war. Gemeinsam glitten sie in die Tiefe hinab.

Erneut verzauberte Kate die Welt unter Wasser. Sie hatte erwartet, dass das Tauchen für sie irgendwann einmal zur Routine und das Leben unter Wasser zum gewohnten Anblick werden würde, aber es begeisterte sie immer wieder. Sie fand sich damit ab, dass sich der Mensch mit Technik und Hilfswerk ausstatten musste, um den Geschöpfen im Meer für begrenzte Zeit Gesellschaft leisten zu können. Das Mundstück, der Schlauch zu der Sauerstoffflasche auf ihrem Rücken, die verschiedenen Ventile – all dies war notwendig. Sie wusste, wie die Ausrüstung funktionierte, und bewahrte dieses Wissen in ihrem Gedächtnis auf, um sich ganz auf die sie umgebende Schönheit konzentrieren zu können.

Sie schwammen tiefer, blieben stets in Sichtweite. Kate konnte sich ganz auf Dominic verlassen. Er tauchte häufig auch allein, obwohl das mit einem großen Risiko verbunden war. Seine Erfahrung und sein Gespür leiteten sie, vielleicht in größerem Maße als die Berechnungen ihres Vaters. Sie hatten fast das gesamte von Hardesty gekennzeichnete Gebiet durchgekämmt, ohne das Wrack der „Liberty" zu finden. Kate fühlte sich trotzdem nicht entmutigt. Unbewusst vertraute sie darauf, dass Dominic sie doch irgendwann ans Ziel bringen würde.

Heute tauchten sie tiefer als sonst. Kate glich den Druck aus, indem sie ein wenig Luft aus ihrem Taucheranzug abließ. Sie spürte den Druckwechsel sofort auf ihren Ohren. Vorsichtig regulierte sie den Druck erneut. Ein defektes Trommelfell würde bedeuten, dass sie viele Wochen lang nicht tauchen könnte.

Dominic schaltete die Lampe auf seinem Kopf ein, und Kate folgte seinem Beispiel. Allmählich wuchs ihre Aufregung. Bis hier unten fiel niemals ein Strahl Sonnenlicht. In dem Lichtkegel der Lampe sah sie, wie das Seegras in der Strömung hin und her wogte. Manchmal wagte sich ein Fisch in die Nähe der beiden Eindringlinge. Eine plötzliche Bewegung aber ließ all seinen

Mut und seine Neugierde zunichte werden, und er verschwand im Nu.

Mit konzentrierten, gleichmäßigen Zügen schwamm Dominic voraus. Die beiden Lampen erhellten das Dunkel und überraschten manchen Fisch. Sie beleuchteten Felsgebilde, die Kates Fantasie anregten, und sie glaubte Gesichter und Gegenstände in dem toten Gestein zu erkennen.

Ich dürfte niemals allein tauchen, dachte Kate, als Dominic sein Tempo verringerte und sich ihrem Rhythmus anpasste. Die Welt unter Wasser nahm sie so gefangen, dass für sie die Gefahr bestand, den Sinn für Zeit und Richtung zu verlieren. Gut, dass Dominic alle wichtigen Dinge beachtete. Sie vermochte normal zu atmen und sich relativ frei zu bewegen. Das ließ sie schnell die Messgeräte an ihrem Handgelenk vergessen.

Kates Gedanken an die Gefährlichkeit des Tauchens wurden von dem Zauber verdrängt. Sie gab sich ihm völlig hin und verließ sich ganz auf Dominics Umsicht, während sie fast schwerelos dahinglitt. Wie einmalig, wie herrlich!

Es gab so vieles zu sehen, zu berühren. Unzählige Krustentiere und Muscheln in den verschiedensten Formen und Größen türmten sich vor ihr auf. Sie wirkten hier unten in ihrem Lebensraum ganz anders, als wenn sie an den Strand gespült und von Kindern zu Dutzenden gesammelt wurden. Auch das wogende Seegras wäre an Land stumpf und schlaff. Nur hier in seinem Element konnte es seine ganze Schönheit entfalten.

Der Lichtstrahl von Kates Lampe fiel auf ein weiteres Gebilde aus Muscheln und Meerestieren. Neugierig näherte sie sich diesem merkwürdig aussehenden Fels und ließ den Lichtstrahl ein zweites Mal über ihn gleiten. Es mutete sie seltsam an, dass manche Felsen derart ausgeprägte Formen hatten. Fast hätte man annehmen können ...

Aufgeregt griff Kate nach Dominics Arm und zog kräftig daran. Dominic erschrak und suchte nach einem Defekt in ihrer

Ausrüstung. Kate schüttelte den Kopf und deutete mit dem Finger auf den Fund.

Gemeinsam strahlten sie die Stelle an, und je näher sie sich vortasteten, desto deutlicher wurde, dass es sich nicht um einen Felsen handelte, sondern um eine zwar arg verrostete und überwucherte, aber noch erkennbare Kanone.

Dominic berührte mit beiden Händen das Kanonenrohr. Dann zog er sein Messer aus der Scheide unterhalb seines Knies und klopfte mit dem Rücken des Messers auf das Rohr. Der dumpfe metallische Klang erschien Kate wie die schönste Melodie. Glücklich lachte sie auf, und eine Kette von Luftblasen stieg empor.

Dominic schaute zu ihr hinüber und freute sich mit ihr. Sie hatte eine alte Kanone entdeckt. Das Besondere und Wertvolle an dem Fund war, dass er mehr als zwei Jahrhunderte lang unberührt auf dem Meeresboden lag.

Nach einer Weile bedeutete Dominic Kate, sie möge ihm folgen, und entfernte sich langsam in östlicher Richtung. Sicherlich würden sie bald noch mehr finden.

Nur widerstrebend trennte sich Kate von ihrer Entdeckung. Sie hätte ihr Glück laut hinausrufen mögen. Es schien ihr unfassbar, ein Geheimnis gelüftet zu haben, das das Meer zweihundertfünfzig Jahre gehütet hatte. Wer konnte ihr Gefühl wohl am besten nachvollziehen – ihre Kollegen in Yale oder Dominic? Die Kollegen würden wahrscheinlich den Wert der Kanone für Forschung und Wissenschaft bewundern, aber den Nervenkitzel vermochten sie bestimmt nicht nachzuempfinden. Intellektuelle Freude machte sie nicht so übermütig, dass sie am liebsten Purzelbäume schlagen würden.

Und wie hätte ihr Vater empfunden? Kate bedauerte, dass sie es nicht wusste, dass sie nicht die Gelegenheit hatte, diesen Augenblick des Triumphs mit ihm zu teilen. Sie hatten so wenig wirklich gemeinsam erfahren. Er hatte die Pläne geschmiedet, die theoretische Arbeit geleistet. Und ihr war es vergönnt, diese alte Waffe zu entdecken, die Erfüllung seines Traums zu erleben.

In diesem Moment berührte Dominic ihre Schulter und schaute Kate in die Augen. So verworren waren ihre Gedanken und ihre Gefühle, dass sie sich danach sehnte, in seinen Armen zu liegen und sich dort fangen zu können. Sie war innerlich schrecklich aufgewühlt und kämpfte mit den gegensätzlichen Empfindungen von unbändiger Freude und von Trauer über etwas, das sie verloren hatte und niemals wieder finden würde.

Dominic verstand sie auch ohne Worte und Erklärungen. Er hob die Hand und strich leicht über ihre Wange. Diese zärtliche Berührung tat Kate unendlich gut.

Plötzlich wurde ihr klar, dass sie Dominic immer noch liebte. Die langen Jahre und die vielen Kilometer der Trennung hatten daran nichts geändert. In der Zeit seit jenem Sommer hatte sie, Kate, existiert, mit einer Leere gelebt. Liebe und Glück hatte sie mit Dominic auf Ocracoke zurückgelassen. Kate akzeptierte diese Erkenntnis als unabänderlich und wünschte sich, dass die Zeit sie lehren würde, mit ihrer hoffnungslosen Liebe fertig zu werden.

Dominic sah am Ausdruck von Kates Augen, dass sie irgendwelche besonderen Gedanken und Empfindungen verarbeitete. Er hätte sie gern gefragt, was in ihr vorging, aber das war auf dem Meeresboden nicht möglich.

Behutsam legte er die Hand wieder auf Kates Wange und hoffte auf ein Lächeln von ihr. Als sie ihn tatsächlich anlächelte, war er beruhigt und zeigte mit dem Finger auf etwas, das er vor wenigen Minuten hinter ihr aufgespürt hatte.

Es handelte sich um ein Stück Holz. Dominic holte erneut sein Messer hervor und begann das Holz vom Untergrund zu lösen. Sand wurde dabei aufgewirbelt und behinderte die Sicht. Schließlich hatte er das Holz befreit und steckte sein Messer zurück in die Scheide. Dann machte er mit dem Daumen das Zeichen zum Aufstieg.

Kate schüttelte den Kopf und wollte weitersuchen. Daraufhin wiederholte Dominic beharrlich das Zeichen und deutete auf seine Uhr. Kate blieb nichts anderes übrig, als sich zu fügen. Die Technik gab ihr zwar die Möglichkeit, sich auf dem Meeresboden zu bewegen, aber nur für begrenzte Zeit. Das musste sie nun einmal akzeptieren.

Dominic und Kate schwammen zum Boot zurück, Richtung Westen. Dabei kamen sie an der Kanone vorbei. Stolz betrachtete Kate nochmals ihre Entdeckung und folgte Dominic dann zur Wasseroberfläche.

Sobald ihr Kopf über Wasser war, lachte sie übermütig auf. „Wir haben sie gefunden." Sie hielt sich mit einer Hand an der Leiter fest, während Dominic ins Boot kletterte und das Holzstück sowie seine Sauerstoffflasche auf den Boden des Bootes legte. „Ich kann es überhaupt nicht fassen. Nach gut einer Woche! Unglaublich, dass all das so lange Zeit dort unten verborgen war." Sie löste die Gurte ihrer Sauerstoffflaschen und reichte sie Dominic, bevor sie selbst an Bord kam. „Wir müssen den Schiffsrumpf finden, Dominic."

„Unsere Chancen sind gut, endlich."

„Endlich?" Kate strich ihr nasses Haar aus der Stirn. „Wir suchen erst seit einer Woche." Sie beugte sich über das Holzbrett und untersuchte es. „Wir haben die ‚Liberty' gefunden."

„Wir haben ein Stück Holz gefunden", berichtigte Dominic sie sachlich. „Es muss nicht von der ‚Liberty' sein."

„Es ist von der ‚Liberty'", beharrte Kate. „Die Kanone und dieses Holz befanden sich innerhalb des Bereiches, den mein Vater markiert hat. Es passt alles genau zusammen."

„Gleichgültig, um was für ein Wrack es sich handelt, jedenfalls hat es noch niemand vor uns entdeckt. Dein Name wird in die Geschichtsbücher eingehen, Frau Lehrerin."

Kate konnte seine Ironie nicht vertragen. Zu unsicher war noch der innere Friede, zu dem sie an diesem Morgen gefunden hatte. Verärgert richtete sie sich auf.

Sie standen einander gegenüber, zwischen ihren Füßen lag das Brett, das sie aus dem Meer geholt hatten. „Ich lege keinen Wert darauf, meinen Namen verewigt zu sehen."

„Dann den deines Vaters." Dominic öffnete den Reißverschluss seines Taucheranzuges.

Kate erinnerte sich an ihre Gedanken kurz nach dem Auffinden der Kanone. Dort unten schien Dominic sie verstanden zu haben. Konnten sie nur metertief unter dem Meeresspiegel liebevoll und freundlich zueinander sein?

„Ist das etwa nicht in Ordnung?" forschte sie ungehalten.

„Doch, solange es nicht zur Besessenheit wird. Du hattest immer ein Problem mit deinem Vater. Dessen war ich mir damals schon sicher."

„Weil er nicht wollte, dass du mit mir zusammen bist?" konterte Kate.

Dominics Augen waren ausdruckslos, ein Zeichen dafür, dass er seinen Zorn bezähmen musste. „Weil es dir zu viel bedeutet hat, was er wollte."

Kate holte Luft, schwieg aber. Dominic hatte die Wahrheit gesagt, mit der sie selbst nicht fertig wurde.

„Ich kam her, um die Pläne meines Vaters weiterzuführen", erklärte sie nach einer Weile. „Daran habe ich von Anfang an keinen Zweifel gelassen. Du erhältst noch dein Honorar."

„Und du befolgst noch immer Anweisungen. Seine Anweisungen." Bevor Kate antworten konnte, wandte sich Dominic zur Kabine um. „Wir werden etwas essen und uns ausruhen, bevor wir wieder tauchen."

Kate schluckte ihren Ärger hinunter. Sie wollte so gern wieder auf den Grund des Meeres hinab und nach dem Schiff suchen. Nicht um ihres Vaters willen, sondern für sich. Energisch zog sie den Reißverschluss ihres Taucheranzuges auf und stieg die Stufen hinab in die Kabine.

Sie würde essen und ausruhen, weil sie Kraft brauchte. Anschließend würde sie zum Wrack zurückkehren und den Beweis dafür erbringen, dass es sich tatsächlich um die „Liberty" handelte. Dieser Entschluss lenkte sie von ihrem Zorn auf Dominic ab.

Kate beobachtete, wie Dominic etwas in einem kleinen Schrank suchte und schließlich ein Glas hervorholte.

„Erdnussbutter?" fragte sie.

„Genau. Sie enthält viel Eiweiß."

Amüsiert lachte Kate auf. „Isst du vielleicht auch immer noch Bananen dazu?"

„Ja, und dir würde es auch nicht schaden."

Kate rümpfte die Nase über die absonderliche Kombination. „Wenn wir den Schatz finden, kaufe ich dir eine Flasche Champagner", versprach sie.

Ihre Finger berührten sich leicht, als Dominic ihr ein bestrichenes Brot reichte. „Ich werde dich an dein Versprechen erinnern." Er nahm sein Brot und eine Flasche Milch. „Lass uns an Deck essen." Er wollte Kates Nähe in der engen Kabine entfliehen, und er brauchte frische Luft.

Kate folgte ihm. „Es mag zwar gesund sein", befand sie nach dem ersten Bissen, „aber es schmeckt wie etwas, das man fünfjährigen Kindern gibt, um sie zu trösten, wenn sie hingefallen sind."

„Fünfjährige brauchen auch viel Eiweiß."

Kate gab die Diskussion auf und setzte sich im Schneidersitz auf den Boden. Neckereien und Seitenhiebe würden sie nicht an ihr Ziel bringen. Sie blinzelte in die strahlende Sonne und spürte die sanfte Bewegung des Bootes unter sich.

„Es ist die ‚Liberty', Dominic", sagte sie leise und betrachtete das Holzbrett. „Ich weiß es."

„Schon möglich.“ Dominic streckte sich. „Aber es gibt etliche Wracks in dieser Gegend. Diamond Shoals ist ein richtiger Schiffsfriedhof.“

„Aber Diamond Shoals liegt fünfzig Kilometer nördlich von hier.“

„Und an der gesamten Küste, entlang der vorgelagerten Inselkette, verlaufen Strömungen. Außerdem besaß man vor zweihundertfünfzig Jahren noch nicht die genauen Navigationssysteme und Instrumente. Es gab ja noch nicht einmal Leuchttürme. Sie sind eine Erfindung des neunzehnten Jahrhunderts. Niemandem wird es auch nur annähernd gelingen zu sagen, wie viele Schiffe seit Kolumbus' Zeiten vor dieser Küste untergegangen sind.“

„Mich interessiert nur ein einziges Schiff.“ Kate biss wieder in ihr Brot.

„Eines zu finden, das ist nicht schwierig“, erwiderte Dominic. „Schwierig wird es erst, wenn man ein ganz bestimmtes sucht. Im vergangenen Jahr wurden nach einer Reihe von Stürmen am Strand von Hatteras viele Wrackteile angespült. Die meisten Häuser auf der Insel sind aus solchen Überresten gebaut.“ Dominic drehte das Brett prüfend in der Hand.

„Warum soll es nicht von der ‚Liberty‘ sein?“ fragte Kate hartnäckig.

Dominic lächelte über ihre Beharrlichkeit. „Wie dem auch sei, es ist ein richtiger Schatz. Wenn man eine solche Entdeckung macht, gehört der Schatz dem Finder.“

Kate betonte nicht, dass sie nicht nach irgendeinem Schatz Ausschau hielt. Sie interessierte sich allein für die „Liberty“. Dominic wusste, dass sie ein besonderes Verhältnis zu diesem Schiff hatte.

Kate trank von ihrer Milch. „Was hast du mit deinem Anteil vor?“ erkundigte sie sich.

Dominic zuckte mit den Schultern. „Noch ein Boot kaufen, vielleicht“, antwortete er.

„Wenn man bedenkt, welchen Wert uralte Goldmünzen heute haben, kannst du mit deinem Anteil ein ganz tolles Boot kaufen."

„Das habe ich auch vor." Dominic lächelte leicht, blieb aber reserviert. „Und du?"

„Oh, ich weiß es noch nicht." Kate konnte nichts Konkretes nennen. Irgendwie war es ihr nicht möglich, darüber nachzudenken, was nach der Suche sein würde. „Ich werde wohl verreisen."

„Wohin?"

„Vielleicht nach Griechenland. Zu den Inseln."

„Allein?"

Das Essen und die stete Bewegung des Bootes hatten Kate schläfrig gemacht. „Hm", antwortete sie nur und schloss die Augen.

„Gibt es da keinen engagierten Lehrer, den du mitnehmen würdest? Jemanden, mit dem du über den Trojanischen Krieg diskutieren könntest?"

„Ich möchte nicht mit einem engagierten Lehrer nach Griechenland."

„Mit jemand anders?"

„Es gibt niemanden."

Kate saß gegen die Reling gelehnt und hatte den Kopf zurückgelegt, um die warmen Sonnenstrahlen auf ihr Gesicht scheinen zu lassen. Der Wind spielte mit ihrem langen Haar, und ihre feinen, ebenmäßigen Gesichtszüge ließen sie unnahbar erscheinen wie eine wunderschöne Porzellanfigur, die man nicht berühren darf.

Es versetzte Dominic einen Stich, Kate so ruhig und entrückt zu sehen. Er dachte daran, wie ihre Augen einst gestrahlt und ihre Wangen sich vor Leidenschaft gerötet hatten, wenn sie in seinen Armen lag.

„Warum nicht?" wollte er wissen.

„Hm?“

„Warum gibt es niemanden?“

Träge öffnete Kate die Augen. „Niemanden?“ Sie war nicht bei der Sache.

„Warum hast du keinen Liebhaber?“

Schlagartig wich die Schläfrigkeit von ihr. Sie verschränkte ihre Finger ineinander, so fest, dass die Knöchel weiß hervortraten. „Es geht dich nichts an, ob ich einen Liebhaber habe oder nicht.“

„Gerade hast du mir gesagt, du hättest keinen.“

„Ich habe lediglich gesagt, dass ich mit niemandem verreisen möchte“, widersprach Kate.

Als sie aufstehen wollte, legte Dominic die Hand auf ihre Schulter und hielt sie zurück. „Das ist das Gleiche.“

„Nein, das ist es nicht. Aber es geht dich wirklich nichts an, Dominic, genauso wenig wie mich dein Privatleben etwas angeht.“

„Ich war mit Frauen zusammen“, entgegnete Dominic leichthin, „aber seit du von der Insel fortgegangen bist, hatte ich keine Geliebte mehr.“

Kate verspürte Freude über seine Worte, obwohl sie sich sagte, dass es ihr gleichgültig sein müsste. Abwehrend hob sie die Hand, um seine von ihrer Schulter zu schieben. „Bitte nicht. Es wäre für uns beide nicht gut.“

„Unsinn.“ Dominic verschränkte seine Finger mit ihren. „Wir fühlen uns zueinander hingezogen. Und dieses Mal kennen wir die Regeln.“

Die Regeln lauteten: keine Verpflichtung, kein Versprechen. Kate kannte sie, aber wie leicht konnte sie sie vergessen! Allein schon die Berührung seiner Finger, der Blick seiner Augen banden sie stärker an Dominic, als gut für sie war. Sie wusste, dass die Regeln für sie nicht akzeptabel waren. Sie würde nicht mit Dominic zusammen sein und sich danach, ohne einen Blick zurückzuwerfen, von ihm trennen können. Der Abschied würde zu sehr schmerzen.

„Dominic, bitte, ich bin nicht dazu bereit." Ihre Stimme war leise, nicht flehend, aber sie zeigte Kates Verletzlichkeit.

Dominic zog Kate hoch. Trotz ihrer Größe wirkte Kate neben ihm klein und zerbrechlich. Sie hatte den Kopf gehoben und sah Dominic in die Augen. Ihr Gesichtsausdruck verbot es ihm, sie zu drängen. Er hatte sich vorgenommen, Kate zu besitzen. Ungeachtet ihrer Gefühle wollte er sich nehmen, was sie ihm verweigerte. Doch der gequälte Ausdruck in ihren Augen ließ ihn zurückschrecken.

„Ich habe nicht viel Geduld, Kate."

„Ich weiß."

Dominic gab sie frei. „Denk daran", warnte er sie, bevor er sich dem Ruder zuwandte. „Wir fahren jetzt in östliche Richtung und tauchen noch einmal."

Eine Stunde später fanden Dominic und Kate nur dreißig Meter von der Kanone entfernt ein Stück Takelage.

Mit Handzeichen signalisierte Dominic, ihre Funde aufzustapeln, um sie später mit den geeigneten Mitteln an Bord des Bootes zu bringen. In der Nähe lagen viele Holzbretter. Einige von ihnen waren zu groß, um von einer Person transportiert werden zu können. Andere konnte Kate in die Hand nehmen.

Als Kate eine kleine Steingutschüssel entdeckte, die auf wunderbare Weise nicht zerbrochen war, erfüllte sie ein solches Glück, wie es Archäologen empfinden mussten, die nach langen Stunden mühsamen Grabens eine Tonscherbe aus einem früheren Zeitalter in Händen hielten.

Aufmerksam betrachtete sie ihren Fund. Es handelte sich um einen einfachen Gebrauchsgegenstand. Kate stellte sich vor, wie ein Seemann aus dieser Schüssel gegessen hatte, während einer kurzen Verschnaufpause unter Deck. Es mochte womöglich seine erste Reise über den Atlantik in die Neue Welt gewesen sein. Auf jeden Fall war es seine letzte gewesen.

Kate brachte die Schüssel zu den übrigen Gegenständen, die Dominic und sie inzwischen zusammengetragen hatten. Sie wollte sie später mit aufs Boot nehmen und für sich behalten. Alle übrigen Dinge gedachte sie einem Museum zur Verfügung zu stellen.

Danach sammelte Kate Glasstücke und Keramikscherben ein, Bruchstücke von Flaschen und Geschirr, die den Untergang des Schiffes nicht heil überstanden hatten.

Es muss die Kombüse gewesen sein, dachte Kate. In all den Jahren hatte der Wasserdruck das Schiff in seine Einzelteile zerfallen lassen. Sie lagen verstreut auf dem Meeresboden. Das Meer hatte sich diese Fremdkörper einverleibt und sie zur Heimat der Tiere und Pflanzen gemacht.

Kate benutzte ihr Messer zum Graben und suchte emsig den Meeresboden ab. Es mochte keine allzu sinnvolle Methode sein, aber sie wollte ihr Glück im Umkreis der letzten Funde versuchen. Einmal schaute sie zu Dominic, der gerade einen Gegenstand untersuchte, der die Hälfte eines Tellers hätte sein können.

Schließlich hatte Kate wieder Erfolg. Sie stieß auf einen langen Schöpflöffel. Also tatsächlich die Kombüse! Hoffentlich fand sie bald einen Gegenstand, auf dem der Name des Schiffes stand. Dann konnte sie Dominic beweisen, dass es wirklich die „Liberty“ war.

Begeistert von ihrer wundervollen Entdeckung, nahm sie den Schöpflöffel hoch und wandte sich zu Dominic um. Dabei kam sie direkt in den Weg eines Stachelrochens.

Dominic sah ihn sofort. Er befand sich knapp zwei Meter von Kate entfernt, als sich der flache graue Rochen durch die Schicht aus Sand und feinem Schlamm, die den Boden bedeckte, hocharbeitete.

Dominic reagierte blitzschnell. Er handelte, ohne nachzudenken. Er schoss auf Kate zu, um sie fortzuziehen, doch es war zu spät. Der Rochen schlug mit dem tückischen Schwanz aus und erwischte Kate.

Ihr Schrei wurde vom Wasser gedämpft. Dominic erkannte, dass der Rochen Kate trotz seines Rettungsversuches getroffen hatte und dass sein Gift bereits zu wirken begann. Ihr Körper versteifte sich vor Schmerz und Schock. Der Schöpflöffel entglitt ihrer Hand und sank in Zeitlupe auf den Grund des Meeres zurück.

Dominic wusste, was er zu tun hatte, wie er sich in einem derartigen Notfall verhalten musste. Dennoch war ihm der Schreck in alle Glieder gefahren. Es handelte sich nicht um irgendeinen Taucher, der sich in Lebensgefahr befand, sondern um Kate. Plötzlich spürte er, wie ihr Körper erschlaffte und wie leblos in seinen Armen hing.

Hastig legte er Kates Kopf zurück, um so die Atemwege frei zu halten. Mit einer Hand hob er ihr Kinn hoch. Den anderen Arm schlang er von hinten um sie und presste die Hand unterhalb ihres Busens auf ihren Oberkörper. Auf diese Weise hatte er Kate fest und sicher im Griff. Dann begann er, mit Hilfe seiner Flossen an die Oberfläche zu schwimmen.

Es war gut, dass Kate das Bewusstsein verloren hatte. Womöglich hätte sie sich sonst vor Schmerzen gekrümmt und Widerstand geleistet.

Während Dominic mit ihr der Oberfläche zustrebte, drückte er in regelmäßigen Abständen auf Kates Brustkasten, um die Luft hinauszupressen. Es bestand die Gefahr einer Embolie. Eigentlich hätten sie langsamer hochsteigen müssen, um sich den veränderten Druckverhältnissen anpassen zu können.

Dominic bewegte seine Beine gleichmäßig und schaute sich hin und wieder um. Blutete Kate? Blut zog Haie an ...

Beim Boot angekommen, entfernte Dominic den Gürtel mit den Gewichten von Kates Taille. Er stützte ihren Körper mit einem Arm und befreite sich mit der anderen Hand von seinen Sauerstoffflaschen, die er danach an Bord hievte. Anschließend löste er Kates Gurte und hob ihre Sauerstoffflaschen ebenfalls über den Bootsrand.

Er sah ihr wächsernes Gesicht, als er die Maske von ihrem Kopf streifte. Kate stöhnte leise, und dieser Laut trieb ihn zur Eile an. Ihren reglosen Körper über der Schulter, kletterte Dominic die Leiter hinauf, um an Bord der „Wirbelwind" zu gelangen.

Vorsichtig legte er Kate auf den Boden und begann ohne Zögern, ihr den Taucheranzug auszuziehen. Während er den festen blauen Gummistoff über die Wunde zog, die sich oberhalb des rechten Fußes befand, untersuchte Dominic die Verletzung, die der Rochen verursacht hatte. Der Stachel am Schwanz hatte eine Wunde in ihr Fleisch geschlagen.

Nach einem letzten Blick in das bleiche Gesicht der immer noch ohnmächtigen Kate eilte Dominic hinab unter Deck, um den Erste-Hilfe-Kasten zu holen. Als er zurückkehrte, bewegte sich Kate.

Mit dem Bewusstsein kam der Schmerz. Kate spürte die Stiche in ihrem Knöchel, die alle anderen Empfindungen in ihr auslöschten. Sie rang nach Luft und versuchte sich aufzurichten. Als könne sie davonlaufen und auf diese Weise der Qual entfliehen.

„Bleib ruhig liegen", sagte Dominic mit sanfter Stimme.

Kate ballte die Hände zu Fäusten und gehorchte. Sie öffnete die Augen und blickte in den wolkenlosen blauen Himmel. Gedanken jagten ihr durch den Kopf, doch der Schmerz war so stark, dass sie sie nicht entwirren konnte. Während sie in das endlose Blau über ihr schaute, bemühte sie sich angestrengt, sich zu konzentrieren und zu erinnern.

Der Schöpflöffel. Kate bewegte ihre Hand und merkte, dass sie ihn verloren hatte. Der Verlust dieses Gegenstandes schien plötzlich das Einzige zu sein, was sie wirklich bedrückte.

„Wir haben die Kombüse entdeckt.“ Ihre Stimme klang rau und schwach. „Ich habe einen Löffel gefunden. Wahrscheinlich haben sie mit ihm früher Suppe in die Steingutschüssel gefüllt. Die Schüssel ... ganz ... kein Riss. Dominic ...“ Kate hatte immer leiser gesprochen, bis ihre Stimme schließlich völlig versagte.

Nach einer Weile drehte Kate den Kopf zu Dominic. „Es war ein Rochen, stimmt's? Ich habe nicht aufgepasst. Er musste sich dort eingegraben haben. Werde ich durch sein Gift sterben?“

„Nein“, erwiderte Dominic. Er beugte sich über sie und legte die Hände auf ihre Schultern. Aufmerksam schaute er in ihre Augen, um festzustellen, ob sie ihn verstand. „Ja, es war ein Stachelrochen. Ein Teil des Stachels ist abgebrochen und steckt in deinem Bein, am Knöchel.“ Er bemerkte die Angst, die Qual in Kates Blick und drückte zuversichtlich ihre Schultern. „Er steckt nicht allzu tief. Ich könnte ihn herausholen. Aber es wird sehr wehtun.“

Kate begriff. Sie hatte die Wahl zwischen zwei Möglichkeiten. Entweder würde Dominic sie so, wie sie war, zu einem Arzt auf Ocracoke bringen, oder er würde ihr hier auf dem Boot Hilfe leisten. Ihre Lippen zitterten, doch sie sah Dominic fest und entschlossen an.

„Tu es!“

„In Ordnung. Versuch nicht, tapfer zu sein, Kate. Schrei so viel und so laut du kannst. Ich werde mich beeilen.“ Er beugte sich tiefer über sie und küsste sie hart auf den Mund. „Ich verspreche es dir.“

Kate nickte und schloss die Augen.

Dominic beeilte sich tatsächlich. Sekunden später schoss der Schmerz wie ein Blitz durch Kate hindurch. Sie holte tief Luft, um ihre Pein hinauszuschreien. Im selben Augenblick aber versank sie erneut in Ohnmacht.

Blut schoss aus der Wunde. Dominic ließ es eine Weile ungehindert laufen, weil es einen Teil des Giftes aus der Verletzung spülen würde. Er hatte ruhig und überlegt gehandelt, als er den Fremdkörper aus der Wunde gezogen hatte. Jetzt lief Kates Blut über seine Hände, und die Angst um sie schnürte ihm im Nachhinein fast die Kehle zu. Er riss sich zusammen, desinfizierte die Verletzung und verband Kates Bein.

Dann kontrollierte er ihren Pulsschlag. Er war nicht stark, aber wenigstens gleichmäßig. Mit dem Daumen schob er vorsichtig ein Augenlid hoch und betrachtete die Pupille. Kate hatte wohl keinen Schock erlitten, sondern war durch ihre Bewusstlosigkeit den Schmerzen entflohen. Das war auch das Beste.

Sekundenlang schaute er noch auf sie hinab, sanft strich er mit den Fingerspitzen über ihre Wange. Hoffentlich blieb sie bewusstlos und damit ohne Qual, bis sich ein Arzt ihrer annehmen konnte.

Dominic nahm sich nicht die Zeit, das Blut von seinen Händen zu waschen. Er stellte sich ans Steuerruder, warf den Motor an und fuhr mit voller Geschwindigkeit nach Ocracoke zurück.

8. KAPITEL

Allmählich kehrte Kates Bewusstsein zurück. Langsam öffnete sie die Augen und schaute gegen eine weiße Zimmerdecke. Der wolkenlose blaue Himmel war verschwunden. Erschöpft schloss sie die Augen wieder. Sie erinnerte sich an den Schmerz, den sie zuletzt gespürt hatte, und presste ihre Augenlider fester zusammen, als könne sie auf diese Weise weiteren Qualen entgehen.

Da legte sich eine kühle Hand auf ihre Stirn, und Dominics Stimme drang leise und liebevoll zu ihr. „Es ist alles gut, Kate. Alles ist vorüber."

Seine Worte machten ihr Mut, und sie hob erneut die Lider. Der befürchtete Schmerz blieb aus. Sie spürte allein die wohltuende Kühle von Dominics Hand.

„Dominic", flüsterte Kate und tastete mit den Fingern über seine Hand. Ihre eigene schwache Stimme flößte ihr Angst ein.

„Es wird dir bald besser gehen, Kate. Der Arzt war hier." Während er sprach, strich Dominic mit dem Daumen über ihre Finger und legte seine andere Hand auf ihr Haar. Es würde ihr gut tun, seine Nähe zu fühlen. Es beruhigte ihn, dass sie endlich die Augen aufgeschlagen hatte. „Doktor Bailey hat dich behandelt. Erinnerst du dich an ihn?"

Kate gab sich Mühe. Sie sah einen hageren alten Mann vor sich, der eher auf ein Fischerboot als in ein Untersuchungszimmer zu passen schien. „Ja. Er mag so gern ... Bier und Scholle."

Dominic musste lächeln. „Dein Gedächtnis hat offenbar nicht gelitten", bemerkte er. Dann wurde er wieder ernst. „Bailey hat gesagt, dass du noch ein paar Tage das Bett hüten musst."

„Ich fühle mich ... komisch."

„Doktor Bailey hat dir eine Spritze gegeben. Daher rührt deine Benommenheit. Verstehst du mich?"

„Ja." Langsam drehte Kate den Kopf und versuchte ihre

Umgebung zu identifizieren. Die Wände waren in einem warmen Beigeton gestrichen, nicht in dem sterilen Weiß eines Krankenhauszimmers. Die Fußleiste aus Eichenholz glänzte matt. Auf dem Holzfußboden vor dem Bett lag ein Teppich, dessen Farben ein wenig verblichen waren. Kate erkannte ihn wieder. Ansonsten entdeckte sie keinen vertrauten Gegenstand. Als sie zuletzt in Dominics Schlafzimmer gewesen war, hatte weder die Wand einen ordentlichen Anstrich gehabt noch der Fußboden einen solchen Glanz. „Ich bin nicht im Krankenhaus", murmelte sie. „Ich bin in deinem ... deinem Haus."

„Richtig", bestätigte Dominic. „Ich hielt es für das Beste, dich herzubringen, nachdem Doktor Bailey dich versorgt hatte. Es war nicht nötig, dich ins Krankenhaus einzuliefern, aber es muss sich jemand um dich kümmern, was im Hotel nicht möglich ist."

„Dein Schlafzimmer", flüsterte sie. „Dies ist dein Schlafzimmer. Ich erkenne den Teppich wieder."

Dominic nickte. „Hast du Hunger?"

„Ich weiß nicht." Eigentlich empfand Kate nichts. Als sie versuchte, sich aufzurichten, wurde ihr schwindlig. Die Spritze wirkte noch und trennte das Zimmer und die Wirklichkeit durch eine Nebelwand. Kate wartete, bis der Schwindelanfall langsam vorüberging. Sie wollte lieber die Schmerzen erdulden, als länger in diesem Zustand zu bleiben, der sie so völlig hilflos machte.

Dominic richtete Kate ein Stückchen auf und stapelte fürsorglich mehrere Kissen in ihrem Rücken. „Der Arzt sagte, dass du essen musst, sobald du aufwachst. Nur ein wenig Suppe." Er stand auf und schaute auf sie hinab. „Ich werde sie zubereiten. Bleib ganz ruhig liegen", fügte er hinzu, während er zur Tür ging. „Du bist noch nicht kräftig genug, um aufzustehen."

Nein, sie ist nicht bei Kräften, dachte Dominic und stieg die Treppe hinab. Er sah Kates bleiches Gesicht vor sich, dessen Farbe sich nicht von den weißen Bettlaken unterschied.

Keine Widerstandskräfte, lautete Doktor Baileys Befund. Kate hatte nicht genügend gegessen, geschlafen und sich zu sehr angestrengt. Dominic betrat die Küche und öffnete den Vorratsschrank. Wenn er auch sonst nichts tun konnte – er würde dafür sorgen, dass Kate sich richtig erholte. Bis der Arzt sie für gesund erklärte, sollte sie nichts als essen und sich ausruhen.

Dominic machte sich Vorwürfe. Er hatte gewusst, dass Kate übermüdet war, hatte ihr die Anstrengung von den Augen ablesen können und die Schatten unter ihren Augen gesehen. Aber er war zu sehr mit seinen eigenen Empfindungen, seiner Sehnsucht beschäftigt gewesen.

Unmutig legte Dominic den Dosenöffner beiseite und füllte den Inhalt der Dose in einen Topf. Dann schaltete er den Herd ein und stellte den Topf auf die Platte. Anschließend setzte er auch den Wasserkessel auf, um für sich Kaffee zu kochen.

Er brauchte eine Stärkung, und das Getränk würde ihn beleben. Einen Moment lang stand Dominic vor dem Herd und presste die Zeigefinger gegen die Schläfen. Er konnte sich nicht erinnern, jemals solch nervenaufreibende Stunden erlebt zu haben wie die vergangenen vierundzwanzig. Die Anspannung war nicht von ihm gewichen, selbst nachdem der Arzt sich um die Verletzung gekümmert und Kate, betäubt von der Spritze, regungslos in seinem Bett gelegen hatte. Er war zu besorgt gewesen, um das Zimmer auch nur für mehr als fünf Minuten zu verlassen. Das Fieber hatte unentwegt Schweiß auf Kates Stirn getrieben. Und Dominic hatte den größten Teil der Nacht damit zugebracht, neben ihr zu sitzen, sorgsam den Schweiß abzutupfen und mit Kate zu sprechen, obwohl sie ihn nicht hören konnte.

Dominic holte eine Tasse aus dem Hängeschrank und füllte einen Löffel Kaffeepulver hinein. Wahrscheinlich würde er wohl noch längere Zeit keine Ruhe finden. Er goss kochendes Wasser auf das Pulver und beobachtete, wie die hellen Schaumblasen auf der Oberfläche nach und nach zerplatzten.

In dieser Nacht hatte er Muße gehabt, über sich und Kate nachzudenken. Er hatte geglaubt, dass er sich von seiner Verbitterung und seinem Zorn befreien könnte, wenn er sie erneut besitzen würde. Als sie aber ohnmächtig auf seinem Boot gelegen hatte und ihr warmes Blut über seine Hände geströmt war, hatte er erkannt, dass er sie noch liebte.

Die Intensität dieses Gefühles verwirrte ihn. Er sah die Unterschiede zwischen sich und Kate. Es schien ihm unmöglich, einen Menschen ihrer Art zu lieben. Dennoch konnte er seine Liebe zu ihr nicht leugnen. Sie war zur Gewissheit geworden.

Dominic rührte die Suppe um und schaltete die Herdplatte aus. Im Augenblick war es das Wichtigste, dass Kate zu Kräften kam und gesund wurde. Auf diese Aufgabe wollte er sich konzentrieren.

Kate brauchte all ihre Willensstärke, um gegen die Müdigkeit anzukämpfen, die das Medikament verursachte. Während sie auf Dominic wartete, beschäftigte sie sich damit, sein Zimmer anzuschauen. Hier hatte sich manches verändert.

Die Fensterrahmen waren neu, und das Eichenholz kontrastierte gut mit der hellbeige gestrichenen Wand. Auf dem breiten Fensterbrett hatte Dominic einige schöne Muscheln verteilt, und in einer Ecke stand ein seltsam geformtes Stück Treibholz, das wie eine Skulptur wirkte. Die frühere Kleiderstange war durch einen Schrank aus dunklem Holz ersetzt worden, und die Apfelsinenkisten hatten einem Rattansessel mit ovaler Lehne Platz gemacht.

Das Bett war noch dasselbe. Das breite Bett mit dem hohen verzierten Kopfteil hatte seinen Eltern gehört. Den Rest der Wohnungseinrichtung der Eltern besaß Marsh. Nur das Bett hatte Dominic für sich behalten wollen. Er selbst war hier geboren worden, mitten in der Nacht, als die Insel von einem heftigen Sturm heimgesucht worden war.

Und er und sie, Kate, hatten sich in diesem Bett geliebt. Leicht strich sie über das Laken.

Sie hielt mitten in der Bewegung inne, als Dominic mit einem Tablett ins Zimmer trat. „Du hast dir eine Menge Arbeit mit diesem Raum gemacht", sagte sie.

„Nur ein bisschen." Er stellte das Tablett auf ihren Schoß und setzte sich auf den Rand des Bettes.

Der Duft der Suppe stieg Kate in die Nase, und sie schnupperte. „Riecht wundervoll."

„Mag sein, aber vom Riechen allein wirst du weder satt noch gesund."

Kate lächelte. Bevor sie Einwände erheben konnte, hielt Dominic ihr den ersten Löffel vor den Mund und drängte sie zu essen.

„Sie schmeckt genauso gut, wie sie duftet", sagte sie wenig später und wollte den Löffel selbst in die Hand nehmen, aber Dominic ließ das nicht zu. „Ich mache es schon selbst", begann Kate. Weiter kam sie nicht, denn schon fütterte Dominic sie weiter.

„Du brauchst nur zu essen", sagte er kurz angebunden. „Du siehst fürchterlich aus."

„Das kann ich mir denken", antwortete Kate. „Ich nehme an, dass niemand wie aus dem Ei gepellt aussieht, der erst vor wenigen Stunden von einem Rochen geschlagen wurde."

„Vierundzwanzig", berichtigte Dominic sie und schob einen weiteren Löffel Suppe zwischen ihre Lippen.

„Vierundzwanzig was?"

„Stunden." Dominic beachtete ihre geweiteten Augen nicht.

„Ich war vierundzwanzig Stunden ohnmächtig?" Kate schaute zum Fenster hinaus in die helle Sonne, als könne sie dort einen Hinweis darauf finden, dass Dominic Unrecht hatte.

„Bevor Doktor Bailey dir die Spritze gab, war es ein ständiges Auf und Ab. Er meinte, dass du dich später an nichts mehr erinnern würdest."

„Ich erinnere mich wirklich an nichts."

Das war gut, fand Dominic. Denn jedes Mal, wenn Kate für wenige Augenblicke das Bewusstsein wiedererlangt hatte, hatte sie wahre Höllenqualen ausstehen müssen. Er glaubte noch ihr furchtbares Stöhnen zu hören und ihre Finger zu spüren, die sich fest um seine gekrampft hatten. Die ganze Zeit über hatte er mit ihr gelitten.

„Es muss ein sehr starkes Mittel gewesen sein, das er mir injiziert hat", meinte Kate.

„Er hat getan, was nötig war."

Ihre Blicke trafen sich. Zum ersten Mal bemerkte Kate die Spuren der Müdigkeit und Erschöpfung in Dominics Gesicht.

„Du bist die ganze Nacht über wach gewesen", flüsterte sie. „Hast du dich gar nicht ausgeruht?"

„Jemand musste auf dich aufpassen", erwiderte er. „Doktor Bailey meinte, du solltest schlafen, bis die schlimmsten Schmerzen vorüber seien. Deshalb hat er dir das Medikament gespritzt." Obwohl Dominic sich um einen beiläufigen Tonfall bemühte, schwang Besorgnis in seiner Stimme mit. Er konnte auch nicht verhindern, dass seine nächsten Worte vorwurfsvoll klangen. „Die Verletzung ist eigentlich nicht so schlimm, begreifst du das? Du wärst nur nicht in der Lage gewesen, allein damit fertig zu werden. Bailey sagte, du hättest dich selbst bis an den Rand der Erschöpfung getrieben."

„Das ist lächerlich. Ich ..."

Dominic ließ Kate nicht ausreden, sondern gab ihr einen weiteren Löffel Suppe. „Das ist überhaupt nicht lächerlich. Ich brauchte dich nur anzusehen, um festzustellen, dass Bailey Recht hatte. Du hast zu wenig gegessen, zu wenig geschlafen und dich überanstrengt. Kein Wunder, dass du auf die Nase gefallen bist."

Die Beruhigungsspritze bewirkte, dass Kates Widerspruch gedämpft wurde. Ihre Stimme klang nicht zornig, als sie leise erwiderte: „Ich bin nicht auf die Nase gefallen."

„Das wäre nur noch eine Frage der Zeit gewesen." Dominic bezähmte seinen Ärger über ihre Dickköpfigkeit, ihren Unverstand. „Es ist mir gleichgültig, wie sehr du auf den Schatz erpicht bist. Du hast jedenfalls keine Freude an ihm, wenn du flach ausgestreckt liegst."

Die Suppe tat ihre Wirkung. Sie wärmte Kate. „Das werde ich nicht." Kate bemerkte nicht, dass ihre Worte undeutlicher wurden. „Morgen werden wir tauchen, und ich werde beweisen, dass es sich um die ‚Liberty' handelt."

Dominic genügte ein Blick auf Kates erschöpfte rote Augenlider und ihre blassen Wangen.

„Natürlich", sagte er und schob rasch noch einen Löffel Suppe in Kates Mund.

„Ich werde den Schöpflöffel, die Takelage und alles andere einem Museum stiften." Kate schloss die Augen. „Meinem Vater zuliebe."

Dominic setzte das Tablett auf den Boden. „Ja, das wirst du tun."

„Es war ihm wichtig. Ich muss ... ich muss es für ihn tun." Sie öffnete für einen kurzen Moment die Augen. „Ich wusste nicht, dass er krank war. Er hat nie von seinen Herzbeschwerden, von den Medikamenten gesprochen. Wenn ich es gewusst hätte ... wenn ich es nur rechtzeitig geahnt hätte ..."

„Du hättest nicht mehr tun können, als du ohnehin getan hast." Dominic räumte die Kissen beiseite und bettete Kates Kopf sanft auf ein einziges Kissen.

„Ich habe ihn geliebt."

„Ja, ich weiß."

„Ich habe es nie geschafft, den Menschen, die ich liebte, zu sagen, was ich wollte. Ich weiß nicht, weshalb."

„Schlaf jetzt. Wenn du gesund bist, werden wir den Schatz finden."

Kate versank tiefer in Wärme und Dunkelheit. „Dominic ..."

Sie hob die Hand, und nachdem er sie umfasst hatte, schien sie beruhigt zu sein.

„Ich werde bei dir bleiben. Schlaf."

„All die Jahre ..." Sie entspannte ihre Finger. „Ich habe dich nie vergessen. Ich habe mich immer nach dir gesehnt. Immer. Ich wollte es allerdings nicht wahrhaben. Es ..." Kates Stimme erstarb, ihr Kopf sank auf das Kissen zurück.

Dominic starrte auf die schlafende Kate herab. Ihr Gesicht hatte einen absolut friedlichen Ausdruck angenommen, war jedoch noch so bleich wie Marmor. Vorsichtig löste er seine Hand und führte sie an ihre Wange. Er wollte nicht darüber nachsinnen, was Kate gesagt hatte. Er brauchte auch Ruhe. Die Anstrengung des letzten Tages war nicht spurlos an ihm vorübergegangen. Er musste Kräfte sammeln, um Kate pflegen zu können.

Dominic stand auf und zog die Jalousien herunter. Dann streifte er sein Hemd ab, legte sich neben Kate auf das breite Bett und hoffte, nun endlich auch ein wenig Schlaf zu finden.

Ein dumpfer, klopfender Schmerz weckte Kate. Sie öffnete die Augen, blieb dann regungslos liegen und versuchte sich in ihrer Umgebung zurechtzufinden.

Sie konnte nun klare Gedanken fassen. Die Wirkung des Betäubungsmittels hatte aufgehört, und sie spürte die Verletzung. Die Dunkelheit um sie herum wurde von silbernem Mondlicht durchbrochen, das seitlich an den Jalousien vorbei ins Zimmer drang.

Es war Nacht. Kate hoffte, dass nur wenige Stunden seit ihrem letzten Aufwachen vergangen sein mochten und nicht wieder ein ganzer Tag.

Es erfüllte sie mit Unruhe, auf diese Weise Zeit zu verlieren. Um sich Klarheit zu verschaffen, bemühte sie sich, die Bruchstücke ihrer Erinnerung in die richtige Folge zu bringen.

Da waren zunächst die Steingutschüssel, der Schöpflöffel ...

und der Stachelrochen. Sie presste die Zähne fest zusammen, als spüre sie erneut den stechenden Schmerz, den der Hieb des peitschenartigen Schwanzes hervorgerufen hatte. Anschließend war sie an Bord der „Wirbelwind" aufgewacht. Sie sah den blauen Himmel über sich und hörte Dominics Worte. Sie spürte den Kuss auf ihren Lippen, den er ihr gegeben hatte, kurz bevor er den Stachel aus ihrem Fleisch zog. An die Qual dieses Augenblickes hatte sie auch noch eine sehr deutliche Erinnerung. Danach war es dunkel um sie herum geworden.

Die Fahrt zurück zur Insel, Doktor Baileys Untersuchung und die Spritze ... nein, das entzog sich ihrem Bewusstsein. Das nächste Bild in ihrem Gedächtnis zeigte Dominics Schlafzimmer – die hellen Wände, den blanken Fußboden, den Teppich.

Später hatte Dominic ihr Suppe zu essen gegeben. Die nachfolgenden Ereignisse verschwanden wieder in einem Dunstschleier. Irgendetwas musste Dominic geärgert haben. Er hatte ihr Vorwürfe gemacht, oder? Ja, seine Stimme hatte vorwurfsvoll geklungen. Doch weswegen?

Sie grübelte noch darüber nach, als ihr bewusst wurde, dass jemand an ihrer Seite ruhig und gleichmäßig atmete. Sie drehte den Kopf. Dominic?

Ja, Dominic. Wer denn sonst? In dem schwachen Mondlicht sah sie ihn nur schemenhaft, doch es konnte einfach nur Dominic sein.

Er hatte ihr versprochen, in ihrer Nähe zu bleiben. Die Müdigkeit hatte ihn übermannt. Seine Fürsorge berührte Kate tief. Sie verspürte Dankbarkeit und Liebe. Sanft strich sie über seine Wange.

Obwohl Kates Berührung so leicht wie der Flügelschlag eines Schmetterlings war, weckte sie Dominic sofort. Er hatte geschlafen, tief genug, um sich zu erholen, dennoch immer bereit, auf das leiseste Anzeichen hin aus seinem Schlummer aufzuwachen, um für Kate da zu sein. Er richtete sich auf und rieb sich die Augen.

Diese Geste wirkte jungenhaft und rührend. „Ich wollte dich nicht wecken“, flüsterte Kate.

Dominic streckte die Hand aus und schaltete die Lampe auf dem Nachttisch ein. Dann wandte er sich Kate zu. „Hast du Schmerzen?“ erkundigte er sich. „Tut dir dein Bein weh?“

„Nein.“

Prüfend betrachtete er ihr Gesicht. Der matte Ausdruck, den das Betäubungsmittel verursacht hatte, war aus ihren Augen gewichen, aber nun lag ein schmerzvoller Zug um ihre Lippen. „Kate?“

Stille.

„Kate!“

„Also gut. Ein bisschen.“

„Doktor Bailey hat Tabletten dagelassen.“

Dominic wollte aufstehen, doch Kate hielt ihn zurück. „Nein, keine Tabletten. Sie machen mich gewiss auch benommen.“

„Sie lindern Schmerzen.“

„Mag sein, aber ... Dominic, nicht jetzt, bitte. Ich verspreche dir, ich schlucke das Zeug, wenn ich es vor Schmerzen nicht mehr aushalten kann.“

Ihre Stimme klang so flehentlich, dass Dominic nachgab. „Na schön.“ Nach einer kurzen Pause fragte er: „Bist du hungrig?“

Kate schüttelte den Kopf. „Nein.“ Dann: „Es ist bestimmt mitten in der Nacht. Ich habe vorhin versucht, mich nach all dem, was geschehen ist, zurechtzufinden.“ Sie berührte seine Schulter. „Du solltest weiterschlafen.“

„Ich hatte genügend Schlaf. Außerdem bist du die Patientin.“ Dominic legte die Hand auf ihre Stirn, um zu prüfen, ob Kate Fieber hatte. Sie bedeckte seine Finger mit ihren.

„Vielen Dank, Dominic." Er wollte die Hand zurückziehen, aber Kate hielt sie fest. „Du hast mich sehr gut gepflegt."

„Irgendjemand musste es tun", entgegnete er. Die Antwort kam ein wenig zu schnell, was verriet, dass er gegen die Gefühle ankämpfte, die Kates Nähe in ihm hervorrief, und gegen die Erinnerungen, die mit dem großen weichen Bett verbunden waren, auf dem sie lagen.

„Du bist die ganze Zeit über nicht von meiner Seite gewichen."

„Wo hätte ich auch hingehen sollen?" brummelte er.

Kate lächelte. „Ja, wohin?" Sie runzelte die Stirn. „Dominic?"

„Hm?"

„Als du mich gefüttert hast ... aus irgendeinem Grund warst du mir böse."

„Ja, weil du deine eigene Gesundheit vernachlässigt hattest."

Er schaute sie an. Ihre Augen waren groß und dunkel und strahlten jene Unschuld aus, die ihn von Anfang an gefesselt hatte. Dominic sehnte sich danach, Kate in seine Arme zu schließen, so lange, bis sie keine Schmerzen mehr verspürte. Doch wenn er das tun würde, gäbe es kein Zurück mehr. Um der Versuchung zu entgehen, machte Dominic erneut Anstalten, Kate seine Hand zu entziehen.

Kate ließ es nicht zu. „Ich wäre bestimmt im Meer gestorben, wenn du nicht bei mir gewesen wärst, mich nicht ..." Sie verstummte, ein Schauer überlief sie.

„Deshalb ist es besser, mit einem Partner zu tauchen."

„Hättest du dich später nicht weiter so sehr um mich gekümmert, hätte ich die Verletzung womöglich nicht überlebt."

Dominic zuckte die Schultern und versuchte zu ignorieren, dass sie sein Gesicht streichelte. Sie hatte es früher oft getan, bevor sie sich geliebt hatten. Oder danach. Jedenfalls hatte sie sein

Gesicht so abgetastet, als wollte sie sich seine Züge für immer einprägen.

Er konnte ihre Liebkosung nicht länger ertragen, umfasste ihre Handgelenke und zog ihre Hände hinab. „Die Verletzung war nicht lebensgefährlich", sagte er leichthin.

„Ich habe noch nie einen solchen Rochen gesehen." Kate zitterte.

„Denk nicht mehr darüber nach. Es ist vorbei."

Vorbei. Nichts schien wirklich für alle Zeit vorüber zu sein. Kate blickte Dominic in die Augen. Vier Jahre lang hatte sie sich bemüht, Freude und Leid zu vergessen, und sich eingeredet, ihre Liebe zu Dominic mit Routine überdecken zu können, mit dem Zeitplan, den sie ihrem Leben aufgezwängt hatte. Nun erkannte sie, dass das alles vergebens gewesen war. Dominic schien ihr Schicksal zu sein ...

„Halt mich fest", bat sie leise.

Er erwiderte ihren Blick. Etliche Fragen schossen ihm durch den Kopf. Versuchte sie, ihn aus dem Gleichgewicht zu bringen? Wollte sie wissen, ob sie noch Macht über ihn besaß? Was ging in ihr vor?

„Kate", sagte er schließlich. „Du solltest wieder schlafen. Morgen ..."

„Ich will nicht an morgen denken", unterbrach Kate ihn. „Nur an diesen Augenblick. Und jetzt brauche ich dich." Jäh schlang sie die Arme um Dominic und schmiegte ihren Kopf an seine Schulter.

Kate spürte Dominics Widerstand, sein Zögern. Und dann spürte sie, dass er sie an sich drückte, atmete tief durch und schloss die Augen. Wie sehr hatte sie seine Zärtlichkeiten entbehrt! Niemand hatte sie je so liebevoll umfangen gehalten wie er.

Seltsamerweise habe ich es damals nie als Gegensatz empfunden, dass Dominic auf der einen Seite hochmütig und leichtsinnig sein kann und auf der anderen einfühlsam und verständnisvoll, dachte sie verwundert und suchte nach einer Erklärung.

Wahrscheinlich hatten seine Sorglosigkeit und seine selbstsichere Art sie anfangs fasziniert, seine Liebkosungen aber einen tieferen Eindruck bei ihr hinterlassen. Erst jetzt verstand sie es, erst jetzt akzeptierte sie ihr Verlangen, das stets auf ihn gerichtet gewesen war. Gehörte es nicht auch zu ihrem Leben, dieses Verlangen zu stillen?

Dominic gab sich seinen Empfindungen hin. Kates Leib war so schlank, so fest unter dem dünnen Nachthemd. Ihr weiches Haar lag ausgebreitet über seinen Armen. Er fühlte ihre Handflächen auf seinem Rücken. Ihre Hände waren so fein und schmal. Sie schienen eher zu einer Künstlerin, einer Pianistin zu passen als zu einer Lehrerin. Kates Atem ging ruhig, und ihre Haut, ihr Nachthemd dufteten so unverwechselbar und verführerisch.

Mit einem Mal zog Ruhe in Dominics Herz ein. Es erfüllte ihn eine Zufriedenheit, nach der er sich lange Zeit unbewusst gesehnt hatte. Die Anspannung wich aus seinen Muskeln, er wurde freier, vergrub sein Gesicht in Kates Haaren und schloss ebenfalls die Augen. Es erschien ihm wie eine Ewigkeit, seit er zuletzt ein so stilles Glück erfahren hatte. Ob Kate ahnte, dass er ebenso sehr einen Halt brauchte wie sie?

Kate fühlte, wie sich Dominic sehr langsam entspannte. Sie fragte sich, ob sie der Anlass für seine Verkrampfung gewesen sei und ob er durch ihre Nähe jetzt ruhiger geworden war. Hatte sie ihn einst stärker verletzt und waren seine Gefühle für sie tiefer, als sie je vermutet hatte?

Kate schob die Fragen beiseite und dachte über die Regeln nach, die sie beide kannten und nach denen sie sich dieses Mal würden richten müssen. Plötzlich war sie bereit, diese Regeln zu akzeptieren. Gut, sie würde nicht mehr erwarten, als Dominic ihr geben konnte. Was er ihr bot, war auf jeden Fall viel mehr als das, was sie in langen, düsteren Jahren ohne ihn gehabt hatte. Dafür wollte sie ihm ihre Liebe schenken.

„Es ist genau wie früher“, flüsterte Kate. Sie legte den Kopf in den Nacken und sah Dominic an. Ihr langes Haar glänzte seidig, und ihre Augen blickten ernst und ehrlich.

„Kate ...“

„Ich habe es nicht für möglich gehalten, dass ich genauso wie damals empfinden würde“, unterbrach sie ihn. „Sonst wäre ich wohl nicht zurückgekehrt. Ich hätte nicht den Mut dazu gehabt.“

„Kate, du bist krank.“ Dominic sprach langsam, so als müsse er sich selbst und Kate überzeugen. „Du hast viel Blut verloren, hattest Fieber. Das hat dich sehr geschwächt. Es wäre das Vernünftigste, meine ich, wenn du versuchen würdest, wieder zu schlafen.“

Kate fühlte sich nicht schwach. Sie fühlte sich frei und leicht und war voller Verlangen. „Neulich während des Sturms hast du gesagt, ich würde zu dir zurückkommen.“ Sie ließ ihre Hände an seinem Rücken emporgleiten, bis sie seine Schultern erreichte. „Du hattest Recht. Ich bin zu dir zurückgekommen. Liebe mich, Dominic, hier in dem Bett, in dem wir uns zum ersten Mal geliebt haben.“

„Kate, dir ist nicht gut.“

„Gut genug, um zu wissen, was ich will“, erwiderte sie. Mit den Lippen strich sie über Dominics Kinn, auf dem raue Bartstoppeln wuchsen. Dann fuhr sie fort: „Gut genug, um zu wissen, was ich brauche. Ich brauche dich, Dominic.“ Sie verstärkte den Druck ihrer Hände auf seinen Schultern. Ihre Lippen befanden sich nur wenige Zentimeter entfernt von seinem Mund. „Immer nur dich.“

Dominic vermochte seine Sehnsucht kaum noch zu bezähmen. „Vielleicht bereust du es morgen“, sagte er. Seine Stimme klang heiser.

Kate lächelte ihn an. „Jedenfalls bleibt uns diese Nacht."

Ihre Wärme, ihr weicher Körper waren unwiderstehlich. Dominics Verlangen wurde übermächtig. Dennoch vergaß er nicht, wie schwach, wie zerbrechlich Kate noch war, und nahm sich vor, sie mit so viel Zartgefühl und Vorsicht zu lieben wie beim ersten Mal vor vier Jahren.

„Ja, jedenfalls bleibt uns diese Nacht", wiederholte er und drückte Kate sanft in die Kissen zurück.

Dann beugte er den Kopf und berührte behutsam ihren Mund. Kate öffnete die Lippen, begierig, Dominics Kuss zu empfangen. Ohne Eile, ohne Druck kostete Dominic die Süße ihrer Lippen. Und während er mit der Zunge langsam und liebevoll ihren Mund erkundete, stieg ein tiefes Glücksgefühl in ihm auf.

Mit den Fingerspitzen tastete Kate über sein Gesicht. Sie streichelte die rauen Bartstoppeln, die glatte Haut seiner Stirn. Ihr Herz pochte laut.

Dominic flüsterte ihr zärtliche Worte zu. Wenig später küsste er sie erneut voller Zärtlichkeit. Allmählich versank Kate tiefer und tiefer in einem weichen Nebel, als stünde sie wieder unter dem Einfluss des Betäubungsmittels.

Dominic spürte ihren biegsamen Leib, die Hingabe, die sie stets gezeigt hatte. Später würde ihre Liebe wilder, heftiger werden, ihm den Atem verschlagen. Doch solange sie sich in diesem süßen Anfangsstadium befand, ließ er sich von ihrem Zauber gefangen nehmen.

Er strich leicht über Kates Nachthemd. Der dünne Stoff, der seine Haut von ihrer trennte, reizte sie beide gleichermaßen. Kate passte ihre Bewegungen Dominics Liebkosungen an. Jede Berührung, jeder Kuss raubte ihr mehr die Besinnung. Sie vertraute sich bereitwillig seiner Führung an – in der Gewissheit, dass sie höchste Wonnen empfangen würde.

Leise stöhnend ließ Dominic seine Hände über ihren Busen

gleiten. Ihre Haut, der Stoff ihres Nachthemdes waren weich, so dass die harten Spitzen ihrer Brüste einen erregenden Kontrast bildeten. Er verweilte bei den vorstehenden Knospen, liebkoste sie abwechselnd mit den Fingerspitzen. Während Kates Atem schneller wurde, knöpfte er nach und nach ihr Nachthemd auf. Er nahm sich Zeit, schob langsam den Stoff zur Seite, als enthülle er einen kostbaren Schatz.

Dominic hatte nicht vergessen, wie schön Kate war. Er konnte sich nicht satt sehen an ihrer vertrauten zarten Gestalt, betrachtete ihren Leib, berührte ihn mit seinen kräftigen Händen. Seine Haut war braun gebrannt, ihre hell wie Elfenbein. Schließlich drückte er die Lippen auf die Stelle, die er zuvor mit der Hand gestreichelt hatte, und verfolgte mit dem Mund den Weg seiner Hände.

Kate begann sich unter ihm zu winden. Heiß schoss das Blut durch ihre Adern. Ihr Herz schlug rasend schnell. Es schien jahrelang unter einer dicken Eisschicht begraben gewesen zu sein, bis Dominic es zu neuem Leben erweckt hatte. Sie hörte, wie er ihren Namen flüsterte. Die Zeit verlor jegliche Bedeutung. Es gab kein Gestern und kein Morgen mehr. Für Kate zählten allein Dominics Liebkosungen und sein Atem, der über ihren Körper strich. Der Duft seiner Haut, der Geschmack seiner Lippen weckten Erinnerungen an das Meer in ihr. Wie hatte sie all dies einmal besitzen und dann verlassen können?

Dominic hob Kates Oberkörper leicht an und streifte ihr das Nachthemd vollends ab. Danach ließ er sie auf das warme, glatte Laken zurückgleiten. Seine Lippen wanderten über ihre Brüste, ihre Taille, ihren flachen Bauch zu ihrem Schoß und entfachten ein Feuer, das von ihrem ganzen Körper Besitz ergriff.

Hinter ihren geschlossenen Augenlidern sah Kate den Sonnenaufgang über dem Meer, wie sie ihn an ihrem ersten Morgen auf Ocracoke beobachtet hatte. Ihr war, als breiteten sich das rot glühende Licht und die Wärme der Sonnenstrahlen in ihr aus.

Dominic spürte, wie die Leidenschaft Kate mit sich fortriss. Er schenkte ihr größte Wonnen, indem er mit der Zungenspitze äußerst empfindliche Stellen liebkoste oder sie mit den Fingerspitzen abtastete. Es verlieh ihm ein Gefühl der Macht, Kate in Ekstase versetzen zu können. Flüchtig wunderte er sich darüber, dass er sein eigenes Verlangen unter Kontrolle zu halten vermochte und trotzdem eine überwältigende Lust empfand.

Plötzlich bäumte Kate sich auf. „Dominic", flüsterte sie. „Dominic!" Sie schlang die Arme um ihn, zog ihn fest an sich und rieb sich drängend an ihm. Wie eine Verhungernde presste sie die Lippen auf die seinen und küsste ihn mit ungestümer Begierde. Dann gab sie seinen Mund frei und bedeckte sein Gesicht und seinen Hals mit Küssen. Ihre Hände glitten über seinen Rücken, kneteten die straffen Muskeln.

Irgendwann konnte Dominic seine Erregung nicht mehr bezähmen. „Du bringst mich um den Verstand!" stieß er heiser hervor.

„Komm", wisperte Kate. „Komm ganz zu mir."

„Schau mich an", bat Dominic, bevor er in sie eindrang. „Ich möchte deine wundervollen Augen sehen, wenn wir uns lieben."

Kate bog sich ihm entgegen. Ein Stöhnen entfuhr ihr, und ihre Augen wurden dunkel und weit vor Lust, während Dominic sie hinabzog in einen schier endlosen Strudel der Lust. Er bemerkte, dass sich ihre Wangen röteten, sah, wie ihre Lippen zitterten, als sie wieder und wieder seinen Namen flüsterte.

Sie bewegten sich langsam miteinander, waren in vollkommener Harmonie vereint. Dominic beschleunigte den Rhythmus. Dabei ließ er Kate nicht aus den Augen. Unaufhörlich strebten beide einem Ziel entgegen und erreichten gemeinsam den Gipfel höchster Ekstase.

9. KAPITEL

Kate schlief noch fest, als Dominic erwachte. Er bemerkte erfreut, dass ihre Wangen nicht mehr bleich waren.

Zärtlich strich er über Kates Haar, legte die Hand kurz auf ihre Stirn. Die Haut war kühl und trocken. Kate befand sich auf dem Weg der Besserung.

Das Glück, das sie ihm in der vergangenen Nacht geschenkt hatte, bedeutete Dominic umso mehr, da Kate ihn freiwillig und ohne belastende Schatten der Vergangenheit geliebt hatte. Er wollte sich dieses Glück erhalten.

Dominic war entschlossen, sie nicht ein zweites Mal ziehen zu lassen. Er hatte Kate vor vier Jahren verloren, hatte sie vielleicht nie richtig besessen. Jedenfalls nicht in der Weise, wie er gedacht, wie er es als selbstverständlich vorausgesetzt hatte. Dieses Mal würde er sich anders verhalten. Er würde Kate geben, was sie brauchte. Einerseits schien sie ihm so hilfsbedürftig, andererseits besaß sie einen starken Charakter, der sie zum gleichwertigen Partner machte.

Nachdenklich schaute Dominic vor sich hin. Warum hatte er ausgerechnet bei Kate das sichere Gefühl, sie wäre die richtige Frau für ihn? Die Antwort auf diese Frage fand er nicht.

Aus Unbeholfenheit, Hochmut und Unerfahrenheit oder was auch immer hatte er seine Beziehung zu Kate einmal aufs Spiel gesetzt. Nun hatte er eine zweite Chance und wollte sie besser nutzen. Er benötigte Zeit dafür.

Vorsichtig stand Dominic auf, zog sich an, ohne Licht zu machen, und verließ das Schlafzimmer.

Allmählich erwachte Kate aus ihrem Schlaf. Eigentlich wollte sie noch nicht wach werden, sondern zurückgleiten in ihren schönen, friedlichen Traum, aber es gelang ihr nicht.

Im Zimmer war es dunkel und Kate noch ein bisschen schlaftrunken. Zunächst wusste sie nicht, woher der dumpfe Schmerz an ihrem Fuß rührte. Wie konnte sie Schmerzen haben, wenn sie so glücklich war? Sie streckte die Hand nach Dominic aus. Aber der Platz neben ihr war leer.

Sofort verflog alle Müdigkeit. Hastig richtete Kate sich im Bett auf. Sie ignorierte das Klopfen in ihrem Bein, das mit jeder Bewegung stärker wurde.

Hatte sie nur geträumt? Zögernd tastete sie über das Laken neben ihr. Es fühlte sich kalt an. War alles nur ein Produkt ihrer Fantasie gewesen, hervorgerufen durch Medikamente? Vermochte sie wirklich in Gedanken so intensive Bilder der Zärtlichkeit, der Leidenschaft heraufzubeschwören?

Sie hatte sich nach Dominic gesehnt. An das starke Verlangen nach ihm erinnerte sie sich noch deutlich. Aber danach? Alles nur ein Traum?

Der Platz neben ihr war leer, das Laken kalt und Kate allein. Alle Anzeichen sprachen dafür, dass sie sich die Ereignisse der letzten Nacht eingebildet hatte.

Die Zufriedenheit, die sie beim Erwachen verspürt hatte, verschwand schlagartig. Kate verspürte fast Dankbarkeit, den Schmerz in ihrem Fuß wahrnehmen zu können. Das war wenigstens Wirklichkeit, während alles andere wie eine Seifenblase zerplatzt war.

„Du bist ja schon wach."

Beim Klang von Dominics Stimme zuckte Kate zusammen. Ihre Nerven waren zum Zerreißen gespannt.

Dominic trat mit einem Tablett ins Schlafzimmer. „Also brauche ich dich nicht aus deinem süßen Schlummer zu reißen. Guten Morgen, Darling. Es gibt Frühstück!"

Er stellte das Tablett auf dem Nachttisch ab und ging zu den Fenstern, um die Jalousien hochzuziehen. Die helle Morgensonne fiel in das Zimmer.

„Wie hast du geschlafen?“ erkundigte er sich und kehrte zum Bett zurück.

„Gut.“ Um ihre Verlegenheit zu verbergen, faltete Kate die Hände auf der Bettdecke und saß völlig ruhig. „Ich möchte dir für alles danken, was du für mich getan hast.“

„Das hast du bereits getan. Es war und ist aber nicht nötig.“ Dominic schaute auf sie hinab und betrachtete sie aufmerksam. „Du hast immer noch starke Schmerzen“, erriet er.

„Sie sind nicht schlimm.“

„Dieses Mal nimmst du eine Tablette.“ Dominic platzierte geschickt das Tablett vor ihr. Danach holte er bedächtig eine kleine Dose von der Kommode. „Keine Widerrede“, sagte er, um Kates Weigerung zuvorzukommen.

„Dominic, es tut wirklich nicht sehr weh.“ Fieberhaft überlegte Kate, wann Dominic ihr schon einmal eine Tablette hatte geben wollen. Eine deutliche Erinnerung blieb aus, was ihren Unmut verstärkte. Mit leicht vorgerecktem Kinn wiederholte sie: „Wirklich nicht.“

„Es ist egal, wie weh es tut.“ Dominic setzte sich auf den Rand des Bettes und legte eine Tablette in Kates Hand. „Ich möchte, dass du überhaupt keine Schmerzen erleidest.“

Er strich mit seinen Fingern über ihre. Dieser leichte Kontakt löste Wärme in Kate aus und brachte ihr endlich auch Gewissheit. Sie schaute Dominic in die Augen. „Ich habe es doch nicht geträumt.“

„Was?“ Dominic reichte Kate ein Glas Saft.

„Vergangene Nacht. Als ich vorhin aufwachte ... nun ... ich meinte, alles sei nur ein Traum gewesen.“

Er lächelte und beugte sich vor, um sie auf den Mund zu küssen. „Hm ...“

„Dominic!“

„Wenn es so gewesen ist, habe ich den gleichen Traum gehabt.“ Er berührte noch einmal ihre Lippen. „Es war wundervoll.“

„Dann spielt es keine Rolle, ob es ein Traum war."

„Oh nein, ich ziehe die Wirklichkeit vor."

Kate lachte auf und wollte die Tablette heimlich verschwinden lassen, da umfasste Dominic ihr Handgelenk.

„Du hast Schmerzen", sagte er. „Ich sehe es dir an. Ich kann es an deinen Augen ablesen. Die Spritze wirkt schon seit mehreren Stunden nicht mehr, Kate."

„Ihretwegen war ich den ganzen Tag lang ohne Bewusstsein", erwiderte sie fast trotzig.

„Dieses Medikament ist mild, dient nur zur Linderung der Schmerzen. Bitte, Kate." Sein Griff wurde fester. „Ich musste tatenlos zuschauen, wie du mit hohem Fieber gegen das Gift angekämpft hast, wie du ..."

„Vergiss es, Dominic", unterbrach Kate ihn.

„Wenn schon nicht für dich selbst, dann nimm die Tablette um meinetwillen", drängte er.

„Um deinetwillen?"

Dominic fuhr mit der Hand über ihr Haar, hob dann ihr Kinn hoch und sah ihr in die Augen. „Ich kann dir nicht beschreiben, wie schlimm die Stunden nach deinem ... deinem Unfall für mich waren, Kate. Ich könnte es einfach nicht ertragen, wenn du noch einmal Qualen durchstehen müsstest."

Schweigend senkte Kate die Lider und nahm die Tablette. Während sie den Saft trank, zog Dominic leicht an ihrem Haar.

„Sie hat kaum mehr Wirkung als Aspirin, Kate. Bailey sagte, dass er dir etwas Stärkeres verschreiben würde, wenn es nötig sein sollte. Aber ihm wäre es lieber, wenn dieses Medikament ausreichte."

„Es wird schon gehen. Die Verletzung ist eher unangenehm als schmerzhaft."

Dominic wusste, dass das eine Lüge war. Aber er schwieg, wollte die Stimmung nicht zerstören, den hoffnungsvollen Wiederbeginn nicht im Keim ersticken.

„Hat Doktor Bailey auch gesagt, wann ich wieder tauchen kann?" fragte Kate.

„Tauchen?" Dominic traute seinen Ohren nicht. Er hatte mittlerweile den Teller entfernt, den er über einen zweiten mit Kates Frühstück gestülpt hatte, um es warm zu halten. „Du wirst den Rest der Woche das Bett nicht verlassen dürfen, Kate."

„So lange soll ich ... oh nein, das darf nicht wahr sein!" rief Kate entsetzt, ohne die große Portion Eier mit Schinken und Toast vor sich zu beachten. „Dominic, ich wurde von einem Rochen gestreift, nicht von einem Hai angefallen."

„Ja, ein Rochen hat dich mit seinem Schwanz getroffen", erwiderte Dominic. „Und deine Widerstandskräfte waren praktisch gleich Null. Doktor Bailey hätte dich fast ins Krankenhaus einliefern lassen, so jämmerlich war dein Zustand. Ich kann mir zwar vorstellen, dass du nach dem Tod deines Vaters einiges durchgemacht hast, aber du hättest wenigstens ein bisschen auf dich Acht geben können."

„Ärzte übertreiben gern."

„Bailey nicht", erklärte Dominic ihr mit fester Stimme. „Er mag ein bärbeißiger Mensch sein, doch er versteht etwas von seinem Beruf. Er sagte mir, dass du dich selbst bis an den Rand der Erschöpfung getrieben, keinerlei Widerstandskräfte und gute zehn Pfund Untergewicht hättest." Dominic nahm die Gabel vom Tablett. „Dagegen werden wir etwas unternehmen, Frau Lehrerin, und zwar sofort."

Kate begutachtete das Essen vor sich. Für diese Portion musste Dominic vier große Eier in die Pfanne geschlagen haben. Außerdem zählte sie sechs Scheiben Schinken und vier Scheiben Toast. „Du meine Güte!" entfuhr es ihr.

„Du musst zu Kräften kommen." Dominic nahm ihre Hand in die seine und drückte sie. „Und ich werde dafür sorgen, Kate, ob es dir gefällt oder nicht."

Sie sah ihn ernst an. „Ich weiß noch nicht, ob es mir gefällt. Aber das werden wir schon herausfinden."

Dominic spießte den ersten Bissen auf die Gabel. „Iss", befahl er.

Kate musste lächeln. Sie war noch nie in ihrem Leben so umsorgt worden. Ihr schien, dass sie sich allzu leicht an diese Fürsorge würde gewöhnen können. „In Ordnung, aber dieses Mal esse ich allein."

Insgeheim beschloss Kate um des lieben Friedens willen, die Hälfte der Riesenportion zu verzehren. Womit sie, ohne es zu wissen, genauso handelte, wie Dominic es vorausgesehen hatte. Wenn er eine kleinere Portion zubereitet hätte, hätte Kate auch von ihr nur die Hälfte und somit viel weniger gegessen. Er kannte Kate besser, als sie ahnte.

„Du warst schon immer ein hervorragender Koch", lobte Kate, während sie ein Stück Schinken zerteilte. „Du kochst viel besser als ich."

„Wenn du ein braves Mädchen bist, werde ich heute Abend eine Scholle braten."

„Wie brav muss ich sein?" fragte Kate. Sie erinnerte sich an die vielen köstlichen Fischgerichte, die Dominic früher für sie zubereitet hatte.

Dominic schmunzelte nur. Er nahm eine Scheibe Toast entgegen, die Kate ihm reichte, und beschmierte sie mit Butter und Marmelade. „Vielleicht werde ich warmen Apfelstrudel aus dem ‚Roost' zum Nachtisch kommen lassen", meinte er dann.

„Hm. Sieht so aus, als müsste ich ganz brav sein, um all die Köstlichkeiten zu bekommen."

„Richtig, richtig."

„Dominic ..." Kate begann in ihrem Rührei herumzustochern. „Gestern Nacht, was passierte ..."

„... hätte niemals zu Ende gehen dürfen", vollendete Dominic ihren Satz.

Kate blickte zu ihm auf. „Ich bin mir nicht so sicher."

„Aber ich", sagte er, beugte sich vor und küsste zärtlich ihre Nasenspitze. „Sprich jetzt nicht darüber, Kate. Wenn es schon kompliziert werden muss, lass uns warten, bis sich andere Dinge geklärt haben."

Kompliziert. Hielt er es für eine Komplikation, was zwischen ihnen geschehen war? Betroffen schaute Kate auf ihren Teller, dachte eine Weile nach. Nein, sicherlich meinte er es nicht so.

„Einerseits habe ich das Gefühl, zurückzukehren zu jenem Sommer vor vier Jahren", sagte sie schließlich. „Andererseits ist es aber ..."

„... wie ein Schritt nach vorn", führte Dominic ihren Gedanken zu Ende.

„Ja", stimmte Kate impulsiv zu und ergriff seine Hand. Obwohl Dominic so wenig über ihre Beziehung sprach, schien er sie zu verstehen. Mochte er auch manchmal etwas rau sein, er empfand im Grunde wie sie. „Ich finde es allerdings ein bisschen beunruhigend."

„Ich habe es eigentlich nicht gern, wenn es im Leben wie bei ruhiger See zugeht. Ein paar Wellen machen die Fahrt interessanter."

„Mag sein."

Ob Kate in die Vergangenheit zurückkehrte oder in die Zukunft schritt, war Dominic im Grunde gleichgültig. Wichtig schien ihm nur, dass sie sich auf ihn zubewegte, ihm näher kam.

„Ich kann nichts mehr essen."

„Das habe ich mir gedacht." Dominic nahm eine zweite Gabel vom Tablett und begann die Überbleibsel ihres Frühstückes zu verzehren. „Du hast wahrscheinlich schon mehr gegessen, als du sonst in einer ganzen Woche frühstückst."

„Allerdings." Kate lehnte sich gegen die in ihrem Rücken gestapelten Kissen. Wie gut Dominic es verstanden hatte, sie zu überlisten! Zu ihrer Verärgerung stellte sie fest, dass sie wieder müde wurde. Sie durfte einfach keine Medikamente mehr nehmen.

Ohne diese Mittel und stattdessen mit kurzen Spaziergängen an der frischen Luft würde sie schneller genesen. Sie musste Dominic irgendwie von der Richtigkeit ihrer These überzeugen.

Während Dominic aß, schaute Kate zum Fenster hinaus in die strahlende Sonne. „Ich möchte keine ganze Woche verlieren."

„Ich werde zum Wrack hinabtauchen", erklärte Dominic, ohne von seinem Essen aufzublicken. Er wusste nur zu gut, in welche Richtung Kates Blick ging und in welche Richtung ihre Gedanken schweiften. „Morgen und übermorgen auch."

„Allein?"

Er hörte die Besorgnis in ihrer Stimme. „Ich bin schon oft allein getaucht", beruhigte er Kate und spießte das letzte Stück Schinken auf.

Kate war klar, dass es keinen Sinn haben würde, ihn auf die Gefährlichkeit eines solchen Unternehmens hinzuweisen. Dominic kannte das Risiko, im Übrigen entsprach es seinem einzelgängerischen Wesen, ohne Partner zu tauchen. Sie versuchte also eine andere Taktik. „Wir suchen die ‚Liberty' zusammen, Dominic."

Dominic warf ihr einen prüfenden Blick zu und griff anschließend nach dem Becher Kaffee, den sie nicht angerührt hatte. „Hast du Angst, ich könnte mich mit dem Schatz auf und davon machen?"

„Natürlich nicht. Wenn ich kein Vertrauen zu dir hätte, hätte ich dir erst gar nicht die Karten gezeigt."

„Hm ..." Dominic trank einen Schluck Kaffee. „Wenn ich weitertauche, während du dich erholst, verlieren wir keine Zeit."

„Ich möchte dich aber auch nicht verlieren!" entfuhr es Kate. Abrupt wandte sie sich ab und schaute zur Seite. Sie hatte das nicht äußern wollen, weil ihre Beziehung ohne Bindungen und zeitlich befristet sein sollte. Und nun waren ihr diese Worte einfach herausgerutscht.

Dominic saß regungslos und ließ die Bedeutung ihrer Bemerkung auf sich wirken. Schließlich brach er die Stille. „Du würdest dir wirklich Sorgen um mich machen?"

Wütend drehte sich Kate zu ihm um. Sein zufriedener, selbstgefälliger Gesichtsausdruck brachte sie noch mehr auf. „Nein, ich würde mir keine Sorgen machen. Dummköpfe wie du haben im Allgemeinen einen guten Schutzengel."

Dominic stellte das Tablett auf den Boden neben dem Bett und lächelte Kate schelmisch an. „Kate, ich hätte es gern, wenn du dich um mich sorgtest, wenigstens ein ganz klein wenig."

„Es tut mir Leid. Den Gefallen kann ich dir wirklich nicht erweisen."

„Deine Stimme klingt immer sehr gouvernantenhaft, wenn du böse bist", sagte Dominic. „Mir gefällt das."

„Ich bin keine Gouvernante."

Dominic strich über ihr offenes Haar. Er musste ihr Recht geben. Sie sah viel sanfter und attraktiver aus. „Deine Stimme klingt so, als gehöre sie zu einer dieser hübschen, wohlerzogenen Damen, die in früheren Zeiten in ihrem Salon saßen und Tee aus feinem zerbrechlichen Porzellan tranken", zog er sie auf.

Kate schob seine Hand fort, wollte sich nicht von seiner Nähe beeinflussen lassen. „Sollte ich stattdessen schimpfen?"

„Das gefällt mir auch. Manchmal. Aber am liebsten ist es mir, wenn du mich anlächelst." Er küsste sie auf die Wange. „So, wie du sonst niemanden anlächelst."

Kate versteifte sich ein bisschen. Wenn sie nicht aufpasste, würde sie von ihrem Vorhaben abgelenkt werden. „Ich würde mich hier schrecklich langweilen", sagte sie. „Mir graut vor der Vorstellung, hier Stunde um Stunde herumsitzen zu müssen und nichts tun zu können."

„Ich besitze eine Menge Bücher." Dominic nestelte an Kates Nachthemd.

„Ach ..."

„Du könntest auch Kreuzworträtsel lösen."

„Nein, vielen Dank."

„Unten habe ich sogar einen Gedichtband von Byron, der dir gefallen würde."

Obwohl sie fest entschlossen war, nicht auf Dominic einzugehen, musste Kate ihn bei dieser Eröffnung anschauen. „Byron?"

„Ich habe das Buch gekauft, nachdem du fortgegangen bist. Es sind wundervolle Verse." Dominic hatte die drei Knöpfe ihres Nachthemdes so geschickt geöffnet, dass Kate es kaum bemerkt hatte. „Ich höre noch immer, wie du mir damals Gedichte vorgetragen hast. Besonders erinnere ich mich an eine Nacht am Strand. Es war Vollmond. Ich weiß nicht mehr, wie der Titel des Gedichtes lautet, aber ich weiß, wie es beginnt und wie es klang, als du es aufsagtest. ‚Ich zähl', ob nicht ...'", begann er und lächelte Kate an.

„‚Ich zähl', ob nicht in alter Zeit'", fuhr Kate fort, „‚ein Tag vorüberschwebte, den ich um alle Herrlichkeit noch einmal gern erlebte'." Sie hielt inne. „Du hast nie großes Interesse an Byrons Technik gezeigt", warf sie Dominic unvermittelt vor, um die romantische Atmosphäre, die die Zeilen hervorgerufen hatten, zu zerstören.

„Obwohl du dir alle erdenkliche Mühe gegeben hast, sie mir nahe zu bringen."

„Er war einer der bedeutendsten Dichter seiner Zeit."

„Hm." Dominic knabberte spielerisch mit den Zähnen an Kates Ohrläppchen.

Seine Liebkosungen lenkten Kate ab. Dennoch fuhr sie hartnäckig fort: „Er war fasziniert von Themen wie Krieg und Konfliktsituationen, trotzdem enthalten seine Gedichte mehr Liebesgeschichten als die von Shelley oder Keats."

„Und wie war er als Mensch?“

Kate schloss die Augen und genoss die Berührungen von Dominics Zunge. „Er ... er zeigte beißenden Zynismus und konnte andererseits die schönste Lyrik schreiben. Wenn man seinen ‚Don Juan‘ liest ...“ Ihre Worte verloren sich in einem Seufzer.

„Ich höre dir sehr gern zu, wenn du Vorträge hältst.“ Dominic schlug die Bettdecke zurück und fuhr mit den Fingerspitzen äußerst zärtlich über Kates Oberschenkel. „Habe ich dich etwa unterbrochen?“

„Ja.“

„Schön.“ Behutsam zeichnete er die Konturen ihrer Lippen nach. „Ich dachte, ich könnte dich auf diese Weise beschäftigen.“ Er strich über ihre Hüften und ihren Busen. „Nur, um der Langeweile vorzubeugen. Möchtest du mir nicht mehr von Byron erzählen?“

Kate holte tief Luft und schlang die Arme um Dominics Nacken. Das Thema Byron war inzwischen bedeutungslos geworden. „Nein, aber ich werde mich auch ohne Vorträge oder Kreuzworträtsel nicht langweilen.“

„Nein? Vorhin sagtest du ...“

„Dominic“, fiel sie ihm ins Wort. „Vorhin ...“

„Entspann dich.“ Dominic sagte es leise, doch bestimmt. Um seinen Worten Nachdruck zu verleihen, küsste er Kate lange und intensiv.

„Mir bleibt gar keine andere Wahl“, flüsterte sie danach. „Entweder machen mich die Tabletten benommen oder du.“

„So ist es.“

Dominic schwieg einen Augenblick, bevor er fortfuhr: „Es gibt so vieles, was ich von dir möchte.“ Er hob den Kopf und blickte Kate in die Augen. „So vieles, was ich von dir brauche.“

„Du sagst mir nie genau, was, Dominic.“

Er legte seine Stirn an ihre. „Jetzt jedenfalls möchte ich, dass es dir gut geht." Er schaute sie wieder an. „Ich bin kein selbstloser Mensch, Kate. Ich möchte dich lieben. Es war meine volle Absicht, dich wieder in mein Bett zu bekommen. Allerdings gehörte es nicht zu meinem Plan, dass du vorher das Bewusstsein verlieren solltest."

„Es spielt keine Rolle, was du beabsichtigtest. Ich treffe meine eigenen Entscheidungen." Kate strich mit den Fingerspitzen über sein Gesicht. „Es war meine Entscheidung, dich gestern Abend zu lieben. Und es ist heute wieder mein Wille."

Dominic lachte. „Frau Lehrerin, glaubst du im Ernst, dass ich dir die Wahl ließe? Wir mögen uns zwar nicht so gut kennen, wie wir eigentlich zu diesem Zeitpunkt sollten, aber das müsstest du wissen."

Nachdenklich fuhr Kate mit dem Daumen über seinen Wangenknochen. Die hohen Wangenknochen passten zu Dominic, genau wie das unrasierte Gesicht. Aber passte sie selbst auch zu ihm? Gehörten sie und Dominic trotz aller Gegensätze zueinander?

Körperlich ergänzten sie einander perfekt. Doch das reichte für eine dauerhafte Beziehung nicht aus. So sehr sie es auch abstreiten mochten, es genügte nicht. Irgendwann würde die sexuelle Anziehungskraft nachlassen, und dann ... ach, sie wollte jetzt nicht weiter darüber nachdenken.

„Wenn du dir etwas nimmst, das dir nicht aus freien Stücken gegeben wird, hast du nichts davon." Kate berührte die rauen Bartstoppeln an seinem Kinn. „Wenn ich aber freiwillig gebe, bekommst du alles, was du brauchst."

„Wirklich?" flüsterte Dominic an ihrem Mund. „Und du? Wie ist es mit dir?"

Kate schloss die Augen. „Ich bin zufrieden ..."

Wie lange? ging es Dominic durch den Sinn. Er stellte diese Frage nicht laut. Irgendwann würden sie ausführlich über alles miteinander reden, nach einer Lösung all ihrer Probleme suchen müssen. Doch nicht jetzt. Jetzt war Kate so entspannt, wie er es beabsichtigt hatte.

Dominic begann Kates Leib sanft und zärtlich zu streicheln und ihr die Wonnen zu bereiten, die nur er ihr zu schenken vermochte. Nie hatte er so wenig für sich selbst verlangt und doch eine so vollkommene Befriedigung seiner Sehnsucht erfahren.

Er lauschte ihren leisen Atemzügen und betrachtete sie liebevoll. Ihr friedlicher Gesichtsausdruck spiegelte seine eigenen Gefühle wider. Sie befanden sich in völliger Eintracht und Harmonie.

Die vier Jahre der Trennung zerrannen zu nichts. Sie hätten vierzig Jahre voneinander getrennt leben können, es hätte nichts daran geändert, dass sie einander begehrten. Dominics Streicheln genügte, um Kates Verlangen neu zu erwecken.

Beim Liebesspiel mit Dominic fühlte Kate sich frei und ungezwungen. Dieses Gefühl, dass Erotik richtig und natürlich ist, stellte sich nur beim Zusammensein mit Dominic ein. Nach jenem Sommer war es für Kate nie mehr selbstverständlich gewesen, sich einem Mann bedingungslos zu schenken, und so hatte sie sich in sich verschlossen.

Während Dominic jeden Zentimeter ihres Körpers liebkoste, dachte Kate daran, wie feurig und leidenschaftlich sie sich früher geliebt hatten. Sie hatte die Ekstase in seinen Armen gesucht, und es hatte sie jedes Mal von neuem überrascht, dass sie einen derartigen Rausch erleben konnte, ohne den Verstand zu verlieren.

Nun spürte sie sein geduldiges, fürsorgliches Streicheln. Kate hatte bisher nicht gewusst, dass Dominic ein solches Einfühlungsvermögen besaß. Die Erkenntnis trug dazu bei, ihre Liebe zu ihm zu vertiefen. Sie wollte das Feuer der Lust in ihm schüren, doch er ließ es nicht zu. Sie wollte ihm seine Wünsche erfüllen, doch er äußerte keine. Stattdessen schien er nur darauf bedacht zu sein, sie glücklich zu machen.

Er stellte keine Forderungen an Kate. Obwohl die Berührung mit ihrer weichen Haut ihn über alle Maßen erregte, hielt er sich zurück. Nur bei Kate hatte er das Bedürfnis, zärtlich zu sein. Nur bei ihr hatte er erfahren, dass wahre Liebe Geben und Nehmen bedeutete. Und sie gab ihm viel, stillte nicht nur sein körperliches Verlangen, sondern brachte ihm auch seelische Harmonie.

Schließlich drang er in sie ein, leicht und ohne Hast. Allmählich steigerte er seinen Rhythmus, beschleunigte seine Bewegungen und führte Kate auf den Gipfel der Erfüllung.

Dann schlief sie ein, und Dominic überließ sie ihren Träumen.

10. KAPITEL

Als Kate erwachte, fühlte sie sich nicht benommen, aber schwach. Ihre Hilflosigkeit ärgerte sie. Es war bereits Nachmittag. Sie benötigte keine Uhr. Ihr genügte ein Blick zum Fenster, um am Einfall der Sonnenstrahlen die Zeit bestimmen zu können. Schon wieder waren mehrere Stunden verstrichen, die sie einfach verschlafen hatte.

Kate tastete nach ihrem Nachthemd und streifte es über. Vermutlich würde Dominic bald erscheinen und verlangen, dass sie wieder eine Tablette einnahm. Aber sie wollte keine Arzneimittel mehr schlucken, wollte nichts mehr an sich heranlassen, was ihr die kostbare Zeit stahl.

Vorsichtig rutschte Kate an den Rand des Bettes und stand auf. Ein Schwächeanfall zwang sie dazu, nach dem Bettpfosten zu greifen, sonst wäre sie rücklings aufs Bett zurückgefallen. Sie führte den Schwächeanfall auf die Medikamente zurück, die ihr Körper hatte aufnehmen müssen. Trotzig presste sie die Lippen zusammen und belastete den verletzten Fuß. Wie ein Blitz schoss der Schmerz ihr durch alle Glieder und vertrieb den letzten Rest Müdigkeit.

Kate wartete ab, bis der Schmerz nachließ und zu einem dumpfen Pochen wurde. Dies würde sie ertragen können. Langsam ging sie zu dem Spiegel, der über Dominics Kommode hing.

Ihr Anblick missfiel ihr sehr. Ihr Haar war stumpf, ihr Gesicht blass, und ihren Augen fehlte jeglicher Glanz. Vergeblich versuchte sie, durch kräftiges Reiben Farbe auf ihre Wangen zu bringen. Ihrem jetzigen erbarmungswürdigen Zustand würde eine warme Dusche, der Duft eines milden Shampoos und frische Luft abhelfen. Und sie würde das durchsetzen – auch gegen Dominics stärksten Widerstand.

Kate straffte die Schultern und machte den ersten Schritt in Richtung Zimmertür. Als sie schließlich die Hand nach der

Klinke ausstreckte, wurde die Tür von der anderen Seite geöffnet.

„Warum bist du nicht im Bett?“

Genau diese Frage hatte Kate erwartet, aber von Dominic, nicht von Linda.

„Ich wollte bloß ...“

„Willst du, dass Dominic mich bei lebendigem Leibe röstet?“ fragte Linda und scheuchte Kate zurück. In den Händen trug Linda ein Tablett, auf dem eine Tasse köstlich duftender Suppe stand. „Also, du sollst dich ausruhen und essen, anschließend essen und dich ausruhen. Das ist ein Befehl.“

Kate hielt in ihrem Rückzug inne. „Wessen Befehl?“

„Dominics. Und“, fügte Linda hinzu, bevor Kate etwas erwidern konnte, „Doktor Baileys.“

„Ich brauche mir von keinem der beiden etwas befehlen zu lassen“, begehrte Kate auf.

„Mag sein“, erwiderte Linda ungerührt. „Aber ich habe keine Lust, mich mit einem Mann herumzustreiten, der sich um einen geliebten Menschen sorgt, oder einem, der mir im zarten Alter von drei Jahren eine Spritze in den Po gab. Beide können nämlich äußerst unangenehm werden. Also tue ich, was sie mir sagen. Jetzt leg dich bitte wieder hin.“

„Linda ...“ Kate seufzte. „Ich habe nur eine kleine Verletzung am Fuß und bereits ungefähr achtundvierzig Stunden in diesem Bett verbracht. Wenn ich nicht bald eine warme Dusche nehmen und frische Luft atmen kann, werde ich verrückt.“

„Haben wir etwa schlechte Laune?“ Linda verkniff sich ein Lachen und biss sich leicht auf die Unterlippe.

„Ja, haben wir!“ Kate machte ihrem Unmut ungehindert Luft. „Schau mich einmal an“, murrte sie und hielt eine Strähne ihres Haares hoch. „Ich fühle mich, als hätte ich achtundvierzig Stunden im Kohlenkeller zugebracht.“

„Schon gut. Ich vermag es mir vorzustellen. Nachdem ich

von Joy entbunden wurde und sie der Hebamme zurückgegeben hatte, wollte ich auch nichts anderes. Ich war damals den Tränen nahe." Linda stellte das Tablett auf dem Nachttisch ab. „Ich gebe dir zehn Minuten für eine Dusche. Das kann ich verantworten. Danach musst du essen, während ich den Verband wechsle. Ich habe Dominic versprochen, alles daran zu setzen, dass du die Suppe ganz aufisst." Sie stemmte die Hände in die Hüften. „Abgemacht?"

„Dominic übertreibt", sagte Kate. „Es ist absurd. Ihr braucht mich nicht wie ein Baby zu behandeln."

„So kannst du reden, wenn du nicht aussiehst, als könnte dich der leiseste Windstoß umblasen. Komm, ich helfe dir beim Duschen."

„Nein, danke sehr. Ich bin durchaus in der Lage, allein zu duschen", entgegnete Kate patzig und stürmte aus dem Schlafzimmer, ohne die heftigen Schmerzen in ihrem Bein zu beachten.

Nachdem die Tür hinter ihr ins Schloss gefallen war, lachte Linda laut, setzte sich aufs Bett und wartete.

Eine Viertelstunde später kehrte Kate zurück. Sie fühlte sich erfrischt und schämte sich ihres Verhaltens. Sie hatte Dominics Morgenmantel angezogen und rieb mit einem Handtuch ihr Haar trocken, während sie Linda schuldbewusst anblickte.

„Linda, es tut mir Leid, dass ich vorhin ..."

„Du brauchst dich nicht zu entschuldigen", wehrte Linda ab. „Wenn man mich zwei Tage lang ans Bett fesselte, würde ich wahrscheinlich nicht anders reagieren. Übrigens", bemerkte sie schlau, „wenn es dir wirklich Leid tut, iss bitte die Suppe ganz auf, damit ich mir keine Schelte von Dominic einfange."

„Okay." Kate kletterte ins Bett und stellte das Tablett auf ihren Schoß. In die Kissen zurückgelehnt, kostete sie und ließ es geschehen, dass Linda ihren Verband entfernte. „Sie schmeckt hervorragend."

„Fischsuppe ist eine unserer Spezialitäten. Oh, du Ärmste", entfuhr es Linda, nachdem sie den Mullverband abgewickelt hatte und die Wunde begutachten konnte. „Das muss schrecklich wehgetan haben. Kein Wunder, dass Dominic ganz außer sich ist."

Kate nahm ihren Mut zusammen und beugte sich vor, um ebenfalls einen Blick auf die Verletzung zu werfen. Die Haut war nicht rot und aufgequollen, wie Kate befürchtet hatte. Die Wunde maß mindestens sieben Zentimeter, war aber sauber und nicht entzündet. Beruhigt lehnte Kate sich wieder zurück.

„Es ist nicht so schlimm", sagte sie. „Die Wunde hat sich nicht entzündet."

„Oh Kate! Mich hat auch einmal vor Jahren ein Rochen erwischt. Es war ein kleiner, und ich hatte eine Wunde von zirka zwei Zentimetern. Ich habe geheult wie ein kleines Kind. Und da behauptest du, deine Verletzung sei nicht so schlimm!"

„Na ja! Ich habe die meiste Zeit geschlafen und nichts gespürt." Kate bewegte den Fuß und zog plötzlich scharf die Luft ein.

Linda entging das nicht. Prüfend betrachtete sie Kates Gesicht. „Dominic hat mir die Tabletten gegeben, die du nehmen sollst, wenn du Schmerzen hast", sagte sie dann.

„Du tätest mir einen großen Gefallen, wenn du sie fortwerfen würdest." Kate wandte sich wieder ihrer Suppe zu. „Ich habe keine Lust, mit ihm oder mit dir Diskussionen anzufangen, aber diese Tabletten nehme ich nicht mehr. Es freut mich, dass Dominic sich so lieb um mich kümmert, aber dieser ewige Schlaf muss ein Ende haben."

„Er macht sich Sorgen um dich. Er fühlt sich für dich verantwortlich."

„Verantwortlich für meine Unachtsamkeit?" Kate schüttelte den Kopf. „Es war ein Unfall, und wenn irgendjemand Schuld hat, dann bin ich es selbst. Ich war so sehr damit beschäftigt, möglichst viele Stücke zu bergen, dass ich nicht die mindeste Vorsicht habe walten lassen. Ich bin praktisch über den Rochen gestolpert." Kate nahm einen weiteren Löffel Suppe. „Dominic hat viel schneller reagiert als ich. Er hatte mich schon fast außer Reichweite gezogen. Wenn er nicht gewesen wäre, würde es bedeutend unangenehmer ausgegangen sein."

„Er liebt dich."

Kate krampfte ihre Finger um den Löffel und legte ihn dann langsam und mit übertriebener Sorgfalt neben die Suppentasse. „Linda, es besteht ein großer Unterschied zwischen Interesse und Anziehung, sogar zwischen Zuneigung und Liebe."

Linda nickte und antwortete ernst: „Das ist mir bekannt. Aber ich bleibe dabei, Dominic liebt dich."

Kate lächelte nervös und wandte sich dem Tee zu, den Linda zusammen mit der Suppe aufgetragen hatte. „Das sagst du", erwiderte sie leise. „Dominic nicht."

„So erging es mir mit Marsh. Er hat mich fast in den Wahnsinn getrieben, aber ich habe nicht locker gelassen. Und schließlich hat er mir seine Liebe doch gestanden."

„Ich bin nicht du." Kate trank von dem Tee und setzte die Tasse ab. „Und Dominic ist nicht Marsh."

Abrupt stand Linda auf, ging ungeduldig zum Fenster und zurück. „Menschen, die einfache Dinge so kompliziert machen, regen mich auf."

„Und andere vereinfachen das Komplizierte."

Linda stieß einen unmutigen Seufzer aus. „Ich kenne Dominic Silver von klein auf. Ich sah, wie er von einem hübschen Mädchen zum anderen wanderte und danach von einer attraktiven Frau zur nächsten, bis ich den Überblick verlor. Dann kamst du." Linda beugte sich über das Fußteil des Bettes und schaute Kate an. „Mit einem Mal veränderte Dominic sich völlig. Vom ersten Augenblick an hast du ihn fasziniert."

„Fasziniert." Kate zuckte die Schultern und wich Lindas

Blick aus. „Faszination, Begeisterung hat nichts mit Liebe zu tun.“

Linda gab sich nicht geschlagen. „Ich glaube nicht an Liebe auf den ersten Blick. Liebe wächst allmählich. Wenn du gesehen hättest, wie Dominic sich verhielt, nachdem du ihn vor vier Jahren verlassen hattest, wüsstest du ...“

„Sprich nicht von Dingen, die vier Jahre zurückliegen“, unterbrach Kate sie. „Was damals geschah, ist vorüber. Dominic und ich sind heute andere Menschen. Unsere Erwartungen haben sich geändert.“ Sie holte tief Luft. „Wenn es dieses Mal zu Ende geht, wird es mir nicht wehtun, weil ich jetzt die Grenzen kenne.“

„Ihr fangt gerade erst wieder neu an, und du sprichst schon vom Ende und von Grenzen.“ Linda fuhr sich mit den Händen durchs Haar und setzte sich neben Kate aufs Bett. „Was ist nur mit dir los? Hast du verlernt zu träumen und Wünsche zu haben?“

„In solchen Dingen war ich nie sehr gut, Linda.“ Kate hielt inne und suchte nach den rechten Worten. „Ich darf von Dominic nicht mehr verlangen, als er zu geben bereit ist. Ich muss nach diesem Sommer in meine Welt zuruckkehren. Es gibt keine Brücke, die uns verbindet. Vielleicht ist es Schicksal, dass ich ein zweites Mal auf die Insel gekommen bin und wir jetzt Gelegenheit haben, das Leid wieder gutzumachen, das wir einander zugefügt haben. Wenn wir uns dieses Mal trennen, möchte ich, dass wir als Freunde auseinander gehen. Dominic ist ...“ Kate strich sich über die Stirn, bevor sie fortfuhr: „Dominic hat eine sehr wichtige Rolle in meinem Leben gespielt.“

Linda schwieg einen Augenblick, dann schüttelte sie den Kopf. „Das ist mit Abstand der größte Unsinn, den ich je gehört habe.“

Kate musste über diese unverblümten Worte lachen. „Linda, ich ...“

„Nein.“ Abwehrend hob Linda die Hände. „Ich möchte nicht mehr mit dir über dieses Thema reden. Ich werde sonst noch verrückt, und dabei soll ich doch auf dich Acht geben.“ Sie stellte das Tablett beiseite. „Ich begreife einfach nicht, wie jemand, der ansonsten so klug ist, in dieser Beziehung so dumm sein kann. Je länger ich darüber nachdenke, desto klarer wird mir, dass du und Dominic füreinander geschaffen seid.“

„Das klingt ziemlich grimmig.“

„Das bin ich auch.“

„Ach ja.“ Kate presste die Lippen fest aufeinander, um nicht erneut loszulachen.

„Schau nicht so selbstzufrieden drein, nur weil es dir gelungen ist, mich so wütend zu machen, dass ich nicht mehr mit dir diskutieren möchte.“ Linda warf Kate einen vorwurfsvollen Blick zu. „Vielleicht sollte ich tatsächlich Dominic mal genau meine Meinung sagen, wenn er nach Hause kommt“, überlegte sie laut.

„Tu, was du nicht lassen kannst.“ Kates Stimme klang heiter. „Wo ist er überhaupt?“

„Zum Tauchen.“

„Allein?“ Kates Heiterkeit verflog.

„Mach dir keine Sorgen“, beruhigte Linda sie und ärgerte sich über ihre Gedankenlosigkeit. Warum war ihr nicht irgendeine Notlüge eingefallen? „Er taucht oft allein.“

„Ja, ich weiß.“ Kate starrte unmutig vor sich hin. Sie würde sich trotzdem um ihn ängstigen, bis er wohlbehalten wieder zu Hause war.

„Ich komme mit dir“, sagte Kate äußerst entschieden.

Es war ein schöner Tag. Die Sonne strahlte von einem wolkenlosen Himmel. Durch die Gittertür drang der Geruch des Meeres, und man konnte deutlich die Schreie der Möwen von dem Rauschen der Brandung unterscheiden.

Dominic wandte sich um. Er stand am Herd, wo er sich gerade eine Tasse Kaffee zubereitet hatte. Schweigend musterte er Kate von Kopf bis Fuß.

In den knappen weißen Shorts und der zartblauen Bluse wirkte sie auf Dominic eher wie eine Schülerin als eine Lehrerin.

Es entging ihm nicht, dass sie sich mit etwas Rouge zu einem gesünderen Aussehen verholfen hatte. Am Vorabend war es nicht nötig gewesen, künstlich Farbe auf ihre Wangen zu bringen. Sie hatte ihm Vorwürfe gemacht, weil er allein zum Wrack getaucht war. Dominic hatte aber gewusst, wie er sie von ihrer Verärgerung ablenken konnte.

„Du hättest dich gar nicht erst anzukleiden brauchen", eröffnete er ihr. „Du wirst dich wieder ins Bett legen."

Kate konnte dickköpfige Menschen nicht ausstehen, Menschen, die keinerlei Argumenten zugänglich waren und ihre Ansichten stets als richtig voraussetzten. In dieser Frage wollte sie selbst allerdings auch nicht nachgeben.

„Nein", erwiderte sie mit oberflächlicher Ruhe und trat näher. „Ich komme mit."

Im Gegensatz zu Kate war Dominic immer bereit, seine Kräfte zu messen. Er lehnte sich gegen den Herd und trank von seinem Kaffee. „Gegen die Anweisungen eines Arztes nehme ich niemanden mit zum Tauchen."

Kate hatte diesen Einwand erwartet. Sie öffnete den Kühlschrank und holte eine Flasche Orangensaft heraus. Dabei überlegte sie, wie sie ihren Standpunkt weiterhin vertreten sollte. Noch einen Tag tatenlos im Bett zu verbringen würde sie nicht überstehen. Sie brauchte dringend Bewegung, Beschäftigung für ihren Geist, Sonne und frische Luft. Vielleicht sollte sie energisch werden?

Kate verwarf das, denn auf die Weise erreichte sie bei Dominic gewiss überhaupt nichts. Wahrscheinlich würde sie ihren Willen nur mit Hilfe eines Kompromisses bekommen, aber zuvor ... Sie straffte die Schultern.

„Ich könnte ein Boot und eine Ausrüstung mieten und allein tauchen." Kate goss den Saft in ein Glas und drehte sich zu Dominic um. „Du kannst mich nicht zurückhalten."

„Nein? Tja, versuch's." Seine Stimme klang ruhig und gelassen. Aber Kate spürte, dass Dominic durchaus nicht ruhig und gelassen war. Wenn sie das Feuer schürte ...

„Ich habe ein Recht darauf, genau das zu tun, was ich möchte, Dominic, oder?"

„Natürlich."

„Siehst du."

„Ach, Kate ..." Er seufzte.

„Ja? Was?"

„Kate, nimm Vernunft an. Du bist noch nicht in der Verfassung, um wieder zu tauchen." Dominic blickte sie über den Rand seiner Tasse hinweg an. „Du kannst nicht so uneinsichtig sein, Kate. Du weißt, dass du es noch nicht schaffst. Und du weißt auch, dass ich es nicht zulasse."

„Ich habe mich lange genug ausgeruht. Es geht mir gut." Kate trat auf Dominic zu und bemerkte mit Genugtuung, dass er die Stirn runzelte. Er hatte offenbar erkannt, dass sie ein bestimmtes Ziel verfolgte – ihn heute auf jeden Fall zu begleiten, nicht mehr und nicht weniger. „Was das Tauchen anbelangt, so bin ich bereit, es dir auch in den nächsten Tagen noch allein zu überlassen", fuhr sie fort. „Aber ..."

„Aber?" hakte Dominic nach.

„Ich will mit dir auf der ‚Wirbelwind' hinausfahren. Und zwar gleich."

Dominic lächelte. Kate hatte nie die Absicht gehabt zu tauchen, sondern nur damit gedroht, um ihren Willen durchzusetzen. Er hatte volles Verständnis für ihre Ungeduld. Als Vierzehnjähriger musste er längere Zeit mit einem gebrochenen Bein das Bett hüten. An die Schmerzen erinnerte er sich kaum noch, deutlich jedoch an sein Bedürfnis, sich frischen Wind um die Nase wehen zu lassen. Er konnte Kate also sehr gut verstehen.

„Du wirst dich in der Kabine hinlegen, wenn ich es dir sage."

Langsam schüttelte Kate den Kopf. „Ich werde mich in der Kabine hinlegen, wenn ich es für nötig halte."

„Himmel!" Dominic knirschte mit den Zähnen. Dann knurrte er: „Okay, brechen wir auf."

Dominic ließ Kate keine Zeit, ihren Triumph auszukosten. Es dauerte nur wenige Minuten, bis er seinen Wagen an der Anlegestelle im Silver Lake Hafen geparkt hatte und die „Wirbelwind" startklar war. Zufrieden nahm Kate neben Dominic am Steuer Platz und freute sich darauf, Sonne und Wind spüren zu können.

„Ich habe gestern Abend einen Lageplan des Wracks angefertigt", sagte Dominic beiläufig, während er das Boot aus dem Hafen manövrierte.

„Einen Lageplan?" wiederholte Kate und strich sich einige lose Haarsträhnen aus dem Gesicht. „Warum hast du ihn mir nicht gezeigt?"

„Weil du geschlafen hast."

„Ich habe die letzten Tage zu achtzig Prozent verschlafen", murmelte Kate.

Sie fuhren auf die offene See hinaus. Dominic legte seine Hand auf Kates Schulter. „Du siehst heute viel besser aus. Keine Schatten mehr unter den Augen, keine Anspannung. Das ist die Hauptsache."

Sekundenlang schmiegte Kate ihre Wange an Dominics Hand. Es berührte sie tief, dass er sich wieder so fürsorglich zeigte. Aber sie wollte keinesfalls, dass sein Mitgefühl den Grund für ihr Zusammensein in Vergessenheit geraten ließ. Fürsorge konnte sich in Mitleid verwandeln. Es war jedoch wichtig, dass Dominic sie als gleichwertige Partnerin anerkannte. Solange sie seine Geliebte sein würde, mussten sie trotzdem auf gleicher Ebene stehen. Und wenn sie ging ... Wenn sie Ocracoke verließ, würde es keine Reue geben.

Kate hob den Kopf, reckte das Kinn vor. „Ich brauche nicht mehr umsorgt zu werden, Dominic."

Er warf einen Blick auf den Kompass, bevor er antwortete: „Nein? Schade. Dich zu umsorgen hat mir Spaß gemacht."

Dominic spürte ihren Widerstand dagegen, behütet zu werden. Er verstand und akzeptierte das, gleichzeitig empfand er Bedauern. Es stimmte, er hatte sich gern um Kate gekümmert. Aber wie sollte er ihr klar machen, dass er um ihretwillen einerseits wünschte, sie brauche seinen Beistand nicht, sich andererseits aber freuen würde, wenn sie sich in Zeiten der Not an ihn wenden, seinen Beistand und seine Hilfe suchen würde?

Dominic hatte in den Tagen, seit Kate auf Ocracoke weilte, nicht richtig mit ihr über ihre komplizierte Beziehung sprechen können. Es fiel ihm schwer, sich zu gedulden und vorsichtig zu handeln. Als Taucher wusste er, dass Vorsicht lebenswichtig war. Aber als Mann ließ er sich lieber von seinen Impulsen und Instinkten leiten.

Zärtlich strich er mit den Fingerspitzen über Kates Nacken, bevor er die Hand wieder aufs Ruder legte. Im Umgang mit Kate musste er vorgehen wie bei einem gefährlichen Abstieg in die Tiefen des Meeres. Es galt, auf Strömungen Acht zu geben und auf Unvorhergesehenes.

„Der Plan liegt unten in der Kabine." Dominic knüpfte an ihr vorhergehendes Gespräch an und schaltete den Motor aus. „Du kannst ihn studieren, während ich unten bin."

Kate nickte und verfolgte stumm, wie Dominic sich aufs Tauchen vorbereitete. Sie hatte Angst um ihn, ließ sich jedoch nichts anmerken. Es würde zu nichts führen, wenn sie ihn nochmals darauf hinwies, wie gefährlich es war, allein zu tauchen.

Dominic hatte seine Ausrüstung angelegt und kontrollierte die Sauerstoffflaschen. Unauffällig warf Kate einen Blick auf ihre Armbanduhr und merkte sich den Zeitpunkt, wann er spätestens wiederkehren musste.

„In der Kombüse sind kalte Getränke." Dominic rückte die Tauchermaske zurecht und kletterte über die Reling. „Bleib nicht zu lange in der Sonne sitzen."

„Pass gut auf dich auf", entfuhr es Kate.

Dominic lächelte ihr zu und verschwand.

Kate eilte zur Reling und beugte sich vor. Aber es war zu spät. Sie konnte Dominic nicht mehr sehen. Lange Zeit stand sie regungslos da und schaute auf die glatte Wasseroberfläche. Sie stellte sich vor, wie Dominic mit kraftvollen, regelmäßigen Schwimmzügen tiefer und tiefer tauchte, den Druck ausglich und schließlich auf dem Meeresboden beim Wrack ankam.

Gestern hatte Dominic die Suppenschüssel, den Schöpflöffel, die Bruchstücke weiteren Geschirrs und die Takelage geborgen. Die Gegenstände befanden sich nun teils im Schlafzimmer, teils im Erdgeschoss seines Hauses. Bisher waren von Dominic also lediglich die Dinge heraufgeholt worden, die sie bereits gefunden hatten. Heute würde er Neuland erkunden. Kate bedauerte, seine Freude beim Auffinden neuer Gegenstände nicht teilen zu können.

Sie drehte sich um, traurig darüber, ausgeschlossen zu sein. Plötzlich kam ihr der Gedanke, dass sie fast ihr ganzes Leben lang Zuschauer gewesen war, jemand, der Vorgänge und Handlungen analysierte und erklärte. Diese Schatzsuche war die erste wirkliche Gelegenheit, diesen Zustand zu ändern, selber aktiv zu werden. Ihre Verletzung aber warf sie zurück.

Kate vergrub die Hände in den Taschen ihrer Shorts und betrachtete den Himmel. Sie sah ein paar Wölkchen, dünne, weiße Gebilde, die nichts Böses bedeuteten.

Seufzend und deprimiert stieg Kate zur Kabine hinunter. Ihr blieb nichts anderes übrig als zu warten – auf Dominic.

Dominic entdeckte zwei weitere Kanonen und markierte deren Position. Falls er nichts anderes finden würde, was Aufschluss über die Zeit gab, in der das Schiff untergegangen war, mussten die Kanonen nach der Bergung von einem Sachverständigen auf ihr Entstehungsdatum hin untersucht werden.

Obwohl es höchst unwahrscheinlich war, durch die dicke Rostschicht auf ein eingestanztes Datum zu stoßen, versuchte Dominic es eine Zeit lang. Leider ohne Erfolg. Dennoch war er zunächst zufrieden und schwamm in nördliche Richtung.

Sollte er keine weiteren Erfolge an diesem Tag verzeichnen können, wollte er wenigstens die Größe des Gebietes genauer bestimmen. Vielleicht hatte er Glück und der Bereich, in dem die Teile des Wracks und seine Ladung verstreut lagen, beschränkte sich auf die Größe eines Fußballfeldes. Das war allerdings unwahrscheinlich. Die Überbleibsel hatten sich vermutlich über mehrere Quadratkilometer verteilt. Aber bevor man ein Bergungsschiff mit an der Suche beteiligte, sollte so viel Vorarbeit wie möglich geleistet worden sein.

Wir werden nicht mehr ohne Werkzeuge auskommen, ein Metalldetektor ist unerlässlich, ging es Dominic durch den Kopf. Bisher hatten Kate und er nur irgendein Wrack entdeckt, auch wenn Kate noch so sicher war, dass es sich um die „Liberty“ handelte.

Im Augenblick bestand keine Möglichkeit, den Ursprung des Schiffes herauszufinden. Er musste mehr Ladung finden. Dann ließ sich eventuell auch der Schatz endlich aufspüren.

Und danach? Würde Kate ihren Anteil Gold und die übrigen Gegenstände nehmen und nach Hause fahren?

Nein, das durfte er nicht zulassen.

Sobald die Suche nach dem Schatz vorüber war, sobald er aus dem Meer geborgen worden ist, werde ich mich intensiv um unsere Beziehung kümmern, nahm Dominic sich vor. Es musste doch möglich sein, einen Schatz zu retten, der vier Jahre lang verloren war, wenn man sogar etwas ans Tageslicht befördern konnte, das zweieinhalb Jahrhunderte lang auf dem Meeresboden lag.

Dominic beleuchtete mit der Lampe auf seinem Kopf den Meeresboden. Ohne Werkzeuge vermochte er wirklich nichts auszurichten. Das Meiste dessen, was von dem Schiff übrig geblieben war, verbarg eine dicke Schlammschicht. Er brauchte das von ihm, Dominic, konstruierte propellergetriebene Gebläse. Dieses Gerät ermöglichte es, Schichten aus Sand und Schlamm zentimeterweise abzutragen. Es war eine langsame, aber sichere Methode, auch zerbrechliche Gegenstände freizulegen. Allerdings wäre eine weitere Person erforderlich, die das Gerät vom Boot aus betrieb.

Dominic dachte an Kate, verwarf diesen Gedanken aber sogleich wieder. Obwohl kein Zweifel daran bestand, dass sie die technische Seite des Unternehmens nach einmaliger Erklärung verstünde, würde sie niemals zustimmen, nur an Bord der „Wirbelwind" zu arbeiten. Also blieb ihm wohl wirklich nichts anderes übrig, als Marsh in das Abenteuer einzubeziehen.

Dominic warf einen Blick auf seine Uhr. Seine Zeit war fast abgelaufen, er musste in Kürze an Bord gehen, um die Sauerstoffflaschen gegen neue auszutauschen. Dennoch verweilte er am Boden des Meeres. Mit leeren Händen wollte er nicht zu Kate zurückkehren.

Wenn ich ihr etwas mitbringe, werden ihre Augen strahlen, dachte er.

Es dauerte eine Weile, bis Dominic endlich etwas fand. Als er die völlig heile Glasflasche in den Händen hielt, malte er sich Kates begeisterte Reaktion aus, und die Vorstellung war ihm alle Mühe wert.

Es handelte sich um gewöhnliches Glas, kein wertvolles Kristall, aber Dominic konnte keinerlei Pressnähte entdecken. Folglich war die Flasche mundgeblasen. Im Laufe der Jahre hatte sich eine dicke Kruste auf der glatten Oberfläche gebildet. Vorsichtig befreite Dominic den Boden der Flasche von dieser Schicht. Sollte die Flasche am Boden kein Datum tragen, würde es anhand der Kruste möglich sein, ihr Alter zu bestimmen.

Er dachte bereits daran, die Flasche ins „Corning Glasmuseum" einzuschicken, das in solchen Dingen große Erfahrung hatte, da sah er das Datum. Mit einem zufriedenen Lächeln barg er die Flasche in dem Beutel an seinem Gürtel.

Nun war es wirklich allerhöchste Zeit für ihn, wieder aufzutauchen.

11. KAPITEL

Die Zeit ist abgelaufen. Fast jedenfalls. Dominic hätte schon längst wieder auftauchen müssen, wenn er auch nur im Mindesten auf seine Sicherheit bedacht wäre!

Diese Überlegungen gingen Kate durch den Kopf, während sie von Backbord nach Steuerbord und wieder zurück eilte. Warum spielte er nur immer mit dem größten Risiko, wenn es um ihn selbst ging?

Kate hatte es nicht lange unter Deck ausgehalten. Nachdem sie den von Dominic gezeichneten Lageplan studiert hatte, war ihr ein Buch über Schiffswracks aufgefallen, das Dominic kürzlich gekauft haben musste. Das gleiche Buch befand sich im Nachlass ihres Vaters.

Es beinhaltete eine ausführliche Anleitung zur Identifizierung und Bergung von Wracks, wobei besonders auf übliche Fehleinschätzungen und Gefahren hingewiesen wurde. Die Passagen über die Gefährlichkeit hatte Kate nur überflogen, weil es ihre Angst gesteigert hätte, darüber nachzudenken, solange Dominic unten war. Trotz der einfachen, sachlichen Ausdrucksweise vermittelte das Buch viel von der abenteuerlichen Atmosphäre bei einem derartigen Unterfangen. Kate hatte es mit an Deck genommen und gelesen.

Spanische Galeonen, holländische Handelsschiffe, britische Fregatten. Allein die Liste der Wracks vor der Küste von North Carolina war sehr umfangreich. Diese Schiffe waren allesamt entdeckt worden, ihre Geschichte schon ausführlich beschrieben. Das Abenteuer der Entdeckung gehörte der Vergangenheit an. Eines Tages würde auch die Arbeit ihres Vaters belohnt werden und ihr Entschluss, seinen Traum zu verwirklichen, sich als richtig erweisen. Dann nämlich würde die „Liberty" in diese Liste aufgenommen.

Ungeduldig wartete Kate auf Dominic. Ihre Gedanken kehrten zu ihrem Vater zurück. Auch er hatte sich einmal über das Buch gebeugt, Pläne geschmiedet und Berechnungen angestellt. All seine Nachforschungen hatten ihn nicht weitergebracht und mit seinem Tod ein jähes Ende gefunden. Warum hatte er sich ihr, Kate, nicht anvertraut, sie nicht teilnehmen lassen an seinen Forschungen?

Kate seufzte. Darauf würde sie niemals eine Antwort erhalten.

Sie dachte über ihr Leben seit dem Tod ihres Vaters nach. Ihre erste Entscheidung war die Rückkehr nach Ocracoke, ihre zweite die bedingungslose Hingabe an Dominic gewesen. Ihr nächster Entschluss würde sein, ihn wieder zu verlassen.

Während sie auf die ruhige Fläche des Meeres schaute, kamen Kate Zweifel daran, dass ihr Verstand ihre Schritte bestimmt hatte. War es nicht vielmehr so, dass sie sich von ihrem Herzen leiten ließ?

Endlich entdeckte Kate eine Kette von Luftblasen. Erleichtert sah sie, wie Dominic auftauchte, sich an der untersten Stufe der Leiter festhielt und seine Tauchermaske hochschob.

„Wartest du auf mich?“

Ihre Erleichterung vermischte sich mit Verärgerung über seinen beiläufigen Ton. Schließlich hatte sie voll Sorge ausgeharrt und sich geängstigt.

„Es war sehr knapp.“

„Ja.“ Dominic reichte ihr die Sauerstoffflaschen hoch. „Ich konnte nicht widerstehen, dir ein kleines Geschenk mitzubringen.“

„Mir ist nicht nach Scherzen zu Mute, Dominic“, sagte Kate, während Dominic an Bord der „Wirbelwind“ kletterte. „Du würdest mit mir schimpfen, wenn ich so lange unten geblieben wäre.“

„Überlass es Linda, andere zu bemuttern“, erwiderte Dominic leichthin und zog den Reißverschluss seines Taucheranzuges auf. „Von ihm bin ich es gewöhnt."

Dann trat er auf Kate zu, schlang die Arme um ihren Körper und presste die Lippen auf ihren Mund. Sein Kuss schmeckte nach dem Salz des Meeres.

Als Dominic sie freigeben wollte, hielt Kate ihn fest und setzte den Kuss fort. Eine Welle der Wärme und Zärtlichkeit durchflutete sie beide.

Schließlich legte Kate den Kopf in den Nacken und sah Dominic forschend an. „Ich habe mich um dich gesorgt, Dominic", sagte sie leise. „Das möchtest du doch hören, oder nicht?"

„Hm ..." Dominic überlegte einen Moment. „Eigentlich wäre es selbstsüchtig, wenn ich mich über deine Angst freute."

Hastig machte sich Kate frei. Sie befürchtete plötzlich, zu viel von sich selbst preisgegeben zu haben. Sie musste sich an die Regeln halten, und diese verlangten von ihr, Abstand zu wahren. Darum versuchte sie die Angelegenheit abzuschwächen.

„Ich bin wohl etwas überempfindlich geworden", meinte sie. „Man empfindet die Zeit anders, wenn man im Meer ist."

„Ja." Nachdenklich betrachtete Dominic sie. Warum verschloss sich Kate jedes Mal wieder, wenn sie tiefere Gefühle für ihn gezeigt und sie geäußert hatte? Er wollte sie nicht drängen und schluckte seine Frage hinunter. „Ich habe noch weitere Anhaltspunkte für den Lageplan entdeckt."

„So?" Kate befeuchtete ihre Lippen.

„Es handelt sich um zwei weitere Kanonen. Ihrer Größe nach zu urteilen muss es ein kleines Schiff gewesen sein. Es ist unwahrscheinlich, dass es ein Kriegsschiff war."

„Nun, die ‚Liberty' war ein Handelsschiff."

„Hm, ja. Ich werde den Metalldetektor mit hinunternehmen. Mal sehen, was ich mit ihm ausfindig machen kann. Was wir bisher gesammelt haben, lässt darauf schließen, dass das Wrack nicht allzu tief liegt."

Kate nickte. Es fiel ihr leichter, über Dinge zu sprechen, die das Persönliche außer Acht ließen. „Ich würde gern ein Stück Holz und einige Glasstücke zur Analyse einschicken. Ich meine zwar, dass Glas mehr Aufschluss gibt, aber es kann nicht schaden, so viel wie möglich untersuchen zu lassen."

„Ja, gut. Bist du nicht neugierig auf das Geschenk?"

Kate lächelte zu Dominic auf. „Ich dachte, du machst einen Scherz. Was ist es denn? Hast du mir eine Muschel mitgebracht?"

„Ich hoffe, dieses hier wird dir besser gefallen." Dominic langte in seinen Beutel und beförderte die Flasche ans Tageslicht. „Schade, dass sie nicht mehr verkorkt ist. Wir hätten sonst zu Erdnussbutterbroten Wein trinken können."

„Oh Dominic, sie ist nicht zerbrochen!" rief Kate begeistert und streckte die Hände nach dem Fund aus.

Aber Dominic hielt die Flasche außer Reichweite. „Augenblick", bat er, drehte die Flasche um und zeigte Kate die Unterseite.

Aufmerksam betrachtete sie den Flaschenboden. „Sie ist mit einem Datum versehen", flüsterte sie ungläubig. „1739. Das Jahr, bevor die ‚Liberty' versank." Vorsichtig nahm sie Dominic die Flasche ab.

„Es könnte genauso gut ein anderes Schiff sein", gab er zu bedenken. „Aber immerhin wird hiermit der Zeitraum etwas klarer."

„Fast zweihundertfünfzig Jahre alt. Glas ist so zerbrechlich, doch diese Flasche hat so lange Zeit unbeschadet überstanden." Kate blickte Dominic an. Der freudige Ausdruck ihrer Augen belohnte ihn für seine Mühe. „Es muss möglich sein herauszufinden, wo diese Flasche hergestellt wurde."

„Sicher. Aber die meisten Glasflaschen, die aus Schiffswracks des siebzehnten und achtzehnten Jahrhunderts geborgen werden, wurden sowieso in England hergestellt. Damit wäre nicht bewiesen, dass es sich um ein englisches Schiff handelt."

Kate schaute plötzlich enttäuscht drein. „Du hast dich vorher gut informiert."

„Ich lasse mich niemals auf eine Sache ein, ohne die geringste Ahnung zu haben", erwiderte Dominic und kniete nieder, um die neuen Sauerstoffflaschen zu kontrollieren.

„Gehst du wieder hinunter?"

„Ja, ich möchte die Karte so ausführlich wie möglich vorliegen haben, bevor wir uns mit umfangreicherer Ausrüstung hinunterbegeben."

Durch die Lektüre der Aufzeichnungen ihres Vaters und durch die Beschäftigung mit der Thematik wusste Kate, wie wichtig ein verlässlicher Plan des Fundortes war. Dennoch konnte sie ihre Ungeduld kaum bezähmen. Es kam ihr sinnvoller vor, die Zeit darauf zu verwenden, die Schlammschicht abzutragen.

Früher war sie immer die Vorsichtige gewesen. Jetzt schienen die Positionen vertauscht, und Dominic ging Schritt für Schritt vor, ohne sich zu unüberlegten Dingen hinreißen zu lassen. Wahrscheinlich würde sie eher einsehen, dass derlei Arbeit auch notwendig war, wenn sie sich an ihr beteiligen könnte.

Nachdem Dominic die Sauerstoffflaschen auf seinem Rücken befestigt hatte, griff er nach einer Messingstange.

„Wozu ist das?" wollte Kate wissen.

„Dies ist die Halterung für dieses Ding." Dominic zeigte ihr ein Gerät, das wie ein Kompass aussah. „Es handelt sich um eine Seitenrichtskala. Mit ihr kann man auf verlässliche Art und Weise ein Gebiet abzirkeln. Ich werde sie in den mutmaßlichen Mittelpunkt des Wracks stecken. Sie dient dann als Richtpunkt. Anschließend wird der Kreis magnetisch auf Norden ausgerichtet, und mit einer Schnur messe ich den Abstand zu den Kanonen oder was immer ich vermessen möchte. Sobald das erledigt ist, komme ich wieder hoch und hole den Metalldetektor."

Kate hatte aufmerksam zugehört. Sie verspürte erneut Unmut. Dominic übernahm die interessante Arbeit, während sie selbst nur die Hände in den Schoß legen konnte. „Dominic, ich fühle mich ausgezeichnet. Ich möchte helfen ... dich bei dieser Arbeit weiter unterstützen ..."

„Nein." Dominic schnitt ihren Versuch rigoros ab, ihr Abkommen zu ändern. Ohne ihr Gelegenheit zu geben, ihre guten Gründe vorzutragen, weshalb sie mit ihm tauchen wollte, kletterte er die Leiter hinunter und verschwand auch schon wieder unter der Wasseroberfläche.

Es war Nachmittag, als Dominic und Kate die Heimfahrt antraten. Dominic war es gelungen, im Meer weitere wichtige Informationen für die Karte zusammenzutragen. Er hatte auch noch andere Gegenstände gefunden und in seinem Beutel mitgebracht: einen Krug sowie Löffel und Gabeln.

Kates Annahme, dass sie die Kombüse entdeckt hatten, verdichtete sich zur Gewissheit. Sie fertigte eine Liste all ihre Funde an und beschäftigte sich mit der detaillierten Beschreibung der Dinge, da sie im Augenblick nichts anderes zu tun hatte.

Ihre Laune hatte sich ein wenig gebessert, denn in der Zeit, in der Dominic zum zweiten Mal zum Wrack hinuntergetaucht war, hatten drei große Fische an ihrer Angel angebissen. Kate wollte sie selbst zubereiten, auch gegen Dominics Willen, und im Esszimmer essen, nicht im Bett.

„Du bist wohl sehr zufrieden mit dir, stimmt's?" fragte Dominic, während sie in Richtung Silver Lake Hafen fuhren.

Kate lächelte ihn an. Sie fühlte sich ein wenig müde, empfand das jedoch als angenehm. Es war nicht diese Benommenheit, die sie in den vergangenen Tagen im Bett kaum verlassen hatte. „Drei Fische in der kurzen Zeit sind Grund genug, stolz zu sein", antwortete sie.

„Zugegeben. Ich möchte das schon deshalb nicht bestreiten, weil ich Appetit auf die Hälfte deines Fanges habe."

„Ich werde die Fische grillen."

„Kate ..."

Sie blickte ihm fest in die Augen. „Ich habe sie gefangen, ich werde sie auch zubereiten."

Dominic fuhr mit gleichmäßiger Geschwindigkeit und schaute Kate prüfend an. Sie wirkte ein wenig erschöpft. Vielleicht gelang es ihm, sie zu einer Ruhepause zu überreden, wenn er behauptete, er lege selbst Wert auf ein Nickerchen.

Kate erholte sich gut. Und außerdem hatte sie Recht. Er brauchte sie eigentlich nicht länger zu umsorgen. „Ich könnte mich eventuell dazu herablassen, die Holzkohle für dich anzuzünden."

„Darüber lasse ich gern mit mir reden", stimmte Kate zu. „Ich hätte übrigens auch nichts dagegen, wenn du das Säubern der Fische übernehmen würdest."

Dominic lachte und fuhr ihr burschikos durchs Haar. Einige Nadeln lockerten sich.

„Dominic", protestierte Kate und hob ihre Hände, um den Schaden zu beheben.

„Du kannst dein Haar im Hörsaal hochgesteckt tragen", sagte er unbeirrt, zog vier, fünf Nadeln heraus und warf sie über Bord. „Ich finde es äußerst schwierig, dir zu widerstehen, wenn dein Haar offen und ein ganz klein wenig zerzaust ist."

„Tatsächlich?" Kates Verärgerung verflog. Sie entfernte die restlichen Nadeln, schüttelte ihr Haar und ließ es lose im Wind flattern. Dann trat sie näher an Dominic heran, so dass sich ihre Körper berührten, ließ die Hände unter sein T-Shirt gleiten und lächelte über den erstaunten Ausdruck in seinen Augen. „Warum schaltest du nicht den Motor ab und zeigst mir, was geschieht, wenn du nicht widerstehen kannst?"

Das langsame Kreisen ihrer Fingerspitzen auf seiner Brust und ihr verführerisches Lächeln verfehlten ihre Wirkung auf Dominic nicht. „Du weißt, was dann geschieht", flüsterte er.

„Wie wäre es, wenn du meinem Gedächtnis etwas nachhelfen würdest?" Ohne seine Antwort abzuwarten, drosselte Kate die

Geschwindigkeit des Bootes, bis es nur noch leicht auf den Wellen schaukelte. „Du hast mich gestern Nacht nicht geliebt." Sie fuhr mit den Händen über seine Hüften und seinen Rücken.

„Du hast geschlafen." Es überraschte ihn angenehm, dass Kate die Initiative ergriff und ihn am helllichten Tag und mitten auf dem Ozean zu verführen versuchte. Er genoss es und wünschte sich nichts sehnlicher, als diese neue Erfahrung mit Kate ganz auszukosten.

„Jetzt schlafe ich nicht." Kate stellte sich auf die Zehenspitzen und strich mit den Lippen über seinen Mund, aufreizend leicht und langsam. Sie spürte den starken Schlag seines Herzens und ergötzte sich an dem Gefühl einer Macht, die sie zuvor nie bewusst ausgeübt hatte. „Oder hast du es eilig, nach Hause zu fahren, um ... hm ... die Fische zu säubern?"

Sie forderte ihn heraus. Wie kam es nur, dass er früher nie bemerkt hatte, was für eine betörende kleine Hexe sie sein konnte? Dominic spürte, wie Verlangen in ihm emporstieg. Als er Kate jedoch an sich pressen wollte, zog sie sich zurück. Nicht viel. Nur Millimeter. Genug, um ihn anzustacheln.

„Wenn wir uns jetzt lieben, werde ich nicht sanft sein, Kate."

Kate fuhr sich mit der Zungenspitze über die Lippen. „Ist das eine Warnung?" flüsterte sie. „Oder ein Versprechen?"

Ein leichtes Beben fuhr durch Dominic. Er stellte es überrascht fest. Nie zuvor hatte er gezittert, selbst bei Kate nicht. Sein Verlangen wuchs. „Ich bin mir nicht sicher, ob du weißt, was du tust, Kate."

Sie lächelte ihn wieder an. Für sie zählte nur noch der Wunsch, in seinen Armen zu liegen. „Komm mit hinunter in die Kabine. Dann werden wir es herausfinden." Kate löste sich von ihm und ging voraus.

Dominic holte tief Luft und schaltete den Motor des Bootes aus. Er bemühte sich, seine Selbstbeherrschung zurückzugewinnen. Seit Kate und er wieder zueinander gefunden hatten, hatte er Angst, sie irgendwie zu verletzen. Und er befürchtete, Kate ein zweites Mal zu verlieren. Es war anstrengend, immer Vorsicht walten zu lassen. Doch Dominic zwang sich dazu. Zu viel hing davon ab.

Als Dominic die Treppe hinabgestiegen war und in die Kabine kam, sah er, dass Kate ihre Bluse aufgeknöpft, aber nicht ausgezogen hatte. Sie lächelte ihm entgegen, ein wenig unsicher. Doch das Bewusstsein eines berauschenden Machtgefühls überwog. Sie fühlte sich stark genug, Dominic zu verzaubern, ihn zu führen, mit ihm die Tiefen ihrer Leidenschaft ganz auszuloten.

Dominic blieb stehen. Kate trat auf ihn zu und bemühte sich, ihm das T-Shirt abzustreifen. Er half ihr dabei.

„Deine Haut fühlt sich wunderbar an", flüsterte sie. „Ich fand sie immer aufregend." Zärtlich streichelte sie Dominics entblößten Oberkörper. „Ich fand dich immer aufregend." Ihre Hände zitterten nicht, als sie den Reißverschluss seiner Jeans öffnete. Ohne Hast entkleidete sie Dominic, nahm sich Zeit, seinen Körper Zentimeter für Zentimeter zu erkunden. „Niemand hat je ein so großes Verlangen in mir geweckt", sagte sie leise.

Er legte die Hände auf Kates Schultern. Ahnte sie, wie die leiseste Berührung ihrer langen schlanken Finger ihn erregte? Wie ihr ruhiger Blick die Glut in ihm schürte?

„Kate ..." Er beugte sich vor, um sie zu küssen.

Sie wich aus und presste ihre warmen Lippen auf seinen Hals. Dann schmiegte sie sich an ihn. Dort, wo ihre Bluse offen stand, trafen ihre nackten Körper aufeinander. Schließlich tastete Kate mit dem Mund über seine Brust, ließ ihre Hände an seinem Rücken hinab zu seinen Hüften gleiten.

Wie ein Blitz durchzuckte Dominic heiße, feurige Lust. Gleich würde es um seine Beherrschung geschehen sein. Kate trieb ihn dazu, alle Vorsicht aufzugeben. Sie wollte es nicht anders.

Wenig später lagen sie auf einer der schmalen Liegen. Die

Bluse war über Kates Schultern herabgerutscht. Dominic spürte die festen Rundungen ihres Busens auf seiner Brust. Kate knabberte an seinen Lippen, reizte ihn mit ihren Küssen weiter. Sie ist wie eine Flamme, schoss es Dominic durch den Kopf. Mit den Fingerspitzen, mit dem Mund übertrug Kate das Feuer auf ihn, Dominic, bis er schließlich vor Begierde glühte ...

Sie bewegte ihre Hände leicht und schnell. Wo immer sie ihn berührte, rief sie Wonnen in ihm hervor, deren Intensität ihm bald schier unerträglich erschien. Er begann, Kate ebenfalls zu liebkosen. Sie bäumte sich auf, strich über seinen Schoß.

Da umklammerte er jäh ihre Oberarme. Sein Griff war fest und stark. Kate stöhnte leise. Doch sie sehnte sich nach seiner Stärke, wünschte, dass Dominic sie beide mit seiner Kraft auf den Gipfel der Lust tragen würde.

„Du", wisperte sie. „Du ..." Sie rollte sich auf den Rücken, hob Dominic die Hüften entgegen.

„Du und ich ... wir!"

Dominic drang in sie ein und spürte, wie die Erregung ihren Leib durchzuckte. Jetzt konnte ihre Liebe nicht mehr langsam und genießerisch sein. Sie hatten sich gegenseitig zum Äußersten getrieben ... Dennoch rührte er sich zunächst nicht in ihr.

„Dominic!" flehte Kate.

„Ja, Darling."

„Dominic, bitte..." Heftig pulsierte das Blut durch ihre Adern. Sie hörte selbst, wie sie noch einmal seinen Namen rief.

Endlich bewegte er sich in dem Rhythmus, der ihre Anspannung löste. Gemeinsam erlebten sie einen ekstatischen Höhepunkt.

Die ganze Zeit über während ihrer Genesung war keine Sekunde vergangen, in der Kate sich nicht in Gedanken damit beschäftigt hatte, erneut zu tauchen. Sie hatte es kaum erwarten können und sich kräftig genug gefühlt. Jedes Mal, wenn Dominic einen weiteren Gegenstand mitbrachte, war sie aufgeregt und enttäuscht zugleich gewesen, weil sie an seiner Entdeckung nicht teilnehmen durfte. Wie eine Schülerin, die die verbleibenden Tage bis zu den Sommerferien am Kalender abstreicht, hatte Kate die bis zu ihrer vollständigen Heilung gezählt.

Doch nun fühlte sie sich plötzlich alles andere als stark.

Es war jetzt eine Woche seit dem Unglück verstrichen. Kate stand an Deck der „Wirbelwind". Ihre Hände zitterten leicht, während sie ihren Taucheranzug überstreifte. Zum Glück befand sich Dominic bereits im Wasser.

Er befestigte das selbst gebaute Gebläse an der Schiffsschraube des Bootes. Marsh beugte sich am Heck über die Reling und beobachtete ihn bei der Arbeit.

Gut, dass Marsh sich bereit erklärt, einige Stunden seiner knapp bemessenen Freizeit für die Bergungsarbeiten zu opfern, dachte Kate. Im selben Moment wurde ihr klar, dass Linda ihn gedrängt hatte, Dominic und ihr zu helfen.

Kate nutzte den unbeobachteten Augenblick, sich zu sammeln.

Es ist ganz natürlich, dass ich Angst davor habe, wieder in das Meer hinabzutauchen, in dem ich eine solch böse Erfahrung gemacht habe, sagte sie sich.

Trotz dieser logischen Erklärung zitterten Kates Hände noch immer, als sie den Reißverschluss zuzog. Ein Reiter, der nach einem Sturz wieder auf sein Pferd stieg, empfand gewiss ähnlich.

Ihre Nervosität blieb. Kate biss die Zähne zusammen. Sie würde tauchen. Nicht einmal ihre eigenen Ängste würden sie davon abhalten, ihr Ziel zu verfolgen.

„Dominic ist so weit!" rief Marsh, nachdem er von seinem Bruder ein Zeichen erhalten hatte.

„Ich bin auch gleich fertig." Kate befestigte den Gürtel mit den Gewichten und beugte sich herab, um den Beutel aufzuheben, in dem sie kleinere Gegenstände bergen konnte. Wenn ihnen das Glück weiterhin hold war und das Gebläse seine Aufgabe erfüllte, würden sie bald andere Methoden anwenden müssen, um ihre Funde an Bord zu transportieren. Die Beutel reichten dann nicht mehr aus.

„Kate?“ sprach Marsh sie an.

Sie schaute nicht auf, sondern hakte den Beutel an ihren Gürtel.

„Du hast Angst, richtig?“

Stille.

Marsh berührte mit der Hand leicht ihre Schulter, aber Kate reagierte nicht darauf, intensiv befasste sie sich mit dem Festschnallen ihres Tauchermessers.

„Du könntest auf den Motor Acht geben, während ich Dominic unten helfe, Kate.“

„Nein!“ Ihre Antwort kam nur etwas zu schnell und zu heftig. „Es ist alles in Ordnung, Marsh.“ Sie zwang sich zur Ruhe und hängte die Unterwasserkamera um ihren Nacken, die sie am Vortag gekauft hatte. „Ich ... ach, irgendwann muss ich doch ...“

„Aber nicht unbedingt heute“, unterbrach Marsh sie.

Kate lächelte ihn an. Im Vergleich zu Dominic hatte sein Bruder ein ausgesprochen ausgeglichenes Wesen. Sie konnte gut verstehen, dass Linda schon immer an ihm interessiert gewesen war.

Warum hatte sie sich nicht in Marsh verliebt? Es hätte mehr Sinn ergeben, wenn sie sich zu einem beständigen Menschen hingezogen gefühlt hätte, als sich einem unablässigen Wechselbad der Gefühle bei Dominic auszusetzen.

„Doch. Bitte.“ Bevor Marsh etwas erwidern konnte, legte sie die Hand auf seinen Arm. „Sag Dominic nichts“, bat sie inständig.

Bedächtig nickte Marsh. Er war davon überzeugt, dass Dominic auch ohne einen Hinweis von ihm zu deuten wusste, was in Kate vorging, wenn er ihre Miene sah.

„Lass den Motor einige Minuten lang mit voller Kraft laufen, Marsh!“ rief Dominic, bevor er wieder an Bord kletterte. Er strahlte Energie und Tatendrang aus. „Wir müssen das Gerät zunächst testen. Vielleicht ist es nicht groß genug, um uns bei der Tiefe überhaupt irgendwie zu nutzen.“

Marsh ging zum Steuerruder. „Hast du schon einmal daran gedacht, einen Pressluftförderer zu verwenden?“

Dominic brummelte irgendetwas Unverständliches. Natürlich hatte er diese Möglichkeit bereits in Erwägung gezogen. Es handelte sich um ein Metallrohr, das auf den Meeresboden gesenkt wurde und in dem ein andauernder starker Luftsog zur Oberfläche hin herrschte. Es war eine schnelle und wirkungsvolle Methode, schlammige Böden freizulegen. Aber eventuell würde sich ein Pressluftförderer erübrigen, möglicherweise leistete das selbst gebaute Gerät ja gute Dienste. Wenn nicht, konnte man noch immer einen Pressluftförderer einsetzen. Vermutlich würde dann auch ein größeres Schiff mit besserer Ausstattung und mehr Kraft vonnöten sein.

Die endgültige Entscheidung über die Anmietung eines solchen Schiffes wollte Dominic von den heutigen Funden und Erkenntnissen abhängig machen.

Dominic holte eine kleine Harpune aus der Kabine, die er beabsichtigte mit hinabzunehmen. Er wollte beim Tauchen mit Kate keinerlei Risiken mehr eingehen.

„In Ordnung, jetzt kannst du den Motor auf das Minimum drosseln!“ rief er Marsh zu. „So sollte es die ganze Zeit über bleiben. Ich möchte keinesfalls, dass Kate und ich von umherschießenden Kanonenkugeln getroffen werden.“

Kate hatte mehrmals tief ein- und ausgeatmet. Als sie jetzt sprach, klang ihre Stimme fest. „Könnte das Gerät wirklich eine solche Kraft haben?“ fragte sie.

„Nicht bei der Geschwindigkeit.“ Dominic setzte seine Maske auf und nahm Kates Hand in seine. „Bist du bereit?“

„Ja."

Er gab ihr einen Kuss. „Du hast Mut, Frau Lehrerin", flüsterte er. Dann ließ er seinen Blick aufmerksam über ihr Gesicht gleiten. „Es ist eine deiner aufregendsten Eigenschaften." Er drückte ihre Hand, wandte sich ab und stieg die Leiter hinab ins Wasser.

Dominic hatte die Angst in ihren Augen gelesen. Mit seinen Worten hatte er Kate aufmuntern wollen.

Sie strich sich über die Stirn und ging ebenfalls zur Leiter. Während sie hinabkletterte, schaute sie zu Marsh, der seine Rechte zum Gruß hob. Kate nickte ihm zu und ließ sich dann ins Meer fallen.

Kaum war sie untergetaucht, ergriff sie Panik. Ihr Herz klopfte heftig, und Verwirrung bemächtigte sich ihrer. Je tiefer sie vordrang, desto auswegloser erschien ihr ihre Situation. Das Wasser beengte sie plötzlich, und sie rang verzweifelt nach Luft. Fluchtartig wandte sie sich um, dem Licht zu.

Da hielt Dominic sie zurück. Sein Griff war fest. Kate wehrte sich, aber Dominic ließ nicht locker, bis ihr Widerstand gebrochen war. Schließlich berührte er ihre Wange und wartete darauf, dass Kate ihn anschaute. Sie begegnete seinem Blick, erkannte die Kraft und Herausforderung darin. Unter Aufbietung ihrer ganzen Willensstärke überwand Kate ihre Angst. Allmählich verlangsamte sich ihr Puls. Sie atmete regelmäßig und fand sich damit ab, dass der Sauerstoff aus der Flasche auf ihrem Rücken kam.

Dominic bemerkte die Veränderung und führte Kates Hand an seinen Mund, so als wolle er sie küssen. Die letzte Anspannung wich von Kate. Sie war nicht allein.

Mit einem Kopfnicken bedeutete sie Dominic, dass sie sich besser fühlte. Danach zeigte sie mit dem Daumen nach unten. Hand in Hand setzten sie den Abstieg auf den Grund des Meeres fort.

Als sie dort ankamen, hatte die Wirbelbewegung des Wassers, die Dominics Gerät verursachte, bereits einiges von den Ablagerungen beseitigt. Ein Blick genügte Dominic, um festzustellen, dass sein selbst gefertigter Apparat mit dem Antrieb einer einzigen Schiffsschraube nicht ausreichen würde, sollte das Schiff tiefer als einen Meter unter dem Schlamm liegen. Für den Augenblick genügte das Gerät jedoch. Obwohl Dominic sich dazu zwingen musste, bewahrte er Ruhe und Geduld, was ihm jetzt wichtiger erschien als Schnelligkeit. Nicht nur bei dem Wrack musste er Vorsicht walten lassen.

Dominic schätzte, dass der Wirbel ungefähr zwei bis drei Zentimeter pro Minute entfernte. Er und Kate hätten heute sowieso keinen Nutzen davon gehabt, wenn das Gerät schneller gearbeitet hätte. Sie konnten nicht viel ausrichten.

Während er den Apparat überprüfte, schwamm Kate zu einer der Kanonen, um sie für ihr Verzeichnis der Funde auf Zelluloid zu bannen. Als sie zurückkehrte und erneut die Kamera hob, um Dominic zu fotografieren, musste er lächeln.

Sie war nun völlig entspannt, hatte ihre Angst vergessen. Er konnte es an ihren unverkrampften Bewegungen feststellen.

Kate ließ die Kamera sinken und gesellte sich zu Dominic. Sekunden später wurde ein fester Gegenstand zusammen mit Sand und Schlamm aus dem Loch hochgeschleudert, den der Wasserstrudel in den Boden bohrte. Kate fing den Gegenstand geschickt auf. Bei näherem Betrachten erkannte sie einen Kerzenständer. Ungläubig drehte sie ihn wieder und wieder in der Hand.

War er aus Silber gefertigt? Hatten sie nun den eigentlichen Schatz entdeckt? Eine schwarze Oxidationsschicht überzog den Kerzenständer und gab keinen Aufschluss über das Material. Dennoch verspürte Kate Begeisterung. Nach langen Tagen, in denen sie dazu verurteilt gewesen war, untätig zu warten, nahm sie wieder aktiv am Abenteuer teil.

Sie schaute zu Dominic, der nun auch aufgewirbelte Gegenstände einsammelte und in den Korb aus Drahtgeflecht legte, den er bereits am Tag zuvor heruntergebracht hatte. Es waren weitere Kerzenständer darunter, auch Tischbestecke, allerdings nicht mehr so einfache und schlichte wie die, die sie anfangs aufgespürt hatten.

Schnell griff Kate nach der Kamera und machte gewissenhafte Aufnahmen von allen Stücken. Für sie bestand kein Zweifel daran, dass sie einen Silberstempel entdecken würden. Dann hätten sie die Gewissheit, um mit Bestimmtheit sagen können, dass es sich tatsächlich um ein britisches Schiff handelte. Gewöhnliche Seeleute hatten kein Besteck aus Silber benutzt, nicht einmal aus Zinn. Diese Funde gehörten auch nicht mehr zur Kombüse. Dominic und sie, Kate, waren weiter vorgedrungen und standen doch erst am Anfang ihrer Ausgrabungen.

Als Dominic das erste Stück aus Porzellan fand, gab er Kate ein Zeichen. Die Vase hatte zwar im Laufe der Zeit durch den Wasserdruck gelitten und war zerbrochen, aber auf der Hälfte, die erhalten war, prangte deutlich der Stempel des Herstellers.

Kate umfasste aufgeregt Dominics Arm. „Whieldon", las sie.

Also englisches Porzellan. Und dieser Porzellanhersteller hatte seine Kunst an die Manufaktur Wedgwood weitergegeben. Kate nahm die Scherbe so vorsichtig in die Hand, als handle es sich um einen empfindsamen kleinen Vogel.

Dann blickte sie Dominic triumphierend an. Sie ärgerte sich darüber, im Meer zur Sprachlosigkeit verdammt zu sein, und deutete mehrmals mit dem Zeigefinger auf den Stempel.

Dominic nickte und bedeutete ihr, die Scherbe in den Korb zu legen. Nur widerwillig trennte sich Kate von dem kostbaren Stück. Doch dann packte sie der Ehrgeiz, mehr zu finden. Sie schwamm zum Fundort zurück und traf Dominic dort wieder mit vollen Händen. Er hatte nur Bruchstücke eingesammelt, aber der Form nach handelte es sich um Teile von Schüsseln, Tassen oder Tellern.

Das bewies zwar nicht eindeutig, dass das Wrack ein Handelsschiff war. Es ließ allerdings den Schluss zu, dass die Offiziere und vielleicht auch Passagiere des Schiffes auf ihrer Reise in die Neue Welt auf ein kultiviertes Mahl Wert gelegt hatten. Englische Offiziere. So viel stand für Kate fest. Sie war sich sicher, dass sie die „Liberty" gefunden hatten.

Sie brachte auch diese Scherben zum Korb und hielt nach weiteren Dingen Ausschau.

Plötzlich schoss erneut ein größeres Teil durch die Wucht des Strudels vom Boden empor. Diesmal ergriff Dominic es. Er stellte fest, dass es sich um eine verkrustete schmutzige Kanne handelte, die für Tee oder Kaffee verwendet worden war. Sie mochte unter der Schmutzschicht, die sie im Laufe der Jahre überzogen hatte, zerbrochen sein, doch, im Gegenteil, diese Schicht hatte sie die ganze Zeit zusammengehalten. Dominic klopfte an seine Sauerstoffflasche, um Kate auf seinen Fund aufmerksam zu machen.

Ihr genügte ein Blick, um zu wissen, dass Dominic eine Kanne von unschätzbarem Wert in den Händen hielt. Kate bezähmte ihre Ungeduld und bedeutete Dominic, die Kanne für ein Foto hochzuhalten. Er kam ihrer Aufforderung nach, kreuzte die Beine zum Schneidersitz und mimte, dass er sich eine Tasse Tee eingoss.

Kate schmunzelte. Obwohl er gerade einen Gegenstand geborgen hatte, der Tausende von Dollars Wert sein mochte, konnte Dominic Witze machen. Nichts schien ihm ernst genug zu sein, um sich nicht einen Spaß damit zu erlauben. Kate betätigte den Auslöser ihrer Kamera und empfand mit einem Mal die gleiche Ausgelassenheit wie er. Sie schwamm zu Dominic und streckte die Hand nach der Kanne aus, um sie zu untersuchen.

Mit den Fingerspitzen strich sie über die Oberfläche. Bei genauem Hinsehen entdeckte sie ein feines Muster unter der Schmutzschicht. Dies war wirklich keine gewöhnliche Keramik, kein normaler Gebrauchsgegenstand. Es handelte sich um feinstes, schon zu seiner Zeit kostbares Porzellan.

Dominic hatte die Bedeutung und den Wert dieser Kanne natürlich ebenfalls erkannt. Vorsichtig nahm er sie Kate ab. Dann bedeutete er ihr, dass es Zeit wurde, die Funde dieses Morgens hinaufzutransportieren. Er zeigte auf seine Uhr, womit er ausdrücken wollte, dass sich der Inhalt ihrer Sauerstoffflaschen dem Ende zuneigte.

Kate erhob absolut keinen Widerspruch. Sie würden ja schnellstmöglich zurückkehren, und die „Liberty“ wartete auf sie.

12. KAPITEL

„Kannst du dir vorstellen, wie ich mich fühle?“ fragte Kate, nachdem sie und Dominic aufgetaucht waren.

„Ja.“ Dominic hielt sich mit einer Hand an der Leiter zur „Wirbelwind“ fest und wartete, bis Kate ihre Sauerstoffflaschen abgenommen und an Bord gehoben hatte. „Ja, das kann ich sehr gut.“

„Die Teekanne.“ Kate kletterte an Bord. „Dominic, sie ist unbezahlbar. Es ist, als hätte man inmitten eines großen Abfallhaufens eine herrliche blühende Rose gefunden.“ Bevor Dominic etwas erwidern konnte, lachte Kate übermütig auf und rief Marsh zu: „Es war fantastisch. Einfach unglaublich.“

Marsh schaltete den Motor ab und kam herüber, um die Ausrüstung und den Korb an Deck zu hieven. „Ihr beide arbeitet schnell und gut.“ Er beugte sich über den Korb und berührte mit einem Finger die Kanne. „Mein Gott, sie ist ja noch heil.“

„Sobald sie gesäubert ist, werden wir das Datum bestimmen können. Schau dir das einmal an.“ Kate holte das Teilstück der Vase hervor. „Hier ist der Stempel eines englischen Töpfers. Englisch“, wiederholte sie, an Dominic gewandt. „Er hat Wedgwood ausgebildet, und Wedgwood hat erst im Anschluss um 1760 herum mit seiner eigenen Produktion begonnen. Wir haben demnach ...“

„... ein Teil gefunden, das mit aller Wahrscheinlichkeit aus dem Zeitraum stammt, der uns interessiert“, beendete Dominic ihren Satz. „‚Liberty‘ oder nicht“, fuhr er fort und ging neben Kate in die Hocke. „Es sieht ganz so aus, als wären wir auf ein Wrack aus dem achtzehnten Jahrhundert gestoßen, das vermutlich britischen Ursprungs ist und das bisher nicht entdeckt wurde.“ Er griff nach ihrer Hand und drückte sie. „Dein Vater wäre stolz auf dich.“

Plötzlich überschlugen sich ihre Gedanken. Ihre Hand begann leicht zu zittern. Schnell legte sie die Porzellanscherbe zurück in den Korb und richtete sich auf.

„Ich gehe hinunter“, stieß sie hervor und verschwand.

Stolz. Kate lächelte vor sich hin, während sie die Treppe hinunterlief. Den Stolz und die Liebe des Vaters. Hatte sie sich nicht immer danach gesehnt? Konnte es sein, dass sie nach seinem Tod das erhielt, was sie sich zu seinen Lebzeiten gewünscht hatte?

Kate setzte sich auf eine der schmalen Liegen und bemühte sich, ihre Empfindungen unter Kontrolle zu bringen. Sie war entschlossen, die „Liberty“ zu finden, den Traum ihres Vaters Wirklichkeit werden zu lassen. In einem Museum sollte sein Name an den Funden stehen.

Aber es gab noch einen anderen Grund für sie, fortzufahren. Um ihrer selbst willen musste sie weitersuchen. Es war ihr erster eigener Entschluss gewesen, nicht länger passiv zu bleiben, sondern selber tätig zu werden.

Für mich selbst, wiederholte Kate im Stillen.

„Kate?“

Sie wandte sich um in dem Glauben, nach außen hin Ruhe auszustrahlen, aber Dominic las in ihren Augen, welche Gefühle sie bewegten. Er wusste nicht recht, wie er reagieren sollte, und daher beschränkte er sich auf das Praktische.

„Es wäre besser, wenn du jetzt deinen Taucheranzug ausziehen würdest.“

„Wieso? Wir gehen doch ein zweites Mal hinunter.“

„Nein, das tun wir nicht.“ Wie um seinen Worten Nachdruck zu verleihen, fing er an, seinen Anzug abzustreifen.

Als jetzt auch noch Marsh den Motor anließ und das Boot wendete, begehrte Kate auf.

„Dominic, wir haben noch genug Sauerstoffflaschen. Es gibt keinen Grund, nicht weiterzumachen ...“

„Diese eine Stunde heute dort unten hat die meiste Energie verbraucht, die du in der vergangenen Woche aufgebaut hast“, unterbrach Dominic sie. „Wenn du auch morgen tauchen möchtest, solltest du dich heute nicht überanstrengen.“

Auf Grund ihrer labilen Stimmungslage konnte Kate die Situation nicht vernünftig sehen. Ihr Zorn über die vermeintliche Bevormundung brach sich unvermittelt Bahn. „Zum Teufel noch eins!“ platzte sie heraus. „Ich bin es leid, andauernd so behandelt zu werden, als würde ich meine Grenzen, meinen Verstand und meinen Körper nicht kennen.“

Dominic ging zur Kombüse und holte eine Dose Bier aus dem Kühlschrank. Zischend entströmte die Luft, während er den Verschluss zurückbog. „Was redest du für einen Unsinn?“

„Dominic, ich musste fast vier Tage lang das Bett hüten und danach untätig herumsitzen, weil du und Linda und alle anderen, die um mich herum waren, mich dazu genötigt haben. Ich dulde es nicht länger, dass andere über mich bestimmen.“

Dominic strich sich das tropfnasse Haar aus der Stirn und setzte die Dose an den Mund. Nachdem er getrunken hatte, sagte er: „Du wirst das so lange dulden, wie ich es für richtig halte.“

„Du?“ stieß Kate hervor und sprang auf. Mit vor Zorn geröteten Wangen trat sie auf ihn zu. „Ich muss mir weder von dir noch von sonst jemandem vorschreiben lassen, was ich zu tun oder zu lassen habe. Ich glaube, es wird höchste Zeit, dass du dir vor Augen hältst, wer das Sagen bei dieser Bergungsaktion hat.“

„Ach? Meinst du?“

„Ja. Ich habe dich angeheuert. Fünfundsiebzig Dollar pro Tag und fünfundzwanzig Prozent. So lauten die Bedingungen. Wir haben nicht vereinbart, dass du mein Leben bestimmst.“

Dominic presste die Lippen zusammen. Eine Ewigkeit schien zu verstreichen, in der nur der Lärm des Motors und Kates heftiger Atem zu hören waren. Dollars und Prozente. Der

Gedanke erfüllte Dominic mit Bitterkeit. Nur Dollars und Prozente.

„Und das soll alles sein?“ fragte er schließlich.

„Wir haben eine Vereinbarung getroffen. Ich habe die Absicht, dir deinen Teil zu geben. Ich lasse mir aber nicht von dir sagen, wann ich tauchen darf und wann nicht. Du hast nicht zu beurteilen, wann ich mich wohl fühle und wann nicht. Ich bin es endgültig leid, mir Anweisungen erteilen zu lassen. Und ich werde es nicht mehr dulden – weder von dir noch von anderen. Nie wieder.“

Dominic krampfte die Finger um die Bierdose in seiner Hand. „In Ordnung. Du kannst machen, was du willst, Frau Lehrerin. Aber dann such dir gefälligst auch einen anderen Taucher. Ich schicke dir meine Rechnung mit der Post.“ Er drehte sich um und verließ die Kabine.

Kate setzte sich wieder auf die Liege und presste die Handflächen fest gegeneinander. So verharrte sie, bis der Motor abgeschaltet wurde. Mühsam verbannte sie alle Gedanken und Gefühle, stand auf und ging an Deck.

Alles war so, wie sie es zurückgelassen hatte – der Drahtkorb mit den Funden und die fast aufgebrauchten Sauerstoffflaschen. Nur Dominic war fort.

„Du kannst nicht alles allein tragen.“ Marsh kam schnell vom Bug herbei.

Kate zog ein langes T-Shirt über ihren Taucheranzug, das ihr bis auf die Oberschenkel reichte. „Ich wäre dir dankbar, wenn du mir helfen würdest, die Sachen in mein Hotelzimmer zu schaffen. Dort werde ich mich um den Versand kümmern.“

„In Ordnung.“ Anstatt jedoch den Korb vom Boden hochzuheben, griff Marsh nach ihrem Arm. „Kate, ich erteile nicht gern Ratschläge, aber ...“

„Dann lass es auch“, unterbrach sie ihn. Im selben Moment

bereute sie ihre Barschheit. „Es tut mir Leid, Marsh. Ich bin nervös."

„Ja, das ist mir klar. Ich weiß auch, dass mit dir und Dominic nicht immer alles glatt verläuft. Du musst wissen, dass er sich oft verschließt und nicht sagt, was er denkt. Oder schlimmer noch", fügte er hinzu, „er sagt das Erstbeste, was ihm in den Sinn kommt."

„Dominic kann tun und lassen, was er will. Ich bin hergekommen, um die ‚Liberty' zu finden und auszugraben. Wenn Dominic und ich auf geschäftlicher Ebene nicht miteinander zurechtkommen, muss ich es eben ohne ihn tun."

„Hör mal, er hat eben so seine Eigenheiten ..."

„Marsh, du bist sein Bruder. Es ist ganz klar, dass du zu ihm hältst, doch ..." Sie verstummte und zuckte die Schultern.

„Ich mag auch dich sehr. Wenn ich dir irgendwie helfen kann ..."

Kate wehrte sich gegen das Gefühl der Dankbarkeit, weil sie befürchtete, es könne sie beeinflussen. Sie straffte die Schultern. „Ich weiß dein Angebot zu schätzen, Marsh, danke. Sag mir bitte, wo ich mir kurzfristig ein Boot und eine Taucherausrüstung leihen kann. Ich will heute Nachmittag wieder aufs Meer hinausfahren."

„Kate ..."

„Ich fahre", wiederholte sie. „Mit oder ohne deine Unterstützung!"

Den Rest des Vormittags verbrachte Kate damit, alle Funde in ihrem Hotelzimmer zu ordnen und sich auf die zweite Ausfahrt am Nachmittag vorzubereiten. Sie musste dann noch eine längere Diskussion mit Marsh überstehen, der erneut versuchte, sie von ihrem Vorhaben abzubringen. Kate lehnte seinen Vorschlag, sie zu begleiten, rigoros ab. Mit der Drohung, sie werde sich woanders ein Boot mieten, setzte sie ihren Willen durch.

Schließlich stand sie am Steuer der „Möwe“ und fuhr allein aufs Meer hinaus. Es war fast eine Trotzreaktion, dass sie mit Vollgas über die Wasseroberfläche sauste. Sie grübelte nicht über die Gründe für ihr Tun nach. Sie hatte einfach das Bedürfnis, schnell zu fahren.

Kate wollte nicht an Dominic denken und daran, weshalb sie ihn angeschrien hatte. Ihre Worte mochten für ihn sehr hart gewesen sein, aber sie waren sicherlich notwendig gewesen.

Diese Überlegung tröstete sie. Viel zu lange – ein Leben lang – hatte sie unter dem Einfluss anderer Menschen gestanden, fremde Erwartungen erfüllt.

Kate erreichte ihr Ziel und schaltete den Motor ab. Danach legte sie ihre Ausrüstung an und prüfte sie wieder und wieder. Sie war noch nie allein getaucht. Jetzt wollte sie es wagen. Diese Erfahrung zu machen schien ihr für die Entwicklung ihrer Persönlichkeit mit einem Mal sehr wichtig.

Nach einem letzten Blick auf den Kompass kletterte sie mit einem Drahtkorb über die Reling ins Wasser.

Je tiefer sie kam, desto größer wurde ihre Aufregung. Hier hielt sich außer ihr kein Mensch auf. Sie war ihr eigener Herr, völlig auf sich selbst gestellt.

Kate hatte es nicht eilig. Sie wollte den Rausch genießen, unabhängig zu sein und allein im Meer zu schwimmen, abgesehen natürlich von einigen neugierigen Fischen, die hin und wieder ihren Weg kreuzten. Niemand machte ihr Vorschriften, niemand gängelte sie. Sekundenlang schloss sie die Augen und ließ sich treiben. Dann setzte sie ihren Weg zielstrebig fort.

Schließlich erreichte sie den Meeresboden. Unbändiger Stolz erfüllte sie, dass sie ohne ihren Vater etwas verwirklichen konnte. Sie gab sich diesem triumphalen Gefühl hin, ohne über die Hintergründe nachzudenken. Zweieinhalb Jahrhunderte lang lag das Schiff schon auf dem Meeresboden, dann hatte sie es entdeckt. Kate schwamm im Kreis um das von Dominics

Apparatur geschaffene Loch und begann mit den Händen zu fächern.

Zuerst fand sie einen Teller mit einem zarten Blumendekor am Rand. Nach einer Weile hatte sie ein halbes Dutzend dieser Teller freigelegt, von denen zwei völlig heil waren. Auf der Rückseite entdeckte sie das Zeichen eines englischen Töpfers. Später stieß Kate auch auf Tassen aus feinem Porzellan, die vielleicht einmal den Tisch eines wohlhabenden Kolonialherren hätten zieren sollen. Sie hätten Erbstücke werden können, die ihrem Besitzer sicher lieb und wert gewesen wären, hätte die Natur nicht ihre ureigenste Macht. Die ehemalige Form der Tassen war überwuchert mit Muscheln und Kalk. Kate aber glaubte durch diese Schicht hindurch die wahre Schönheit der Gegenstände zu erblicken.

Sorgfältig fächerte Kate weiter. Dabei hätte sie fast ein Teil übersehen, das wie eine dunkle Muschel wirkte. Sie schwamm näher heran. Bei genauerem Hinsehen erkannte sie eine Silbermünze. Sie konnte nicht feststellen, um welche Währung es sich handelte. Das war aber auch völlig nebensächlich. Warum sollte es nicht eventuell ein spanisches Geldstück sein?

Sie hatte gelesen, dass die spanische Währung von allen europäischen Nationen benutzt worden war, die Kolonien in der neuen Welt unterhalten hatten.

Es zählte nur, dass es sich unzweifelhaft um eine Münze handelte. Die erste. Obwohl sie aus Silber und nicht aus Gold gestanzt war, konnte Kate ihr Glück kaum fassen. Sie hatte die erste Münze entdeckt! Und zwar allein.

Gerade wollte Kate ihren Fund in den Beutel an ihrem Gürtel stecken, da wurde sie am Arm herumgerissen.

Jähe Angst erfüllte sie. Die Harpune befand sich an Bord der „Wirbelwind". Kate war unbewaffnet.

Sekunden später erkannte sie, dass ihr keine Gefahr drohte. Dominic umklammerte ihre Schultern.

Ihre Angst machte einer ohnmächtigen Wut Platz. Musste er sie derart erschrecken? Musste er sie ausgerechnet jetzt stören? Sie versuchte sich seinem Griff zu entwinden und gestikulierte wild, dass er sie allein lassen solle. Doch Dominic schlang nur den Arm um ihre Taille und schwamm mit ihr zurück zur Oberfläche.

Kate gelang es nicht, sich zu befreien. Dominic hielt sie so fest, dass ihr nur die Wahl blieb, entweder nachzugeben oder ihre eigene Luftzufuhr durch heftige Bewegungen abzuschneiden.

Sobald sie mit den Köpfen über Wasser waren, riss Kate ihr Mundstück heraus. Bevor sie allerdings einen Ton hervorbringen konnte, schrie Dominic sie an.

„Bist du verrückt geworden?“ Er zog sie mit sich zur Leiter. „Kaum bist du einen Tag richtig auf den Beinen, traust du dir zu, allein in einer Tiefe von fünfzig Metern zu tauchen. Ich weiß nicht, wie ich jemals auf den Gedanken verfallen konnte, du hättest Verstand.“

Schwer atmend hob Kate ihre Sauerstoffflaschen an Bord. Sie wollte erst einmal festen Boden unter den Füßen spüren und dann ... dann ...

„Ich brauche dich nur ein paar Stunden aus den Augen zu lassen, und du wirst größenwahnsinnig. Du wärst schuld daran gewesen, wenn ich Marsh vor Wut umgebracht hätte!“ schimpfte Dominic.

Da stellte Kate fest, dass sie an Bord der „Wirbelwind“ geklettert war. Marshs Boot war verschwunden.

„Wo ist die ‚Möwe‘?“ fragte sie.

„Marsh war vernünftig genug, mir zu sagen, was du im Schilde führst. Er ist mit mir hinausgefahren und bringt die ‚Möwe‘ in den Hafen zurück.“ Dominic stand jetzt vor Kate und schaute auf sie herab. „Denkst du wirklich kein bisschen nach?“

Kate warf den Kopf zurück. „Und du?“

„Verflixt, wir reden nicht von mir“, fuhr Dominic sie an.

Dann begann er, Kate den Taucheranzug auszuziehen. „Ich tauche, seit ich sechs Jahre alt bin. Ich kenne die Strömungen."

„Ich kenne die Strömungen auch."

„Du hast einige Tage lang im Bett gelegen."

„Nur deswegen, weil du so überempfindlich warst." Kate schüttelte seine Hände ab. Da er ihr das Oberteil des Taucheranzuges bereits abgestreift hatte, zog sie den Rest ebenfalls aus. „Du hast kein Recht, mir vorzuschreiben, wann und wo ich tauchen darf, Dominic. Selbst wenn du stärker bist, kannst du nicht einfach daherkommen und mich hinaufschleppen!"

„Zum Teufel damit, wozu ich ein Recht habe und wozu nicht!" Dominic fasste Kate bei den Oberarmen und schüttelte sie heftig. Er machte seinem Zorn über ihren Unverstand rücksichtslos Luft. Er kannte die Gefahren, die im Meer lauerten. „Ich schaffe mir meine eigenen Rechte. Du wirst nicht mehr allein tauchen. Und wenn ich dich anketten muss, um dich davon abzuhalten."

„Du hast mir gesagt, ich solle mich um einen anderen Taucher kümmern!" stieß Kate hervor. „Solange ich keinen habe, tauche ich ohne Partner."

„Du hast mir dieses Abkommen vorgehalten, Kate. Miese Prozente und ein Tageshonorar. Weißt du, wie ich mich da gefühlt habe?"

„Nein!" rief Kate aus und machte sich frei. „Nein, ich weiß nicht, wie du dich gefühlt hast. Ich weiß nie, wie du dich gefühlt hast. Ich weiß nie, wie du fühlst. Du sagst es mir nie." Sie fuhr sich mit den Händen durch ihr nasses Haar und wandte sich ab. „Wir haben die Bedingungen vereinbart."

„Das war vorher."

„Vor was?" fragte Kate. Sie spürte, wie ihr Tränen in die Augen stiegen, aber sie schaffte es, sie zurückzuhalten. „Bevor ich mit dir geschlafen habe?"

„Kate." Mit wenigen Schritten war Dominic bei ihr und hielt

sie zwischen der Reling und seinem Körper gefangen. „Versuchst du, mich für etwas zu bestrafen, das ich vor vier Jahren getan oder nicht getan habe? Ich weiß nicht einmal, was es ist. Ich weiß nicht, was du von mir willst oder was nicht, und ich bin es leid, ständig herumzuraten ..."

„Ich möchte nicht in die Enge getrieben werden", erwiderte Kate heftig. „Das ist das eine. Dann möchte ich nicht, dass immer von mir erwartet wird, mich mit Aufgaben zu betrauen, die sich andere für mich ausgedacht haben. Das ist das zweite. Und ich möchte nicht, dass einfach vorausgesetzt wird, dass ich keinerlei persönliche Ziele oder Wünsche haben darf. Oder nicht in der Lage wäre, mich um mich selbst zu kümmern!"

Dominic knirschte mit den Zähnen. Er zog seinen Taucheranzug aus und warf ihn zur Seite. „Du verkennst die Lage, meine Liebe. Ich erwarte nichts von dir und setze nichts voraus. Früher vielleicht einmal, aber heute nicht mehr. Es gab nur einen einzigen Menschen, der dich in die Enge getrieben hat, und ich war es nicht." Er riss seine Maske vom Kopf und schleuderte sie zu Boden. „Ich war derjenige, der dich gehen ließ."

Kate versteifte sich. Selbst aus der Entfernung, in der Dominic jetzt zu ihr stand, bemerkte er, dass ihr Blick eisig wurde. „Ich will nicht mit dir über meinen Vater sprechen."

„Immerhin hast du doch sehr schnell gemerkt, von wem die Rede ist."

„Du konntest ihn nicht leiden. Du ..."

„Hör auf!" unterbrach Dominic sie. „Statt mir Vorwürfe zu machen, solltest du lieber mal darüber nachdenken, wie du zu ihm gestanden hast."

„Ich habe ihn geliebt", antwortete Kate leidenschaftlich. „Mein Leben lang habe ich versucht, es ihm zu zeigen. Das begreifst du nicht."

„Wieso bist du dir da so sicher?" fragte Dominic. „Meinst du, ich erkenne nicht, was du empfindest, wenn wir dort unten etwas finden? Hältst du mich für so blind, dass ich nicht merken würde, wie du dich mit dem Gedanken quälst, einst nicht seinen Erwartungen und Vorstellungen entsprochen zu haben? Ob du es glaubst oder nicht, es tut mir weh, mit anzusehen, wie du dich selbst dafür bestrafen willst, nicht so zu sein, wie er dich vielleicht haben wollte. Und ich habe es satt", fuhr er fort und holte tief Luft, „gründlich satt, mit einem Mann verglichen und an ihm gemessen zu werden, den du geliebt hast, ohne dass du ihm jemals wirklich nahe gewesen bist."

„So ist es nicht." Kate bedeckte ihr Gesicht mit den Händen. Sie wollte nicht zeigen, wie tief seine Worte sie getroffen hatten, und konnte sich doch nicht dagegen wehren. „Ich möchte nur ..."

„Was?" fragte Dominic. „Was möchtest du?"

„Ich habe nicht einmal geweint, als er starb", sagte Kate und ließ die Hände wieder sinken. „Ich habe nicht geweint, auch nicht bei seinem Begräbnis. Ich war ihm doch Tränen schuldig, Dominic!"

„Du bist ihm nichts schuldig. Du hast dich dein Leben lang nach ihm gerichtet, dich auf ihn eingestellt." Dominic fuhr sich mit den Fingern durchs Haar. „Kate ..." Sein Zorn verflog plötzlich. Langsam trat er zu Kate und nahm sie in die Arme.

„Ich habe nicht geweint ..."

„Dann weine jetzt", flüsterte Dominic und küsste ihre Schläfe. „Wein jetzt."

Heftige Krämpfe schüttelten Kate. Sie ließ ihren Tränen freien Lauf. Die angestaute Enttäuschung und Trauer über die Tatsache, dass ihre Sehnsucht nach Liebe, nach Verständnis von ihrem Vater unbeantwortet geblieben war, brachen sich ungehindert Bahn.

Dominic hielt Kate fest umschlungen. Vorsichtig zog er sie hinab auf die Bank. Er fand keine tröstenden Worte. Es fiel ihm schwer, Trost zu spenden. Er konnte Kate nur sein stummes Mitgefühl anbieten.

Schließlich verebbten ihre Tränen, doch sie barg weiterhin ihr Gesicht an Dominics Schulter. Sie war dankbar für seine Zärtlichkeit.

„Ich konnte nicht um ihn trauern“, flüsterte sie nach einer Weile. „Ich weiß nicht, warum.“

„Du musst nicht weinen oder trauern, Kate.“

„Nein, vielleicht nicht“, erwiderte sie nachdenklich. „Vielleicht nicht. Doch du hast Recht. Ich habe all dies für ihn tun wollen, weil er keine Gelegenheit mehr hatte, seinen Plan selbst zu Ende zu führen. Wahrscheinlich verstehst du es nicht, Dominic, aber ich hatte das Gefühl, hiermit alles für ihn zu tun, was ich kann. Für ihn, und für mich.“

„Kate.“ Behutsam schob er sie ein Stückchen zurück, so dass er in ihr Gesicht blicken konnte. Ihre Augen waren rot umrändert. „Ich brauche gar nicht alles zu verstehen. Ich will dich nur lieben.“

Er spürte, wie Kates Muskeln sich anspannten, und schalt sich im Stillen einen Dummkopf. Warum brachte er es nicht fertig, sich so auszudrücken, wie man es in solchen Fällen erwartete? Kate war eine Frau, die sanfte, leise geflüsterte Worte hören wollte, und ihm fiel es unendlich schwer, sie zu finden.

Lange Zeit blieb sie völlig regungslos in seinen Armen.

„Stimmt es?“ fragte sie schließlich leise.

„Was?“

Warum war es nur so schwierig, ihn dazu zu bringen, diese einfachen Worte auszusprechen? „Liebst du mich?“

„Kate.“ Ungeduldig hielt er sie ein wenig auf Distanz. „Ich weiß wirklich nicht, wie ich es dir anders zeigen könnte. Möchtest du Blumen, Champagner oder Gedichte? Verflixt, das ist nicht meine Art.“

„Ich möchte eine Antwort“, beharrte sie.

„Ich habe dich immer geliebt“, sagte er dann fast unwillig.

Langsam löste sich Kate aus seiner Umarmung, stand auf

und stellte sich an die Reling. Eine Weile schaute sie aufs Meer hinaus.

Die Bojen, die die Lage des Wracks auf dem Meeresboden markierten, tanzten auf dem Wasser. Warum konnte es im Leben keine Bojen geben, die einem die korrekte Richtung wiesen?

„Du hast es mir nie gesagt, Dominic."

„Kate, ich kann nicht einmal die Zahl der vielen Frauen nennen, zu denen ich das schon gesagt habe." Als sie sich umdrehte und ihn verwundert anblickte, erhob Dominic sich. „Damals fiel es mir leicht. Es ist nicht schwer, wenn es total bedeutungslos ist. Aber es kommt einem nicht so leicht über die Lippen, wenn man es ernst meint. Und wenn man befürchten muss, dass sich der andere zurückzieht."

„Ich hätte es nicht getan."

„Nein?"

„Gewiss nicht."

„Kate, vor vier Jahren bist du fortgegangen, als ich dich bat zu bleiben", warf Dominic ihr vor. „Ich ..."

„Du wolltest, dass ich bleibe", fiel sie ihm ins Wort. „Du wolltest, dass ich nicht nach Connecticut zurückkehre, sondern zu dir ziehe. Einfach so. Ohne Versprechungen, ohne Verpflichtung, ohne irgendein Zeichen, dass du die Absicht hattest, dich zu binden, dein Leben auf Dauer mit mir zu teilen. Das konnte ich nicht, Dominic. Ich hatte zudem Pflichten."

„Die Pflicht, das zu tun, was dein Vater wollte."

Kate schluckte. „Gut, meinetwegen", entgegnete sie. „Wie auch immer, du hast mir schließlich nie gesagt, dass du mich liebst."

Dominic machte einen Schritt auf sie zu. „Ich sage es dir jetzt, Kate."

Sie nickte beklommen. „Und ich ziehe mich nicht zurück. Ich weiß bloß noch nicht, ob ich in der Lage bin, den nächsten Schritt zu tun. Bei dir bin ich mir auch nicht sicher."

„Soll ich dir ein Versprechen geben?"

Kate verneinte. „Ich brauche Zeit. Wir beide brauchen Zeit. Ich glaube, dass wir viel nachzudenken haben."

„Kate!" Dominics Stimme klang ungeduldig. „Über manche Dinge muss man nicht nachdenken. Manche Dinge zerstört man durch zu viele Gedanken." Mit wenigen Schritten überbrückte er die Distanz zwischen ihnen und nahm Kates Hände in seine.

„Du hast dein Leben auf deine Art und Weise gelebt, und ich habe mein eigenes Leben geführt", sagte sie. „Dominic, ich habe gerade begonnen, mich zu verändern, diese Veränderung in mir zu spüren. Ich möchte keinen Fehler begehen, nicht bei dir. Du bist mir zu wichtig. Wenn du mir Zeit lässt ..."

„Kate, wir haben vier Jahre verloren", unterbrach er sie. Dominic wollte nun schnell eine Antwort auf die Frage, die ihn seit langem quälte. „Ich kann nicht länger warten. Ich muss wissen, wie du empfindest."

Kate hatte unwillkürlich den Atem angehalten. „Ich liebe dich, Dominic. Ich habe nie aufgehört, dich zu lieben. Ich habe es dir damals nicht gesagt, als ich es hätte tun sollen."

Ihr Eingeständnis nahm eine große Last von seiner Seele. Er umfasste mit beiden Händen ihr Gesicht. „Du machst mich glücklich."

Liebe. Kate hatte Hunderte von Gutachten über dieses Thema gelesen. Sie hatte sie studiert, analysiert und die Erkenntnisse an ihre Schüler weitergegeben. Unzählige Zeilen aus Büchern, Theaterstücken und Gedichten umschrieben dieses eine Wort – Liebe. Die Handlungen zahlreicher Romane wurde durch dieses Gefühl bestimmt.

Nun hatte Dominic ihr seine Liebe gestanden. Liebe, Liebe, Liebe. Die Bedeutung mit all den Konsequenzen schien ihr mit einem Mal unfassbar, unverständlich.

Dominic hatte nicht Byrons Art, mit Worten umzugehen,

oder Keats romantische Ausdrucksweise. Er sagte, was ihn bewegte, schlicht und geradeheraus. Die Bedeutung blieb die gleiche, aber Kates Verstand tat sich schwer, sie anzunehmen.

Sie begriff, welche Empfindungen sie selbst bewegten. Seit jenem Sommer, in dem sie in Dominics Armen das Glück erfahren hatte, sich einem anderen Menschen bedingungslos und ganz zu schenken, liebte sie Dominic.

Aber was fand er an ihr, das ihm liebenswert erschien? Kate stellte sich diese Frage nicht etwa aus Bescheidenheit. Dahinter steckte vielmehr der Wunsch, alle Dinge klar und logisch zu erfassen, um mit ihnen fertig werden zu können. So war sie erzogen worden. Jede Wirkung hatte ihre Ursache. Jede Reaktion war auf eine Aktion zurückzuführen.

Dies hielt sie für einen unumstößlichen Grundsatz.

Sie hatte also Dominics Liebe gewonnen – aber wieso?

Kate verspürte keinerlei Minderwertigkeitskomplexe, was ihre Intelligenz anbelangte. Wenn sie auf irgendetwas stolz war, dann auf ihren Verstand, was dazu führte, dass sie ihre übrigen Eigenschaften unterbewertete.

Dominic steckte voller Tatendrang, war ein ruheloser, sprunghafter Mensch. Sie hingegen betrachtete sich als ausgeglichen und überlegen. Während sie ihr Leben nach einem bestimmten Schema einrichtete und Beständigkeit, Routine schätzte, zog Dominic Risiken, das Unerwartete vor. Eigentlich seltsam, dass er sich ausgerechnet zu ihr hingezogen fühlte. Und doch war es so.

Um diese Tatsachen annehmen zu können, musste sie eine Lösung finden. Liebe zog Verpflichtung nach sich. Und hier lag offenbar das größte Problem.

Dominic lebte auf einer relativ einsamen Insel, weil er als Einzelgänger seinem persönlichen Rhythmus folgen, seine Zeit frei einteilen wollte. Sie als Lehrerin hatte einen festen Stundenplan. Ohne die Genugtuung, Wissen zu vermitteln, würde sie unzufrieden sein. Und Dominic würde in einer wohl geordneten Welt verrückt werden.

Kate vermochte sich keinen Kompromiss zwischen diesen beiden Extremen vorzustellen. Deshalb fasste sie den Entschluss, mit dem sie schon ihre Beziehung zu Dominic erneuert hatte. Sie wollte diesen Sommer so nehmen, wie er sich ihr anbot. Vielleicht ergab sich schließlich von selbst eine Lösung der Probleme.

Dominic und Kate sprachen nicht mehr über Prozente. Kate gab ihr Hotelzimmer auf und siedelte in Dominics Haus über.

Die Tage vergingen wie im Flug. Dominic und sie arbeiteten gemeinsam, entweder mit Hilfe des propellerbetriebenen Apparates oder nur mit ihren Händen. Langsam und mühselig deckten sie weitere Wrackteile auf. Es hatte sich herausgestellt, dass die Kerzenständer aus Zinn gefertigt waren und es sich bei der Münze um ein spanisches Silbergeldstück handelte, welches die Jahreszahl 1732 trug.

In der folgenden Zeit bargen sie zahlreiche Gegenstände. Darunter ein schweres, aufwändig gearbeitetes Silbertablett, weitere Porzellanteile und in einem anderen Gebiet etliche Nägel und Werkzeuge.

Kate hielt jedes Stück sorgfältig auf Film fest. Sie brauchte dieses ordentliche, gut organisierte Vorgehen bei der Bestandsaufnahme. Außerdem wollte sie mit diesen Fotos Erinnerungen bannen. Später würde sie ihre Empfindungen wachrufen können, die sie hatte, während Dominic die Teekanne oder einen oxidierten Krug für ein Foto präsentierte. Sie würde anhand der Bilder die Minuten lebendig werden lassen, in denen Dominic und ein harmloser Fisch herausfinden wollten, wer die größere Ausdauer beim Anstarren des anderen bewies. Dominic war in diesem Wettkampf natürlich unterlegen gewesen.

Mehrmals hatte Dominic angeregt, ein größeres Schiff für die

Bergungsaktion zu besorgen. Sie sprachen über die Vorteile dieses Vorschlages, setzten ihn aber nicht in die Praxis um. Denn eigentlich verspürten beide nicht das Bedürfnis, schneller voranzukommen. Es genügte inzwischen selbst Kate, langsam zu arbeiten, weitgehend mit den eigenen Händen.

Wenn dies einmal nicht mehr ausreichen sollte, konnten sie immer noch eine Entscheidung treffen.

Die Kanonen und die schweren Teile der Holzkonstruktion des Schiffes vermochten sie ohne fremde Hilfe nicht zu bergen. Also ließen sie diese vorerst unberührt. Sie benutzten auch weiterhin nur Sauerstoffflaschen zum Tauchen, so dass sie nach einer gewissen Zeit an die Oberfläche zurückschwimmen mussten. Eine Luftschleuse, die ihnen unbegrenzt Sauerstoff zugeführt hätte, würde ihnen Zeit erspart haben. Sie hatten sich darüber Gedanken gemacht. Aber sie hatten ja keine Eile ...

Ihre Arbeitsmethoden konnten nach professionellen Gesichtspunkten nicht als wirkungsvoll bezeichnet werden. Doch sie passten zu ihrer unausgesprochenen Vereinbarung, die Zeit zu zweit zu strecken, ihr Zusammensein so lange wie möglich andauern zu lassen.

Nachts lagen sie in dem großen Bett in Dominics Schlafzimmer, besprachen die Funde des Vortages, schmiedeten Pläne für den Morgen, liebten sich und kosteten jede Sekunde aus. Die fernere Zukunft war von ihren Gesprächen ausgeschlossen. Was nach diesem Sommer sein würde, mochte ihre Gedanken beschäftigen, aber sie rührten das Thema nicht an. Und schließlich verdrängten beide die Frage, was nach der Bergung des Schatzes aus ihnen werden sollte.

Die Suche war der Mittelpunkt. Sie widmeten sich ihr mit Energie, um nicht an Dinge denken zu müssen, die sie nicht verkraften konnten.

13. KAPITEL

Es war Mitte Juli und ein außergewöhnlich heißer Tag. Die Sonne brannte erbarmungslos von einem strahlend blauen Himmel, während Dominic und Kate sich aufs Tauchen vorbereiteten. Heute war Kate genau einen Monat lang auf Ocracoke. Trotz aller Nüchternheit war der heutige Tag, der Wendepunkt des Sommers, für Kate ein besonderes Zeichen.

Schweiß stand auf ihrer Stirn, als sie den Reißverschluss ihres Taucheranzuges hochzog. Sie freute sich auf die Kühle und Frische des Wassers. Die Sonnenstrahlen wurden von dem Metallgehäuse der Sauerstoffflaschen reflektiert.

„Warte." Dominic hob das Gurtwerk mit den Flaschen hoch und befestigte es auf Kates Rücken. Er prüfte die Ventile. „Im Wasser werden wir uns himmlisch fühlen."

Marsh schaute beinahe neidisch drein. „Denkt einmal an mich, während ihr euch da unten amüsiert."

„Gib nur wenig Gas, Bruderherz", scherzte Dominic und kletterte über die Reling. „Wir bringen dir auch eine Belohnung mit."

„Ja. Etwas Rundes, Glänzendes mit einem aufgestempelten Datum", rief Marsh ihm nach und winkte, als Kate Dominic ins Wasser folgte. „Viel Glück."

Das Geräusch der Schiffsschraube durchdrang die stille Welt unter Wasser, beeinträchtigte ihren Zauber jedoch nicht. Trotz der technischen Hilfsmittel und Geräte blieb das Meer ein Rätsel, das Schönheit und Gefahr eng miteinander verband. Tiefer und tiefer drangen Dominic und Kate vor, bis sie das Gelände erreichten, das durch ihre früheren Grabungen bereits zahlreiche Löcher aufwies.

Sie hatten nach ihren Funden die verschiedenen Abteilungen des Schiffes bestimmt. In einem fest umrissenen Bereich hatten sie eine Schnupftabakdose entdeckt, einen silbernen Kerzenhalter zur Befestigung an der Wand und ein verziertes Schwert, Dominics liebstes Fundstück. In dieser Abteilung waren ihrer Meinung nach die Offiziere und Passagiere untergebracht gewesen. Die von ihnen aufgespürten wenigen Schmuckstücke deuteten darauf hin, dass sie einst zum Privatbesitz eines Passagiers oder eines höher gestellten Besatzungsmitgliedes gehörten und nicht zur Ladung, zum Schatz.

Zwar wollten sie diesen Bereich gründlich durchforschen, aber eigentlich lag ihnen mehr an der Auffindung der Ladung. Die Passagierkabinen und die Kombüse dienten ihnen als Anhaltspunkte für die mögliche Lage des Schiffshecks, und darauf konzentrierten sie ihre Bemühungen.

Ballaststeine lagen ihnen im Weg. Sie mussten an Stellen geschafft werden, die sie bereits durchsucht hatten. Es war eine langwierige, wenig erquickliche Aufgabe, aber eine notwendige. Und Kate fand selbst daran Vergnügen, große Felsbrocken fast mühelos bewegen zu können. Die relative Schwerelosigkeit unter Wasser machte es möglich, dass sie Dominic bei dem Transport der Steine behilflich sein konnte, wozu sie an Land kaum in der Lage gewesen wäre.

Dominic streckte wieder einmal die Hände aus, um einen Stein wegzuschaffen, da berührte er flüchtig einen kleinen, harten Gegenstand. Neugierig fächerte er eine dünne Schicht Schmutz fort und hob den Gegenstand auf, der zunächst wie der Verschluss einer Bierdose aussah. Er brachte ihn näher an seine Augen und stellte fest, dass der Gegenstand sehr viel kunstvoller war. Trotz des Schmutzes, der den knopfartigen Teil über dem Kreis bedeckte, glaubte er zu wissen, was er in seinen Händen hielt. Sein Herz pochte heftig vor Aufregung.

Nie hätte er sich träumen lassen, durch einfaches Ausstrecken der Hand in den Besitz eines Diamantrings zu kommen. Behutsam entfernte er den Schmutz, soweit das ohne Gewaltanwendung ging. Obwohl er kein Experte war, schätzte er den Diamanten auf mindestens zwei Karat. Er klopfte auf Kates Schulter, um ihr den Fund zu zeigen.

Ihre Augen weiteten sich vor Staunen und Freude. Gemeinsam betrachteten sie den Ring von allen Seiten. Er war stumpf und verschmutzt, aber der Stein ruhte noch in der Fassung.

Die vielen Teile, die sie aus dem Meer bargen, hatten alle ihre eigene Geschichte, die sie nie erfahren würden. Vielleicht hatte eine Frau diesen Ring getragen, während sie mit dem Kapitän speiste. Oder ein britischer Offizier hatte ihn auf dem Weg nach Amerika in seiner Westentasche aufbewahrt, um ihn der Frau zu überreichen, die er dort heiraten wollte. Er konnte einer älteren Witwe gehört haben, oder einer jungen Braut. Das Geheimnis, das diesem Ring anhaftete, machte ihn noch wertvoller.

Nach einer Weile hielt Dominic Kate den Ring hin und bedeutete ihr, ihn einzustecken. Bei ihrer bisherigen Suche waren sie wortlos übereingekommen, dass derjenige, der einen Gegenstand auffand, diesen auch in seinem Beutel aufs Boot brachte, wo alles sorgfältig registriert wurde.

Unschlüssig schaute Kate auf das kleine, im Wasser stumpf gewordene Stück Vergangenheit. Wollte Dominic ihr den Ring schenken, weil er zum Schmuck einer Frau gehörte, oder bot er ihr mit ihm etwas anderes an? Schließlich schüttelte Kate den Kopf und zeigte auf den Beutel an seinem Gürtel. Wenn Dominic ihr etwas mitteilen wollte, so musste er es ihr mit Worten sagen.

Dominic ließ den Ring in seinen Beutel fallen, verschloss ihn und begab sich wieder an die Arbeit.

Für vieles von dem, was Kate ihm gesagt hatte, brachte Dominic kein Verständnis auf. In mancherlei Hinsicht blieb sie für ihn so rätselhaft und geheimnisvoll wie das Meer.

Was wollte sie von ihm? Liebe? Er schenkte sie ihr! Zeit? Ihr Zusammensein näherte sich dem Ende. Manchmal war sein Bedürfnis übergroß, sie zu fragen, zu drängen. Ihr Blick hielt ihn dann davon ab.

Kate hatte ihm eröffnet, dass sie sich verändert habe, dass sie ihr eigenes Leben führen wolle. Er konnte verstehen, dass sie es auskosten wollte, verstand auch den Drang nach Unabhängigkeit. Aber ... Dominic war sein Leben lang unabhängig gewesen. Auch er erfuhr eine Veränderung. Er benötigte Kates Hilfe dabei, sich Grenzen zu setzen, Anhaltspunkte zu schaffen. Konnten sie nicht auf halbem Wege zueinander treffen? Wann war der richtige Augenblick dafür? Würde es ihn jemals geben?

Dominic sehnte sich nach Kate und brauchte sie. Nicht nur einen Sommer lang, sondern für immer. Warum begriff sie das nicht?

Sie liebte ihn. Nachts, wenn sie schläfrig war und sich an ihn schmiegte, flüsterte sie diese Worte. Er wusste, dass sie ihren Gefühlen entsprachen, spürte aber auch, dass Kate einen Teil ihrer selbst vor ihm verschloss, als fürchte sie, sich ihm völlig auszuliefern. Dieser Zustand zerrte an seinen Nerven. Er wollte Kate ganz besitzen!

Dominic nahm sich vor, alles daranzusetzen, das zu erreichen. Mit grimmiger Entschlossenheit rüttelte er an einem Felsblock und schaffte ihn schließlich zur Seite.

Kate beobachtete, wie Schlamm und Sand vor dem Gebläse aufgewirbelt wurden. Sie war unruhig und nicht bei der Sache. Ihre Gedanken drehten sich um Dominic. Dachte er an eine Heirat? Hatte er dies durch den Ring sagen wollen?

Die Vorstellung erfüllte sie mit Unbehagen. Sie hätte nie von Dominic erwartet, dass er eine derartige Bindung, eine dauerhafte Beziehung anstreben könnte. Vielleicht hatte sie sich in ihm getäuscht. Nun ja, es war fast unmöglich, die Absichten eines anderen Menschen genau zu durchschauen.

Eine Heirat ...

Ein solcher Schritt bedurfte vieler Überlegungen. Dominic

würde das nicht verstehen. Er traf seine Entschlüsse spontan und stellte sich dann den Folgen. Er käme gewiss niemals auf den Gedanken, alle Möglichkeiten zu erwägen, Fragen nach dem Wieso und Warum zu stellen. Kate hingegen sah keinen anderen Weg. Sie musste alles in Betracht ziehen.

Der Wirbel bohrte ein tassengroßes Loch in den Meeresboden. Symbolik?

Ach, Unsinn, sagte sie sich. Dennoch beeinflusste das Geschehen sie.

Würde die Beziehung zwischen ihr und Dominic dem Druck ihrer unterschiedlichen Lebensweisen standhalten? Was würde aus Dominic und ihr, Kate, werden, wenn ihr Beruf sie forderte und er seine Freiheit suchte? Würden sie sich voneinander entfernen? Würden Gemeinsamkeiten Schicht für Schicht zerstört werden? Wie viel konnte sie von sich selbst, von ihrer eigenen Persönlichkeit aufgeben?

Kate erkannte die Gefahren durchaus. Sie musste sich vor ihnen hüten. Vielleicht brachte die Zeit wirklich Antwort auf ihre Fragen. Nur ... der Sommer würde bald vorüber sein ...

Durch die Kraft des Gebläses wurde aus der Sandschicht so etwas wie ein dunkler Faden hochgewirbelt. Kate griff danach.

Was war denn das? Offenbar eine dünne Schnur mit spitz zulaufenden Enden.

Himmel! Etwa ein Schnürsenkel?

Gerade wollte Kate Dominic ihren sonderbaren Fund zeigen, da lösten sich weitere „Fäden“ vom Meeresboden. Sie runzelte die Stirn. Schnürsenkel?

Ja, tatsächlich! Schnürsenkel. Dutzendweise.

Mehr und mehr dieser „Fäden“ drehten sich vor ihren Augen in dem Wirbel empor und verteilten sich im Wasser. Hunderte.

Hastig begann Kate sie einzusammeln. Es müssen mehr als Hunderte sein, dachte sie aufgeregt.

Tausende. Tausende von Schnürsenkeln umgaben sie!

Dominic wurde auf das Geschehen aufmerksam. Kate hielt ihre vollen Hände hoch und schaute ihn triumphierend an. Neugierig sah er zu ihr hin und bemerkte, was sie entdeckt hatte.

Sie waren auf den Laderaum gestoßen. Auf der Ladeliste der „Liberty" standen Schnürsenkel. Fünftausend Paar. Kein anderes Schiff hatte seinerzeit Schnürsenkel transportiert.

Der Beweis! Er war erbracht. Es handelte sich um die „Liberty"!

Kate bewegte die Arme hin und her. Die Enden der vielen Schnürsenkel in ihren Händen wanden sich.

Der Beweis! hätte sie gern laut gerufen. Unter ihnen befand sich die Ladung. Und der Schatz.

Dominic gesellte sich zu ihr und nahm ihre Hände in seine. Er wusste, wie ihr zu Mute war. Unter seinen Fingerspitzen fühlte er Kates rasenden Pulsschlag. Er freute sich für sie, gönnte ihr die Genugtuung, die entscheidende Entdeckung gemacht zu haben.

Plötzlich wurde Kate die Komik der Situation bewusst. Um Dominic und sie herum schwebten Schnürsenkel. Fünftausend Paar Schnürsenkel wiesen ihnen den Weg zu dem Schatz, zu der Kiste mit dem Gold! Wenn das nicht komisch war ... Nur mit Mühe konnte sie ein Kichern unterdrücken.

Dominic zwinkerte ihr zu. Dann ließ er sie los, deutete mit dem Zeigefinger auf sich, danach mit dem Daumen nach oben.

Kate begriff, dass er hinaufschwimmen wollte, um Marsh zu bitten, den Motor abzustellen. Eine Zeit lang durften sie nur noch mit den Händen weiter vorgehen.

Sie nickte und beobachtete, wie Dominic nach oben schwamm, bis sie ihn nicht mehr sehen konnte. Seltsamerweise freute sie sich über die Minuten des Alleinseins. Die erste Begeisterung über ihren Fund war verflogen. Nun brauchte sie Gelegenheit, das Neue voll zu erfassen und in sich aufzunehmen.

Unter ihr befand sich die „Liberty", das Schiff, nach dem ihr Vater gesucht hatte. Er konnte seinen Traum nie mehr verwirklichen. Ließen sich Träume überhaupt realisieren? Kate verdrängte den Gedanken.

Fest stand, ihr Vater hatte Recherchen betrieben und Berechnungen gemacht, um ein gewisses Ziel zu erreichen. Ein Traumziel.

Freude vermischte sich mit Trauer. Kate steckte eine Hand voll Schnürsenkel in ihren Beutel. Für ihren Vater. In diesem Augenblick hatte sie das Gefühl, ihm alles gegeben zu haben, was sie ihm jemals schuldig zu sein glaubte.

Mehr aus persönlichen Gründen denn für ihre Bestandsaufnahme, machte Kate Aufnahmen mit ihrer Kamera.

Tage, Wochen und Monate oder Jahre später würde sie die Bilder in Händen halten, die aufwirbelnden Sand, Schnürsenkel und schwebende Teilchen zeigten, und sie würde sich an die Augenblicke der ganz alleinigen, erlebten Befriedigung immer erinnern.

Plötzlich war es ruhig um Kate herum. Sie stutzte, dann wurde ihr klar, dass das Gebläse abgeschaltet worden war. Dominic musste die „Wirbelwind" erreicht und Marsh entsprechende Anweisungen gegeben haben. Nun, da das Wasser nicht mehr aufgewirbelt wurde, sanken nach und nach Sand, Schnürsenkel und schwebende Teilchen auf den Boden zurück.

Kate betrachtete die Mulde auf dem Grund des Meeres. Sie hatten es fast geschafft! Sie war versucht, allein weiterzuarbeiten, doch dann sagte sie sich, das sei unfair. Dominic und sie hatten gemeinsam begonnen, und sie sollten das Unternehmen auch gemeinsam zu Ende führen.

Während Kate auf Dominic wartete, bemerkte sie über sich eine Bewegung. Kam er schon zurück? Dann hatte er sich aber beeilt! Sie hob den Kopf, wollte winken – und erstarrte. Das Blut schien ihr in den Adern zu gefrieren.

Das Geräusch des Gebläses hatte die Meerestiere fern gehalten. Nachdem Ruhe eingekehrt war, kamen die ersten Neugierigen hervor. Zwischen Schwärmen harmloser Fische glitt still und unheimlich die grau glänzende Gestalt eines Haies ...

Kate wagte kaum zu atmen aus Angst, dass die Luftblasen seine Aufmerksamkeit erregen könnten.

Der Hai bewegte sich ohne Eile, schien nicht an ihr interessiert zu sein. Vielleicht hatte er an diesem Tag bereits erfolgreich gejagt. Aber selbst ein Hai mit vollem Magen griff alles und jeden an, der sein launisches Wesen reizte.

Er war etwa drei Meter lang. Trotz ihrer Furcht fasste Kate klare Gedanken. Es handelte sich um einen Grauhai, und für diese Sorte war er ein relativ kleines Exemplar. Grauhaie konnten gut und gern doppelt so groß werden. Dennoch durfte sie die Gefahr nicht unterschätzen. Die mit messerscharfen Zähnen bestückten Kiefer konnten so oder so tödlich sein.

Wenn sie sich still verhielt, würde der Hai möglicherweise auf der Suche nach ereignisreicheren Gewässern weiterschwimmen. Kate hatte einiges über Haie gelesen, kannte solche Situationen aus Büchern. Und Dominic hatte ihr gesagt, was in solchen Fällen zu tun sei. Damals hatten sie an Deck seines Bootes gesessen. All das schien so weit entfernt, so unwirklich zu sein, als sie emporschaute und das glatte Raubtier zwischen sich und der Oberfläche beobachtete.

Bewegung zog ihn an. Das wusste sie. Die Bewegungen der Arme und Beine eines Schwimmers.

Nur keine Panik. Kate zwang sich dazu, ruhig zu bleiben, völlig regungslos zu verharren.

Er war kaum fünf Meter von ihr entfernt. Kate konnte die kleinen schwarzen Augen sehen, bemerkte die gleichmäßig arbeitenden Kiemenspalten.

Sie atmete flach und wandte den Blick nicht von dem Hai ab. Sie brauchte nur zu warten, bis sich der Räuber entfernen würde.

Dominic. Sekundenlang setzte ihr Herzschlag aus. Kate spähte in die Richtung, in der Dominic verschwunden war. Er würde wiederkommen, jeden Augenblick konnte er herabschwimmen, ohne zu ahnen, was hier lauerte.

Der Hai würde die Bewegung des Wassers mit dem unfehlbaren Gespür des Jägers erfassen. Dominics Schwimmzüge würden ihn anziehen, bevor sie, Kate, auch nur die Gelegenheit hatte, Dominic zu warnen.

Er wusste nichts von dem überaus gefährlichen Meeresbewohner, er wäre ihm hilflos ausgeliefert. Kate wagte nicht, ihre Gedanken zu Ende zu führen. Sie musste etwas unternehmen. Sie konnte nicht untätig mit ansehen, wie Dominic dem sicheren Tod entgegenschwamm.

Ihr Blick fiel auf die Harpune. Sie lag etwa einen Meter von ihr entfernt. Gesichert. Aus Gründen der Vorsicht.

Sicherheit, schoss es ihr durch den Kopf. Sie hatte noch nie mit einer Harpune geschossen. Ohnehin musste sie erst einmal an die Waffe herankommen. Es gab nur diese eine Möglichkeit der Rettung. Ihr blieb keine Zeit, ihre Nerven zu beruhigen. Also begann sie, ihren Plan in die Tat umzusetzen.

Zentimeter für Zentimeter bewegte sie sich auf die Harpune zu, wobei sie den Hai fest im Auge behielt. Im Moment schien er ziellos umherzugleiten. Er schaute nicht einmal in ihre Richtung. Vielleicht verschwand er, bevor Dominic wiederkehrte? Aber auf diese Möglichkeit durfte sie sich nicht verlassen. Sie musste an die Waffe heran. Mit leicht zitternden Fingern tastete sie nach dem Schaft. Die Zeit schien dahinzuschleichen.

Kates Bewegungen waren langsam, wie in Zeitlupe, kaum wahrzunehmen. Doch ihre Gedanken überschlugen sich förmlich.

Endlich konnte sie mit den Fingern die Harpune umklammern. Aus den Augenwinkeln sah sie einen Schatten, der von der Oberfläche herabtauchte. In diesem Moment wandte sich der Hai nach links, Dominic zu.

Nein! Der stumme Schrei dröhnte in Kates Kopf. Blitzschnell brachte sie die Harpune in Anschlag. Nur der eine Gedanke leitete sie: den geliebten Mann zu retten. Ohne Zögern schwamm sie los, um zwischen Dominic und den Hai zu gelangen. Sie musste näher herankommen.

Kate war jetzt völlig ruhig und kaltblütig. Zum zweiten Mal sah sie die kleinen ausdruckslosen Augen des Hais. Diesmal waren sie genau auf Kate gerichtet. Sie wirkten auf Kate abgrundtief böse. Es waren die grausamen Augen eines mörderischen Raubtieres.

Der Hai kam mit einer solchen Geschwindigkeit auf sie zu, dass es ihr den Atem verschlug. Er riss sein Maul auf, und Kate schaute in eine tiefe, finstere Höhle.

Dominic tauchte schnell von der Wasseroberfläche herab. Er hatte es eilig, zu Kate zurückzukehren, die Suche gemeinsam mit ihr fortzuführen. Der Schatz hatte sie wieder zusammengebracht, und mit seiner Hilfe würden sie in der Lage sein, ihre Zukunft unabhängig und frei zu gestalten. Vorfreude erfüllte ihn, während er tiefer schwamm.

Da erblickte er den Hai. Der Schrecken fuhr ihm durch alle Glieder. Sofort hielt er inne. Obwohl er im Kampf gegen ein solches Raubtier mit einem Messer so gut wie nichts ausrichten konnte, langte er vorsichtig nach dem Tauchermesser, seiner einzigen Waffe.

Urplötzlich schoss Kate vom Boden empor. Entsetzt starrte Dominic zu ihr hinüber. Hatte sie den Verstand verloren? Erkannte sie die Gefahr nicht? Jetzt blieb keine Zeit mehr, darüber nachzudenken. Mit aller Kraft schwamm Dominic auf sie zu.

Er war zu weit von ihr entfernt. Er würde es nicht rechtzeitig schaffen. Der Hai würde Kate erfassen, bevor er nahe genug war, dem Tier sein Messer in den Leib zu stoßen.

Als Dominic sah, was Kate in ihren Händen hielt, und er ihre

Absicht erkannte, ergriff ihn panischer Schrecken. Er beschleunigte seine Bewegungen noch, soweit das möglich war. Alles schien in Zeitlupe abzulaufen, und trotzdem dauerte es nur einige Sekunden lang. Jetzt hatte der Hai Kate fast erreicht.

Zum ersten Mal in seinem Leben schickte Dominic ein Stoßgebet zum Himmel.

Kate betätigte den Auslöser, und die Harpune wurde losgeschleudert, bohrte sich tief in das Fleisch des Hais. Instinktiv ließ Kate sich hinabsinken, als der Hai vorschoss. Wut und Schmerz trieben das Tier voran. Es würde die Verfolgung aufnehmen. Daran konnte kein Zweifel bestehen. In nur wenigen Augenblicken würde es wieder bei Kate sein, wenn sie es nicht an entscheidender Stelle getroffen hatte. Dominic sah, wie Blut aus der Wunde spritzte. Die Verletzung reichte nicht aus, den Hai außer Gefecht zu setzen. Das Tier fuhr herum, als wollte es die Harpune abschütteln, und verlangsamte dabei etwas seine Bewegungen. Es genügte Dominic, um sich ihm auf den Rücken zu werfen und das Messer, so schnell es im Wasser möglich war, wieder und wieder in den grauen glatten Leib zu stoßen. Außer sich vor Wut bäumte der Hai sich auf. Unter Aufbietung all seiner Kräfte folgte Dominic seinen Bewegungen. Er rammte dem Tier das Messer in den Leib und schlitzte ihn auf.

Aus geringer Entfernung beobachtete Kate den Kampf. Ihr Gehirn und ihr Körper waren eine Weile wie betäubt. Das Blut des Tieres vermischte sich mit dem Wasser.

Plötzlich kam sie zu sich, zog hastig ihr Tauchermesser aus der Scheide, um Dominic zu helfen.

Doch der Kampf war vorüber. Der Hai sank schwer und leblos auf den Boden herab. Kate blickte ein letztes Mal in seine Augen.

Da wurde sie fest am Arm gefasst. Erschöpft und willenlos ließ sich Kate ziehen. Nur ein Gedanke beherrschte sie: Dominic war gerettet.

Stark nach Luft ringend zog Dominic sie zur Leiter und half Kate, mit ihrer kompletten Ausrüstung hinaufzusteigen. Kaum an Deck, rutschte Kate aus und fiel hin. Bevor Dominic sich über die Reling schwang, bemerkte er aus den Augenwinkeln zwei graue, Unheil verheißende Rückenflossen, die plötzlich nach unten verschwanden. Ein weiterer Hai, den nun das Blut anzog!

„Was, zum Teufel ..." Marsh sprang auf und lief zu Kate, die heftig atmend auf dem Boden lag.

„Später", unterbrach Dominic ihn und kniete neben Kate nieder. „Ich musste sie sofort hochbringen." Er hob mit der Hand ihren Oberkörper an und streifte das Gurtwerk der Sauerstoffflaschen von ihren Schultern. Danach befreite er sie von den anderen Ausrüstungsstücken. „Kate, wie fühlst du dich? Ist dir schwindlig? Hast du Schmerzen?"

Kate setzte sich auf und schüttelte den Kopf. „Nein, nein", brachte sie mühsam hervor. „Mir geht es gut." Sie gab sich Mühe, gleichmäßiger zu atmen, damit Dominic beruhigt sein konnte. „Wir waren nicht mehr so tief, nachdem ... als wir ... nun, du weißt schon."

Er nickte. Sie hatte also nicht unter der schnellen Druckveränderung gelitten. Er erhob sich und nahm seine Sauerstoffflaschen ab. Dann legte er die Ausrüstungsstücke sorgfältig auf den dafür vorgesehenen Platz. Seine Hände zitterten plötzlich.

„Könnte mir endlich jemand verraten, was passiert ist?" sagte Marsh und sah von einem zum anderen. „Ich bin nur so weit mitgekommen, dass Dominic irgendetwas von Schnürsenkeln fantasierte. Mehr habe ich bisher nicht verstanden."

„Ladung", antwortete Kate, „wir haben die Ladung gefunden." Sie hatte die Knie angezogen und die Stirn dagegen gelehnt.

„Aha." Marsh warf seinem Bruder einen fragenden Blick zu.

„Aber eben seid ihr dort unten auf unliebsame Gesellschaft gestoßen, nehme ich an. Stimmt's?"

Dominic trat an die Reling, legte die Hände darauf und schaute starr übers Meer. „Du hast Recht", erwiderte er schließlich. „Ein Grauhai ... es hätte nicht viel gefehlt, und Kate wäre von ihm getötet worden."

Bevor Marsh etwas erwidern konnte, wandte Dominic sich um und fuhr Kate an: „Hast du eigentlich alles vergessen, was ich dir beigebracht habe?" Seine Angst um sie war in Wut über ihren vermeintlichen Leichtsinn umgeschlagen. „Du hast es geschafft, einen Doktortitel zu erlangen, doch daran, dass man in der Nähe eines Hais seine Bewegungen auf ein Minimum reduzieren soll, erinnerst du dich nicht. Ich habe dir mehr als einmal gesagt, dass Arm- und Beinbewegungen Haie reizen. Aber du schwimmst einfach auf einen Hai zu und ruderst mit den Armen, als wolltest du ihm zur Begrüßung die Hand reichen. Und mit der Harpune hast du seine Wut verstärkt, statt ihn zur Strecke zu bringen. Wenn ich nicht gerade heruntergekommen wäre, hätte er dich in Stücke gerissen."

Kate hob den Kopf. Was immer sie bis zu diesem Augenblick bewegt hatte, war schlagartig vergessen. Dominics ungerechtfertigter Vorwurf traf sie tief. „Dominic, du verkennst die Tatsachen."

„Dass ich nicht lache!"

Langsam stand Kate auf. „Lach nur. Wenn du nicht gerade in dem Moment heruntergekommen wärest, hätte ich keinerlei Grund gehabt, auf den Hai zuzuschwimmen."

Nach diesen Worten drehte sie sich um und stieg die Stufen zur Kabine hinab.

Minutenlang herrschte absolute Stille an Deck der „Wirbelwind". Schließlich ging Marsh zum Steuerruder. An diesem Tag konnten Dominic und Kate gewiss nicht mehr hinabtauchen.

„Dominic?"

„Ja, was? Ach, lass mich in Ruhe!" antwortete er gereizt.

„Es ist üblich, dass man sich bei seinem Lebensretter bedankt", bemerkte Marsh über die Schulter hinweg und warf den Motor an, ohne eine Erwiderung seines Bruders abzuwarten.

Dominic fuhr sich mit beiden Händen durchs Haar und starrte dann auf seine Finger. Er war sprachlos. Es war nicht aus Leichtsinn geschehen. Kate hatte absichtlich die Aufmerksamkeit des Hais auf sich gelenkt. Seinetwegen. Sie hatte ihr Leben riskiert. Dominic holte tief Luft. Seinetwegen. Der Gedanke ließ ihn nicht mehr los.

Als er in die Kabine hinabkam, saß Kate auf einer Liege. Sie hielt ein Glas in der Hand. Zu ihren Füßen stand eine Flasche Brandy. Ihre Hand zitterte leicht, als sie das Glas an die Lippen hob. Unter der sonnengebräunten Haut war ihr Gesicht bleich. Kate sah abgespannt und erschöpft aus.

Niemand hatte je so selbstlos und bedingungslos an ihn gedacht. Dominic schluckte und suchte nach Worten. „Kate ..."

„Ich bin nicht in der richtigen Verfassung, mir wieder Vorwürfe machen zu lassen", unterbrach sie ihn, bevor sie erneut von dem Brandy trank. „Wenn du dich abreagieren willst, such dir bitte jemand anders."

„Ich werde nicht schimpfen." Das Erlebnis hatte ihn genauso erschüttert wie Kate. Und so setzte sich Dominic neben sie, nahm die Flasche vom Boden und hob sie an den Mund. Die feurige Flüssigkeit tat ihm gut. „Du hast mich zu Tode erschreckt."

„Ich habe nicht die Absicht, mich für mein Tun zu entschuldigen."

„Nein, Kate, nein, das brauchst du auch nicht. Ich sollte dir dankbar sein." Dominic nahm wieder einen Schluck direkt aus der Flasche. „Es ist nur so, dass du nicht so hättest handeln dürfen. Es war reines Glück, dass nichts Schlimmes passiert ist."

Kate schaute ihn an. „Ich hätte also in Sicherheit bleiben und in aller Seelenruhe mit ansehen sollen, wie der Hai dich angegriffen und du dich abgemüht hättest. Mit deinem Tauchermesser", fügte sie hinzu.

Dominic sah ihr fest in die Augen. „Ja."

„Hättest du dich denn etwa im umgekehrten Fall so verhalten?"

„Das ist etwas anderes."

„Ach ja." Kate stand auf. Mit dem Glas in der Hand stellte sie sich vor Dominic hin und musterte ihn. Sie ließ den Blick über seine markanten Gesichtszüge gleiten, sein schwarzes Haar und seine grünen Augen. „Würdest du mir bitte diese Logik erklären?" fragte sie betont langsam und deutlich, um ihn zu provozieren.

„Da gibt es nichts zu erklären. So ist es nun einmal." Wieder stürzte Dominic Brandy in sich hinein.

„Nein, so einfach ist es nicht, und das ist eines deiner größten Probleme, Dominic."

„Kate, hast du überhaupt eine Ahnung, was passiert wäre, wenn ich es nicht geschafft hätte, den Hai in Rekordzeit zu erreichen?"

„Ja." Kate setzte ihr Glas auf dem Schrank ab. Sie hatte sich etwas gefasst, hatte ihre Angst und ihren Zorn unter Kontrolle. „Ja, die habe ich sehr wohl! Und jetzt gehe ich nach oben zu Marsh."

„Nein, warte bitte." Dominic verstellte ihr den Weg. „Begreifst du nicht, dass ich es nicht ertragen könnte, wenn dir etwas passierte? Ich möchte mich um dich kümmern. Ich muss dich beschützen."

„Und alle Risiken auf dich nehmen?" fragte sie. „Stellst du dir so eine ausgewogene Beziehung vor, Dominic? Du der Mann, ich die Frau. Ich backe Brot, und du gehst auf die Jagd?"

„Verflixt, Kate, sieh es doch nicht so klischeehaft."

„Dominic, darauf läuft es hinaus", meinte sie. Sie war jetzt ruhig und trug ihre Worte präzise und mit Bestimmtheit vor. „Du willst, dass ich still und zufrieden bin und mich in deine Pläne und Vorstellungen für mein Leben füge. Du willst, dass ich tue, was du sagst, mich deinem Willen beuge. Dabei weiß ich, wie du über meinen Vater denkst.“

Dominic setzte zu einer Erwiderung an, aber Kate ließ ihn nicht zu Wort kommen.

„Ich habe mein Leben lang getan, was er für richtig hielt“, fuhr sie rasch fort. „Es gab keine Meinungsverschiedenheiten, keinen Widerspruch und keine Probleme. Vater schien zufrieden. Aber echten Respekt oder wirkliche Zuneigung habe ich niemals von ihm erfahren. Und jetzt verlangst du von mir, mit dir in der gleichen Art weiterzumachen.“ Kate strich sich über die Stirn. „Wie kommt es bloß, dass die einzigen beiden Männer, die ich je geliebt habe, von mir verlangen, dass ich mich völlig ihrem Willen unterwerfe?“

Dominic legte die Hände auf ihre Schultern. „Das stimmt nicht, Kate. Ich verlange das nicht von dir. Ein solches Leben wünsche ich nicht für dich. Ich möchte lediglich auf dich Acht geben.“

Kate schüttelte den Kopf. „Wo liegt denn der Unterschied, Dominic?“ flüsterte sie. „Wo, zum Teufel, liegt er?“

Ohne eine Antwort abzuwarten, schob sie Dominic zur Seite und ging an Deck.

Dominic arbeitete in seinem Schuppen. In ihrer ruhigen bestimmten Art hatte Kate ihn gebeten, sie allein zu lassen. Er hatte sofort zugestimmt, denn auf diese Weise fand er Zeit, um nachzudenken und seine Vorstellungen neu zu erwägen.

Aus Angst um Kate, aus dem Bedürfnis heraus, sie zu beschützen, hatte er ihrer ohnehin schon angespannten Beziehung einen schweren Schlag versetzt.

In gewissem Sinn hat Kate mit ihren Vorwürfen genau ins Schwarze getroffen, überlegte Dominic. Es lag in seinem Wesen,

Menschen, die er liebte, umhegen zu wollen. Vielleicht hatte er die Fürsorge bei Kate übertrieben. Es lag ebenfalls in gewisser Weise in seinem Wesen, anderen seinen Willen aufzuzwängen. Er wollte mit Kate zusammen sein. Ehrlicherweise gestand er sich ein, dass er die Bedingungen für ihr gemeinsames Leben bereits festgelegt hatte.

Die Einflussnahme Hardestys auf Kate hatte ihn, Dominic, erzürnt. Doch wenn er aufrichtig gegen sich selbst war, musste er zugeben, dass er nicht anders handelte. Er mochte nicht so gelassen, so feinsinnig vorgehen wie Edwin Hardesty, an den Tatsachen änderte es nichts. Allerdings handelte er aus anderen Motiven. Er wünschte, dass Kate bei ihm war, sich ihm anpasste. Sie sollte ihr Leben nach dem seinen ausrichten, ja, aber sicherlich würde er es schaffen, sie auf seine Art und Weise glücklich zu machen, wenn sie ihn nur ließe.

Plötzlich ging Dominic auf, dass er bei seinen Überlegungen außer Acht gelassen hatte, Kate könne eigene Forderungen und Bedingungen stellen und eigene Wünsche haben. Bisher hatte er sich keinerlei Gedanken darüber gemacht, wie er sich seinerseits Kate anpassen könnte.

Der Morgen graute bereits, als Dominic die letzten Pinselstriche an dem Namen seines neuen Segelbootes vollführte. Den größten Teil der Nacht hatte er im Schuppen gearbeitet und Kate und sich selbst Zeit zum Nachdenken und Abstandfinden gegeben.

Nun war die Nacht vorüber, und Dominic zog Bilanz: Er liebte Kate. Er hatte sich vor Augen geführt, dass dies nicht genug sein konnte. Obwohl er große Ungeduld über die unklare Situation zwischen ihnen beiden verspürte, wollte er sich zurückhalten. Vielleicht musste er es Kate überlassen zu bestimmen, was aus ihnen werden sollte.

In den nächsten Tagen würden sie sich auf die Bergung der Schiffsladung konzentrieren, die vor zweihundertfünfzig Jahren versunken war. Je länger die Suche andauerte, desto klarer wurde der Schatz für Dominic zum Symbol. Die Hebung des Schatzes bedeutete für sie beide das Ende ihrer Suche. Sie würden dann das erreicht haben, was sie erstrebt hatten. Kate hätte den Traum ihres Vaters erfüllt, und er, Dominic, würde die Genugtuung haben, dass sich Kate aus ihrer Abhängigkeit von ihrem Vater lösen würde.

Dominic schloss die Tür des Schuppens und wandte sich dem Haus zu. Er war noch einige Schritte vom Haus entfernt, als er den Duft gebratenen Schinkens und frisch aufgebrühten Kaffees roch. Schnell betrat er die Küche.

Kate stand am Herd. Sie trug ein langes T-Shirt über ihrem Taucheranzug, war barfuß und hatte das Haar offen. Das Licht vom Küchenfenster fiel auf ihr Gesicht, auf die Sommersprossen auf ihrer Nase und auf ihre sanft geschwungenen Lippen.

Jähe Sehnsucht erfasste Dominic bei ihrem Anblick. Unwillkürlich blieb er stehen.

„Kate ..."

„Ich dachte, wir sollten uns vor einem langen Tag mit einem reichhaltigen Frühstück stärken." Kate wandte sich kaum nach ihm um. Seine Nähe gefährdete ihre mühsam gewahrte Fassung. Deshalb sprach sie kurz angebunden und sachlich. „Ich möchte früh aufbrechen."

Dominic sah zu, wie Kate mehrere Eier in die Pfanne schlug. Unter leisem Brutzeln festigte sich der weiße Rand.

„Kate, ich möchte mit dir reden."

„Ich habe überlegt, ob es nicht das Beste wäre, nun doch ein Bergungsschiff zu mieten." Kate ging nicht auf ihn ein. „Vielleicht sollten wir auch noch andere Taucher anheuern. Die Ladung allein auszugraben wäre für uns zwei eine zu langwierige Angelegenheit. Außerdem ist es an der Zeit, geeignete Hilfsmittel einzusetzen."

Die Sonne und Salzwasser hatten Kates hellbraunes Haar gebleicht. Es wies jetzt die verschiedensten Schattierungen auf und erinnerte Dominic an das weiche Fell eines Rehkitzes. „Ich möchte nicht über geschäftliche Dinge mit dir reden."

„Wir können es nicht länger aufschieben." Geschickt ließ Kate die Eier aus der Pfanne gleiten, verteilte sie dann auf zwei Teller. „Wir sollten die Bergung beschleunigen und nicht weiter hinauszögern."

„Mein Gott, Kate, nun hör mir doch wenigstens ein paar Minuten zu!" Dominic trat näher, schaltete die Herdplatte aus, nahm Kate die beiden Teller ab und stellte sie auf den Tisch. „Kate, ich muss etwas tun, aber ich bin nicht sicher, dass ich es sehr gut kann."

Sie ging zum Schrank, holte Bestecke aus der Schublade und legte sie neben die Teller. „Was?"

„Mich entschuldigen. Dir etwas erklären." Als sie ihn anschaute, stieß Dominic einen lauten Seufzer aus. „Nein, ich bin wirklich nicht gut in solchen Dingen."

„Es ist nicht nötig."

„Doch. Setz dich hin, Kate."

Sie blieb stehen.

Dominic rückte einen Stuhl zurecht. „Bitte, setz dich hin. Bitte."

Wortlos nahm Kate Platz, und Dominic ließ sich ihr gegenüber nieder.

„Du hast mir gestern das Leben gerettet, Kate."

„Ja?"

„Ich hätte den Hai niemals mit einem Messer erledigen können. Es gelang mir bloß, weil du ihn geschwächt und abgelenkt hattest."

Kate nahm ihre Kaffeetasse in beide Hände und schaute in die dampfende schwarze Flüssigkeit. Sie wollte nicht schon wieder an die Gefahren erinnert werden. „Ja?" erwiderte sie deshalb lediglich zum zweiten Mal.

Dominic senkte den Kopf. „Du hast nicht die Absicht, es mir leichter zu machen, hab ich Recht?“

„Ja.“

„Ich hatte nie zuvor solche Angst“, gestand er. „Nicht um mich und auch nicht um einen anderen Menschen. Doch gestern ... Himmel, Kate, fast hätte der Hai dich erwischt.“ Dominic schaute auf und begegnete Kates Blick. „Ich befürchtete, zu weit entfernt zu sein, um dich noch retten zu können. Wenn ...“

„Manchmal ist es besser, nicht so lange über irgendetwas nachzudenken.“

„Das sagst gerade du? Du, die du alles und jedes in Gedanken sezierst?“

„Ja, gerade ich.“

„Oh Kate ...“ Dominic nahm ihre Hand in seine. „Kate, wie auch immer, das Bewusstsein, dass du dich in Gefahr begeben hast, um mich zu beschützen, ist überwältigend. Doch der Gedanke, dass dir etwas hätte zustoßen können und es meinetwegen geschehen wäre, ist mir unerträglich.“

„Du hast mich auch beschützt.“

„Ja, aber ...“

„Es sollte kein ‚Aber‘ geben, Dominic.“

„Vielleicht sollte es das wirklich nicht“, stimmte er zögernd zu. „Ich kann allerdings nicht versprechen, dass es immer so sein wird.“

„Ich habe mich verändert.“ Kate sprach leise, so wie zu sich selbst. „Viel zu lange habe ich meine eigenen Wünsche unterdrückt. Ich hatte angenommen, dass Zustimmung gleich Liebe sei. Jetzt weiß ich es besser ...“

„Ich bin nicht dein Vater, Kate.“

„Nein, doch bisher hast du ebenfalls versucht, mir deinen Willen aufzuzwingen. In gewisser Hinsicht bin ich wohl selbst schuld daran.“ Kate hatte die letzte Nacht über auch nicht geschlafen. Sie hatte wie Dominic über ihre Beziehung und sich selbst nachgedacht und nach den richtigen Antworten gesucht. Vieles war ihr klarer geworden. „Vor vier Jahren habe ich zuerst deinem Drängen und später dem Wunsch meines Vaters nachgegeben, dich zu verlassen. Es hat mir fast das Herz gebrochen. Inzwischen habe ich erkannt, dass ich in erster Linie meine Persönlichkeit festigen muss, bevor ich Entscheidungen treffe." Kate stand auf und trug ihren fast unberührten Frühstücksteller zur Spüle. „Ich liebe dich, Dominic", sagte sie. „Aber ich muss zuerst zu mir selbst finden, ehe ..." Sie verstummte.

Dominic trat hinter sie und legte die Hände auf ihre Schultern. Er spürte Kates Entschlossenheit, bewunderte ihre Stärke und fühlte sich trotzdem unzufrieden, weil sie noch nicht zu einer endgültigen Lösung gekommen waren.

„Einverstanden", erwiderte er sanft. „Sag mir, wann du so weit bist, dich entscheiden zu können."

„Sobald ich es kann." Kate drehte sich um und legte Schutz suchend den Kopf an seine Brust. „Sobald ich kann", wiederholte sie.

14. KAPITEL

In den nächsten drei Tagen beschäftigten sich Dominic und Kate intensiv mit der Freilegung der Ladung. Mit den Händen arbeiteten sie sich weiter vor und machten erstaunliche Entdeckungen. In Übereinstimmung mit der Ladeliste der „Liberty“ kamen als Nächstes mehr als achttausend der insgesamt zehntausend verzeichneten Pfeifen zum Vorschein. Mindestens die Hälfte war zu Kates großer Freude völlig intakt. Es handelte sich um langstielige Pfeifen mit verzierten Tonköpfen. Einmal hob Dominic übermütig eine der Pfeifen an den Mund, und Kate hielt diesen lustigen Anblick mit ihrer Unterwasserkamera fest.

Bei Versteigerungen würden allein die Pfeifen mehr Geld erbringen, als Kate bisher in die Suche nach dem Schiff gesteckt hatte. Je weiter sie forschten, desto umfangreicher wurde auch der Anteil, den Kate im Namen ihres Vaters einem Museum stiften wollte. Das Wichtigste war allerdings, dass die Existenz so vieler Pfeifen in dem Wrack ihre Behauptung stützte, es handele sich um die „Liberty“.

Sie fanden zudem Tabakdosen, wiederum in riesiger Stückzahl, so dass für Kate effektiv kein Zweifel mehr daran bestand, dass unter ihnen die „Liberty“ lag. Geschirr gehörte ebenfalls zu ihren Funden. Manche Teile waren elegant und kostbar, andere dagegen reine Gebrauchsgegenstände.

Auch diese Menge war zu groß für den normalen Gebrauch an Bord eines Schiffes. Es war alles Handelsware. Die Auflistung des geborgenen Gutes wurde so umfangreich, wie Kate es sich nie hatte träumen lassen. Doch noch hatten sie keine Spur von der Kiste mit Gold entdeckt.

Abwechselnd transportierten Dominic und Kate die Fundstücke an Bord der „Wirbelwind“. Das Meiste stapelten sie jedoch auf dem Boden des Meeres. Sie arbeiteten mittlerweile wieder ohne Marshs Hilfe. Wie am Anfang wurde jede Entdeckung zum persönlichen Triumph.

Kate konzentrierte sich auf die Bergung der Tabakdosen. Sie legte sie in die Drahtkörbe. Während dieser Arbeit fasste sie den Entschluss, einige der Dosen selbst zu reinigen. Sie stellte es sich aufregend vor, Schicht um Schicht abzutragen und zu sehen, was darunter zum Vorschein kam. Es war ihr gleichgültig, ob es Kostbarkeiten oder weniger wertvolle Dinge sein würden. Hauptsache, dass sie sie gefunden hatte. Tee, Zucker und andere Lebensmittel, die das Schiff an Bord geführt hatte, existierten nicht mehr. Dominic und Kate legten die beständigen Gegenstände frei, die zweihundertfünfzig Jahre auf dem Meeresboden überdauern konnten. Pfeifen und Tabakdosen, die für Menschen des achtzehnten Jahrhunderts in der Neuen Welt bestimmt gewesen waren, hatten ihr Ziel nie erreicht. Dass sie, Kate, heute diese Dinge sehen und berühren durfte, erfüllte sie mit Stolz und Genugtuung.

Als sie mehrere noch aufeinander gestapelte Tabakdosen aufhob, löste sich in der Nähe plötzlich ein Gegenstand. Erschrocken zuckte Kate zurück. Zu frisch waren noch die Erinnerungen an den Rochen und an andere Gefahren, die hier unten zuweilen lauerten. Das kleine runde Etwas sank zurück auf den Boden und schlug mit einem metallischen Klang an eine der Tabakdosen.

Kates Herz begann schneller zu schlagen. Kaum wagte sie, die Hand auszustrecken.

Als sie aber dann die Goldmünze zwischen ihren Fingern spürte, war ihre Freude riesengroß.

Die Münze glänzte wie an dem Tag, an dem sie geprägt worden war. Kate wusste aus Büchern, das Gold Jahrhunderte unbeschadet überstehen konnte, selbst unter Wasser. Da sie aber das Geldstück aus Silber mit einer schwarzen Oxidationsschicht aufgefunden hatte und andere Metallteile fast bis zur Unkenntlichkeit mit Rost überzogen waren, hatte sie nicht damit gerechnet. Fassungslos starrte sie auf die blinkende Münze in ihrer Hand.

Sie stammte aus England. Der abgebildete König war schon seit langer Zeit tot, doch sein Bildnis noch deutlich und klar. Das aufgestanzte Datum der Münze lautete 1730.

„Dominic!“ rief Kate.

Obwohl der Laut vom Wasser gedämpft und absolut unverständlich war, drehte Dominic sich um. Kate war zu ungeduldig, auf ihn zu warten. So schwamm sie ihm entgegen. Sobald sie ihn erreicht hatte, ergriff sie seine Hand und drückte die Münze hinein.

Dominic wusste sofort, was Kate entdeckt hatte. Ein Blick in ihre Augen genügte. Kate hatte ihr Ziel erreicht. Sie hatte gefunden, wonach sie gesucht hatte.

Seltsamerweise konnte er sich nicht uneingeschränkt mit ihr freuen. Er verspürte plötzlich eine große Leere. Behutsam legte er das Goldstück zurück in Kates Hand und schloss ihre Finger fest darüber. Das Gold gehörte ihr.

Zusammen schwammen sie zu der Stelle, wo Kate die Münze entdeckt hatte. Zu zweit fächelten sie Schichten des Sandes fort. Sie verfügten noch über Sauerstoff für zwanzig Minuten. In dieser Zeit spürten sie nur fünf weitere Münzen auf. So vorsichtig, als wäre es zerbrechliches Glas, barg Kate sie in ihrem Beutel. Dann nahm jeder einen Drahtkorb, und sie kehrten zum Boot zurück.

„Sie ist es, Dominic!“ rief Kate, während Dominic die Drahtkorbe über den Bootsrand hievte. „Es ist die ‚Liberty‘. Wir haben den endgültigen Beweis erbracht.“

„Ja, es ist die ‚Liberty‘“, stimmte Dominic zu. „Du hast das Werk deines Vaters vollendet.“

Sie kletterten an Bord der „Wirbelwind“.

„Ja.“ Kate löste ihre Sauerstoffflaschen. „Ich habe es geschafft." Mehr als nur das Gewicht der Flaschen schien von ihren Schultern genommen. Sie langte in den Beutel an ihrem Gürtel und holte die sechs glänzenden Münzen hervor. „Diese lagen lose herum. Wir haben die Kiste noch nicht gefunden. Ob sie überhaupt noch existiert?"

Dominic war sich dessen nicht sicher. „Vielleicht wurde die Kiste in einen anderen Teil des Schiffes verfrachtet, als der Sturm aufzog", gab er vorsichtig zu bedenken. Diese Überlegung war eine von vielen Möglichkeiten.

Kate betrachtete das funkelnde Gold. „Es ist auch möglich, dass sie die Kiste in eines der Rettungsboote geschafft haben. Der Bericht des Überlebenden gibt keine klare Auskunft über das, was nach dem Auseinanderbrechen des Schiffes passiert ist."

„Es ist schwierig, Genaues zu sagen." Dominic strich leicht über Kates Wange, bevor er seinen Taucheranzug auszog. „Mit ein wenig Glück und mehr Zeit könnten wir alles finden."

Kate ließ die Münzen zurück in ihren Beutel fallen und lächelte. „Dann könntest du dir das Boot kaufen."

„Und du nach Griechenland reisen." Nur mit seiner Badehose bekleidet, ging Dominic zum Steuerruder. „Wir sollten zwölf Stunden Pause einlegen, bevor wir erneut tauchen, Kate. Wir waren heute sehr lange unten."

„In Ordnung." Ohne Hast streifte Kate ebenfalls ihren Anzug ab. Sie würde die zwölfstündige Unterbrechung gut brauchen können ...

Während der Heimfahrt sprachen Kate und Dominic nur wenig. Eigentlich hätten sie in Hochstimmung sein müssen. Obwohl Kate es versuchte, gelang es ihr nicht, den kurzen Augenblick überschwänglicher Freude nachzuerleben, der ihr beim Auffinden der Münze beschieden war.

Plötzlich hätte sie die Zeit gern zurückgedreht zu den Tagen, in denen sie mit der Suche nach der „Liberty" begonnen hatten.

Dominic und Kate verbrachten den restlichen Tag damit, ihre Funde von der „Wirbelwind" ins Haus zu bringen, sie zu sortieren und Rat bei Experten einzuholen.

Und Kate würde Dominic alles von dem geborgenen Gut überlassen, was er haben wollte. Ihre ursprüngliche Abmachung hatte längst keine Bedeutung mehr für sie. Verlangte er die Hälfte des Fundes, sollte er sie bekommen. Für sich selbst wollte sie im Grunde nur die zuerst entdeckte Schüssel, die angelaufene Silbermünze und das Geldstück aus Gold, das sie als Erstes gefunden hatte.

„Vielleicht sollten wir ein kleines Elektrolyseband kaufen." Dominic drehte einen Gegenstand in der Hand, den er für eine silberne Tabakdose hielt. „Vieles könnten wir selbst reinigen." Er legte die Dose auf den Tisch zurück. „Wir benötigen ein größeres Schiff und andere Ausrüstung. Am besten kümmern wir uns in den nächsten Tagen um diese Dinge und tauchen nicht. Wir suchen jetzt seit sechs Wochen, und soweit ich es beurteilen kann, stehen wir erst am Anfang der Bergungsaktion."

Kate nickte stumm. Aus unerklärlichen Gründen hatte sie das Bedürfnis zu weinen. Er hatte Recht. Sie mussten weitere Schritte überlegen, Pläne fassen.

Wie aber sollte sie Dominic klar machen, dass sie nichts mehr wollte, wenn sie es sich selber nicht erklären konnte? Während die Sonne tief am Horizont stand, saß Kate neben Dominic und beobachtete, wie er genau Buch über ihre Funde führte.

„Dominic ..." Unentschlossen brach Kate ab. Sie fand nicht die Worte, ihm ihre Gefühle – Traurigkeit, Leere und Sehnsucht zu beschreiben.

„Was ist?"

„Nichts." Kate griff nach seiner Hand und stand auf. „Komm mit nach oben", bat sie leise. „Liebe mich, bevor die Sonne untergegangen ist."

Unzählige Fragen drängten sich Dominic auf, doch er hielt

sie zurück. Er sah den flehenden, sehnsüchtigen Ausdruck in Kates Augen und schwieg. Hand in Hand gingen sie hinauf.

Die letzten Strahlen der Sonne fielen flach ins Schlafzimmer. Der Himmel färbte sich rot, als Dominic sich neben Kate auf das Bett setzte. Sie streckte ihm die Arme entgegen und schlang sie fest um ihn. Dann bot sie ihm die Lippen.

Sie nahmen sich Zeit, sich gegenseitig auszuziehen. Schließlich lagen sie nackt nebeneinander. Lange intensive Küsse ließen sie ihre Umwelt vergessen. In diesen Minuten verloren die Fragen und die Unsicherheit ihre Bedeutung, zählten nur noch die süßen Empfindungen.

Kate entspannte sich, ihr Leib war weich und biegsam. Mit den Lippen suchte sie wieder und wieder Dominics Mund und küsste ihn hingebungsvoll.

Niemand anders konnte sie so mühelos in eine andere Welt entführen. Niemand anders hatte ihr ein so deutliches Bewusstsein ihres eigenen Körpers gegeben. Eine leichte Berührung seiner Fingerspitzen setzte sie in Flammen und brachte ihr Blut in Wallung.

Kates Verlangen wuchs, ihre Lust steigerte sich. Es war, als schwebe sie frei und schwerelos im Wasser. Die Gesetze der Schwerkraft schienen aufgehoben, sie fühlte sich ganz leicht und sehr zufrieden.

Dominic streichelte sie, und Schauer der Erregung durchliefen ihren Leib. Auch sie tastete mit den Fingern über Dominics Körper. Sie verweilte an seinen Schultern, spürte das Spiel seiner Muskeln und genoss jede Bewegung, jede Veränderung. Seine Haut war glatt und fest. Seine Hände waren zärtlich und kraftvoll.

Wieder ließ sie die Fingerspitzen über ihn gleiten. Sie hatte das Bedürfnis, jede Einzelheit mit allen Sinnen aufzunehmen. Hier hatten sie sich zum ersten Mal geliebt, und hier liebten sie sich zum letzten Mal. Gedanken an Dominic würden immer untrennbar mit der Vorstellung von Abenddämmerung und dem entfernten Rauschen der Brandung verbunden sein.

Dominic spürte das Verlangen, das Kate trieb. Er verstand ihr Drängen nicht ganz, aber er wollte ihr seine ganze Liebe schenken. Mit unendlicher Zärtlichkeit ging er auf ihre Wünsche ein.

Schließlich wand Kate sich unter seinen Liebkosungen wie im Rausch. Dominic fand ihre intimste Stelle und streichelte sie mit den Fingerspitzen. Lustvoll stöhnte Kate auf und rang nach Luft.

Dominic beobachtete, wie sie sich aufbäumte. „Du bist so weich!“ stieß er heiser hervor. Dann umfasste er ihre Hüften und drang mit der Zunge in Kate ein. Sie umklammerte seine Hände und gab sich den Wonnen hin, die er in ihr hervorrief. Heiße Wellen der Lust stiegen in ihr auf.

„Du bist wundervoll. Kate, sag mir, dass du mehr willst.“

„Ja“, flüsterte sie mühsam. „Ich will mehr.“

Und so liebkoste er Kate weiter mit der Zungenspitze. Er sah die Verzauberung in ihren Augen, spürte, wie sie die Hüften anhob, und hörte, wie sie seinen Namen atemlos hervorstieß. Er hatte sie völlig in seiner Gewalt. Sie war sein.

Als Kate erbebte, ließ er seine Hände an ihrem Leib emporwandern. Sein heißer Atem strich über ihre Haut.

Da löste sich Kate plötzlich von ihm und legte sich auf ihn. Sie glühte, war voller Feuer. Begierig auf die Vereinigung mit ihm, übernahm sie die Führung. Ihre Bewegungen waren heftig und leidenschaftlich. Die geflüsterten Worte waren unverständlich. Ihr Rhythmus wurde wilder. Sie verfolgten beide nur das eine Ziel – dem anderen höchste Wonnen zu schenken.

In enger Umarmung erreichten sie schließlich den Höhepunkt.

Die Morgendämmerung zog herauf. Kate lag ruhig neben Dominic, der noch schlief. Ihr Entschluss stand fest. Das Schicksal hatte Dominic und sie ein zweites Mal zusammengeführt, nun wurde es Zeit, dass sie ihr Schicksal selbst in die Hände nahm.

Sie hatte ein Abkommen mit Dominic geschlossen, ihm einen Anteil am Gold für seine Erfahrung und seine Fähigkeiten angeboten. Anfangs hatte sie geglaubt, sie wollte den Schatz, bräuchte ihn, um sich alle Türen zu öffnen, die ihr verschlossen waren. Nun lag ihr überhaupt nichts mehr daran.

Alles Gold der Welt würde nichts an den Gegensätzen zwischen ihr und Dominic ändern.

Sie liebte ihn. Und auf seine Art liebte er sie auch. Hob dieses Gefühl die Unterschiede auf? War sie, Kate, in der Lage oder willens, ihr eigenes Leben aufzugeben und sich Dominic anzupassen, oder konnte sie das Gleiche von ihm verlangen? Nein.

Ihre Welten hatten sich einander nicht genähert. Ihre Wünsche stimmten heute so wenig überein wie damals vor vier Jahren. Sollte Dominic den Schatz bergen und behalten, sollte er damit anfangen, was immer er wollte. Sie brauchte den Schatz nicht.

Wenn sie bliebe ... Kate vermochte nicht zu widerstehen und berührte leicht Dominics Wange. Wenn sie bliebe, würde sie ihre Persönlichkeit opfern. Irgendwann würde sie sich deswegen verachten – und Dominic sie auch. Es war auf jeden Fall besser, die Erinnerungen an diese schönen Wochen mitzunehmen, selbst wenn die Trennung noch so sehr schmerzte.

Der Schatz war für Dominic wichtig. Er hatte große Risiken auf sich genommen, und er hatte hart gearbeitet. Sie wollte lediglich ihrem Vater ein bleibendes Andenken schaffen. Alles andere sollte für Dominic sein. Lautlos stand Kate auf und kleidete sich an.

Kate brauchte nicht lange, um ihre Sachen zu packen. Leise zog sie die Tür hinter sich zu und trug die Koffer hinab. Unten im Wohnzimmer begann sie, die Keramikschüssel sorgfältig in Zeitungspapier einzuwickeln. Dann steckte sie die schwarze Silbermünze und die glänzende Goldmünze in ihre Geldbörse.

Auch die Filme mit den Fotos, die sie bei ihren Arbeiten unter Wasser aufgenommen hatte, nahm sie mit. Kate hatte bereits markiert, welche Stücke dem Museum übereignet werden sollten. Sie ließ die Liste auf dem Tisch zurück.

Obwohl sie sich sagte, dass es besser sei, keinen Abschiedsbrief zu verfassen, zögerte sie. War sie es Dominic nicht schuldig, ihm ihr Tun zu erklären? Nur wie?

Nachdem sie das Gepäck in ihren Wagen gebracht hatte, kehrte Kate ins Haus zurück. Sie nahm die fünf goldenen Münzen, ging ins Schlafzimmer und legte sie auf Dominics Kommode. Nach einem letzten Blick auf den schlafenden Mann im Bett verließ sie das Haus zum zweiten Mal.

In der kühlen Morgenluft schlug Kate den Weg über die Dünen ein. Dann stand sie still und schaute hinaus auf das weite, endlos erscheinende Meer. Die Wellen schlugen gleichmäßig an den Strand, und die schmalen weißen Schaumränder versanken im hellen Sand. So würde sie das Meer um Ocracoke stets in Erinnerung behalten. Und besonders an die Welt unter der Oberfläche würde sie oft zurückdenken. An die Augenblicke des Friedens und der Begeisterung, die sie mit Dominic geteilt hatte. Einen Sommer lang. Doch im Leben gab es vier Jahreszeiten.

Kate wandte sich vom Meer ab. Sie ließ ihren Blick über die Uferlinie der Insel gleiten bis hin zum Leuchtturm. Sie hatte vieles in den vergangenen Wochen hinzugelernt. Endlich würde sie ihr eigenes Leben führen. Sie würde ihren Weg im Leben finden, sie war sich ganz sicher.

Auf dem Rückweg zum Auto schaute Kate nicht mehr zum Haus. Sie brauchte es nicht noch einmal zu sehen, um sich an jede Einzelheit erinnern zu können. Sie streckte ihre Hand nach dem Griff der Wagentür aus. Bevor sie ihn herunterdrücken konnte, wurde sie am Arm gefasst und herumgerissen.

„Was, zum Teufel, soll das?"

Von Angesicht zu Angesicht mit Dominic geriet Kates Entschluss fast ins Wanken. Dominic war noch nicht ganz wach und trug lediglich Jeans. Sein Haar war zerzaust vom Schlaf.

Kate verschränkte die Arme vor der Brust und hoffte inständig, ihre Stimme möge nicht zittern. „Ich wollte eigentlich schon fort sein, bevor du aufwachst."

„Fort?" wiederholte Dominic. „Wohin?"

„Ich fahre nach Connecticut zurück."

„Das ..." Dominic verstummte, war sichtlich um Fassung bemüht. Er wollte nicht alles mit einem Wutanfall zerstören. Es hätte für sie beide tragisch enden können. „Warum?"

Kate schluckte. Er hatte die Frage ruhig gestellt. Aber an dem Ausdruck seiner Augen erkannte sie, wie wenig fehlte, seinen Zorn zum Ausbruch zu bringen. „Du hast es gestern selbst gesagt, als wir vom Tauchen hochkamen. Ich habe geschafft, was ich mir vorgenommen hatte."

Dominic streckte die Hand aus. Die fünf Goldmünzen glänzten in der Morgensonne. „Und was hat das zu bedeuten?"

„Sie sind für dich." Kate befürchtete, dass sie dieses Verhör nicht lange würde durchstehen können, ohne zu verraten, dass ihr Entschluss nicht leichten Herzens gefasst worden war. „Der Schatz bedeutet mir nichts. Auch ihn kannst du haben."

„Das ist aber außerordentlich großzügig von dir." Dominic drehte seine offene Hand um, so dass die Münzen in den Sand fielen. „So viel bedeutet mir das Gold, Frau Lehrerin."

Kate schaute auf die funkelnden Münzen. „Ich begreife dich nicht, Dominic."

„Du wolltest den Schatz", hielt er ihr vor. „Mir war er immer gleichgültig."

„Du sagtest aber ...", begann sie und brach hilflos ab. „Als ich dich um Hilfe bat, hast du wegen des Schatzes zugesagt."

„Ich habe deinetwegen mitgemacht. Du warst hinter dem Gold her, Kate."

„Nein, es ging mir nicht so sehr ums Gold." Kate fuhr sich mit der Hand über die Augen.

„Dann war dein Vater der Grund."

Kate nickte. Sie sperrte sich nicht länger gegen die Wahrheit. „Ich habe zu Ende geführt, was er begonnen hat. Und ich habe dadurch für mich persönlich viel gewonnen. Ich brauche kein Gold mehr, Dominic."

„Warum läufst du wieder vor mir davon?"

Langsam schaute Kate zu ihm auf. „Wir sind vier Jahre älter als damals, aber wir sind dieselben Menschen geblieben."

„Glaubst du das wirklich?"

„Dominic, als ich damals wegging, geschah es halb meinem Vater zuliebe. Ich dachte, ich sei ihm etwas schuldig. Wenn ich allerdings hätte sicher sein können, dass du mich – mich", betonte sie, „wolltest und nicht eine Person, wie du sie dir wünscht, und wenn ich zudem hätte sicher sein können, dass eine gemeinsame Zukunft nicht gescheitert wäre, wäre ich damals nicht gegangen. Und ich würde heute nicht gehen."

„Verflixt, Kate. Woher nimmst du das Recht, darüber zu urteilen, was ich möchte, wie ich fühle?" Dominic wandte sich ab. Er befürchtete die Fassung zu verlieren, wenn er Kate weiterhin ansah. „Vielleicht habe ich Fehler begangen, vielleicht habe ich vor vier Jahren zu viel als selbstverständlich vorausgesetzt. Aber, Kate, ich habe für diesen Fehler gebüßt, jede Minute, seit du fortgingst, bis zu dem Tag, an dem du zurückgekehrt bist. Ich habe mich dieses Mal so sehr bemüht, vorsichtig zu sein, nicht zu drängen, nichts vorauszusetzen. Und da wache ich vorhin auf und muss feststellen, dass du ohne ein Wort verschwinden wolltest."

„Es gab nichts mehr zu sagen, Dominic. Ich habe immer viel zu viele Worte benutzt – und du zu wenige."

„Du bist in solchen Dingen besser als ich."

„Gut, dann werde ich dir etwas sagen. Ich liebe dich." Kate wartete, bis Dominic sich wieder zu ihr herumgedreht hatte. „Ich habe dich immer geliebt, aber ich kenne meine Grenzen. Und deine glaube ich schließlich auch zu kennen."

„Kate, nein. Du denkst zu viel über Grenzen nach und nicht genug an Möglichkeiten. Ich habe dich damals ziehen lassen. Diesmal nicht, Kate, diesmal nicht."

„Ich brauche die Möglichkeit, ich selbst zu sein, Dominic. Ich möchte nicht den Rest meines Lebens so leben, wie ich es bisher getan habe."

„Wer verlangt denn das von dir?" platzte Dominic heraus. „Wer möchte denn, dass du anders sein sollst? Hör endlich auf, Liebe mit Verantwortung gleichzusetzen, schau dir die andere Seite der Medaille an! Liebe bedeutet auch teilen, geben und nehmen. Wenn ich dich bitte, mir einen Teil von dir zu schenken, so erhältst du dafür einen Teil von mir, Kate."

Dominic ergriff sie bei den Oberarmen und hielt sie fest, als hoffe er, seinen Worten durch die Berührung Nachdruck zu verleihen. „Ich will keine Ergebenheit von dir", fuhr er fort. „Und auch nicht, dass du dich mir verpflichtet fühlst. Es gefiele mir ganz und gar nicht, mit dem Gedanken durchs Leben zu gehen, dass du alles, was du tust, nur tust, weil du annimmst, ich erwarte das oder jenes. Verdammt, Kate, auf die Art von Liebe kann ich gut verzichten."

Mit großen Augen starrte Kate ihn an. Dominic hatte noch nie so klar mit ihr über ihre Beziehung gesprochen. Hoffnung regte sich in ihr. Doch leise Zweifel blieben. Bisher hatte Dominic lediglich gesagt, was er nicht wollte. Womöglich zerrann ihre Hoffnung letztendlich doch zu nichts.

„Sag mir, was du willst", bat sie.

Er reichte ihr die Hand. „Komm mit mir."

Dominic führte Kate in den Schuppen hinter dem Haus. „Ich

habe damals mit dem Bau des Bootes begonnen, weil ich meinen Plan endlich ausführen wollte. Dann gewann alles eine andere Bedeutung." Er drückte die Klinke herunter und öffnete beide Türflügel.

Im ersten Moment konnte Kate nichts erkennen. Allmählich gewöhnten sich ihre Augen an das Dämmerlicht im Schuppen, und sie ging hinein.

Das Boot war so gut wie fertig, der Rumpf geschliffen, versiegelt und angestrichen. Es brauchte nur noch aus dem Schuppen geholt zu werden, damit der Mast befestigt werden konnte. Es war ein wunderschönes Boot, strahlend weiß. Jetzt schon konnte sich Kate vorstellen, wie es im Wind leicht über die Wellen gleiten würde.

„Es ist herrlich. Dominic. Ich habe mich immer gefragt ..." Abrupt brach sie ab, als ihr Blick auf die geschwungene Schrift am Heck fiel.

Dort stand: „Zweite Chance".

„Mehr erwarte ich nicht von dir", sagte Dominic und deutete mit dem Zeigefinger auf die beiden Wörter. „Das Boot gehört dir. Anfangs dachte ich, ich baute es für mich selbst. Dann habe ich erkannt, dass ich es für dich tat, weil ein solches Boot unser gemeinsamer Traum war. Für mich will ich nur, was draufsteht, Kate. Für uns beide eine zweite Chance."

Kate fand keine Worte. Sie beobachtete, wie Dominic sich über die Steuerbordseite lehnte und eine Schachtel hervorholte.

„Ich habe dies hier reinigen lassen. Ich hoffe, diesmal nimmst du ihn." Dominic öffnete den Deckel der Schachtel. Sie enthielt den Diamantring, den er gefunden hatte. Der Stein funkelte und strahlte.

Kate wollte etwas sagen, doch Dominic hob abwehrend die Hand. „Warte, ich bin noch nicht fertig. Ich weiß, dass du unterrichten willst. Ich verlange nicht von dir, deinen Beruf aufzugeben. Ich bitte dich nur darum, ein Jahr mit mir auf der Insel zu bleiben. Hier gibt es zwar keine Universität, aber immerhin auch eine Schule. Sie kann mit Yale natürlich nicht Schritt halten, doch immerhin ..." Er zuckte die Schultern. „Nur ein Jahr, Kate. Wenn du danach der Ansicht bist, dass du hier nicht leben kannst, gehe ich mit dir zurück."

Kate sah ihn überrascht an. „Nach Connecticut? Du würdest nach Connecticut ziehen?"

„Ja, wenn es nötig ist."

Der Kompromiss. Die lang ersehnte Lösung, fuhr es Kate durch den Kopf. Dominic schlug vor, sein Leben an das ihre anzupassen. „Und wenn du dich dort nicht zurechtfindest? Was würdest du in diesem Fall tun wollen?"

„Dann werden wir es an einem anderen Ort versuchen, Kate. Wir werden irgendwo in der Mitte ein Zuhause finden. Vielleicht müssen wir in den nächsten Jahren ein Dutzend Mal umziehen. Das ist völlig nebensächlich."

Ja, es war tatsächlich gleichgültig. Wichtig war allein, dass er ihr seine bedingungslose Liebe anbot, worauf sie ihr Leben lang gewartet hatte.

„Ich möchte dich heiraten, Kate." Diese einfache Erklärung berührte Kate tief. „Am liebsten schon morgen, aber wenn du mir versprichst, ein Jahr zu bleiben, werde ich warten können."

Sie lächelte, vermochte sich nicht vorzustellen, dass Dominic geduldig warten würde. Sobald er ihr Versprechen hatte, ein Jahr mit ihm auf Ocracoke zu leben, würde er mit sanfter Gewalt auf sie einwirken, bis sie sich mit ihm vor dem Altar wiederfand.

„Nein", erwiderte sie laut. „Ich werde nur dann hier bleiben, wenn du mir den Ring ansteckst und mich so schnell wie möglich heiratest."

„Abgemacht." Glücklich ergriff Dominic ihre Hand. „Sitzt der Ring erst einmal an deinem Finger, gibt es kein Zurück mehr, Frau Lehrerin." Er holte den Ring aus dem Etui und schob ihn so schnell auf ihren Finger, als befürchte er, sie könne ihre Meinung ändern. „Oh, verflixt, er ist zu groß. Deine Finger sind so zart."

„Das macht nichts. Ich werde die Hand in den nächsten fünfzig Jahren einfach nicht mehr öffnen." Lachend warf sich Kate in seine Arme. Alle Zweifel waren verflogen. Sie war nun sicher, dass sie beide gemeinsam ihren Weg finden würden.

„Wir werden ihn ändern lassen", flüsterte Dominic und küsste ihre Schläfe.

„Nur, wenn ich den Ring dafür nicht abnehmen muss", entgegnete Kate. Sie schloss kurz die Augen, selig vor Glück. „Dominic, und die ‚Liberty'? Der Schatz?"

Dominic legte zärtlich den Zeigefinger unter ihr Kinn und sah ihr in die Augen. „Wir haben unseren Schatz bereits gefunden."

– ENDE –

Nora Roberts

Schatten über dem Paradies

Roman

Aus dem Amerikanischen von
M.R. Heinze

Bild der Frau BESTSELLER

1. KAPITEL

„Was machst du bloß an einem solchen Ort, zum Teufel?"

Maggie, auf allen Vieren, blickte nicht hoch. „C.J., du redest immer das Gleiche."

C.J. zog den Saum seines Kaschmirpullovers zurecht. Er war ein Mann, der das Sorgen zu einer Kunst erhoben hatte, und er sorgte sich um Maggie. Jemand musste es tun. Frustriert blickte er auf das dunkelbraune Haar hinunter, das sie auf dem Kopf zu einem unordentlichen Knoten geschlungen hatte. Ihr Hals war schlank, schimmerte wie Porzellan, die Schultern waren jetzt leicht nach vorn gerundet, als sie ihr Gewicht auf die Unterarme verlagerte. Sie war zart gebaut und besaß jene Zerbrechlichkeit, die C.J. stets an die Ladys der englischen Aristokratie im neunzehnten Jahrhundert erinnerte. Obwohl diese Ladys vielleicht ebenfalls einen endlosen Vorrat an Stärke und Ausdauer unter zierlichem Knochenbau und Porzellanhaut besessen hatten.

Maggie trug ein T-Shirt und Jeans, beides ausgewaschen und jetzt leicht feucht von Schweiß. Als er ihre zartgliedrigen, eleganten Hände betrachtete und feststellte, dass sie schmutzig waren, erschauderte er. Er wusste, welche Magie diesen Händen innewohnte.

Eine Phase, dachte er. Sie macht lediglich eine Phase durch. In zwei Ehen und mehreren Affären war C.J. zu der gesicherten Erkenntnis gelangt, dass Frauen von Zeit zu Zeit von sonderbaren Launen und Stimmungen befallen wurden. Ihm wiederum fiel es zu, Maggie sanft in die reale Welt zurückzuführen.

Während er seinen Blick über nichts als Bäume und Felsen und einsame Wildnis gleiten ließ, fragte er sich flüchtig, ob es wohl Bären in diesen Wäldern gab. In der realen Welt wurden solche Wesen in Zoos gehalten. Ohne seine angespannte Ausschau nach verdächtigen Bewegungen zu unterbrechen, versuchte er es noch einmal.

„Maggie, wie lange willst du denn noch so weitermachen?"

„Wie weitermachen, C.J.?" Ihre Stimme war leise und heiser, als wäre sie soeben aufgewacht. Es war eine Stimme, die in den meisten Männern den Wunsch erzeugte, Maggie soeben geweckt zu haben.

Diese Frau war einfach schrecklich. C.J. strich sich mit den Fingern einer Hand durch seine sorgfältig gestylten und geföhnten Haare. Was machte sie bloß dreitausend Meilen von L.A. entfernt? Warum verschwendete sie sich selbst an diese Schmutzarbeit? Er besaß ihr gegenüber eine Verantwortung – und, verdammt noch mal, auch sich selbst gegenüber. C.J. stieß einen langen Atemzug aus, eine alte Gewohnheit, sobald er auf Opposition stieß. Allerdings waren Verhandlungen sein Beruf. Es lag an ihm, Maggie durch Zureden wieder zur Vernunft zu bringen.

Er verlagerte sein Gewicht von einem Fuß auf den anderen, wobei er sorgfältig darauf achtete, seine polierten Halbschuhe nicht mit dem Schmutz in Berührung zu bringen. „Kleines, ich liebe dich. Das weißt du. Komm nach Hause!"

Diesmal drehte Maggie ihren Kopf und blickte mit einem Lächeln zu ihm auf, das jeden Zentimeter ihres Gesichts mit einbezog – den Mund, der fast schon zu großzügig war, das etwas spitz zulaufende Kinn, die betonten Wangenknochen. Ihre Augen, groß und rund und eine Schattierung dunkler als ihr Haar, sorgten für den endgültigen lebendigen Funken. Es war kein atemberaubendes Gesicht. Das sagte man sich, während man noch nach dem Grund suchte, weshalb es einem den Atem raubte. Selbst jetzt, ohne Make-up und mit Erde auf einer Wange, nahm einen das Gesicht gefangen. Maggie Fitzgerald nahm einen gefangen, weil sie genau so war, wie sie wirkte. Interessant. Interessiert.

Sie ließ sich nach hinten auf die Fersen sinken, blies sich eine Haarsträhne aus den Augen und sah zu dem Mann hoch, der finster auf sie herunterblickte. Sie verspürte ein wenig Zuneigung und ein wenig Belustigung. Beides Gefühle, die ihr stets leicht zuflogen. „C.J., ich liebe dich auch. Und jetzt hör auf, dich wie ein altes Klageweib aufzuführen."

„Du gehörst nicht hierher", setzte er an, mehr genervt als beleidigt. „Du solltest nicht auf Händen und Knien herumwühlen ..."

„Mir gefällt es", antwortete sie schlicht.

Es war dieser schlichte Tonfall, der ihm verriet, dass er ein echtes Problem hatte. Hätte sie geschrien und getobt, wäre er nahezu sicher gewesen, dass er sie zur Umkehr bewegen könnte. Doch wenn sie auf eine so ruhige Weise starrsinnig war, konnte man ihre Meinung genauso leicht ändern, wie man den Mount Everest bestieg. Es war gefährlich und ermüdend. Und weil er ein kluger Mann war, änderte C.J. seine Taktik.

„Maggie, ich verstehe nur zu gut, wieso du für eine Weile von allem wegkommen und dich ein wenig ausruhen willst. Niemand hat das mehr verdient als du." Das klingt gut, dachte er. Weil es wahr ist. „Warum gönnst du dir nicht einfach zwei Wochen in Cancún oder machst einen Einkaufsbummel durch Paris?"

„Mmh." Maggie rutschte auf den Knien und zupfte die Blütenblätter der Stiefmütterchen zurecht, die sie einpflanzte. Maggie fand, dass sie ein wenig mitgenommen aussahen. „Gibst du mir bitte die Gießkanne?"

„Du hörst mir nicht zu."

„Doch, das tue ich." Sie reckte sich und nahm sich selbst die Gießkanne. „Ich war schon in Cancún, und ich habe so viele Kleider, dass ich die Hälfte davon in L.A. eingelagert habe."

Ohne Pause versuchte C.J. die nächste Methode. „Es geht nicht nur um mich", begann er erneut und sah zu, wie sie die

Stiefmütterchen begoss. „Jeder, der dich kennt und von dieser Geschichte hier gehört hat, denkt, du hättest ..."

„Eine Schraube locker?" warf Maggie ein. Zu viel Wasser, befand sie, als die übersättigten Blumen die Köpfe hängen ließen. Sie musste noch eine Menge über die Grundlagen des Landlebens lernen. „C.J., anstatt an mir herumzunörgeln und zu versuchen, mich zu etwas zu überreden, das ich nicht tun will, könntest du zu mir hier herunterkommen und mir helfen."

„Helfen?" Seine Stimme klang so betroffen, als hätte sie vorgeschlagen, er solle besten Scotch mit Leitungswasser verdünnen. Maggie lachte leise.

„Gib mir diese Steige mit Petunien." Sie rammte den kleinen Spaten wieder in den Boden und kämpfte gegen den steinigen Untergrund. „Gärtnern würde dir gut tun. Es würde dich wieder mit der Natur in Berührung bringen."

„Ich habe nicht die Absicht, die Natur zu berühren."

Diesmal lachte sie und wandte ihr Gesicht dem Himmel zu. Nein, ein chlorierter Pool – solarbeheizt – war wohl das Äußerste, was C.J. als Natur an sich herankommen lassen würde. Bis vor ein paar Monaten war sie selbst auch nicht viel näher herangekommen. Auf jeden Fall hatte sie es nie versucht. Aber jetzt hatte sie etwas gefunden – etwas, wonach sie nicht einmal gesucht hatte. Wäre sie nicht an die Ostküste gekommen, um an der Partitur für ein neues Musical mitzuarbeiten, und hätte sie nicht nach den langen, kräftezehrenden Sitzungen diese impulsive Spazierfahrt nach Süden unternommen, wäre sie nie in die verschlafene Kleinstadt geraten, die in den Blue Ridge Mountains versteckt lag.

Ob wir je wirklich wissen, wohin wir gehören, dachte Maggie, wenn wir nicht das Glück haben, unseren ganz persönlichen Flecken Erde durch Zufall zu entdecken? Sie wusste nur, dass sie ohne Ziel losgefahren und nach Hause gekommen war.

Vielleicht hatte das Schicksal sie nach Morganville geführt, eine Ansammlung von Häusern in den Hügeln, die sich einer Bevölkerungszahl von 142 rühmte. Außerhalb der eigentlichen Stadt lagen Farmen und isolierte Häuser in den Bergen. Falls das Schicksal sie nach Morganville geführt hatte, musste es auch das Schicksal gewesen sein, das sie zu dem Schild brachte, das anzeigte, ein Haus und zwölf Morgen Land seien zu verkaufen. Es hatte keinen Moment der Unentschlossenheit gegeben, kein Handeln um den Preis, keine Zweifel in letzter Minute. Maggie hatte die Kaufbedingungen erfüllt und innerhalb von dreißig Tagen die Besitzurkunde in Händen gehalten.

Als sie zu dem zweistöckigen Holzhaus mit den noch immer schief hängenden Fensterläden blickte, konnte Maggie sich gut vorstellen, dass ihre Freunde und Kollegen sich um ihren Geisteszustand sorgten. Sie hatte ihre mit italienischem Marmor ausgekleidete Eingangshalle und ihren mosaikgekachelten Pool gegen rostige Angeln und Steine ausgetauscht. Und sie hatte es ohne einen einzigen Blick zurück getan.

Maggie drückte die Erde um die Petunien an und ließ sich nach hinten sinken. Die Petunien sahen etwas lebendiger aus als die Stiefmütterchen. Vielleicht bekam sie allmählich den Dreh. „Was denkst du?"

„Ich denke, du solltest nach L.A. zurückkommen und die Partitur beenden."

„Ich meinte die Blumen." Sie putzte im Aufstehen ihre Jeans ab. „Ich mache die Musik auf jeden Fall fertig – hier."

„Maggie, wie kannst du hier arbeiten?" explodierte C.J.. Er breitete beide Arme in einer Geste aus, die Maggie immer für ihre bühnenreife Schwülstigkeit bewundert hatte. „Wie kannst du hier leben? Diese Gegend ist nicht einmal zivilisiert."

„Warum? Weil es nicht an jeder Ecke einen Fitness-Club oder eine Boutique gibt?" Um ihre Worte abzumildern, schob sie eine Hand unter C.J.'s Arm. „Komm, atme tief durch. Die frische Luft wird dir nicht schaden."

„Smog wird unterschätzt", murmelte er. Beruflich gesehen war C.J. ihr Agent, doch persönlich betrachtete er sich als ihr Freund, vielleicht ihr bester Freund seit Jerrys Tod. Der Gedanke daran ließ ihn seinen Ton wieder wechseln. Jetzt war er sanft. „Maggie, ich weiß, du hast schwere Zeiten hinter dir. Vielleicht wirst du im Moment mit den Erinnerungen in L.A. nicht fertig, aber du kannst dich nicht selbst begraben."

„Ich begrabe mich nicht selbst." Sie legte ihre Hände auf seinen Unterarm. „Und ich habe Jerry vor fast zwei Jahren begraben. Das ist ein anderer Teil meines Lebens, C.J., der nichts mit dem hier zu tun hat. Hier ist mein Zuhause. Ich kann es nicht anders erklären. Das ist jetzt mein Berg, und ich bin hier glücklicher und mehr daheim, als ich es in Los Angeles jemals war."

Er wusste, dass er mit dem Kopf gegen die Wand rannte, beschloss jedoch, noch einen Versuch zu unternehmen. „Maggie." Er legte einen Arm um ihre Schultern. „Sieh dir das an." Er ließ einen Moment der Stille eintreten, während sie beide das Haus auf der Anhöhe über ihnen betrachteten. Er bemerkte, dass auf der Veranda mehrere Bretter fehlten und dass überall die Farbe abblätterte. Maggie sah, wie die Sonne von den Fensterscheiben in Regenbogenfarben reflektiert wurde. „Du kannst doch nicht im Ernst hier leben wollen."

„Etwas Farbe, ein paar Nägel." Sie zuckte nur die Schultern. Schon vor langem hatte sie gelernt, dass man die offensichtlichen Probleme am besten ignorierte, während es die Probleme waren, die im Verborgenen schwelten, um die man sich kümmern musste. „Es bietet so viele Möglichkeiten, C.J."

„Deren größte es ist, dass es dir auf den Kopf fällt."

„Ich habe das Dach letzte Woche in Ordnung bringen lassen – von einem ortsansässigen Mann."

„Maggie, ich kann mich nicht dazu bringen zu glauben, dass es hier irgendwelche ortsansässigen Männer oder Frauen gibt.

Zumindest nicht in einem Umkreis von zehn Meilen. Diese Gegend dürfte nur für Elfen und Gnome geeignet sein."

„Na, vielleicht war er ja ein Gnom." Ihr Sinn für Spaß trieb sie, als sie ihre Rückenmuskeln streckte. „Er war etwa einssechzig, stämmig wie ein Bulle, und sein Name war Bog."

„Maggie ..."

„Er war eine große Hilfe", fuhr sie fort. „Er und sein Junge kommen wieder und kümmern sich um die Veranda und einige andere größere Reparaturen."

„Na schön, dann hämmert und sägt ein Gnom für dich. Was ist damit?" Er deutete auf das umliegende Land. Es war steinig, uneben und mit Unkraut und Dickicht bewachsen. Nicht einmal ein unverbesserlicher Optimist hätte irgendeine Fläche als Rasen betrachten können. Ein massiger Baum neigte sich gefährlich dem Haus zu, während dornige Schlingpflanzen und wild wachsende Blumen um Lebensraum rangen. Es roch durchdringend nach Erde und Pflanzen.

„Wie das Schloss von Dornröschen", murmelte Maggie. „Irgendwie wird es mir Leid tun, etwas wegzuhacken, aber Mr. Bog übernimmt auch das."

„Erledigt er auch Ausgrabungsarbeiten?"

Maggie neigte den Kopf und hob die Augenbrauen. Jeden über vierzig hätte sie jetzt an ihre Mutter erinnert. „Er hat mir einen Landschaftsgärtner empfohlen. Mr. Bog hat mir versichert, dass Cliff Delaney der beste Mann im County sei. Er kommt heute Nachmittag vorbei und sieht sich alles an."

„Wenn er ein kluger Mann ist, wird er einen Blick auf diese Ablaufrinne werfen, die du eine Straße nennst und die hierher führt, und weiterfahren."

„Du hast es aber mit deinem gemieteten Mercedes bis hier herauf geschafft." Sie drehte sich um, schlang die Arme um seinen Nacken und gab ihm einen Kuss. „Glaube nicht, dass ich es nicht zu schätzen weiß, dass du dir Sorgen machst und hergekommen bist." Sie zerzauste sein Haar, womit sonst niemand durchgekommen wäre. „Vertrau meinem Urteil, C.J.. Ich weiß wirklich, was ich tue. Meine berufliche Arbeit kann hier nur besser werden."

„Das bleibt abzuwarten", murmelte er und hob seine Hand an ihre Wange. Sie ist noch jung genug für alberne Träume, dachte er. Noch süß genug, um auch an sie zu glauben. „Ich mache mir nicht um deine Arbeit Sorgen."

„Ich weiß." Ihre Stimme wurde zusammen mit ihren Augen und ihrem Mund sanfter. Sie war keine Frau, die ihre Emotionen lenkte, sondern die von ihren Emotionen gelenkt wurde. „Ich brauche den Frieden hier. Zum ersten Mal in meinem Leben bin ich von dem Karussell abgesprungen. Ich genieße den festen Boden unter den Füßen, C.J.."

Er wusste und verstand, dass sie sich im Moment nicht von ihrem Standpunkt abbringen lassen würde. Er wusste auch, dass von Geburt an ihr Leben eingebettet gewesen war in Fantasien – und Albträume. Vielleicht brauchte sie eine gewisse Zeit, um zu kompensieren.

„Ich muss meine Maschine erwischen", grollte er. „Ich möchte, dass du mich täglich anrufst, solange du hier bleibst."

Maggie gab ihm noch einen Kuss. „Einmal die Woche. Du wirst den gesamten Soundtrack für ‚Heat Dance' in zehn Tagen bekommen." Den Arm um seine Taille gelegt, führte sie ihn den unebenen, zugewachsenen Pfad hinunter zu seinem Mercedes. „Ich liebe den Film, C.J.. Er ist sogar noch besser, als ich dachte, als ich das Skript las. Die Musik schreibt sich praktisch selbst."

Er brummte nur und warf einen Blick zu dem Haus zurück. „Wenn du einsam wirst ..."

„Werde ich nicht." Lachend drängte Maggie ihn in den Wagen. „Es ist erstaunlich, wie sehr ich mir selbst genügen kann. Also, gute Reise, und hör auf, dir Sorgen um mich zu machen."

Von wegen, dachte er und fasste in seine Aktentasche, um

sich davon zu überzeugen, dass seine Pillen gegen Reisekrankheit da waren. „Schick mir den Soundtrack, und wenn er sensationell ist, höre ich vielleicht auf, mich zu sorgen ... ein wenig."

„Er ist sensationell." Sie wich von dem Wagen zurück. „Ich bin sensationell!" rief sie, als der Mercedes zu wenden begann. „Erzähl allen an der Westküste, dass ich beschlossen habe, Ziegen und Hühner zu kaufen."

Der Mercedes stoppte abrupt. „Maggie ..."

Sie winkte lachend. „Jetzt noch nicht ... aber vielleicht im Herbst. Ach ja, und schick mir Godiva-Pralinen."

Das sieht schon mehr nach Maggie aus, dachte C.J. und fuhr wieder an. In sechs Wochen würde sie zurück in L.A. sein. Er blickte in den Rückspiegel, während er abfuhr. Er sah sie im Spiegel, zierlich und schlank, wie sie lachend vor dem überwucherten Land und den knospenden Bäumen und dem heruntergekommenen Haus stand. Wiederum schauderte er, diesmal nicht von einem Angriff auf seinen Feinsinn. Diesmal war es eine gewisse Furcht. Er war plötzlich davon überzeugt, dass Maggie hier nicht in Sicherheit war.

Kopfschüttelnd griff C.J. nach seinen Magentabletten, während der Wagen über einen Stein holperte. Er machte sich zu viele Sorgen.

Wieder allein, drehte Maggie sich zweimal im Kreis. Zum ersten Mal in ihrem Leben hatte sie die Chance, einem Besitz ihren eigenen Stempel aufzudrücken. Es war keine Presse da, die diesen isolierten Flecken im westlichen Maryland mit dem Herrenhaus ihrer Mutter in Beverly Hills oder der Villa ihres Vaters in Südfrankreich verglich. Wenn sie sehr, sehr viel Glück hatte, würde es überhaupt keine Presse geben. Sie konnte ihre Musik schreiben und ihr Leben in Frieden und Einsamkeit verbringen.

Glanz und Glitter hatten ihren Platz in dieser Welt, dachte sie, und sie wollte diesen Platz einfach nicht mehr. In Wahrheit hatte sie diesen Platz schon sehr lange nicht mehr gewollt, jedoch keinen Ausweg gefunden. Wenn die eigene Geburt von der internationalen Presse gefeiert und das eigene erste Wort für die Öffentlichkeit aufgezeichnet worden war, war es nur zu verständlich, wenn man vergaß, dass es noch eine andere Art zu leben gab.

Ihre Mutter war eine der größten Blues-Sängerinnen Amerikas gewesen, ihr Vater ein Kinderstar, der sich zu einem erfolgreichen Filmregisseur weiterentwickelt hatte. Deren Verlobungszeit und Hochzeit war von Fans auf der ganzen Welt geradezu religiös verfolgt worden. Die Geburt ihrer Tochter war wie eine königliche Geburt behandelt worden.

Und Maggie hatte das Leben einer verwöhnten Prinzessin geführt. Goldene Kutschen und weiße Pelzmäntel. Sie hatte Glück gehabt, dass ihre Eltern sie und einander liebten. Das hatte sie für die unechte, oftmals harte Welt des Showbusiness' mit all seinen Anforderungen und seiner Unbeständigkeit entschädigt. Ihre Welt war eingebettet gewesen in Reichtum und Liebe, ständig gestört durch öffentliches Interesse.

Die Paparazzi hatten sie in ihren Teenagerjahren bei ihren Verabredungen verfolgt – zu ihrer Belustigung, aber oftmals zur Frustration des jungen Mannes. Maggie hatte die Tatsache akzeptiert, dass ihr Leben öffentliches Eigentum war. Es war nie anders gewesen.

Und nachdem die Privatmaschine ihrer Eltern in den Schweizer Alpen abgestürzt war, hatte die Presse ihren Gram in Hochglanzfotos und Zeitungsartikeln festgehalten. Sie hatte nicht versucht, es zu verhindern. Sie hatte erkannt, dass die Welt mit ihr trauerte. Sie war achtzehn gewesen, als der Stoff, aus dem ihre Welt bestand, zerriss.

Dann war da Jerry gewesen. Erst Freund, dann Liebhaber, dann Ehemann. Mit ihm war ihr Leben noch weiter in Fantasie und noch mehr in Tragödie abgeglitten.

Sie wollte jetzt nicht daran denken. Sie griff wieder nach dem

Spaten und begann ihren Kampf gegen den harten Erdboden. Alles, was wirklich noch von diesem Teil ihres Lebens übrig war, war ihre Musik. Die würde sie nie aufgeben. Sie hätte es nicht gekonnt, selbst wenn sie es versucht hätte. Die Musik war ein Teil von ihr, wie es ihre Augen waren. Sie verband Worte und Musik, doch nicht mühelos, wie es nach dem meisterhaften Endprodukt den Anschein hatte, sondern besessen. Anders als ihre Mutter trat sie nicht auf, sondern versorgte andere Interpreten mit ihrer Gabe.

Mit achtundzwanzig hatte sie zwei Oscars, fünf Grammys und einen Tony. Sie konnte am Klavier sitzen und jeden Song aus dem Gedächtnis spielen, den sie jemals geschrieben hatte. Die Preise befanden sich noch immer in den Verpackungen, in denen sie aus L.A. geschickt worden waren.

Das kleine Blumenbeet, das sie anpflanzte, würde wahrscheinlich niemand außer ihr selbst zu sehen bekommen. Es war ein Werk der Liebe, ohne Garantie auf Erfolg. Doch es genügte Maggie, dem Land, das sie ihr eigenes nannte, ihren besonderen Farbfleck hinzuzufügen.

Maggie begann bei der Arbeit zu singen. Sie hatte völlig vergessen, dass sie bereits gelegentlich von Vorahnungen gepackt worden war.

Cliff übernahm normalerweise bei einem Auftrag nicht selbst die Besichtigung und die Anfangsplanung. Nicht mehr. In den letzten sechs Jahren war Cliff Delaney in der Lage gewesen, im ersten Stadium eines Projekts einen oder zwei seiner besten Leute loszuschicken. Danach erst machte er die Feinabstimmung. Wenn der Auftrag interessant genug war, besuchte er den Arbeitsplatz, während die Arbeiten im Gange waren, kümmerte sich vielleicht um einen Teil der Bepflanzung selbst.

Diesmal machte er eine Ausnahme. Er kannte den alten Morgan-Besitz. Er war von einem Morgan errichtet worden, als die winzige Stadt ein paar Meilen entfernt nach einem Morgan benannt worden war. Seit William Morgans Wagen in den Potomac River gestürzt war, hatte das Haus zehn Jahre lang leer gestanden. Das Haus war immer ernst, das Land Furcht erregend gewesen. Doch Cliff wusste, dass es mit dem richtigen Touch und dem richtigen Verständnis großartig sein konnte. Er bezweifelte, dass die Lady aus L.A. das richtige Verständnis aufbrachte.

Er kannte sie. Natürlich kannte er sie. Jeder, der die letzten achtundzwanzig Jahre nicht in einer Höhle verbracht hatte, kannte Maggie Fitzgerald. Im Moment war sie die größte Neuigkeit in Morganville – und übertraf sogar noch den ausschweifenden Klatsch über Lloyd Messners Frau, die mit dem Bankmanager durchgebrannt war.

Es war eine schlichte Stadt, eine gemächliche Stadt. Jene Art von Stadt, in der jedermann stolz war auf die Anschaffung eines neuen Feuerwehrwagens und die alljährliche Gründungsjahrfeier. Deshalb hatte Cliff sich entschieden, gerade hier zu leben, als er jenen Punkt erreicht hatte, an dem er überall leben konnte, wo er wollte. Er war hier aufgewachsen und verstand die Menschen, ihren Zusammenhalt und ihre Besitz ergreifende Art. Er verstand ihre Fehler. Mehr, viel mehr noch verstand er das Land. Er hegte ernsthafte Zweifel, dass die glamouröse Songschreiberin aus Kalifornien irgendetwas verstand.

Cliff steuerte seinen kleinen Pick-up die schlechte Straße entlang, die als Erstes ausgebessert werden musste.

Maggie hörte den Pick-up kommen, bevor sie ihn sah. Und dann hielt er an der Stelle, wo der Mercedes noch vor einer Stunde gestanden hatte. Obwohl sie den Fahrer durch die spiegelnde Windschutzscheibe nicht sehen konnte, hob sie lächelnd die Hand.

Der erste Gedanke, der Cliff kam, war, dass sie kleiner und zierlicher war, als er erwartet hatte. Die Fitzgeralds waren stets überlebensgroß gewesen. Mit einem Schnauben fragte er sich, ob sie wohl Orchideen züchten wollte, passend zu ihrem Stil. Er stieg in der Überzeugung aus, dass er sich über sie ärgern würde.

Weil sie einen zweiten Mr. Bog erwartet hatte, verspürte Maggie bei Cliffs Anblick Überraschung. Er war einfach ein großartiges Exemplar Mann. Einsfünfundachtzig, mit breiten Schultern und schwarzen, vom Fahrtwind zerzausten Haaren, die in lockeren Wellen über Stirn und Ohren fielen. Er lächelte nicht, aber sein Mund war fest und sinnlich geformt. Sie bedauerte flüchtig, dass er eine Sonnenbrille trug, so dass seine Augen verborgen waren. Sie beurteilte Menschen nach ihren Augen.

Stattdessen beurteilte Maggie ihn nach der Art, wie er sich bewegte. Lässig, voll Selbstvertrauen. Athletisch. Selbstsicher. Er war noch einen Meter entfernt, als sie den unmissverständlichen Eindruck bekam, dass er nicht sonderlich freundlich war.

„Miss Fitzgerald?"

„Ja." Mit einem neutralen Lächeln streckte Maggie ihm die Hand hin. „Kommen Sie von Delaney?"

„Ja." Ihre Hände berührten sich kurz. Ohne sich mit einer Vorstellung aufzuhalten, betrachtete Cliff das Gelände. „Sie wollten einen Kostenvoranschlag für gewisse Landschaftsarbeiten haben."

Maggie folgte seinem Blick. „Offensichtlich brauche ich so was. Vollbringt Ihre Firma Wunder?"

„Wir machen unsere Arbeit." Er betrachtete den Farbfleck hinter ihr, ruinierte Stiefmütterchen und ertränkte Petunien. Ihre Anstrengung berührte etwas in ihm, das er ignorierte, indem er sich sagte, dass sie sich schon längst langweilen würde, bevor es Zeit wurde, das erste Unkraut zu zupfen. „Warum sagen Sie mir nicht, was Ihnen vorschwebt?"

„Im Moment ein Glas Eistee. Sehen Sie sich um, während ich welchen hole. Dann sprechen wir darüber." Maggie wandte sich um und stieg die wackeligen Stufen zu der Veranda hinauf.

Hinter der Sonnenbrille zogen sich Cliffs Augen schmal zusammen. Designerjeans. Und der Solitär an der dünnen Halskette hatte bestimmt nicht weniger als einen Karat. Was für ein Spiel spielte die kleine Miss Hollywood? Sie hatte einen Dufthauch hinter sich gelassen, der die Sinne eines Mannes weckte. Jetset, Überholspur, Glanz und Flitter. Zum Teufel, warum war sie hierher gezogen?

Bevor er sie hörte, fing Cliff einen frischen Hauch ihres Parfüms auf. Als er sich umdrehte, war sie ein paar Schritte hinter ihm, zwei Gläser in den Händen. Sie betrachtete ihn gelassen mit einer Neugierde, die sie gar nicht erst zu verbergen versuchte. Und noch etwas erkannte er, als sie so dastand, ihren Blick auf sein Gesicht gerichtet, die Sonne in ihrem Rücken: Sie war die verführerischste Frau, die er je getroffen hatte, obwohl ihn der Teufel holen sollte, wenn er wüsste, warum.

Maggie reichte ihm ein Glas. „Wollen Sie meine Ideen hören?"

Die Stimme hatte etwas mit der Anziehungskraft zu tun, entschied Cliff. Eine unschuldige Frage, die mit dieser schwülen Stimme ausgesprochen wurde, beschwor Bilder von einem Dutzend verbotener Freuden herauf. Er nahm einen Schluck. „Deshalb bin ich hier", sagte er schroffer, als er je mit einem Klienten gesprochen hatte.

Nur das Heben ihrer Augenbrauen zeigte an, dass sie seine Unhöflichkeit bemerkt hatte. Bei der Haltung, fand sie, würde er den Job nicht lange behalten. Andererseits wirkte er nicht wie ein Mann, der für jemanden arbeitete. „Sie sind Mister ...?"

„Delaney."

„Ah, der Chef selbst. Nun, Mr. Delaney, ich habe gehört, dass Sie der Beste sind. Ich sage Ihnen, was ich will, und Sie sagen mir, ob Sie das machen können."

„Klingt fair. Ich sage Ihnen im Vorhinein, dass meine Firma nie die natürliche Landschaft zerstört, um etwas aus ihr zu machen, das ihr nicht entspricht. Das ist hier raues Land, Miss Fitzgerald. Und so soll es sein. Wenn Sie ein oder zwei Morgen manikürten Rasen haben wollen, haben Sie das falsche Grundstück gekauft und den falschen Landschaftsgärtner geholt."

Es gehörte viel dazu, um sie wütend zu machen. Maggie hatte lange und hart daran gearbeitet, um ihre natürliche Neigung zu Zornesausbrüchen zu unterdrücken, damit man ihr nicht das Etikett einer launenhaften Tochter oder launenhaften Künstlerin anheftete. „Anständig von Ihnen, dass Sie darauf hinweisen", schaffte sie nach drei langen, tiefen Atemzügen.

„Ich weiß nicht, warum Sie diesen Besitz gekauft haben", setzte er an.

„Ich glaube nicht, dass ich es erwähnt habe."

„Und es geht mich nichts an", beendete Cliff ihren Gedanken. „Aber das hier geht mich etwas an." Er deutete auf den Besitz.

„Es scheint, Sie neigen gern zu voreiligen Schlüssen, nicht wahr, Mr. Delaney? Ich habe Sie noch nicht gebeten, Bulldozer und Kettensägen zu bringen." Sie sollte ihn zum Teufel jagen. Noch bevor sie sich fragen konnte, warum sie es nicht tat, kam die Antwort. Instinkt. Instinkt hatte sie nach Morganville gebracht und zu dem Grundstück, auf dem sie jetzt stand. Instinkt sagte ihr jetzt, dass er wirklich der Beste war. „Dieses Wäldchen dort. Ich möchte, dass es von Unterholz befreit wird. Man kann es nicht genießen, wenn man sich seinen Weg durch Dornen bahnen muss." Sie schoss ihm einen Blick zu. „Wollen Sie sich keine Notizen machen?"

Er betrachtete sie nachdenklich. „Nein. Weiter."

„Na schön. Da rechts vor der Veranda ... ich schätze, das war einmal ein Rasen. Und ich möchte Platz für neue Bäume. Und wo das Gelände zur Straße abfällt, das ist zu steil für Gras, aber ich kann auch nicht das Unkraut schießen lassen."

„Sie brauchen immergrüne Pflanzen", sagte er hinter ihr. „Wacholder und Forsythien. Hier, wo der Boden nicht so steil ist, brauchen Sie niedrige Bodendecker. Der Baum dort muss weg“, fuhr er mit einem düsteren Blick zu dem Baum fort, der sich gefährlich in Richtung ihres Daches neigte. „Und hinter dem Haus auf dem Hang stehen zwei oder drei Bäume, die gefällt werden müssen, bevor sie umstürzen.“

Jetzt betrachtete sie ihn finster. „Na schön, aber ich möchte nicht, dass Sie mehr fällen, als nötig ist.“

Maggie konnte nur ihr eigenes Spiegelbild in seiner Sonnenbrille sehen, als er sich ihr zuwandte. „Das tue ich nie.“ Er ging seitlich um das Haus herum. „Hier brauchen Sie eine Stützmauer, damit nicht eines Tages ein Baum oder ein Stein in Ihrer Küche landet.“

„In Ordnung.“ Es klang vernünftig, fand Maggie und wünschte sich wieder, sie könnte seine Augen sehen. „Hier gibt es jede Menge Steine“, murmelte sie und stolperte fast über einen.

Cliff ergriff ihren Arm, bevor sie den Abhang auf der anderen Seite des Hauses hinuntergehen konnte. Die Berührung durchfuhr sie beide. Mehr überrascht als alarmiert, wandte Maggie den Kopf.

„An Ihrer Stelle würde ich da nicht hinuntergehen“, sagte Cliff leise.

Maggie blickte auf seine Hand hinunter und bemerkte die Größe und Stärke und die gebräunte Haut. „Mr. Delaney ...“

„Schlangen“, sagte er schlicht und hatte die Befriedigung, dass sie zwei Schritte zurückwich. „An einer solchen Stelle gibt es fast immer welche. So, wie das hier alles überwuchert ist, gibt es sie wahrscheinlich überall.“

„Nun, dann ...“ Maggie schluckte und unternahm eine übermenschliche Anstrengung, nicht zu schaudern. „Vielleicht können Sie sofort mit der Arbeit anfangen.“

Zum ersten Mal lächelte er, sehr leicht, sehr vorsichtig. Sie hatten beide vergessen, dass er sie noch immer festhielt. Sie standen jetzt viel zu nahe beisammen, nur eine Handbreit voneinander entfernt. Sie hatte nicht so reagiert, wie er das erwartet hatte. Es hätte ihn nicht überrascht, wenn sie kreischend bei der Erwähnung von Schlangen ins Haus gelaufen wäre und die Tür hinter sich zugeschlagen hätte. Ihre Haut war weich. Cliff strich unbewusst mit seinem Daumen darüber. Doch sie selbst war offenbar nicht weich.

„Ich könnte vielleicht nächste Woche ein paar Leute schicken, aber als Erstes müssen wir uns um Ihre Straße kümmern."

Maggie tat das mit einem Schulterzucken ab. „Finden Sie die beste Lösung, nur keinen Asphalt. Ich möchte mich auf das Haus und das Grundstück konzentrieren."

„Die Straße wird Sie tausendzweihundert, vielleicht tausendfünfhundert kosten", setzte er an, aber sie wehrte wieder ab.

„Machen Sie, was nötig ist", erklärte sie mit der unbewussten Arroganz eines Menschen, der sich nie Sorgen um Geld gemacht hatte. Sie deutete den steilen Abhang hinunter. „Dort möchte ich einen Teich."

Cliff lenkte seine Aufmerksamkeit auf sie. „Einen Teich?"

Sie warf ihm einen ruhigen Blick zu. „Gestehen Sie mir eine Extravaganz zu, Mr. Delaney. Einen kleinen Teich", fuhr sie fort, bevor er etwas dazu sagen konnte. „Es ist genug Platz da, und dieser Teil hier scheint der schlimmste zu sein. Das ist kaum mehr als ein Loch in der Erde an einer sehr seltsamen Stelle. Haben Sie etwas gegen Wasser?"

Anstatt zu antworten, betrachtete er das Gelände unter ihnen. Tatsache war, dass sie keinen besseren Ort hätte wählen können. Es ließ sich machen, und es konnte sehr effektvoll sein.

„Das wird teuer", sagte er endlich. „Sie werden viel Geld in den Besitz stecken müssen. Wenn Sie das dem Wiederverkaufswert gegenüberstellen, kann ich Ihnen voraussagen, dass dieser Besitz nicht leicht zu verkaufen sein wird."

Ihre Geduld riss. „Mr. Delaney, ich bat Sie hierher, damit Sie eine Arbeit ausführen, und nicht, damit Sie mich über Liegenschaften oder meine Finanzen beraten. Wenn Sie es nicht schaffen, sagen Sie es, und ich suche mir einen anderen."

Seine Augen zogen sich schmal zusammen. „Ich schaffe es, Miss Fitzgerald. Ich werde einen Kostenvoranschlag und einen Vertrag aufsetzen. Morgen haben Sie beides in der Post. Wenn Sie dann noch wollen, dass ich es mache, rufen Sie mein Büro an." Langsam ließ er ihren Arm los und gab ihr das Glas zurück. Er ließ sie an dem Hang stehen, während er sich seinem Pick-up zuwandte. „Übrigens", sagte er, ohne sich noch einmal umzudrehen. „Sie haben Ihre Stiefmütterchen zu stark begossen. Und die Petunien auch."

Maggie stieß siedend den Atem aus und kippte den lauwarmen Tee auf die Erde.

2. KAPITEL

Maggie ging durch die knarrende Hintertür zurück ins Haus, stellte die Gläser ab und setzte sich im Musikzimmer zwischen nicht ausgepackten Kartons und alten Möbelstücken der früheren Einrichtung an ihr Klavier, schaltete das Tonbandgerät ein und ließ die Musik mit geschlossenen Augen auf sich wirken, während sie die Filmszene ablaufen sah. Sie wollte etwas Dramatisches, voller Kraft. Sie musste die Szene unterlegen, betonen, die Stimmung zu Musik machen. Sie hätte wahrscheinlich das Klopfen nicht gehört, hätte sie nicht das Band zurücklaufen lassen.

Auf der Veranda stand eine große, spröde wirkende Frau von etwa fünfzig. Ihr Haar war grau. Blassblaue Augen betrachteten Maggie durch eine Brille mit rosa Fassung.

Maggie lächelte. „Hallo. Kann ich etwas für Sie tun?"

„Sie sind Miss Fitzgerald?" Die Stimme war so leise und schlicht wie das einfache Mantelkleid.

„Ja, die bin ich."

„Ich bin Louella Morgan."

Louella Morgan, die Witwe von William Morgan, dem ehemaligen Besitzer des Hauses, das jetzt ihr gehörte. Für einen Moment fühlte Maggie sich wie ein Eindringling. Dann schüttelte sie das Gefühl ab und streckte die Hand aus. „Hallo, Mrs. Morgan. Möchten Sie hereinkommen?"

„Ich will Sie nicht stören."

„Nein, bitte." Sie öffnete die Tür weiter. „Ich habe Ihre Tochter kennen gelernt, als wir uns über das Haus einigten."

„Ja, Joyce hat es mir erzählt." Louellas Blick wanderte umher, als sie über die Schwelle trat. „Sie hatte nicht erwartet, das Haus so schnell zu verkaufen. Der Besitz war erst seit einer Woche zum Verkauf ausgeschrieben."

„Ich möchte gern daran glauben, dass es Schicksal war."

Maggie stemmte sich mit ihrem ganzen Gewicht gegen die Tür und drückte sie endlich zu. Ein Job für Bog, fand sie.

„Schicksal?“ Louella wandte sich von dem langen leeren Korridor ab.

„Das Haus schien auf mich zu warten.“ Obwohl sie den direkten, starren Blick der Frau sonderbar fand, deutete Maggie auf das Wohnzimmer. „Kommen Sie herein und setzen Sie sich. Möchten Sie Kaffee? Etwas Kühles?“

„Nein, danke. Ich bleibe nur eine Minute.“ Louella betrat das Wohnzimmer, setzte sich jedoch nicht. Sie betrachtete die zerschlissenen Tapeten, die abblätternde Farbe und die Fenster, die jetzt, nachdem Maggie sie geputzt hatte, blinkten. „Ich wollte das Haus wieder sehen, wenn jemand darin wohnt.“

„Wahrscheinlich wird es noch ein paar Wochen dauern, bis es bewohnt aussieht.“

Louella schien sie nicht zu hören. „Ich kam unmittelbar nach unserer Hochzeit hierher.“ Jetzt lächelte sie, doch Maggie fand in diesem Lächeln keine Freude. Die Augen blickten verloren, so als wäre die Frau schon seit Jahren verloren. „Doch dann wollte mein Mann etwas Moderneres, von dem aus man bequemer die Stadt und sein Geschäft erreichte. Also sind wir umgezogen, und er hat dieses Haus hier vermietet.“ Louella blickte wieder Maggie an. „So ein schöner, ruhiger Fleck“, murmelte sie. „Ein Jammer, dass er über die Jahre so vernachlässigt wurde.“

„Es ist ein schöner Fleck“, stimmte Maggie zu und bemühte sich, nicht so unbehaglich zu klingen, wie sie sich fühlte. „Ich lasse am Haus und auf dem Grundstück Arbeiten durchführen ...“ Ihre Stimme erstarb, als Louella an das nach vorne führende Fenster trat und hinausstarrte. Himmel, dachte Maggie, während sie überlegte, was sie noch sagen könnte, womit habe ich es denn hier zu tun? „Äh ... ich möchte viel selbst anstreichen und tapezieren.“

„Das Unkraut hat alles überwuchert", sagte Louella, den Rücken zum Raum gewandt.

„Ja ... nun, Cliff Delaney war heute hier und hat sich umgesehen."

„Cliff." Louellas Aufmerksamkeit schien wieder zurückzukehren, als sie sich umdrehte. In dem durch die vorhanglosen Fenster hereinfallenden Licht wirkte sie noch blasser, fast körperlos. „Ein interessanter junger Mann, etwas rau, aber sehr klug. Er wird hier gut für Sie und den Besitz arbeiten. Er ist ein Cousin der Morgans." Sie unterbrach sich mit einem leisen Lachen. „Sie werden überall im County eine Menge Morgans und ihre Verwandten verstreut finden."

Ein Cousin, überlegte Maggie. Vielleicht war er unfreundlich gewesen, weil er dachte, der Besitz hätte nicht an eine Außenseiterin verkauft werden dürfen. Resolut versuchte sie, Cliff Delaney aus ihren Gedanken zu verdrängen. Er brauchte nicht zuzustimmen. Der Besitz gehörte ihr.

„Der Rasen vor dem Haus war einmal sehr schön", murmelte Louella.

Maggie fühlte einen Hauch von Mitgefühl. „Er wird es wieder sein." Sie trat näher. Beide Frauen standen jetzt am Fenster. „Ich werde einen Steingarten anlegen, und in der Senke an der Seite in dem Graben wird ein Teich angelegt."

„Ein Teich?" Louella drehte sich um und fixierte sie mit einem langen, starren Blick. „Sie wollen den Graben nutzen?"

„Ja." Maggie fühlte sich wieder unbehaglich. „Es ist der perfekte Platz."

Louella strich mit der Hand über ihre Handtasche, als wollte sie etwas wegwischen.

„Ich hatte auch einen Steingarten."

„Den hätte ich gern gesehen", sagte Maggie sanft.

„Ich habe Fotos."

„Tatsächlich?" Maggie vergaß ihr Unbehagen. „Vielleicht

dürfte ich sie sehen? Sie könnten mir bei der Entscheidung helfen, was ich anpflanzen soll."

„Ich werde dafür sorgen, dass Sie sie bekommen. Es ist sehr freundlich von Ihnen, dass Sie mich hereingelassen haben. Dieses Haus beherbergt Erinnerungen." Louella sah sich ein letztes Mal in dem Raum um. „Auf Wiedersehen, Miss Fitzgerald."

„Auf Wiedersehen, Mrs. Morgan." Ihr Mitgefühl regte sich erneut. „Bitte, kommen Sie wieder."

Louella blickte zurück. Ihr Lächeln war sehr schwach, ihre Augen waren sehr müde. „Danke."

Während Maggie ihr nachsah, ging Louella zu einem alten, aber gut erhaltenen Lincoln und fuhr dann den Hügel hinunter. Leicht verwirrt kehrte Maggie ins Haus zurück. Sie hatte noch nicht viele Einwohner von Morganville kennen gelernt, aber es waren offensichtlich interessante Leute.

Das Geräusch weckte Maggie aus einem tiefen Schlaf und versetzte sie in einen benommenen, gereizten Zustand. Während sie versuchte, ihren Kopf unter dem Kissen zu vergraben, glaubte sie, in New York zu sein. Das Ächzen und Dröhnen hörte sich wie ein großer, hässlicher Müllwagen an. Aber sie war nicht in New York. Sie war in Morganville, und hier gab es keine Müllwagen. Hier schaffte man den Müll selbst zur Deponie.

Das Sonnenlicht fiel schwach auf ihre Bettdecke. Sie war nie ein Morgenmensch gewesen, und sie hatte auch nicht die Absicht, diesen Teil ihres Naturells durch das Landleben verändern zu lassen. Matt drehte sie den Kopf, um auf die Uhr zu sehen. Fünf nach sieben. Gütiger Himmel!

Sie focht einen harten Kampf, um sich aufzusetzen. Mit verschlafenen Augen sah sie sich um. Auch in diesem Raum stapelten sich ungeöffnete Kartons. Und draußen dröhnte es ohne Pause hartnäckig weiter.

Resigniert stieg Maggie aus dem Bett, stolperte über ein Paar

Schuhe, stieß eine Verwünschung aus und ging zum Fenster. Von hier aus konnte man den Vorgarten und das Tal überblicken. Im Hintergrund zeichneten sich sogar die Spitzen von blauen Bergen ab.

Maggie schob das Fenster ganz hoch. Die Frühlingsluft war angenehm kühl. Das Geräusch eines laufenden Motors war noch immer zu hören. Neugierig presste sie ihr Gesicht gegen das Fliegengitter, das daraufhin herausbrach und auf die Veranda fiel. Noch etwas für Mr. Bog, dachte Maggie seufzend.

In diesem Moment schob sich ein massiger gelber Bulldozer um die Kurve ihrer Zufahrtsstraße und schob Steine und Erde vor sich her. Cliff Delaney war ein Mann, der Wort hielt. Sie hatte den Kostenvoranschlag und den Vertrag zwei Tage nach seinem Besuch erhalten. Als sie in seinem Büro anrief, hatte sie mit einer tüchtig klingenden Frau gesprochen, die ihr erklärte, die Arbeiten würden Anfang der Woche beginnen.

Und heute ist Montag, dachte sie. Sehr pünktlich. Sie griff nach ihrem Morgenmantel und ging unter die Dusche.

Zwei Stunden später und mit dem Kaffee gestärkt, den sie für sich selbst und den Bulldozerfahrer gemacht hatte, war Maggie auf ihren Knien auf dem Küchenboden. Auf der Theke stand ihr Tonbandgerät. Die Klänge ihrer neuen Partitur, die bald vollendet sein würde, übertönten fast das Dröhnen der Maschine. Sie ließ sich treiben, während Worte zu dem Titelsong, den sie noch komponieren musste, durch ihre Gedanken zogen.

Als Cliff zu der Hintertür ging, war er bereits verärgert. Es war lächerlich, dass er seine Zeit hier verschwendete, bei all den anderen Aufträgen, die seine Firma zu erfüllen hatte. Trotzdem war er hier. Er hatte fast fünf Minuten lang an die Vordertür geklopft. Er wusste, dass Maggie im Haus war. Ihr Wagen stand in der Einfahrt, und der Bulldozerfahrer hatte ihm gesagt, dass sie vor ungefähr einer Stunde Kaffee ins Freie gebracht habe.

Die Musik, die aus den offenen Fenstern drang, erregte seine

Aufmerksamkeit und seine Einbildungskraft. Er hatte diese Melodie noch nie gehört. Sie war sexy, stimmungsvoll. Nur Klavier, keine Streicher oder Blasinstrumente, doch man wollte zuhören und sich keine Note entgehen lassen. Einen Moment blieb er stehen, irritiert und bewegt.

Cliff wollte gerade an die Fliegengittertür klopfen, als er Maggie entdeckte.

Sie lag auf Händen und Knien und löste stückweise das Linoleum mit einem Spachtelmesser. Ihr Haar fiel lose über eine Schulter, so dass ihr Gesicht dahinter verborgen war. In dem tiefen Zobelbraun schimmerte Gold von dem Sonnenschein, der durch Tür und Fenster fiel.

Eine graue Cordhose schmiegte sich um ihre Hüften. Ein rotes Wildledershirt war in die Hose geschoben. Solche Hemden wurden nur in exklusiven Läden zu noch exklusiveren Preisen verkauft. Ihre Hände wirkten unglaublich zart. Cliff betrachtete diese Hände, als Maggie zu enthusiastisch mit dem Spachtelmesser hantierte und sich den Knöchel an einer Kante aufschabte.

„Was machen Sie da?“ fragte er, stieß die Tür auf und trat ein. Kaum hatte Maggie den Knöchel instinktiv in den Mund geschoben, als er sich auch schon neben sie kauerte und ihre Hand ergriff.

„Es ist nichts“, sagte sie automatisch. „Nur ein Kratzer.“

„Sie haben Glück, dass Sie sich die Haut nicht aufgerissen haben.“ Obwohl seine Stimme rau und ungeduldig klang, war seine Hand sanft. Sie überließ ihm ihre Hand.

Jetzt konnte sie seine Augen sehen. Sie waren grau – rauchgrau, geheimnisvoll. Sie dachte an Abendnebel. Nebel, die manchmal gefährlich waren, aber immer faszinierten. Maggie entschied, dass sie ihn auf eine vorsichtige Art mögen konnte.

„Wer ist dumm genug, um Linoleum darüber zu legen?“ Mit den Fingern ihrer freien Hand strich sie über den Holzfußboden, den sie freigelegt hatte. „Schön, nicht wahr? Das heißt, er wird es sein, sobald er geschliffen und versiegelt ist."

„Bog soll sich darum kümmern", ordnete Cliff an. „Sie wissen ja nicht, was Sie da machen."

Jeder sagte das. Maggie zog sich verärgert ein Stück zurück. „Warum soll er den ganzen Spaß haben? Abgesehen davon bin ich vorsichtig."

„Das sehe ich." Er drehte ihre Hand so, dass er die Abschürfung an dem Daumen sah. „Muss nicht jemand in Ihrem Beruf vorsichtig mit seinen Händen umgehen?"

„Die Hände sind versichert", gab sie zurück. „Ich denke, ich kann sogar mit einer so ernsthaften Verletzung ein paar Akkorde anschlagen." Sie entzog ihm die Hand. „Sind Sie hergekommen, um mich zu kritisieren, Mr. Delaney, oder ging es um etwas anderes?"

„Ich bin hier, um die Arbeiten zu überprüfen." Er hob das Fliegengitter auf, das er fallen gelassen hatte, als er ihre Hand ergriff. „Das habe ich draußen gefunden."

„Danke." Sie nahm das Fliegengitter und lehnte es gegen den Herd.

„Ihre Straße wird fast den ganzen Tag blockiert sein. Hoffentlich wollten Sie nicht wegfahren."

Maggie sah ihn leicht herausfordernd an. „Ich fahre nicht weg, Mr. Delaney."

„Gut." Die Musik vom Tonband wechselte das Tempo, hatte jetzt einen harten, primitiven Rhythmus. So etwas sollte in heißen, mondlosen Nächten gespielt werden. Es zog ihn in seinen Bann. „Was ist das?" fragte Cliff. „Das habe ich noch nie gehört."

Maggie blickte zu dem Gerät hoch. „Das ist eine Filmmusik, die ich schreibe. Gefällt sie Ihnen?"

„Ja."

Die offenste und klarste Antwort, die sie bis jetzt von ihm gehört hatte. Es genügte ihr nicht. „Warum?"

Er hörte einen Moment zu und nahm kaum wahr, dass sie beide immer noch auf dem Fußboden hockten, nahe genug, um einander zu berühren. „Die Musik geht direkt ins Blut, spricht direkt die Fantasie an. Das soll doch wohl bei einem Song so sein."

Er hätte nichts Perfekteres sagen können. Ihr sagenhaftes Lächeln traf ihn wie ein Blitz. „Ja, das soll so sein." Ihre Knie berührten sich. „Ich habe versucht, mit dieser Musik etwas sehr Urtümliches zu treffen. Sie muss die Stimmung für einen Film über eine leidenschaftliche Beziehung erzeugen – eine äußerst leidenschaftliche Beziehung zwischen zwei Personen, die nichts gemeinsam haben außer einem unkontrollierbaren gegenseitigen Verlangen. Einer der beiden wird deshalb sogar töten."

Sie verstummte und verlor sich in der Musik und in der Stimmung. Sie konnte alles in lebhaften Farben sehen, konnte die schwüle Luft einer heißen Sommernacht fühlen. Dann runzelte sie die Stirn, und wie auf ein Stichwort verstummte die Musik. Von dem Band kam ein scharfer, harter Fluch. Danach Stille.

„Mir ist bei diesen letzten beiden Takten etwas abhanden gekommen", murmelte sie. „Als wäre etwas nicht richtig durchgemischt herausgekommen. Das Stück muss sich zur Verzweiflung hin entwickeln, aber dezenter. Leidenschaft am Rande der Beherrschung."

„Komponieren Sie immer so?"

Sie ließ sich auf die Fersen zurücksinken. „Wie meinen Sie das?" fragte sie zurück.

„Mit dem Nachdruck auf Stimmung und Gefühlen und weniger auf Noten und Timing."

Niemand hatte ihren Stil jemals so genau definiert. Es gefiel ihr. „Ja", sagte sie schlicht.

Es behagte ihm nicht, was diese großen sanften Augen mit ihm anstellen konnten. Cliff erhob sich. „Deshalb ist Ihre Musik gut."

Maggie lachte flüchtig, nicht über das Kompliment, sondern über den grollenden Ton, in dem es ausgesprochen wurde. „Sie können tatsächlich auch etwas Freundliches sagen."

„Wenn es stimmt." Er beobachtete ihre fließenden Bewegungen, die er stets mit großen, gertenschlanken Frauen in Verbindung gebracht hatte. „Ich bewundere Ihre Musik." Diesmal schwang Ärger in seiner Stimme mit, weniger Humor.

„Und ansonsten bewundern Sie wenig, was mit mir zu tun hat."

„Ich kenne Sie nicht", konterte Cliff.

„Sie haben mich schon nicht gemocht, als Sie das erste Mal den Hügel heraufgekommen sind." Maggie stützte die Hände in die Hüften und sah ihn unverwandt an. „Ich habe den Eindruck, dass Sie mich schon Jahre vor unserem Kennenlernen nicht gemocht haben."

Das ist direkt, befand Cliff. „Ich habe Probleme mit Menschen, die ihr Leben auf einem silbernen Tablett verbringen. Dafür habe ich zu viel Respekt vor der Realität."

„Silbernes Tablett", wiederholte Maggie mit einer viel zu ruhigen Stimme. „Mit anderen Worten, ich wurde in den Überfluss hineingeboren. Deshalb kann ich den Rest der realen Welt nicht verstehen."

Er wusste nicht, warum er lächeln wollte. Vielleicht, weil ihr das Blut ins Gesicht schoss. Vielleicht, weil sie so aussah, als würde sie ihm liebend gern an die Gurgel gehen. Trotzdem lächelte er nicht. Er hatte das unbestimmte Gefühl, dass, sollte man dieser Lady auch nur den kleinen Finger reichen, man sehr bald dazu bereit war, ihr den ganzen Arm zu geben. „So ungefähr. Der Schotter für die Straße wird um fünf geliefert und aufgeschüttet."

„So ungefähr?" Maggie war daran gewöhnt, ein Gespräch zu beenden, wann sie es wollte, und packte ihn am Arm, als er sich zur Tür wandte. „Sie sind ein engstirniger Snob, und Sie wissen gar nichts über mein Leben."

Cliff blickte auf die zarte Hand an seinem gebräunten, muskulösen Arm hinunter. Sie trug einen Amethyst, der ihm entgegenschimmerte. „Miss Fitzgerald, jeder im Land kennt Ihr Leben."

„Das ist eine der unintelligentesten Bemerkungen, die ich je gehört habe." Sie unternahm einen letzten Versuch, ihr Temperament im Zaum zu halten, vergaß es dann jedoch. „Lassen Sie sich eines von mir sagen, Mr. Delaney ..." Das Telefon unterbrach den geplanten Strom von leidenschaftlichen Beschimpfungen. Maggie brach mit einem Fluch ab. „Sie bleiben hier!" befahl sie, während sie sich zu dem Wandtelefon umdrehte und den Hörer vom Apparat riss. „Hallo!" meldete sie sich unwirsch.

„Also, es ist schön zu hören, dass dir das Landleben bekommt."

„C.J.." Sie bemühte sich, ihren Zorn zu unterdrücken. Sie wollte von ihm weder Fragen noch das unvermeidliche „Ich habe es dir gleich gesagt" hören. „Tut mir Leid, du hast mich mitten in einer philosophischen Diskussion erwischt." Obwohl sie Cliffs kurzes Lachen hörte, ignorierte sie es. „Was gibt's, C.J.?"

„Nun, ich habe seit zwei Tagen nichts von dir gehört."

„Ich habe dir gesagt, dass ich einmal die Woche anrufe. Hörst du endlich auf, dir Sorgen zu machen?"

„Du weißt, dass ich das nicht kann."

Sie musste lachen. „Ich weiß. Falls es dich erleichtert, meine Straße wird gerade hergerichtet, während wir miteinander sprechen. Wenn du mich das nächste Mal besuchst, brauchst du keine Angst mehr um deinen Auspuff zu haben."

„Das beruhigt mich nicht", grollte C.J.. „Ich habe Albträume davon, wie dir dieses Dach auf den Kopf fällt. Das ganze verdammte Haus fällt auseinander."

„Das Haus fällt nicht auseinander." Sie drehte sich um und stieß dabei das Fliegengitter um. Es klapperte auf den Boden. In diesem Moment traf sich ihr Blick mit dem Cliffs. Er lehnte noch immer an der Theke, aber jetzt grinste er. Maggie blickte auf das Fliegengitter, dann wieder zu Cliff und hielt sich den Mund zu, um sich am Lachen zu hindern.

„Was war das für ein Lärm?" fragte C.J..

„Lärm?" Maggie schluckte. „Ich habe keinen Lärm gehört." Sie deckte die Sprechmuschel ab, als Cliff lachte. „Pst", zischte sie lächelnd. „C.J.", sagte sie in das Telefon, um ihn abzulenken, „die Filmmusik ist fast fertig."

„Wann?" Die Antwort kam prompt, wie erwartet.

„Zum größten Teil ist die Feinarbeit schon fertig. Ich hänge noch ein wenig an dem Titelsong. Wenn du mich wieder an die Arbeit lässt, wird das Band nächste Woche in deinem Büro sein."

„Warum lieferst du es nicht persönlich ab? Wir könnten gemeinsam zum Mittagessen gehen."

„Vergiss es."

Er seufzte. „Einen Versuch war es wert. Um dir zu zeigen, dass sich mein Herz am rechten Fleck befindet, habe ich dir ein Geschenk geschickt."

„Ein Geschenk? Die Godiva-Pralinen?"

„Warte es ab", antwortete er ausweichend. „Morgen früh wird es bei dir sein. Ich erwarte, dass du dermaßen gerührt sein wirst, dass du die nächste Maschine nach L.A. nimmst und dich höchstpersönlich bei mir bedankst."

„C.J. ..."

„Zurück mit dir an die Arbeit. Und ruf mich an", fügte er hinzu. Er wusste, wann es an der Zeit war, den Rückzug anzutreten. „Ich werde weiterhin von Visionen geplagt, wie du von einem Berg fällst."

Er legte auf und ließ sie, wie so oft, zwischen Belustigung und Verärgerung schwankend zurück. „Mein Agent", erklärte Maggie. „Er macht sich gern Sorgen."

„Verstehe."

Cliff blieb, wo er war, sie ebenso. Dieser eine winzige Moment von Gemeinsamkeit hatte eine Barriere zwischen ihnen eingerissen. An ihre Stelle war eine Befangenheit getreten, die keiner von beiden voll verstand. Cliff war sich plötzlich ihres verlockenden Duftes bewusst. Maggie fühlte sich plötzlich durch seine maskuline Ausstrahlung beunruhigt. Sie räusperte sich.

„Mr. Delaney ..."

„Cliff", verbesserte er sie.

Sie lächelte und versuchte sich zu entspannen. „Cliff. Wir haben wohl aus irgendeinem Grund auf dem verkehrten Fuß miteinander angefangen. Wenn wir uns auf etwas konzentrieren, das uns beide interessiert – mein Grundstück nämlich –, werden wir uns nicht weiter aneinander reiben."

Er hielt das für eine interessante Ausdrucksweise, vor allem, da er sich vorstellte, wie es war, mit seinen Händen über ihre Haut zu streichen. „In Ordnung", stimmte er zu, kam zu ihr und fragte sich, wen er testete, sie oder sich selbst. Als er stehen blieb, war sie zwischen ihm und dem Herd gefangen.

Er berührte sie nicht, aber beide konnten fühlen, wie es gewesen wäre. Harte Hände, weiche Haut. Wärme, die sich rasch in Hitze verwandelte. Lippen, die mit Zuversicht, mit Wissen, mit Leidenschaft auf Lippen trafen.

„Ich betrachte Ihr Land als Herausforderung." Er sagte es ruhig, seine Augen auf sie gerichtet. Sie dachte jetzt nicht an Nebel, sondern an Rauch – an Rauch und Feuer. „Weshalb ich beschlossen habe, diesem Projekt meine persönliche Aufmerksamkeit zu widmen."

Ihre Nerven waren plötzlich angespannt. Maggie wich nicht zurück, weil sie fast sicher war, dass er das wollte. Stattdessen begegnete sie seinem Blick. Wenn ihre Augen nicht ruhig blickten, wenn sie sich mit den ersten Anzeichen von Verlangen verdunkelten, konnte sie das nicht verhindern. „Dem kann ich nicht widersprechen."

„Nein." Er lächelte ein wenig. Wenn er auch nur ein paar Momente länger blieb, würde er herausfinden, wie ihre Lippen schmeckten. Das konnte der größte Fehler sein, den er jemals begangen hatte. Er wandte sich ab und ging zur Hintertür. „Rufen Sie Bog an." Er warf die Worte über seine Schulter, während er die Fliegengittertür aufstieß. „Ihre Finger gehören auf die Tasten eines Klaviers, nicht um ein Spachtelmesser."

Maggie stieß den angehaltenen Atem aus, als die Fliegengittertür zuschlug. Ob er das absichtlich machte? Sie presste ihre Hand auf ihr rasendes Herz. Oder war es sein natürliches Talent, Frauen in schlaffe Stoffpuppen zu verwandeln? Kopfschüttelnd befahl sie sich, das Ganze zu vergessen. Sie war eindeutig nicht interessiert.

Mit finsterer Miene ließ sie sich wieder auf die Knie sinken und griff nach dem Spachtelmesser. Heftig hackte sie an dem Bodenbelag herum. Maggie Fitzgerald konnte sich um sich selbst kümmern.

3. KAPITEL

Es war der dritte Morgen, an dem Maggie von dem Lärm von Männern und Maschinen vor ihren Fenstern geweckt wurde. Ihr fiel ein, dass sie kaum Gelegenheit gehabt hatte, sich an die Stille zu gewöhnen, als schon das Chaos begonnen hatte.

Der Bulldozer war von Kettensägen, Heckslern und Lastwagen ersetzt worden. Auch wenn Maggie sich absolut nicht an das zeitige Aufstehen gewöhnt hatte – sie ergab sich in ihr Schicksal. Um Viertel nach sieben schleppte sie sich aus der Dusche und betrachtete ihr Gesicht im Badezimmerspiegel.

Nicht so gut, entschied sie, während sie in ihre eigenen schläfrigen Augen sah. Missmutig strich sie sich über die Wangen. Sie hatte Hautpflege nie für Luxus oder Zeitverschwendung gehalten. Das war schlicht etwas, das sie routinemäßig tat, genau wie jeden Morgen in Kalifornien zwanzig Längen zu schwimmen.

Sie hatte in der letzten Zeit die grundsätzlichsten Dinge vernachlässigt, fand sie und zupfte an den Stirnfransen. Es zeigte sich, und es wurde Zeit, etwas dagegen zu unternehmen.

Nachdem sie ein Handtuch um ihre feuchten Haare geschlungen hatte, öffnete sie den Medizinschrank. Der nächste Kosmetiksalon war siebzig Meilen entfernt. Doch es gab Zeiten, da musste man die Dinge eben selbst in die Hand nehmen, sagte Maggie sich, während sie eine Kleiemaske auflegte.

Sie spülte gerade ihre Hände ab, als sie schnelles, hohes Bellen hörte. C.J.'s Geschenk will sein Frühstück, dachte Maggie trocken. In ihrem kurzen Frotteebademantel mit dem zerschlissenen Saum, ein kariertes Handtuch um ihre Haare geschlungen und mit der hart werdenden Kleiemaske im Gesicht, ging sie nach unten, um sich um das anspruchsvolle Geschenk zu kümmern, das ihr Agent hatte einfliegen lassen. Sie erreichte den untersten Treppenabsatz, als ein Klopfen an der Tür den putzigen Bulldoggenwelpen in Hektik ausbrechen ließ.

„Reg dich ab", befahl sie und klemmte ihn sich unter einen Arm. „Diese ganze Aufregung, und ich habe noch nicht einmal meinen Kaffee gehabt." Der Welpe senkte den Kopf und knurrte, als sie die Haustür öffnen wollte. Die Tür klemmte. Fluchend setzte Maggie den Hund ab und zerrte mit beiden Händen.

Die Tür flog auf, der Schwung ließ sie ein paar Schritte zurücktaumeln, Der Welpe jagte durch die nächste Tür, schob seinen Kopf um den Türrahmen herum und knurrte, als meine er es todernst. Cliff starrte auf Maggie, die keuchend in der Diele stand. Sie stieß den Atem aus und fragte sich, was als Nächstes passieren konnte.

„Ich dachte immer, das Landleben wäre friedlich."

Cliff hakte grinsend seine Daumen in die Taschen seiner Jeans. „Nicht unbedingt. Habe ich Sie geweckt?"

„Ich bin schon eine ganze Weile auf", antwortete sie leichthin.

„Mhm." Sein Blick wanderte über ihre Beine, die sich hübsch unter dem kurzen Bademantel zeigten, bevor er sich auf den in der Tür kauernden Welpen richtete. „Ein Freund von Ihnen?"

Maggie blickte auf die Bulldogge, der drohende Laute aus der Kehle rollten, die aber trotzdem sorgfältig auf Abstand achtete. „Ein Geschenk von meinem Agenten."

„Wie heißt er?"

Maggie warf dem sich duckenden Welpen einen trockenen Blick zu. „Killer."

Cliff sah zu, wie der Welpe hinter der Wand verschwand. „Sehr passend. Wollen Sie ihn als Wachhund ausbilden?"

„Ich werde ihm beibringen, wie man Musikkritiker anfällt." Sie hob die Hand, um sich durch die Haare zu streichen – eine alte Gewohnheit –, und stieß auf das Handtuch. Genauso abrupt erinnerte sie sich an den Rest ihrer Erscheinung. Ihre Hand zuckte zu ihrem Gesicht und fand die dünne Schicht aus harter Kleie. „Oh nein“, murmelte Maggie, als Cliffs Grinsen breiter wurde. „Oh verdammt!“ Sie drehte sich um und jagte zur Treppe. „Nur einen Moment.“ Er bekam einen faszinierenden, wenn auch flüchtigen Blick auf nackte Schenkel geboten, als sie nach oben hetzte.

Zehn Minuten später kam sie völlig gefasst wieder nach unten. Ihr Haar war seitlich mit Perlmuttkämmen zurückgesteckt. Auf ihrem Gesicht hatte sie leichtes Make-up aufgetragen. Sie hatte das Erstbeste angezogen, was ihr in ihrem noch immer nicht ausgepackten Koffer in die Hände gefallen war. Die engen schwarzen Jeans bildeten einen interessanten Kontrast zu dem weiten weißen Sweatshirt. Cliff saß auf der untersten Stufe und versetzte einen feigen Welpen in Ekstase, indem er ihm den Bauch kraulte. Maggie blickte stirnrunzelnd auf Cliffs Kopf herunter.

„Sie hätten kein Wort gesagt, nicht wahr?“

Er kraulte weiterhin den Welpen, ohne sich die Mühe zu machen, aufzublicken. „Worüber?“

Maggie kniff die Augen zusammen und verschränkte ihre Arme. „Nichts. Wollten Sie etwas mit mir besprechen?“

„Wollen Sie noch immer einen Teich?“

„Ja, ich will noch immer einen Teich“, antwortete sie unfreundlich. „Es gehört nicht zu meinen Gewohnheiten, ständig meine Meinung zu ändern.“

„Fein. Dann werden wir den Graben heute Nachmittag ausräumen.“ Er stand auf und sah sie an, während der Welpe erwartungsvoll vor seinen Füßen saß. „Sie haben Bog nicht wegen des Küchenfußbodens angerufen.“

„Woher wissen Sie ...“

„In Morganville findet man leicht etwas heraus.“

„Nun, es geht Sie nichts ...“

„Es ist schwer, in einer Kleinstadt etwas für sich zu behalten", unterbrach Cliff sie wieder. Ihr frustrierter Seufzer amüsierte ihn. „Tatsache ist, dass Sie im Moment das Hauptthema in der Stadt sind. Jeder fragt sich, was die Lady aus Kalifornien auf diesem Berg macht. Je mehr Sie sich absondern", fügte er hinzu, „desto mehr werden sich die Leute den Kopf zerbrechen."

„Ist das so?" Maggie neigte den Kopf und trat näher. „Und Sie? Zerbrechen Sie sich auch den Kopf?"

Cliff erkannte eine Herausforderung, wenn er eine hörte. Impulsiv legte er seine Hand an ihr Kinn und strich mit dem Daumen an ihrem Kiefer entlang. Sie zuckte nicht zusammen und zog sich auch nicht zurück, sondern hielt ganz still. „Hübsche Haut", murmelte er. „Sehr hübsch. Sie kümmern sich darum, Maggie. Ich kümmere mich um Ihr Land."

Damit ließ er sie so zurück, wie sie war – die Arme verschränkt, den Kopf zurückgelegt, die Augen erstaunt geweitet.

Gegen zehn wurde Maggie klar, dass es nicht einer jener ruhigen, einsamen Tage werden würde, deretwegen sie aufs Land gezogen war. Die Männer draußen schrien, um sich bei dem Maschinenlärm verständlich zu machen. Lastwagen fuhren auf ihrer frisch geschotterten Straße hin und her. Sie tröstete sich damit, dass in ein paar Wochen dieser Teil der Störung vorbei sein würde.

Sie erhielt drei Anrufe von Freunden an der Westküste, die fragten, wie es ihr ging und was sie machte. Beim dritten Anruf war sie schon ein wenig gereizt von dem ständigen Erklären, dass sie Linoleum wegkratzte, Wände tapezierte, Holz lackierte und es genoss. Sie legte den Hörer neben den Apparat und kehrte an ihr Spachtelmesser und zu dem Küchenboden zurück.

Mehr als die Hälfte des Holzfußbodens war jetzt freigelegt. Die Fortschritte interessierten sie so sehr, dass sie beschloss, sich an diese eine Aufgabe zu halten, bis sie erledigt war. Der Fußboden würde sehr schön werden. Und sie hätte es selbst gemacht.

Maggie hatte gerade erst weitere fünf Zentimeter abgekratzt, als es hinter ihr klopfte. Sie drehte sich um und war bereit, hochzugehen, falls Cliff Delaney zurückgekommen war, um sie zu reizen. Stattdessen sah sie eine große schlanke Frau ihres eigenen Alters, mit weichen braunen Haaren und hellblauen Augen. Während Maggie eingehend Joyce Morgan Agee betrachtete, wunderte sie sich, dass ihr die Ähnlichkeit mit Louella nicht schon früher aufgefallen war.

„Mrs. Agee." Maggie stand auf und putzte die Knie ihrer Jeans ab. „Bitte, kommen Sie herein. Tut mir Leid." Ihre Turnschuhe quietschten, als sie auf eine dünne Lage alten Leims trat. „Der Fußboden ist ein wenig klebrig."

„Ich möchte Sie nicht bei der Arbeit stören." Joyce stand unsicher in der Tür und betrachtete den Fußboden. „Ich hätte angerufen, aber ich war gerade auf dem Heimweg von meiner Mutter."

Joyces Pumps waren penibel sauber und elegant. Maggie fühlte, wie der Klebstoff an ihren alten Turnschuhen zog. „Wir können draußen sprechen, wenn Sie nichts dagegen haben." Maggie trat in den Sonnenschein hinaus. „Im Moment ist hier alles ein wenig durcheinander."

„Ja." Joyce warf einen Blick zu den Arbeitern. „Sie verlieren keine Zeit, wie ich sehe."

„Nein." Maggie lachte und betrachtete die bröckelnde Mauer neben ihnen. „Ich war nie sehr geduldig. Und ich möchte, dass die Umgebung schneller fertig ist als das Innere des Hauses."

„Sie hätten keine bessere Firma wählen können", murmelte Joyce und blickte zu einem der Lastwagen mit der Aufschrift „Delaney's" auf der Seite.

Maggie folgte ihrem Blick. „Das hat man mir schon gesagt."

„Ich wollte Sie wissen lassen, dass ich wirklich froh darüber bin, dass Sie so viel auf dem Besitz machen lassen." Joyce zupfte an dem Schulterriemen ihrer Tasche. „Ich kann mich kaum noch erinnern, wie ich hier gelebt habe. Ich war noch ein Kind, als wir wegzogen, aber ich hasse Verschwendung." Mit einem kleinen Lächeln sah sie sich um. „Ich glaube nicht, dass ich hier draußen leben könnte. Ich bin gern in der Stadt, mit Nachbarn in unmittelbarer Nähe und anderen Kindern, mit denen meine Kinder spielen können. Und natürlich muss mein Mann immer zu erreichen sein."

Maggie brauchte einen Moment, ehe sie sich erinnerte. „Oh, Ihr Mann ist der Sheriff, nicht wahr?"

„Stimmt. Morganville ist eine ruhige Stadt, nicht zu vergleichen mit Los Angeles, aber es hält ihn auf Trab." Sie lächelte, doch Maggie fragte sich, wieso sie Anspannung fühlte. „Wir sind einfach keine Großstadtmenschen."

„Nein." Maggie lächelte ebenfalls. „Ich habe wohl entdeckt, dass ich es auch nicht bin."

„Ich verstehe nicht ... wie konnten Sie aufgeben ..." Joyce schien sich zurückzuhalten. „Ich meine, nach Beverly Hills muss es für Sie doch eine riesige Umstellung sein."

„Es ist eine Veränderung", stimmte Maggie zu. Verspürte sie auch hier einen gewissen Unterton, wie sie das bei Louellas Verträumtheit getan hatte? „Ich wollte diese Veränderung."

„Ja, also, ich bin froh, dass Sie den Besitz so schnell gekauft haben. Stan war ein wenig besorgt, dass ich das Haus zum Verkauf anbot, während er nicht in der Stadt war, aber ich konnte es nicht länger nur so herumstehen sehen. Wer weiß, wären Sie nicht so schnell aufgetaucht, hätte er mir den Verkauf vielleicht wieder ausgeredet."

„Dann können wir beide froh sein, dass ich das Schild gesehen habe." Maggie dachte daran, dass das Haus offenbar Joyce allein gehört hatte, ohne dass ihr Ehemann oder ihre Mutter ein Anrecht darauf gehabt hätten. Flüchtig fragte sie sich, wieso Joyce es nicht schon früher verkauft hatte.

„Der eigentliche Grund, warum ich hergekommen bin, Miss Fitzgerald, ist meine Mutter. Sie hat mir erzählt, dass sie vor ein paar Tagen hier war."

„Ja. Sie ist eine reizende Frau."

„Ja." Joyce blickte wieder zu den Arbeitern und holte tief Luft. Maggie brauchte sich nicht länger zu fragen, ob sie unterschwellige Strömungen fühlte. Jetzt war sie sicher.

„Es ist mehr als wahrscheinlich, dass sie noch einmal vorbeikommen wird. Ich möchte Sie um einen Gefallen bitten: Sollte meine Mutter anfangen, Ihnen auf die Nerven zu gehen, sagen Sie es mir und nicht ihr."

„Warum sollte sie mir auf die Nerven gehen?"

Joyce gab einen müden, frustrierten Laut von sich. „Mutter schwelgt oft in der Vergangenheit. Sie hat den Tod meines Vaters nie ganz verwunden. Sie bereitet manchen Leuten Unbehagen."

Maggie erinnerte sich an das Unbehagen, das sie selbst während Louellas kurzen Besuchs verspürt hatte. Dennoch schüttelte sie den Kopf. „Ihre Mutter kann mich gern von Zeit zu Zeit besuchen, Mrs. Agee."

„Danke, aber Sie versprechen mir, dass Sie mich verständigen, falls ... also, falls Sie wollen, dass sie wegbleibt. Sehen Sie, sie kam oft hierher, als das Haus unbewohnt war. Ich möchte nicht, dass sie Ihnen im Weg ist. Sie weiß nicht, wer Sie sind. Das heißt ..." Joyce unterbrach sich verlegen. „Ich meine, Mutter versteht nicht, dass jemand wie Sie etwas zu tun hat."

Maggie erinnerte sich an die verlorenen Augen und den unglücklichen Mund. Mitgefühl regte sich wieder. „Also schön, wenn sie mich stört, sage ich es Ihnen."

„Dafür bin ich Ihnen sehr dankbar, Miss Fitzgerald."

„Maggie."

„Ja, also ..." Als wäre sie jetzt noch unsicherer, brachte Joyce ein Lächeln zu Stande. „Ich verstehe, dass es jemand wie Sie nicht mag, wenn Leute einfach vorbeikommen und im Weg sind."

Maggie lachte und dachte daran, wie oft sie heute Vormittag von Anrufen aus Kalifornien gestört worden war. „Ich bin keine Einsiedlerin. Und ich bin auch nicht launisch. Manche Leute halten mich sogar für normal."

„Oh, ich habe damit nicht gemeint ..."

„Das weiß ich. Kommen Sie wieder, wenn ich mit diesem Fußboden fertig bin, und dann trinken wir einen Kaffee."

„Sehr gern. Oh, fast hätte ich es vergessen ..." Sie zog einen braunen Umschlag aus der großen Leinentasche auf ihrer Schulter hervor. „Mutter sagte, Sie wollten das sehen. Ein paar Fotos von dem Besitz."

„Ja." Zufrieden nahm Maggie den Umschlag entgegen. Sie hatte nicht erwartet, dass Louella sich daran erinnern würde. „Ich habe gehofft, dass sie mich auf Ideen bringen."

„Mutter sagte, Sie können sie solange behalten, wie Sie wollen." Joyce zögerte und spielte wieder mit dem Riemen ihrer Tasche. „Ich muss zurück. Mein Jüngstes kommt aus dem Kindergarten heim, und Stan ist manchmal zum Lunch da. Ich habe noch gar nichts im Haus gemacht. Vielleicht sehe ich Sie irgendwann in der Stadt."

„Ganz bestimmt." Maggie klemmte den Umschlag unter den Arm. „Grüßen Sie Ihre Mutter von mir."

Maggie wollte ins Haus zurückkehren, doch als sie die Hand nach dem Türknauf ausstreckte, bemerkte sie Cliff, der auf Joyce zuging. Die beiden kannten einander offenbar gut. Auf Cliffs Gesicht lag eine Sanftheit, die Maggie an ihm noch nicht bemerkt hatte. Und Sorge. Er beugte sich nahe zu ihr, als würde Joyce sehr leise sprechen, und berührte dann ihr Haar. Die Berührung eines Bruders, dachte Maggie. Oder eines Liebhabers?

Während Maggie die beiden beobachtete, schüttelte Joyce den Kopf und stieg in ihren Wagen. Cliff beugte sich für einen

Moment zum Fenster herunter. Ob sie stritten? Bildete Maggie sich die Spannung nur ein? Cliff zog sich vom Fenster zurück, und Joyce fuhr davon.

Bevor Maggie sich zurückziehen konnte, drehte Cliff sich um, und ihre Blicke trafen sich. Dreißig Meter lagen zwischen ihnen. Die Luft war von dem Lärm von Arbeitern und Maschinen erfüllt. Die Sonne schien so stark, dass es Maggie in ihrem Sweatshirt fast zu warm war, und doch fühlte sie eine Gänsehaut über ihren Rücken kriechen. Vielleicht war es Feindseligkeit, was sie fühlte. Maggie versuchte sich einzureden, dass es Feindseligkeit war und nicht das erste gefährliche Regen von Leidenschaft.

Die Versuchung meldete sich, diese dreißig Meter zu überbrücken und sie beide auf die Probe zu stellen. Allein schon der Gedanke daran erhitzte ihr Blut.

Cliff regte sich nicht. Er wandte die Augen nicht von ihr. Mit plötzlich gefühllos gewordenen Fingern drehte sie den Knauf und trat ins Haus.

Zwei Stunden später kam Maggie wieder ins Freie. Sie hatte sich bisher noch nie weder vor Herausforderungen noch vor Gefühlen oder Ärger zurückgezogen. Cliff Delaney schien mit allen drei Dingen in Verbindung zu stehen. Während sie Linoleum gekratzt hatte, hatte Maggie sich dafür getadelt, dass sie sich von Cliff aus keinem anderen Grund einschüchtern ließ, als dass er kraftvoll, männlich und sexy war.

Und anders, räumte sie ein. Anders als die meisten Männer, denen sie in ihrem Beruf begegnet war. Er plusterte sich nicht auf, überhaupt nicht. Er setzte nicht tonnenweise Charme ein. Er war nicht von seinem eigenen Aussehen beeindruckt. Es musste dieser Unterschied sein, weshalb sie nicht so genau wusste, wie sie mit ihm umgehen sollte.

Sie entschied sich für eine sehr geschäftsmäßige Haltung, während sie hinten um das Haus herumging. Vor dem Haus blieb sie stehen. Die Schlingpflanzen, die Dornensträucher und die Sumach-Bäume waren verschwunden. Dunkle fruchtbare Erde wurde auf dem Gebiet verteilt, das vorher eine vernachlässigte Wildnis gewesen war. Der Baum, der sich gegen das Haus geneigt hatte, war mitsamt des Wurzelballens entfernt worden. Zwei Männer, deren Rücken vor Schweiß schimmerten, setzten die Steine zu einer niedrigen Mauer, die sich dort erstrecken sollte, wo der Abhang in den Rasen überging.

Cliff Delaney hat eine straff geführte Firma, dachte Maggie, während sie durch die frische Erde zu dem Seitenteil des Gartens ging. Auch hier war das Schlimmste weggeräumt worden. Ein gewaltiger bärtiger Mann in einem Overall saß auf einem großen gelben Schaufelbagger. Auf Hebeldruck senkte sich der Schaufelarm in den Graben, biss sich in die schwarze Erde und die Felsen und kam gefüllt wieder hoch.

Maggie schirmte ihre Augen ab und beobachtete den Vorgang, während der Welpe um ihre Beine kreiste und alles anknurrte, was sich bewegte. Jedes Mal, wenn sich die Baggerschaufel öffnete und ihre Ladung fallen ließ, brach der Hund in wildes Gebell aus. Lachend kauerte Maggie sich hin und kraulte ihn hinter den Ohren, um ihn zu beruhigen.

„Sei kein Feigling, Killer. Ich erlaube nicht, dass das Ding dich erwischt."

„Ich würde nicht näher herangehen", sagte Cliff hinter ihr.

Sie wandte den Kopf und blinzelte gegen die Sonne. „Ich bin nahe genug." Da sie den Nachteil nicht mochte, dass sie nach oben und in die Sonne blicken musste, stand Maggie auf. „Sie scheinen Fortschritte zu machen."

„Wir müssen die Pflanzen in den Boden bekommen und die Wand hochziehen, bevor der Regen kommt." Er deutete auf den Graben. „Andernfalls hätten Sie ein ziemliches Chaos am Hals."

„Verstehe." Weil er wieder diese frustrierenden dunklen Brillengläser trug, wandte sie sich von ihm ab und sah dem Schaufelbagger bei der Arbeit zu. „Sie haben eine große Belegschaft."

„Groß genug." Er hatte sich eingeredet, dass er sich die immense sexuelle Anziehungskraft vor Stunden nur eingebildet hatte. Jetzt, da er sie wieder verspürte, konnte er sie nicht leugnen.

Diese Frau war nicht, was er wollte, und doch wollte er sie. Sie war nicht, was er gewählt hätte, und doch wählte er sie. Er konnte die Logik außer Acht lassen, bis er herausgefunden hatte, wie es war, sie zu berühren.

Maggie war sich sehr bewusst, wie nahe sie einander standen. Die Regungen, die sie vor ein paar Stunden gefühlt hatte, setzten wieder ein, langsam, verführerisch, bis sich ihr ganzer Körper anspannte. Sie wusste, dass man jemanden begehren konnte, den man nicht kannte, jemanden, dem man auf der Straße begegnete. Das alles hatte mit dieser gewissen Anziehungskraft zu tun, aber Maggie hatte noch nie so reagiert. Sie verspürte den wilden Drang, sich in seine Arme zu schmiegen und die Erfüllung dessen zu verlangen und anzubieten, was zwischen ihnen siedete. Es war etwas, das Erregung bot und einen Genuss, von dem sie bisher nur einen Blick erhascht hatte. Sie drehte sich um und hatte nicht die geringste Ahnung, was sie sagen sollte.

„Es gefällt mir nicht, was hier vor sich geht."

Cliff tat nicht so, als würde er sie falsch verstehen. Keiner von ihnen beschäftigte sich in Gedanken mit dem Teich oder mit der Baumaschine. „Haben Sie eine Wahl?"

Maggie runzelte die Stirn und wünschte, sie wäre sich ihrer Sache sicherer. Cliff war nicht wie die Männer, die sie früher gekannt hatte. Standardregeln passten nicht auf ihn. „Ich denke schon. Ich bin hierher gezogen, weil ich hier leben und arbeiten wollte. Aber ich bin auch hierher gezogen, weil ich für mich sein wollte. Ich habe vor, das alles auch wirklich auszuführen."

Cliff betrachtete sie einen Moment und winkte dann dem

Baggerführer geistesabwesend zu, als der Mann die Maschine abstellte, um seine Mittagspause zu machen. „Ich habe diesen Auftrag übernommen, weil ich dieses Land bearbeiten wollte. Und das habe ich auch vor."

Obwohl sie nicht das geringste Nachlassen der Spannung verspürte, nickte Maggie. „Dann verstehen wir einander."

Als sie sich abwenden wollte, legte Cliff ihr die Hand auf die Schulter und hielt sie zurück. „Ich glaube, wir beide verstehen eine ganze Menge."

Ihr Magen spannte und entspannte sich wie eine nervöse Faust. Da seine Finger nur so leicht auf ihrem weiten Sweatshirt lagen, hätte sie gar nichts fühlen sollen. Doch Hunderte von Nervenenden erwachten in ihrem Körper zum Leben. Die Luft war knapper und heißer geworden, die Geräusche der Männer waren mehr in den Hintergrund gerückt. „Ich weiß nicht, was Sie meinen."

„Doch, das wissen Sie."

Ja, sie wusste es. „Ich weiß gar nichts über Sie", brachte Maggie hervor.

Cliff fing die Spitzen ihrer Haare zwischen seinen Fingern ein. „Ich kann nicht das Gleiche behaupten."

Maggies Zorn flammte auf, obwohl sie wusste, dass er sie ködern wollte. „Dann glauben Sie also alles, was Sie in den Klatschzeitschriften lesen." Sie schüttelte den Kopf, um ihr Haar aus seinen Fingern zu befreien. „Es überrascht mich, dass ein so offensichtlich erfolgreicher und talentierter Mann ein solcher Ignorant sein kann."

Cliff quittierte den Treffer mit einem Kopfnicken. „Es überrascht mich, dass eine so offensichtlich erfolgreiche und talentierte Frau so albern sein kann."

„Albern? Zum Teufel, was soll das denn heißen?"

„Es erscheint mir albern, wenn man die Presse ermutigt, über jeden Bereich seines Lebens zu berichten."

Sie biss die Zähne zusammen und versuchte es mit tiefem Atmen. Es half nicht. „Ich ermutige die Presse zu nichts."

„Sie entmutigen sie nicht", entgegnete Cliff.

„Entmutigung kommt Ermutigung gleich", schleuderte sie zurück, verschränkte die Arme und blickte auf den offenen Graben. „Wieso verteidige ich mich eigentlich?" murmelte sie. „Sie wissen überhaupt nichts darüber. Und ich lege keinen Wert darauf, dass Sie etwas darüber wissen."

„Ich weiß, dass Sie ein Interview über sich und Ihren Mann Wochen nach seinem Tod gegeben haben." Er hörte, wie sie tief einatmete und den Atem anhielt, während er sich dafür verwünschte, dass er etwas so Persönliches erwähnt hatte.

„Haben Sie eine Vorstellung, wie mir die Presse in diesen Wochen zugesetzt hat?" Ihre Stimme war leise und angespannt. „Kennen Sie den ganzen Mist, der gedruckt wurde? Ich wählte einen Reporter, dem ich vertrauen konnte, und gab das ehrlichste und aufrichtigste Interview, zu dem ich fähig war, weil ich wusste, dass das die einzige Chance war, um zu verhindern, dass alles noch tiefer absinkt. Dieses Interview machte ich für Jerry. Es war das Einzige, was ich ihm noch geben konnte."

Er hatte sie reizen, vielleicht sogar provozieren wollen, aber er hatte sie nicht verletzen wollen. „Es tut mir Leid." Cliff legte seine Hand wieder auf ihre Schulter, doch sie zuckte zurück.

„Vergessen Sie es."

Diesmal ergriff er ihre beiden Schultern und drehte sie zu sich um. „Ich vergesse keine Schläge unter die Gürtellinie, besonders nicht, wenn ich derjenige bin, der sie austeilt."

Sie wartete mit dem Sprechen, bis sie sicher war, dass sie wieder über etwas Selbstbeherrschung verfügte. „Ich habe schon früher Schläge überlebt. Ich rate Ihnen nur, nichts zu kritisieren, was Sie gar nicht verstehen können."

„Ich habe mich entschuldigt." Er gab ihre Schultern nicht

frei, als sie sich wegdrehen wollte. „Aber ich bin nicht gut im Befolgen von Ratschlägen."

Maggie hielt wieder still. Sie waren einander erneut näher gekommen, so dass sich jetzt ihre Schenkel berührten. Die Verbindung von Ärger und Verlangen wurde zu stark, um ignoriert zu werden. „Dann haben wir beide einander nichts mehr zu sagen."

„Sie irren sich." Seine Stimme war sehr ruhig, sehr eindringlich. „Wir haben noch gar nicht angefangen zu sagen, was es zu sagen gibt."

„Sie arbeiten für mich ..."

„Ich arbeite für mich selbst", verbesserte Cliff sie.

Sie verstand diesen Stolz und bewunderte ihn. Doch Bewunderung entfernte nicht seine Hände von ihren Schultern. „Ich bezahle Sie dafür, dass Sie einen Auftrag ausführen."

„Sie bezahlen meine Firma. Das ist so im Geschäftsleben."

„Es wird das Einzige zwischen uns sein."

„Wieder falsch", murmelte er, ließ sie jedoch los.

Maggie öffnete den Mund, um ihm irgendetwas an den Kopf zu werfen, doch der Hund begann aufgeregt zu bellen. Sie fand, dass es eine viel größere Beleidigung war, wenn sie Cliff den Rücken zuwandte und sich um ihren Hund kümmerte, als die Worte, die sie plante. Schweigend suchte sie sich ihren Weg um den Graben herum zu dem Haufen aus Erde und Steinen und Abfällen, den der Schaufelbagger abgelagert hatte.

„Schon gut, Killer." Sie kam so schwer voran, dass sie lautlos fluchte, als sie über die Felsbrocken stolperte. „Du findest in diesem Haufen bestimmt nichts Interessantes."

Ohne sich um sie zu kümmern, grub der Welpe weiter, und sein Bellen klang gedämpfter, als seine Schnauze tiefer in die Erde eintauchte, während sein Hinterteil vor Anstrengung oder Freude über das neue Spiel wackelte.

„Lass das!" Sie bückte sich, um ihn aus dem Haufen herauszuziehen, und setzte sich hart hin. „Verdammt, Killer!“ Im Sitzen packte sie den Hund mit einer Hand, zog ihn zurück und löste eine kleine Geröllawine aus.

„Wollen Sie wohl vorsichtig sein?“ rief Cliff über ihr. Sie hatte Glück gehabt, dass ihr kein Felsbrocken gegen das Schienbein gefallen war.

„Das ist der dumme Hund!“ rief Maggie zurück, als er ihr wieder entwischte. „Der Himmel allein weiß, was er an diesem Haufen so interessant findet. Nichts als Erde und Steine“, murmelte sie und stieß gegen den Haufen, der neben ihrer Hüfte gelandet war.

„Schnappen Sie ihn sich und kommen Sie wieder her, bevor noch etwas passiert.“

„Aber ja“, murmelte sie. „Sie sind vielleicht eine große Hilfe.“ Verärgert versuchte sie sich hochzustemmen, als ihre Finger in den runden Stein hineinglitten, auf dem ihre Hand lag. Hohl, dachte sie neugierig. Maggie blickte nach unten.

Und dann schrie sie, laut und lange genug, dass der Welpe davonraste und nach Deckung suchte.

Cliffs erster Gedanke, während er den Abhang zu ihr herunterjagte, war: Schlangen. Als er sie erreichte, zog er sie hoch und in einer instinktiven Schutzbewegung in seine Arme.

Sie hatte zu schreien aufgehört, und obwohl ihr Atem flach ging, packte Maggie sein Hemd, bevor er sie den Hang hinauftragen konnte.

„Ein Skelett“, flüsterte sie, schloss die Augen und ließ den Kopf gegen seine Schulter sacken. „Oh, Himmel!“

Cliff blickte nach unten und sah, was der Bagger und der Hund freigelegt hatten.

Zwischen Steinen und Trümmern befand sich ein Haufen von etwas, das man für lange weiße, mit Erde überzogene Stäbe hätte halten können. Doch darauf lag, nur Zentimeter von Maggie entfernt, ein menschlicher Schädel.

4. KAPITEL

„Es geht mir gut." Maggie saß am Küchentisch und umklammerte das Glas Wasser, das Cliff ihr gegeben hatte. Als sie endlich den Schmerz in ihren Fingern wahrnahm, lockerte sie den Griff ein wenig. „Ich fühle mich albern, weil ich so geschrien habe."

Sie war unverändert blass, stellte er fest. Obwohl ihre Hände an dem Glas jetzt ruhig waren, traten die Knöchel noch immer weiß hervor. Ihre Augen waren von dem Schock geweitet und wirkten plötzlich zu groß für ihr Gesicht. Er wollte schon über ihr Haar streichen, steckte die Hände jedoch in seine Taschen. „Eine ganz natürliche Reaktion."

„Wahrscheinlich." Sie blickte hoch und schaffte ein bebendes Lächeln. Ihr war kalt, und sie hoffte, dass sie vor seinen Augen nicht unkontrolliert zu zittern begann. „Ich habe mich noch nie in einer solchen ... Situation befunden."

Cliff hob eine Augenbraue. „Ich auch nicht."

„Nein?" Irgendwie hatte sie gehofft, es wäre schon früher einmal passiert. Wenn ja, wäre es vielleicht weniger schrecklich gewesen – und weniger persönlich. Sie blickte zu Boden und stellte jetzt erst fest, dass der Hund winselnd auf ihren Füßen lag. „Aber graben Sie denn nicht oft eine ...", sie zögerte und wusste nicht, wie sie es ausdrücken sollte, „... eine Menge Dinge bei Ihrer Arbeit aus?"

Sie tastet nach einem Strohhalm, dachte Cliff, und ob sie es wusste oder nicht, aber ihre großen braunen Augen flehten ihn um eine triviale Erklärung an. Er konnte ihr keine geben. „Nicht so etwas."

Ihre Blicke trafen sich für einen langen, stummen Moment, bevor Maggie nickte. Wenn sie etwas in dem von ihr gewählten harten, konkurrenzbeladenen Beruf gelernt hatte, dann dass man sich den Problemen stellte, wenn sie sich einem präsentierten. „Dann hat also keiner von uns eine hübsche nette Erklärung." Der kleine Seufzer war das letzte Anzeichen von Schwäche, das sie vor ihm zeigen wollte. „Der nächste Schritt ist vermutlich die Polizei."

„Ja." Je entschlossener sie sich darum bemühte, ruhig zu werden, desto schwieriger wurde es für ihn. Sie schwächte etwas in ihm. In seinen Taschen ballte er die Hände zu Fäusten, während er dagegen ankämpfte, Maggie zu berühren. Abstand war die am schnellsten wirkende Abwehr. „Sie sollten besser gleich anrufen", sagte Cliff knapp. „Ich gehe hinaus und sorge dafür, dass sich die Arbeiter von dem Graben fern halten."

Wieder bestand ihre Antwort aus einem Nicken. Maggie sah zu, wie er die Fliegengittertür aufstieß. Dann zögerte er. Als er zurückblickte, bemerkte sie jene Sorge in seinem Gesicht, die sie beobachtet hatte, als er mit Joyce gesprochen hatte. „Maggie, alles in Ordnung mit Ihnen?"

Die Frage und der Tonfall halfen ihr, sich zu fassen. „Ich erhole mich gleich wieder. Danke." Sie wartete, bis die Fliegengittertür hinter ihm zugefallen war, bevor sie den Kopf auf den Tisch sinken ließ.

Lieber Himmel, in was war sie da hineingeraten? Man fand normalerweise keine Leichen im Vorgarten vergraben. C.J. würde es „absolut unzivilisiert" nennen. Maggie unterdrückte ein hysterisches Kichern und richtete sich auf. Tatsache war jedoch, dass sie eine Leiche gefunden hatte und jetzt damit fertig werden musste. Sie atmete ein paar Mal tief durch, ging ans Telefon und wählte die Vermittlung.

„Verbinden Sie mich mit der Polizei", sagte sie rasch.

Ein paar Minuten später war Maggie wieder draußen. Sie näherte sich nicht dem Graben, hielt es jedoch auch nicht allein im Haus aus. Vor dem Haus fand sie einen passenden Felsen und setzte sich darauf. Der Welpe streckte sich auf dem sonnigen Fleck zu ihren Füßen aus und schlief ein.

Sie konnte fast glauben, dass sie sich nur eingebildet hatte, was sie in diesem Haufen aus Erde und Felsbrocken gesehen hatte. Hier war es zu friedvoll für etwas so Hässliches. Die Luft war zu lau, die Sonne zu warm. Dieses Stück Land mochte ungebändigt und ursprünglich sein, aber es besaß eine Heiterkeit, die alle härteren Seiten des Lebens abblockte.

Hatte sie es deshalb ausgewählt, fragte Maggie nach. Weil sie so tun wollte, als gäbe es keinen echten Irrsinn auf der Welt? Hier konnte sie sich gegen den Druck und die Forderungen abschirmen, die sich so lange durch ihr Leben gezogen hatten. War dieser Flecken das Zuhause, das sie sich immer gewünscht hatte, oder war er in Wirklichkeit nur ein Zufluchtsort für sie? Sie schloss die Augen. Wenn das stimmte, machte es sie schwach und unehrlich, zwei Dinge, die sie nicht ertragen konnte. Warum war dieser Vorfall nötig gewesen, dass sie in Frage stellte, was sie davor nicht in Frage gestellt hatte? Während sie versuchte, ihre Ruhe wiederzufinden, fiel ein Schatten über sie. Maggie öffnete die Augen und sah zu Cliff auf.

Sie straffte sich. Sie wollte ihm nicht zeigen, dass sie an ihren eigenen Motiven zu zweifeln begonnen hatte. Nein, nicht ihm.

„Es sollte bald jemand hier sein." Sie blickte zum Wald hinüber.

„Gut." Eine Weile blickten sie beide schweigend in die Bäume. Cliff kauerte sich schließlich neben ihr auf den Boden. Seltsam, aber er fand, dass Maggie jetzt einem Schock näher schien als vorhin, als er sie in ihre Küche getragen hatte. Die Reaktion setzt bei verschiedenen Leuten verschieden schnell ein, entschied er. Er wollte sie wieder festhalten, wie er das vorhin viel zu kurz getan hatte. Die Berührung hatte etwas Kraftvolles und Erotisches in ihm ausgelöst. Wie ihre Musik ... etwas wie ihre Musik.

Er wünschte sich, den Auftrag abgelehnt zu haben und bei ihrem ersten Zusammentreffen weggegangen zu sein. Cliff blickte an ihr vorbei zu dem Abhang, der zu dem Graben führte.

„Haben Sie mit Stan gesprochen?"

„Stan?" Maggie blickte verständnislos auf Cliffs starres Profil. In diesem Moment war er nahe genug, dass sie ihn berühren konnte, aber meilenweit entfernt. „Oh, der Sheriff." Sie wünschte sich, er würde sie berühren. Nur für einen Moment. Nur die Hand auf die ihre legen. „Nein, ich habe ihn nicht angerufen. Ich habe die Vermittlung angerufen und gebeten, mich mit der Polizei zu verbinden. Die Telefonistin hat mich mit der State Police in Hagerstown verbunden." Sie verfiel in Schweigen und wartete darauf, dass er eine Bemerkung über ihre typisch großstädtische Reaktion machte.

„Wahrscheinlich ist es so am besten", murmelte Cliff. „Ich habe die Arbeiter weggeschickt. Dann gibt es weniger Durcheinander."

„Oh." Sie musste tatsächlich benommen gewesen sein, dass sie das Fehlen von Lastwagen und Männern nicht bemerkt hatte. Als sie sich dazu zwang, sich umzusehen, bemerkte sie, dass der Schaufelbagger geblieben war. Er stand auf der Anhöhe oberhalb des Grabens, groß und gelb und stumm. Die Sonne schien warm auf ihren Rücken. Ihre Haut war wie Eis.

Höchste Zeit, um da herauszukommen, sagte sie sich und straffte die Schultern. „Sie haben sicher Recht. Soll ich in Ihrem Büro anrufen, wenn die Polizei erklärt, dass die Arbeiten weitergehen können?" Ihre Stimme klang geschäftsmäßig. Ihre Kehle wurde trocken bei dem Gedanken, allein gelassen zu werden. Allein mit dem Fund in dem Graben.

Cliff wandte den Kopf und nahm die Sonnenbrille ab, so dass ihre Blicke sich trafen. „Ich dachte, ich bleibe noch."

Erleichterung überflutete sie. Maggie wusste, dass es sich auf ihrem Gesicht gezeigt haben musste, doch sie besaß nicht die Willenskraft, um ihren Stolz an erste Stelle zu setzen. „Ich möchte, dass Sie bleiben. Es ist dumm, aber ..." Sie blickte in Richtung des Grabens.

„Nicht dumm."

„Vielleicht ist ‚schwach' ein besserer Ausdruck", murmelte sie und versuchte zu lächeln.

„Menschlich." Trotz seiner Entschlossenheit, es nicht zu tun, ergriff Cliff ihre Hand. Die Berührung sollte trösten und beruhigen, löste jedoch eine Kettenreaktion aus, die so schnell einsetzte, dass sie nicht aufzuhalten war.

Es schoss ihr durch den Kopf, dass sie schnellstens aufstehen und ins Haus gehen sollte. Vielleicht würde Cliff sie aufhalten, vielleicht würde er sie gehen lassen. Maggie fragte sich weder, was ihr lieber wäre, noch bewegte sie sich. Stattdessen blieb sie sitzen, hielt seinem Blick stand und ließ die Hitze durch sich hindurchfließen. Nichts sonst existierte. Nichts sonst spielte eine Rolle.

Sie fühlte den Druck seiner Finger um ihre Hand, sah, wie sich seine Augen verdunkelten. Es war, als würde er in ihre chaotischen Gedanken hineinblicken. In der Stille des frühen Nachmittags hörte sie jeden seiner Atemzüge. Das Geräusch ließ die Erregung in der Luft zwischen ihnen vibrieren.

Sie bewegten sich aufeinander zu, bis Lippen mit Lippen verschmolzen.

Intensität. Maggie hatte nicht gewusst, dass etwas zwischen zwei Menschen so komprimiert sein konnte, so sehr pure Empfindung. Auch wenn Jahre vergehen sollten, wenn sie blind und taub werden sollte, würde sie diesen Mann allein an der Berührung seiner Lippen erkennen. Innerhalb eines Moments wurde sie mit der Form seines Mundes vertraut, mit dem Geschmack seiner Zunge. Ihr Mund verschloss den seinen, seine Hand lag auf der ihren. Ansonsten berührten sie einander nicht. In diesem Moment bestand keine Notwendigkeit.

In dem Kuss lag eine Aggressivität, sogar eine Grobheit, die Maggie nicht erwartet hatte. Die Süße und das Zögern erster Küsse fehlte, doch sie zog sich nicht zurück. Vielleicht war das alles Teil der Anziehung, die in dem Moment eingesetzt hatte, als er aus dem Pick-up gestiegen war.

Anders. Ja, er war anders als die Männer, die ihr Leben berührt hatten. Auch anders als der eine Mann, dem sie sich geschenkt hatte. Sie hatte das von der ersten Begegnung an gewusst. Da jetzt sein Mund ihre Sinne aufwühlte, war sie dankbar dafür. Sie wollte, dass nichts mehr so sein würde, wie es gewesen war – keine Erinnerung daran, was sie einst gehabt und verloren hatte. Dieser Mann würde nicht verwöhnen und verehren. Er war stark genug, um Stärke zurückzuverlangen. Sie fühlte, wie seine Zunge mit der ihren spielte und tiefer vordrang. Maggie schwelgte in seinen Forderungen.

Viel zu leicht konnte man ihren zarten Körperbau vergessen, ihr zerbrechliches Aussehen, wenn ihr Mund an seinen Lippen glühte. Cliff hätte wissen sollen, dass tiefe, rastlose Leidenschaft in einer Frau stecken musste, die Musik mit solcher Sinnlichkeit schuf. Doch wie hätte er wissen können, dass ihn diese Leidenschaft packen würde, als hätte er jahrelang darauf gewartet?

Viel zu leicht konnte er vergessen, dass sie nicht die Art von Frau war, die er in seinem Leben haben wollte, wenn ihr Geschmack ihn erfüllte. Wiederum hätte er wissen müssen, dass sie die Macht besaß, einen Mann dazu zu bringen, alle Logik beiseite zu lassen, allen Verstand. Ihre Lippen waren warm und feucht, der Geschmack so kräftig wie der Geruch der frisch aufgeworfenen Erde um sie herum. Der Wunsch wuchs, sie in die Arme zu nehmen und hier unter dem klaren Himmel des Nachmittags alle Sehnsüchte zu stillen, die in ihm hochstiegen. Cliff zog sich zurück und widerstand dieser letzten drängenden Begierde.

Atemlos, mit pochendem Verlangen, starrte Maggie ihn an. Konnte dieses sengende Zusammentreffen ihrer Lippen ihn genauso bewegt haben wie sie? Verschwammen seine Gedanken genau wie die ihren? Pulsierte auch sein Körper unter wildem, drängendem Sehnen? Sie konnte nichts an seinem Gesicht erkennen. Obwohl seine Augen auf die ihren gerichtet waren, konnte man ihren Ausdruck nicht lesen.

Wenn sie ihn fragte, würde er ihr antworten, dass auch er nie eine so überwältigende Woge von Leidenschaft erfahren habe? Sie würde ihn fragen, sobald sie ihre Stimme wiederfand.

Als sie sich setzte und nach Atem rang, kehrten die Ereignisse des Tages zurück. Abrupt sprang Maggie auf.

„Himmel, was machen wir da?“ fragte sie. Mit bebender Hand strich sie sich die Haare aus dem Gesicht. „Wie können wir hier so einfach sitzen, wenn dieses ... dieses Ding nur ein paar Meter entfernt liegt?“

Cliff ergriff sie am Arm und drehte sie wieder zu sich herum. „Was hat das eine mit dem anderen zu tun?“

„Nichts. Ich weiß nicht.“ Aufgewühlt sah sie ihn an. Ihre Gefühle waren immer zu vorherrschend gewesen. Obwohl sie es wusste, hatte Maggie das nie ändern können. Es war schon Jahre her, dass sie es wirklich versucht hatte. Verwirrung, Beunruhigung und Leidenschaft strahlten von ihr fast greifbar aus. „Was wir gefunden haben, ist schrecklich, unglaublich schrecklich, aber vor ein paar Momenten habe ich hier gesessen und mich gefragt, wie es wäre, wenn wir uns liebten.“

Etwas blitzte in seinen Augen auf und wurde schnell unter Kontrolle gebracht. Anders als Maggie hatte Cliff vor langer Zeit gelernt, seine Emotionen einzudämmen und für sich selbst zu behalten. „Sie halten offenbar nichts davon, dem springenden Punkt auszuweichen.“

„Ausweichen erfordert zu viel Zeit und Mühe.“ Nachdem sie tief ausgeatmet hatte, schaffte es Maggie, sich seinem ruhigen, lässigen Ton anzuschließen. „Hören Sie, ich habe nicht mit diesem ... Ausbruch gerechnet“, erklärte sie. „Vermutlich bin ich wegen dieser ganzen Sache zu angespannt und ein wenig zu empfänglich.“

„Empfänglich.“ Ihre Wortwahl brachte ihn zum Lächeln.

Wenn sie kühl und ruhig wurde, geriet er in Versuchung, sie zu reizen. Langsam hob er die Hand und strich mit den Fingerspitzen über die Wange. Ihre Haut war noch immer warm vor Verlangen. „Ich hätte Sie nicht so beschrieben. Sie scheinen eine Frau zu sein, die weiß, was sie will und wie sie es bekommt."

Falls er sie hatte aufstacheln wollen, hatte er das perfekte Mittel gefunden. „Aufhören!" Mit einer scharfen Bewegung fegte sie seine Hand von ihrem Gesicht. „Ich habe es bereits gesagt. Sie kennen mich nicht. Und je öfter wir zusammen sind, desto sicherer werde ich, dass ich das auch gar nicht will. Sie sind ein attraktiver Mann, Cliff. Und sehr unsympathisch. Ich halte mich von Leuten fern, die ich nicht sympathisch finde."

„In einer kleinen Gemeinde wie dieser ist es schwer, sich von irgendjemandem fern zu halten."

„Ich werde mich mehr als bisher bemühen."

„Nahezu unmöglich."

Sie zog die Augen schmal zusammen und kämpfte darum, nicht zu lächeln. „Darin, mich für etwas zu entscheiden, bin ich sehr gut."

„Ja." Er setzte seine Sonnenbrille wieder auf. Als er grinste, war seine unverschämte Frechheit nahezu unwiderstehlich. „Ich wette, das sind Sie."

„Versuchen Sie geistreich zu sein, oder versuchen Sie charmant zu sein?"

„Ich hatte weder das eine noch das andere je nötig."

„Darüber sollten Sie vielleicht noch einmal nachdenken." Weil sie Schwierigkeiten hatte, das Lächeln zu unterdrücken, wandte Maggie sich ab. Ihr Blick richtete sich auf den Graben. Gänsehaut rieselte über ihren Rücken. Mit einer Verwünschung verschränkte sie die Arme. „Unglaublich", murmelte sie. „Ich stehe hier und führe eine alberne Unterhaltung, während dort ein ..." Sie konnte das Wort nicht aussprechen und verachtete sich dafür. „Ich glaube, die ganze Welt ist verrückt geworden."

Er wollte nicht, dass sie noch einmal schwach wurde. Wenn sie verletzbar war, war sie viel gefährlicher. „Das war schon lange da unten." Seine Stimme war knapp, beinahe hart. „Es hat nichts mit Ihnen zu tun."

„Es ist mein Land", gab Maggie zurück. Sie wirbelte mit funkelnden Augen herum. „Darum hat alles etwas mit mir zu tun."

„Dann sollten Sie lieber aufhören, jedes Mal zu zittern, wenn Sie daran denken."

„Ich zittere nicht."

Wortlos zog er ihre Hand von ihrem Arm, so dass sie beide das Zittern sehen konnten. Wütend entriss Maggie ihm die Hand. „Wenn ich von Ihnen berührt werden will, lasse ich es Sie wissen", stieß sie zwischen zusammengebissenen Zähnen hervor.

„Das haben Sie bereits getan."

Bevor ihr eine passende Antwort einfiel, sprang ihr Hund auf und begann wütend zu bellen. Sekunden später hörten sie beide das Geräusch eines näher kommenden Wagens.

„Er könnte tatsächlich einen guten Wachhund abgeben", sagte Cliff sanft. Der Welpe jagte wie verrückt im Kreis herum und versteckte sich dann hinter einem großen Stein. „Andererseits ..."

Als das Polizeiauto in Sicht kam, bückte Cliff sich und streichelte dem Hund über den Kopf, bevor er an das Ende der Auffahrt eilte. Maggie folgte ihm. Ihr Land, ihr Problem, ihre Verantwortung, sagte sie sich. Sie wollte den Bericht abgeben.

Ein Polizist stieg aus dem Wagen, rückte seinen Hut zurecht und begann zu lächeln. „Cliff, mit dir habe ich hier draußen nicht gerechnet."

„Bob." Da zu der Begrüßung kein Händedruck gehörte, nahm Maggie an, dass die Männer einander gut kannten und sich oft sahen. „Meine Firma hat die Gartengestaltung übernommen."

„Der alte Morgan-Besitz." Der Polizist sah sich interessiert um. „Ist schon eine Weile her, dass ich hier war. Du hast etwas ausgegraben, worüber wir Bescheid wissen sollten?"

„Sieht so aus."

„Jetzt ist es der Fitzgerald-Besitz", warf Maggie knapp ein.

Der Polizist tippte an die Hutkrempe und setzte zu einer höflichen Antwort an. Seine Augen weiteten sich, als er sie das erste Mal genauer ansah. „Fitzgerald", wiederholte er. „Hey, sind Sie nicht Maggie Fitzgerald?"

Sie lächelte. „Ja, die bin ich."

„Hol mich der Teufel! Sie sehen genau wie auf den Fotos in den Illustrierten aus. Ich kann jeden Ihrer Songs summen. Sie haben den Morgan-Besitz gekauft?"

„Stimmt."

Er schob den Hut auf seinem Kopf zurück, was Maggie an Cowboys erinnerte. „Wenn ich das meiner Frau erzähle! Wir haben ‚Forever' auf unserer Hochzeit spielen lassen. Du erinnerst dich, Cliff? Cliff war Trauzeuge."

Maggie sah den Mann neben sich an. „Wirklich?"

„Wenn du damit fertig bist, beeindruckt zu sein", sagte Cliff sanft, „könntest du dir vielleicht ansehen, was da unten in dem Graben liegt."

Bob lächelte liebenswürdig. „Dafür bin ich hier." Gemeinsam gingen sie zu dem Graben. „Nur vom Ansehen ist es schwer festzustellen, was von einem Menschen und was von einem Tier stammt. Könnte sein, Ma'am, dass Sie ein Reh ausgegraben haben."

Maggie blickte zu Cliff. Sie konnte noch immer fühlen, wie ihre Hand in die Öffnung des vermeintlichen Steins geglitten war. „Ich wünschte, ich könnte das glauben."

„Da unten", sagte Cliff, ohne auf ihren Blick zu reagieren. „Der Abstieg ist etwas schwierig." Mit einer schnellen Bewegung versperrte er Maggie den Weg. „Warum warten Sie nicht hier?"

Das wäre leicht gewesen. Viel zu leicht. „Es ist mein Land." Maggie schob sich an ihm vorbei und zeigte den Weg. „Der Hund hat in diesem Haufen gegraben." Sie hörte die Nervosität in ihrer Stimme und kämpfte dagegen an. „Ich kam hier herunter und wollte ihn wegziehen, und da sah ich ..." Ihre Stimme erstarb, als sie darauf deutete.

Der Polizist kauerte sich hin und stieß einen leisen Pfiff aus. „Verdammt", murmelte er, wandte den Kopf und sah Cliff an, nicht Maggie. „Sieht nicht nach einem Reh aus."

„Nein." Lässig versperrte Cliff Maggie die Sicht. „Was jetzt?"

Bob stand auf. Jetzt lächelte er nicht mehr, aber Maggie glaubte, ein erregtes Schimmern in seinen Augen zu erkennen. „Ich muss die Ermittlungsabteilung anrufen. Die Jungs werden sich das ansehen wollen."

Maggie schwieg, während sie den Hang wieder hinaufkletterten. Sie wartete, bis der Polizist zu seinem Wagen gegangen war, um seinen Bericht über Funk durchzugeben. Als sie endlich sprach, verdrängte sie bewusst den Grund, warum sie alle mitten am Nachmittag hier draußen standen.

„Ihr kennt euch also", hob sie an, als wäre das eine ganz normale Bemerkung an einem ganz normalen Tag.

„Bob und ich sind zusammen zur Schule gegangen." Cliff beobachtete eine große schwarze Krähe, die über die Bäume dahinzog. Er erinnerte sich an Maggies Gesichtsausdruck, kurz bevor sie zu schreien begonnen hatte. „Vor zwei Jahren hat er eine Cousine von mir geheiratet."

Sie bückte sich, pflückte eine Blume und begann sie zu zerpflücken. „Sie haben eine Menge Cousins und Cousinen."

Er zuckte die Schultern. „Genug."

„Ein paar Morgans."

Das ließ ihn stutzen. „Ein paar, ja", sagte er langsam. „Warum?"

„Ich habe mich gefragt, ob es an Ihrer Verbindung mit den Morgans liegt, dass Sie mir den Erwerb dieses Grundstücks übel nehmen."

Cliff fragte sich, wieso ihn ihre Offenheit ärgerte, während er sie normalerweise respektierte. „Nein."

„Aber Sie haben es mir übel genommen", beharrte Maggie. „Sie haben es mir schon übel genommen, bevor Sie mich überhaupt zum ersten Mal sahen."

Das hatte er, und sein Groll war noch gewachsen, seit er erfahren hatte, wie sie schmeckte. „Joyce hatte das Recht, diesen Besitz wann immer und an wen immer zu verkaufen."

Maggie nickte und blickte zu dem Welpen, der über die frische Erde krabbelte. „Ist Joyce auch eine Cousine?"

„Worauf wollen Sie hinaus?"

Maggie begegnete seinem ungeduldigen Blick. „Ich versuche lediglich, Kleinstädte zu verstehen. Immerhin werde ich hier leben."

„Dann sollten Sie als Erstes lernen, dass die Leute keine Fragen mögen. Wahrscheinlich werden die Leute mehr Informationen liefern, als Sie hören wollen, aber man mag es nicht hier, wenn man ausgefragt wird."

Maggie hob eine Augenbraue. „Ich werde daran denken." Befriedigt darüber, dass sie ihn geärgert hatte, wandte Maggie sich an den näher kommenden Polizisten.

„Sie schicken ein Team." Er blickte von ihr zu Cliff und über die Schulter seines Freundes zu dem Graben. „Wahrscheinlich werden sie eine Weile hier bleiben und dann mitnehmen, was sie finden."

„Was dann?"

Bob lenkte seine Aufmerksamkeit wieder auf Maggie. „Gute Frage. Um Ihnen die Wahrheit zu sagen, ich hatte noch nie mit so etwas zu tun. Aber ich schätze, sie werden alles dem Gerichtsmediziner in Baltimore schicken. Er muss die ...

äh ... alles untersuchen, bevor die Ermittlungen anfangen können."

„Ermittlungen?" Etwas schnürte ihre Kehle zu. „Was für Ermittlungen?"

Der Polizist fuhr mit Daumen und Zeigefinger über seinen Nasenrücken. „Nun, Ma'am, wie ich das sehe, gibt es keinen Grund, warum so etwas in dem Graben verbuddelt sein sollte, es sei denn ..."

„Es sei denn, jemand hat es da verbuddelt", beendete Cliff den Satz.

Maggie blickte zu dem friedvollen Wald auf der anderen Seite der Straße. „Ich glaube, wir alle könnten jetzt einen Kaffee gebrauchen", murmelte sie. Ohne auf Zustimmung zu warten, ging sie zum Haus zurück.

Bob nahm seinen Hut ab und wischte sich den Schweiß von der Stirn. „Das ist vielleicht was für ein Protokoll."

Cliff folgte dem langen Blick seines Freundes zu der Frau, die über die wackeligen Stufen vor dem Haus hinaufging. „Was? Sie oder das dort?" Mit einer Hand deutete er zu dem Graben.

„Beides." Bob holte ein Päckchen Kaugummi hervor und wickelte sorgfältig einen Streifen aus. „Was macht eine Frau wie sie, eine Berühmtheit, hier draußen in den Wäldern?"

„Vielleicht mag sie Bäume."

Bob schob den Kaugummi in den Mund. „Muss zehn, zwölf Morgen Bäume hier geben."

„Zwölf."

„Sieht aus, als hätte sie mehr gekauft, als dass sie jetzt damit umgehen könnte. Zum Teufel, Cliff! So etwas hatten wir nicht mehr in dieser Ecke des County, seit der verrückte Mel Stickler die Ställe angezündet hatte. Ja, in einer Großstadt ..."

„Du magst jetzt die schnellere Gangart, nicht wahr?"

Bob kannte Cliff gut genug, um sowohl den Stich als auch

den Humor zu hören. „Ich mag Action“, sagte er leichthin. „Da wir gerade davon sprechen, die Lady duftet himmlisch.“

„Wie geht es Carol Anne?“

Bob lächelte bei der Erwähnung seiner Frau. „Gut. Sieh mal, Cliff, wenn ein Mann nicht hinsieht und nicht mehr zu schätzen weiß, sollte er lieber zum Arzt gehen. Du willst mir doch nicht erzählen, dass du nicht bemerkt hast, wie nett diese Lady gebaut ist.“

„Ich habe es bemerkt. Ich bin ja nicht blind.“ Er blickte auf den Stein neben sich. Hier hatte sie gesessen, als er sie küsste. Es würde ihm nicht schwer fallen, sich an alle Empfindungen zu erinnern, die ihn in diesem Moment erfüllt hatten. „Ich bin mehr an ihrem Land interessiert.“

Bob stieß ein trockenes Lachen aus. „Wenn du das tust, hast du dich seit der High School sehr verändert. Erinnerst du dich noch, als wir hierher kamen – diese blonden Zwillinge, die Cheerleader, deren Eltern das Haus für eine Weile gemietet hatten? Dein alter Chevy hat seinen Auspuff genau an der Kurve dort verloren.“

„Ich erinnere mich.“

„Wir haben dort in den Wäldern ein paar interessante Spaziergänge unternommen“, fuhr Bob fort. „Das waren die hübschesten Mädchen in der Schule, bis ihr Daddy versetzt wurde und sie wegzogen.“

„Wer ist danach hierher gezogen?“ fragte Cliff.

„Dieses alte Paar aus Harrisburg – die Faradays. Sie waren lange hier, bis der alte Mann starb und die Frau zu ihren Kindern zog.“

Cliff kniff die Augen zusammen, während er versuchte, sich zu erinnern. „Das war zwei Monate, bevor Morgan von der Brücke stürzte. Seither hat hier niemand gewohnt.“

Bob zuckte die Schultern. Sie beide blickten zu dem Graben. „Ist wohl zehn Jahre her, seit hier jemand gewohnt hat.“

„Zehn Jahre", wiederholte Cliff. „Eine lange Zeit."

Beide blickten bei dem Geräusch eines Wagens zur Zufahrt.

„Die Ermittler", sagte Bob und rückte wieder seinen Hut zurecht. „Die übernehmen jetzt."

Von der Ecke der Veranda aus beobachtete Maggie die geschäftigen Aktivitäten. Sie kam zu dem Schluss, wenn die Polizei sie brauchte, würde man sich schon bei ihr melden.

Sie sah zu, wie die Leute schaufelten und Erdreich siebten und systematisch einpackten, was nützlich sein konnte. Maggie redete sich ein, sobald das alles von ihrem Grund und Boden entfernt war, würde sie es vergessen. Es würde sie nicht länger bedrücken.

Sie wünschte sich nur, sie könnte das glauben! Was jetzt in Plastikbehälter verfrachtet wurde, war einst ein lebendes Wesen gewesen. Ein Mann oder eine Frau, einst ausgestattet mit Gedanken und Gefühlen, hatte nur wenige Meter von ihrem neuen Zuhause entfernt gelegen. Nein, das konnte sie bestimmt nicht vergessen.

Sie musste wissen, wer diese Person gewesen war, warum sie gestorben war und warum sich ihr Grab auf Maggies Land befand, sonst war es nicht vorüber. Sie brauchte die Antworten, wenn sie weiterhin friedlich in dem Haus wohnen wollte, das sie für sich ausgesucht hatte. Sie leerte ihre Kaffeetasse, als sich jemand von der Polizistengruppe löste und zu der Veranda kam. Maggie ging ihm an die Stufen entgegen, um ihn zu begrüßen.

„Ma'am." Er nickte ihr zu und zeigte ihr kurz eine Dienstmarke. „Ich bin Lieutenant Reiker."

Sie fand, dass er wie ein Buchhalter mittleren Alters aussah, und fragte sich, ob er eine Waffe unter seinem Jackett trug. „Ja, Lieutenant?"

„Wir sind fast fertig. Entschuldigen Sie die Störung."

„Das ist schon in Ordnung." Sie legte ihre Hände um die

Kaffeetasse und wünschte sich, zu ihrer Musik hineingehen zu können.

„Ich habe den Bericht des Streifenpolizisten, aber vielleicht könnten Sie mir schildern, wie Sie die Überreste gefunden haben."

Überreste, dachte Maggie schaudernd. Das war ein sehr kaltes Wort. Zum zweiten Mal schilderte sie, wie der Welpe gegraben hatte. Sie tat es jetzt ruhig und ohne zu zittern.

„Sie haben den Besitz eben erst gekauft?"

„Ja, ich bin erst vor wenigen Wochen hier eingezogen."

„Und Sie haben Delaney für die Landschaftsarchitektur angestellt."

„Ja." Sie blickte zu Cliff, der mit einem anderen Mitglied des Teams sprach. „Der Handwerker, den ich zuerst einstellte, hat ihn empfohlen."

„Mhm." Der Ermittler machte sich sehr lässig Notizen. „Delaney sagt, Sie wollen den Graben zu einem Teich umgewandelt haben."

Maggie befeuchtete ihre Lippen. „Richtig."

„Hübscher Platz für einen Teich", bemerkte er nebenbei. „Ich möchte Sie allerdings bitten, damit eine Weile zu warten. Vielleicht müssen wir wiederkommen und uns noch einmal umsehen."

„In Ordnung."

„Wir möchten dieses Gebiet absperren." Er stellte einen Fuß auf eine Stufe. „Maschendraht", meinte er beiläufig, „um Ihren Hund oder herumstreunende Tiere am Graben zu hindern."

So wie auch Menschen, dachte Maggie und fand, dass man kein Genie sein musste, um zwischen den Zeilen zu lesen. Noch bevor der Tag vorüber war, würde dies die größte Neuigkeit im County werden. „Tun Sie, was Sie tun müssen."

„Wir sind Ihnen für Ihr Entgegenkommen dankbar, Miss

Fitzgerald.“ Er drehte seinen Stift zwischen den Fingern und zögerte.

„Gibt es noch etwas?“

„Ich weiß, es ist ein schlechter Zeitpunkt“, sagte er mit einem verlegenen Lächeln, „aber ich kann mir die Gelegenheit nicht entgehen lassen. Könnten Sie mir auf meinem Block ein Autogramm geben? Ich war ein großer Fan Ihrer Mutter, und ich kenne die meisten von Ihren Songs.“

Maggie lachte. Es tat gut zu lachen. Der Tag hatte aus einer Reihe unglaublicher Ereignisse bestanden. „Möchten Sie, dass ich etwas Bestimmtes schreibe?“

„Vielleicht könnten Sie einfach schreiben: ‚Für meinen guten Freund Harvey‘.“

Bevor sie den Wunsch erfüllen konnte, blickte sie auf und fand Cliffs Augen auf sich gerichtet. Seine Lippen waren zu einem leicht abfälligen Grinsen verzogen. Mit einer lautlosen Verwünschung unterschrieb sie auf dem Block und gab ihn zurück.

„Ich weiß nicht viel über diese Sache“, erklärte sie knapp, „aber ich wäre Ihnen dankbar, wenn Sie mich auf dem Laufenden hielten, was sich ergibt.“

„Wir werden den Bericht des Gerichtsmediziners in zwei, drei Tagen haben.“ Der Ermittler steckte seinen Block weg und wurde wieder ganz professionell. „Dann werden wir alle mehr wissen und Sie werden unterrichtet. Danke, dass Sie sich Zeit genommen haben, Miss Fitzgerald. Wir ziehen uns so bald wie möglich zurück.“

Obwohl sie noch immer Cliffs Blick auf sich gerichtet fühlte, sah Maggie nicht mehr zu ihm hinüber. Stattdessen drehte sie sich um und ging ins Haus. Gleich darauf drang Musik aus den offenen Fenstern.

Cliff blickte stirnrunzelnd zu dem Fenster des Musikzimmers. Die Ermittler begannen abzuziehen. Bald würde Maggie allein sein. Die Musik klang angespannt, fast verzweifelt. Fluchend schob Cliff seine Autoschlüssel wieder in die Tasche und ging zu den Stufen.

Maggie reagierte nicht auf sein Klopfen. Die Musik spielte weiter. Ohne zu überlegen, stieß Cliff die Haustür auf. Das Haus vibrierte unter dem Sturm, den das Klavier entfesselte. Er folgte den Klängen zu dem Musikzimmer und beobachtete Maggie von der Tür aus.

Ihre Augen waren dunkel, der Blick war konzentriert auf die Tasten gerichtet. Talent? Unbestreitbar. Genauso unbestreitbar wie ihre Anspannung und ihre Verletzbarkeit. Später konnte er sich fragen, warum ihm all dies Unbehagen verursachte.

Vielleicht wollte er sie einfach nur trösten. Unter den gegebenen Umständen würde er das für jeden tun. Sie musste ihm nichts bedeuten, damit er ihr eine Ablenkung bot. Verirrte Tiere und verletzte Vögel waren immer seine Schwäche gewesen. Mit seiner eigenen Logik unzufrieden, wartete Cliff, bis sie das Stück beendet hatte.

Maggie blickte hoch und schrak zusammen, als sie ihn in der Tür entdeckte. Verdammte Nerven, dachte sie und faltete die Hände im Schoß. „Ich dachte, Sie wären längst weg."

„Nein. Nur die Polizei ist weg."

Sie schleuderte die Haare aus ihrem Gesicht zurück und hoffte, gefasst zu wirken. „Gibt es noch etwas?"

„Ja." Er kam näher und strich mit einem Finger über die Tasten. Kein Staub, stellte er fest, und das in einem Haus, das fast unter Staub erstickte. Ihre Arbeit war offenbar das Wichtigste für sie.

Als er keine weiteren Ausführungen machte, runzelte Maggie die Stirn. Cliff bevorzugte die Ungeduld, die er jetzt in ihren Augen bemerkte. „Was ist?"

„Ich dachte an ein Steak."

„Wie bitte?"

Bei ihrer kühlen Antwort lächelte er. Ja, so war sie ihm eindeutig lieber. „Ich habe heute noch keinen einzigen Bissen gegessen."

„Das tut mir Leid." Maggie sammelte ihre Notenblätter ein. „Ich habe keines."

„Ungefähr zehn Meilen außerhalb der Stadt gibt es ein Lokal." Er nahm sie am Arm und zog sie auf die Beine. „Ich habe das Gefühl, dass man dort ein Steak ohnedies besser zubereitet, als Sie das tun würden."

Sie zog sich zurück und betrachtete ihn. „Wir gehen zum Abendessen aus?"

„Richtig."

„Warum?"

Er ergriff wieder ihren Arm, um sich nicht selbst dieselbe Frage zu stellen. „Weil ich hungrig bin", sagte Cliff schlicht.

Maggie wollte sich schon widersetzen, als ihr klar wurde, wie sehr sie wenigstens für kurze Zeit weg wollte. Früher oder später musste sie allein im Haus sein, aber jetzt ... Nein, jetzt wollte sie nirgendwo allein sein.

Er wusste und verstand es und bot ihr genau das an, was sie brauchte.

Obwohl keiner von ihnen besonders ruhige Gedanken hegte, schwiegen sie, als sie zusammen hinausgingen.

5. KAPITEL

Maggie reservierte den ganzen nächsten Tag, um den Titelsong ihrer Filmmusik fertig zu stellen. Sie bemühte sich ganz bewusst, alles zu vergessen, was am Vortag geschehen war. Alles. Sie wollte nicht daran denken, was so nahe an ihrem Haus vergraben gewesen und ausgegraben worden war, und sie wollte auch nicht an Polizei und Gerichtsmediziner denken.

Genauso weigerte sie sich, an Cliff zu denken, an diesen einen wilden, erregenden Kuss oder an das seltsam zivilisierte Abendessen. Es war schwer zu glauben, dass sie beides mit demselben Mann erlebt hatte.

Heute war sie Maggie Fitzgerald, Komponistin, Songschreiberin, die Erschafferin von Musik. Wenn sie das in Erinnerung behielt und nur das war, konnte sie sich vielleicht davon überzeugen, dass alles, was gestern geschehen war, einer anderen Person passierte.

Sie wusste, dass da draußen Männer säten und pflanzten. Büsche wurden gepflanzt, Strohabdeckungen ausgelegt, Sträucher abgeholzt. Balken für ihre Stützmauer waren angeliefert worden.

Nichts davon betraf sie. Die Filmmusik musste vollendet werden, und Maggie würde sie vollenden. Ein Job musste erledigt werden, ganz gleich, was um sie herum vor sich ging. Sie hatte gesehen, wie ihr Vater in einem Film Regie führte, obwohl die technische Ausrüstung zusammenbrach und seine Schauspieler Tobsuchtsanfälle bekommen hatten. Ihre Mutter war mit Fieber aufgetreten. Einen großen Teil ihres Lebens hatte sie in einer plüschigen Traumwelt zugebracht, aber sie hatte Verantwortung gelernt.

Sie schrieb gerade Noten nieder, als es an der Haustür klopfte. Das ruhige Landleben! Sie fragte sich, wo sie jemals diesen Ausdruck gehört hatte, während sie zur Tür ging.

Beim Anblick des Revolvers an der Hüfte des Mannes krampfte sich ihr Magen zusammen. Der kleine Stern an seinem Khakihemd verriet ihr, dass er der Sheriff war. Als sie den Blick auf sein Gesicht richtete, war sie von seinem Aussehen überrascht. Blond, gebräunt, blaue Augen mit Fältchen, die von Humor und Sonne stammten. Einen Moment hatte sie den verrückten Gedanken, dass C.J. ihn von einer Schauspieleragentur geschickt hatte.

„Miss Fitzgerald?"

Sie befeuchtete die Lippen, während sie versuchte, vernünftig zu sein. C.J. machte sich viel zu viele Sorgen, um ihr einen solchen Streich zu spielen. Außerdem sah der Revolver sehr, sehr echt aus. „Ja."

„Ich bin Sheriff Agee. Hoffentlich störe ich Sie nicht."

„Nein." Sie bemühte sich um ein höfliches Lächeln. Revolver und Dienstmarken. Zu viel Polizei in zu kurzer Zeit.

„Wenn es nicht zu sehr stört, möchte ich gern ein paar Minuten mit Ihnen sprechen."

Es störte sie. Sie wollte es sagen und dann die Tür schließen. Feigling, schalt sie sich und trat zurück, um ihn einzulassen. „Ich nehme an, Sie sind wegen des gestrigen Fundes hier." Maggie drückte die Tür mit ihrer Schulter zu. „Ich wüsste nicht, was ich Ihnen erzählen könnte."

„Es war sicher ein hässliches Erlebnis, Miss Fitzgerald, das Sie gern vergessen möchten." In seiner Stimme schwang die genau richtige Menge Mitgefühl, gemischt mit beruflicher Sachlichkeit mit. Sie fand, dass er sein Geschäft verstand. „Ich hätte das Gefühl, meine Pflicht als Sheriff und Nachbar nicht zu erfüllen, wenn ich Ihnen nicht alle Hilfe anbiete, die ich Ihnen geben kann."

Maggie sah ihn wieder an. Diesmal fiel ihr das Lächeln leichter. „Vielen Dank. Ich kann Ihnen Kaffee anbieten, wenn Sie sich nicht an der Unordnung in der Küche stören."

Er lächelte zurück und wirkte so solide, so freundlich, dass Maggie beinahe den Revolver an seiner Hüfte vergessen hätte. „Kaffee lehne ich nie ab."

„Die Küche ist hier", setzte sie an und lachte. „Das brauche ich Ihnen wohl nicht zu sagen, oder? Sie kennen dieses Haus so gut wie ich."

Er ging neben ihr her. „Ich war öfter vor dem Haus und habe Unkraut entfernt oder gejagt, aber ich war nur ein paar Mal im Haus selbst. Die Morgans zogen weg, als Joyce noch ein Kind war."

„Ja, das hat sie mir erzählt."

„Seit mehr als zehn Jahren wohnt keiner mehr hier. Louella kümmerte sich nicht mehr darum, nachdem ihr Mann gestorben war." Er blickte zu der abblätternden Farbe an der Decke hoch. „Sie hielt das Haus als Treuhänderin, bis Joyce es mit fünfundzwanzig erbte. Sie haben wahrscheinlich gehört, dass ich Joyce vom Verkaufen abgehalten habe."

„Nun ja ..." Maggie beschäftigte sich am Herd, weil sie nicht wusste, was sie antworten sollte.

„Ich dachte, wir würden das Haus irgendwann herrichten und wieder vermieten." Er klang wie ein Mann, der Träume hatte, aber nie Zeit für sie fand. „Aber ein großer alter Besitz wie dieser hier verlangt viel Zeit und Geld, das man hineinsteckt. Joyce hat es wahrscheinlich richtig gemacht, dass sie verkauft hat."

„Ich bin froh, dass sie es getan hat." Nachdem sie die Kaffeemaschine eingeschaltet hatte, deutete Maggie auf einen Stuhl.

„Mit Bog für die Reparaturen und Delaney für den Garten haben Sie sich die Richtigen ausgesucht." Als Maggie ihn nur ansah, lächelte der Sheriff wieder. „In Kleinstädten bewegt sich nichts schnell, ausgenommen Neuigkeiten."

„Ja, vermutlich."

„Sehen Sie, was gestern passierte ..." Er räusperte sich. „Ich weiß, es muss für Sie hart sein. Ich kann Ihnen sagen, Joyce hat sich vielleicht aufgeregt. Viele Leute würden auf der Stelle wegziehen, wenn man so etwas einen Steinwurf von seinem Haus entfernt findet."

Maggie holte Tassen aus dem Schrank. „Ich gehe nicht weg."

„Freut mich." Er schwieg einen Moment und sah zu, wie sie den Kaffee einschenkte. „Ich habe gehört, dass Cliff gestern auch hier war."

„Richtig. Er hat irgendwelche Arbeiten beaufsichtigt."

„Und Ihr Hund grub ..."

„Ja." Maggie stellte beide Tassen auf den Tisch und setzte sich. „Er ist noch ein Welpe. Im Moment schläft er oben. Zu viel Aufregung."

Der Sheriff winkte ab, als sie ihm Sahne anbot, und trank seinen Kaffee schwarz. „Ich bin nicht hier, um Sie nach Einzelheiten zu befragen. Die Staatspolizei hat mich informiert. Ich wollte Sie nur wissen lassen, dass ich Ihnen so nahe bin wie Ihr Telefon, falls Sie etwas brauchen."

„Danke. Ich bin mit diesen Dingen nicht vertraut, aber ich hätte gestern vermutlich Sie anrufen sollen."

„Ich kümmere mich gern selbst um mein Gebiet", sagte er langsam. „Aber bei so einer Sache ..." Er zuckte die Schultern. „Ich hätte ohnedies die State Police rufen müssen." Sein Ehering schimmerte im Sonnenschein. Maggie erinnerte sich daran, dass Joyce genauso einen Ring hatte. Einen schlichten, soliden Goldreif. „Sie machen den Fußboden neu?"

Maggie blickte verständnislos nach unten. „Ach so, ja, ich habe das alte Linoleum herausgenommen. Jetzt muss ich ihn schleifen lassen."

„Rufen Sie George Cooper an", riet der Sheriff. „Er steht im Telefonbuch. Er besorgt Ihnen eine elektrische Schleifmaschine, mit der das im Handumdrehen zu erledigen ist. Sagen Sie ihm nur, dass Sie seinen Namen von Stan Agee haben."

„In Ordnung." Sie wusste, dass die Unterhaltung sie hätte beruhigen sollen, aber ihre Nerven waren wieder angespannt. „Danke."

„Wann immer Sie etwas brauchen, rufen Sie uns an. Joyce möchte Sie zum Abendessen einladen. Sie backt den besten Schinken im County."

„Das wäre nett."

„Sie kann noch gar nicht begreifen, dass es jemanden wie Sie nach Morganville zieht." Er nippte an seinem Kaffee, während Maggie den ihren kalt werden ließ. Er entspannte sich auf seinem Stuhl. Sie dagegen saß verkrampft aufrecht. „Ich höre nicht viel Musik, aber Joyce kennt alle Ihre Songs. Sie liest auch alle Zeitschriften, und jetzt wohnt jemand in ihrem alten Haus, von dem in den Zeitschriften berichtet wird." Er warf einen Blick zur Hintertür. „Sie sollten mit Bog sprechen, damit er ein paar Riegel anbringt."

Sie erinnerte sich daran, dass die Angeln geölt werden mussten. „Riegel?"

Lachend trank er seinen Kaffee aus. „Das passiert, wenn man Sheriff ist. Man denkt immer an die Sicherheit. Wir haben hier eine nette, ruhige Gemeinde, Miss Fitzgerald. Ich möchte nicht, dass Sie etwas anderes glauben. Aber ich würde mich besser fühlen, wenn Sie ein paar solide Schlösser an den Türen haben, wo Sie doch allein sind." Er stand auf und zupfte gedankenverloren an seinem Halfter. „Danke für den Kaffee. Vergessen Sie nicht, mich anzurufen, wenn Sie etwas brauchen."

„Ich vergesse es nicht."

„Ich überlasse Sie wieder Ihrer Arbeit. Rufen Sie gleich George Cooper an."

„In Ordnung." Maggie ging mit ihm zur Tür. „Danke, Sheriff."

Einen Moment blieb sie an der Tür stehen und lehnte den Kopf gegen den Türrahmen. Sie hasste es, dass sie so leicht aus dem inneren Gleichgewicht zu bringen war. Der Sheriff war zu ihr gekommen, um sie zu beruhigen und ihr zu zeigen, dass die Gemeinde, in der sie jetzt lebte, einen aufmerksamen, fähigen Gesetzeshüter hatte. Doch von dem vielen Sprechen mit Polizisten war sie nervös geworden. So viele Polizisten – genau wie bei Jerrys Tod. All diese Polizisten, all diese Fragen. Sie hatte gedacht, darüber hinweg zu sein, aber die Erinnerungen waren auf einmal wieder da ...

„Ihr Mann ist mit dem Wagen von der Straße abgekommen, Mrs. Browning. Wir haben seine Leiche noch nicht gefunden, aber wir tun alles, was wir können. Es tut mir Leid."

Ja, zuerst hatte es Mitgefühl gegeben, erinnerte sich Maggie. Sie hatte Mitgefühl von der Polizei erhalten, von ihren Freunden, von Jerrys Freunden. Dann Fragen: „Hat Ihr Mann getrunken, bevor er das Haus verließ?" – „War er erregt, wütend?" – „Hatten Sie Streit?"

War es nicht schlimm genug, dass er tot war? Warum hatten sie sich auf alle möglichen Gründe gestürzt? Wie viele Gründe konnte es für einen achtundzwanzig Jahre alten Mann geben, seinen Wagen über eine Klippe hinauszusteuern?

Ja, er hatte getrunken. Er hatte viel getrunken, als seine Karriere abzurutschen begann, während die ihre weiterhin anstieg. Ja, sie hatten einen Streit gehabt, weil keiner von ihnen verstand, was aus den Träumen geworden war, die sie einst gehabt hatten. Maggie hatte die Fragen der Polizisten beantwortet. Und sie hatte die Presse erduldet, bis sie geglaubt hatte, verrückt zu werden.

Sie presste die Lider fest zu. Das war vorüber. Sie konnte Jerry nicht zurückbringen und seine Probleme lösen. Er hatte seine eigene Lösung gefunden. Sie wandte sich von der Tür ab und ging langsam in das Musikzimmer zurück. Wie immer fand sie Zuflucht in ihrer Musik.

Der Titelsong musste leidenschaftlich sein, voller Bewegung

und Erotik. Wenn er erklang, sollte er Sinne ansprechen, Bedürfnisse anrühren, Verlangen erzeugen.

Bisher war noch niemand bestimmt worden, den Song zu singen, so dass sie stilmäßig frei war. Sie wollte etwas Bluesartiges, und in ihren Gedanken hörte sie das Stöhnen eines Saxofons. Sexy, schwül. Sie wollte die ruhigen Töne der Blechbläser und das rauchige Pulsieren des Basses. Als sie am Vorabend ruhelos gewesen war, hatte sie ein paar Phrasen niedergeschrieben. Jetzt experimentierte sie damit und verwob Worte mit Musik.

Nahezu sofort wusste sie, dass sie den Schlüssel gefunden hatte. Dieser Schlüssel war unerklärte Leidenschaft, kaum kontrolliert. Es war Verlangen, das alles Zivilisierte hinwegzufegen versprach. Es war die Raserei und die Hitze, die ein Mann und eine Frau zueinander führten, bis sie davon besinnungslos wurden. Sie hatte jetzt den Schlüssel, weil sie es selbst erlebt hatte. Gestern. Mit Cliff.

Irrsinn. Das war das Wort, das ihr durch den Kopf schoss. Verlangen war Irrsinn. Sie schloss die Augen, als Worte und Melodien sie durchströmten. Hatte sie nicht diesen Irrsinn verspürt, diese Süße und das schmerzliche Sehnen, als sein Mund den ihren eroberte? Hatte sie ihn nicht fühlen wollen, Haut an Haut? Er hatte sie an dunkle Nächte denken lassen, schwüle, mondlose Nächte, in denen die Luft so schwer war, dass man sie auf der Haut pulsieren fühlte. Dann hatte sie überhaupt nicht mehr gedacht, weil Verlangen Irrsinn war.

Sie ließ die Worte kommen, leidenschaftliche, lustvolle Versprechungen, die über der Hitze der Musik siedeten. Verführerisch, viel versprechend ergossen sich die Worte aus ihrem eigenen Verlangen. Die Worte von Liebenden, verzweifelte Worte, mit ihrer leisen, heiseren Stimme geflüstert, bis der Raum mit ihnen aufgeladen war. Niemand, der sie hörte, konnte unberührt bleiben. Das war ihr Ehrgeiz.

Als sie fertig war, fühlte Maggie sich atemlos und bewegt und begeistert. Sie streckte die Hand nach dem Tonbandgerät aus, um das Band zurücklaufen zu lassen, und sah Cliff zum zweiten Mal in der Tür stehen.

Ihre Hand erstarrte, und ihr bereits schnell schlagender Puls raste. Hatte sie ihn mit ihrem Song gerufen? War die Magie so stark? Als er einfach nur schweigend dastand, schaltete sie das Gerät ab und sagte mit erzwungener Ruhe: „Ist es auf dem Land Brauch, dass die Leute einfach uneingeladen hereinplatzen?"

„Sie scheinen das Klopfen nicht zu hören, wenn Sie arbeiten."

Sie neigte leicht den Kopf. „Das könnte bedeuten, dass ich nicht bei der Arbeit gestört werden möchte."

„Könnte sein." Gestört. Das Wort brachte ihn beinahe zum Lachen. Vielleicht hatte er ihre Arbeit gestört, doch das war nichts im Vergleich zu dem, was der Song mit ihm angestellt hatte ... Was es ihm angetan hatte, sie beim Singen zu beobachten. Es hatte ihn seine gesamte Selbstbeherrschung gekostet, um sie nicht von dem Klavierhocker zu reißen und sie auf dem staubigen Fußboden zu nehmen. Er kam näher, wusste, dass ihr Duft auf ihn wartete und ihren Reiz erhöhte

„Ich habe gestern ziemlich viel Zeit verloren." Maggie schluckte herunter, was immer ihre Stimme zu blockieren drohte. Ihr Körper pulsierte noch, war viel zu verletzbar von der Leidenschaft, die sie freigesetzt hatte. „Ich habe einen festen Abgabetermin für diese Filmmusik."

Er blickte auf ihre Hände. Er wollte fühlen, wie diese Hände mit der gleichen Geschicklichkeit über ihn streichelten, die sie auf den Tasten gezeigt hatten. Langsam ließ er den Blick an ihren Armen hochgleiten, über ihre Schulter zu ihrem Gesicht. Für sie beide war es, als würde er sie berühren.

Maggies Atem war nicht ruhig. Ihr Blick war nicht gelassen. So wollte er das jetzt haben. Ganz gleich, wie oft oder wie entschlossen er sich auch sagte, er solle sich von ihr zurückziehen,

Cliff wusste, dass er unaufhaltsam auf einen Punkt zusteuerte, an dem es unmöglich sein würde. Sie war nichts für ihn ... davon konnte er sich überzeugen. Aber sie hatten beide etwas, das sie befreien und kosten mussten.

„Nach dem, was ich gehört habe", murmelte er, „sind Sie fertig."

„Das muss ich entscheiden."

„Spielen Sie die Aufnahme ab." Es war eine Herausforderung. An ihren Augen sah er, dass sie es wusste. „Der letzte Song ... ich möchte ihn noch einmal hören."

Gefährlich. Maggie erkannte die Gefahr. Als sie zögerte, verzogen seine Lippen sich zu einem Lächeln. Das reichte. Wortlos drückte sie den schnellen Rücklauf. Der Song ist nur Fantasie, sagte sie sich selbst, als das Band zurücklief. Genau wie der Film eine Fantasie war. Der Song war für die Personen in einer Geschichte bestimmt und hatte nichts, absolut nichts mit ihr zu tun. Oder mit ihm. Sie schaltete das Gerät auf Wiedergabe.

Maggie beschloss, objektiv zuzuhören, als die Musik den Raum zu erfüllen begann. Sie wollte als Musikerin, als Technikerin zuhören. Das verlangte ihr Job. Doch als ihre eigene Stimme begann, sie in Versuchung zu führen, entdeckte sie, dass sie als Frau zuhörte. Sie erhob sich, trat ans Fenster und blickte hinaus. Wenn ein Sehnen so stark war, konnte Abstand alles entscheiden.

Erwarte die Nacht, wenn die Luft heiß ist vor Irrsinn
Ich bringe dein Blut zum Sieden
Erwarte die Nacht, wenn die Leidenschaft sich erhebt und auf der Flutwelle tanzt
wenn Verlangen befreit strömen kann.

Cliff hörte genau wie vorhin zu und fühlte, wie sein Körper auf die Musik reagierte und auf die Versprechungen, die diese leise Stimme machte. Er wollte alles haben, was der Song andeutete. Alles und noch mehr.

Als Cliff den Raum durchquerte, sah er, wie sie sich anspannte. Er meinte, in der Luft die Hitze zischen zu hören, die der Song angefacht hatte. Bevor er Maggie erreichte, drehte sie sich um. Die Sonne in ihrem Rücken erzeugte einen Lichthof um sie. Als Kontrast dazu waren ihre Augen dunkel. Wie die Nacht, dachte er. Wie ihre Nachtmusik. Die Worte, die sie geschrieben hatte, erfüllten den Raum.

Er sprach nicht, sondern legte seine Hand um ihren Nacken. Sie sprach nicht, sondern widerstand ihm, indem sich ihr Körper verkrampfte. Ärger brannte jetzt in ihren Augen – über sich selbst genau wie über ihn. Sie hatte sich selbst so weit gebracht, indem sie ihren eigenen Wünschen und Fantasien erlaubt hatte, den Weg zu bereiten. Es war nicht Irrsinn, was sie wollte, redete Maggie sich selbst ein, als sie sich zurückzog. Es war Stabilität. Sie suchte nicht Wildheit, sondern Ausgeglichenheit. So etwas bot Cliff nicht.

Seine Finger spannten sich an, als sie sich zurückzog. Das überraschte sie beide. Er hatte die Regeln einer zivilisierten Verführung vergessen, genau wie er vergessen hatte, dass er nur hergekommen war, um nachzusehen, wie es ihr ging. Die Musik und die Worte machten die Verletzbarkeit, die ihm Sorge bereitet hatte, zu etwas Vergangenem. Jetzt fühlte er Kraft, als seine Finger sich in ihre Haut drückten. Er sah Herausforderung in ihrer Haltung und in ihren Augen, vermischt mit Zorn. Cliff wollte nichts anderes, nicht weniger von ihr.

Er trat näher. Als sie protestierend die Hand hob, ergriff er ihr Handgelenk. Ihr Puls pochte unter seiner Hand so heftig, wie die Musik in der Luft pulsierte. Ihre Blicke prallten aufeinander, Leidenschaft auf Leidenschaft. In einer fließenden Bewegung zog er sie an sich und eroberte ihren Mund.

Sie sah die lebhaften Farben und Lichter, die sie sich vorgestellt hatte. Sie schmeckte das drängende Verlangen. Während sie Cliff noch näher an sich heranzog, hörte Maggie ihr eigenes Stöhnen.

Hatte sie darauf gewartet? Auf diese alles verzehrende Lust? Waren dies die Empfindungen und Gefühle, die sie so lange Zeit in ihre Musik hatte einfließen lassen? Sie fand keine Antworten, nur noch mehr Verlangen.

Cliff hatte aufgehört zu denken. Er wusste, dass er die Fähigkeit zu klarem Denken verloren hatte. Maggie ließ ihn so heftig fühlen, dass kein Platz für Vernunft blieb. Seine Hände erforschten Maggie, glitten unter ihr Shirt, um die weiche, erhitzte Haut zu finden, von der er geträumt hatte. Sie bog sich ihm entgegen, bot mehr an. Er fühlte, wie ihre Lippen an seinem Mund seinen Namen formten. Etwas Wildes, Ungestümes brach in ihm los.

Er war nicht sanft, obwohl er als Liebhaber noch nie grob gewesen war. Er sehnte sich zu sehr nach der Berührung, um zu begreifen, dass er vielleicht zu fest zupackte. Der Kuss wurde ungezügelt. Er konnte gar nicht genug von ihr bekommen. Mehr und immer mehr wollte er, obwohl ihr Mund genauso fordernd war wie der seine.

Er trieb sie zum Irrsinn. Niemand hatte ihr je zuvor solches Verlangen gezeigt. Hunger entfachte Hunger, bis sie darunter litt. Sie wusste, dass sie davon aufgezehrt werden konnte, vielleicht sogar sie beide. Ein so heißes Feuer konnte sie beide ausbrennen und mit nichts zurücklassen. Der Gedanke brachte sie erneut zum Stöhnen. Sie klammerte sich an ihn. Sie wollte mehr. Und doch fürchtete sie sich davor, mehr zu nehmen und sich selbst leer vorzufinden.

„Nein.“ Seine Lippen an ihrer Kehle ließen ihre Knie weich werden. „Nein, das ist verrückt“, brachte sie hervor.

Er hob den Kopf. Seine Augen waren jetzt fast schwarz, sein Atem ungleichmäßig. Zum ersten Mal verspürte Maggie Furcht. Was wusste sie von diesem Mann?

„Du hast es Irrsinn genannt“, murmelte er. „Du hattest Recht.“

Ja, sie hatte Recht gehabt, und sie hatte an ihn gedacht, als sie diese Worte schrieb. Doch sie sagte sich, dass sie einen klaren Verstand brauchte. „Keiner von uns sollte sich das wünschen."

„Nein." Seine Selbstbeherrschung geriet in Gefahr, völlig zusammenzubrechen. Langsam strich er mit der Hand über ihr Haar. „Aber es ist schon viel zu spät, um aufzuhören. Ich will dich, Maggie, ob ich es sollte oder nicht."

Hätte er ihren Namen nicht benutzt ... Bis dahin hatte sie nicht gewusst, dass er ihren Namen aussprechen und sie damit schwach machen konnte. Als Verlangen erneut hochstieg, ließ sie den Kopf auf seine Brust sinken. Es war diese ungekünstelte und nicht geplante Geste, die seine hektischen Gedanken klärte und etwas anderes als Verlangen in ihm auslöste.

Sie war eine der Frauen, die einem Mann unter die Haut gehen konnten. War das einmal geschehen, würde er nie wieder frei von ihr sein. Sobald er das erkannt hatte, unterdrückte er das überwältigende Verlangen, sie wieder an sich zu ziehen. Er wollte sie, und er würde sie auch bekommen. Das bedeutete jedoch nicht, dass er sich auf eine Bindung einlassen wollte. Sie beide wussten, dass früher oder später vollzogen werden musste, was sich zwischen ihnen entzündet hatte. Es war nur natürlich, nichts Kompliziertes. Und sie beide würden unbeschadet daraus hervorgehen.

Die Erregung, die er verspürt hatte, hatte ihm keine Sorgen bereitet, die Zärtlichkeit, die er jetzt empfand, dagegen schon. Sie sollten lieber wieder auf den richtigen Weg zurückfinden. Er packte Maggie an den Schultern und schob sie zurück.

„Wir begehren einander." Es klang einfach, wie er das sagte. Cliff wollte daran glauben, dass es so war.

„Ja." Sie nickte und hatte sich fast schon wieder gefasst. „Aber du hast sicher genau wie ich gelernt, dass man nicht alles haben kann, was man will."

„Ganz richtig. Aber es besteht für keinen von uns ein Grund, warum wir nicht haben sollten, was wir diesmal ersehnen."

„Mir fallen ein paar Gründe ein. Der erste ist, dass ich dich kaum kenne."

Er betrachtete stirnrunzelnd ihr Gesicht. „Spielt das für dich eine Rolle?"

Maggie zuckte so schnell zurück, dass seine Hände von ihren Schultern glitten. „Dann glaubst du also alles, was du liest." Ihre Stimme war jetzt spröde, ihre Augen kalt. „Los Angeles, Stadt der Sünde und der Sünder. Tut mir Leid, dich zu enttäuschen, Cliff, aber ich habe mein Leben nicht mit unzähligen namenlosen Liebhabern ausgefüllt. Das hier füllt mein Leben aus." Sie schlug mit der Hand auf das Klavier. Papiere glitten auf den Fußboden. „Und wenn du schon so viel über mich liest und weißt, dann weißt du auch, dass ich bis vor zwei Jahren verheiratet war. Ich hatte einen Ehemann, und so lächerlich das klingen mag, ich war sechs Jahre lang treu."

„Meine Frage hatte überhaupt nichts damit zu tun." Seine Stimme war im Gegensatz zu der ihren so sanft, dass sie sich verkrampfte. Maggie hatte gelernt, ihm am wenigsten zu trauen, wenn er diesen Ton anschlug. „Es ging nur um dich und mich."

„Dann wollen wir es so ausdrücken: Ich habe eine Grundregel, nicht mit Männern ins Bett zu hüpfen, die ich nicht kenne. Dich eingeschlossen."

Er durchquerte den Raum und legte seine Hand über die ihre auf dem Klavier. „Wie gut musst du mich denn kennen?"

„Besser, als ich dich jemals kennen werde." Sie musste gegen den Wunsch ankämpfen, ihre Hand wegzureißen. Sie hatte sich für einen Tag schon genug zur Närrin gemacht. „Ich habe noch eine Regel. Die besagt, dass ich mich von Leuten fern halte, die nicht mögen, wer und was ich bin."

Er blickte auf die Hand unter der seinen. Sie war hell, schmal und kräftig. „Vielleicht weiß ich nicht, wer und was du bist." Er blickte ihr in die Augen. „Vielleicht will ich das herausfinden."

„Dafür brauchst du meine Mitarbeit, oder?"

Er hob eine Augenbraue, als wäre er amüsiert. „Wir werden sehen."

Ihre Stimme wurde nur noch eisiger. „Ich möchte, dass du gehst. Ich habe zu arbeiten."

„Woran hast du gedacht, als du diesen Song geschrieben hast?" Etwas flackerte so schnell über ihr Gesicht, dass er nicht wusste, ob es Panik oder Leidenschaft war. Beides wäre ihm recht gewesen.

„Ich sagte, du sollst gehen."

„Werde ich – nachdem du mir gesagt hast, woran du gedacht hast."

Sie hielt ihr Kinn hoch. „An dich."

Er lächelte, ergriff ihre Hände und drückte ihre Handfläche an seine Lippen. „Gut", murmelte er. „Denk weiter an mich. Ich komme wieder."

Sie schloss ihre Finger über ihre Handfläche, als er wegging. Er hatte ihr keine andere Wahl gelassen, als seine Bitte zu erfüllen.

Spätnachts erwachte Maggie. Benommen dachte sie, dass ein Traum sie gestört hätte. Sie verwünschte Cliff und rollte sich auf den Rücken. Sie wollte nicht von ihm träumen. Ganz sicher wollte sie nicht mitten in der Nacht wach liegen und an ihn denken.

Während sie zur Decke hinaufstarrte, lauschte sie der Stille. Bei Gelegenheiten wie dieser wurde ihr bewusst, wie allein sie war. Keine Angestellten schliefen unten im Haus, wie es ihr ganzes Leben lang gewesen war. Ihr nächster Nachbar war etwa fünfhundert Meter entfernt und durch einen Wald von ihr getrennt. Keine Clubs, die die ganze Nacht geöffnet hatten, keine Drugstores. Bisher hatte sie noch nicht einmal eine Fernsehantenne auf dem Dach. Sie war völlig allein, so wie sie es gewollt hatte.

Warum wirkte ihr Bett plötzlich so leer und die Nacht so lang? Maggie rollte sich auf die Seite und versuchte, ihre Stimmung und ihre Gedanken an Cliff abzuschütteln.

Über ihr knarrte ein Brett, doch sie achtete nicht darauf. Alte Häuser machten nachts Geräusche, Maggie hatte das schnell gelernt. Ruhelos warf sie sich in ihrem Bett hin und her und beobachtete das Licht des schwindenden Mondes.

Sie wollte Cliff nicht hier bei sich haben. Selbst der Gedanke, dass sie es wollte, war zu gefährlich. Es stimmte, dass ihr Körper heftig auf ihn reagiert hatte. Eine Frau konnte nicht immer die Bedürfnisse ihres Körpers kontrollieren, aber sie konnte die Richtung ihrer Gedanken kontrollieren. Entschlossen lenkte sie ihren Verstand auf die Aufgaben des morgigen Tages.

Als das Geräusch wieder ertönte, blickte sie automatisch zur Decke. Das Knarren und Ächzen störte sie selten, aber bisher hatte sie in diesem Haus auch sehr tief geschlafen. Bis Cliff Delaney auftauchte, dachte sie und schloss die Augen. Und riss sie wieder auf, als sie hörte, wie sich eine Tür leise schloss.

Noch bevor Panik in ihr hochschießen oder die Vernunft sie niederkämpfen konnte, hämmerte Maggie bereits das Herz in der Kehle. Sie war allein, und jemand war im Haus. Alle Albträume, die eine Frau allein in der Dunkelheit jemals geplagt hatten, tauchten drohend vor ihr auf. Ihre Finger krampften sich in die Laken, während sie erstarrt dalag und angestrengt lauschte.

Waren das Schritte auf der Treppe, oder bildete sie sich alles nur ein? Während sie von kalter Angst gepackt wurde, dachte sie an den Graben neben dem Haus. Sie biss sich auf die Lippen, um keinen Laut von sich zu geben. Ganz langsam wandte Maggie den Kopf und entdeckte den Welpen, der am Fußende des Bettes lag. Er hörte nichts. Sie schloss wieder die Augen und versuchte ihren Atem zu beruhigen.

Wenn der Hund nichts hörte, was ihn störte, dann gab es nichts, worüber man sich Sorgen machen musste. Nur Bretter, die sich setzten. Noch während sie versuchte, sich davon zu überzeugen, hörte Maggie eine Bewegung im Erdgeschoss. Ein leises Quietschen, ein leichtes Schaben.

Die Küchentür, sagte sie sich, während Panik in ihrem Kopf summte. Sie zwang sich dazu, langsam und ruhig nach dem Telefon neben ihrem Bett zu greifen. Als sie den Hörer an ihr Ohr hielt, hörte sie jenen „Besetzt"-Ton, der sie daran erinnerte, dass sie den Hörer in der Küche abgenommen hatte, um nicht mehr gestört zu werden. Ihr Telefon war völlig unbrauchbar. Hysterie brodelte hoch, wurde wieder hinuntergeschluckt.

Nachdenken, befahl sie sich. Ruhig bleiben und nachdenken. Wenn sie allein war und keine Hilfe holen konnte, musste sie sich auf sich selbst verlassen. Wie oft hatte sie in den letzten Wochen behauptet, gerade das zu können?

Sie presste eine Hand auf den Mund, damit ihr eigener Atem ihr angestrengtes Lauschen nicht störte. Jetzt war nichts zu hören, kein Quietschen, keine leisen Schritte auf Holz.

Behutsam, um kein Geräusche zu machen, glitt sie aus dem Bett und fand den Schürhaken. Mit angespannten Muskeln setzte Maggie sich in den Sessel, der zur Tür gewandt stand, packte den Schürhaken fest mit beiden Händen und betete, dass der Morgen recht bald käme.

6. KAPITEL

Nach ein paar Tagen hatte Maggie die Geräusche in ihrem Haus fast vergessen. Schon am Morgen nach dem Vorfall hatte sie sich wie eine Närrin gefühlt. Aufgewacht war sie, weil der Welpe ihre nackten Füße leckte, während sie steif und verspannt von der Nacht in dem Sessel saß. Der Schürhaken hatte wie ein mittelalterliches Schwert quer über ihrem Schoß gelegen. Heller Sonnenschein und Vogelgezwitscher hatten sie davon überzeugt, dass sie sich alles eingebildet und dann jeden kleinsten Laut aufgebauscht hatte, wie ein Kind, das Schatten in der Dunkelheit sieht. Vielleicht war sie ja doch nicht ganz so auf das Alleinsein eingestellt, wie sie angenommen hatte. Wenigstens konnte sie froh sein, dass sie den Hörer im Erdgeschoss abgenommen hatte. Andernfalls hätte jetzt jedermann in der Stadt gewusst, dass sie eine übernervöse Närrin war.

Wenn sie nervös war, so war das unter den gegebenen Umständen verständlich. Neben ihrem Haus wurde ein Skelett ausgegraben, der Sheriff schlug Schlösser für ihre Türen vor, und Cliff Delaney hielt sie nachts wach. Das einzig Gute dieser Woche war die fertig gestellte Filmmusik. C.J. würde mit dem fertigen Produkt bestimmt zufrieden sein, so dass er sie nicht weiter bedrängen würde, nach L.A. zurückzukommen. Zumindest für eine kleine Weile.

Maggie entschied, dass sie als nächste konstruktive Tätigkeit das eingepackte Band samt Noten zum Postamt bringen und losschicken sollte. Später würde sie dann vielleicht ihren ersten Song, der in ihrem neuen Haus entstanden war, feiern.

Sie genoss die Fahrt in die Stadt. Die schmalen Straßen wurden von Bäumen flankiert, die in wenigen Wochen Schatten spenden würden. Jetzt schien die Sonne zwischen den feinen Blättern hindurch und ergoss sich hell auf die Straße. Ab und zu wurden die Wälder von Feldern unterbrochen. Was hier wohl angebaut wurde? Maggie sah Kühe, die ihre Kälber säugten. Eine Frau trug einen Eimer zu einem Hühnerstall. Ein Hund jagte an dem Lattenzaun entlang und verbellte hektisch Maggies Wagen.

Ihre Panik von vor wenigen Nächten wirkte so lächerlich, dass sie sich weigerte, daran zu denken.

Sie kam an ein paar Häusern vorbei, von denen einige kaum mehr waren als Hütten, während andere so offensichtlich neu und modern waren, dass sie fast das Auge beleidigten. Sie ertappte sich dabei, dass sie sich über die makellosen Häuser auf Grundstücken, von denen die Bäume entfernt worden waren, ärgerte. Warum hatten die Leute nicht mit dem Vorhandenen gearbeitet, anstatt es zu zerstören? Gleich darauf lachte sie über sich selbst. Sie dachte schon wie Cliff Delaney. Die Menschen hatten ein Recht darauf zu leben, wo und wie sie wollten. Sie konnte jedoch nicht leugnen, dass ihr die alten Häuser aus verwitterten Ziegeln oder Holz und von Bäumen umgeben lieber waren.

Während sie nach Morganville hineinfuhr, stellte sie fest, dass die Häuser enger beisammen standen. Das ist städtisches Leben, dachte sie. Es gab hier Bürgersteige, und ein paar Wagen parkten am Randstein. Die Leute mähten ihren Rasen. So wie es wirkte, gab es unter den Blumengärtnern viel Stolz und Konkurrenz. Das erinnerte sie daran, dass sie nach ihren eigenen Petunien sehen musste.

Das Postamt war ein kleines Eckgebäude aus roten Ziegeln mit einem Parkplatz für zwei Autos. Daneben befand sich, nur durch einen halben Meter Gras getrennt, die Bank von Morganville. Zwei Männer standen neben dem Briefkasten im Freien, rauchten und redeten. Sie sahen zu, als Maggie auf den Parkplatz fuhr, aus dem Wagen stieg und zu dem Postamt ging. Sie beschloss, ihr Glück zu versuchen, wandte den Kopf und lächelte den beiden zu.

„Guten Morgen."

„Morgen", sagten sie wie aus einem Mund. Der eine schob seine Fischermütze zurück. „Schöner Wagen."

„Danke."

Sie betrat den Postraum und freute sich, dass sie etwas gehabt hatte, das als Unterhaltung durchgehen konnte.

Eine Frau hinter dem Schalter war in Klatsch mit einer jungen Frau mit einem Baby auf dem Arm verwickelt.

„Keiner weiß, wie lange sie da draußen waren", meinte die Postangestellte, während sie Marken abzählte. „Seit den Faradays hat niemand da draußen gewohnt, und das war letzten Monat zehn Jahre. Die alte Faraday kam pünktlich wie ein Uhrwerk einmal die Woche für Briefmarken für einen Dollar. Natürlich waren sie damals noch billiger." Sie schob die Marken über die Theke. „Das macht fünf Dollar, Amy."

„Also, ich finde es unheimlich." Die junge Mutter schaukelte ihr Baby, sammelte die Marken ein und steckte sie in ihre Schultertasche. „Würde ich in meinem Garten einen Haufen alter Gebeine finden, stünde am nächsten Tag das Schild ‚Zu Verkaufen' vor dem Haus. Billy sagt, dass vielleicht ein Landstreicher in den Graben gefallen ist und es niemand mitbekam."

„Kann sein. Die State Police wird es bald herausfinden." Die Postangestellte beendete die Unterhaltung, indem sie sich an Maggie wandte. „Kann ich Ihnen helfen?"

„Ja." Maggie trat an den Schalter. Die junge Frau warf ihr einen langen, neugierigen Blick zu, ehe sie mit ihrem Baby hinausging. „Ich möchte das als Einschreiben aufgeben."

„Nun, mal sehen, wieviel es wiegt." Die Postangestellte legte das Päckchen auf die Waage. „Wollen Sie einen Rückschein?"

„Ja, bitte."

„In Ordnung." Sie nahm den Bleistift hinter ihrem Ohr hervor und fuhr eine Liste entlang, die an der Waage klebte. „Kostet Sie etwas mehr, aber Sie wissen, dass es angekommen ist. Mal sehen, das ist die Zone ...“ Sie brach ab, als ihr Blick auf den Absender in der Ecke des Päckchens fiel. Sie hob den Blick und richtete ihn scharf auf Maggie, bevor sie das Formular auszufüllen begann. „Sie sind die Songschreiberin aus Kalifornien. Sie haben den Morgan-Besitz gekauft.“

„Stimmt.“ Weil Maggie nicht wusste, was sie nach der belauschten Unterhaltung sagen sollte, beließ sie es dabei.

„Hübsche Musik.“ Die Postangestellte schrieb mit penibel gemalten Buchstaben. „Vieles von dem Zeug, das Sie spielen, verstehe ich nicht einmal. Ich habe ein paar Platten von Ihrer Mom. Sie war die Beste. Keine kommt ihr auch nur nahe.“

Maggies Herz erwärmte sich wie jedes Mal, wenn jemand von ihrer Mutter sprach. „Ja, das finde ich auch.“

„Unterschreiben Sie hier. Großes, altes Haus, der Morgan-Besitz.“ Die Frau rechnete die Endsumme auf einem kleinen weißen Block aus. „Kommen Sie da draußen zurecht?“

„Es ist noch viel zu tun.“

„So ist das nun mal, wenn man einzieht, besonders wenn ein Haus lange leer gestanden hat. Muss für Sie was ganz Neues sein.“

Maggie hob den Kopf. „Ja. Es gefällt mir.“

Die Postangestellte nickte, und Maggie hatte das Gefühl, als wäre sie zum ersten Mal voll akzeptiert worden. „Bog ist gut. Auch der junge Delaney.“

Maggie lächelte in sich hinein, während sie nach ihrem Portmonee griff. Kleinstadt, dachte sie. Keine Geheimnisse.

„Sie hatten einen ganz schönen Schock.“

Weil sie mit einer solcher Bemerkung gerechnet hatte, nahm Maggie es leicht. „Ich möchte so etwas nicht noch einmal erleben.“

„Nein, wahrscheinlich niemand. Entspannen Sie sich und genießen Sie das alte Haus“, riet die Postangestellte. „Zu seiner Zeit war es ein Schmuckkästchen. Louella hat es immer schön in Schuss gehalten. Die Polizei soll sich um alles kümmern."

„So versuche ich es zu halten." Maggie steckte ihr Wechselgeld ein. „Danke."

„Wir schicken das gleich für Sie weg. Einen schönen Tag!"

Maggie war sehr zufrieden mit sich selbst, als sie das Postamt verließ. Sie atmete die laue Frühlingsluft tief ein, lächelte noch einmal den beiden Männern zu, die sich noch immer neben dem Briefkasten unterhielten, und wandte sich dann zu ihrem Wagen um. Ihr Lächeln verschwand, als sie Cliff an ihrer Motorhaube lehnen sah.

„Zeitig unterwegs", sagte er lässig.

Er hatte ihr gesagt, dass es schwer sei, in einer so kleinen Stadt jemandem auszuweichen. Maggie ärgerte sich darüber, dass er Recht hatte. „Solltest du nicht irgendwo arbeiten?"

Er lächelte und bot ihr die Flasche Limonade an, die er in der Hand hielt. „Ich komme gerade von einer Baustelle und bin zu einer anderen unterwegs." Als sie nicht nach der Limonade griff, setzte er die Flasche an seine Lippen und nahm einen tiefen Schluck. „Davon sieht man nicht viele in Morganville." Er tippte mit einem Finger auf ihren Aston Martin.

Sie wollte an ihm vorbei zur Fahrertür. „Wenn du mich entschuldigst", sagte sie kühl. „Ich bin beschäftigt."

Er hielt sie mühelos am Arm zurück, kümmerte sich um ihren finsteren Blick genauso wenig wie um das Interesse der beiden Männer, die ein paar Meter entfernt standen. Cliff betrachtete ihr Gesicht. „Du hast Ringe unter den Augen. Hast du nicht geschlafen?"

„Ich habe sehr gut geschlafen."

„Nein." Er hielt sie noch einmal auf und hob eine Hand zu ihrem Gesicht. Obwohl sie es nicht zu wissen schien, verlor er jedes Mal an Boden, wenn sich ihre zerbrechliche Seite zeigte. „Ich dachte, du hältst nichts von Ausflüchten."

„Hör mal, ich bin beschäftigt."

„Du hast dir diese Geschichte mit dem Graben zu Herzen genommen."

„Na, und wenn schon!" explodierte Maggie. „Ich bin auch nur ein Mensch. Das ist eine normale Reaktion."

„Ich habe nicht behauptet, deine Reaktion sei nicht normal." Die Hand an ihrem Gesicht hob ihr Kinn etwas weiter an. „Du gehst ganz schön schnell hoch. Bist du nur wegen dieser Geschichte verkrampft, oder gibt es da noch etwas?"

Maggie gab ihre Befreiungsversuche auf und stand ganz still. Vielleicht hatte er nicht bemerkt, dass die Männer und die Postangestellte am Fenster sie beobachteten, aber sie hatte es gesehen.

„Es geht dich nichts an, ob ich verkrampft bin oder nicht. Also, wenn du jetzt aufhörst, eine Szene zu machen, kann ich heimfahren und arbeiten."

„Stören dich Szenen?" Amüsiert zog er sie an sich heran. „Das hätte ich nicht gedacht angesichts der unzähligen Gelegenheiten, bei denen du dich hast fotografieren lassen."

„Cliff, hör auf." Sie legte beide Hände an seine Brust. „Um Himmels willen, wir stehen auf der Main Street."

„Ja. Und wir sind soeben zu den Zehn-Uhr-Nachrichten geworden."

Sie lachte, bevor sie sich dessen überhaupt bewusst wurde. „Das macht dir richtig Spaß, nicht wahr?"

„Nun ..." Er nutzte es aus, dass sie sich ein wenig entspannte, und schlang seine Arme um sie. „Vielleicht. Ich wollte mit dir sprechen."

Eine Frau ging mit einem Brief in der Hand vorbei. Maggie bemerkte, dass sie sich mit dem Einwerfen sehr viel Zeit ließ. „Wir sollten uns einen besseren Ort suchen." Bei seinem Grinsen kniff sie die Augen zusammen. „Das habe ich nicht gemeint. Also, lässt du mich jetzt los?"

„Gleich. Erinnerst du dich daran, wie wir zum Abendessen ausgegangen sind?“

„Ja, ich erinnere mich. Cliff ...“ Sie wandte den Kopf und sah, dass die beiden Männer noch immer da waren und sie beide nicht aus den Augen ließen. Die Frau hatte sich ihnen jetzt angeschlossen. „Das ist wirklich nicht lustig.“

„Tatsache ist“, fuhr er leichthin fort, „dass wir hier einen Brauch haben. Ich führe dich zum Dinner aus, dann erwiderst du die Einladung.“

Ihre Geduld war erschöpft. Sie versuchte sich aus seinem Griff zu entwinden und entdeckte, dass davon nur ihr Blutdruck stieg. „Ich habe im Moment keine Zeit, um zum Dinner auszugehen. Ich werde mich in ein paar Wochen wieder bei dir melden.“

„Ich bin mit allem zufrieden, was es gerade zu essen gibt.“

„Was es gerade zu essen gibt?“ wiederholte sie. „In meinem Haus?“

„Gute Idee.“

„Warte einen Moment! Ich habe nicht gesagt ...“

„Es sei denn, du kannst nicht kochen.“

„Natürlich kann ich kochen“, entgegnete sie empört.

„Fein. Sieben Uhr?“

Sie richtete ihren vernichtendsten Blick auf ihn. „Ich tapeziere heute Abend.“

„Irgendwann musst du etwas essen.“ Bevor sie etwas dazu sagen konnte, gab er ihr einen kurzen, aber festen Kuss. „Wir sehen uns um sieben“, flüsterte er und schlenderte zu seinem Pickup. „Maggie“, fügte er durch das offene Fenster hinzu, „nichts Aufwändiges. Ich bin nicht anspruchsvoll.“

„Du ...“, setzte sie an, doch das Dröhnen des Motors übertönte sie. Außer sich vor Wut, blieb sie allein mitten auf dem Parkplatz zurück. In dem Bewusstsein, dass mindestens ein halbes Dutzend Augenpaare auf sie gerichtet waren, hielt Maggie ihren Kopf hoch, während sie sich in ihren Wagen hinter das Steuer setzte.

Sie verwünschte Cliff mehrmals und mit sehr gezielten Ausdrücken, während sie die drei Meilen zu ihrem Haus zurückfuhr. Maggie hatte erwartet, dass Cliffs Arbeiter da waren. Den diskreten schwarzen Wagen am Ende ihrer Zufahrt dagegen erwartete sie nicht. Als sie daneben hielt, war sie nicht in der Stimmung für Besucher. Sie wollte allein sein mit der Schleifmaschine, die sie von George Cooper gemietet hatte

Als sie aus dem Wagen stieg, entdeckte sie den schlaksigen Mann mit den grau melierten Haaren, der aus der Richtung des Grabens auf sie zukam. Und sie erkannte ihn.

„Miss Fitzgerald."

„Guten Morgen. Lieutenant Reiker, nicht wahr?"

„Ja, Ma'am."

„Kann ich etwas für Sie tun?"

„Ich muss Sie um Ihre Mitarbeit bitten, Miss Fitzgerald." Der Lieutenant verlagerte sein Gewicht auf einen Fuß, als würde ihm seine Hüfte Schwierigkeiten machen. „Sie wollen sicher weitermachen, aber wir möchten Sie bitten, mit dem Teich noch eine Weile zu warten."

„Verstehe. Können Sie mir den Grund verraten?"

„Wir haben den vorläufigen Bericht des Gerichtsmediziners erhalten und werden ermitteln."

„Lieutenant, ich weiß nicht, wieviel Sie mir sagen können, aber ich denke, ich habe ein Recht, gewisse Dinge zu erfahren. Dies hier ist mein Besitz."

„Sie selbst werden mit der Sache nicht wirklich etwas zu tun haben, Miss Fitzgerald. Diese Sache liegt lange Zeit zurück."

„Sofern mein Grund und Boden betroffen sind, habe ich etwas damit zu tun. Es wäre für mich leichter, Lieutenant, wenn ich wüsste, was hier vor sich geht."

Reiker fuhr sich mit der Hand über das Gesicht. Die Ermittlung hatte gerade erst begonnen, und er hatte schon einen schlechten Geschmack im Mund. Vielleicht sollte man Dinge, die so lange begraben gewesen waren, besser begraben lassen.

„Der Gerichtsmediziner hat festgestellt, dass die Überreste von einem männlichen Weißen Anfang Fünfzig stammen."

Maggie schluckte. Das machte es real. Viel zu real. „Wie lange ...", setzte sie an und musste noch einmal schlucken. „Wie lange lag er schon da?"

„Der Gerichtsmediziner ist der Meinung, ungefähr zehn Jahre."

„So lange, wie mein Haus leer gestanden hat", murmelte sie. Sie nahm sich zusammen und sagte sich, dass es sie nicht persönlich traf. Logischerweise hatte es nichts mit ihr zu tun. „Man konnte wohl nicht feststellen, wie er starb?"

„Erschossen", sagte Reiker tonlos und beobachtete, wie Entsetzen in ihre Augen stieg. „Es dürfte ein Gewehr gewesen sein, wahrscheinlich aus nächster Nähe."

„Grundgütiger!" Mord. Aber hatte sie es nicht vom ersten Moment an gefühlt? Maggie starrte zum Wald hinüber und sah zwei Eichhörnchen, die einen Baumstamm hinaufjagten. Wie konnte das hier passiert sein? „Nach so vielen Jahren ...", setzte sie an, musste aber wieder schlucken. „Ist es denn nach so vielen Jahren nicht praktisch unmöglich ... ihn ... zu identifizieren?"

„Er wurde heute Vormittag identifiziert", erwiderte der Lieutenant. „Wir haben auch einen Ring gefunden, einen alten Ring mit Gravierungen und drei kleinen Diamantsplittern. Vor einer Stunde hat Joyce Agee den Ring als ihrem Vater gehörend identifiziert. William Morgan wurde ermordet und in diesem Garten versteckt."

Aber das konnte unmöglich stimmen. Sie versuchte zu denken. „Das kann nicht sein. Ich habe gehört, dass William Morgan einen Unfall hatte – irgendetwas mit dem Wagen."

„Vor zehn Jahren durchstieß sein Wagen die Leitplanke der Brücke, die nach West Virginia führt. Sein Wagen wurde aus dem Potomac gezogen, nicht jedoch seine Leiche. Seine Leiche wurde nie gefunden ... bis vor ein paar Tagen."

Durch die Leitplanke ins Wasser, dachte Maggie benommen. Genau wie Jerry. Sie hatten Jerrys Leiche auch nicht gefunden. Eine ganze Woche lang. In dieser Woche hatte sie jede nur erdenkliche Hölle durchlebt. Während sie jetzt dastand und vor sich hin starrte, kam sie sich vor wie zwei Menschen zu zwei verschiedenen Zeiten. „Was werden Sie jetzt tun?"

„Es wird eine offizielle Untersuchung geben. Das hat nichts mit Ihnen zu tun, Miss Fitzgerald, abgesehen davon, dass in diesem Teil Ihres Besitzes nichts gemacht werden sollte. Heute Nachmittag wird ein Ermittlerteam kommen, das noch einmal alles durchcheckt für den Fall, dass wir etwas übersehen haben."

„In Ordnung. Wenn Sie sonst nichts brauchen ..."

„Nein, Ma'am."

„Ich bin im Haus."

Während sie über den Rasen zu dem Haus ging, sagte sie sich, dass etwas, das sich vor zehn Jahren zugetragen hatte, nichts mit ihr zu tun hatte. Vor zehn Jahren hatte sie ihre eigene Tragödie durchlebt, den Verlust ihrer Eltern. Sie konnte nicht widerstehen und warf noch einen Blick zurück auf den Graben, während sie die Stufen zu der Veranda hinaufstieg.

Joyce Agees Vater, dachte Maggie schaudernd. Joyce hatte ihr Haus verkauft, ohne zu wissen, was hier entdeckt werden würde. Sie dachte an die hübsche, verlegene junge Frau, die für eine schlichte Freundlichkeit ihrer Mutter gegenüber dankbar gewesen war. Maggie schaute auf den Block neben dem Telefon, auf den sie Namen und Nummern gekritzelt hatte. Ohne zu zögern, rief sie Joyce Agees Nummer an. Die Stimme, die antwortete, war leise, kaum mehr als ein Wispern. Maggie verspürte Mitleid.

„Mrs. Agee ... Joyce, hier ist Maggie Fitzgerald.“

„Oh ... ja, hallo.“

„Ich möchte nicht stören. Ich wollte Ihnen nur sagen, dass es mir schrecklich Leid tut, und wenn ich etwas tun kann ... Ich würde gern helfen.“

„Danke, aber da gibt es nichts, was Sie tun könnten.“ Ihre Stimme brach. „Es war so ein Schock. Wir glaubten die ganze Zeit ...“

„Ja, ich weiß. Bitte, denken Sie nicht, Sie müssten mit mir sprechen oder höflich sein. Ich habe nur angerufen, weil irgendwie ...“ Sie brach ab und strich sich über die Haare. „Ich weiß nicht ... ich habe das Gefühl, als hätte ich das alles ausgelöst.“

„Es ist besser, die Wahrheit zu wissen.“ Joyces Stimme wurde plötzlich ruhig. „Es ist immer besser, man weiß Bescheid. Ich mache mir Sorgen um Mutter.“

„Wie geht es ihr?“

„Ich ... ich bin nicht sicher. Sie ist jetzt hier. Der Arzt ist bei ihr.“

„Dann will ich Sie nicht aufhalten. Joyce, wir kennen einander kaum, aber ich würde gern helfen. Bitte, lassen Sie es mich wissen, wenn ich etwas tun kann.“

„Das mache ich. Danke für den Anruf.“

Maggie legte auf. Damit hatte sie gar nichts erreicht, weil sie Joyce Agee nicht kannte. Wenn man trauerte, brauchte man jemanden, den man kannte, genau wie sie Jerry gebraucht hatte, als ihre Eltern ums Leben kamen. Obwohl sie wusste, dass Joyce einen Mann hatte, dachte Maggie an Cliff und daran, wie er die Hände der Frau ergriffen hatte, wie besorgt er sie angesehen hatte, als er mit ihr sprach. Er war für sie da gewesen, und Maggie wünschte sich zu wissen, was die beiden füreinander bedeuteten.

Um ihrer überschüssigen Energie ein Ventil zu verschaffen, schaltete sie das gemietete Schleifgerät ein.

Die tief stehende Sonne färbte den Himmel rosig, als Cliff zu dem alten Morgan-Besitz fuhr. Als er auf die Haustür zuging, erinnerte er sich selbst daran, dass er es mit einer Frau zu tun hatte, die sich von allen anderen Frauen unterschied, die er jemals gekannt hatte. Vorsichtig vorgehen, mahnte er sich und klopfte.

Von der anderen Seite packte Maggie den Türknauf mit beiden Händen und zerrte. Erst nach zwei Versuchen öffnete sich die Tür, und zu diesem Zeitpunkt bellte Killer bereits ununterbrochen.

„Du solltest das von Bog richten lassen", schlug Cliff vor. Er bückte sich und streichelte den Hund. Killer warf sich auf den Rücken und bot seinen Bauch dar.

„Ja." Maggie war froh, Cliff zu sehen. Sie sagte sich zwar, dass sie sich über jeden gefreut hätte, aber als sie ihn ansah, wusste sie, dass es eine Lüge war. Sie hatte den ganzen Nachmittag über gewartet. „Ich bin noch nicht dazu gekommen."

Er sah die Anspannung in ihrer Haltung. Bewusst zeigte er ihr ein herausforderndes Lächeln. „Also, was gibt es zu essen?"

Sie stieß ein knappes Lachen aus. „Hamburger."

„Hamburger?"

„Du hast dich selbst eingeladen", erinnerte sie ihn. „Und du hast gesagt, ich solle nichts Aufwändiges machen."

„Das habe ich gesagt." Er kraulte Killer ein letztes Mal hinter den Ohren und stand auf.

„Nun, da es sich um meine erste Dinnerparty handelt, dachte ich, ich halte mich an meine Spezialität. Entweder das oder Dosensuppe und kalte Sandwiches."

„Wenn das seit deinem Einzug deine Hauptnahrungsmittel waren, ist es kein Wunder, dass du so dünn bist."

Stirnrunzelnd blickte Maggie an sich hinunter. „Ist dir eigentlich bewusst, dass du gewohnheitsmäßig kritisierst?"

„Ich habe nicht gesagt, dass ich keine dünnen Frauen mag."

„Darum geht es nicht. Du kannst mitkommen und dich weiter beschweren, während ich die Hamburger mache."

Während sie den Korridor durchquerten, bemerkte Cliff ein paar nackte Stellen, wo sie die Tapete abgerissen hatte. Offenbar meinte sie es ernst, dass sie die überwältigende Aufgabe, das Haus zu renovieren, selbst in die Hand nehmen wollte. Als sie an dem Musikzimmer vorbeikamen, warf er einen Blick auf das Klavier und fragte sich, warum sie sich nicht eine Flut von Dekorateuren und Handwerkern leistete. Der Job könnte innerhalb von Wochen erledigt werden und nicht erst nach Monaten oder womöglich Jahren, die es auf diese Weise dauern konnte. Der frisch geschliffene Küchenboden überraschte ihn.

„Gute Arbeit." Automatisch kauerte er sich hin und strich mit den Fingern über das glatte Holz. Der Hund nahm das als Einladung, ihm das Gesicht zu lecken.

Maggie hob eine Augenbraue. „Vielen Dank."

„Die Frage ist", sagte er und stand wieder auf, „warum du es machst."

„Der Fußboden brauchte es." Sie wandte sich zu der Theke und begann das Hackfleisch zu formen.

„Ich habe gemeint, warum du es selbst machst."

„Es ist mein Haus."

Er trat neben sie, beobachtete erneut ihre Hände. „Hast du in Kalifornien auch deine Fußböden selbst geschliffen?"

„Nein." Verärgert legte sie die Hamburger auf den Grill. „Wie viele kannst du essen?"

„Einer reicht. Warum schleifst du Fußböden und tapezierst Wände?"

„Weil es mein Haus ist." Maggie schnappte sich einen Salatkopf aus dem Kühlschrank und machte sich an den Salat.

„Es war auch in Kalifornien dein Haus."

„Nicht so wie hier." Sie legte den Salat weg und sah Cliff an. Ungeduld, Ärger, Frustration – alle Emotionen lagen deutlich sichtbar an der Oberfläche. „Ich erwarte nicht, dass du mich verstehst. Es ist mir auch egal, ob du mich verstehst. Dieses Haus ist etwas Besonderes. Selbst nach allem, was passiert ist, ist es etwas Besonderes."

Nein, er verstand es nicht, aber er entdeckte, dass er es verstehen wollte. „Dann hat sich also die Polizei mit dir in Verbindung gesetzt."

„Ja." Sie schnitt mit heftigen Bewegungen den Salat. „Dieser Ermittler, Lieutenant Reiker, war heute Vormittag hier." Ihre Finger gruben sich in die kalten, nassen Blätter. „Verdammt, Cliff, ich fühle mich schrecklich. Ich habe Joyce angerufen und fühlte mich wie eine Idiotin ... wie ein Eindringling. Es gab nichts für mich zu sagen."

„Du hast angerufen?" murmelte er. Sonderbar, dass Joyce nichts erzählt hatte. Andererseits erzählte Joyce sehr wenig. „Da kannst du auch nichts sagen." Er legte seine Hände auf ihre Schultern und fühlte die Verspannung. „Damit müssen Joyce und ihre Mutter und die Polizei fertig werden. Das hat nichts mit dir zu tun."

„Das habe ich mir auch gesagt", erwiderte sie ruhig. „Verstandesmäßig weiß ich, dass das stimmt, aber ..." Sie drehte sich um, weil sie jemanden brauchte. Weil sie ihn brauchte. „Es ist gleich da draußen geschehen. Ich bin darin verwickelt, ob ich will oder nicht. Ein Mann wurde ein paar Meter von meinem Haus entfernt ermordet. Er wurde an einer Stelle getötet, an der ich einen hübschen, stillen Teich anlegen wollte, und jetzt ..."

„Und jetzt", unterbrach Cliff, „ist es schon zehn Jahre später."

„Was spielt das für eine Rolle?" fragte sie. „Meine Eltern sind vor zehn Jahren umgekommen. Die Zeit macht keinen Unterschied."

„Das hatte nun wirklich etwas mit dir zu tun", entgegnete er.

Seufzend erlaubte sie sich die Schwäche, ihren Kopf an seine Schulter zu lehnen. „Ich weiß aber, wie Joyce sich jetzt fühlt. Wohin ich auch sehe, irgendetwas zieht mich immer in diese Sache hinein."

Je mehr Maggie über Joyce sprach, desto weniger dachte Cliff an die stille Brünette und dafür umso mehr an Maggie. Seine Finger schoben sich in ihre Haare. Er verspürte jetzt kein Verlangen, sondern einen heftigen Beschützerinstinkt, mit dem er nie gerechnet hätte. Vielleicht gab es etwas, das er tun konnte. Er schob sie ein Stück von sich.

„Du hast William Morgan nicht gekannt."

„Nein, aber ..."

„Ich schon. Er war ein kalter, rücksichtsloser Mann, dem Worte wie Mitgefühl oder Großzügigkeit fremd waren." Bewusst ließ er Maggie los und kümmerte sich selbst um das Fleisch auf dem Grill. „Die halbe Stadt hätte vor zehn Jahren gejubelt, wäre es nicht wegen Louella gewesen. Sie liebte den alten Mann. Joyce liebte ihn auch, aber beide fürchteten ihn auch genauso sehr. Die Polizei wird es schwer haben herauszufinden, wer ihn getötet hat, und den Leuten in der Stadt wird es gleichgültig sein. Ich selbst habe ihn aus zahlreichen Gründen verabscheut."

Es gefiel ihr nicht, dass er so ruhig und kühl über die Ermordung eines Menschen sprechen konnte. Andererseits kannten sie einander tatsächlich nicht. Um ihre Hände zu beschäftigen, kümmerte Maggie sich wieder um den Salat. „Joyce?" warf sie beiläufig hin.

Er warf ihr einen scharfen Blick zu und lehnte sich wieder an die Theke. „Morgan glaubte an Disziplin. Altmodische Disziplin. Joyce war wie eine kleine Schwester für mich. Als ich Morgan dabei erwischte, wie er mit dem Gürtel auf sie losging, als sie sechzehn war, habe ich selbst ihm angedroht, ihn umzubringen."

Er sagte das so lässig, dass Maggie das Blut in den Adern gefror. Er sah die Zweifel und die Fragen in ihren Augen, als sie ihn betrachtete.

„Und man erzählt sich", fügte Cliff hinzu, „dass die Hälfte der Einwohner von Morganville das Gleiche getan hat. Keiner hat getrauert, als sie William Morgans Wagen aus dem Fluss fischten." Er erinnerte sich daran, dass man auch den Wagen ihres Mannes aus dem Wasser gezogen hatte. Er erinnerte sich daran, dass letztlich auf Selbstmord entschieden worden war. „Du solltest keine Verglciche anstellen", sagte er rau.

„Die Vergleiche scheinen sich von selbst anzustellen."

„Was mit Jerry Browning passierte, war ein tragischer Verlust an Leben und Talent. Willst du auch dafür die Schuld auf dich nehmen?"

„Ich habe nie die Schuld auf mich genommen", erwiderte Maggie matt.

„Hast du ihn geliebt?"

Ihre Augen waren beredt, doch ihre Stimme war fest. „Nicht genug."

„Genug, um ihm sechs Jahre lang treu zu sein", stellte Cliff fest.

Sie lächelte, als sie ihre eigenen Worte wieder hörte. „Ja, genug dafür. Dennoch gehört mehr zur Liebe als Loyalität, nicht wahr?"

Seine Hand war wieder sanft, als er ihr Gesicht berührte. „Du hast gesagt, du hättest die Schuld nicht auf dich genommen."

„Verantwortung und Schuld sind zwei verschiedene Dinge."

„Nein." Er schüttelte den Kopf. „Hier gibt es weder Verantwortung noch Schuld. Meinst du nicht, dass es der Gipfel des Egoismus wäre, sich für die Taten einer anderen Person verantwortlich zu fühlen?"

Sie wollte ihn schon anfauchen, doch dann begriff sie seine Worte. „Vielleicht. Vielleicht ist es das." Es fiel ihr nicht leicht, aber sie schüttelte die Stimmung ab und lächelte. „Ich glaube, die Hamburger sind fertig. Lass uns essen."

7. KAPITEL

Maggie fand, dass ihre Küche gemütlich war. Es roch nach heißem Essen, und Regentropfen begannen an die Fensterscheiben zu schlagen. Wenn sie darüber nachdachte, so hatte sie nie zuvor wirkliche Gemütlichkeit erlebt. Ihre Eltern hatten in großem Stil gelebt. Riesige, elegante Räume und riesige, elegante Partys sowie bestechende, exzentrische Freunde.

In ihrem eigenen Heim in Beverly Hills war Maggie weit gehend demselben Muster gefolgt. Extravaganz mochte in dieser Phase ihres Lebens eine Notwendigkeit gewesen sein, vielleicht auch nur eine Gewohnheit. Sie wusste nicht, wann dieser Stil angefangen hatte, ihr auf die Nerven zu gehen, genau wie sie nicht wusste, ob sie jemals zuvor so entspannt gewesen war wie in diesem Moment, wo sie in ihrer halb fertigen Küche mit einem Mann aß, dessen sie sich nicht ganz sicher war.

Er war stark. Vielleicht hatte sie nie zuvor einen starken Mann in ihrem Leben zugelassen. Ihr Vater war stark gewesen. Er war der Typ Mann gewesen, der tun und lassen konnte, was er wollte, und auch immer alles bekam, weil er es wollte. Seine Stärke war nicht körperlich gewesen, sondern lag in seiner Persönlichkeit und Willenskraft. Ihre Mutter hatte durch ihre eigene Energie und ihr überschäumendes Wesen mit ihm gleichgezogen. Maggie hatte nie eine perfektere Beziehung gesehen als die der beiden.

Eine allumfassende, verständnisvolle Liebe hatte ihre Eltern verbunden, zusammen mit einem praktischen Verstand, Mitgefühl und Temperament. Sie hatten nie miteinander im Wettstreit gelegen, einander nie den Erfolg geneidet. Unterstützung, dachte Maggie. Vielleicht war das der Schlüssel für die Qualität und die andauernde Kraft ihrer Beziehung gewesen. Bedingungslose Unterstützung. In ihrer eigenen Ehe hatte Maggie das nicht gefunden und war daher zu der Überzeugung gekommen, dass ihre Eltern einmalig gewesen waren.

Irgendetwas war in ihrer Beziehung mit Jerry passiert, das sie beide aus dem inneren Gleichgewicht gebracht hatte. Während er schwächer wurde, war sie stärker geworden. Irgendwann waren sie an einen Punkt gelangt, an dem alle Unterstützung bei ihr gelegen und er nur noch Hilfe gebraucht hatte. Dennoch war sie geblieben, weil es unmöglich war zu vergessen, dass sie Freunde gewesen waren. Freunde brachen keine Versprechen.

Während sie Cliff betrachtete, fragte sie sich, was für ein Freund er sein würde. Und sie fragte sich, auch wenn sie das nicht wollte, wie er als Liebhaber sein würde.

„Woran denkst du?"

Die Frage kam so abrupt, dass Maggie fast ihr Glas umwarf. Rasch ging sie ihre Gedanken durch und wählte den unpersönlichsten aus. Sie konnte ihm kaum sagen, was ihr zuletzt durch den Kopf gegangen war. „Ich habe darüber nachgedacht", sagte sie und griff nach ihrem Wein, „wie gemütlich es ist, hier in der Küche zu essen. Ich werde wahrscheinlich das Esszimmer auf die letzte Stelle meiner Liste setzen."

„Das hast du gedacht?" Daran, wie er ihren Blick festhielt, erkannte sie, dass er sie durchschaute.

„Mehr oder weniger." Eine Frau, die ihr ganzes Leben interviewt worden war, wusste, wie man Ausflüchte machte. Sie griff nach der Flasche und füllte Cliffs Glas nach. „Der Bordeaux ist auch ein Geschenk von meinem Agenten. Oder ein weiterer Bestechungsversuch", fügte sie hinzu.

„Bestechungsversuch?"

„Er will, dass ich diesen verrückten Plan aufgebe, mich in der Wildnis niederzulassen, und in die Zivilisation zurückkehre."

„Er will dich mit Welpen und französischem Wein überreden?"

Sie lachte und nippte an ihrem Glas. „Würde ich nicht so an diesem Besitz hängen, hätte eines von beidem wirken können."

„Hängst du wirklich an dem Besitz?" fragte Cliff nachdenklich.

Bei der Frage hörten ihre Augen auf zu leuchten, und ihr weicher Mund nahm einen nüchternen Zug an. „In deinem Beruf solltest du wissen, dass manche Dinge sehr schnell Wurzeln schlagen."

„Manche", stimmte er zu. „Und manche können in einem neuen Gebiet nie heimisch werden."

Sie tippte mit einer Fingerspitze gegen ihr Glas und hätte gern verstanden, warum seine Zweifel so tief in ihr nagten. „Du hast nicht viel Vertrauen zu mir, nicht wahr?"

„Vielleicht nicht." Er zuckte die Schultern, als wollte er ein Thema auflockern, dessen er sich nicht mehr so sicher war. „Jedenfalls finde ich es interessant zuzusehen, wie du dich anpasst."

Sie beschloss, auf seine Stimmung einzugehen. „Und wie passe ich mich an?"

„Besser, als ich dachte." Er hob sein Glas. „Aber es ist noch sehr früh, um es endgültig zu beantworten."

Sie lachte, weil Streit nur Zeitverlust wäre. „Bist du als Zyniker auf die Welt gekommen, Cliff, oder hast du Unterricht genommen?"

„Bist du als Optimist auf die Welt gekommen?"

„*Touché*", sagte Maggie. Sie interessierte sich nicht mehr für das Essen, sondern betrachtete Cliff und fand, dass sie zwar sein Gesicht sehr mochte, dass sie ihn aber noch immer nicht nach seinen Augen beurteilen konnte. Zu beherrscht, dachte sie. In seine Gedanken gelangte man nur, wenn man eingeladen wurde. „Weißt du", begann sie nachdenklich, „nachdem ich aufgehört hatte, mich zu ärgern, war ich froh, dass du heute Abend kommst." Jetzt lächelte sie. „Ich weiß nicht, wann ich sonst den Wein geöffnet hätte."

Das brachte ihn zu Grinsen. „Ich ärgere dich?"

„Das weißt du sehr gut", entgegnete Maggie trocken. „Und aus deinen ganz persönlichen Gründen macht dir das auch Spaß."

Cliff kostete erneut den Wein. „Das stimmt tatsächlich."

Er sagte das so unbekümmert dahin, dass Maggie wieder lachen musste. „Liegt das nur an mir, oder ist es dein Hobby, Leute zu ärgern?"

„Es liegt nur an dir." Über den Rand seines Glases hinweg betrachtete er sie. Sie hatte ihr Haar hochgesteckt, was ihre zarten klassischen Züge betonte. Ein dunkles Make-up ließ ihre Augen noch größer erscheinen, aber ihr Mund war ungeschminkt. Das war eine Frau, die es verstand, ihr Aussehen zu ihrem Vorteil zu betonen, so dezent, dass ein Mann schon gefangen genommen wurde, bevor er feststellte, was die reale Maggie und was Illusion war. „Ich mag es, wie du reagierst", fuhr Cliff fort. „Du verlierst nicht gern deine Beherrschung."

„Und du provozierst mich gern, bis ich sie verliere. Warum?" fragte sie mit genervter Belustigung.

„Ich bin nicht immun gegen dich", antwortete Cliff so ruhig, dass ihre Finger sich um den Stiel ihres Glases spannten. „Ich möchte nicht glauben, dass du gegen mich immun bist."

Einen Moment saß sie aufgewühlt und verblüfft da. Bevor ihre Emotionen weiter an die Oberfläche steigen konnten, stand sie auf und begann den Tisch abzuräumen. „Nein, ich bin nicht immun. Möchtest du noch Wein oder Kaffee?"

Seine Hände schlossen sich um die ihren. Langsam stand er auf, seinen Blick auf ihr Gesicht gerichtet. Maggie kam es so vor, als wäre die Küche geschrumpft. Das Klopfen der Regentropfen schien zu einem Trommelwirbel anzuwachsen.

„Ich möchte dich lieben."

Ich bin kein Kind mehr, sagte sich Maggie. Nein, sie war eine erwachsene Frau, und Männer hatten sie schon früher begehrt.

Sie hatte bereits früher Versuchungen widerstanden. Aber war jemals eine Versuchung so stark gewesen? „Das haben wir doch schon hinter uns gebracht."

Er hielt sie an den Händen zurück, als sie sich abwenden wollte. „Wir haben keine Lösung gefunden."

Nein, sie konnte sich von einem solchen Mann nicht abwenden und weglaufen. Sie musste sich gegen ihn behaupten. „Ich bin sicher, wir haben eine Lösung gefunden. Vielleicht wäre Kaffee das Beste, da du heute Abend noch fahren musst. Und ich muss arbeiten."

Cliff nahm das Geschirr und stellte es auf den Tisch zurück. Mit leeren Händen kam Maggie sich hilflos vor. Sie verschränkte die Arme, eine Gewohnheit, die Cliff bei ihr bemerkt hatte, wann immer sie verwirrt oder beunruhigt war. Im Moment war es ihm gleichgültig, was sie war, solange sie sich nicht endgültig von ihm abwandte.

„Wir haben nichts gelöst", wiederholte er und zog eine Nadel aus ihrem Haar. „Wir haben mit der Lösung noch nicht einmal begonnen."

Obwohl ihre Augen ihn ruhig anblickten, wich sie zurück. Es erzeugte in ihm das Gefühl, als würde er sie verfolgen – ein sonderbar erregendes Gefühl.

„Ich dachte, ich hätte mich klar ausgedrückt", brachte Maggie in einem, wie sie meinte, festen und abweisenden Ton vor.

„Es ist klar, wenn ich dich berühre." Cliff drängte sie gegen die Theke und zog wieder eine Nadel aus ihrem Haar. „Es ist klar, wenn du mich so ansiehst wie jetzt."

Maggies Herz schlug heftig. Sie wurde allmählich schwach. Sie merkte es daran, wie ihre Glieder schwer, wie ihr Kopf leicht wurde. Verlangen war Versuchung, Versuchung eine Verführung in sich. „Ich habe nicht gesagt, dass ich dich nicht will ..."

„Nein, das hast du nicht getan", unterbrach Cliff sie. Als

er die nächste Nadel herauszog, fiel ihr Haar schwer auf ihre Schultern. „Ich glaube nicht, dass dir das Lügen leicht fällt."

Wie konnte sie noch vor ein paar Momenten so locker gewesen sein und jetzt so verspannt? Jeder Muskel in ihrem Körper schien verkrampft zu sein, während sie das scheinbar Unvermeidliche bekämpfte. „Nein, ich lüge nicht." Ihre Stimme war noch leiser, noch heiserer. „Ich sagte, ich kenne dich nicht. Ich sagte, du verstehst mich nicht."

Etwas flammte in ihm auf. Vielleicht war es Wut, vielleicht war es Verlangen. „Es ist mir verdammt egal, wie wenig wir einander kennen oder wie wenig wir einander verstehen. Ich weiß, dass ich dich will." Er fasste mit einer Hand in ihr Haar. „Ich brauche dich nur zu berühren, um zu wissen, dass du mich auch willst."

Ihre Augen wurden dunkler. Wieso war ihr Verlangen immer mit Ärger vermischt und mit einer Schwäche, die sie verabscheute und doch nicht kontrollieren konnte? „Kannst du wirklich glauben, dass es so einfach ist?"

Er musste es glauben. Um zu überleben, musste er alles zwischen ihnen absolut körperlich halten. Sie würden sich die ganze Nacht über lieben, bis sie erschöpft waren. Am Morgen würden dann Verlangen und Bindung verschwunden sein. Er musste es glauben. Andernfalls ... Er wollte sich mit dieser anderen Möglichkeit nicht beschäftigen.

„Warum sollte es kompliziert sein?" fragte er zurück.

Ärger und Verlangen durchdrangen sie. „Ja, warum auch?" murmelte sie.

Der Raum hatte seine Gemütlichkeit verloren. Jetzt hatte Maggie das Gefühl zu ersticken, wenn sie nicht floh. An ihren Augen erkannte er, wie aufgewühlt sie war. Er blieb dagegen fast brutal ruhig, aber sie hielt den Blick auf ihn gerichtet, während ihre Gedanken in ihrem Kopf herumwirbelten. Warum sollte sie das Verlangen verspüren, etwas zu begründen und romantisch zu verklären, fragte sie sich. Sie war kein unschuldiges junges Mädchen mit vernebelten Träumen, sondern eine erwachsene Frau, Witwe, eine erfolgreiche berufstätige Frau, die gelernt hatte, mit der Realität zu leben. Und in dieser Realität nahmen sich die Leute, was sie wollten, und kümmerten sich später um die Folgen. Und das würde sie jetzt auch tun.

„Das Schlafzimmer ist oben“, teilte sie ihm mit und verließ an ihm vorbei die Küche.

Verwirrt sah Cliff ihr nach. Genau das hatte er gewollt. Keine Komplikationen. Doch ihre abrupte Zustimmung war so unerwartet, so kühl gekommen. Nein, erkannte er, während er hinter ihr her blickte, das hatte er nicht gewollt.

Maggie hatte schon die Treppe erreicht, als er sie einholte. Als sie über ihre Schulter zurückblickte, sah er die Wut in ihren Augen. Sobald er ihren Arm ergriff, spürte er, wie sie erschauerte. Das war es, was er wollte. Er wollte nicht ihre kühle, emotionslose Zustimmung oder ein desinteressiertes Einverständnis. Er wollte, dass Zorn und Spannung wuchsen, bis die Leidenschaft, die beides in Gang setzte, durchbrach. Bevor die Nacht um war, wollte er ihr alles entzogen und sich selbst befreit haben.

Schweigend stiegen sie die Treppe zum ersten Stock hinauf.

Der Regen trommelte beständig gegen die Fenster. Das Geräusch ließ Maggie an das dezente rhythmische Schlagzeug denken, das sie sich für das Arrangement des Songs vorgestellt hatte, mit dem sie soeben fertig geworden war. Kein Mond schien, um ihnen den Weg zu weisen. Sie richtete sich nach ihrer Erinnerung. Die Dunkelheit war tief und ohne Schatten. Maggie sah sich nicht um, als sie das Schlafzimmer betrat, aber sie wusste, dass Cliff dicht hinter ihr war.

Was jetzt, dachte sie in plötzlicher Panik. Was tat sie da nur? Wie kam sie dazu, ihn an den einzigen Ort zu bringen, den sie als absolut privat betrachtete? Er mochte mehr herausfinden, als ihr lieb sein konnte, und vielleicht wurde ihr nicht mehr klar, als sie sowieso schon wusste. Doch sie begehrten einander. Es war unverständlich. Es war nicht zu verleugnen.

Maggie war für die Dunkelheit dankbar. Sie wollte nicht, dass Cliff die Zweifel sah, die sich deutlich in ihrem Gesicht zeigen mussten. Sie hätte auch das stärker werdende Verlangen nicht verbergen können. Dunkelheit war besser, weil sie anonym war. Als er sie berührte, erstarrte ihr Körper unter einem Dutzend widerstreitender Empfindungen.

Cliff fühlte es und strich mit den Händen über ihre Schultern bis zu ihrer Taille hinunter. Er wollte nicht, dass sie zu entspannt, zu nachgiebig war. Noch nicht. Er wollte, dass sie gegen etwas Tieferes, etwas Namenloses ankämpfte, genau wie er.

„Du willst dich diesem Gefühl nicht ergeben", sagte Cliff ruhig. „Und mir auch nicht."

„Nein." Doch sie fühlte das lustvolle – nicht ängstliche – Beben ihren Körper durchrieseln, als er seine Hände unter ihren dünnen Wollsweater schob. „Nein, ich will nicht."

„Was für eine andere Wahl hast du?"

Sie konnte sein Gesicht in der fast undurchdringlichen Dunkelheit ganz nahe ausmachen. „Zum Teufel mit dir", flüsterte sie. „Ich habe keine Wahl."

Er schob seine Hände an ihrem bloßen Rücken höher und durch die Halsöffnung ihres Sweaters, bis seine Finger ihr Haar fanden. „Nein, keiner von uns hat eine Wahl."

Sein Körper fühlte sich fest an. Seine Stimme, sanft und leise, war von Ärger durchsetzt. Maggie fing den Duft von Seife auf, der seiner Haut anhaftete. Sein Gesicht war geheimnisvoll und in der Dunkelheit nicht zu erkennen. Er hätte irgendjemand sein können. Während Maggie sich der nächsten Woge heftigen Verlangens ausgeliefert fand, wünschte sie sich das fast.

„Liebe mich", verlangte sie. Eine schnelle und frei getroffene

Entscheidung ließ keinen Raum für Bedauern. „Nimm mich jetzt. Das ist alles, was jeder von uns will."

War es das? Die Frage war kaum aufgekommen, als sein Mund sich auf den ihren senkte. Dann gab es keine Fragen mehr, nur noch Feuer und Kraft. Falls es zuvor Verständnis gegeben hatte, wurde es jetzt schwächer. Vernunft schwand. Empfindung und nur Empfindung herrschte. Auch wenn sie beide damit gerechnet hatten, wurden sie dennoch von einem Strudel mitgerissen, über den keiner von ihnen Kontrolle hatte.

Gemeinsam fielen sie auf das Bett und ließen das Feuer wüten. Cliff fand keine Sanftheit, die er ihr schenken konnte, aber sie schien auch keine zu verlangen oder zu erwarten. Er wollte sie nackt, aber nicht verletzbar, weich, aber nicht nachgiebig. Hätte er seine Wünsche laut ausgesprochen, hätte Maggie ihnen nicht besser entsprechen können. Als sie sich ihm entgegenbog, verschmolzen Maggies Lippen mit den seinen in einem drängenden Kuss, der nur ein Vorspiel der Leidenschaft war. Er zog an ihren Kleidern, vergaß jegliche Finesse und hielt dann den Atem an, als Maggie genauso wild versuchte, ihn auszuziehen.

Kleidungsstücke wurden beiseite geworfen, als wären sie bedeutungslos. Er atmete den Duft von Maggies Haut ein. Das nahm den letzten Rest von Logik, die er vielleicht hätte wiedergewinnen können. Die Matratze schwankte unter ihnen, als sie darauf herumrollten, ohne auf den Regen, die Dunkelheit, die Zeit oder den Ort zu achten.

Dann waren sie nackt, erhitzte Haut an erhitzter Haut. Die Verzweiflung wuchs in beiden, von dem anderen alles zu bekommen, was es überhaupt gab. Geflüsterte Forderungen, heftiges Atmen, Stöhnen und Lustseufzer übertönten die Geräusche des fallenden Regens. Maggies Körper war zierlich und geschmeidig und überraschend stark. Alles zusammen trieb Cliff zum Wahnsinn.

So war das also, wenn man verzehrt wurde. Maggie wusste es, als seine Hände über sie strichen und Schauer um Schauer auslösten. Sie hungerte, nein, lechzte nach jeder neuen Forderung. In ihrer Gier nach der Lust, die er gab und die sie nahm, erlaubte sie ihm alles, was immer er auch wollte. Sie kannte keine Scham, kein Zögern, wenn es um Schmecken und Berühren und Nehmen und Geben ging.

Wäre sein Körper nach ihren Wünschen geschaffen worden, hätte er nicht perfekter sein können. Sie genoss seine Muskeln, seine schmalen Hüften, die schlanke Figur. Wo immer sie ihn berührte, fühlte sie das Blut unter seiner Haut pochen.

Sie wollte wissen, dass er nicht mehr Selbstbeherrschung besaß als sie. Sie wollte wissen, dass sie beide Opfer ihrer vereinigten Kraft waren. Die Zündschnur, die zwischen ihnen mit dem Blick entzündet worden war, brannte rasch. Verlangen war Irrsinn, und wenn die Worte, die sie geschrieben hatte, stimmten, hatte sie dafür ihre Vernunft aufgegeben.

Mit einer Wildheit, die sie beide genossen, kamen sie zusammen, kämpften darum, eine ungeheure Leidenschaft zu verlängern, gierten danach, diesen endgültigen Augenblick der Lust festzuhalten.

Maggie dachte an Whirlpools und Stürme und rollenden Donner. Sie fühlte den Wirbel, das Tempo, und hörte das Dröhnen. Dann erschauerten ihr Körper und ihre Seele unter dem letzten heftigen Aufbäumen.

Lieben? dachte Maggie irgendwann später, als ihre Gedanken sich zu klären begannen. Wenn das Lieben war, dann war sie ihr Leben lang unschuldig gewesen. Konnte etwas mit einem so sanften Namen eine so heftige Auswirkung auf den Körper haben? In ihrem Körper pulsierte und pochte es, als wäre sie auf der einen Seite eines Berges hinaufgejagt und auf der anderen heruntergefallen. Sie hatte Songs über Liebe geschrieben, Songs über Leidenschaft, doch bis jetzt hatte sie ihre eigenen Worte nie völlig verstanden.

Bis jetzt. Der Mann, der neben ihr lag, hatte sie dazu getrieben, ihre eigenen Fantasien auszuleben. Mit ihm hatte sie die Antwort auf das dunkel treibende Verlangen gefunden, das ihrer Musik den Biss oder die Sehnsucht gab. Sie verstand jetzt, doch Verstehen öffnete die Tür für Dutzende von Fragen.

Maggie strich mit der Hand über ihren eigenen Körper und staunte über das noch immer vorhandene Gefühl der Macht. Wie lange hatte sie auf diese Nacht gewartet? Vielleicht war es möglich, dass Leidenschaft so lange unerforscht schlief, bis sie von einer bestimmten Person in einem bestimmten Moment ausgelöst wurde.

Maggie dachte an den Film, den ihre Musik untermalen sollte. So war es für die weibliche Hauptperson gelaufen. Sie war mit ihrem Leben zufrieden gewesen, bis eines Tages ein Mann aufgetaucht war, mit dem sie nur wenig gemeinsam hatte, ein Mann, der einen Funken entzündete, der alles veränderte. Es hatte keine Rolle gespielt, dass die Frau intelligent, erfolgreich und unabhängig war. Allein durch seine Existenz hatte der Mann den Blickwinkel und das Muster ihres Lebens verändert.

Wenn mit ihr jetzt das Gleiche passierte, war noch Zeit, es aufzuhalten, bevor auch sie von Verlangen verzehrt wurde und von Begierde gelenkt, so dass nichts mehr so sein würde wie zuvor.

In dem Film hatte die Beziehung zu Gewalttätigkeit geführt. Der Instinkt sagte ihr, dass zwischen ihr und Cliff etwas bestand, das dasselbe auslösen könnte. Beide besaßen sie nur wenig Mäßigung. Es waren die Extreme, die die menschliche Natur in Chaos stürzten.

Vielleicht hatte das Schicksal sie zu diesem heiteren kleinen Flecken Erde mit der unterschwelligen Gewalttätigkeit geführt. Dasselbe Schicksal mochte sie mit diesem schweigsamen, sinnlichen Mann zusammengebracht haben, der sowohl mit der Stille als auch mit der Gefahr in Verbindung stand. Die Frage war jetzt, ob sie stark genug war und mit den Folgen umgehen konnte.

Was wird als Nächstes passieren, fragte Maggie sich, während sie in die Dunkelheit starrte.

Weil nichts so war, wie er es erwartet hatte, schwieg Cliff. Er hatte Leidenschaft gewollt, aber sich nie dieses Ausmaß vorgestellt. Er hatte sich gewünscht, wovon ihr Song geflüstert hatte, aber die Wirklichkeit war viel dramatischer gewesen als Worte oder Melodien.

Er war sicher gewesen, dass sein Verlangen schwinden würde, sobald die Spannung zwischen ihnen ein Ventil gefunden hatte, sobald sie den Reiz zwischen ihnen akzeptiert hatten. Es stimmte, sein Körper war von einer Befriedigung gesättigt, wie er sie nie zuvor erfahren hatte, aber sein Geist ... Cliff schloss die Augen und wünschte sich, sein Geist würde genauso Frieden finden. Er war jedoch zu sehr von Maggie erfüllt. So sehr, dass schon eine Berührung seinen Körper wieder in Raserei versetzen würde. Diese Art von Verlangen grenzte zu sehr an Abhängigkeit, als dass er sich hätte wohl fühlen können. Er rief sich in Erinnerung, dass sie einander nichts zu bieten hatten, ein gewaltiges gegenseitiges Verlangen ausgenommen.

Und plötzlich erinnerte er sich an eine Zeile aus ihrem Song: „Verlangen ist Irrsinn".

Hätte er sich daran hindern können, hätte er sie nicht wieder berührt, doch er griff bereits nach ihr.

„Du frierst", murmelte er und zog sie automatisch an sich, um sie zu wärmen.

„Ein wenig." Sie empfand eine Befangenheit, die sie nicht mildern konnte, und ein Verlangen, das sie nicht erklären konnte.

„Hier." Er zog die zerknüllte Decke über Maggie und drückte sie dann wieder an sich. „Besser?"

„Ja." Ihr Körper entspannte sich, während ihr die Gedanken weiterhin durch den Kopf jagten.

Sie verfielen erneut in Schweigen, weil keiner von ihnen wusste, wie sie mit dem umgehen sollten, was zwischen ihnen aufgelodert war. Cliff lauschte auf den Regen, dessen Trommeln am Fenster das Gefühl der Abgeschiedenheit verstärkte. Nicht einmal in einer klaren Nacht hätte man von einem Nachbarhaus ein Licht gesehen. „Hast du Probleme damit, dass du hier draußen allein bist?"

„Probleme?"

Maggie zögerte. Sie wollte genauso bleiben, wie sie jetzt war, um ihn geschlungen, warm und sicher und ungestört. Sie wollte jetzt nicht daran denken, dass sie in diesem großen Haus allein war, allein schlief.

„Dieses Anwesen ist isolierter als die meisten in der Gegend." Wie weich sie doch war. Es verschaffte ihm eine seltsame Befriedigung, ihr Haar auf seiner Schulter zu fühlen. „Viele Leute, die hier aufgewachsen sind, hätten Schwierigkeiten damit, so weit abgeschieden und allein zu leben, besonders nach allem, was passiert ist."

Nein, sie wollte nicht darüber sprechen. Maggie schloss die Augen und erinnerte sich daran, dass sie mit der Absicht hierher gekommen war, allein auf eigenen Füßen zu stehen und mit allem fertig zu werden, was auf sie zukam. Sie holte tief Luft, doch als sie von Cliff abrücken wollte, hielt er sie fest.

„Du machst dir Sorgen."

„Nein. Nein, nicht wirklich." Ihr größtes Problem im Moment bestand darin, ihre Gedanken und ihren Körper daran zu hindern, noch mehr von ihm zu wollen. Sie öffnete wieder die Augen und blickte zu den mit Regentropfen bedeckten Fenstern. „Zugegeben, ich hatte ein paar unruhige Nächte, seit ... nun ja, seit wir mit den Grabungen zu dem Teich begonnen haben. Zu wissen, was vor zehn Jahren in diesem Graben passiert ist, regt meine Fantasie unerfreulich an, und ich besitze eine sehr lebhafte Fantasie."

„Teil deines Jobs?" Er wandte sich ihr etwas mehr zu, so dass ihr Bein beiläufig zwischen seine Schenkel glitt. Ihre Haut war glatt.

„Vermutlich." Sie lachte, aber es klang ein wenig nervös. „In einer Nacht war ich sicher, dass jemand im Haus herumschlich."

Er hörte auf, ihr über das Haar zu streicheln, und zog sich so weit von ihr zurück, dass er ihr in die Augen sehen konnte. „Im Haus?"

„Nur meine Einbildung", murmelte sie und zuckte mit den Schultern. „Knarrende Dielen auf dem Dachboden, Schritte auf der Treppe, Türen, die sich öffnen und schließen. Ich habe mich ganz schön in etwas hineingesteigert."

Es gefiel ihm gar nicht, auch wenn sie es abtat. „Hast du nicht ein Telefon in diesem Zimmer?"

„Ja, aber ..."

„Warum hast du nicht die Polizei angerufen?"

Maggie seufzte und wünschte sich, nichts erwähnt zu haben. Er hörte sich wie ein verärgerter älterer Bruder an, der seine zerstreute Schwester ausschimpfte. „Weil ich den Hörer in der Küche abgehoben hatte. Ich wollte an diesem Nachmittag arbeiten und ..." Das Wort „zerstreut" fiel ihr wieder ein. Verlegen verstummte sie. „Wie auch immer, es ist besser, dass ich nicht angerufen habe. Am Morgen habe ich mich wie ein Idiot gefühlt."

Einbildung oder nicht, dachte Cliff, sie ist eine allein und abgeschieden lebende Frau, und jeder im Umkreis von zehn Meilen wusste das. „Verschließt du deine Türen?"

„Cliff ..."

„Maggie." Er drehte sie herum, bis sie auf dem Rücken lag und er auf sie herunterblicken konnte. „Verschließt du deine Türen?"

„Ich hatte es nicht getan", antwortete sie gereizt. „Aber nachdem der Sheriff hier war, habe ich ..."

„Stan war hier?"

Sie stieß den Atem zischend aus. „Verdammt, weißt du eigentlich, wie oft du mich mitten im Satz unterbrichst?"

„Ja. Wann war Stan hier?"

„Einen Tag nach der State Police. Er wollte mir Mut machen." Ihr war nicht mehr kalt, nicht, wenn sein Körper sich gegen sie drückte. Verlangen regte sich wieder. „Er versteht etwas von seiner Arbeit."

„Er ist ein guter Sheriff ..."

„Aber?" drängte Maggie, als sie fühlte, dass es noch mehr gab.

„Nur eine persönliche Angelegenheit", murmelte Cliff und rückte ab. Maggie fühlte sofort, wie die Kälte zurückkam.

„Joyce", sagte sie tonlos und wollte aufstehen. Cliff legte den Arm um sie und hielt sie fest.

„Du hast die Gewohnheit, wenig zu sagen und viel anzudeuten." Seine Stimme war jetzt kühl, sein Griff fest. „Das ist ein gewisses Talent."

„Wir scheinen einander wenig zu sagen zu haben."

„Ich muss mich dir nicht erklären."

Sie lag still und steif da. „Ich habe dich auch nicht darum gebeten."

„Den Teufel hast du!" Ärgerlich setzte er sich auf und zog sie so mit sich, dass die Bettdecke herunterrutschte. Ihre Haut war hell, ihr Haar wie eine nächtliche Flut auf ihren Schultern. Trotz seines starken Willens und seines bedingungslosen Wunsches nach Privatsphäre fühlte er sich dazu genötigt, etwas klarzustellen. „Joyce war wie eine Schwester für mich. Als sie Stan heiratete, war ich Trauzeuge. Ich bin Pate ihrer ältesten Tochter. Vielleicht fällt es dir schwer, diese Art von Freundschaft zu verstehen."

Es fiel ihr nicht schwer. So war es auch zwischen ihr und Jerry gewesen. Die Freundschaft hatte sich schrittweise während der Ehe verschlechtert, weil die Heirat ein Fehler gewesen war. „Nein, ich verstehe das", sagte Maggie ruhig. „Ich verstehe allerdings nicht, warum du ihretwegen so besorgt wirkst."

„Das ist meine Sache."

„Sicher."

Er murmelte eine Verwünschung. „Sieh mal, Joyce hat eine schwierige Zeit durchgemacht. Sie wollte nicht in Morganville bleiben. Als sie Kind war, wollte sie nach New York und Schauspielerin werden."

„Sie wollte schauspielern?"

„Vielleicht nur Wunschträume." Cliff zuckte die Schultern. „Vielleicht auch nicht. Sie gab sie auf, als sie Stan heiratete, aber dass sie bleiben musste, machte sie nicht glücklich. Einer der Gründe, warum sie das Haus verkauft hat, war, damit sie Geld für einen Umzug hätten. Stan will aber nicht nachgeben."

„Sie könnten einen Kompromiss schließen."

„Stan versteht nicht, wie wichtig es für sie ist, von hier wegzukommen. Sie war achtzehn, als sie heiratete. Dann bekam sie innerhalb von fünf Jahren drei Kinder. Den ersten Teil ihres Lebens hat sie nach den Regeln ihres Vaters gelebt, den zweiten Teil hat sie mit der Fürsorge für ihre Kinder und ihre Mutter verbracht. Eine Frau wie du versteht das nicht."

„Jetzt reicht es mir!" explodierte Maggie und riss sich von ihm los. „Es reicht mir absolut, dass du mich in eine bestimmte Kategorie einordnest. Verwöhnte Berühmtheit ohne Ahnung, wie echte Menschen fühlen oder leben!" Ärger schoss so schnell und mächtig in ihr hoch, dass sie gar nicht daran dachte, ihn zu unterdrücken. „Was bist du für ein Mann, dass du mit einer Frau ins Bett gehst, für die du keinen Funken Respekt hast!"

Verblüfft über ihren plötzlichen Ausbruch ließ er es zu, dass sie das Bett verließ. „Warte einen Moment."

„Nein. Ich habe schon genug Fehler für einen Abend gemacht." Sie begann, unter den am Boden verstreut liegenden Kleidungsstücken nach ihren eigenen zu suchen. „Du hast dein Abendessen und deinen Sex gehabt", sagte sie spröde. „Und jetzt raus!"

Er musste seine Wut unterdrücken. Sie hatte Recht. Er war gekommen, um sie ins Bett zu kriegen. Das war alles. Intimität hatte nicht immer etwas mit Nähe zu tun. Er war nicht daran interessiert, ihr nahe zu sein oder sich an mehr zu binden als an ihren Körper. Noch während er das dachte, wurde ihm die Leere bewusst. Die Befriedigung, die er kurz gefühlt hatte, schwand. Er hörte Maggies unstetes Atmen, während sie ihren Sweater anzog. Er griff nach seinen Kleidern und versuchte sich stattdessen auf das Geräusch des Regens zu konzentrieren.

„Wir sind noch nicht fertig, du und ich", murmelte er.

„Ach nein?" Erzürnt und verletzt drehte Maggie sich um. Sie fühlte, wie ihr Tränen in die Augen stiegen, betrachtete jedoch die Dunkelheit als Schutz. Der Sweater reichte bis zu ihren Schenkeln und ließ ihre Beine bloß. Sie wusste, was Cliff von ihr hielt, und diesmal würde sie ihm die Befriedigung lassen, dass er Recht hätte. „Wir sind ins Bett gegangen, und es war gut für uns beide", sagte sie leichthin. „Nicht alle Affären für eine Nacht sind so erfolgreich. Als Liebhaber bekommst du Bestnoten, Cliff, falls das deinem Ego hilft."

Diesmal konnte er sich nicht beherrschen. Er packte sie an den Armen und zog sie an sich. „Zum Teufel mit dir, Maggie!"

„Warum?" fuhr sie ihn an. „Weil ich es als Erste gesagt habe? Geh nach Hause und leg dich mit deinem zweierlei Maß ins Bett, Cliff. Ich brauche das nicht."

Alles, was sie sagte, traf, und es traf hart. Wenn er blieb, wusste er nicht, was er tun würde. Sie erdrosseln? Es war verlockend. Sie wieder ins Bett schleppen und sich des zornigen Verlangens entledigen, das in ihm hämmerte? Noch verlockender. Er wusste, wenn er blieb, würde etwas in ihm bersten.

Er ließ die Hände sinken und verließ den Raum. „Verschließ deine Türen!“ rief er und verwünschte sie, während er die Treppe hinunterging.

Maggie schlang die Arme um sich und ließ ihren Tränen freien Lauf. Es ist viel zu spät, um irgend etwas zu verschließen, dachte sie.

8. KAPITEL

In den nächsten Tagen arbeitete Maggie wie besessen. Ihr Küchenboden war versiegelt und stellte somit ihr erstes voll und erfolgreich abgeschlossenes Projekt dar. In ihrem Schlafzimmer brachte sie drei Bahnen Tapete an, fand einen Teppich für das Musikzimmer und säuberte die Deckenverzierungen im Korridor des Erdgeschosses.

Abends arbeitete sie an ihrem Klavier, bis sie zu müde war, um die Tasten zu sehen oder ihre eigene Musik zu hören. Den Hörer ließ sie neben dem Telefon liegen. Alles in allem fand sie, dass das Leben einer Einsiedlerin seine Vorteile hatte. Sie war produktiv, und niemand störte den Fluss ihrer Tage. Sie konnte beinahe glauben, dass sie nur das wollte und sonst nichts.

Vielleicht trieb sie sich zu sehr an. Das mochte sie sich eingestehen, aber nicht, dass sie es tat, um nicht an ihre Nacht mit Cliff zu denken. Das war ein Fehler gewesen. Und es war nicht klug, sich lange bei Fehlern aufzuhalten.

Sie sah niemanden, sprach mit niemandem und redete sich ein, dass sie zufrieden wäre, wenn das für immer so weiterginge.

Aber völlige Einsamkeit konnte natürlich nur eine gewisse Zeit dauern. Maggie strich gerade die Fensterrahmen im Musikzimmer, als sie einen Wagen die Auffahrt heraufkommen hörte. Sie erwog, den Besucher zu ignorieren, bis er wieder wegfuhr. Als beginnende Einsiedlerin hatte sie ganz sicher das Recht dazu. Dann erkannte sie den alten Lincoln. Maggie stellte die Lackdose ab und ging Louella Morgan entgegen.

Diesmal wirkte Louella noch zerbrechlicher, fand Maggie. Ihre Haut war fast durchscheinend gegen das weiße Haar. Eine sonderbare, beinahe unheimliche Verbindung von Jugend und Alter. Louella blickte zu dem Graben. Einen Moment wirkte sie wie eine Statue. Als sie einen Schritt auf das abgezäunte Gebiet zutat, räusperte Maggie sich.

„Guten Morgen, Mrs. Morgan."

Louella brauchte einen Moment, ehe ihre Augen sich voll auf Maggie richteten. Mit leicht zitternder Hand betastete sie ihr Haar. „Ich wollte herkommen."

„Natürlich." Maggie lächelte und hoffte, sich richtig zu verhalten. „Kommen Sie bitte ins Haus. Ich wollte gerade Kaffee machen."

Louella ging über die durchhängenden Stufen hinauf, über die Maggie noch mit Bog sprechen musste. „Hier hat sich schon einiges verändert."

Maggie entschied sich für leichtes Geplauder. „Ja, drinnen und draußen. Die Landschaftsgärtner arbeiten schneller als ich." Killer stand in der Tür und wich knurrend zurück. Maggie brachte ihn mit einem Tätscheln zum Schweigen.

„Diese Tapete war schon hier, als wir einzogen", murmelte Louella, als sie sich im Korridor umsah. „Ich wollte sie immer erneuern."

„Wirklich?" Maggie ging ihr zum Wohnzimmer voraus. „Vielleicht hätten Sie ein paar Vorschläge für mich. Ich habe mich noch nicht entschieden."

„Etwas Warmes", sagte Louella leise. „Etwas Warmes mit gedämpften Farben, damit sich die Leute willkommen fühlen. Das wollte ich."

„Ja, das würde gut passen." Sie wollte ihren Arm um die Frau legen und ihr versichern, dass sie alles verstand. Aber vielleicht war es rücksichtsvoller, es nicht zu tun.

„Ein Haus wie dieses sollte nach Möbelpolitur und Blumen duften."

„Das wird es", versicherte Maggie und wünschte sich, den Geruch nach Staub und Farbe ändern zu können.

„Ich fand immer, das Haus sollte mit Kindern erfüllt sein." Louella sah sich mit jener wirren Konzentration in dem Raum um, bei der Maggie glaubte, dass sie alles so sah, wie es vor mehr als zwanzig Jahren gewesen war. „Kinder verleihen einem Haus seine Persönlichkeit, wissen Sie, mehr als die Innenausstattung. Sie prägen dem Haus einen Stempel auf."

„Sie haben Enkelkinder, nicht wahr?" Maggie steuerte sie zu dem Sofa.

„Ja. Joyces Kinder. Der Jüngste ist jetzt schon in der Schule. Die Zeit vergeht so schnell für die Jugend. Haben Sie sich die Fotos angesehen?" fragte Louella plötzlich.

„Die Fotos?" Maggie runzelte die Stirn. „Ach ja, ich hatte nur für einen flüchtigen Blick Gelegenheit. Ich bin im Moment recht beschäftigt." Sie ging an den Kamin und holte den Umschlag von dem Sims. „Ihre Rosen waren wunderschön. Ich weiß nicht, ob ich dieses Talent hätte."

Louella nahm den Umschlag und starrte darauf. „Rosen brauchen Liebe und Disziplin. Genau wie Kinder."

Maggie entschied, nicht noch einmal Kaffee anzubieten. Stattdessen setzte sie sich neben Louella. „Vielleicht würde es helfen, wenn wir die Fotos zusammen durchsehen."

„Alte Bilder." Louella öffnete den Umschlag und zog sie heraus. „Es gibt so viel auf alten Bildern zu sehen, wenn man weiß, wo man nachsehen muss. Frühlingsanfang", murmelte sie, während sie den ersten Schnappschuss betrachtete. „Sehen Sie, die Hyazinthen blühen und die Märzbecher."

Maggie betrachtete das Schwarzweißbild, doch nicht die Blumen erregten ihre Aufmerksamkeit, sondern der Mann und das kleine Mädchen. Er war groß, mit breiter Brust und einem grobknochigen Gesicht. Sein Anzug war konservativ. Das kleine Mädchen neben ihm trug ein Rüschenkleid mit Stoffgürtel, schwarze Riemchenschuhe und ein Hütchen mit Blumen.

Es musste Ostern sein, schloss Maggie. Das kleine Mädchen lächelte in die Kamera. Joyce musste damals ungefähr vier gewesen sein, und vielleicht hatte sie sich ein wenig unbehaglich gefühlt in Organza und Volants. William Morgan wirkte nicht grausam, fand Maggie, während sie sein entschlossenes, undurchdringliches Gesicht betrachtete. Er sah einfach nur ... unnahbar aus. Sie unterdrückte einen Schauer und schlug einen leichten Tonfall an.

„Ich möchte selbst Zwiebeln setzen. Bis zum Herbst sollten die Dinge sich soweit beruhigt und eingespielt haben."

Louella sagte nichts, als sie zu dem nächsten Bild überging. Diesmal betrachtete Maggie eine junge Louella. Der Stil von Frisur und Kleid verrieten ihr, dass das Bild mehr als zwanzig Jahre alt war. Der schiefe Winkel des Bildes ließ sie vermuten, dass Joyce als Kind die Aufnahme gemacht hatte.

„Die Rosen", murmelte Louella und strich mit einem Finger da über das Bild, wo sie im Überfluss wuchsen. „Sie sind dahin, weil sich niemand um sie gekümmert hat."

„Haben Sie jetzt einen Garten?"

„Joyce hat einen." Louella legte das Bild beiseite und griff nach einem anderen. „Ich kümmere mich gelegentlich darum, aber das ist nicht das Gleiche wie ein eigener."

„Nein, aber Joyce ist bestimmt dankbar für Ihre Hilfe."

„Sie hat sich hier in der Stadt nie wohl gefühlt", sagte Louella halb zu sich selbst. „Nie. Ein Jammer, dass sie mehr nach mir geraten ist als nach ihrem Vater."

„Sie ist reizend", versicherte Maggie und suchte nach etwas, das sie noch sagen könnte. „Hoffentlich sehe ich sie öfter. Ihr Mann hat davon gesprochen, dass wir zusammen zu Abend essen."

„Stan ist ein guter Mann. Solide. Er hat sie immer geliebt." Dieses traurige, flüchtige Lächeln huschte über ihre Lippen. „Er war sehr freundlich zu mir."

Als sie zu dem nächsten Foto kam, verkrampfte sie sich. Ihr Lächeln gefror. Maggie blickte auf das Bild und sah William Morgan und Stan Agee als Teenager. Dieses jüngere Foto war in Farbe, und die Bäume im Hintergrund leuchteten herbstlich.

Die beiden Männer trugen Flanellhemden und Baseball-Kappen, und beide hatten braune Westen mit kleinen Gewichten am Saum an. Jeder hatte ein Gewehr in der Hand.

Patronen, nicht Gewichte, erkannte Maggie, als sie sich die Westen noch einmal ansah. Die beiden waren wohl auf der Jagd gewesen. Und sie standen nahe dem Abhang, der zu dem Graben führte.

„Das muss Joyce aufgenommen haben", murmelte Louella. „Sie ging mit ihrem Vater jagen. Er brachte ihr bei, wie man mit Gewehren umgeht, bevor sie zwölf war. Es spielte keine Rolle, dass sie Gewehre hasste. Sie lernte, ihrem Vater Freude zu machen. William sieht erfreut aus", fuhr Louella fort, obwohl Maggie nichts dergleichen sehen konnte. „Er jagte gern auf diesem Land. Jetzt wissen wir, dass er hier starb. Hier", wiederholte sie und legte ihre Hand auf das Bild. „Und nicht drei Meilen entfernt im Fluss. Er hat sein Land nie verlassen. Ich glaube, irgendwie habe ich es immer gewusst."

„Mrs. Morgan." Maggie legte ihr die Hand auf den Arm. „Ich weiß, es muss schwierig für Sie sein. Es muss so sein, als würden Sie alles noch einmal durchmachen. Ich wünschte, ich könnte etwas für Sie tun."

Louella wandte den Kopf und musterte Maggie mit starrem Blick, ohne zu lächeln. „Legen Sie Ihren Teich an", sagte sie tonlos. „Pflanzen Sie Ihre Blumen. So sollte es sein. Der Rest ist vorbei."

Als sie aufstand, fühlte Maggie sich von der emotionslosen Antwort beunruhigter, als sie es über einen Weinkrampf gewesen wäre. „Ihre Fotos", sagte sie hilflos.

„Behalten Sie sie." Louella war schon an der Tür, als sie sich noch einmal umdrehte. „Ich brauche sie nicht mehr."

Maggie fragte sich, ob sie deprimiert sein sollte, während sie den Wagen wegfahren hörte. War ihre Reaktion normales Mitgefühl für die Tragödie anderer Menschen, oder ließ sie zu, dass sie wieder persönlich in die Sache verwickelt wurde? In den letzten Tagen hatte sie sich beinahe selbst überzeugt, dass sie nichts mit der Sache der Morgans zu tun habe. Jetzt begann es nach einer kurzen Begegnung erneut.

Doch es war mehr als das Gefühl, verwickelt zu sein, räumte Maggie ein, während sie ihre Arme rieb, um sich zu wärmen. Es war irgendwie unheimlich gewesen, wie Louella die Fotos betrachtet hatte. Als hätte sie die Menschen darauf zur Ruhe gebettet, obwohl nur einer tot war.

Einbildung, tadelte sie sich. Dazu gänzlich übertrieben. Aber war es denn nicht merkwürdig gewesen, wie Louella dieses letzte Bild angesehen hatte? Als hätte sie Details gesucht. Irgendetwas. Stirnrunzelnd nahm Maggie die Fotos auf und sah sie durch, bis sie zu dem Farbbild kam.

Da war wieder William Morgan, sein Haar etwas dünner, seine Augen etwas ernster als auf dem Osterfoto. Sheriff Agee stand neben ihm, kaum mehr als ein Junge, die Gestalt noch nicht ganz ausgewachsen, das Haar ein wenig lang. In seiner Jugend hatte er noch mehr ausgesehen, als wäre er an einem Strand zu Hause, obwohl er das Gewehr hielt, als wäre er mit Feuerwaffen vertraut. Während Maggie ihn betrachtete, konnte sie gut verstehen, warum Joyce sich so sehr in ihn verliebt hatte, dass sie ihre Träume von Ruhm und Vermögen aufgegeben hatte. Er war jung und attraktiv, mit einem übermütigen, sinnlichen Zug um den Mund.

Sie konnte auch verstehen, warum Joyce den Mann neben ihm gefürchtet und ihm gehorcht und sich bemüht hatte, ihm Freude zu bereiten.

William Morgan blickte direkt in die Kamera, die Beine gespreizt, das Gewehr in beiden Händen. Cliff hatte ihn als harten, kalten Mann beschrieben. Maggie konnte das ohne Schwierigkeiten glauben, doch das erklärte nicht, warum Louella von diesem einen Foto so betroffen gewesen war. Oder warum, fügte

Maggie hinzu, sie selbst beim Betrachten solches Unbehagen empfand.

Über ihre Dünnhäutigkeit verärgert, wollte sie das Foto in den Umschlag zurückstecken, als das Brummen vor dem Haus sie vor der Ankunft eines weiteren Wagens warnte.

Manchmal kommt es faustdick, dachte sie übellaunig, warf das Foto achtlos beiseite und ging ans Fenster. Als Cliffs Pick-up in Sicht kam, war sie über die aufflammende Erregung betroffen.

Oh nein, warnte Maggie sich. Nicht noch einmal! Eine Frau, die denselben Fehler zweimal begeht, verdient, was sie bekommt! Entschlossen griff sie nach ihrem Pinsel und begann mit langen Strichen zu lackieren. Sollte er doch klopfen, so viel er wollte. Sie schüttelte ärgerlich den Kopf. Sie hatte zu arbeiten.

Minuten vergingen, aber er kam nicht an die Tür. Maggie strich weiterhin an und sagte sich, dass es für sie überhaupt keine Rolle spiele, was er da draußen machte.

Cliff Delaney war ihr verdammt egal. Aber es war ihr nicht egal, wenn irgendwelche Leute auf ihrem Grund und Boden herumwanderten. Es war ihr Recht, nach draußen zu gehen und nachzusehen, was er da tat, und ihn wegzuschicken. Sie legte den Pinsel ab. Wenn er nur nachsehen kam, wie ihr Gras wuchs, hätte er wenigstens die Höflichkeit besitzen können, sich anzukündigen. Indem er sich nicht ankündigte, beraubte er sie der Befriedigung, ihn zu ignorieren.

Wütend riss sie die Tür auf, sah ihn aber nicht wie erwartet über die kleinen grünen Halme gebeugt, die aus der Erde sprossen. Vielleicht war er hinter das Haus gegangen, um sich das letzte Projekt anzusehen, das noch abgeschlossen werden musste – die Wicken auf ihrem abbröckelnden Hang.

Verärgert, dass sie nicht gleich daran gedacht hatte, wollte sie wieder ins Haus zurück, als sie eine Bewegung nahe dem Graben entdeckte. Für einen Moment erwachte in ihr schlummernde Angst. Ihr fielen alte Geschichten über Geister und Legenden von Schatten ein, die keine Ruhe fanden. Im nächsten Moment erkannte sie Cliff. Genauso wütend wie beschämt über ihre Reaktion, marschierte sie hin, um ihn zu stellen.

Als sie näher kam, sah Maggie die schlanke, kleine und zartgrüne Weide. Cliff senkte den Wurzelballen in ein Loch, das er mit Hacke und Schaufel in den steinigen Boden gegraben hatte. Er stand vielleicht zwei Meter von dem Hang des Grabens entfernt. Das Hemd hatte er achtlos zu Boden geworfen. Die Muskeln an seinem Rücken spannten sich an, als er die Erde wieder zurück in das Loch schaufelte. Dass sich ihr Magen bei dem Anblick zusammenzog, bestätigte Maggie nur, dass sie auch jetzt nicht weniger heftig auf Cliff reagierte als noch vor der Nacht, in der sie sich geliebt hatten.

Sie straffte ihre Schultern und reckte ihr Kinn vor. „Was machst du da?"

Da er weiterschaufelte, ohne seine Arbeit zu unterbrechen, musste er wohl gewusst haben, dass sie kam. „Ich pflanze einen Baum", antwortete Cliff locker.

Ihre Augen zogen sich gefährlich zusammen. „Das sehe ich. Soweit ich mich erinnere, habe ich keine Weide bestellt."

„Nein." Er kniete sich hin, um die Erde glatt zu streichen. Maggie beobachtete die Hände, von denen sie jetzt wusste, was sie mit ihrem Körper anstellen konnten. Er schien dasselbe Talent für Erde zu besitzen. „Kommt nicht auf die Rechnung."

Ungeduldig über seine nichts sagenden Antworten und ihre eigene wachsende Erregung verschränkte sie die Arme. „Warum pflanzt du einen Baum, den ich nicht gekauft habe?"

Sobald die Weide sicher in der Erde stand, erhob er sich zufrieden, lehnte sich gelassen auf die Schaufel und betrachtete Maggie. Nein, er hatte sich nicht von ihr befreit. Das Wiedersehen mit ihr löste nicht die Anspannungen, mit denen er nun seit Tagen lebte. Irgendwie hatte er gewusst, dass es so sein würde, aber er hatte es versuchen müssen. „Man könnte es ein Friedensangebot nennen", erklärte er endlich und beobachtete, wie sich ihr Mund öffnete und wieder schloss.

Maggie blickte auf den Baum. Er war so jung, so zerbrechlich, doch eines Tages würde sie ihn in voller Pracht sehen, wie er sich über ihren Teich neigte und ... Sie stockte, als sie erkannte, dass sie zum ersten Mal seit der Entdeckung daran dachte, den Teich zu vollenden. Cliff musste gewusst haben, dass die Weide ausreichte, um Maggie wieder die Schönheit und Heiterkeit sehen zu lassen. Ihr Ärger war zum größten Teil bereits verraucht, ehe sie sich bemühte, etwas davon festzuhalten.

„Ein Friedensangebot", wiederholte sie und strich mit ihrem Finger über ein zartes Blatt. „So nennst du das also?"

Ihre Stimme klang kühl, aber ihre Augen erwärmten sich bereits. Cliff fragte sich, wie viele starke Männer sie schon mit diesem Blick erledigt hatte. „Vielleicht." Er rammte die Schaufel ins Erdreich. „Hast du etwas Kaltes zu trinken?"

Es ist eine Entschuldigung, dachte Maggie, vielleicht die einzige Art von Entschuldigung, zu der dieser Mann fähig ist. Sie brauchte nur fünf Sekunden, um zu entscheiden, dass sie die Entschuldigung annahm. „Vielleicht", antwortete sie ruhig, wandte sich dann ab und ging zum Haus. Ein Lächeln umspielte ihre Lippen, als er sich ihrem Schritt anpasste. „Deine Männer haben ausgezeichnete Arbeit geleistet", fuhr sie fort, während sie beide zum hinteren Teil des Hauses gingen. „Ich bin gespannt, wie dieses Zeug über der Stützmauer aussehen wird."

„Kronenwicken", erklärte Cliff, ehe er stehen blieb, um die Arbeit zu überprüfen, wie sie das vermutet hatte. „In vier oder fünf Tagen werden sie sich bereits zeigen. Sie werden sich schnell ausbreiten und diesen Hang bedecken, bevor der Sommer vorüber ist." Er behielt seine Hände in den Gesäßtaschen, während er die Arbeit seiner Männer betrachtete und an die Frau neben ihm dachte. „Du warst beschäftigt?"

Maggie hob eine Augenbraue. „Allerdings. Das Haus verlangt viel Arbeit."

„Hast du die Zeitung gelesen?"

„Nein", antwortete sie verwirrt. „Warum?"

Cliff zuckte die Schultern und ging voraus, um die Fliegengittertür zu öffnen. „Es gab einen großen Bericht darüber, wie William Morgan auf seinem ehemaligen Besitz vergraben gefunden wurde. Auf Grund und Boden", fuhr er fort, während Maggie an ihm vorbei in die Küche ging, „der vor kurzem von einer berühmten Songschreiberin gekauft wurde."

Sie wandte sich scharf um. „Hatten sie meinen Namen?"

„Ja, er wurde erwähnt – mehrmals."

„Verdammt", flüsterte sie, vergaß, dass er sie um einen Drink gebeten hatte, und ließ sich auf einen Stuhl fallen. „Das wollte ich vermeiden." Ein wenig hoffnungsvoll blickte sie zu ihm auf. „Die Lokalzeitung?"

Cliff ging an den Kühlschrank und bediente sich selbst. „Morganville hat keine Zeitung. Es gab Berichte in der ‚Frederick Post' und in der ‚Herald Mail'." Während er die Limonadenflasche öffnete, deutete er mit dem Kopf auf den neben dem Telefon liegenden Hörer. „Hättest du das nicht gemacht, hättest du bereits eine Flut von Anrufen von Reportern bekommen." Und von mir, dachte Cliff. In den letzten vierundzwanzig Stunden hatte er ein Dutzend Mal versucht, sie anzurufen. Er trank einen Schluck aus der Flasche. „Ist das deine Art von Flucht?"

Abwehrend stand Maggie auf und knallte den Hörer zurück auf den Apparat. „Ich brauche vor nichts zu fliehen. Du hast selbst gesagt, dass diese ganze Geschichte nichts mit mir zu tun hat."

„Das habe ich gesagt." Er betrachtete die restliche Flüssigkeit in der Flasche. „Vielleicht bist du vor etwas anderem geflohen." Er richtete den Blick auf sie. „Hast du dich vor mir versteckt, Maggie?"

„Sicher nicht." Sie eilte an das Spülbecken und begann unwirsch die Farbe von ihren Händen zu reiben. „Ich habe dir bereits gesagt, dass ich beschäftigt war."

„Zu beschäftigt, um dich am Telefon zu melden?"

„Das Telefon lenkt ab. Wenn du einen Streit anfangen willst, Cliff, kannst du dein Friedensangebot nehmen und ..." Das Telefon klingelte hinter ihr, so dass sie ihren Vorschlag mit einer Verwünschung beendete. Bevor sie sich jedoch melden konnte, hatte Cliff abgehoben.

„Ja?" Er beobachtete den Zorn, der in ihren Augen aufblitzte, als er sich an die Theke lehnte. Das hatte er vermisst, genau wie den subtilen Reiz ihres Duftes. „Nein, tut mir Leid, Miss Fitzgerald ist nicht für einen Kommentar zu sprechen." Er legte auf, während Maggie ihre feuchten Hände an ihrer Jeans abwischte.

„Ich kann meine eigenen Anrufe entgegennehmen, vielen Dank."

Er trank wieder aus der Flasche. „Ich wollte dir nur etwas Ärger ersparen."

„Ich will nicht, dass du oder sonst jemand mir Ärger erspart", fuhr sie auf. „Es ist mein Ärger, und ich mache damit, was immer ich will." Er grinste, aber bevor ihr etwas Passendes einfiel, klingelte das Telefon wieder. „Wage es ja nicht", warnte sie, schob ihn beiseite und meldete sich selbst. „Hallo."

„Verdammt, Maggie, du hast schon wieder den Hörer neben dem Telefon liegen lassen!"

Sie stieß den Atem aus. Mit einem Reporter hätte sie leichter fertig werden können. „Hallo, C.J.! Wie geht es dir?"

„Ich werde dir sagen, wie es mir geht!"

Maggie nahm den Hörer vom Ohr und schoss Cliff einen finsteren Blick zu. „Kein Grund für dich, noch hier zu bleiben."

Er nahm noch einen Schluck aus der Flasche, ehe er sich bequem zurücklehnte. „Es macht mir nichts aus."

„Maggie!“ C.J.'s Stimme vibrierte in ihrem Ohr. „Mit wem sprichst du da, zum Teufel?“

„Mit niemandem“, murmelte sie und wandte Cliff bewusst den Rücken zu. „Du wolltest mir sagen, wie es dir geht.“

„In den letzten vierundzwanzig Stunden habe ich hektisch versucht, zu dir durchzukommen. Maggie, es ist unverantwortlich, den Hörer nicht aufzulegen, wenn die Leute versuchen, dich zu erreichen.“

Auf der Theke stand eine Tüte mit Plätzchen. Maggie fasste hinein und biss energisch in ein Keks. „Offenbar habe ich das Telefon abgenommen, um nicht erreicht zu werden.“

„Hätte ich dich diesmal nicht erwischt, hätte ich dir ein Telegramm geschickt, und dabei bin ich nicht einmal sicher, ob man an diesem Ort Telegramme zustellt. Was hast du denn gemacht?“

„Gearbeitet“, stieß sie zwischen zusammengebissenen Zähnen hervor. „Ich kann nicht arbeiten, wenn das Telefon ständig klingelt und dauernd Leute vorbeikommen. Ich bin hier herausgezogen, um allein zu sein. Ich warte noch immer darauf, dass das endlich klappt.“

„Das ist ja eine nette Einstellung“, schimpfte er. „Überall im Land sorgen sich Menschen um dich.“

„Verdammt, Menschen überall im Land brauchen sich nicht um mich zu sorgen. Es geht mir gut!“

„Du klingst auch so.“

Mit Mühe kontrollierte Maggie ihr hochbrodelndes Temperament. Wenn sie es bei C.J. verlor, verlor sie unweigerlich auch den Kampf. „Tut mir Leid, dass ich dich angefaucht habe, C.J., aber ich bin es leid, ständig dafür kritisiert zu werden, was ich mache.“

„Ich kritisiere dich nicht“, murmelte er. „Es ist nur natürliche Sorge. Du liebe Güte, Maggie, wer würde sich nicht Sorgen machen nach dieser Geschichte in der Zeitung?“

Sie wandte sich zu Cliff um. Er betrachtete sie eingehend. „Was für eine Geschichte in der Zeitung?"

„Über diese männliche ... äh ... was von diesem Mann übrig war, der auf deinem Besitz ausgegraben wurde. Lieber Himmel, Maggie, ich hatte fast einen Herzinfarkt, als ich das las. Und dann konnte ich dich nicht erreichen ..."

„Tut mir Leid." Sie strich sich durch das Haar. „Es tut mir wirklich Leid, C.J.. Ich dachte nicht, dass es in die Zeitungen kommt, zumindest nicht bei euch."

„Du meinst, was ich nicht weiß, macht mich nicht heiß?"

Sie lächelte über den beleidigten Klang seiner Stimme. „Ja, so ungefähr. Ich hätte dich angerufen und dir die Einzelheiten geschildert, hätte ich geahnt, dass die Neuigkeit so weit wandert."

„So weit wandert?" Er war nicht befriedigt. „Maggie, du weißt, dass alles, was mit deinem Namen verbunden ist, in den Zeitungen zu beiden Seiten des Atlantiks auftaucht."

Sie begann sich die Schläfe zu massieren. „Und du weißt, dass das einer der Gründe ist, warum ich weg wollte."

„Dein Wohnort ändert nichts."

Sie seufzte. „Offenbar nicht."

„Abgesehen davon hat das nichts mit dem zu tun, was jetzt passiert ist", widersprach C.J.. Er presste eine Hand auf seinen nervösen Magen und fragte sich, ob ihn ein Glas Perrier beruhigen würde. Vielleicht wäre ein Scotch eine bessere Idee.

„Ich habe die Zeitung nicht gesehen", setzte Maggie gelassen an, „aber ich bin sicher, die ganze Sache wurde übertrieben."

„Übertrieben?" Wieder musste sie den Hörer vom Ohr weghalten. Cliff konnte C.J.'s Stimme noch deutlich hören. „Bist du oder bist du nicht über einen Haufen ... Knochen gestolpert?"

Sie verzog das Gesicht. „Nicht direkt. Genau genommen war es der Hund, der sie gefunden hat. Die Polizei kam sofort und hat sich um alles gekümmert. Ich hatte wirklich nichts damit zu tun." Sie sah, wie Cliff bei ihrer letzten Feststellung eine Augenbraue hob.

„Maggie, es heißt, der Mann sei nur ein paar Meter von deinem Haus entfernt ermordet und vergraben worden."

„Vor zehn Jahren." Sie presste ihre Finger fester gegen die Schläfe.

„Maggie, komm nach Hause."

Sie schloss die Augen, weil in seiner Stimme jenes Flehen mitschwang, dem man so schwer widerstehen konnte. „C.J., ich bin zu Hause."

„Verdammt, wie soll ich nachts schlafen, wenn ich ständig daran denken muss, dass du allein mitten im Nichts sitzt? Um Himmels willen, du bist eine der erfolgreichsten, wohlhabendsten und gefeiertsten Frauen der Welt, und du lebst in der Wildnis!"

„Wenn ich erfolgreich, wohlhabend und gefeiert bin, kann ich leben, wo immer ich will." Sie kämpfte erneut gegen ihr Temperament an. Wie immer er sich auch ausdrückte und welchen Ton er auch anschlug, seine Sorge war echt. „Abgesehen davon, C.J., habe ich diesen scharfen Wachhund, den du mir geschickt hast." Sie blickte auf Killer hinunter, der friedlich zu Cliffs Füßen schlief. Als sie ihren Blick hob, lächelte sie Cliff an. „Ich könnte gar nicht sicherer sein."

„Wenn du einen Leibwächter engagieren würdest ..."

Jetzt lachte sie. „Du stellst dich wieder wie ein altes Klageweib an. Das Letzte, was ich brauche, ist ein Leibwächter. Es geht mir gut", fuhr sie schnell fort, bevor er antworten konnte. „Ich habe die Filmmusik beendet, ich habe ein Dutzend neuer Ideen, und ich denke über ein neues Musical nach. Warum sagst du mir nicht, wie brillant die Filmmusik ist?"

„Du weißt, dass sie brillant ist", murmelte er. „Wahrscheinlich ist sie das Beste, was du je gemacht hast."

„Mehr“, drängte sie. „Sag mir noch mehr. Mein Ego ist ausgehungert.“

Er seufzte, als er seine Niederlage erkannte. „Als ich den Produzenten deine Musik vorspielte, gerieten sie in Ekstase. Sie haben vorgeschlagen, dass du herkommst und die Aufzeichnung überwachst.“

„Vergiss es.“ Sie begann, auf und ab zu marschieren.

„Verdammt, wir würden ja zu dir kommen, aber es gibt kein Studio in Hicksville.“

„Morganville“, verbesserte sie ihn sanft. „Ihr braucht mich nicht für die Aufnahmen.“

„Sie wollen, dass du den Titelsong singst.“

„Was?“ Überrascht unterbrach sie ihr rastloses Hin- und Hergehen.

„Hör mich an, bevor du Nein sagst.“ C.J. schlug seinen besten Verhandlungstonfall an. „Ich weiß, dass du es immer abgelehnt hast, aufzutreten oder Platten zu machen, und ich habe dich nie bedrängt. Aber ich finde, das hier solltest du wirklich bedenken. Maggie, dieser Song ist Dynamit, absolutes Dynamit, und niemand wird so viel hineinlegen können wie du. Nachdem ich das Band gespielt hatte, brauchten alle im Raum eine kalte Dusche.“

Obwohl sie lachte, konnte Maggie die Idee nicht ganz abtun. „Mir fallen ein halbes Dutzend Künstler ein, die diese Nummer bringen könnten, C.J.. Du brauchst mich nicht.“

„Mir fallen auch ein Dutzend Künstler ein, aber niemand wäre so gut wie du“, entgegnete er. „Der Song braucht dich, Maggie. Du könntest wenigstens darüber nachdenken.“

Sie sagte sich, dass sie ihm schon genug für einen Tag abgelehnt hatte. „In Ordnung, ich werde darüber nachdenken.“

„Lass es mich in einer Woche wissen.“

„C.J. ...“

„Schon gut, schon gut, in zwei Wochen.“

„In Ordnung. Und das mit dem Telefon tut mir Leid."

„Du könntest dir zumindest einen von diesen verabscheuungswürdigen Anrufbeantwortern anschaffen."

„Vielleicht. Pass auf dich auf, C.J.."

„Das mache ich immer. Halte du dich an deinen eigenen Rat."

„Das mache ich immer. Leb wohl!" Sie legte auf und seufzte tief. „Ich fühle mich, als wäre ich gerade vom Schuldirektor ins Gebet genommen worden."

Cliff sah zu, wie sie nach einem gefalteten Geschirrtuch griff, es zerknüllte und wieder weglegte. „Du weißt, wie du mit ihm umgehen musst."

„Ich habe eine Menge Übung."

„Wofür steht C.J.?"

„Chaotischer Jammerer", murmelte sie und schüttelte den Kopf. „Nein, um die Wahrheit zu sagen, ich habe keine Ahnung."

„Macht er dir immer das Leben schwer?"

„Ja." Sie griff wieder nach dem Geschirrtuch. „Die Nachricht ist in die Zeitungen an der Westküste gelangt. Als er mich nicht erreichen konnte ..." Sie brach ab.

„Du bist verkrampft."

Sie ließ das Tuch über den Rand der Spüle fallen. „Nein."

„Doch", widersprach Cliff. „Ich sehe es." Er streckte die Hand aus und strich über ihren Hals und ihre Schulter. „Ich fühle es."

Die Berührung seiner Finger ließ ihre Haut prickeln. Langsam wandte sie den Kopf. „Ich will nicht, dass du das machst." Langsam ließ er seine andere Hand eine ähnliche Reise antreten, um die Spannung aus ihren Schultern wegzumassieren. Wollte er ihre oder seine eigenen Nerven beruhigen? „Es ist schwer, dich nicht zu berühren."

Maggie hob ihre Hände an seine Handgelenke in dem Bewusstsein, dass sie schon schwach wurde. „Bemüh dich mehr", riet sie ihm, während sie versuchte, ihn wegzuschieben.

„Das habe ich in den letzten Tagen getan." Seine Finger drückten sich in ihre Haut und ließen los, drückten und ließen los. Der Rhythmus ließ ihre Knie nachgeben. „Ich bin zu der Ansicht gekommen, dass es eine Verschwendung von Energie ist, wenn ich dieselben Anstrengungen darauf verwenden kann, dich zu lieben."

Ihre Gedanken begannen sich zu vernebeln. „Wir können einander nichts geben."

„Wir wissen beide, dass das nicht stimmt." Er senkte den Kopf, so dass seine Lippen über ihre Schläfe glitten.

Ein Seufzer entrang sich ihr, bevor sie ihn aufhalten konnte. Das war es nicht, was sie wollte ... Das war alles, was sie wollte. „Sex ist ..."

„Ein notwendiger und erfreulicher Bestandteil des Lebens", beendete Cliff für sie, bevor er ihre Lippen mit den seinen reizte.

Das ist also Verführung, dachte Maggie. Sie wusste, dass sie nicht widerstand, stattdessen nachgab, dahinschmolz, sich unterwarf. So wie sie wusste, dass, sollte diese Unterwerfung erst komplett sein, sie auch alle Brücken hinter sich abgebrochen haben würde.

„Wir werden nur zwei Menschen sein, die das Bett miteinander teilen", murmelte sie. „Sonst nichts."

Ob es nun eine Frage oder eine Feststellung war, Cliff versuchte zu glauben, dass es stimmte. Wenn da mehr war, würde es nicht enden, und dann hing er für den Rest seines Lebens an einer Frau, die er kaum verstand. Gab es nur Verlangen, so konnte er seine Beherrschung aufgeben und alles nehmen, ohne dass daraus Folgen entstanden. Wenn Maggie in seinen Armen weich und heiß wurde, was kümmerten ihn die Folgen?

„Lass mich dich fühlen", murmelte er an ihren Lippen. „Ich

will deine Haut unter meinen Händen, glatt und heiß. Ich will dein Herz klopfen hören."

Alles, dachte sie benommen. Sie würde ihm alles geben, wenn er ihr nur so nah blieb wie jetzt, solange sein Mund mit dieser dunklen, verzweifelten, berauschenden Verführung ihrer Sinne weitermachte. Er zog ihr das T-Shirt über den Kopf und strich mit den Händen über ihre Seiten, hinunter und wieder hinauf. Dieses Streicheln machte sie fast wahnsinnig vor Verlangen nach mehr. Sein Shirt kratzte an ihren aufgerichteten Brustspitzen, bis seine Hände diese eroberten.

Jetzt konnte er ihr Herz klopfen fühlen, und sie hörte es in ihrem Kopf dröhnen. Ihre Schenkel, nur von dünnen Stoffschichten getrennt, pressten sich gegen die seinen. Sie erinnerte sich an jede Linie und Kurve seines Körpers und wie er sich warm und verlangend und nackt auf ihr angefühlt hatte.

Er roch nach Arbeit und freier Natur, mit einem Hauch von Schweiß und frisch umgegrabener Erde. Während der Duft durch ihre Sinne jagte, strich sie mit den Lippen über sein Gesicht und seinen Hals, um ihn zu schmecken.

Unzivilisiert wie das Land, auf dem sie beide standen. Lockend und nie ganz gezähmt wie die dichten Wälder, die sie umgaben. In beidem lag Gefahr und Lust. Maggie schob alle Vernunft von sich und lieferte sich aus.

„Jetzt", forderte sie heiser. „Ich will dich jetzt."

Ohne Gefühl für Zeit und Ort und ohne Zögern sanken sie zu Boden. Der Kampf mit den Kleidern verstärkte nur die Hitze des verzweifelten und nicht nachlassenden Verlangens, das überall entstand, wo sie einander berührten. Wärme an Wärme, so fanden sie zusammen.

Als das Telefon neben ihnen an der Wand klingelte, hörte es keiner von ihnen.

Ein Beben, ein Stöhnen, raue Zärtlichkeit, Duft und Wildheit der Leidenschaft – das war ihre Welt. Drängend und immer drängender suchten sie den Geschmack und die Berührung des anderen, als würde der Hunger nie gestillt werden können. Der Boden war hart und glatt unter ihnen. Sie rollten darüber, als wäre er weich wie von Federn bedeckt. Sonnenlicht strömte herein und fiel auf sie, während sie alle Geheimnisse der Nacht erforschten.

Heiß und offen fand sein Mund den ihren. Das Verlangen, sie ganz zu besitzen, ließ ihn schier verglühen. Seine Finger gruben sich in ihre Hüften, als er sich über sie schob, ihre Haut aufreizend über die seine glitt. Er fühlte sie pulsieren, in dem gleichen Rhythmus, in dem die Flut der Leidenschaft gegen den geschwächten Damm seiner Selbstbeherrschung schlug. In dem Moment der Vereinigung bog sich ihr Körper ihm in benommener Lust entgegen. Das Tempo war hektisch und machte sie beide hilflos in ihrer Raserei. Immer weiter trieben sie einander an, gnadenlos, rücksichtslos.

Mit halb geschlossenen Augen sah Cliff sie unter dem Gipfelsturm erschauern. Dann wurde er gemeinsam mit ihr von der Kraft der unbändigen Hitze fortgerissen.

9. KAPITEL

Waren Stunden vergangen, oder war sein Zeitgefühl noch immer verzerrt? Cliff versuchte nach dem Sonnenstand die Uhrzeit zu schätzen, war sich jedoch nicht sicher. Er fühlte sich mehr als ausgeruht. Er fühlte sich wieder belebt. Er drehte den Kopf und beobachtete die neben ihm schlafende Maggie. Obwohl er sich nur vage daran erinnerte, was er getan hatte, wusste er, dass er sie nach oben getragen hatte, wo sie aufs Bett gesunken waren. Miteinander verschlungen, waren sie in einen erschöpften Schlaf gefallen. Ja, dieser Teil war vage, aber der Rest ...

Sie murmelte im Schlaf, und er runzelte die Stirn und zog sie unbewusst näher an sich heran. Obwohl er ihr gesagt hatte, dass sie nichts mit den Ereignissen von vor zehn Jahren zu tun habe, gefiel es Cliff nicht, dass sie in diesem großen, abgelegenen Haus allein war. Dass Morganville eine ruhige Stadt war, änderte nichts daran. Unter jeder Ruhe gab es unterschwellige Strömungen. Das war in den letzten zwei Wochen klar geworden.

Wer immer William Morgan getötet hatte, war ein Jahrzehnt straflos ausgegangen. Wer immer ihn ermordet hatte, war wahrscheinlich täglich in den Straßen der Stadt zu sehen, plauderte vor der Bank, feuerte die Jugendlichen bei den Baseballspielen der Little League an. Kein angenehmer Gedanke. Genauso wenig angenehm war die Schlussfolgerung, dass derjenige, der einmal getötet hatte, alles Nötige tun mochte, um sein ruhiges Leben in einer Stadt fortführen zu können, in der jeder seinen Namen und seine Vergangenheit kannte. Es mochte ein Klischee sein, dass der Mörder an den Ort des Verbrechens zurückkehrte, aber ...

Maggie wachte benommen auf und fragte sich, ob es Morgen war. Als sie das Haar mit beiden Händen zurückschob, fühlte sie die süße Schwere in ihren Gliedern, die von der erfüllten Leidenschaft stammte. Abrupt wurde sie ganz wach. Das Bett neben ihr war leer.

Sie hatten sich auf dem Küchenboden geliebt. Und sie erinnerte sich klar daran, wie Cliff sie die Treppe heraufgetragen hatte, als wäre sie eine Kostbarkeit. Das war eine warme, eine andere Erinnerung als die an die erotische Szene, die der letzten vorangegangen war. Eine derartige Erinnerung war etwas, woran sie sich in Zukunft in langen, ruhelosen Nächten festhalten konnte.

Aber er war gegangen, ohne ein Wort zu sagen.

Werde erwachsen, Maggie, befahl sie sich. Sei vernünftig. Von Anfang an hatte sie gewusst, dass dies keine Romanze war, sondern primitives Verlangen. Er liebte sie nicht, sie liebte ihn nicht. Es versetzte ihr einen Stich, aber sie beharrte darauf. Nein, sie liebte ihn nicht. Sie konnte sich das nicht leisten.

Er war ein harter Mann, auch wenn sie seine sanfteren Seiten erlebt hatte. Er war intolerant, ungeduldig und meistens unhöflich. Eine Frau sollte ihr Herz nicht an einen solchen Mann hängen. Jedenfalls hatte er klargestellt, dass er ihren Körper und nur ihren Körper wollte. Zweimal hatte sie beschlossen, ihm das Gewünschte zu geben, so dass sie kein Recht hatte, etwas zu bedauern, auch wenn er wortlos gegangen war.

Maggie legte ihre Arme über die Augen und weigerte sich, die wachsende Angst zu akzeptieren, sie könnte ihm schon mehr als ihren Körper gegeben haben, ohne dass es einer von ihnen gemerkt hatte.

Dann hörte sie es, das leise Knarren direkt über ihr. Langsam nahm sie die Arme herunter und lag ganz still. Als es ein zweites Mal ertönte, stieg Panik in ihrer Kehle auf. Sie war wach, es war mitten am Nachmittag, und die Geräusche kamen von ihrem Dachboden und nicht aus ihrer Fantasie.

Obwohl sie zitterte, verließ sie ruhig das Bett. Diesmal wollte sie sich nicht in ihrem Zimmer verkriechen, während jemand in ihrem Haus herumschlich. Diesmal, dachte sie und befeuchtete die Lippen, während sie das T-Shirt überzog, diesmal wollte sie herausfinden, wer es war und was er wollte. Kalt und mit Überlegung griff sie nach dem Feuerhaken vom Kamin und schlüpfte auf den Korridor.

Die Treppe zum Dachboden lag rechts von ihr. Als sie sah, dass die Tür am oberen Ende offen stand, wurde sie wieder von Angst gepackt. Seit ihrem Einzug war diese Tür nicht geöffnet worden. Zitternd, aber entschlossen, packte sie den Schürhaken fester und schlich die Treppe hinauf.

An der Tür blieb sie stehen und hörte drinnen das Rascheln einer Bewegung. Sie presste die Lippen aufeinander, schluckte und trat ein.

„Verdammt, Maggie, mit dem Ding könntest du jemanden verletzen."

Sie prallte zurück. „Was machst du hier oben?" fragte sie, während Cliff ihren finsteren Blick erwiderte.

„Nachsehen. Wann warst du zum letzten Mal hier oben?"

Sie stieß den Atem aus, um sich von der angestauten Spannung zu befreien. „Noch nie. Das steht auf meiner Prioritätenliste ganz unten. Seit ich eingezogen bin, war ich nie hier oben."

Er nickte und sah sich noch einmal um. „Aber irgendjemand war hier."

Zum ersten Mal blickte sie sich um. Wie vermutet, gab es nicht viel mehr als Staub und Spinnweben. Der Dachboden war hoch genug, dass Cliff aufrecht stehen konnte und noch ein paar Zentimeter Freiraum blieben. An den Seiten fiel der Dachboden, der Neigung des Daches entsprechend, ab. Es gab einen alten Schaukelstuhl, der nach einer Aufarbeitung sehr hübsch sein mochte, ein Sofa, bei dem alle Mühe umsonst sein würde, zwei Lampen ohne Schirme und einen großen, aufrecht stehenden Schrankkoffer.

„Sieht so aus, als wäre seit vielen Jahren niemand hier gewesen."

„Ich würde eher auf eine Woche tippen", verbesserte Cliff. „Sieh dir das an."

Er ging zu dem Schrankkoffer. Maggie verzog das Gesicht wegen der Staubschicht auf dem Boden und tappte barfuß hinter ihm her. „Und?" fragte sie. „Joyce erwähnte, dass hier oben ein paar Dinge sind, für die sie keine Verwendung hat. Ich habe ihr gesagt, dass sie sich keine Gedanken darum machen soll und dass ich mich selbst darum kümmern werde, wenn ich Zeit dazu finde."

„Ich würde sagen, jemand hat bereits etwas geholt." Cliff kauerte sich vor den staubbedeckten Schrankkoffer und deutete auf eine Stelle.

Maggie unterdrückte einen Niesreiz und beugte sich herunter. Dann bemerkte sie es. Neben dem Schloss und sehr schwach malte sich der Abdruck einer Hand ab. „Aber ..."

Cliff packte ihr Handgelenk, bevor sie den Abdruck berühren konnte. „Das würde ich nicht tun."

„Jemand war hier", murmelte sie. Sie bemühte sich um Ruhe und sah wieder zu Cliff. „Aber was sollte jemand hier oben in diesem Ding gesucht haben?"

„Gute Frage." Er richtete sich auf und behielt ihre Hand in der seinen.

Sie wollte es auf die leichte Schulter nehmen. „Wie wäre es mit einer guten Antwort?"

„Mal sehen, was der Sheriff davon hält."

„Du meinst, das hat etwas mit ... dieser anderen Sache zu tun?" Ihre Stimme klang ruhig, aber mit seinen Fingern an ihrem Handgelenk wusste er, dass ihr Puls es nicht war.

„Ich finde das Zusammentreffen seltsam. Zufälle sind eine sonderbare Sache. Du solltest diesen nicht unbeachtet lassen."

„Nein. Ich rufe den Sheriff."

„Ich mache es."

Sie blieb gereizt in der Tür stehen. „Das hier ist mein Haus", setzte sie an.

„Sicher", stimmte Cliff sanft zu und verblüffte sie dann damit, dass er mit den Händen über ihre nackten Schenkel zu ihren Hüften strich. „Ich habe nichts dagegen, dich nur halb bekleidet zu sehen, aber Stan könnte es ablenken."

„Sehr witzig."

„Nein, sehr schön." Während sie ihm aus großen Augen entgegensah, senkte er den Kopf und küsste sie zum ersten Mal sanft. Als er den Kopf wieder hob, bewegte sie sich nicht und sagte nichts. Ihre Augen waren noch immer geöffnet. „Ich rufe den Sheriff", sagte Cliff rau. „Du ziehst dir etwas an."

Ohne auf ihre Antwort zu warten, ging er zur Treppe und ließ sie stehen. Benommen hob Maggie einen Finger und strich sich über die Lippen. Das war so unerwartet gewesen und so schwierig zu erklären wie alles andere, das sich zwischen ihnen abgespielt hatte.

Verwirrt ließ Maggie den Feuerhaken gegen die Tür gelehnt und kehrte in ihr Zimmer zurück. Sie hatte nicht gewusst, dass er so küssen konnte – zärtlich, sanft. Sie hatte auch nicht gewusst, dass ihr Herz stehen bleiben und ihr Atem stocken konnte. Dieser völlig andere Kuss hatte eine völlig andere Reaktion ausgelöst.

Einer leidenschaftlichen, aggressiven Forderung konnte sie mit ihrer eigenen Leidenschaft und Aggression begegnen. Darin waren sie einander ebenbürtig, und wenn sie keine Kontrolle besaß, so besaß Cliff auch keine. Verlangen konnte man mit Verlangen begegnen, Feuer mit Feuer. Aber Zärtlichkeit ... Was sollte sie machen, wenn er sie noch einmal so küsste? Und wie lange musste sie darauf warten, dass er es wieder tat? Eine Frau konnte sich in einen Mann verlieben, der so küsste ...

Maggie riss sich zusammen. Manche Frauen, verbesserte sie

sich, während sie hastig ihre Jeans anzog. Nicht sie. Sie würde sich nicht in Cliff Delaney verlieben. Er war nichts für sie. Er wollte nicht mehr als ...

Dann erinnerte sie sich daran, dass er nicht ohne Wort gegangen war. Er war überhaupt nicht gegangen ...

„Maggie!"

Die Stimme vom Fuß der Treppe ließ sie zusammenzucken. „Ja." Sie antwortete ihm, während sie ihr erstauntes Gesicht im Spiegel anstarrte.

„Stan ist unterwegs."

„In Ordnung, ich komme." In einer Minute, fügte sie in Gedanken hinzu. Sie setzte sich auf ihr Bett, als könnte sie ihren Beinen nicht vertrauen.

Falls sie sich in Cliff verliebte, sollte sie es lieber jetzt zugeben, solange man noch etwas dagegen machen konnte.

Konnte man denn noch etwas dagegen machen? Es traf sie, dass es vielleicht schon zu spät war. Vielleicht war es schon in dem Moment zu spät gewesen, als er aus seinem Pick-up gestiegen war und seinen Fuß auf ihr Land gesetzt hatte.

Und was jetzt? fragte sie sich. Sie hatte zugelassen, dass sie sich in einen Mann verliebte, den sie kaum kannte, den sie nur wenig verstand und den sie die meiste der gemeinsam verbrachten Zeit nicht einmal unbedingt mochte. Er verstand sie ganz sicher nicht und schien das auch nicht zu wollen.

Doch er hatte eine junge Weide in ihrem Garten gepflanzt. Vielleicht verstand er mehr, als einem von ihnen bewusst war. Natürlich konnte nicht wirklich etwas zwischen ihnen sein. Sie waren wesensmäßig durch Welten getrennt. Doch im Moment hatte sie keine andere Wahl, als ihrem Herzen zu folgen und zu hoffen, dass ihr Verstand sie irgendwie im Gleichgewicht halten würde. Während sie aufstand, erinnerte Maggie sich resigniert daran, dass das bisher auch nie der Fall gewesen war.

Unten war es still, aber sobald sie an den Treppenabsatz kam, roch sie Kaffee. Einen Moment stand sie da und fragte sich, ob sie verärgert oder erfreut sein sollte, weil Cliff sich häuslich einrichtete. Ohne sich entscheiden zu können, betrat sie die Küche.

„Willst du eine Tasse?" fragte Cliff, als sie eintrat. Er lehnte in seiner üblichen Haltung an der Theke und trank seinen Kaffee.

Maggie hob eine Augenbraue. „Tatsächlich, ich will eine Tasse. Hattest du irgendwelche Schwierigkeiten, alles zu finden, was du brauchtest?"

Er ignorierte den Sarkasmus und holte noch eine Tasse aus dem Schrank. „Nein. Du hattest kein Mittagessen."

„Für gewöhnlich esse ich nie zu Mittag." Sie trat hinter ihn, um sich den Kaffee selbst einzuschenken.

„Ich schon", sagte er schlicht. Mit einer Selbstverständlichkeit, die in Maggies Augen an Arroganz grenzte, öffnete er den Kühlschrank und begann zu suchen.

„Bedien dich ruhig", murmelte sie, bevor sie sich die Zunge an dem Kaffee verbrühte.

„Du solltest lieber lernen, dir einen Vorrat anzulegen", erklärte Cliff, als er ihre Bestände entmutigend mager fand. „Im Winter ist es nicht ungewöhnlich, dass man an einer solchen Nebenstraße für eine Woche eingeschneit wird."

„Ich werde daran denken."

„Du isst dieses Zeug?" fragte er und schob einen Karton mit Jogurt beiseite.

„Zufälligerweise mag ich ‚dieses Zeug'." Sie stellte sich neben ihn und wollte die Kühlschranktür zuschlagen, ob er mit der Hand noch drinnen war oder nicht. Cliff trickste sie aus, indem er ein gebratenes Hühnerbein herausnahm und beiseite trat. „Ich möchte dich nur wissen lassen, dass du mein Abendessen isst."

„Willst du abbeißen?" Die Liebenswürdigkeit in Person, streckte er ihr das Hühnerbein hin. Maggie konzentrierte sich darauf, ihre Lippen am Lächeln zu hindern.

„Nein."

„Komisch.“ Cliff nahm einen Bissen und kaute nachdenklich. „Wenn ich nur schon in diese Küche komme, scheint mein Appetit zu wachsen.“

Sie schoss ihm einen Blick zu und war sich wohl bewusst, dass sie jetzt auf der Stelle stand, an der sie sich vor kurzer Zeit wild geliebt hatten. Wenn er sie erregen wollte, hatte er Erfolg. Wenn er sie von der Entdeckung auf dem Dachboden ablenken wollte, hatte er ebenfalls Erfolg. So oder so, Maggie fand, dass sie ihm nicht widerstehen konnte.

Bewusst trat sie einen Schritt näher an ihn heran und fuhr mit ihren Händen langsam an seiner Brust hinauf. Es war an der Zeit, ihm etwas mit gleicher Münze zurückzuzahlen. „Vielleicht bin ich ja doch hungrig“, murmelte sie, stellte sich auf die Zehen und strich mit ihren Lippen aufreizend über die seinen.

Weil er damit nicht gerechnet hatte, tat Cliff gar nichts. Von Anfang an hatte er sie verfolgt und verführt. Sie war die Lady, die Kronprinzessin mit jener wollüstigen Leidenschaft, von der Männer an langen, dunklen Abenden oft fantasierten. Als er jetzt in diese tiefen, samtenen Augen blickte, hielt er sie mehr für eine Hexe. Während sein Blut zu sieden begann, fragte er sich, wer denn nun verfolgt und verführt worden war.

Sie raubte ihm den Atem – allein schon ihr Duft. Sie verschleierte seinen Verstand – allein schon ihre Berührung. Wenn sie ihn so mit wissenden Augen ansah, ihre geöffneten Lippen nahe, war sie die einzige Frau, die er wollte, die einzige Frau, die er kannte. In solchen Momenten begehrte er sie mit einem Feuer, das nie auszugehen versprach. Ganz plötzlich und ganz klar jagte sie ihm Angst ein.

„Maggie.“ Er hob eine Hand, um sie abzuwehren oder näher an sich heranzuziehen. Er sollte es nie erfahren, da der Hund zu bellen begann und von draußen das Dröhnen eines Wagens zu hören war, der sich die Straße heraufquälte. Cliff ließ seine Hand wieder sinken. „Das wird Stan sein.“

„Ja.“ Sie betrachtete ihn mit offener Neugierde.

„Du solltest lieber die Tür öffnen.“

„In Ordnung.“ Sie hielt noch ihren Blick für einen Moment auf seine Augen gerichtet und freute sich über die Unsicherheit, die sie darin sah. „Kommst du?“

„Ja, gleich.“ Er wartete, bis sie gegangen war, und stieß dann tief und unbehaglich den Atem aus. Das war zu knapp gewesen, als dass er sich hätte wohl fühlen können. Zu knapp woran, das wusste er nicht, aber er wusste, dass er es nicht mochte. Nachdem sein Appetit sonderbarerweise verschwunden war, ließ Cliff das Hühnerbein liegen und griff nach seinem Kaffee. Als er bemerkte, dass seine Hände nicht ganz ruhig waren, stürzte er den Inhalt auf einmal hinunter.

Maggie fand, dass es eine ganze Menge gab, worüber sie nachdenken konnte. Der Sheriff war wieder an ihrer Tür, Cliff stand in ihrer Küche, als hätte er einen Schlag erhalten, und ihr eigener Kopf war ganz leicht von einem Gefühl – Macht? –, dass sie nicht wusste, was als Nächstes passieren würde. Ihr Umzug aufs Land hatte ihr ganz sicher keine Ruhe gebracht. Sie hatte sich noch nie in ihrem Leben so aufgeputscht gefühlt.

„Miss Fitzgerald.“

„Sheriff.“ Maggie hob Killer auf den Arm, denn er führte sich ziemlich verrückt auf und hörte nicht auf zu bellen.

„Da haben Sie eine ganz schöne Bestie“, bemerkte er, streckte die Hand aus und ließ den Welpen vorsichtig daran schnüffeln. „Cliff hat mich angerufen“, fuhr er fort. „Sagte, es sieht so aus, als sei jemand in das Haus eingebrochen.“

„Das scheint die einzige Erklärung zu sein.“ Maggie wich zurück und kämpfte sowohl mit dem Welpen als auch mit der Tür. „Obwohl es für mich keinen Sinn ergibt. Offenbar war letzte Woche jemand auf dem Dachboden.“

„Letzte Woche?“ Stan kümmerte sich selbst um die Tür und legte dann seine Hand leicht und scheinbar nachlässig an den

Griff seines Revolvers. „Warum haben Sie nicht schon früher angerufen?"

Maggie kam sich albern vor, setzte den Hund auf den Boden und schickte ihn mit einem ungeduldigen Schubs gegen das Hinterteil in Richtung Musikzimmer. „Ich bin irgendwann mitten in der Nacht aufgewacht und habe Geräusche gehört. Zugegeben, ich geriet in Panik, aber am Morgen ..." Sie verstummte und zuckte die Schultern. „Am Morgen dachte ich, es sei meine Fantasie gewesen. Daher habe ich die ganze Sache mehr oder weniger vergessen."

Stan hörte zu, und sein Nicken drückte Verständnis aus. „Und jetzt?"

„Ich habe es zufällig Cliff gegenüber heute ... äh ... heute Morgen erwähnt. Das hat ihn neugierig genug gemacht, um auf den Dachboden hinaufzugehen."

„Verstehe." Maggie hatte das Gefühl, dass er nur zu gut verstand.

„Stan." Cliff kam von der Küche und wirkte völlig entspannt. „Danke, dass du gekommen bist."

Das hätte ich sagen sollen, dachte Maggie, aber bevor sie den Mund öffnen konnte, sprachen die Männer schon an ihr vorbei. „Gehört zu meinem Job", stellte Stan fest. „Du hast ja auch einen ganz schönen Job da draußen auf dem Grundstück."

„Es geht voran."

Stan warf ihm ein schiefes Lächeln zu. „Du hast Herausforderungen schon immer gemocht."

Sie kannten einander offensichtlich sehr gut. Die Anspielung galt sowohl der Frau als auch dem Land, ohne Zweifel. „Ohne sie wäre alles langweilig", erwiderte er sanft.

„Ich habe gehört, du hast etwas auf dem Dachboden gefunden."

„Ja. Ich glaube, jemand hat da herumgeschnüffelt."

„Das sollte ich mir lieber ansehen."

„Ich zeige es Ihnen", sagte Maggie mit ausdrucksloser Stimme, warf Cliff einen viel sagenden Blick zu und ging ihm voraus.

An der Tür zum Dachboden bemerkte Stan den Feuerhaken, der noch immer dagegen lehnte. „Jemand könnte darüber stolpern", sagte er ruhig.

„Ich muss ihn vorhin hier vergessen haben." Sie übersah Cliffs Grinsen.

„Sieht so aus, als wäre schon lange niemand hier oben gewesen", bemerkte Stan, als er sich eine Spinnwebe aus dem Gesicht wischte.

„Ich war bis heute überhaupt nicht hier oben." Maggie schauderte, als eine große schwarze Spinne gemächlich links von ihr die Wand hinaufkroch. Bisher hatte sie noch bei niemandem erwähnt, dass hauptsächlich die Aussicht auf Insekten und Mäuse sie fern gehalten hatte. „Es gab so viel anderes im Haus zu tun." Behutsam wich sie von der Wand zurück.

„Hier oben ist nicht viel." Stan rieb sich mit der Hand über das Kinn. „Joyce und ich haben alles herausgeräumt, woran wir interessiert waren, als wir es erbten. Louella hatte schon, was sie wollte. Wenn Sie noch nie hier oben waren", fuhr er fort und sah sich langsam um, „woher wissen Sie dann, dass etwas fehlt?"

„Ich weiß es nicht. Es geht um das hier." Sie zeigte auf den Schrankkoffer, kauerte sich vor ihm hin und wies auf den Handabdruck.

Stan beugte sich über sie, und sie roch das billige Aftershave aus dem Kaufhaus, das er benutzte. Mit einer Woge der Nostalgie erinnerte sie sich plötzlich, dass der Fahrer ihrer Mutter genau das gleiche benutzt hatte. Aus diesem schlichten Grund wurde ihr Vertrauen zu ihm bestätigt.

„Das ist sonderbar", murmelte Stan und achtete darauf, die schwachen Umrisse nicht zu verwischen. „Haben Sie den Koffer geöffnet?"

„Keiner von uns hat ihn auch nur angefasst“, sagte Cliff von hinten.

Stan nickte und drückte den Verschluss. Seine andere Hand hob sich automatisch und stockte dort, wo sich der Handabdruck befand. „Sieht so aus, als hätte jemand zugegriffen.“ Vorsichtig legte er seine Hand an den Verschluss und zog. „Zugesperrt.“ Er kauerte sich auf die Fersen und betrachtete finster den Schrank. „Der Teufel soll mich holen, wenn ich mich erinnern kann, was sich in diesem Ding befindet oder ob es einen Schlüssel gibt. Joyce könnte es wissen – noch eher Louella. Allerdings ...“ Kopfschüttelnd stand er wieder auf. „Es ergibt nicht viel Sinn, dass jemand einbricht und etwas aus diesem alten Schrankkoffer nimmt, besonders jetzt, da das Haus zum ersten Mal seit zehn Jahren wieder bewohnt ist.“ Er blickte Maggie an. „Sind Sie sicher, dass unten nichts fehlt?“

„Ja ... das heißt, ich glaube nicht. Fast alles, was ich mir schicken ließ, steckt noch in Kisten.“

„Könnte nicht schaden, sich genauer umzusehen.“

„In Ordnung.“ Sie kehrte in den ersten Stock zurück, wobei sie hoffte, dass etwas fehlte. Das hätte Sinn ergeben. Das wäre greifbar gewesen. Der schwache Handabdruck an dem Schrankkoffer und die fehlende Erklärung verursachten ihr ein flaues Gefühl im Magen. Ein richtiger Einbruch hätte sie nur wütend gemacht.

Die beiden Männer folgten ihr ins Schlafzimmer, wo sie zuerst nach ihrem Schmuck sah. Alles war genau, wie es sein sollte. Im nächsten Schlafzimmer standen Kisten, ganz offensichtlich unberührt und ungeöffnet.

„Das wäre hier oben alles. Unten gibt es noch mehr Kisten und einige Gemälde, die ich noch nicht habe rahmen lassen.“

„Sehen wir es uns an.“

Maggie nickte und ging den Männern wieder voran zur

Treppe. „Mir gefällt das nicht“, sagte Cliff gedämpft zu Stan. „Und du glaubst auch nicht, dass unten etwas fehlt.“

„Nur ein Einbruch ergibt einen Sinn, Cliff.“

„Eine Menge Dinge haben keinen Sinn ergeben, seit wir in diesem Graben zu buddeln begonnen haben.“

Stan stieß leise den Atem aus. „Ich weiß, und oft gibt es einfach keine Antworten.“

„Wirst du es Joyce erzählen?“

„Vielleicht muss ich es.“ Stan blieb am Fuß der Treppe stehen und fuhr sich mit der Hand über den Nacken. „Sie ist eine starke Frau, Cliff. Ich glaube, ich habe gar nicht gewusst, wie stark, bis diese Sache anfing. Ich weiß, als wir geheiratet haben, dachten viele Leute, ich würde es wegen ihrer Erbschaft tun.“

„Niemand, der dich kannte, dachte so.“

Stan zuckte die Schultern. „Wie auch immer, das legte sich nach einer Weile, legte sich vollständig, nachdem ich Sheriff geworden war. Manchmal habe ich mich gefragt, ob Joyce auch jemals so gedacht hat.“

„Hätte sie es getan, würde sie es mir erzählt haben“, sagte Cliff unverblümt.

Mit einem knappen Lachen wandte Stan sich zu ihm. „Ja, das hätte sie.“

Maggie kam aus dem Musikzimmer auf den Korridor zurück. „Hier fehlt auch nichts. Ich habe ein paar Sachen im Wohnzimmer, aber ...“

„Wir sollten gründlich vorgehen“, meinte Stan, überquerte den Korridor und trat über die Schwelle. „Streichen Sie?“ fragte er, als er die Dose und den Pinsel am Fenster entdeckte.

„Ich wollte heute die Rahmen hier drinnen streichen“, erwiderte sie abwesend, während sie einige weitere Umzugskisten überprüfte, „aber dann kam Mrs. Morgan und ...“

„Louella?“ unterbrach Stan sie verwundert.

Bei seinem Stirnrunzeln spielte Maggie es herunter. „Ja. Sie ist nicht lange geblieben. Wir haben uns nur die Fotos angesehen, die sie mir geliehen hat." Zerstreut griff sie nach dem Packen. „Ach ja, ich wollte sie dir zeigen, Cliff. Ich dachte, du könntest mir vielleicht einen Rat geben, wie ich Kletterrosen wie diese hier pflanzen kann."

Während die Männer sie flankierten, blätterte sie die Bilder durch. „Louella hatte ganz sicher ein Gefühl dafür, es so aussehen zu lassen, als würden die Blumen ganz von selbst wachsen", murmelte sie. „Ich weiß nicht, ob ich das Talent dafür habe."

„Sie hat diesen Besitz hier immer geliebt", sagte Stan. „Sie ..." Er stockte, als sie an das Farbfoto von ihm und Morgan kam. „Das hatte ich ganz vergessen", sagte er nach einem Moment. „Joyce hat es am ersten Tag der Rotwildsaison gemacht."

„Louella hat erwähnt, dass sie jagen ging."

„Das hat sie getan", warf Cliff ein, „weil Morgan es wollte. Er hatte eine ... Schwäche für Waffen."

Und ist durch eine gestorben, dachte Maggie schaudernd. Sie legte die Fotos mit dem Bild nach unten. „Hier fehlt soweit nichts. Jedenfalls nicht auf den ersten Blick, Sheriff."

Er starrte auf den Packen Fotos hinunter. „Nun, dann überprüfe ich die Türen und Fenster, ob irgendetwas aufgebrochen wurde."

„Sie können nachsehen." Maggie seufzte. „Aber ich weiß nicht, ob die Türen verschlossen waren, und die Hälfte der Fenster waren zumindest nicht verriegelt."

Er warf ihr jenen Blick zu, den Eltern ihren Kindern zuwerfen, wenn sie etwas Unvernünftiges sagen. „Ich schau mich trotzdem um. Man kann nie wissen."

Nachdem er hinausgegangen war, ließ Maggie sich auf das Sofa fallen. Als hätte er nichts Besseres zu tun, ging Cliff an die Uhr auf dem Kaminsims und begann sie aufzuziehen. Killer kam unter dem Sofa hervor und umtanzte Cliffs Beine. Die Spannung im Raum war greifbar. Maggie fragte sich schon gar nicht mehr, ob es irgendwann einmal zu einer Lösung käme.

„Nichts ist aufgebrochen worden", verkündete Stan von der Zimmertür her. „Ich fahre in die Stadt, schreibe ein Protokoll und mache mich an die Arbeit. Nur ..." Er schüttelte den Kopf. „Ich kann nichts versprechen. Ich schlage vor, Sie verschließen von jetzt an alle Türen."

„Ich bleibe die nächsten Tage hier", verkündete Cliff und verschlug damit Stan und Maggie die Sprache. „Maggie wird nicht allein sein, obwohl der Einbrecher vermutlich schon mitgenommen hat, was immer er aus dem Haus haben wollte."

„Ja." Stan kratzte sich an der Nase und verbarg beinahe ein Grinsen. „Ich fahre jetzt zurück. Ich finde allein hinaus."

Maggie war noch immer zu verblüfft, um sich zu verabschieden. Sie starrte Cliff an, bis sich die Haustür schloss. „Was meinst du damit, dass du hier bleiben wirst?"

„Zuerst müssen wir Lebensmittel einkaufen. Ich kann nicht von den Dingen leben, die du in diesem Kühlschrank hältst."

„Niemand hat dich gebeten, davon zu leben", sagte sie scharf und sprang vom Sofa auf. „Und niemand hat dich gebeten, hier zu bleiben. Ich verstehe nicht, wieso ich dich ständig daran erinnern muss, wessen Haus und Grundstück das ist."

„Das verstehe ich auch nicht."

„Du hast es ihm erzählt", fuhr sie fort. „Du hättest genauso gut der ganzen Stadt verkünden können, dass du und ich ..."

„Dass wir genau das sind, was wir sind", beendete Cliff leichthin. „Du solltest dir lieber Schuhe anziehen, wenn wir in die Stadt fahren."

„Ich fahre nicht in die Stadt, und du bleibst nicht hier."

Er bewegte sich so schnell, dass sie völlig überrumpelt wurde. Seine Hände schlossen sich um ihre Arme. „Ich lasse nicht zu, dass du allein bist, solange wir nicht wissen, was hier vor sich geht."

„Ich habe dir bereits gesagt, dass ich auf mich selbst aufpassen kann."

„Vielleicht kannst du das, aber das wirst du nicht gerade jetzt ausprobieren. Ich bleibe."

Sie starrte ihn lange an. Die Wahrheit war, dass sie nicht allein sein wollte. Die Wahrheit war, dass sie ihn wollte, vielleicht zu sehr, als gut für sie war. Doch er war derjenige, der darauf bestand. Und da er darauf bestand, lag ihm vielleicht mehr an ihr, als er zugeben wollte. Vielleicht sollte sie dieses Wagnis eingehen.

„Wenn ich dich hier bleiben lasse ...", setzte sie an.

„Ich bleibe hier."

„Wenn ich dich hier bleiben lasse", wiederholte sie kühl, „musst du heute das Abendessen kochen."

Er hob eine Augenbraue, und der Griff an seinem Arm entspannte sich leicht. „Nachdem ich deine Kochkunst genossen habe, wirst du keinen Widerspruch hören."

Ohne beleidigt zu sein, nickte sie. „Fein. Ich hole meine Schuhe."

„Später." Bevor sie wusste, worauf er aus war, nahm er sie auf den Arm und trug sie zurück auf das Sofa. „Wir haben noch den ganzen Tag vor uns."

10. KAPITEL

Maggie sah es als Ironie des Schicksals an, dass sie sich gerade daran gewöhnt hatte, allein zu leben, und jetzt nicht mehr allein lebte. Cliff führte den Übergang unauffällig durch. Kein Aufheben, kein Theater. Straffe Organisation schien ein Teil von ihm zu sein. Sie hatte organisierte Menschen immer respektiert – aus sicherer Entfernung.

Er ging frühmorgens, lange bevor sie es als menschlich erträglich betrachtete, das Bett zu verlassen. Er war leise und schnell und weckte sie nie auf. Wenn sie sich morgens die Treppe hinuntertastete, fand sie manchmal eine gekritzelte Nachricht neben der Kaffeekanne.

„Hörer war wieder neben dem Telefon", stand vielleicht darauf. Oder: „Milch ist knapp. Ich bringe welche mit."

Nicht gerade Liebesbriefe, dachte Maggie trocken. Ein Mann wie Cliff brachte seine Gefühle nicht zu Papier, wie sie das tat. Das war nur ein weiterer Gegensatz zwischen ihnen.

Dennoch begann sie, ihn zu verstehen. Je besser sie ihn verstand, desto schwerer wurde es, ihre stetig wachsende Liebe für ihn zu kontrollieren. Er war kein Mann, dessen Gefühle gedrängt oder geleitet werden konnten. Sie war eine Frau, deren Gefühle nach dem kleinsten Anstoß mit ihr in jeder beliebigen Richtung davonliefen.

Cliff hatte sich selbst zu ihrem Leibwächter erklärt, und abends, wenn die Sonne unterging und die Wälder still waren, gehörte ihr Körper ihm. Er akzeptierte ihre Leidenschaft und ihr Verlangen. Vielleicht würde er eines Tages auch ihre Gefühle akzeptieren.

Maggie war gerade in ihrem Badezimmer damit beschäftigt, neue Kacheln auf dem Boden zu verlegen, betrachtete die sechs Stück, die sie geschafft hatte, und nickte. Sie war recht geschickt geworden. Obwohl ihre Stiefmütterchen sich nie erholt hatten, waren sie ihr einziger größerer Fehler geblieben.

Maggie griff nach der nächsten Kachel, als sie sich an einer scharfen Kante schnitt. Der Preis, wenn man sein eigener Handwerker ist, befand sie, ging zum Waschbecken und ließ Wasser über ihren Finger laufen.

Als der Hund zu bellen begann, drehte sie das Wasser ab und hörte das Motorengeräusch. Vom Fenster aus sah sie, wie Lieutenant Reiker um die letzte Kurve bog.

Warum kommt er wieder, fragte sie sich stirnrunzelnd. Sie konnte ihm einfach keine Informationen mehr geben. Als er sich dem Haus nicht sofort näherte, blieb Maggie, wo sie war. Er ging den Pfad aus Steinplatten entlang, den Cliffs Leute erst diese Woche gelegt hatten. Als er das Ende erreichte, blickte er in den Graben. Langsam zog er eine Zigarette hervor und zündete sie mit einem Streichholz an. Eine Weile stand er nur da, rauchte und betrachtete Erde und Steine, als hätten sie die gewünschten Antworten. Dann drehte er sich um und blickte direkt zu dem Fenster herauf, an dem sie stand. Sie fühlte sich albern und ging nach unten.

„Lieutenant." Maggie stieg vorsichtig die Verandastufen hinunter und betrat die neuen Steinplatten.

„Miss Fitzgerald." Er schleuderte die Zigarettenkippe in ein Gebüsch nahe dem Graben. „Ihr Grundstück macht sich. Kaum zu glauben, wie es noch vor Wochen ausgesehen hat."

„Danke." Er wirkte so harmlos, so freundlich. Sie fragte sich, ob er eine Waffe in einem Schulterhalfter unter seinem Jackett trug. „Ich habe gesehen, dass Sie da drüben eine Weide gepflanzt haben." Er sah sie an und nicht zu dem Graben, den er meinte. „Es dürfte nicht mehr lange dauern, dann können Sie Ihren Teich anlegen lassen."

Wie Reiker blickte auch Maggie nicht zu dem Graben. „Soll das heißen, dass die Untersuchung fast abgeschlossen ist?"

Reiker rieb sich das Kinn. „Ich würde das nicht so ausdrücken. Wir arbeiten daran."

Sie unterdrückte einen Seufzer. „Werden Sie den Graben noch einmal untersuchen?"

„Ich glaube nicht, dass es dazu kommen wird. Das haben wir jetzt zweimal gemacht. Tatsache ist ..." Er unterbrach sich und verlagerte sein Gewicht auf das andere Bein. „Ich mag keine losen Enden. Je mehr wir in diese Sache hineinblicken, desto mehr finden wir davon. Es ist schwer, Enden miteinander zu verknüpfen, die für zehn Jahre lose hingen."

„Lieutenant, kann ich noch etwas in dieser Sache tun?"

„Hat sich bei Ihnen jemand gezeigt, jemand, den Sie kennen, vielleicht auch jemand, den Sie nicht kennen?"

„Gezeigt?"

„Der Mord passierte hier, Miss Fitzgerald, und je mehr wir nachforschen, desto mehr Leute finden wir, die einen Grund hatten, Morgan zu töten. Viele von ihnen leben noch immer in der Stadt."

Sie verschränkte die Arme vor der Brust. „Wenn Sie versuchen, mir Unbehagen einzujagen, Lieutenant, machen Sie das wirklich sehr gut."

„Das ist nicht meine Absicht, aber ich möchte Sie auch nicht im Dunkeln lassen." Er zögerte. „Wir haben entdeckt, dass Morgan am Tag seines Verschwindens fünfundzwanzigtausend Dollar in bar von seinem Bankkonto abgehoben hat. Damals wurde sein Wagen gefunden, jetzt wurde seine Leiche gefunden, aber das Geld ist nie aufgetaucht."

„Fünfundzwanzigtausend", murmelte Maggie. Ein nettes Sümmchen, noch eindrucksvoller vor zehn Jahren. „Sie meinen, das Geld war das Motiv für den Mord?"

„Geld ist immer ein Motiv für einen Mord, und es ist ein loses Ende. Wir überprüfen eine Menge Leute, aber das kostet Zeit. Bisher hat niemand hier so viel Geld herumgezeigt." Er wollte nach einer weiteren Zigarette greifen, überlegte es sich jedoch anders. „Ich habe zwei Theorien ...“

Sie hätte gelächelt, hätte ihr Kopf nicht zu schmerzen begonnen. „Und Sie wollen sie mir mitteilen?“

„Wer immer Morgan getötet hat, war schlau genug, seine Spuren zu verwischen. Er hat wohl gewusst, dass es in einer solchen Stadt nicht unbemerkt bleibt, wenn jemand fünfundzwanzigtausend Dollar hat. Vielleicht geriet er in Panik und hat sich des Geldes entledigt. Oder vielleicht hat er es versteckt, um so lange zu warten, bis sich die Gerüchte über Morgan legten. Dann würde das Geld auf ihn warten.“

„Zehn Jahre sind eine lange Zeit, Lieutenant.“

„Manche Leute sind geduldiger als andere.“ Er zuckte die Schultern. „Es ist nur eine Theorie.“

Die sie jedoch zum Nachdenken brachte. Der Dachboden und der Schrankkoffer und der Handabdruck. „Vor ein paar Nächten ...“, setzte sie an und stockte.

„Ist etwas geschehen?“ drängte er.

„Nun, offenbar hat jemand eingebrochen und etwas aus einem Schrankkoffer auf dem Dachboden genommen. Das ist mir erst Tage später aufgefallen. Dann habe ich es Sheriff Agee gemeldet.“

„Das war genau richtig.“ Sein Blick hob sich zu dem Dachfenster. „Hat Agee etwas gefunden?“

„Nicht direkt. Er hat einen Schlüssel gefunden. Das heißt, seine Frau hat den Schlüssel irgendwo gefunden. Er kam wieder und öffnete den Schrankkoffer, aber der war leer.“

„Haben Sie etwas dagegen, wenn ich mich selbst umsehe?“

Sie wollte, dass diese Sache endlich vorüber wäre, doch jeder Schritt, den sie unternahm, zog sie scheinbar tiefer in die Sache hinein. „Nein, ich habe nichts dagegen.“ Resigniert drehte Maggie sich um und ging ihm ins Haus voraus. „Erscheint mir seltsam, dass jemand Geld auf dem Dachboden verstecken sollte und dann wartet, bis jemand hier einzieht, um es sich zu holen."

„Sie haben das Haus fast sofort nach dem Aufstellen des Schildes gekauft", erinnerte Reiker sie.

„Aber es hat fast einen Monat gedauert, bis ich eingezogen bin."

„Ich habe gehört, Mrs. Agee hat über den Verkauf Stillschweigen bewahrt. Ihr Mann war davon nicht gerade begeistert."

„Sie hören eine Menge, Lieutenant."

Er zeigte ihr das gleiche leicht verlegene Lächeln, das sie bei ihm bemerkt hatte, als er sie um ihr Autogramm bat. „Das ist meine Aufgabe."

Maggie verfiel in Schweigen, bis sie den ersten Stock erreichten. „Zum Dachboden geht es dort hinauf. Ich habe nichts gefunden, was im Haus fehlt."

„Wie ist der Einbrecher hereingekommen?" fragte er, als er die steile schmale Treppe hinaufzusteigen begann.

„Ich weiß es nicht", murmelte sie. „Ich hielt meine Türen nicht verschlossen."

„Aber jetzt schon?"

„Ja, jetzt verschließe ich sie."

„Gut." Er ging direkt zu dem Schrankkoffer und betrachtete das Schloss. Der Handabdruck war wieder im Staub verschwunden. „Sie sagen, Mrs. Agee hatte den Schlüssel?"

„Ja. Oder zumindest einen davon. Der Schrankkoffer hat den letzten Mietern des Hauses gehört, einem alten Ehepaar. Die Frau hat den Koffer hier gelassen, nachdem ihr Mann gestorben und sie ausgezogen war. Es gab wohl zwei Schlüssel, aber Joyce konnte nur einen finden."

„Hmm." Reiker öffnete den jetzt unverschlossenen Schrankkoffer und blickte hinein.

„Lieutenant, Sie glauben doch nicht wirklich, dass es eine

Verbindung gibt zwischen dem hier und ... Ihrer Untersuchung?“

„Ich mag keine Zufälle“, murmelte er. „Sie sagen, der Sheriff kümmert sich darum?“

„Ja.“

„Ich werde mit ihm sprechen, bevor ich zurückfahre. Fünfundzwanzigtausend Dollar nehmen nicht viel Platz ein“, sagte er. „Und das ist ein großer Schrankkoffer.“

„Ich verstehe nicht, warum jemand das Geld hier zehn Jahre lang liegen lassen sollte.“

„Menschen sind seltsam.“ Er richtete sich auf und stöhnte leise unter der Anstrengung. „Natürlich ist das nur eine Theorie. Eine andere ist, dass Morgans Geliebte das Geld nahm und verschwand.“

„Seine Geliebte?“ wiederholte Maggie tonlos.

„Alice Delaney“, sagte Reiker leichthin. „Sie hatte fünf oder sechs Jahre lang eine Affäre mit Morgan. Komisch, wie die Leute reden, wenn man sie erst einmal dazu gebracht hat.“

„Delaney?“ wiederholte Maggie ruhig und hoffte, falsch gehört zu haben.

„Richtig. Ihr Sohn macht für Sic dic Landschaftsgärtnerci. Zufälle“, wiederholte er. „Mein Beruf ist voll davon.“

Irgendwie wahrte sie ihre Fassung, als sie nach unten gingen. Sie antwortete höflich, als er ihr sagte, wie sehr er ihre Musik bewundere. Vielleicht lächelte sie sogar, als sie hinter ihm die Tür schloss. Doch als sie allein war, fühlte Maggie, wie ihr Blut zu Eis erstarrte.

Cliffs Mutter war jahrelang Morgans Geliebte gewesen! Und dann war sie unmittelbar nach seinem Tod verschwunden? Cliff hatte vermutlich Bescheid gewusst. Sicher hatten alle Bescheid gewusst. Maggie bedeckte ihr Gesicht mit beiden Händen.

In was war sie da hineingeraten? Und wie sollte sie da je wieder herauskommen?

Vielleicht wurde er allmählich verrückt, aber Cliff begann, die lange, gewundene Straße den Berghang hinauf als Heimweg zu betrachten. Er hätte nie gedacht, dass er den alten Morgan-Besitz als Zuhause ansehen könnte. Nicht, wenn er seine Gefühle William Morgan gegenüber in Betracht zog. Er hätte auch nicht geglaubt, dass ihn die Frau, die dort wohnte, dazu bringen könnte, so zu denken. Viel schien zu geschehen, das er weder aufhalten noch lenken konnte. Doch es war seine Wahl gewesen, bei Maggie zu bleiben, genau wie auch das Weggehen seine Wahl sein würde. Von Zeit zu Zeit hielt er es für nötig, sich daran zu erinnern, dass er wieder weggehen konnte und es auch wollte.

Doch wenn Maggie lachte, schien das Haus von Wärme erfüllt. Wenn sie zornig war, war es so voller Leben. Wenn sie sang, wenn sie abends im Musikzimmer arbeitete ... Wenn die Wälder still waren und bevor der Mond aufging, sang sie Wortfetzen, Sätze, Phrasen zu einigen Klavieruntermalungen, während sie komponierte. Lange bevor sie fertig war, war er schon rastlos vor Verlangen. Er wunderte sich, wie sie Stunde um Stunde, Tag um Tag von solcher Leidenschaft und von solchen Gefühlen angetrieben arbeiten konnte.

Es war ihre Disziplin, entschied Cliff. Er hatte nicht erwartet, dass sie in ihrer Musik so diszipliniert sein würde. Ihr Talent hatte er immer bewundert, aber in den wenigen Tagen, die er jetzt bei ihr lebte, hatte er erfahren, dass sie sich in den Arbeitsstunden hart antrieb.

Ein Kontrast, fand Cliff. Es war ein unglaublicher Kontrast für die Frau, die in diesem großen, staubigen Haus von einer Tätigkeit zur anderen sprang. Sie ließ Wände halb tapeziert, Decken halb gestrichen. Kisten und Kartons standen überall herum, von denen die meisten noch nicht angerührt worden waren. Ihre Arbeit am Haus war präzise, sogar kreativ bis zu dem Punkt, an dem sie aufhörte und sich mit etwas anderem beschäftigte.

Er hielt vor dem Haus und schaute sich um. Das neue Gras war wie ein grüner Schatten auf der Erde. Maggies Petunien waren ein leuchtender Farbfleck.

Als er aus dem Pick-up stieg, war keine Musik zu hören. Cliff runzelte die Stirn, während er die Stufen zum Haus hinaufstieg. Maggie saß um diese Zeit sonst immer am Klavier. Er warf einen Blick auf die Uhr. Halb sechs. Mit einem unguten Gefühl drehte er den Knauf an der Eingangstür.

Natürlich nicht abgeschlossen, dachte er verärgert. Er hatte ihr an diesem Morgen eine Notiz hinterlassen, dass heute niemand von seinen Leuten hier sein würde und sie die Türen verschließen solle. Kein Verstand, diese Frau, dachte er, während er die Tür aufdrückte. Wieso bekam sie es nicht in ihren Kopf, dass sie hier völlig allein war? Zu viel war geschehen, und allein weil sie in diesem Haus wohnte, steckte sie mitten in diesem Geschehen.

Still. Zu verdammt still, erkannte Cliff, als sein Ärger schwand und Sorge den Platz einnahm. Der Hund bellte nicht. Dem Haus haftete dieses hallende, leere Gefühl an, das fast jeder spürte, aber niemand erklären konnte. Obwohl ihm sein Instinkt sagte, dass niemand hier war, ging er von Raum zu Raum und rief nach Maggie. Ihr Name schallte von den Wänden zurück, und seine eigene Stimme verspottete ihn.

Wo ist sie, zum Teufel, fragte sich Cliff, als er zwei Stufen auf einmal nahm, um im ersten Stock nachzusehen. Er gab nicht gern zu, dass er Panik fühlte, bloß weil er in ein leeres Haus heimkam, doch genau das war es, was er fühlte.

„Maggie!" Verzweifelt suchte er den ersten Stock ab, ohne zu wissen, was er erwartete oder überhaupt finden wollte. Er hatte noch nie diese rohe, ursprüngliche Angst erlebt. Er wusste nur, dass das Haus leer und sein Mädchen verschwunden war. Ein Paar von ihren Schuhen stand vergessen mitten auf dem Schlafzimmerteppich. Eine Bluse war nachlässig über einen Sessel geworfen. Die Ohrringe, von denen er am Vorabend gesehen hatte, wie Maggie sie abnahm, lagen noch immer auf der Kommode neben einer Bürste mit Silbergriff und den eingravierten Initialen ihrer Mutter. Der Raum war von ihrem Duft erfüllt. Das war er immer.

Als er die neuen Kacheln im Bad sah, versuchte er sich zu beruhigen. In ihrer unordentlichen Art hatte sie ein neues Projekt gestartet. Aber wo, zum Teufel ...

Dann entdeckte er im Waschbecken etwas, bei dem sein Herz stehen blieb. Auf dem weißen Porzellan leuchteten drei Blutstropfen. Er starrte darauf, während die Panik ihn packte, alles in seinem Kopf verschwimmen ließ und seine Haut zu Eis verwandelte.

Im Freien begann irgendwo ein Hund zu bellen. Cliff jagte die Treppe hinunter, ohne sich bewusst zu werden, dass er immer wieder ihren Namen rief.

Er sah sie, sobald er durch die Hintertür ins Freie stürzte. Sie kam langsam aus dem Wald. Der Hund umtanzte ihre Beine, hüpfte und schnappte. Sie hielt die Hände in die Taschen geschoben, den Kopf gesenkt. Cliff nahm jedes Detail auf, während die Mischung aus Angst und Erleichterung seine Beine schwach werden ließ.

Er lief auf sie zu, sah sie den Kopf heben, rief sie noch einmal. Dann hielt er sie fest in den Armen, schloss die Augen und fühlte nur noch sie, warm und unversehrt und in Sicherheit. Er war so von Emotionen überwältigt, dass er nicht bemerkte, wie starr und steif sie dastand.

Er vergrub sein Gesicht in ihrem weichen Haar. „Maggie, wo warst du?“

Dies war der Mann, von dem sie gedacht hatte, sie würde ihn allmählich verstehen. Dies war der Mann, den sie zu lieben begann. Maggie starrte über seine Schulter auf das Haus. „Ich habe einen Spaziergang gemacht.“

„Allein?“ fragte er überflüssigerweise und schob sie ein Stück zurück. „Du bist allein gegangen?“

Alles an ihr war kühl – ihre Haut, ihr Verhalten, ihre Augen. „Es ist mein Land, Cliff. Warum sollte ich nicht allein spazieren gehen?“

Er fing sich, bevor er toben konnte, weil sie ihm keine Nachricht hinterlassen hatte. Was passierte mit ihm? „Im Waschbecken im ersten Stock war Blut.“

„Ich habe mir an einer Kachel den Finger aufgerissen.“

Er wollte ihr deswegen Vorhaltungen machen. Sie durfte sich nicht selbst verletzen. „Für gewöhnlich spielst du um diese Uhrzeit.“

„Ich bin genauso wenig in ein Schema eingesperrt, wie ich in diesem Haus eingesperrt bin. Wenn du ein stilles kleines Frauchen suchst, das jeden Abend darauf wartet, dir zu Füßen zu fallen, solltest du lieber woanders suchen.“ Sie ließ ihn stehen und ging ins Haus.

Ruhiger, wenn auch verwirrter, folgte Cliff ihr in die Küche, wo sie sich gerade einen Drink einschenkte. Scotch, stellte er fest. Noch eine Premiere. Jetzt fiel ihm auf, dass die Farbe auf ihren Wangen fehlte und ihre Schultern verspannt waren.

„Was ist passiert?“

Maggie fand den Scotch zu warm, zu stark, trank ihn dennoch. „Ich weiß nicht, was du meinst.“ Die Küche war zu klein. Maggie nahm ihr Glas und ging nach draußen. Die Luft war warm und weich.

Im Freien gab es keine Wände und Decken, durch die sie sich eingeschlossen fühlte. Sie setzte sich auf ein Stück des neuen Rasens. Im Sommer wollte sie hier sitzen und lesen. Byron, wenn sie dazu in der Stimmung war. Sie wollte sich von der Sonne bescheinen und von der Stille einhüllen lassen und lesen, bis sie einschlief. Maggie blickte noch zu den Wäldern, als Cliffs Schatten über sie fiel.

„Maggie, was stimmt nicht mit dir?“

„Ich bin launisch“, sagte sie tonlos. „Du erwartest doch, dass verwöhnte Berühmtheiten launisch sind, oder?“

Cliff hielt sein Temperament im Zaum, setzte sich neben sie und legte seine Hand unter ihr Kinn. Er wartete, bis sie ihm in die Augen sah. „Was ist?“

Sie hatte gewusst, dass sie es ihm sagen musste. Es war diese Ungewissheit, dieses Nichtwissen, was hinterher werden würde, das sie innerlich kalt und verkrampft sein ließ. „Lieutenant Reiker war heute hier“, begann sie und schob behutsam Cliffs Hand von ihrem Gesicht.

Cliff fluchte, weil er sie allein gelassen hatte. „Was wollte er?“

Maggie zuckte die Schultern und nippte wieder an ihrem Scotch. „Er ist ein Mann, der keine losen Enden mag. Offenbar hat er ziemlich viele gefunden. William Morgan hat an dem Tag seiner Ermordung fünfundzwanzigtausend Dollar von seinem Bankkonto abgehoben.“

„Fünfundzwanzigtausend?“

Er klang überrascht. Ehrlich überrascht. Aber wie konnte sie in irgendeiner Hinsicht noch sicher sein? „Das Geld wurde nie gefunden. Eine von Reikers Theorien besagt, der Mörder habe das Geld versteckt und geduldig darauf gewartet, dass die Leute Morgan vergessen.“

Cliffs Blick wurde schärfer. „Hier?“

„Möglich.“

„Zehn Jahre sind eine verdammt lange Zeit, um auf fünfundzwanzigtausend Dollar zu sitzen“, murmelte Cliff. „Hast du ihm von dem Schrankkoffer auf dem Dachboden erzählt?“

„Ja. Er hat ihn sich angesehen.“

Er berührte ihre Schulter ganz leicht mit seinen Fingerspitzen. „Das hat dich aufgeregt.“ Maggie sagte nichts und sah ihn nicht an. Spannung breitete sich in ihm aus. „Da ist noch mehr.“

„Ja, du hast Recht. Da ist noch mehr", bestätigte Maggie ruhig und musste ihn jetzt ansehen. „Er hat erwähnt, dass Morgans Geliebte gleich nach seinem Tod verschwand." Sie fühlte, wie sich Cliffs Finger krampfhaft um ihre Schultern spannten, genau wie sie unvermittelt die Wellen seines Zorns fühlen konnte.

„Sie war nicht seine Geliebte", sagte Cliff gepresst. „Meine Mutter mag dumm genug gewesen sein, sich in einen Mann wie Morgan zu verlieben, sie mag unklug genug gewesen sein, mit ihm zu schlafen, aber sie war nicht seine Geliebte."

„Warum hast du mir das nicht schon früher erzählt?" fragte Maggie. „Warum hast du gewartet, bis ich es auf diese Weise herausgefunden habe?"

„Es hat nichts mit dir zu tun oder mit den Ereignissen hier." Ruhelos vor Zorn stand er auf.

„Zufälle", sagte Maggie ruhig, als Cliff auf sie herunterblickte. „Warst nicht du derjenige, der sagte, man solle Zufällen misstrauen?"

Er fühlte sich gedrängt zu erklären, was er nie zuvor erklärt hatte. „Meine Mutter war einsam und sehr verletzbar, nachdem mein Vater gestorben war. Morgan wusste, wie er das ausnutzen konnte. Ich lebte damals in der Nähe von Washington. Wäre ich hier gewesen, hätte ich es vielleicht aufhalten können. Er verstand es, mit Schwäche zu spielen, und er spielte mit der Schwäche meiner Mutter. Als ich herausfand, dass sie ein Liebespaar waren, wollte ich ihn umbringen."

Er sagte es kalt und ruhig. Maggie schluckte. Ihre Kehle war trocken.

„Sie war bereits zu sehr an ihn gebunden, um irgendetwas dagegen zu unternehmen. Er hatte sie dazu verführt zu glauben, dass sie ihn liebte. Vielleicht liebte sie ihn auch wirklich. Schon andere intelligente Frauen hatten das getan. Sie war seit Jahren mit Louella befreundet gewesen, aber das spielte keine Rolle. Als man seinen Wagen im Fluss fand, drehte sie durch."

Es war schmerzlich, zurückzublicken, doch Maggies ernste braune Augen drängten ihn.

„Sie ist nicht verschwunden. Sie kam zu mir. Sie war außer sich, und zum ersten Mal, seit sie sich mit Morgan eingelassen hatte, konnte sie wieder klar sehen. Scham wirkt sich unterschiedlich auf die Menschen aus. Meine Mutter brach alle Bindungen zu Morganville und sämtlichen Einwohnern ab. Sie wusste, dass ihre Beziehung zu Morgan kein Geheimnis war, und da es damit jetzt vorbei war, ertrug sie die Gerüchte einfach nicht. Sie ist noch immer in Washington. Sie hat jetzt ein neues Leben, und ich will nicht, dass irgendetwas von dieser Sache sie erreicht."

Ob er immer so eisern als Beschützer der Frauen in seinem Leben auftrat? Joyce, seine Mutter ... Wo passte sie selbst da ins Bild? „Cliff, ich verstehe, was du fühlst. Meine Mutter war auch einer der kostbarsten Menschen in meinem Leben, aber vielleicht kannst du da gar nichts machen. Sie rekonstruieren, was vor zehn Jahren geschehen ist, und deine Mutter spielt dabei eine Rolle."

Doch das war nicht alles, was sie dachte, erkannte Cliff. Langsam setzte er sich neben sie und ergriff ihre Schultern. „Du hast dich gefragt, was für eine Rolle ich dabei gespielt habe."

„Nicht." Sie versuchte aufzustehen, doch er hielt sie fest.

„Ist doch möglich, dass ich Morgan erschossen habe, um seine zerstörerische Beziehung zu meiner Mutter zu beenden."

„Du hast ihn gehasst."

„Ja."

Ihre Augen wandten sich nicht von ihm ab, blickten ihn forschend an, drangen in die Tiefe. Logik mochte ihn zum Verdächtigen machen, genau wie sein aufbrausendes Temperament. Doch Maggie blickte in das rauchige Grau seiner Augen, und sie glaubte, was sie sah. „Nein", murmelte sie und zog ihn an sich. „Nein, ich verstehe dich zu gut."

Ihr Vertrauen vernichtete ihn beinahe. „Wirklich?“ fragte er mit erstickter Stimme.

„Vielleicht zu gut“, murmelte sie. „Ich hatte vorhin solche Angst.“ Sie schloss die Augen und atmete seinen vertrauten Duft ein. Er war real, er war solide, und solange sie ihn halten konnte, gehörte er ihr. „Nicht jetzt. Nicht jetzt, da du hier bist.“

Er verspürte den Sog, diesen langsamen, sanften Sog. Wenn er nicht vorsichtig war, würde er bald vergessen, dass es außer ihr in seinem Leben noch etwas oder noch jemanden gab. „Maggie.“ Seine Finger schoben sich bereits in ihr Haar. „Du solltest nicht vertrauen, ohne Fragen zu stellen.“

„Es ist kein Vertrauen, wenn man Fragen stellt“, entgegnete sie. Sie wollte, dass es nur noch sie beide gab und der Rest der Welt ausgesperrt und vergessen war. Sie umschmiegte sein Gesicht mit den Händen und legte die Lippen auf seinen Mund.

Sie hatte Feuer und Aggression erwartet, aber seine Lippen waren weich und süß. Verwirrt und bewegt zog Maggie sich zurück und betrachtete ihn. Die Augen, die sie von Anfang an fasziniert hatten, hielten die ihren fest, während Sekunden sich zu einer Minute aneinander reihten. Sie war in dem Nebel und Rauch verloren. Wortlos zog er sie wieder nahe an sich.

Seine Augen auf die ihren gerichtet, fuhr er mit einer Fingerspitze leicht die Form ihres Gesichts nach. Das war das einzige Gesicht, das er jemals wieder sehen musste. Behutsam umkreiste er ihre Lippen. Das waren die einzigen Lippen, die er je wieder kosten musste. Mit einer Sanftheit, die er keiner anderen Geliebten gezeigt hatte, legte er sie zurück. Dies war der einzige Körper, den er je wieder besitzen wollte.

Zärtlichkeit machte sie benommen und schwach. Sein Mund verharrte auf dem ihren. Allein schon der Kuss ließ sie dahinschmelzen. Unter ihr war das Gras kühl, über ihr war die Sonne warm. Maggie ließ sich von Emotionen treiben. Sie schloss die Augen, während seine Lippen über ihr Gesicht wanderten.

War sie je zuvor so berührt worden? Seine Hände strichen über sie, als wäre sie eine Kostbarkeit. Seine Lippen kosteten, als wäre sie eine Delikatesse. Und sie war hilflos gefangen in dem seidigen Netz, das mehr Liebe als Leidenschaft war.

„Cliff ..."

Sie hätte es ihm vielleicht gesagt, hätten seine Lippen nicht die ihren mit einer Sanftheit gefangen genommen, die sie sprachlos machte.

Er hatte nie zuvor ein stärkeres Verlangen verspürt zu genießen. Es war, als könnte jeder Moment zu einer Stunde gestreckt werden, solange sie zusammen in dem duftenden Frühlingsgras lagen. Die Farbe ihrer Wangen war zart. Sonnenlicht spielte auf ihrem Haar. Dem Blick ihrer Augen konnte kein Mann widerstehen, und er drückte deutlicher als Worte aus, dass sie ihm gehörte. Er brauchte sie nur zu begehren. In diesem Bewusstsein bewegte er sich noch langsamer und berührte sie nur noch ehrfürchtiger.

Er entkleidete sie, während seine Küsse sie weiterhin in dem süßen Gefängnis der Lust festhielten. Als sie nackt waren, beobachtete er, wie die Sonne über ihre Haut strömte. Ihre großen, ausdrucksvollen Augen waren halb geschlossen. Er fühlte die Nachgiebigkeit ihres Körpers, als sie mit einem Seufzer ihre Hände hob und ihm beim Ausziehen half.

Das raue, primitive Verlangen, das sie so oft in ihm entzündete, stieg nicht in ihm hoch. Stattdessen entlockte sie ihm die sanfteren Gefühle, die er normalerweise zurückhielt. Er wollte nichts weiter, als ihr Genuss bereiten.

Sanft senkte er die Lippen auf ihre Brust. Er hörte, wie ihr Herzschlag sich beschleunigte, während er da verharrte, seine Zunge wandern ließ, mit seinen Zähnen reizte. Die Brustspitze versteifte sich, und als er sie in den Mund zog, spürte er, wie Maggie erschauerte. Sie strich ihm durch das Haar, als sie sich in Empfindungen verloren zurücklegte.

Ihr Körper war wie ein Schatz, der vor der Besitzergreifung entdeckt und bewundert werden musste. Langsam, fast träge ließ er feuchte Küsse und sanfte Hände über sie wandern und hielt an, wenn er ihre bebende Reaktion fühlte.

Ihre Schenkel waren schlank und lang und perlweiß. Er hielt sich daran auf und trieb sie beide näher und näher an den Rand heran. Aber jetzt noch nicht.

Maggie hatte längst vergessen, wo sie war. Obwohl ihre Augen halb offen waren, sah sie nichts als Nebel und Träume. Sie fühlte jedes Streichen seiner Hand, jedes warme Gleiten seiner Lippen. Sie hörte sein sanftes Murmeln, ruhige Seufzer, die von ihm oder ihr kommen mochten. Es gab keinen Grund, jemals etwas anderes zu fühlen oder zu hören. Langsam und unvermeidlich wurde sie durch die Sanftheit in die Hitze gezogen ... die sie willkommen hieß.

Er fühlte die Veränderung in ihrem Körper, hörte die Veränderung in ihrem Atem. Er fuhr mit dem Mund an ihrem Schenkel höher, beeilte sich aber noch immer nicht. Sie sollte alles bekommen, was er zu geben hatte.

Sie bog sich ihm unter der plötzlichen Heftigkeit ihrer Lust entgegen, erreichte schnell den Gipfel, gab sich selbst auf. Er wollte und verlangte genau das. Bevor sie zur Ruhe kommen konnte, trieb er sie wieder an, bis sie beide erneut von Irrsinn gepackt wurden. Cliff hielt sich zurück, berauscht von dem Wissen, dass er ihr geben konnte, wovon eine Frau nur träumen mochte. Ihr Körper blühte unter Empfindungen auf, die nur er ihr verschaffen konnte. Ihre Gedanken kreisten nur um ihn.

Dieses Bewusstsein genießend, glitt er in sie und nahm sie mit einer Zärtlichkeit, die andauerte und andauerte und andauerte ...

11. KAPITEL

Samstagmorgen. Maggie fand, dass sie hier halb dösend liegen könnte, bis es Samstagnachmittag war. Sie fühlte das Gewicht von Cliffs Arm auf ihrer Taille, seinen warmen Atem an ihrer Wange. Ohne die Augen zu öffnen, schmiegte sie sich an ihn und versank in träger Befriedigung.

Hätte sie gewusst, dass er so sanft sein konnte, hätte sie sich bereitwillig in ihn verliebt. Wie befriedigend war diese Entdeckung nun, nachdem sie ihr Herz fast schon verloren hatte. Er hatte so viel Gefühl in sich. Vielleicht ging er damit vorsichtig um, aber sie konnte ihn viel leichter lieben, da sie nun wusste, dass dieses Gefühl in ihm war und sie es hervorlocken konnte.

Nein, sie wollte keine blumigen Sätze, sondern seine Stabilität. Sie wollte keinen glatten Charme. Wenn eine Frau einen Mann fand, der zu solcher Leidenschaft und zu solcher Zärtlichkeit fähig war, wäre sie eine Närrin gewesen, wenn sie ihn in irgendeiner Weise hätte verändern wollen. Und Maggie Fitzgerald, dachte sie mit einem kleinen zufriedenen Lächeln, ist keine Närrin.

„Warum lächelst du?“

Maggie hob die Lider und blickte direkt in Cliffs Augen, die so wach waren, dass er offenbar schon einige Zeit nicht mehr schlief. Sie versuchte die Nebel wegzublinzeln und lächelte erneut. „Es fühlt sich gut an“, murmelte sie und schmiegte sich noch enger an ihn. „Du fühlst dich gut an.“

Er strich mit der Hand über ihren Rücken, ihre Hüfte und ihren Schenkel. Ja, es fühlte sich sehr gut an. „Weich“, sagte Cliff ruhig. „So weich und glatt.“ Er rollte sich herum und presste sie auf die Matratze, bis sie lachend eine Beschwerde murmelte. „Machst du Frühstück?“ fragte er.

Maggie legte den Kopf auf ihre Hände und erwiderte seinen

arroganten Blick mit gleicher Münze. „Du magst meine Kochkünste nicht."

„Ich habe beschlossen, heute Morgen tolerant zu sein."

„Hast du das?" Sie hob eine Augenbraue. „Hab ich vielleicht ein Glück."

„Schlaffer Frühstücksspeck und flüssige Eier", fügte er an, bevor er an ihrem Hals knabberte.

Sie genoss das Kratzen seiner Bartstoppel. „Was?"

„Ich mag meinen Speck nicht zu knusprig und meine Eier nicht zu fest."

Seufzend schloss sie die Augen, während er den Puls an ihrer Kehle küsste. Sie wollte diesen Moment festhalten, ihn einsperren, um ihn wieder hervorholen zu können, wann immer sie sich zufrieden fühlen wollte. „Ich mag meinen Speck so knusprig, dass er krümelt, und Eier mag ich überhaupt nicht."

„Sie sind gut für dich." Cliff strich mit seinen Lippen an ihrem Hals hoch und knabberte an ihrem Ohr. „Davon könntest du etwas Fleisch auf die Rippen bekommen."

„Klagen?"

„Oh nein." Er strich wieder nach oben, so dass seine Finger ihre Brust seitlich streiften. „Obwohl du zur Magerkeit neigst. Wir könnten dich mit drei richtigen Mahlzeiten pro Tag und etwas Training aufbauen."

„Niemand braucht drei Mahlzeiten pro Tag", begann sie ein wenig von oben herab. „Und was das Training angeht ..."

„Tanzt du gern?"

„Ja, aber ich ..."

„Nicht gerade viele Muskeln." Er kniff sie in den Arm. „Wie sieht es mit deiner Ausdauer aus?"

Sie warf ihm einen sinnlichen Blick zu. „Das solltest du wissen."

Lachend presste er die Lippen auf ihre. „Du hast einen sehr schnellen, sehr verdorbenen Verstand."

„Danke."

„Also, zum Tanzen. Warst du jemals bei einem Kontertanz?"

„Einem was?"

„Dachte ich es mir." Er schüttelte den Kopf und drehte sich so, dass er mitleidig auf sie herunterblicken konnte. „Ein ländlicher Tanz, Maggie."

Sie zog die Augenbrauen zusammen. „Squaredance?"

„Nein." Cliff zog sie in sitzende Stellung hoch. „Squaredance ist formeller, reglementierter als Country Dancing, obwohl es auch dabei traditionelle Musik und einen Rufer gibt."

Maggie strich mit dem Finger über seine Brust. „Wirbel den Partner herum und hopsasa?"

„Unter anderem ..."

Maggie legte die Hände um seinen Hals und ließ den Kopf nach hinten sinken, damit sie ihn unter gesenkten Wimpern hervor ansehen konnte. „Das ist alles sicher sehr faszinierend, aber ich weiß nicht, warum wir so viel reden, wenn du mich küssen könntest."

Als Antwort gab er ihr einen langen, sengenden Kuss, der ihr den Atem raubte. „Weil ich mit dir tanzen gehen will."

Zufrieden seufzend genoss Maggie das Gefühl, wie ihr Blut zu sieden begann. „Wo und wann?"

„Heute Abend, im Park vor der Stadt."

„Heute Abend?" Sie öffnete ein Auge. „Tanz im Park?"

„Das ist Tradition. Eine Feier zum Gründungstag zusammen mit dem Frühlingsfest. Es gibt Tanz bis Mitternacht, dazu ein Essen. Danach ..." Er legte die Hand auf ihre Brust und genoss es, wie ihre Augen sich verschleierten, als er mit seiner Fingerspitze über die Brustknospe strich. „Danach gibt es Tanz für jeden, der durchhält, bis zum Morgengrauen."

„Bis zum Morgengrauen?" Fasziniert und bereits hoffnungslos erregt, wand Maggie sich unter ihm.

„Ich denke, du hast schon früher bis zum Morgengrauen getanzt."

Er hatte das Falsche gesagt oder den verkehrten Ton angeschlagen. Jedenfalls verkrampfte sich ihr Körper. Nein, er wollte ihre Differenzen jetzt nicht zur Sprache bringen. Er streckte sich neben ihr aus und zog sie in die Arme. „Wir könnten den Sonnenaufgang beobachten", murmelte er. „Und das Erlöschen der Sterne."

Sie lag still neben ihm, aber ihr Verstand war jetzt klar. Die Zweifel waren zurückgekehrt. „Du hast mir bisher nichts davon erzählt."

„Ich dachte mir, dass du nicht besonders an Country Dancing interessiert bist. Aber ich habe eingesehen, dass ich mich getäuscht habe."

Das war eine andere Art von Entschuldigung. Maggie nahm sie genauso leicht an wie die erste. Sie lächelte wieder und neigte den Kopf zurück. „Bittest du mich um eine Verabredung?"

Er mochte es, wenn ihre Augen halb neckend, halb herausfordernd aufleuchteten. „Sieht so aus."

„Sehr gern."

„In Ordnung." Ihr Haar fiel ihr auf die Schultern. Abwesend schlang er die Enden um seine Hand. „Also, was ist nun mit dem Frühstück?"

Sie senkte lächelnd ihre Lippen auf seinen Mund. „Damit warten wir bis zum Mittagessen."

Maggie wusste nicht, was auf sie wartete, aber sie freute sich auf den Abend. Vielleicht war es ein kleines Fest mit Blechmusik und warmer Limonade in Pappbechern. Sie erwartete nicht, besonders beeindruckt zu sein. Sie erwartete ganz sicher nicht, bezaubert zu sein.

Die Wagenkolonne auf der gewundenen Zufahrtsstraße zu dem Park überraschte sie. Sie hatte angenommen, die meisten

Leute in der Stadt würden einfach zu Fuß gehen. Sie erwähnte es Cliff gegenüber, und er zuckte nur die Schultern und quetschte seinen Pick-up hinter einen gelben Kleinbus.

„Die Leute kommen aus dem ganzen County und sogar aus Washington und Pennsylvania."

„Wirklich?" Sie stieg aus dem Pick-up. Es war eine warme, klare Nacht. Die Sonne ging gerade unter. Maggie legte ihre Hand in Cliffs Hand und spazierte mit ihm den Hügel hinauf.

Die Sonne sank tiefer hinter die Berge im Westen. Maggie hatte großartige Sonnenuntergänge am Meer erlebt und war von den Farben und dem Leuchten der Sonnenuntergänge in den schneebedeckten Alpen beeindruckt gewesen. Sie hatte gesehen, wie die Wüste in der Abenddämmerung vor Farben vibrierte und Städte im Zwielicht glühten. Doch irgendwie war sie tiefer berührt, als sie die goldenen, malvefarbenen und rosa Schichten über den Vorbergen eines großartigen Gebirges betrachtete. Vielleicht war es albern, vielleicht war es schwärmerisch, aber sie fühlte sich diesem Ort mit dem Einbruch der Nacht verbundener als je zuvor irgendeinem anderen. Impulsiv schlang sie die Arme um Cliffs Hals und hielt ihn an sich gedrückt.

Lachend legte er seine Hände an ihre Hüften. „Wofür ist das?"

„Es fühlt sich gut an."

Mit einem Knall barst die Stille, und die Musik brach los. Als Musikerin erkannte sie jedes einzelne Instrument – Violine, Banjo, Gitarre, Piano. Als Musikliebhaberin schnellte ihre Erregung hoch.

„Das ist fantastisch!" rief sie aus und löste sich rasch von Cliff. „Absolut fantastisch. Schnell, das muss ich sehen!" Maggie packte seine Hand und jagte den Rest des Weges den Hügel hinauf.

Ihr erster Eindruck war der von zweihundert, vielleicht

zweihundertfünfzig Leuten, die sich in einem Pavillon drängten. Dann sah sie, dass sie in Reihen Aufstellung genommen hatten, in Reihen zu sechst, nein, zu acht, wie sie nach einer schnellen Zählung erkannte. Eine Reihe Männer stand einer Reihe Frauen gegenüber und so weiter, bis kein Platz mehr blieb. Und sie bewegten sich zu der Musik in einer Choreografie, die gleichzeitig verwirrend und fließend wirkte.

Einige Frauen trugen Röcke, die flogen, wenn sie sich vorbeugten oder schwenkten oder herumwirbelten. Andere trugen Jeans. Die Kleidung der Männer war keineswegs formeller als die der Frauen. Manche trugen Turnschuhe, die meisten feste schwarze Lederschuhe, wieder andere orientalische Sandalen. Alle bewegten sich. Petticoats blitzten, Fersen stampften, Lachen ertönte.

Eine Frau stand am Rand einer kleinen hölzernen Bühne vor der Band und rief Anweisungen in einem singenden Tonfall. Maggie verstand zwar die meisten Worte nicht, aber sie verstand Rhythmus. Es reizte sie bereits, es selbst auszuprobieren.

„Aber wie wissen die Leute, was zu tun ist?“ fragte sie. „Wie verstehen sie die Frau?“

„Es ist eine Bewegungsfolge, die sich immer wiederholt“, erklärte Cliff. „Wenn du die Abfolge erst einmal begriffen hast, brauchst du nicht einmal mehr einen Rufer. Das ist dann nur noch ein Zusatz.“

Maggie konzentrierte sich auf ein Paar und zählte die Takte mit, bis sie die Schrittfolge herausgefunden hatte.

Als die Sonne noch tiefer sank, fiel das Licht der Lampen, die über den Köpfen aufgehängt waren, auf die Tänzer. Der Boden vibrierte unter Maggies Füßen. Mit Cliffs Arm um sie gelegt, betrachtete sie die Tänzer. Sie erkannte die Postangestellte. Die eher streng wirkende Frau mittleren Alters wirbelte wie ein Derwisch herum und flirtete wie ein junges Mädchen.

Flirten gehörte dazu, Blickkontakt, viel versprechendes Lächeln. Der Tanz war, wie Tänze stets gewesen waren, eine Art Paarungsritual.

Als die Musik endete, stimmte Maggie in den heftigen Beifall ein. Lachend packte sie Cliffs Hand. „Ich muss den nächsten Tanz ausprobieren, selbst wenn ich mich blamiere!"

„Achte einfach auf die Rufe und folge der Musik", sagte er schlicht, als sich die Reihen wieder formten. „Sie gehen immer einmal den Tanz durch, bevor die Musik beginnt."

Sie lauschte auf die nächste Tanzsequenz, auch wenn sie nicht einmal die Hälfte der Ausdrücke der Ruferin verstand. Während Cliff sie langsam durch die Schritte führte, genoss sie das Gefühl der Kameradschaft und das Fehlen von Hemmungen um sie herum.

Obwohl sie spürte, dass sie interessiert beobachtet wurde, ließ sie sich davon nicht stören. Die Leute hatten ein Recht dazu, war es doch immerhin die erste Veranstaltung, an der sie teilnahm, und ihr Partner war ein Mann, den jeder zu kennen schien.

„Die Nummer heißt ‚Whisky vor dem Frühstück'!" verkündete die Ruferin. „Wenn ihr das schon versucht habt, wirst ihr, dass es euch nicht so gut tut wie das Tanzen." Sie stampfte mit dem Fuß auf der Plattform, eins, zwei, drei, und die Musik setzte ein.

Der Tanz war schnell und ausgelassen. Als Cliff sie zum ersten Mal herumwirbelte, fühlte Maggie den Lufthauch auf ihrem Gesicht und lachte.

„Sieh auf meine Augen", warnte er. „Sonst wird dir so schwindlig, dass du nicht mehr stehen kannst."

„Das gefällt mir!" rief sie zurück und dann „Hoppla!", als sie den nächsten Schritt ausließ und sich beeilen musste, um mit dem Rest der Reihe mitzuhalten.

Sie störte sich weder an der Verwirrung noch an der Menschenmenge. Schultern stießen zusammen, Füße verhakten sich, sie wurde um die Taille gepackt, als sie von Leuten herumgewirbelt wurde, die sie noch nie kennen gelernt hatte. Teenager tanzten mit Großmüttern. Ladys in Rüschenkleidern wirbelten mit Männern in Jeans herum. Als Cliff sie packte und sie in engen Kreisen drehte, wusste sie, dass sie stundenlang so hätte tanzen können.

„Das war es", sagte er lachend, als sie sich an ihn klammerte.

„Schon?" Sie war atemlos, aber noch lange nicht am Ende. „Es war wunderbar, aber zu kurz. Wann tanzen wir wieder?"

„Jederzeit, wann du willst."

„Jetzt", erklärte sie und reihte sich wieder ein.

Der Tanz begann, und als sie sich ihrem nächsten Tanzpartner zuwandte, wurde ihre Hand von Stan Agee gepackt. Ohne seinen Stern und seinen Revolver wirkte er wie ein attraktiver Sportler. Aus einem Grund, den Maggie nicht erklären konnte, spannte sie sich bei seiner Berührung an.

„Freut mich, Sie hier zu sehen, Miss Fitzgerald."

„Danke." Entschlossen, ihrer Stimmung nicht nachzugeben, lächelte sie und hob eine Hand an seine Schulter, als er herumzuwirbeln begann. Sie fing seinen Duft auf, das vertraute Kaufhaus-Rasierwasser, aber es besänftigte sie nicht.

„Sie begreifen schnell."

„Es ist wunderbar. Ich kann gar nicht glauben, dass ich das mein Leben lang versäumt habe." Aus den Augenwinkeln sah sie, wie Cliff sich mit Joyce drehte. Die Spannung wollte sich nicht lösen.

„Reservieren Sie einen Tanz für mich", bat er, bevor sie sich für den nächsten Schritt ihren ursprünglichen Partnern zuwandten.

Im gleichen Moment, als Cliff sie berührte, fühlte er die Starre in Maggies Muskeln.

„Was ist los?"

„Nichts." Es ist nichts, sagte Maggie sich, weil sie es nicht erklären konnte. Aber als sie jetzt von einem Paar Arme zum nächsten wanderte, begriff sie, dass sie jedes Mal mit einem Mörder tanzen könnte. Woher sollte sie es wissen? Es hätte jeder sein können – der Grundstücksmakler, der ihr das Haus verkauft hatte, der Metzger, der ihr erst gestern die Schweinekoteletts empfohlen hatte, die Postangestellte, der Mann vom Bankschalter. Woher sollte sie es wissen?

Maggies Gedanken begannen herumzuwirbeln. Für einen Moment traf ihr Blick auf Lieutenant Reikers Augen, der am Rand der Fläche stand und beobachtete. Warum ist er hier, fragte sie sich, als sie wieder gepackt und gedreht wurde. Vielleicht beobachtete er sie. Aber warum? Wollte er sie beschützen? Wovor?

Dann war sie wieder in Cliffs Armen. Der Lieutenant tat nur seinen Job, erinnerte sie sich selbst. Aber wie sehr sie wünschte, dass er ginge!

Da war Louella, die durch den Tanz zu schweben schien. Sie besaß die Anmut einer natürlichen Tänzerin. Und sie besaß verhaltene Würde. Es bereitete Maggie Unbehagen, weil sie fühlte, dass unter dieser Zurückhaltung etwas um Befreiung kämpfte.

Ich bilde mir nur etwas ein, hielt sie sich vor, aber das Unbehagen blieb. Sie wurde beobachtet, das wusste sie. Von Reiker? Stan Agee? Joyce? Louella? Von jedermann. Alle hatten William Morgan gekannt. Sie war die Außenseiterin, die entdeckt hatte, was ein Jahrzehnt tot und begraben gewesen war. Die Logik wies darauf hin, dass mindestens eine Person ihr das übel nahm, vielleicht sogar alle.

Plötzlich war die Musik zu laut, die Schrittfolge zu schnell und die Luft zu überlastet von Gerüchen.

Dann wurde Maggie von Bogs kurzen, drahtigen Armen aufgefangen und in einem atemberaubenden Tempo gedreht.

„Sie können gut wirbeln, Miss Maggie“, rief er grinsend und zeigte mehrere Zahnlücken. „Teuflisch gut!“

Sie blickte in das freundliche, faltige Gesicht und grinste ihrerseits. Niemand nahm ihr etwas übel. Warum auch? Sie war nicht in eine zehn Jahre alte Tragödie verwickelt. Es wurde Zeit, dass sie aufhörte, unter die Oberfläche zu blicken, und die Dinge akzeptierte, wie sie sie sah. „Ich liebe es, herumzuwirbeln!" rief sie Bog zu. „Ich könnte stundenlang herumwirbeln!"

Er lachte abgehackt und gab sie für die nächste Sequenz frei. Die Musik steigerte sich, wirkte jedoch nicht mehr zu laut. Das Tempo beschleunigte, aber Maggie hätte schneller und schneller tanzen können. Als es vorbei war, hielt sie lachend die Arme um Cliffs Hals verschränkt.

Jetzt war keine Spannung mehr in ihr, aber sie war da gewesen. Cliff glaubte den Grund zu verstehen. Bewusst steuerte er Maggie von den Agees und Louella weg. „Ich könnte ein Bier brauchen."

„Klingt perfekt. Ich möchte mir aber noch einen Tanz ansehen."

„Willst du etwa auch ein Bier?"

Maggie zog eine Augenbraue hoch. „Darf ich vielleicht nicht?"

Er zuckte die Schultern und gab einem Mann in einem Overall einen Dollar. „Du siehst nicht wie ein Biertyp aus."

„Du ordnest zu schnell nach Typen ein", entgegnete Maggie und sah zu, wie das Bier aus einem Holzfass in Pappbecher gezapft wurde.

„Vielleicht", murmelte Cliff und trank den Schaum. „Amüsierst du dich gut?"

„Ja." Sie lachte ihn über den Rand an. Das Bier war lauwarm, aber es war wenigstens nass. Ihr Fuß klopfte bereits den Rhythmus. Jetzt spielte auch eine Mandoline mit. Es klang wunderbar altmodisch.

Cliff lehnte sich gegen die Mauer. „Ich hätte nicht gedacht, dass du dich hier bewegst, als wärst du hineingeboren worden."

Sie senkte ihren halb leeren Becher. „Wann wirst du aufhören, mich in einen schimmernden Glaskäfig zu stellen, Cliff? Ich bin keine zarte Treibhauspflanze und kein verwöhntes Hollywood-Biest. Ich bin Maggie Fitzgerald, und ich schreibe Musik."

Sein Blick hing lange an ihr, während um sie beide herum die Musik pulsierte. „Ich glaube, ich weiß, wer du bist." Er strich mit der Hand über ihre Wange. „Ich glaube, ich kenne Maggie Fitzgerald. Nur wäre es vielleicht für uns beide sicherer gewesen, wärst du in diesem Glaskäfig geblieben."

Sie fühlte Hitze in sich hochsteigen. Nur eine einzige Berührung reichte aus. „Wir müssen abwarten, nicht wahr?" Sie stieß mit ihrem Pappbecher gegen den seinen. „Auf ein neues Verständnis?"

„In Ordnung." Er legte seine Hand an ihr Kinn, bevor er sie küsste. „Wir versuchen es."

„Miss Fitzgerald?"

Maggie drehte sich um und sah einen kleinen Mann Anfang Zwanzig vor sich, der einen Filzhut zwischen seinen Händen drehte. Bis zu diesem Moment hatte sie sich so auf Cliff konzentriert, dass sie nicht bemerkt hatte, dass die Musik aufgehört hatte. „Sie sind der Klavierspieler." Ihre Augen leuchteten auf. „Sie sind wunderbar."

Vorher war er nervös gewesen, jetzt war er überwältigt. „Ich ... danke", brachte er stammelnd hervor. Seine ganze Seele lag in seinen Augen. „Ich konnte es gar nicht glauben, als ich hörte, dass Sie hier sind."

„Ich lebe hier", erklärte sie schlicht.

„Miss Fitzgerald ..." Der Klavierspieler zerquetschte die Hutkrempe zwischen den Fingern, war zwischen Freude und Nervosität zerrissen. „Ich wollte Ihnen nur sagen, wie großartig es ist, Sie hier zu haben. Wir wollen Sie gar nicht drängen, aber wenn Sie etwas für uns spielen wollten, irgendetwas ..."

„Ich kenne die Songs nicht", erwiderte sie und trank ihr Bier aus. „Trauen Sie mir eine Improvisation zu?"

Er lachte ungläubig auf. „Machen Sie Witze?"

Lachend gab sie Cliff den Becher. „Halt das!"

Er lehnte sich kopfschüttelnd gegen die Mauer, als sie mit dem Klavierspieler zur Bühne ging. Sie hatte die Gewohnheit, Befehle zu erteilen, fand er. Dann dachte er an die Bewunderung in den Augen des jungen Mannes. Vielleicht war es das wert.

Maggie spielte eine Stunde und entdeckte, dass es genauso viel Spaß machte, die Musik zu spielen, wie dazu zu tanzen. Sie genoss die Herausforderung der nicht vertrauten Musik und den freien Stil. Noch bevor sie mit der zweiten Nummer fertig war, beschloss sie, selbst eine zu schreiben.

Von der Bühne aus konnte sie die Tänzer überblicken. Sie sah wieder Louella mit Stan als Partner. Automatisch suchte sie die Menge nach Joyce ab und fand sie, Cliff zugewandt. Als hätte sie gewusst, wo er war, wurde ihr Blick nach links zu Reiker gezogen, der an seinem Pfosten lehnte, rauchte und die Tänzer beobachtete. Wen, fragte sich Maggie. Wen beobachtet er? Die Reihen verschmolzen miteinander und veränderten sich, und Maggie war sich ihrer Sache nicht sicher, aber die Richtung seines Blicks ging zu Stan mit Louella und Cliff mit Joyce.

Falls er in einem von ihnen einen Mörder sah, zeigte es sich nicht in seinen Augen. Sie blickten ruhig und unverwandt und erzeugten ein flaues Gefühl in Maggies Magen. Bewusst wandte sie den Kopf ab und konzentrierte sich auf die Musik.

„Ich hatte nicht erwartet, meine Partnerin an ein Klavier zu verlieren", sagte Cliff, als die Musik wieder eine Pause machte.

Maggie bedachte ihn mit einem skeptischen Blick. „Was das angeht, scheinst du keinen Mangel gelitten zu haben."

„Ein allein stehender Mann ist in dieser Gegend eine leichte Beute." Er packte sie bei der Hand und zog sie auf die Beine. „Hungrig?"

„Ist es schon Mitternacht?“ Maggie presste die Hand auf ihren Magen. „Ich bin am Verhungern.“

Sie häuften sich große Portionen auf ihre Teller, obwohl es so dunkel war, dass man unmöglich erkennen konnte, was man aß, bis man es kostete. Sie saßen unter einem Baum im Gras und plauderten lässig mit den Leuten, die vorbeikamen. Es war einfach, fand Maggie. Es waren Leute, die von Musik an einen Ort gelockt worden waren. Erneut verspürte sie freundschaftliche Verbundenheit. Sie lehnte sich zurück und ließ den Blick über die Menge gleiten.

„Ich sehe Louella nicht.“

„Stan wird sie heimgebracht haben“, sagte Cliff zwischen zwei Bissen. „Sie bleibt nie länger als bis Mitternacht. Er wird allerdings wiederkommen.“

„Mmm.“ Maggie kostete etwas, das sich als Waldorf-Salat entpuppte.

„Miss Fitzgerald.“

Maggie legte ihre Gabel weg, als Reiker sich neben sie kauerte. „Lieutenant.“

„Ihr Spiel hat mir gefallen.“

„Freut mich. Ich habe Sie nicht tanzen gesehen.“

„Mich?“ Er lächelte verlegen. „Ich tanze nicht. Meine Frau wollte gern herkommen.“

Maggie entspannte sich. Eine schlichte, unschuldige Erklärung. „Die meisten Leute, die Musik mögen, tanzen auch gern.“

„Ich würde es gern, aber meine Füße nicht.“ Sein Blick wanderte zu Cliff. „Ich möchte Ihnen für Ihre Kooperation danken. Könnte uns helfen, ein paar lose Enden miteinander zu verbinden.“

„Gern geschehen“, erwiderte Cliff brüsk. „Wir alle möchten, dass die Sache abgeschlossen wird.“

Reiker nickte und stand mit einiger Mühe auf. „Hoffentlich spielen Sie noch mehr, Miss Fitzgerald.“

Sobald er weg war, stieß Maggie den Atem aus. „Was hat er mit Kooperation gemeint?“

„Ich habe Kontakt zu meiner Mutter aufgenommen. Sie kommt am Montag, um eine Aussage zu machen.“

„Verstehe. Das muss schwer für sie sein.“

„Nein.“ Cliff tat es mit einem Schulterzucken ab. „Es ist zehn Jahre her. Es liegt hinter ihr. Es liegt hinter uns allen“, fügte er ruhig hinzu. „Einen ausgenommen.“

Maggie schloss schaudernd die Augen. Sie wollte jetzt nicht daran denken. „Tanz mit mir“, bat sie, als die Musiker ihre Instrumente zu stimmen begannen. „Es sind noch Stunden bis zur Morgendämmerung.“

Sie wurde nicht müde, auch nicht, als der Mond unterging. Die Musik und die Bewegung boten ihr ein Ventil für ihre Nervosität. Manche Tänzer verschwanden, andere wurden ausgelassener, je länger die Nacht dauerte. Und die Musik hörte nie auf.

Als sich der Himmel erhellte, waren nur noch etwa hundert Tänzer auf den Beinen. Es lag etwas Mystisches, Machtvolles darin zu beobachten, wie die Sonne hinter den Bergen aufging, während die Musik durch die Luft schwebte. Als das Licht des neuen Tages sich rosig färbte, erklang der letzte Walzer.

Cliff nahm Maggie in die Arme und drehte sich mit ihr auf der Tanzfläche. Er fühlte, wie das Leben in ihr vibrierte, erregend, stark. Wenn sie erst aufhört, dachte er, während er sie näher an sich zog, wird sie stundenlang schlafen.

Sie bewegte sich mit ihm, eng an ihn geschmiegt. Ihr Herzschlag war gleichmäßig, ihr Haar weich. Er sah zu, wie sich die Farben über den östlichen Bergen ausbreiteten. Dann neigte Maggie ihren Kopf nach hinten und lächelte ihn an.

Und als er erkannte, dass er sie liebte, war Cliff verwirrt und sprachlos.

12. KAPITEL

Maggie hätte Cliffs abrupten Rückzug bemerkt, wäre sie nicht so von der Nacht und der Musik erfüllt gewesen. „Ich könnte noch stundenlang tanzen."

„Du wirst schon schlafen, noch bevor wir heimkommen", erwiderte Cliff und achtete darauf, sie nicht zu berühren. Er musste verrückt sein, sich in eine Frau wie sie zu verlieben. Sie konnte sich nicht entscheiden, ob sie tapezieren oder kacheln wollte. Sie erteilte Befehle. Sie trug Seide unter ihrer Jeans. Er musste verrückt sein.

Jetzt stieg sie neben ihm in seinen Pick-up und schmiegte den Kopf an seine Schulter, als würde er dorthin gehören. Und er gehörte dorthin. Obwohl es ihm nicht leicht fiel, es zu akzeptieren, legte Cliff den Arm um sie und zog sie näher an sich heran. Sie gehörte hierher.

„Ich weiß gar nicht, wann ich mich je so gut unterhalten habe." Nur mit bloßer Willenskraft hielt Maggie die Augen offen. Sie gähnte ausgiebig. „Es hat Spaß gemacht, heute zu spielen. Normalerweise spiele ich nie selbst, aber ich werde C.J.'s Rat befolgen und selbst den Titelsong für ‚Heat Dance' machen. Es ist ein Kompromiss, eine Aufnahme und kein Auftritt." Während ihr Kopf schwer wurde, bemerkte sie, dass sie auf ihre Straße einbogen. „Ich muss für die Aufnahme für ein paar Tage nach L.A. fliegen, was C.J. begeistern wird." Sie lachte schläfrig. „Er wird jeden Trick einsetzen, um mich an einer Rückkehr zu hindern."

Cliff verspürte Panik. Er hielt am Ende der Zufahrt und zog die Handbremse an. „Ich will, dass du mich heiratest!"

„Was?" Im Halbschlaf schüttelte Maggie den Kopf, weil sie sicher war, falsch verstanden zu haben.

„Ich will, dass du mich heiratest", wiederholte Cliff und ergriff sie an den Schultern. „Es ist mir egal, ob du ein Dutzend Songs aufnimmst. Du wirst mich heiraten, bevor du nach Kalifornien fliegst."

Zu sagen, dass sie verblüfft war, wäre eine ungeheure Untertreibung gewesen. Maggie starrte ihn an, als hätte einer von ihnen den Verstand verloren. „Ich bin im Moment wohl ein wenig benebelt", murmelte sie. „Hast du gesagt, dass du mich heiraten willst?"

„Du weißt verdammt genau, was ich gesagt habe." Die Angst, sie zu verlieren, nachdem er gerade erst erkannt hatte, dass er ohne sie nicht leben konnte, war zu viel. Er konnte nicht ruhig sein. Er konnte nicht vernünftig sein. Er konnte sie nicht ohne einen Schwur, dass sie wiederkommen würde, gehen lassen. „Du fliegst nicht nach Kalifornien, wenn du mich nicht heiratest."

Maggie zog sich zurück. „Sprichst du davon, dass ich eine Aufnahme mache, oder sprechen wir von Heirat? Das eine hat mit dem Geschäft, das andere mit meinem Leben zu tun."

Frustriert zog Cliff sie wieder an sich. „Von jetzt an ist dein Leben meine Sache."

„Nein." Das klang zu vertraut. „Nein, ich will niemanden, der auf mich aufpasst, wenn du das meinst. Ich werde diese Verantwortung nicht noch einmal übernehmen – oder diese Schuld."

„Ich weiß nicht, wovon du sprichst, zum Teufel", explodierte Cliff. „Ich sage dir, dass du mich heiraten wirst."

„Genau das ist es. Du hast mir nichts zu sagen!" Sie riss sich los, und die Schläfrigkeit in ihren Augen verwandelte sich in Feuer. „Jerry sagte mir, wir würden heiraten, und ich bin mitgelaufen, weil es richtig erschien. Er war mein bester Freund. Er hatte mir über den Tod meiner Eltern hinweggeholfen. Er hatte mich ermutigt, wieder zu schreiben. Er wollte sich um mich kümmern." Maggie strich sich durch das Haar. „Und ich habe ihn gewähren lassen, bis es bergab ging und er nicht einmal auf sich selbst aufpassen konnte. Ich konnte ihm nicht helfen. Das kann ich nicht noch einmal durchmachen, Cliff. Ich lasse mich nicht wieder in diesen Glaskäfig sperren."

„Es hat nichts mit deiner ersten Ehe zu tun und erst recht nichts mit Käfigen", entgegnete Cliff kurz angebunden. „Du kannst verdammt gut auf dich selbst aufpassen, aber du wirst mich heiraten."

Ihre Augen zogen sich zu Schlitzen zusammen. „Warum?"

„Weil ich es dir sage."

„Falsche Antwort." Wie der Blitz war sie aus dem Pick-up und knallte die Tür zu. „Du kannst dich abkühlen oder ausschlafen oder was immer du willst", erklärte sie ihm kühl. „Ich gehe ins Bett." Sie drehte sich auf dem Absatz um und stieg die wackeligen Stufen zu ihrer Haustür hinauf. Als sie den Türknauf drehte, hörte sie seinen Pick-up den Berg hinunterfahren.

Soll er doch, sagte Maggie sich. Wenn ein Mann sich einbildete, einer Frau die Heirat befehlen zu können, hatte er nichts anderes verdient. Wenn er sie wollte, wenn er sie wirklich wollte, musste er es viel besser machen.

Ich liebe dich. Sie lehnte den Kopf an die Tür und sagte sich, dass sie nicht weinen würde. Diese drei Worte waren alles, was er hätte sagen müssen.

Warum bellt der Hund nicht, fragte sie sich, als sie die Tür wieder schloss. Großartiger Wachhund. Verärgert wandte sie sich zur Treppe, plante ein heißes Bad und einen langen Schlaf, als ein Geruch sie stoppte. Kerzenwachs, dachte Maggie verwirrt. Und Rosen? Seltsam, dachte sie. Ihre Einbildungskraft war gut, aber nicht so gut, um Gerüche heraufzubeschwören. Sie ging zum Wohnzimmer und blieb in der Tür stehen.

Louella saß sehr gerade und steif in einem Lehnstuhl. Ihre Hände waren säuberlich im Schoß auf demselben nebelgrauen Kleid gefaltet, das sie zum Tanz getragen hatte. Ihre Haut war so blass, dass die Ringe unter ihren Augen wie Blutergüsse aussahen. Die Augen schienen durch Maggie hindurchzustarren. Auf dem Tisch neben ihr brannten Kerzen, jetzt fast nur noch Stummel. Das Wachs war am unteren Ende der Halter erstarrt. Eine Vase mit frischen Rosen stand daneben, so dass die Brise, die zum offenen Feuer hereinstrich, den Duft durch den Raum trug.

Nach dem ersten Schock versuchte Maggie ihre Gedanken zu ordnen. Von Anfang an war ziemlich klar gewesen, dass Louella nicht ganz gesund war. Man musste sie sanft behandeln. Maggie näherte sich ihr wie einem verletzten Vogel.

„Mrs. Morgan", sagte sie leise und legte vorsichtig eine Hand auf ihre Schulter.

„Ich habe Kerzenschein immer geliebt." Louella sprach mit ihrer ruhigen, leisen Stimme. „So viel schöner als eine Lampe. Ich habe abends oft Kerzen angezündet."

„Sie sind schön." Maggie hielt ihren Ton sanft, als sie sich neben die Frau kniete. „Aber jetzt ist es Morgen."

„Ja." Louella blickte ausdruckslos auf das von Sonnenlicht erfüllte Fenster. „Ich bleibe oft nachts wach. Ich mag die Geräusche. Die Wälder machen nachts Musik."

„Kommen Sie oft nachts hierher, Mrs. Morgan?" fragte Maggie vorsichtig.

„Manchmal fahre ich", sagte sie verträumt. „Manchmal, wenn die Nacht so klar und warm ist wie heute, gehe ich zu Fuß. Als Mädchen bin ich viel zu Fuß gegangen. Joyce lief schon als Baby auf den Waldwegen."

Maggie befeuchtete ihre Lippen. „Kommen Sie nachts oft hierher zurück, Mrs. Morgan?"

„Ich weiß, ich sollte fortbleiben. Joyce hat mir das immer gesagt. Aber ..." Louella seufzte. „Sie hat Stan. Er ist so ein guter Mann. Das ist Ehe, wissen Sie. Liebe und Sorge füreinander."

„Ja." Hilflos sah Maggie zu, wie Louellas Hände unruhig wurden.

„William war kein liebevoller Mann. Ich wollte, dass Joyce einen liebevollen Mann hat, einen wie Stan." Sie schloss die Augen und atmete flach.

Maggie wollte die Agees anrufen und versuchte aufzustehen, als sich Louellas Hand um ihre legte.

„Ich bin ihm in jener Nacht hierher gefolgt", flüsterte sie. Jetzt waren ihre Augen voll auf sie gerichtet.

Maggies Mund wurde trocken. „Sie sind ihm gefolgt?"

„Ich wollte nicht, dass etwas passiert. Joyce liebte ihn so."

Maggie bemühte sich, ihre Stimme leise zu halten. „Sie sind Ihrem Mann hierher gefolgt?"

„William war hier", sagte Louella. „Er war hier, und er hatte das Geld. Ich wusste, dass er etwas Schreckliches tun würde, etwas, mit dem er durchgekommen wäre, weil er eben so war. Damit musste Schluss sein." Ihre Finger spannten sich krampfhaft um Maggies Hand und entspannten sich genauso abrupt, als ihr Kopf zurücksackte. „Natürlich konnte das Geld nicht mit ihm begraben werden. Ich dachte, nein, wenn sie ihn finden, sollten sie nicht das Geld finden. Also habe ich es versteckt."

„Hier", brachte Maggie hervor. „Auf dem Dachboden."

„In dem Schrankkoffer. Ich habe es völlig vergessen." Müdigkeit durchzog Louellas Stimme. „Ich habe es vergessen, bis vor ein paar Wochen die Erde aus dem Graben ausgehoben wurde. Ich kam her und nahm das Geld heraus und habe es verbrannt, wie ich es schon vor zehn Jahren hätte verbrennen sollen."

Maggie blickte auf die zierliche Hand hinunter. Konnte diese Hand den Abzug betätigen? Eine Kugel in einen Menschen abfeuern? Maggie richtete den Blick auf Louellas Gesicht und sah, dass es jetzt im Schlaf ruhig wirkte.

Was mache ich bloß, fragte sich Maggie. Die Polizei rufen? Nein, das konnte sie nicht. Sie musste Joyce anrufen.

Sie ging ans Telefon und ließ sich von der Vermittlung Joyces

Nummer geben. Es meldete sich niemand. Seufzend blickte Maggie über ihre Schulter ins Wohnzimmer auf die schlafende Louella. So sehr sie es hasste, aber sie musste Lieutenant Reiker anrufen. Als sie ihn auch nicht erreichte, hinterließ sie eine Nachricht in seinem Büro.

Als sie in das Wohnzimmer zurückkam, rang Maggie nach Luft, als sich ihr eine Gestalt näherte. „Oh, Sie haben mich erschreckt."

„Tut mir Leid." Stan blickte besorgt von Maggie zu seiner Schwiegermutter. „Ich bin durch die Hintertür hereingekommen. Der Hund schläft fest in der Küche. Könnte sein, dass Louella ihm eine halbe Schlaftablette gegeben hat, um ihn still zu halten."

„Oh." Maggie tat instinktiv einen Schritt Richtung Küche.

„Es geht ihm gut", versicherte Stan.

„Sheriff – Stan, ich wollte Sie gerade anrufen. Ich glaube, Louella war den Großteil der Nacht hier."

„Tut mir Leid." Er rieb sich die müden Augen. „Seit diese Sache angefangen hat, ist es ihr immer schlechter gegangen. Joyce und ich, wir wollen sie nicht in ein Heim geben."

„Nein." Besorgt beruhrte sie seinen Arm. „Aber sie hat mir erzählt, dass sie nachts herumwandert und ..." Konnte sie es ihm erzählen? Er war ihr Schwiegersohn, aber er war auch der Sheriff. Sein Stern und sein Revolver erinnerten sie daran.

„Ich habe gehört, was sie Ihnen erzählt hat, Maggie."

Ihre Augen füllten sich mit Mitgefuhl. „Was sollen wir ma chen? Sie ist so zerbrechlich. Aber wenn sie geschossen hat ..."

„Ich weiß nicht." Stan betrachtete Louella. „Was sie Ihnen erzählt hat, braucht nicht wahr zu sein."

„Aber es ergibt einen Sinn", erklärte Maggie. „Sie wusste von dem Geld. Sie hatte es im Schrankkoffer versteckt, vergaß es, löschte die Erinnerung, weil es sie erinnerte, wie ..." Maggie schüttelte den Kopf. „Stan, das ist die einzige Erklärung für den

Einbruch hier." Sie bedeckte ihr Gesicht mit ihren Händen. „Sie braucht Hilfe. Sie braucht keine Polizei und keine Anwälte. Sie braucht einen Arzt."

Erleichterung breitete sich auf Stans Gesicht aus. „Sie wird einen bekommen. Den besten, den Joyce und ich finden können."

Unsicher stützte Maggie eine Hand auf den Tisch. „Sie spricht immer so gut von Ihnen", murmelte sie. „Davon, wie sehr Sie Joyce lieben. Ich glaube, sie würde alles tun, um Sie beide glücklich zu machen."

Maggies Blick fiel auf das Farbfoto von Morgan und Stan an dem Graben. Jetzt wird alles abgeschlossen, dachte sie, während sie auf das Foto starrte. Louella hatte genug gelitten, war genug bestraft worden für ...

Sie kniff die Augen zusammen und sah genauer hin. Sie erinnerte sich an Reikers Worte: „Wir haben auch einen Ring gefunden, einen alten Ring mit Gravierungen und drei kleinen Diamantsplittern. Joyce Agee hat den Ring als ihrem Vater gehörend identifiziert."

Aber auf dem Foto trug nicht William Morgan den Ring. Sondern Stan Agee.

Sie blickte mit wissenden Augen auf.

Er brauchte nicht auf das Foto unter ihrer Hand zu blicken. Er hatte es bereits gesehen. „Sie sollten die Finger davon lassen, Maggie."

Sie reagierte. Blitzartig rannte sie zur Haustür. Ihre Reaktion war so unerwartet, dass sie schon in der Diele mit einer Hand am Türknauf war, bevor er den ersten Schritt getan hatte. Als die Tür klemmte, fluchte sie. Als sie zum zweiten Mal daran zerrte, schloss sich Stans Hand um ihren Arm.

„Nicht." Seine Stimme klang leise und gepresst. „Ich will Ihnen nichts tun. Ich muss das alles erst durchdenken."

Mit dem Rücken zur Tür, starrte sie ihn an. Sie war allein im Haus mit einem Mörder. Allein, dachte sie verzweifelt, abgesehen von einer zerbrechlichen alten Frau, die ihn genug liebte, um ihn zehn Jahre lang gedeckt zu haben. Maggie sah, wie er die Hand auf den Griff seines Revolvers legte.

„Wir sollten uns lieber hinsetzen."

Cliff hatte seine Entscheidung getroffen und war pfeifend mit seinem Pick-up unterwegs, um Maggie einen richtigen Heiratsantrag zu machen. Er pfiff auch noch, als er durch die Stadt fuhr, bis Joyce auf die Straße stürzte und ihn hektisch anhielt.

Er stoppte mitten auf der Straße. „Was ist? Etwas mit den Kindern?"

„Nein, nein." Joyce packte seinen Arm. „Meine Mutter. Sie war die ganze Nacht nicht im Bett ... und Stan, ich kann Stan nirgendwo finden."

„Wir finden Louella." Cliff strich ihr das Haar aus dem Gesicht. „Vielleicht ist sie spazieren gegangen."

„Cliff." Sie packte seinen Arm fester. „Ich bin ganz sicher, dass sie zu dem alten Haus hinaus ist. Es wäre nicht das erste Mal. Es wird schlimmer mit ihr."

„Wovon sprichst du?" Er dachte mit Unbehagen an Maggie.

„Ich habe die Polizei belogen. Ich habe sie belogen, bevor ich alles überdenken konnte, aber ich würde es wieder tun." Als sie Cliff jetzt ansah, tat sie es mit einer eisernen Ruhe. „Ich weiß, wer meinen Vater getötet hat. Ich weiß es seit Wochen. Mutter ... sie scheint es seit zehn Jahren zu wissen."

„Steig ein", befahl er und dachte jetzt nur noch an Maggie, die allein in dem von Wäldern umgebenen Haus war. „Erzähl es mir während der Fahrt."

Maggie saß kerzengerade auf der niedrigen Bank, während Stan auf und ab ging. Sie wollte glauben, dass er ihr nichts tun wollte. Aber er hatte vor zehn Jahren getötet. Jetzt musste er sie ausschalten oder bezahlen.

„Ich wollte nicht, dass Joyce das Haus verkauft." Er trat an das Fenster und kam wieder in die Mitte des Raums. „Ich wollte es nicht. Das Geld bedeutete mir nichts. Ihr Geld, das Geld ihres Vaters. Woher sollte ich wissen, dass sie es verkauft, wenn ich nicht in der Stadt bin?"

Maggie sah, dass er schwitzte. Es half ihren Nerven nicht. „Sie hat bei der Polizei wegen des Rings gelogen." Maggie befeuchtete ihre Lippen. „Sie liebt Sie."

„Sie hatte keine Ahnung. Ich habe es ihr nie erzählt. Als ich es endlich tun musste, hielt sie zu mir. Ein Mann kann nicht mehr verlangen." Er ging wieder unruhig hin und her. „Ich habe ihn nicht ermordet", sagte Stan tonlos. „Es war ein Unfall ..."

„Wenn Sie zur Polizei gehen und das erklären ..."

„Erklären?" unterbrach er sie. „Erklären, dass ich einen Mann tötete, ihn vergrub und seinen Wagen in den Fluss fuhr? Ich war erst zwanzig. Joyce und ich liebten uns da seit zwei Jahren. Morgan hatte klargemacht, dass zwischen uns nichts sein durfte. Also haben wir uns heimlich getroffen. Als Joyce herausfand, dass sie schwanger war, konnte es keine Geheimnisse mehr geben." Er lehnte sich gegen das Fenster und starrte in den Raum. „Wir hätten wissen sollen, dass etwas nicht stimmt, als er es so gut aufnahm, aber wir waren beide so erleichtert und begeistert über die Vorstellung zu heiraten, dass wir es nicht begriffen. Er sagte uns, wir sollten uns ein paar Wochen still verhalten, während er die Hochzeit vorbereitet."

Maggie erinnerte sich an das finstere Gesicht auf dem Foto. „Aber er meinte es nicht ehrlich."

„Nein. Er sagte, er habe Ärger mit Murmeltieren auf seinem alten Besitz. Ich war jung und begierig, mich mit ihm gut zu stellen. Ich sagte ihm, ich würde mit meinem Gewehr abends nach der Arbeit hinauskommen und mich darum kümmern."

Er sah, wie Maggie schaudernd auf den Revolver an seiner Hüfte blickte.

„Ich fuhr in der Abenddämmerung hinaus. Ich hatte ihn nicht erwartet. Als ich aus dem Wagen stieg, dachte ich, er sieht aus wie ein Leichenbestatter, ganz in Schwarz und mit blank polierten Schuhen. Er stellte eine kleine Metallschatulle auf einen Baumstumpf neben dem Graben. Er verlor keine Zeit. Er sagte mir ins Gesicht, ein Niemand aus einer Kleinstadt dürfe nie seine Tochter heiraten. Er würde sie wegschicken. Schweden oder sonstwohin. Sie sollte das Baby bekommen und weggehen. Er erwartete nicht, dass ich umsonst still halte. In der Schatulle waren fünfundzwanzigtausend Dollar. Ich sollte sie nehmen und verschwinden."

Ja, Maggie konnte glauben, dass der Mann auf dem Foto gedacht hatte, mit Geld alles regeln zu können.

„Ich war außer mir. Ich konnte nicht glauben, dass er mir alles nehmen wollte, was ich mir je gewünscht hatte. Er durfte das nicht tun." Stan wischte sich den Schweiß von der Stirn. „Aber er hätte es bedenkenlos getan. Ich habe ihn angeschrien. Ich habe ihm gesagt, dass er mir Joyce und unser Baby nicht wegnehmen könne. Ich habe ihm gesagt, wir würden weggehen und sein dreckiges Geld nicht brauchen. Er öffnete die Schatulle und zeigte mir die Geldscheine. Ich schlug sie ihm aus den Händen."

Sein Atem kam stoßweise, als würde er den Moment noch einmal durchleben – den Zorn, die Verzweiflung. Maggie fühlte, wie Mitleid sich in ihre Angst mischte.

„Er verlor nicht einmal die Beherrschung. Er bückte sich nur und tat das Geld wieder in die Schatulle. Er dachte, ich wollte mehr. Er verstand es nicht, konnte es nicht verstehen. Als er erkannte, dass ich das Geld nicht nahm, sondern weggehen wollte, nahm er mein Gewehr so ruhig, wie er die Schatulle genommen hatte. Ich wusste, dass er mich auf der Stelle umbringen wollte und damit irgendwie auch durchkommen würde. Ich konnte nur daran denken, dass ich Joyce nie wieder sehen, unser Baby nie in den Armen halten würde. Ich warf mich auf das Gewehr. Es ging über meine Schulter hinweg los. Wir kämpften miteinander."

Er keuchte jetzt. Seine Augen waren glasig. Maggie schloss die Augen und sah es so klar, als würde es jetzt geschehen.

„Er war stark – der alte Mann war stark. Ich wusste, ich würde tot sein, wenn ich nicht an das Gewehr kam. Irgendwie ... ich hatte es auf einmal in meinen Händen und fiel nach hinten. Ich werde es nie vergessen ... es war wie im Traum – ein Albtraum. Ich fiel nach hinten, und das Gewehr ging los."

Sie sah es allzu klar vor sich. Mitfühlend und ängstlich zugleich, wagte Maggie zu sprechen. „Aber es war ein Unfall. Notwehr."

Er schüttelte den Kopf, und seine Hände sanken an seine Seiten – an die Waffe an seiner Hüfte. „Ich war zwanzig und musste jeden Penny zusammenkratzen. Ich hatte gerade den wichtigsten Mann der Stadt getötet, und neben der Leiche befanden sich fünfundzwanzigtausend Dollar in einer Schatulle. Wer hätte mir geglaubt? Vielleicht war es Panik, vielleicht war es Vernunft, aber ich vergrub ihn und sein Geld in dem Graben und fuhr seinen Wagen in den Fluss."

„Louella ...", setzte Maggie an.

„Ich wusste nicht, dass sie mir gefolgt war. Wahrscheinlich kannte sie Morgan besser als jeder andere Mensch und wusste, dass er mich Joyce nicht heiraten lassen würde. Ich wusste nicht, dass sie vom Wald her alles gesehen hatte. Hätte ich es gewusst, wäre vielleicht alles anders gelaufen. Sie hat sich nie ganz von dem Schock über den Verlust ihres Mannes erholt. Jetzt verstehe ich sie besser. Sie hat alles beobachtet. Damals grub sie aus ihren eigenen Gründen das Geld aus und versteckte es im Haus. Sie hat mich all die Jahre über gedeckt."

„Und Joyce?"

„Sie hat es nicht gewusst." Stan zerrte an seinem Kragen. „Ich habe es ihr nicht erzählt. Ich liebe Joyce, seit sie ein Mädchen war.

Hätte ich ihr erzählt, was ihr Vater angedroht hat, hätte sie vielleicht nicht geglaubt, dass es ein Unfall war. Damit hätte ich nicht leben können. Die ganzen Jahre über habe ich versucht, wieder gutzumachen, was an diesem Graben passiert ist. Ich habe mich dem Gesetz und dieser Stadt verschrieben. Ich war der beste Vater und Ehemann, der ich überhaupt sein konnte." Er griff nach dem Foto und zerknüllte es in seiner Faust. „Dieses verdammte Foto. Verdammter Ring! Ich habe erst Tage danach bemerkt, dass ich ihn verloren hatte. Der Ring meines Großvaters. Zehn Jahre später wird er zusammen mit Morgan ausgegraben! Wissen Sie, wie ich mich gefühlt habe, als ich hörte, dass Joyce ihn als den Ring ihres Vaters identifiziert hatte? Sie wusste Bescheid. Sie wusste, dass er mir gehört, aber sie stand hinter mir. Sie hat nicht an mir gezweifelt, als ich ihr alles erzählte. All diese Jahre über ... ich habe all diese Jahre über damit gelebt."

„Jetzt brauchen Sie nicht mehr damit zu leben." Maggie sprach ruhig, obwohl ihr das Herz bis zum Hals schlug. Er war so angespannt, dass sie nicht abschätzen konnte, ob er durchdrehen und was er tun würde. „Die Leute respektieren Sie. Louella hat alles gesehen. Sie wird aussagen."

„Louella steht unmittelbar vor einem völligen Zusammenbruch. Wer weiß, ob sie noch eine Aussage machen kann, wenn alles auffliegt. Ich muss an Joyce denken, an meine Familie, meinen Ruf." Ein Muskel begann in seiner Wange zu zucken, während er Maggie anstarrte. „Es steht so viel auf dem Spiel", flüsterte er. „So viel muss beschützt werden."

Sie sah seine Hand über dem Revolvergriff schweben.

Cliff musste in der letzten Kurve voll bremsen, weil ein Mann auf die Straße trat. Fluchend sprang Cliff aus dem Wagen.

„Mr. Delaney", sagte Reiker ruhig. „Mrs. Agee."

„Wo ist Maggie?" fragte Cliff und wurde von Reiker mit einem überraschend festen Griff festgehalten.

„Sie ist im Haus. Im Moment geht es ihr gut. Dabei wollen wir es belassen."

„Ich gehe hinauf."

„Noch nicht." Er wandte sich an Joyce. „Ihre Mutter ist auch drinnen, Mrs. Agee. Sie schläft. Ihr Mann ist auch da."

„Stan." Joyce tat instinktiv einen Schritt auf das Haus zu.

„Ich habe alles beobachtet. Ihr Mann hat Miss Fitzgerald die ganze Geschichte erzählt."

Cliffs Blut erstarrte. „Verdammt, warum haben Sie sie nicht herausgeholt?"

„Das werden wir. Alle. Ganz ruhig. Mrs. Agee, ich brauche Ihre Hilfe. Wenn Ihr Mann Sie so sehr liebt, wie er sagt, sind Sie der Schlüssel." Reiker blickte zu dem Haus. „Er wird den Wagen gehört haben. Lassen Sie ihn wissen, dass Sie hier sind."

Im Haus hielt Stan Maggie am Arm und stand mit ihr am Fenster. Sie hörte seinen Atem pfeifen. Als Entsetzen sie packte, schloss sie die Augen und dachte an Cliff. Wenn er zurückgekommen war, würde der Albtraum enden.

„Jemand ist da draußen." Stans freie Hand schloss sich um den Revolvergriff, öffnete sich wieder. „Ich kann Sie mit niemandem sprechen lassen. Das müssen Sie verstehen."

„Ich werde nichts sagen." Seine Finger gruben sich in ihren Arm. Der Schmerz hielt ihren Kopf klar. „Stan, ich will Ihnen helfen. Ich schwöre es. Wenn Sie mir etwas antun, wird es nie vorbei sein."

„Zehn Jahre", murmelte er. „Zehn Jahre, und er versucht noch immer, mein Leben zu zerstören. Ich kann es nicht zulassen."

„Ihr Leben wird zerstört, wenn Sie mir etwas antun." Bleib logisch und ruhig, mahnte Maggie sich, als Panik sie zu überwältigen drohte. „Diesmal wäre es kein Unfall, Stan. Diesmal wären Sie ein Mörder. Das würde Joyce nie verstehen."

Seine Finger drückten zu, bis Maggie sich auf die Unterlippe beißen musste, um nicht aufzuschreien. „Joyce steht zu mir."

„Sie liebt Sie und glaubt an Sie, aber wenn Sie mir etwas antun, wird sich alles ändern."

Sie fühlte ihn zittern. Der Griff an ihrem Arm löste sich langsam, während Maggie Joyce zu dem Haus heraufkommen sah. Zuerst dachte sie an eine Einbildung. Dann hörte sie Stan den Atem anhalten. Er hatte sie auch entdeckt.

„Stan! Stan, bitte, komm heraus!"

„Ich will dich nicht da hineinziehen!" Stans Finger lagen wieder wie Eisenklammern an Maggies Arm.

„Ich war schon immer da hineingezogen. Ich weiß, dass du alles nur für mich getan hast."

„Verdammt." Er presste das Gesicht gegen die Scheibe und schlug mit einer Faust immer wieder gegen den Rahmen. „Er kann nicht alles zerstören, was wir uns aufgebaut haben."

„Nein, das kann er nicht." Joyce kam ihm Schritt um Schritt näher. In all den Jahren hatte sie noch nie Verzweiflung in der Stimme ihres Mannes gehört. „Stan, er erreicht uns nicht mehr. Wir sind zusammen. Wir werden immer zusammen sein."

„Sie werden mich von dir wegnehmen. Das Gesetz." Er presste seine Augen fester zu. „Ich habe mein Bestes für das Gesetz getan."

„Alle wissen das, Stan. Ich stehe zu dir. Ich liebe dich. Du bist für mich alles, mein ganzes Leben. Bitte, tu nichts, wofür ich mich schämen müsste!"

Maggie fühlte, wie er sich anspannte. Der Muskel zuckte noch immer in seiner Wange. Schweißtropfen standen auf seiner Lippe, aber er wischte sie nicht mehr fort. Er starrte aus dem Fenster, auf Joyce, dann über den Graben.

„Zehn Jahre", flüsterte er. „Und es ist noch immer nicht vorbei."

Seine Finger zuckten an Maggies Arm. Wie betäubt vor

Angst sah sie zu, wie er den Revolver aus seinem Halfter zog. Seine Augen richteten sich auf sie, kühl, klar, blau, ausdruckslos. Vielleicht hätte sie um ihr Leben gefleht, aber sie wusste wie jedes Opfer, dass Gnade von der Laune des Jägers abhing.

Sein Gesichtsausdruck veränderte sich nicht, als er den Revolver auf das Fensterbrett legte und ihren Arm losließ. Maggie fühlte, wie ihr Blut wieder zu strömen begann.

„Ich gehe hinaus", sagte Stan tonlos. „Zu meiner Frau."

Schwach vor Erleichterung sank Maggie auf den Klavierhocker. Ohne Kraft für Tränen, vergrub sie ihr Gesicht in den Händen.

„Oh, Maggie." Cliffs Arme schlangen sich plötzlich um sie, und sie fühlte seinen schnellen Herzschlag. „Das waren die längsten zehn Minuten meines Lebens", murmelte er, während er ihr Gesicht mit wilden Küssen bedeckte. „Die längsten."

Sie wollte keine Erklärungen. Er war hier. Das genügte. „Ich habe mir ständig gesagt, dass du zu mir kommst. Das hat mich am Durchdrehen gehindert."

„Ich hätte dich nicht allein lassen sollen!" Er vergrub sein Gesicht in ihren Haaren und atmete den Duft ein.

Sie hielt ihn fester. „Ich habe dir gesagt, dass ich auf mich selbst aufpassen kann."

Er lachte, weil sie in seinen Armen war und sich nichts geändert hatte. „Ja, das hast du gesagt. Es ist jetzt vorbei." Er umfasste ihr Gesicht mit seinen Händen und betrachtete es. Blass, stellte er fest. Ihre Augen waren dunkel, aber ruhig. Seine Maggie war eine Frau, die auf sich selbst aufpassen konnte. „Reiker war lange genug draußen, um in groben Zügen mitzukriegen, was los ist. Er spricht jetzt mit allen dreien."

Sie dachte an Louellas bleiches Gesicht, Stans gepeinigte Augen, Joyces zitternde Stimme. „Sie sind genug bestraft worden."

„Vielleicht." Er strich über ihre Arme, um sich davon zu

überzeugen, dass sie unversehrt war. „Hätte er dir etwas angetan ..."

Sie schüttelte den Kopf und klammerte sich wieder an ihn. „Das hätte er nicht gekonnt. Ich will den Teich, Cliff", sagte sie heftig. „Ich will, dass du den Teich schnell anlegst, und ich will sehen, wie sich die Weide darüber neigt."

„Du kriegst den Teich." Er zog sie an sich. „Was ist mit mir, Maggie? Willst du mich auch?"

Sie holte tief Luft und ließ seine Finger an ihrer Wange liegen. Noch einmal, dachte sie. Sie wollte es noch einmal versuchen und sehen, ob er verstand. „Warum sollte ich?"

Er zog die Augenbrauen zusammen, schluckte jedoch den Fluch, der ihm auf der Zunge lag. Stattdessen küsste er sie. Hart und lang. „Weil ich dich liebe."

Sie stieß bebend den Atem aus. Sie war tatsächlich daheim. „Das war die richtige Antwort."

– ENDE –

Nora Roberts

Wo mein Herz wohnt
Entscheidung in Cornwall

2 Romane
Hardcover mit Schutzumschlag
5,95 €, 416 Seiten
ISBN 978-3-89941-322-9

Stefanie Gercke

Ein Land, das Himmel heißt

Hardcover mit Schutzumschlag
nur 5,95 €, 652 Seiten
ISBN 978-3-89941-324-3

Marc Levy

Wo bist du?

Hardcover mit Schutzumschlag
nur 5,95 €, 272 Seiten
ISBN 978-3-89941-323-6

Miranda Lee

Liebesreise nach Australien

3 Romane in einem Band
Band 15009
8,95 €, 432 Seiten
ISBN 978-3-89941-371-7

Nora Roberts
Die Frauen der Calhouns: Megan
Band 25247
6,95 €, 320 Seiten
ISBN 978-3-89941-406-6

Nora Roberts
Fänger des Glücks
Band 25238
6,95 €, 304 Seiten
ISBN 978-3-89941-388-5

Jennifer Greene
Alle lieben Merry
Deutsche Erstveröffentlichung
Band 25272
7,95 €, 432 Seiten
ISBN 978-3-89941-425-7

Linda Howard
Das Land der Mackenzies
Erstmals in voller Länge
Band 25260
7,95 €, 304 Seiten
ISBN 978-3-89941-426-4